Le Clan Rhett Butler

Donald McCaig

Le Clan Rhett Butler

Traduit de l'américain par Camille Letillon

roman

ÉDITIONS DE NOYELLES

ISBN : 978-2-298-00747-3

Avant tout, conservez entre vous une grande charité, car la charité couvre une multitude de péchés.

1 Pierre 4:8

I

ANTEBELLUM

1

Affaires d'honneur

C'était douze ans avant la guerre. L'aube ne perçait pas encore. Une berline filait de toute la vitesse des chevaux sur la route qui longe le fleuve Ashley, dans les Basses Terres de Caroline-du-Sud. Les lanternes transperçaient à peine la nuit noire. Le brouillard, tourbillonnant à travers les vitres ouvertes, mouillait le visage et les mains des passagers.

— Quel caractère de cochon, mon pauvre Rhett Butler ! râla John Haynes en s'affaissant sur son siège.

— Si tu le dis, John, répliqua Butler en déverrouillant la capote. On approche ? Pas question de faire attendre ces messieurs.

— On descend le chemin principal, master Rhett !

Hercule conduisait. Hercule était l'entraîneur des chevaux de course du père de Rhett – Langston Butler – et le serviteur le plus haut placé dans la hiérarchie des esclaves de la plantation de Broughton, il avait tenu à conduire les deux jeunes gens.

Rhett l'avait mis en garde :

— Si Langston apprend que tu m'as aidé, il sera furieux.

Hercule s'était raidi :

— Master Rhett, je vous connais depuis tout petit ! Je vous ai appris à monter ! Je conduirai la voiture. M. Haynes et vous, vous attacherez vos chevaux derrière.

Les joues rebondies de John Haynes juraient avec un menton étonnamment vigoureux, fendu d'une bouche qui n'était plus qu'un trait.

— J'adore ces marais, dit Rhett. Bon Dieu, jamais je n'ai voulu être planteur ! Mon père parlait variétés de riz, gestion des Noirs, mais je n'entendais rien, je rêvais au fleuve, encore et toujours.

Les yeux brillants, il se pencha vers son ami :

— Je dérivais à travers la brume, me guidant d'une rame. Un matin, j'ai surpris une tortue qui se laissait glisser sur la rive pour plonger dans l'eau, rien que par plaisir ! John, as-tu déjà vu une tortue sourire ? Je ne sais pas combien de fois j'ai tenté de passer discrètement à côté d'un anhinga sans le réveiller. Mais sa petite tête jaillissait de sous son aile, l'œil vif, pas endormi pour un sou, et hop ! – Rhett claqua des doigts – il plongeait ! Les poules d'eau n'étaient pas aussi prudentes. Au détour du fleuve, elles s'envolaient par centaines, d'un coup, une vraie explosion ! Tu te vois voler à travers un tel brouillard ?

— Quelle imagination !

— Et toi, John, quelle prudence ! Pour quel grand dessein te réserves-tu ?

John Haynes frotta ses lunettes avec un mouchoir humide : il ne réussit qu'à les encrasser davantage.

— En d'autres circonstances, je serais flatté de l'intérêt que tu me portes.

— Bon, bon, John, je ne voulais pas te blesser. Tu sais, je suis nerveux. Tu as vérifié que la poudre était bien sèche ?

— Je l'ai bouchée moi-même, répondit John en touchant le coffret d'acajou posé sur ses genoux.

— Tu entends cet oiseau ? On dirait un engoulevent.

Le martèlement rapide des sabots, le crissement du cuir des harnais, Hercule s'écriant : « Allez, fripouilles ! Allez ! », les trois notes du chant de l'oiseau... John n'avait-il pas entendu un truc semblable à propos de Shad Watling et d'un engoulevent ?

— J'ai eu une bonne vie, dit Rhett.

Persuadé que celle de son ami n'avait été qu'un amas de ruines, John Haynes préféra se mordre la langue.

— De bons moments, de bons amis, Rosemary, ma petite sœur que j'adore...

— D'accord, Rhett. Mais sans toi, que va-t-elle devenir ?

— Pour l'amour de Dieu, ferme-la ! Qu'est-ce que tu ferais à ma place ?

John Haynes fut tenté de répondre : jamais je ne pourrais être à ta place. Et ça, c'était bien vrai mais impossible à dire.

Rhett coiffait en arrière ses épais cheveux noirs, il portait une redingote doublée de soie rouge. Il avait posé un chapeau de feutre de castor à ses côtés. John n'avait jamais rencontré un homme aussi dynamique, aussi vivant, comme seuls devaient l'être les animaux sauvages. Une fois mort, Rhett Butler paraîtrait aussi vide qu'une fourrure de lion des marais accrochée sur une clôture du marché de Charleston.

— Je suis déjà déshonoré, reprit Rhett. Quoi qu'il puisse m'arriver, ça ne peut être pire. Ça donnera aux vieilles l'occasion de cancaner ! ajouta-t-il en souriant.

— Ça ne sera pas la première fois !...

— En effet. Par Dieu, j'ai donné aux gens respectables de quoi s'indigner ! Qui a mieux servi que moi les accusateurs de Charleston ? On me prend pour un vrai croquemitaine !

D'un ton solennel, il déclama :

— Mon enfant, si tu ne perds pas tes mauvaises habitudes, tu finiras comme Rhett Butler !

— Arrête de plaisanter, dit Haynes d'une voix douce.

— John, John, John...

— Puis-je te parler franchement ?

— Si tu y tiens, répondit Rhett en levant un sourcil.

— Pourquoi t'imposes-tu tout cela ? Dis à Hercule de faire demi-tour, nous arriverons en ville au petit matin et nous nous offrirons un bon breakfast. Shad Watling n'est pas un gentleman, rien ne t'oblige à l'affronter. Il n'a pas pu trouver un seul témoin présentable, il a dû embaucher un malheureux touriste yankee.

— Le frère de Belle Watling mérite réparation.

— Rhett, pour l'amour de Dieu, Shad est le fils du contremaître de ton père ! Son employé ! Dédommage-le en lui offrant de l'argent... Tu ne fais quand même pas tout ça pour cette fille ?

— Moi, je préfère Belle Watling à bien des gens qui la condamnent. Pardonne-moi, John, mais dispense-toi de juger mes intentions. L'honneur a ses lois : Shad Watling m'a calomnié et je l'ai provoqué en duel.

John avait tant de choses à dire qu'il pouvait à peine parler :

— Rhett, s'il n'y avait pas eu West Point...

— Tu veux dire, mon exclusion. C'était déshonorant ? Ce n'est jamais que ma dernière saillie et la plus flamboyante !

Tu veux que je te rappelle toutes les autres ? Plus de hontes et d'échecs que...

Rhett secoua la tête avec lassitude.

— Qu'est-ce que tu es fatigant, John ! Dois-je regretter de t'avoir demandé d'être mon témoin ?

— Bon Dieu ! s'écria John Haynes. Bon Dieu de bon Dieu !

Rhett Butler et John Haynes s'étaient connus à l'école privée de Cathecarte Puryear, à Charleston. Quand le premier partit pour West Point, le second travaillait déjà dans la compagnie de navigation de son père. C'est après avoir été exclu de West Point que Rhett revint à Broughton ; John l'avait croisé quelquefois – rarement sobre. Ça lui faisait de la peine de voir un type aussi élégant que Rhett toujours débraillé et empestant l'alcool.

John Haynes était l'un de ces rejetons de bonne famille qui adoptent les vertus civiques comme si elles leur étaient naturelles, membre du conseil paroissial de Saint-Michaels et le plus jeune organisateur de bals de la Société de Sainte-Cécile. S'il enviait l'esprit de Rhett, il ne l'accompagnait jamais, lui et ses amis – les « joyeux drilles du colonel Ravanel » –, lors de leurs virées nocturnes dans les bordels, les tripots et les saloons de Charleston.

John avait donc été stupéfait quand Rhett était passé dans les bureaux de Haynes & Son pour lui demander son assistance dans une affaire d'honneur.

— Mais Rhett, et tes amis ? Andrew Ravanel ? Henry Kershaw ? Edgar Puryear ?

— Ah, John, toi au moins tu seras sobre !

Peu d'hommes et de femmes pouvaient résister au sourire charmeur de Rhett, et pas plus John qu'un autre.

Peut-être John était-il un homme ordinaire. Il ne découvrait les scandales et les potins amusants que quand la bonne société de Charleston commençait à s'en lasser. S'il répétait un mot d'esprit entendu ailleurs, il manquait toujours son effet. Les mères de Charleston jugeaient qu'il était un bon parti mais les filles se moquaient de lui derrière leurs éventails. Seulement John Haynes avait déjà servi deux fois de témoin dans des affaires d'honneur : quand le devoir se présentait, il était toujours là.

Une large digue de terre séparait les rizières du fleuve Ashley : c'était le chemin principal d'accès à la plantation de Broughton. La voiture fit une embardée en le quittant pour se diriger vers l'intérieur des terres.

Jamais John Haynes ne s'était senti aussi impuissant. Cette affaire – cette hideuse, mortelle affaire – irait jusqu'au bout quoi qu'il fasse. L'honneur exigeait satisfaction. Ce n'était pas Hercule qui conduisait; c'était l'Honneur, de ses mains osseuses. Ce n'étaient pas les pistolets Happoldt, de calibre 40, dans leur coffret d'acajou; c'était l'Honneur, prêt à cracher des reproches. Une chanson lui tourna dans la tête : « *Je ne pouvais t'aimer, Cecilia, j'aimais plus encore l'honneur.* » Quelle rengaine idiote ! Shad Watling était le meilleur tireur des Basses Terres.

Ils arrivèrent sur un sentier bordé de buissons et si peu fréquenté que de la mousse espagnole vint frôler le toit de la voiture. Le pauvre Hercule dut parfois soulever des branches basses pour passer.

John Haynes se souvint brusquement de l'histoire de Shad Watling et de l'engoulevent.

— Ah, dit Rhett, tu sens l'odeur? Les parfums du marais... les joncs, le myrte, l'aster maritime, le méthane, la boue... Quand j'étais enfant, je montais dans mon skiff et je disparaissais des jours durant, vivant comme un Indien.

Il eut un sourire qui disparut en même temps que sa rêverie.

— John, je te réclame une dernière faveur. Tu connais Tunis Bonneau?

— Un Noir libre, un marin, c'est cela?

— Si tu le vois, demande-lui s'il se souvient du jour où nous sommes allés jusqu'à Beaufort, et aussi de prier pour mon âme.

— Un Noir libre?

— Nous étions deux gamins sur le fleuve.

Une faible lumière filtrait dans la voiture. Rhett regarda au-dehors.

— Ah ! Nous voilà arrivés.

John consulta sa montre.

— Le soleil se lève dans vingt minutes.

Le terrain de l'Honneur était un pré d'un peu plus de un hectare, bordé de cyprès moroses et de chênes chargés de mousse. Il disparaissait dans le brouillard d'où surgissait une voix rauque :

— Allez, mes vaches ! Allez ! Allez !

Rhett descendit en se frictionnant les mains.

— Bien. Tel est mon destin. Quand j'étais enfant et que je rêvais de gloire, je ne songeais pas à cela…

Dans le brouillard, du bétail meuglait.

— Il ne faudra pas tuer une vache, ajouta Rhett en s'étirant. Mon père serait furieux.

— Rhett…

Celui-ci posa une main sur l'épaule de John.

— J'ai besoin de toi, ce matin, et je suis sûr que tu sauras arranger les choses comme il convient. Je sais que tes conseils sont judicieux et inspirés par l'affection, mais épargne-les-moi.

John les ravala donc, en regrettant de s'être souvenu de l'histoire de Shad Watling et de l'engoulevent.

Lorsque Langston Butler avait fait construire la grande demeure de Broughton, son contremaître, Isaiah Watling, avait installé sa famille dans l'ancienne maison des Butler, proche des rizières et du quartier des Nègres. D'énormes chênes – de simples arbrisseaux quand les Butler étaient arrivés dans les Basses Terres – ombrageaient ce qui n'était jamais qu'une petite ferme d'allure banale.

Niché dans l'un de ces chênes, un engoulevent chantait du crépuscule jusqu'à l'aube.

Belle, la fille des Watling, pensait qu'il cherchait une compagne ; Sarah, sa mère, qu'il avait de la peine.

La question fut résolue un beau matin, peu après leur arrivée, lorsqu'un coup de feu résonna dans la maison. La mère se précipita dans la chambre de Shad : elle vit un pistolet encore fumant posé sur la fenêtre. « Ce fichu bestiau ne me réveillera plus ! » avait-il grommelé.

À soixante pas, dans la pénombre, il avait fait sauter la tête du minuscule oiseau.

— Tu as entendu parler de l'engoulevent ? demanda John à Rhett.

— John, ce n'est qu'un bobard, répondit Rhett en frottant une allumette sur la semelle de sa botte.

— Shad Watling a déjà tué.

Rhett alluma son cigare.

— Des Nègres et des gens comme lui, rien de plus.

— Tu crois vraiment qu'il suffit d'être de bonne naissance pour éviter les balles ?

— Mais oui, dit Rhett d'un ton solennel. Oui, bon Dieu ! Il faut quand même que ça serve à quelque chose !

— Quelqu'un arrive, prévint Hercule qui était resté sur son siège.

Un jeune homme, le souffle court, émergea du brouillard. Il avait posé sa redingote sur son bras, son pantalon était humide là où il était tombé en trébuchant. « Fichues vaches ! » lança-t-il. Puis il tendit la main à John Haynes, se ravisa et s'inclina un peu gauchement.

— Tom Jaffery, d'Amity, Massachusetts. À votre service, messieurs.

Rhett sourit.

— Très bien, Tom. Je pense que votre visite à Charleston sera mémorable !

— Ils ne croiront jamais ça à Amity ! dit Jaffery, qui avait deux ou trois ans de moins que les deux hommes.

— Ah ! les histoires d'horreur restent la principale exportation du Sud. Quand vous raconterez cette aventure à vos amis, n'oubliez pas de citer le vaillant Rhett Butler, si diaboliquement beau. Mais si j'étais vous, je ne parlerais pas des vaches !

— Votre mandant est arrivé ? demanda John Haynes.

Tom Jaffery fit un geste en direction du brouillard.

— M. Watling est là avec le Dr Ward. Ils n'ont pas l'air de bien s'entendre.

John Haynes prit le jeune homme par le bras. Tous deux s'éloignèrent.

— Monsieur Jaffery, avez-vous déjà pris part à ce genre d'affaire ?

— Non, monsieur. Ça n'est pas très fréquent à Amity. Mon grand-père aurait pu, mais plus de nos jours. Je suis pour ainsi dire un novice. À la mort de ma tante Patience, j'ai hérité d'un peu d'argent, j'en ai profité pour voir du pays. Tom, me suis-je dit, si tu ne le fais pas maintenant, quand le feras-tu ? J'étais donc là, à admirer le port de Charleston, qui, soit dit entre nous, est tout à fait l'égal de notre célèbre port de Boston, et voilà que M. Watling s'approche et me demande si je suis un gentleman. Je lui réponds que je l'espère, il me demande si j'accepterais de lui servir de second, et je me dis : Tom, tu es venu voir du pays, et c'est bien ce que tu feras ! Jamais ce genre de choses ne m'arriverait à Amity !

John Haynes s'abstint de dire au jeune homme qu'en

choisissant comme témoin un Yankee inconnu, Shad Watling frisait l'insulte calculée.

— Vous savez ce que vous devez faire ?

— Les seconds veillent à ce que tout se passe dans les règles.

John lui jeta un regard pensif.

— Notre premier devoir est de chercher à réconcilier les deux parties, dit-il en regrettant de n'y être pas parvenu lui-même.

— Telle n'est pas l'intention de M. Watling ! Il dit qu'il tuera M. Butler d'une balle dans le cœur. J'ai cru comprendre que tous deux étaient de vieilles connaissances.

— Il fera jour bientôt. En général, l'aube donne le signal du combat.

— Si cela vous va, cela nous ira.

— Quand le soleil apparaît à l'horizon, les gentlemen choisissent leur pistolet. Votre mandant choisira, puisqu'il est l'offensé. Nous les chargeons ?

John posa le coffret d'acajou sur le marchepied de la voiture, l'ouvrit et en sortit un pistolet. La crosse fuselée lui fit l'impression d'être vivante, comme s'il touchait un serpent venimeux.

— Vous le voyez, les pistolets sont identiques. J'en chargerai un sous vos yeux, vous chargerez le second.

John versa la poudre, plaça une balle de plomb sphérique dans un bout de tissu suiffé, inséra le tout dans le canon avec une baguette puis déposa une amorce sous le chien qu'il plaça en position de demi-armé.

— On n'a jamais vu ça chez moi ! dit Thomas Jaffery.

La lumière se fit peu à peu, le brouillard se déchira en multiples bancs ; deux voitures apparurent confusément à l'autre bout du pré : un chariot emmené par une mule et un buggy tiré par un cheval.

Rhett Butler détacha le sien de l'arrière de la voiture et posa la tête contre le cou puissant de l'animal.

— Tu n'as pas peur, n'est-ce pas, Tecumseh ? Ne t'en fais pas, tu n'as rien à craindre.

Il se tourna vers Haynes.

— C'est dans ce pré que, du temps de mon grand-père, on faisait pousser de l'indigo. Il y a dans les bois une mare où les canards pilets élèvent leurs petits. Les rats musqués aiment les canetons, et parfois une nichée entière s'avançait jusqu'à ce qu'ils soient attrapés – c'est si rapide qu'ils n'ont pas le temps de réagir. C'est là que Will, le responsable de l'irrigation, capturait les rats musqués.

— Rhett, nous autres seconds allons discuter avec Watling. Quelles excuses accepterais-tu ?

Rhett ferma les yeux.

— Shad Watling prétend que je suis le père de l'enfant de sa sœur. Je l'ai traité de menteur. S'il reconnaît avoir menti, nous en resterons là.

— Offrirais-tu une compensation ? De l'argent, pour que la fille puisse aller accoucher quelque part ?

— Si Belle a besoin d'argent, je lui en donnerai. Mais l'argent n'a rien à voir avec tout cela.

— Rhett, je suis ton ami et…

Rhett plongea le visage dans le cou de Tecumseh.

— John, John… Un ami doit m'aider jusqu'au bout de cette histoire.

Le chariot de Shad Watling était chargé de roues brisées, de moyeux, d'essieux.

— Bonjour, monsieur Jaffery. Monsieur Haynes, je vois que vous avez amené Butler.

— Shad…

— Aujourd'hui, ce sera « monsieur Watling ».

— Monsieur Watling, je suis sûr que nous pouvons parvenir à un arrangement.

— M. Butler a arrangé ma sœur et je crois que je vais l'arranger.

— Quand Rhett Butler a traité avec vous, en gentleman, il vous a complimenté.

Shad cracha par terre.

— Je pense à partir dans l'Ouest. Bon Dieu, j'en ai vraiment assez des Basses Terres ! De riches bâtards et des Nègres, des Nègres et de riches bâtards. J'ai des cousins dans le Missouri.

— Où que vous alliez, vous aurez besoin d'argent. Et si votre sœur partait avec vous, il n'y aurait plus de scandale.

— Butler m'en propose ? dit Watling qui gloussa.

— Non, monsieur, c'est moi.

— Tout se réduit à une question d'argent, c'est ça ? lança Shad, qui cracha de nouveau. Non, cette fois, j'en veux à Butler. Père a fouetté Belle pour de bon, mais elle n'a jamais voulu reconnaître que Butler l'avait engrossée. J'ai très envie de lui loger une balle dans la peau, à celui-là. Comme fils du maître, il ne vaut pas cher, et comme soldat non plus, d'après ce qu'on dit. Butler ne vaut même pas un seau de pisse.

Shad Watling jeta un coup d'œil en direction du fleuve.

— La lumière sera directe. J'ai quatre roues brisées à porter au forgeron, il commence sa journée très tôt... Étant l'offensé, c'est moi qui choisirai la distance. On va dire cinquante pas, c'est assez pour que je le touche et qu'il tire à côté. Je ne veux pas risquer une balle perdue.

Il eut un rire silencieux qui découvrit des dents gâtées.

Engoncé dans une épaisse tunique de laine, le chirurgien ronflait dans son buggy. Quand John Haynes le toucha de la pointe de sa botte, Franklin Ward ouvrit les yeux et bâilla.

— Ah oui ! notre affaire...

Il se redressa, sortit et tourna le dos ; à la puanteur de son urine John Haynes plissa le nez. Le médecin s'essuya les doigts sur sa queue-de-pie puis tendit la main à Rhett.

— Ah, voici le patient, je présume ?

Rhett eut un grand sourire.

— Docteur, avons-nous de quoi extraire la balle ? Des sondes ? Des bandages ?

— Monsieur, j'ai fait mes études à Philadelphie.

— Je ne doute nullement que ce soit une excellente ville pour y faire des études.

Shad Watling arriva à pas lents, souriant d'un air absent et se grattant la cuisse.

— Monsieur Butler, demanda Tom Jaffery, pourquoi ôtez-vous votre chemise ?

— John, tu peux la tenir ? J'enlève ma chemise, cher ami yankee, pour que la balle n'enfonce pas de tissu dans la blessure.

— Peut-être aimez-vous simplement vous promener tout nu, ricana Shad Watling avec un regard de dédain. Moi, je n'enlève rien de plus que ce que je dois !

— Messieurs, intervint John Haynes, tout ceci est une affaire déplorable et mortelle. Je dois de nouveau demander si l'honneur serait satisfait par une rétractation de M. Watling, des excuses et un dédommagement de M. Butler.

Dans l'air glacé, Rhett avait la chair de poule.

— Cinquante pas, dit Watling, ça devrait aller. Rhett, vous vous souvenez de votre copain nègre, Will ? De la façon dont il demandait grâce ? Si vous me suppliez, peut-être vous laisserai-je partir. Montrez-moi ces pistolets. Hé, le Yankee, vous avez bien observé M. Haynes ? Il n'a pas mis une double charge dans l'un d'eux ? Il y en avait peut-être déjà une dans le canon avant qu'il en verse une autre ?

— M. Haynes est un gentleman ! s'écria Tom Jaffery, choqué.

— Il n'a pas trafiqué la balle ? Une petite entaille dedans, pour qu'elle éclate en arrivant ? Vous avez inspecté ses balles, le Yankee ?

— M. Haynes est un gentleman, répéta Tom Jaffery.

— Mais bien sûr ! Bien sûr ! Les gentlemen ne trafiquent jamais les balles ! Comment donc ! Et ils ne mettent pas de double charge ! Quel est le pistolet chargé par M. Haynes ?

— Celui-là, dit John.

Un cor résonna dans les bois, une longue note comme le font les chasseurs de renards quand ils ont repéré leur proie. Quelques secondes plus tard, un fiacre pénétra bruyamment dans le pré. Deux jeunes gens s'y tenaient debout, dont l'un avec un cor aux lèvres qu'il laissa tomber pour se raccrocher à un siège, à deux doigts de s'affaler de tout son long.

— Taïaut ! Taïaut ! Avons-nous raté la séance ?

Le conducteur, plus âgé qu'eux, gloussa :

— Je vous avais bien dit qu'on serait à l'heure ! Le colonel Jack a trouvé ces deux fripons !

Le colonel avait été autrefois un homme honorable – il était planteur de riz –, jusqu'à ce que sa femme, Frances, soit assassinée. On ne savait trop si la dissipation de Jack était l'effet du chagrin ou de la disparition des inhibitions maritales. En tout cas, à Charleston, où seul le clergé condamnait le goût des gentlemen pour la boisson, le colonel Jack Ravanel passait pour un ivrogne. Dans une ville où l'ensemble des gentlemen jouaient, Jack s'était fait bannir de tous les clubs de jeu respectables. Mais c'était un génie de l'élevage hippique et les habitants de la ville, fous de chevaux, lui pardonnaient beaucoup de choses.

John Haynes se dirigea vers le véhicule.

— Messieurs, ceci est une affaire d'honneur. Le décorum…

Les deux jeunes gens portaient de courtes vestes de brocart, des cravates de couleur vive et des pantalons incroyablement serrés. Jack Ravanel portait le même costume, bien qu'il fût assez âgé pour être leur père.

— Une péquenaude en a un dans le four et c'est une affaire d'honneur ? demanda le joueur de cor qui souligna son propos d'une petite note. Johnny Haynes, ce n'est qu'une blague de Rhett, voilà tout !

John Haynes frémit.

— Henry Kershaw, c'est un affront ! Tu n'es pas le bienvenu ici.

Le grand Henry Kershaw titubait.

— Tu veux dire que le cousin Rhett va s'en tirer ? Bon Dieu, Edgar, demain, j'arrête de boire ! Rhett, c'est toi ? Tu n'as pas froid ? On tourne depuis des heures dans ce fichu marais ! Le colonel Jack dit qu'il était autrefois propriétaire du terrain, mais ça devait être du temps où il était sobre. Hé, Edgar Puryear, ne bois pas tout !

— Monsieur Haynes, intervint Tom Jaffery, est-ce que tout cela est régulier ?

— C'est vous, le Yankee dont on nous a parlé ? lança Henry Kershaw.

— Oui, monsieur. Natif d'Amityville, Massachusetts.

— On ne choisit pas son lieu de naissance ! Vous n'êtes pas un de ces fichus abolitionnistes, au moins ?

Rhett Butler contraignit John Haynes au silence en lui touchant le bras, et dit d'une voix très douce :

— Edgar, Henry, Jack... vous êtes venus me voir mourir ?

Edgar Puryear prit un air contrit.

— Jack nous a juré que c'était une blague, Rhett, une blague ! Il nous a dit que jamais tu ne te battrais en duel pour... pour...

— Une blague, Jack ? Si mon père découvre le rôle que vous jouez dans tout cela, il vous enverra dans une maison de correction.

— Rhett, cher Rhett ! Pourquoi m'attaques-tu comme ça ?

— Henry Kershaw est ivre – il est toujours prêt à faire n'importe quoi dans ces moments-là. Edgar, lui, est venu regarder car il aime ça, mais qu'est-ce qui a bien pu attirer ici un vieux réprouvé comme vous, le faire sortir du lit d'une putain par un matin glacial ?

Jack Ravanel eut un sourire patelin.

— Mais, voyons, Rhett, le vieux Jack est venu t'aider. Je suis venu parler le langage du bon sens ! Nous boirons tous un verre entre amis et parlerons du bon vieux temps. Je t'ai dit à quel point j'admirais Tecumseh ? Grands dieux, ça, c'est un cheval !

L'espace d'un instant, Rhett fut sidéré. Il se mit à rire, et si fort qu'il s'en plia en deux. Les deux « joyeux drilles » ne purent se retenir de sourire et le jeune Yankee de glousser.

Rhett s'essuya les yeux.

— Non, Jack, vous n'aurez pas Tecumseh. John, si je suis tué, il sera à toi. Maintenant, Watling, choisissez votre pistolet.

— Dieu tout-puissant ! s'exclama Henry Kershaw. Rhett veut vraiment se battre !

Le colonel plissa les yeux et quitta le terrain avec son buggy.

Très loin dans les bois, une grouse frappait du bec un tronc creux. Un énorme soleil sortit en fumant du fleuve, donnant naissance à des jaunes, des bleus et des vert pâle que le brouillard avait jusque-là chassés du paysage.

John Haynes ferma les yeux quelques instants pour une prière muette, puis dit :

— Messieurs...

Le grand rire de Rhett avait ébranlé Shad Watling, comme si son assurance en avait vacillé ! Sa proie avait déclenché le piège mais sans y rester prisonnière. Il s'empara d'un pistolet qu'il examina avec le soupçon joué qu'il puisse être défectueux.

— Ah ! jeune maître Butler. Comme les Nègres vous léchaient les bottes !

Rhett tenait l'autre pistolet. Son immense sourire donnait l'impression de courir le long de son bras jusqu'à l'arme, comme si celle-ci souriait aussi.

Il était droit dans son grand corps, massif, à demi dévêtu. Il rejoignit son adversaire pour se placer dos à dos avec lui.

Chacun devait avancer de vingt-cinq pas. John Haynes donnerait l'ordre de faire volte-face et de tirer.

Les duellistes se mirent en marche. Vingt-trois, vingt-quatre, vingt-cinq... Le soleil s'accrochait à l'horizon.

— Ils ne croiront jamais ça, à Amity ! chuchota Tom Jaffery.

Le soleil monta jusqu'à ce qu'un espace blanc s'ouvre entre sa bordure et la rive. D'une voix claire, John Haynes s'écria :

— Messieurs ! Demi-tour ! Feu !

Venue du fleuve, une rafale de vent souleva la chevelure

de Rhett. Il pivota en levant son arme, offrant un profil d'escrimeur.

Shad Watling tira le premier : le chien heurta l'amorce, il y eut une explosion de fumée blanche.

Neuf ans plus tôt

Son père eut un geste impatient; le fils aîné de Langston Butler se prépara aux coups de canne et ôta sa chemise avant de la déposer sur une chaise.

Puis, se tournant, il posa les mains sur le bureau de son père, dont la surface de cuir céda imperceptiblement sous son poids; ensuite, il fixa l'encrier de verre taillé. Il se concentra dessus jusqu'à ne penser qu'à lui. Le premier coup le prit par surprise. L'objet était à demi plein d'encre bleu-noir. Rhett se demanda si cette fois son père saurait s'arrêter. Quand les yeux du jeune garçon se brouillèrent, l'encrier parut flotter dans un nuage de larmes.

Cette fois, son père s'arrêta.

Crispant les poings, Langston Butler jeta sa canne à terre et s'écria :

— Par Dieu, si vous n'étiez pas mon fils, vous auriez senti le fouet!

À douze ans, Rhett était déjà grand. Sa peau était plus sombre que celle de son père, son épaisse chevelure noire semblait trahir du sang indien.

Son dos n'était plus qu'une mosaïque de zébrures livides, mais il n'avait pas demandé grâce.

— Puis-je me rhabiller, monsieur?

— Votre frère cadet, Julian, est un garçon obéissant. Pourquoi faut-il donc que mon fils aîné me défie?

— Je ne sais pas, monsieur.

La pièce était aussi nue que la maisonnée des Butler était opulente : un large bureau, une chaise, l'encrier, un buvard et des plumes, voilà tout. Ni gravures ni peintures aux murs. De hautes fenêtres sans rideaux offraient un panorama sur les interminables rizières de la plantation.

Le jeune garçon prit sa chemise et la posa sur ses épaules avec une grimace à peine visible.

— Vous refusez de m'accompagner quand la législature est en séance. Quand je reçois des notables à Broughton, vous disparaissez. Wade Hampton lui-même m'a demandé pourquoi il ne voyait jamais l'aîné de mes fils !

Rhett ne répondit rien.

— Vous refusez d'apprendre à diriger nos Nègres !

Le jeune garçon resta muet.

— On peut dire que vous refusez tous les devoirs d'un fils de gentleman de Caroline. Vous êtes un renégat, monsieur !

Langston Butler essuya avec un mouchoir la sueur qui lui coulait du front.

— Croyez-vous que je prenne plaisir à ces châtiments ?

— Je ne sais pas, monsieur.

— Votre frère, Julian, est respectueux. Il m'obéit. Pourquoi pas vous ?

— Je ne sais pas, monsieur.

— Vous ne savez pas ! Vous ne voulez pas accompagner votre famille à Charleston et vous jurez que vous vous enfuirez !

— Oui, monsieur.

Le père, furieux, regarda longtemps son fils dans les yeux.

— Alors, par Dieu, puissiez-vous succomber aux fièvres !

Le lendemain, la famille Butler partit pour sa demeure de Charleston sans son fils aîné. Cette nuit-là, Dollie, la sage-femme noire, passa du baume sur les zébrures qui marquaient le dos et les bras du jeune garçon.

— Master Langston est un homme dur, soupira-t-elle.

— Je hais Charleston, dit Rhett.

Dans les plantations du fleuve, on marnait et repiquait le riz en avril, puis on ouvrait les vannes pour qu'il germe. Il faudrait encore l'inonder trois fois avant la récolte de septembre. La maintenance et le maniement des vannes, grandes et petites, étaient d'une importance si vitale que Will, le responsable de l'irrigation à Broughton, occupait la deuxième place dans la hiérarchie des esclaves, derrière Hercule.

Will obéissait à master Langston ainsi qu'à Isaiah Watling, mais à personne d'autre – même pas à Shad Watling, âgé de vingt ans et fils d'Isaiah.

Will avait une cabane à lui. Il possédait une table, deux chaises, un lit de corde, trois bols espagnols fendillés que Louis Valentin Butler avait rapportés du *Mercato*. Après la mort de sa première épouse, il avait attendu un an avant de commencer une autre vie avec Mistletoe, une jolie fille de quinze ans.

Redoutant les fièvres mortelles, les planteurs des Basses Terres s'éloignaient pendant les mois les plus chauds. Quand Langston venait de la ville pour inspecter la récolte, il arrivait peu après l'aube et repartait avant le crépuscule.

Pieds nus, sans chemise, son fils chassait, pêchait, explorait les mangroves le long du fleuve Ashley. Rhett apprenait la vie auprès des alligators, des aigrettes, des balbuzards, des tortues, des sangliers. Il savait où les rebouteux noirs trouvaient leurs herbes, où nichait le poisson-chat. Parfois, Rhett disparaissait de Broughton pendant des jours, et si son père revenait pendant une de ses absences, il ne demandait jamais de nouvelles de son fils.

Watling, le contremaître, supervisait les inondations et le binage des jeunes pousses ; c'est lui qui décidait quand il fallait empoisonner les rats musqués qui creusaient des terriers dans les digues, ou tuer les oiseaux.

Les Noirs étaient plus résistants aux fièvres que leurs maîtres blancs, mais ils travaillaient jusqu'aux genoux dans un marais subtropical et, inévitablement, certains tombaient malades. Au dispensaire de Broughton, la femme de Watling, Sarah, et la jeune Belle distribuaient de l'écorce de quinquina et du thé d'orme. Toutes deux aidaient Dollie à mettre au monde les bébés, enduisaient de baume les dos des hommes et des femmes que leurs maîtres, époux ou pères avaient fouettés.

Certains disaient que master Langston était moins porté à prendre le fouet que Watling.

— Il ne peut pas demander à quelqu'un qui est au dispensaire de travailler.

D'autres préféraient Isaiah Watling.

— Il est dur, d'accord, mais il ne fouette pas s'il n'y est pas obligé.

Le jeune maître Rhett accablait de questions les serviteurs de son père : pourquoi les vannes étaient-elles en cyprès ? Pourquoi ne binait-on pas le riz après l'inondation précédant la récolte ? Pourquoi fallait-il vanner le riz à la main ?

Les Noirs mangeaient le poisson et le gibier que leur rapportait Rhett, qui passait volontiers le dimanche avec eux, leur seul jour de repos. Rhett accompagnait Will lors de ses inspections le long des vannes ; souvent, à midi, ils partageaient un repas sur la rive.

Quand le besoin l'en démangeait, Shadrach Watling visitait le quartier des Noirs une fois la nuit tombée. D'ordinaire, il congédiait le mari ou le père : « Tu pourrais peut-être aller dans les bois et longer le fleuve. » Parfois, il lui donnait une bouteille de tord-boyaux pour passer le temps.

Mais Mistletoe, la nouvelle épouse de Will, ne voulait pas céder au fils du contremaître, et quand Shad Watling refusa de quitter sa cabane, Will le jeta dehors, ce qui ravit les autres esclaves.

Langston Butler l'apprit. Il expliqua à Watling père que les Nègres ne devaient pas rire de son fils : ensuite ils se moqueraient du contremaître lui-même, et pour finir du maître en personne.

Trois cents Nègres vivaient à Broughton contre une poignée de Blancs, hommes et femmes. Pourquoi ne se révoltaient-ils pas ? Pourquoi ne massacraient-ils pas les Blancs ? Langston Butler expliqua à Isaiah Watling qu'il serait impossible de réprimer une révolte si les Nègres se mettaient à murmurer et commençaient à aiguiser leurs houes et leurs couteaux. On étouffe une rébellion en écrasant le premier regard insolent, le premier chuchotement, le premier ricanement irrespectueux.

— Will est un bon Nègre, dit Watling.

— C'est ton fils qui se chargera de le punir.

— Shadrach ?

Il se tut puis reprit :

— Êtes-vous satisfait de mon travail ?

— Tout à fait satisfait.

— Avant de venir ici, j'étais mon propre maître.

— Plus maintenant.

Watling baissa la tête et marmonna :

— Master Langston, il faut que je vous dise… Will avait raison. Shadrach est un bon à rien.

— Mais il est blanc, répliqua Langston Butler.

En cette matinée d'août, dans un ciel d'une incroyable clarté, l'air était lourd comme la mort.

La minoterie de la plantation était construite de briques, la salle consacrée au vannage, en bardeaux chaulés, la laiterie, les cases des Noirs et l'infirmerie, dans un ciment de chaux et de coquilles d'huîtres broyées. Grande, sans fenêtres, avec une porte renforcée de fer, la réserve à viande avait une allure aussi menaçante qu'un château médiéval. C'est là qu'Isaiah Watling distribuait chaque dimanche matin les rations hebdomadaires.

Il dispensait les plaisirs et les récompenses comme les châtiments.

Une souche de cyprès noir, de près d'un mètre soixante-dix de haut et de quarante centimètres de diamètre, servait aux flagellations. Un anneau de fer fixé au tronc permettait d'attacher les poignets.

Will avait demandé au jeune maître d'intercéder. Rhett était allé affronter le contremaître :

— Watling, je vous donne un ordre !

Isaiah Watling l'avait dévisagé comme on regarde un animal étrange rejeté par la marée.

— Jeune Butler, quand vous avez défié master Butler en restant ici, je lui ai demandé qui serait le maître une fois qu'il serait en ville. Il m'a répondu que je devais obéir à ses ordres et que vous n'étiez pas en droit de m'en donner. Les Nègres d'ici doivent se soumettre à la justice et apprendre ce qu'est le respect. L'insolence de Will lui vaudra deux cents coups de fouet.

— Mais ça va le tuer, Watling ! C'est un meurtre !

Isaiah Watling avait levé la tête, comme s'il écoutait un bruit lointain.

— Ce Nègre est la propriété de votre père. Qui ici peut se flatter d'être son propre maître ?

Shad, le fils de Watling, enroula paresseusement son fouet avant de faire sauter d'un coup une fleur de jasmin trompette sur le puits. Les Noirs restaient immobiles, silencieux, les hommes devant, les femmes et les enfants derrière.

Quand Isaiah Watling fit sortir Will de la réserve, celui-ci cligna des yeux sous la lumière du soleil. Il ne résista pas quand le contremaître lui garrotta les poignets.

Rhett Butler n'avait pas encore le courage d'un adulte. Il était incapable d'assister au meurtre de son ami. Mistletoe s'évanouit en voyant Watling dénuder le dos de Will. Rhett se précipita vers le fleuve pour échapper au claquement du fouet et aux râles de Will, qui devinrent vite de terribles hurlements.

Puis il sauta dans son skiff, le détacha et laissa le fleuve l'emporter. C'est alors qu'une énorme averse le surprit. Il dégoulinait de partout. Son bateau suivait le courant. La pluie lui tambourinait dans les oreilles, coulait sur ses cils, lui brouillait la vue.

Rhett Butler jura qu'une fois devenu un homme, personne ne le réduirait plus à pareille impuissance.

La pluie frappait de plus en plus fort ; il ne voyait même plus l'avant du bateau secoué par le fleuve.

La voile se déchira, il perdit une rame. L'autre se brisa sur un tronc de cyprès qui dérivait et menaça de retourner son embarcation. Il chercha sans succès comment pagayer encore avec ce manche brisé. Il écopa jusqu'à ce que ses bras lui fassent mal. Quand il hurla pour apaiser la pression qui vrillait ses oreilles, le vent étouffa son cri.

Le fleuve débordait des vannes et inondait les rizières. Parfois, le skiff de Rhett suivait le chenal, parfois il glissait sur la vague qui emportait la meilleure terre à riz de Caroline-du-Sud.

Le vent et la pluie cessèrent d'un coup, comme dans un changement d'univers. Le calme revenu, le bateau de Rhett dériva paisiblement sous la lumière – à la pointe d'une sorte d'entonnoir tourbillonnant qui se dressa et se transforma en un ciel d'un bleu si sombre que le jeune garçon crut voir des étoiles. Il avait entendu parler de l'œil du cyclone ; jamais il n'aurait cru qu'il s'y retrouverait.

Le courant poussa le skiff débordant d'eau vers un rivage couvert d'arbres déracinés. Rhett attacha l'embarcation à une branche avant de se diriger péniblement vers l'intérieur des terres, où l'on entendait un bruit de coups de marteau.

Jeune, Thomas Bonneau avait été affranchi par le maître dont il était le fils et qui lui avait cédé deux hectares de terre sur une colline basse le long du fleuve. Thomas y avait bâti une modeste maison dont les murs épais avaient résisté à plusieurs ouragans. Avec un garçon de l'âge de Rhett, ils clouaient à grands coups des bardeaux sur le toit.

— Papa, regarde le jeune Blanc, dit l'enfant, qui se prénommait Tunis.

Tous deux descendirent du toit. Thomas accueillit Rhett :

— Venez avec nous, jeune maître ! Les murs nous ont protégés jusqu'ici. Si Dieu le veut, ils continueront !

La maison ne comptait qu'une pièce. Pearl, la femme de Thomas, et deux autres enfants plus jeunes entassaient malles, nasses à poisson et cages à poules sur un support bancal qu'ils voulaient installer sur les solives du plafond.

— Ce ne sont ni la pluie ni les vents d'un ouragan qui tuent, expliqua Thomas Bonneau, mais on risque de finir noyé par la grande marée qu'il déclenche.

Tunis porta ses deux petits frères à son père qui les plaça à côté de lui sous son bras. Quand tous, Rhett compris, se retrouvèrent à califourchon sur les solives, Thomas Bonneau chantonna : « Et Dieu dit à Noé : "Le peuple est corrompu et je provoquerai un déluge. Mais toi et ta famille nagerez au-dessus..." » La suite s'envola dans les fracas du vent.

Thomas avait raison : la vague arriva. Le mur d'eau s'abattit sur la petite maison. La porte céda, la vague écumante se déversa jusqu'aux pieds de Rhett, la solive qu'il chevauchait se mit à vibrer. Thomas Bonneau pencha la tête en arrière, ferma les yeux et, le cou raidi par l'effort, entreprit de louer Dieu.

Ce fut le pire moment.

L'ouragan prit fin comme toujours, les eaux baissèrent et, comme toujours, le soleil s'en vint illuminer un monde qui paraissait neuf.

— Il y a un ara dans l'arbre là-bas, dit Thomas Bonneau. Le Seigneur sait d'où il vient !

Un oiseau jaune et bleu tout trempé chantait faiblement sur une branche dépourvue de feuilles.

Ils traînèrent dehors les malles boueuses et les nasses brisées, puis Pearl Bonneau tendit un fil pour sécher leurs vêtements. Elle garda son jupon mouillé pendant que sa robe séchait ; les autres étaient nus.

Tunis et Rhett ramassèrent sur le rivage des poissons que l'ouragan y avait projetés tandis que Thomas Bonneau allumait avec difficulté un feu avec de l'écorce de cèdre détrempée.

Une fois assis devant les flammes, tout en faisant griller leurs poissons sur des baguettes, Bonneau remercia Dieu d'avoir épargné sa famille et le jeune maître.

— Je ne suis pas le jeune maître, dit celui-ci. Je suis Rhett.

Dix jours plus tard, Rhett revint à Broughton. Will avait été enterré dans le cimetière des esclaves, Mistletoe vendue.

Dans la plantation inondée sur des kilomètres, le riz commençait à pourrir.

Langston Butler supervisait en personne une équipe qui remettait le chemin principal en état. Sous la direction de Watling, des esclaves réparaient les vannes. Les hommes apportaient des brouettes d'argile ; femmes et enfants en vidaient de pleins seaux dans les brèches.

Le père de Rhett avait les bottes boueuses, une barbe de plusieurs jours, ses mains étaient craquelées, ses ongles fendus. Il accueillit Rhett par ces mots :

— Nous vous croyions mort. Votre mère vous pleure.

— Ma mère a le cœur tendre, monsieur.

— Où étiez-vous ?

— Le Noir libre Thomas Bonneau m'a sauvé de l'ouragan. Je l'ai aidé, lui et les siens, à remettre leur maison en état.

— Votre devoir était auprès de votre famille.

Rhett ne répondit rien.

D'un geste de l'avant-bras, Langston essuya la sueur de son front.

— La récolte est perdue, dit-il d'un ton lointain. Une année de travail perdue ! Wade Hampton m'avait demandé de me présenter au poste de gouverneur, mais maintenant...

Il regarda son fils en face. Les yeux de Rhett étaient hostiles.

— Le destin du responsable de l'irrigation vous a-t-il appris quelque chose, monsieur ?

— Oui, monsieur.

— L'humilité ? L'obéissance ? La déférence qui s'impose envers l'autorité ?

— Père, je vous ai souvent entendu dire que le savoir était le pouvoir. J'accepte cette conclusion.

La même semaine, en dépit de ses pressantes obligations à Broughton, Langston Butler emmena son fils à Charleston afin qu'il puisse y acquérir l'éducation qui distingue un gentleman des Basses Terres.

Cathecarte Puryear était l'intellectuel le plus lancé de Charleston. La ville s'en enorgueillissait comme d'une curiosité quelconque, un veau à deux têtes, un canard qui parle.

Étudiant, il avait été pensionnaire à l'université de Virginie en compagnie d'Edgar Allan Poe – et, comme chacun sait, la poésie est contagieuse.

Les essais controversés qu'il avait fait paraître dans le *Southern Literary Messenger* lui avaient valu deux duels qu'il avait acceptés ; mais chaque fois, après avoir déclaré que les affaires d'honneur étaient « bonnes pour les faibles d'esprit », il avait tiré en l'air. Plus personne ne le provoqua. Il n'y a pas d'honneur – et plutôt un déshonneur – à affronter un homme qui ne ripostera pas.

Cathecarte présidait la Société de Sainte-Cécile, qui parrainait de grands concerts et les bals les plus fréquentés de Charleston. Dans leur grande majorité, les autres intellectuels étaient des pasteurs ou, comme l'unioniste Louis Petigru, des avocats. Grâce à la considérable fortune de feue son épouse, Cathecarte Puryear, lui, n'avait jamais eu à gagner sa vie. Il prenait en pension quelques jeunes gentlemen bien nés car, comme il aimait le répéter, « noblesse oblige ».

Morte en 1836, la mémoire d'Eleanor Baldwin Puryear fournissait le thème préféré des essais poétiques que publiait Cathecarte. Il passait l'intégralité de son temps à écrire et les philistins déploraient que la dot de sa femme nourrisse ainsi la littérature.

Langston Butler, qui paraissait las et préoccupé, présenta Rhett à l'homme qui en serait le précepteur :

— Mon fils aîné est intelligent mais insolent. Il ignore mes ordres comme les distinctions de rang et de race qui fondent notre société. Il sait lire, écrire et compter mais les gentlemen d'ici ne le reconnaîtraient pas pour un des leurs.

— Monsieur, répondit Cathecarte Puryear, l'esprit d'un jeune homme est une *tabula rasa*, une ardoise vierge sur laquelle on peut écrire tout ce qu'on désire.

Langston eut un faible sourire.

— Nous verrons bien, non ?

Une fois qu'il fut parti, Puryear dit :

— Asseyez-vous, jeune homme. Asseyez-vous ! Vous tournez en rond comme un animal en cage.

Puis il soumit Rhett à une batterie de questions :

— De quel fameux général Aristote fut-il le précepteur, jeune homme ? Veuillez décliner *rosa*. Quel roi anglais succéda à Charles Ier ? Veuillez m'expliquer la doctrine de la séparation des pouvoirs. Récitez-moi *Le Corbeau* de M. Poe et *La Belle Dame sans merci* de M. Keats.

Le silence se fit oppressant, Cathecarte sourit.

— Jeune homme, apparemment, je connais beaucoup plus de choses que vous. Que savez-vous exactement ?

Rhett se pencha en avant :

— Je sais pourquoi les vannes des rivières sont en bois de cyprès. Tout le monde dit que la mère alligator mange ses propres petits mais c'est faux : elle les garde dans sa gueule. Les rebouteux tirent de la datura quatre remèdes différents. Les terriers des rats musqués ont toujours une entrée sous l'eau.

— Vous êtes un philosophe de la Nature ? demanda Cathecarte Puryear en plissant les yeux.

— Non, monsieur. Je suis un renégat.

Suite à cet entretien, Rhett Butler grimpa un escalier très raide pour parvenir dans la chaleur d'une pièce d'angle. Une fenêtre donnait sur le port de Charleston. Du linge sale traînait sur un lit défait, sur un autre reposaient des bottes soigneusement cirées.

Rhett les jeta à terre, défit son sac de voyage puis s'assit près de la fenêtre pour contempler le port. Que de navires ! Le monde était immense et Rhett se demanda s'il parviendrait un jour à s'y créer une place.

Au bout d'une demi-heure, son compagnon de chambre monta bruyamment les marches. C'était un garçon d'allure frêle, dont les longs doigts balayaient nerveusement sa chevelure pâle. Prenant ses bottes, il les examina d'un air méfiant.

— Je suppose que c'est toi, Butler ?

— Et toi, qui es-tu ?

L'autre se redressa.

— Je suis Andrew Ravanel. Qu'en penses-tu ?

— Rien. Je devrais ?

— Je crois que tu ferais mieux !

Andrew serra les poings mais Rhett le frappa à l'estomac. L'autre s'effondra sur son lit en tentant de reprendre son souffle.

— Tu n'as pas le droit !

— Tu allais me frapper.

Andrew Ravanel eut un sourire angélique.

— Peut-être, mais peut-être pas.

Au cours des mois qui suivirent, Rhett comprit dans quelle solitude il avait vécu jusque-là.

Andrew Ravanel était un garçon de la ville ; Rhett n'avait jamais vécu à la lumière des becs de gaz. Il perçait tout de suite l'aspect pratique des choses tandis qu'Andrew était un rêveur que choquait l'indifférence de Rhett aux conventions sociales.

— Tu n'as pas à remercier un serviteur : sa raison d'être, c'est de te servir !

Rhett excella en mathématiques. Andrew jouait à lui demander des calculs de tête complexes. Rhett ne savait pas bien comment il y parvenait, mais il y parvenait.

Comme Andrew était un élève peu doué, il lui donnait des cours.

Les autres élèves de Cathecarte Puryear étaient Henry Kershaw, jeune homme massif de dix-sept ans qui passait ses soirées en ville ; Edgar Allan Puryear, fils de Cathecarte et acolyte d'Henry ; et John Haynes, fils du propriétaire de la Haynes Shipping Company. Le père de John, membre du Congrès de Caroline, était favorable aux méthodes pédagogiques de Puryear mais se méfiait de son bon sens, si bien que John ne venait que pendant la journée.

Quand la nuit rafraîchissait la grande cité portuaire, Rhett et Andrew se perchaient sur la fenêtre de leur chambre, discutant devoir, honneur et amour – les grandes questions de l'adolescence.

Rhett ne comprenait pas pourquoi Andrew s'abandonnait parfois à ses humeurs noires. C'était un garçon courageux qu'un petit rien suffisait à abattre.

— Cathecarte se montre condescendant avec tout le monde, expliquait patiemment Rhett. C'est sa méthode. Laisse tomber.

Ne pouvant ni raisonner Andrew ni le réconforter, il se contentait de lui tenir compagnie, en silence, pendant ses poussées de dépression. Il avait ainsi l'impression de l'aider.

Cathecarte Puryear raillait volontiers les « philistins des plantations » ; pour autant, il ne remit jamais en cause les traditions de Charleston, qui voulaient que les jeunes gentlemen fassent les quatre cents coups jusqu'à leur mariage. Le père d'Andrew, le colonel Jack Ravanel, initia Rhett à l'alcool et, le jour de son quinzième anniversaire, l'escorta jusqu'au bordel de miss Polly.

Il eut un grand sourire en voyant redescendre le jeune homme.

— Alors, que penses-tu de l'amour ?

— L'amour ? C'est donc ça ?

Au bout de trois ans d'études chez Cathecarte Puryear, Rhett savait les mathématiques, le latin (avec un dictionnaire), le nom de tous les monarques britanniques, les caprices des plus jolies putains de Charleston, enfin que rien ne peut jamais, jamais, battre une quinte flush.

L'année où le Sénat de Washington débattait de l'annexion du Texas, Cathecarte Puryear publia une lettre qui fit scandale. Nul ne comprit d'ailleurs pourquoi il se sentit tenu de donner son opinion. Enviait-il la notoriété croissante du poète Henry Timrod ? Avait-il été blessé par le *Mercury* de Charleston qui avait refusé plusieurs de ses poèmes ? Toujours est-il que cette fois le journal publia son texte, mais en le faisant précéder d'une mise en garde de l'éditeur.

Puryear écrivait : « *C'est une incroyable folie de vouloir annuler les lois fédérales ; et ceux qui le prétendent sont d'irrémédiables crétins. Quel homme sain d'esprit pourrait croire que le gouvernement fédéral permettra à une cabale de "gentlemen" de Caroline de choisir au milieu de lois celles auxquelles il faut obéir et celles qu'on doit rejeter ? Certains chuchotent déjà le redoutable mot de "sécession". J'espère que quand M. Langston Butler et ses amis finiront par se suicider, ils le feront en privé et sans nous impliquer dans leur démence.* »

Langston Butler ne pouvait provoquer Cathecarte Puryear en duel – « Ce gredin a couvert de ridicule le code de l'honneur » –, mais il pouvait soustraire Rhett à son influence, et c'est ce qu'il fit.

Comme leur voiture descendait King Street, Langston dit à son fils :

— Le sénateur Wade Hampton a engagé un précepteur pour ses enfants. Dorénavant, ce sera aussi le vôtre.

Puis il dévisagea Rhett, qui paraissait sceptique, et ajouta :

— J'espère que vous n'êtes pas déjà infecté par les opinions de ce traître de Puryear.

Rhett contempla le visage amer et furieux de son père et songea : il veut que je sois l'homme qu'il est devenu. Il sauta à bas de la voiture, fila derrière le fardier d'un brasseur et disparut.

Thomas Bonneau posa le filet qu'il était en train de réparer.

— Que faites-vous là, jeune homme ?

Rhett eut un sourire un peu hésitant.

— J'espérais que peut-être je serais le bienvenu.

— Eh bien non ! Vous allez nous attirer des ennuis.

Tunis sortit de la maison, tenant ses lunettes d'une main et *L'Ami du matelot* de l'autre.

— L'auteur de ce livre écrit de sacrées bêtises sur le gréement du ketch ! lança Rhett au désespoir.

— Papa, dit Tunis en roulant des yeux, je crois que le jeune master Butler veut dire qu'il est marin. Tu crois ça ?

Rhett portait une courte veste bleue sur une chemise de drap. Son pantalon était si serré qu'il n'osait pas se pencher. Les Bonneau allaient pieds nus, une corde retenait le pantalon crasseux de Tunis.

— Je n'ai nulle part où aller, dit Rhett doucement.

Tunis le dévisagea un long moment puis éclata de rire :

— Ce livre m'a coûté huit boisseaux d'huîtres, et le jeune maître vient m'expliquer qu'il est bourré d'erreurs !

Thomas Bonneau gonfla les joues et fit un petit bruit :

— Je vais sans doute regretter tout ça. Asseyez-vous, je vais vous montrer comment on répare un filet.

Les Bonneau exploitaient les bancs d'huîtres en dessous de Morris Island et pêchaient au large de Sullivan Island. Rhett se levait avec eux, plusieurs heures avant l'aube, travaillait, riait avec eux. Lors d'un mémorable dimanche, alors que Thomas, sa femme et les deux cadets étaient à l'église, Rhett et Tunis partirent sur le skiff et descendirent la côte jusqu'à Beaufort.

Rhett n'aurait jamais cru qu'il pourrait être aussi heureux.

Tous les Noirs le long du fleuve Ashley connaissaient l'existence du « fils » blanc de Thomas Bonneau mais il fallut trois mois à Langston Butler pour découvrir où se cachait Rhett, et à peine un jour de plus avant que la vedette de Broughton ne vienne s'amarrer au dock bancal des Bonneau.

Langston contempla Thomas de haut.

— De nombreux élus de Caroline voudraient chasser les gens de couleur libres ou les rendre à l'esclavage. C'est aussi mon opinion. Si jamais tu te mêles encore des affaires de ma famille, je jure que toi, ta femme et tes enfants vous travaillerez sous le fouet de M. Watling.

Puis il repartit à Broughton avec son fils. Tout au long de l'interminable trajet, Langston Butler n'ouvrit pas la bouche. Une fois arrivé à la plantation, il dit à Isaiah Watling :

— Il travaillera dans les rizières comme les autres. S'il s'enfuit, ou s'il désobéit, fais-lui goûter du fouet.

Watling assigna à Rhett une cabane dans le quartier des esclaves. Sa paillasse était infestée de puces.

On avait drainé la précédente inondation deux semaines auparavant, le riz prospérait. Lors de sa première journée dans les rizières, le nuage de moustiques et de moucherons était tel que Rhett en avalait à pleines bouchées.

Vingt minutes après le lever du soleil, l'air brûlant lui coupait déjà le souffle. Dans la boue jusqu'aux cuisses, il binait aussi loin que le lui permettaient ses bras, puis extrayait une jambe après l'autre et recommençait.

À cheval, Shadrach Watling les surveillait depuis la digue.

À midi, il y eut une pause : tous mangèrent des haricots et de la bouillie de maïs tirés d'une marmite commune. Rhett, n'ayant ni bol ni cuillère, dut attendre que quelqu'un lui prête les siens.

En ce premier après-midi, il faisait près de 40 degrés – des éclairs rouges et violets irradiaient les yeux de Rhett.

Selon la coutume, une fois qu'un travailleur avait accompli la tâche qui lui était assignée, il pouvait disposer librement de son temps. À quinze heures, certains parmi les plus forts quittèrent la rizière ; deux heures plus tard, seuls deux femmes d'âge mûr, et Rhett, travaillaient encore. À vingt heures trente, quand il en eut terminé, il ne restait plus que Shad Watling et lui. Shad eut un grand sourire.

— Vaut mieux faire attention aux serpents ! On a perdu un Nègre ici même, la semaine dernière.

Travailler, manger, travailler de nouveau : Rhett plongeait dans une sorte de délire qu'un sommeil agité n'apaisait qu'à peine. Et quand il eut vraiment affaire à un serpent venimeux, il regarda avec indifférence le reptile passer tout près de ses jambes nues.

Isaiah Watling, monté sur sa grande mule maigre, visitait chaque groupe de travailleurs. Pendue au pommeau de sa selle, la poignée du fouet gardait les traces blanches de sa sueur.

En dépit de la chaleur, il gardait une veste noire et une chemise boutonnée jusqu'au cou. Son chapeau de paille à large bord couvrait ses cheveux coupés court. Il avait de grandes oreilles, un grand nez, de longs bras, de grosses mains, un visage ridé par le travail et l'amertume.

Le samedi, à l'heure du repas, il fit signe à Rhett et lui jeta un regard vide.

— Quand j'ai fait faillite et que je suis venu à Broughton, voilà bien des années, vous étiez déjà un enfant borné mais je croyais que vous aviez de l'avenir. Le sort tournera, nous nous relèverons. Jeune Butler, notre jour viendra.

Il s'éloigna sur sa mule.

Dès la deuxième semaine, Rhett travaillait aussi bien qu'une vieille femme, à la fin de la troisième il pouvait rivaliser avec un gamin de dix ans.

Le soir, il se laissait tomber sur un billot devant sa case. On avait bien fait comprendre aux Noirs de Broughton qu'ils devaient l'éviter, mais ils lui glissaient un peu de nourriture qu'ils prélevaient sur leurs maigres réserves.

En septembre, le jeune Rhett Butler était un plein-tâche [1] de la plantation de son père.

Les délégués de Caroline montèrent à bord du schooner qui les mènerait à Baltimore pour assister à la convention du parti démocrate. Le sénateur Wade Hampton prit Langston Butler à part :

— On m'a dit que votre fils travaillait dans les rizières avec les Nègres. C'est vrai ?

— Mon fils a besoin de discipline.

Wade Hampton était un géant, propriétaire de trois mille cinq cents esclaves. Il fronça les sourcils et expliqua que le parti démocrate ne pouvait se permettre un scandale.

— Mon fils a besoin de discipline.

Le sénateur intervint donc pour que Rhett Butler soit admis à West Point.

Ce soir-là, quand Isaiah Watling arriva sur sa mule, Rhett Butler était assis en tailleur devant sa case à regarder les oiseaux voler au-dessus du fleuve.

1. Les esclaves étaient distingués selon un système de « tâche » (*task system*) basé sur l'âge et la capacité de travail : plein-tâche, demi-tâche et quart-de-tâche. Les plein-tâches étaient généralement des hommes capables de travailler dans les champs de coton, les femmes étaient des demi-tâches, tandis que les enfants étaient des quart-de-tâches.

Watling mit pied à terre.

— Master Butler veut que vous rentriez en ville. Le navire attend sur le quai.

Il fit une pause et ajouta :

— Pour un gamin blanc, vous faites un Nègre assez correct.

À Charleston, on baigna Rhett, on le rasa. Il s'était tellement musclé qu'on dut lui trouver d'autres vêtements. Il monta à bord d'un schooner en partance vers le Nord. Son corps était encore criblé de morsures d'insectes.

Il resta accoudé au bastingage tandis que le navire quittait le port. Curieusement, il n'avait aucune excitation devant ce qui s'ouvrait à lui, il se sentait à l'étroit dans sa tenue de gentleman. Au loin, le fort Sumter diminua peu à peu, jusqu'à n'être plus qu'une tache sur les eaux grises de l'océan.

2

Rosemary Penelope Butler

Rosemary Butler, la sœur de Rhett, avait quatre ans quand il quitta Charleston pour West Point. Plus tard, quand elle fouillait sa mémoire pour retrouver un souvenir de son frère, elle avait beau se contraindre, elle ne voyait qu'une seule image : celle du loup en couverture de son livre de contes. Hirsute, avec un long museau. Mais si rusé, et avec de si grandes dents !

Tant que Rhett resta caché chez les Bonneau, la colère de Langston Butler envahit le moindre recoin de la demeure de Charleston. Les serviteurs marchaient sur la pointe des pieds, Rosemary se cachait dans la nursery, Élisabeth Butler se retirait dans sa chambre avec la migraine. La petite fille pensait que Rhett devait être très fort et très vilain pour que leur père le haïsse à ce point.

Elle eut des éruptions de boutons sur les bras et les jambes. Elle se réveillait au moindre bruit sans pouvoir se rendormir ; elle cherchait à chasser l'image du loup hirsute, à la remplacer par celles de ses poupées, de danseurs, de jolies robes afin d'empêcher le loup de rôder dans les ombres noires sous la fenêtre de sa chambre et de se cacher sous son lit.

Élisabeth, la mère de Rosemary, avait été la fille unique et adorée du très riche Ezra Ball Kershaw. Épouse pieuse et dévouée, elle s'en remettait à la Bible pour répondre aux questions que soulevait l'existence et trouver la justice. Elle priait pour ses enfants et, sans le lui dire, pour son mari. Cette fois, avec une hardiesse qui ne lui ressemblait guère, elle demanda à son amie Constance Fisher – personne à

Charleston n'était plus riche ou plus respectable – si Rosemary pourrait séjourner chez les Fisher un moment.

La vieille dame accepta aussitôt :

— Elle et ma petite-fille Charlotte se tiendront compagnie !

Cet après-midi-là, on chargea les vêtements de la fillette et ses poupées dans la voiture de la grand-mère Fisher. Par la suite, Rosemary passa plus de nuits dans la demeure d'East Bay des Fisher que chez elle. Ses boutons disparurent.

Charlotte Fisher était une enfant sereine qui ne se plaignait jamais et pensait du bien de tout le monde. Elle jugeait que le frère de Rosemary ne pouvait être aussi mauvais qu'on le disait – c'était impossible ! Elle endurait sans broncher les taquineries de Jamie, son frère aîné. Un après-midi, Rosemary eut un accès de mauvaise humeur. Elle s'empara de la poupée préférée de sa nouvelle amie. Elle s'en repentit immédiatement mais Charlotte refusa de reprendre le jouet. En larmes, Rosemary se jeta à son cou :

— Je te demande pardon ! Mais quand je veux quelque chose, il me le faut, et tout de suite !

Un matin, trois ans après le départ de Rhett pour West Point, Jamie, le grand frère Fisher, arriva en trombe dans le salon. Charlotte ferma son livre et soupira :

— Oui, Jamie ?

Il croisa les bras et se tint droit contre un sofa pour ne pas froisser son pantalon.

— Rhett Butler a été exclu ! Il est de retour à Charleston, Dieu sait pourquoi ! s'exclama le jeune homme en haussant les sourcils d'un air théâtral. Personne, absolument personne, ne voudra le recevoir ! Il est chez le vieux Jack Ravanel : Andrew et lui ont toujours été comme larrons en foire.

— Comment ça, exclu ? demanda Rosemary.

— Chassé de West Point, expulsé, totalement déshonoré !

Rosemary fut envahie de tristesse. Comment un loup pourrait-il ne pas être un loup ? se demanda-t-elle.

— Ne t'inquiète pas, ajouta Jamie en toute hâte. Ton frère a beaucoup d'amis : Andrew, Henry Kershaw, Edgar Puryear, enfin… tous ces gens-là.

Jamie avait déjà régalé la table familiale de récits sur les

« joyeux drilles » : tout ce que la sœur de Rhett savait de ces jeunes gens semblait scandaleux ou alarmant.

Ce soir-là, la grand-mère Fisher réprimanda le jeune homme :

— Tu as fait de la peine à Rosemary.

— Mais Rhett est déshonoré ! C'est vrai ! protesta-t-il.

— Jamie, la vérité n'est pas toujours bonne à dire.

La réapparition de Rhett Butler inspira aux « joyeux drilles » de nouveaux exploits. Il réussit, on ne sait trop comment, à faire admettre au bal du Jockey Club deux jolies pensionnaires de miss Polly aux tenues un peu voyantes. Avant qu'on ne les raccompagne à l'entrée, elles eurent le temps de reconnaître, en gloussant, un membre du conseil paroissial de Saint-Michael à la réputation jusque-là sans tache.

Une nuit, devant un tripot sur les quais, deux ruffians accostèrent Rhett, qui leur dit doucement :

— Je n'ai qu'une balle dans mon pistolet. Qui la veut ? Je briserai la nuque de l'autre !

Les deux malfrats s'éclipsèrent.

Avec Andrew, il fit venir du Tennessee, en quatre jours, une douzaine de chevaux dont ils changeaient selon leur fantaisie. La rumeur voulait qu'ils aient distancé de justesse leurs propriétaires légitimes.

Tout Charleston bourdonna quand, sur un pari de deux dollars, Rhett, les yeux bandés, fit sauter son cheval Tecumseh par-dessus la grille de fer hérissée de pointes du cimetière de Saint-Michael – elle faisait près d'un mètre cinquante de haut. Le dimanche matin, des paroissiens curieux, tout comme un pasteur furieux, vinrent inspecter les grands trous que les sabots de l'animal avaient creusés dans la pelouse. Les amateurs de chevaux frémirent.

Jamie Fisher avait meilleur cœur qu'il ne l'aurait cru : il censura ces nouvelles auprès de la famille.

— Rhett joue au poker, déclara-t-il avant de baisser la voix et d'ajouter : pour de l'argent !

— Évidemment ! répliqua Charlotte, toujours d'esprit pratique. Il faut bien qu'il en trouve, non ?

Sans connaître tous les péchés de Rhett, les deux fillettes en soupçonnaient l'abondance. Un jour, Charlotte ayant dit une fois de trop « Pauvre Rosemary ! », celle-ci lui donna un coup de poing dans l'œil. Son amie éclata en sanglots, Rosemary tomba dans ses bras. Elles se consolèrent mutuellement, comme font toujours les petites filles.

Un beau matin, la grand-mère Fisher entra brusquement dans le salon. Charlotte en oublia le toast qu'elle couvrait de confiture de groseilles, Rosemary posa sa tasse.

La vieille dame avait l'air anxieuse. Elle examina Rosemary comme si un visage d'enfant pouvait répondre à ses questions.

— Grand-mère, demanda Charlotte, qu'est-ce qui ne va pas ?

Constance Fisher secoua vaguement la tête et se redressa.

— Rosemary, tu as un visiteur au salon.

— Un visiteur, grand-mère ? Pour moi ?

— Ton frère Rhett est venu te voir.

Le loup des contes resurgit dans l'esprit de la fillette, qui jeta à Charlotte un regard inquiet.

— Tu n'es pas obligée de le voir, mon enfant, reprit Constance Fisher. Si tu préfères, je l'éconduirai…

— Rosemary, lança Charlotte, il est déshonoré !

Rosemary prit un air résolu. Elle était désormais assez grande pour affronter le loup. Et puis, elle était curieuse : les péchés de son frère se verraient-ils à l'œil nu ? Était-il bossu, velu, avec des ongles très longs ? Est-ce qu'il sentait mauvais ?

— Surtout, ne parle pas de cette visite à ton père, chuchota la grand-mère Fisher en avançant dans le couloir.

Rhett Butler n'avait rien d'un vieux loup hirsute. Il était jeune, grand, sa chevelure noir corbeau luisait. Sa veste avait la couleur brun-roux d'un faon nouveau-né, son chapeau reposait dans ses grandes mains comme un vieil ami.

— Qui voilà ! lança-t-il. Il ne faut pas avoir peur de moi, petite.

Elle croisa les yeux souriants de son frère : le loup disparut à jamais.

— Je n'ai pas peur, dit-elle fermement.

— Grand-mère Fisher me dit que tu es très vive. Je le crois ! Je suis venu ce matin pour t'emmener faire un tour.

Constance Fisher dit d'un ton péremptoire :

— Jeune Butler, il se pourrait que je le regrette ! Je ne sais pas comment vous avez pu vous faire chasser de West Point, je ne veux pas le savoir ! Mais John Haynes dit beaucoup de bien de vous, et il a du bon sens. Seulement, si votre père apprend que vous êtes venu ici, il sera...

Rhett eut un grand sourire.

— Scandalisé ? Le scandale est le plus cher compagnon de mon père, répondit-il avant de s'incliner avec déférence. Madame Fisher, je suis votre obligé. Je ramènerai Rosemary pour le souper.

Il s'accroupit au niveau de la fillette.

— Petite sœur, j'ai là un cheval plein d'entrain et le sulky le plus léger des environs. Tu n'as pas envie de voler dans les airs ?

Cet après-midi-là, Rosemary fit la connaissance de Tecumseh, un cheval hongre de trois ans. Le sulky n'était guère plus qu'un siège d'osier tressé monté sur de grandes roues aux rayons plus minces que les pouces de Rhett. Tecumseh trottait comme s'il flottait. Quand Rhett le mit au galop, le sulky quitta le sol.

Rosemary vola aussi longtemps qu'une petite fille le peut, Rhett la ramena chez grand-mère Fisher. Jamais elle ne s'était sentie autant en sécurité que dans les bras de son frère.

La fois suivante, Rhett l'emmena faire du bateau. Sur le port, tout le monde semblait le connaître. Ils prirent un sloop qui appartenait à un Noir affranchi. Le Noir appelait Rhett par son prénom, Rosemary en resta ébahie. Rhett lui serra la main.

Des bateaux de pêche, des ketchs qui longeaient la côte et des schooners en partance pour l'océan emplissaient le port de Charleston. Le fort Sumter en gardait l'embouchure, le drapeau américain claquait en haut du parapet. Une fois en mer, les vagues montaient haut le long de la coque ; les embruns mouillaient le visage de Rosemary.

Quand ils revinrent chez grand-mère Fisher, elle avait pris un coup de soleil, elle était lasse et pensive.

— Qu'y a-t-il, petite ?

— Rhett, tu m'aimes ?

Il lui caressa la joue.

— Plus que ma vie.

Comme il fallait s'y attendre, Langston finit par apprendre que son fils avait rendu visite aux Fisher. Il rapatria immédiatement Rosemary à Broughton.

Un mois plus tard, peu après minuit, le bruit d'une voiture dans l'allée la réveilla. C'était celle de grand-mère Fisher. Avant même qu'elle ait vraiment ouvert un œil, Charlotte était dans sa chambre et l'embrassait.

— Oh, Rosemary, dit-elle, je suis si triste que ça arrive !

C'est ainsi que Rosemary Butler apprit que son frère Rhett allait se battre en duel avec Shadrach Watling, celui qui avait fait sauter la tête d'un engoulevent.

L'aube s'en fut. Comme on entendait des coups de feu au loin, la mère de Rhett se précipita vers la fenêtre du salon, cherchant si l'on voyait quelque chose.

— Sans doute des chasseurs qui vendent sur le marché, dit Julian, le frère cadet de Rhett, et qui tirent des pigeons.

Eulalie, la femme du Dr Ward, l'approuva d'un signe de tête.

Charlotte Fisher prit la main glacée de Rosemary dans la sienne et la serra.

Les joues couleur de cendre d'Élisabeth Butler reprirent un peu de couleur ; elle sonna pour appeler un serviteur :

— Apportez-nous des rafraîchissements.

Rosemary ferma les yeux si fort que des taches rouges explosèrent sous ses paupières tandis qu'elle priait en silence. Mon Dieu, je vous en supplie, protégez mon frère. Je vous en supplie, faites que Rhett soit sauf !

Prenant soin de ne pas faire de bruit, dissimulées derrière le bras incurvé d'une causeuse, les deux fillettes se tenaient dans le coin le plus éloigné de la grande pièce glaciale.

Constance Venable Fisher se racla la gorge avant de donner son opinion :

— Langston a choisi un bien mauvais moment pour faire ses comptes !

Elle accompagna ces paroles d'un hochement de tête si marqué qu'on l'imaginait perforer la porte du salon, traverser le couloir, descendre le grand escalier, parcourir le grand salon, pour terminer dans le bureau de Langston Butler.

— Père est un homme d'habitudes, répliqua Julian. Il fait toujours ses comptes le samedi matin.

Assise sur la haute chaise très inconfortable que lui imposait son statut de vieille fille, Juliette Ravanel dit :

— Il arrive que les hommes dissimulent leurs craintes derrière des scrupules excessifs. Peut-être que M. Butler…

— Absurde ! s'écria Constance Fisher. Langston Butler est aussi têtu qu'un vieux verrat.

L'oncle Salomon, l'intendant de Broughton, apporta du thé et un plateau chargé de cookies au gingembre – que Cook ne préparait, d'ordinaire, que durant la semaine des courses hippiques. Quand Mme Butler demanda du sherry, il s'exclama :

— Mais, missus, il fait à peine jour, le soleil vient de se lever !

— Nous prendrons du sherry, répéta-t-elle.

Puis, après que Salomon eut refermé la porte un peu trop bruyamment, elle ajouta :

— Comme le dit M. Butler : « Les Nègres profitent de la bonté de leurs maîtres... »

— Tout le monde sait que c'est grâce aux Butler que la Constitution des États-Unis a préservé l'esclavage, intervint Juliette Ravanel, reprenant le cliché familier de son milieu social.

Mme Butler mordit à l'hameçon :

— Ah oui ! Le cher oncle de mon mari, Middleton, dirigeait la délégation de Caroline-du-Sud.

— Oui, ma chère, dit Constance Fisher. Nous le savons tous ! Mais Rhett ne ressemble en rien à Middleton, il préfère son grand-père, Louis Valentin.

— Ne parlez pas de Valentin ! coupa Élisabeth Butler en se couvrant la bouche d'une main. Langston ne prononce jamais le nom de son père.

— Et pourquoi pas ? répliqua gaiement Constance Fisher. L'Amérique est une nation toute neuve ! Le sang qui souille l'argent disparaît en une génération.

Quand les deux frères en avaient hérité, Broughton était une plantation d'indigo déficitaire qui ne pouvait les faire vivre. Louis Valentin était parti à La Nouvelle-Orléans pour s'associer avec le boucanier Jean Laffitte, tandis que Middleton Butler choisissait le trafic d'esclaves. On pouvait y faire fortune, mais les capitaines de ses navires payaient trop cher des Nègres malades, et ceux qui survivaient à la traversée se vendaient mal. Middleton avait renoncé quand le conseil municipal de Charleston lui avait ordonné de jeter les cadavres un peu plus loin dans l'océan : ils venaient s'échouer à White Point, où la bonne société de la ville allait se promener le dimanche...

S'étant abstenu de choisir son camp avant la victoire de

la révolution américaine, Middleton Butler acquit près de cent cinquante hectares de terres confisquées à des loyalistes et vendues à des patriotes. Délégué à la convention de Philadelphie, il avait bel et bien réussi à maintenir l'esclavage dans la Constitution.

En 1810, au large de Tampico, Louis Valentin Butler captura le *Mercato*, un navire espagnol chargé d'argent, et acheta pour Broughton quatre cents hectares d'excellentes terres à riz. Langston Butler, son fils, se querella violemment avec lui et partit vivre chez Middleton, son oncle célibataire. Louis Valentin acquit huit cents hectares supplémentaires avec le produit d'un butin gagné au large des côtes texanes – il jurait qu'il s'agissait de navires espagnols ou mexicains mais la rumeur voulait qu'ils aient arboré la bannière étoilée.

En 1825, par une belle matinée, Louis Valentin partit de Galveston à bord de *L'Orgueil de Charleston*, et nul ne le revit jamais. La même année, un peu plus tard, les créanciers de Middleton Butler suivirent ses funérailles, rendant hommage à un fervent patriote, tout en réclamant leur dû à Langston Butler, l'héritier. Celui-ci vendit deux cents esclaves pour éponger les dettes familiales puis épousa Élisabeth Kershaw, âgée de quinze ans, fille unique du riche Ezra Ball Kershaw, connue pour sa piété et son insignifiance.

Quand leur premier-né, Rhett Kershaw Butler, vint au monde, il serrait dans son poing fermé une de ses mèches de cheveux – ce qui, au dire des rebouteux noirs, était un signe inhabituel de puissance. Bon ou mauvais ? Ils s'abstinrent de le préciser.

Le commerce des esclaves était illégal depuis vingt ans mais des navires négriers se glissaient parfois dans le port de Charleston. Langston acquérait volontiers Angolais, Gambiens, natifs de Coromandel ou membres de l'ethnie ibo : des Africains de la côte, résistants aux fièvres et familiers de la production de riz. Il agrandit aussi la plantation de Broughton de huit cents hectares achetés au colonel Ravanel – trop déprimé, après la mort de sa femme, pour se montrer dur en affaires.

Le père de Rhett fonda également la Société agricole du fleuve Ashley et, après diverses expériences, choisit une variété de riz nommée Soonchurcher Puddy, d'origine africaine, qui se vannait facilement et donnait des grains rebondis. Quand Wade Hampton l'invita à se présenter aux élections de Caroline, Langston entra dans le club masculin le plus riche et le plus fermé des Basses Terres.

Le matin du duel de Rhett, son frère Julian but du thé pendant que les dames sirotaient du sherry. Constance Fisher tapotait son verre avec agacement car l'oncle Salomon s'était abstenu de le remplir à ras bord.

Derrière la causeuse qui les abritait, elle et son amie, Charlotte Fisher sentait l'odeur des cookies au gingembre – un picotement tiède dans les narines. Soupirant, elle repoussa son désir. Comment oser y penser alors que le frère de Rosemary était peut-être mort ou blessé ? Charlotte avait un respect absolu pour la sagesse des adultes – après tout, ils n'étaient pas adultes pour rien –, mais elle pensait qu'ils avaient tort au sujet de Rhett Butler.

— Pour une rustaude, Belle Watling est vraiment jolie, dit miss Ravanel qui ne l'était guère.

Élisabeth Butler secoua la tête.

— Cette fille a poussé son père à bout !

Quand Langston n'était pas là, elle se joignait souvent à la famille des Watling pour des prières dominicales ; elle se sentait vaguement réconfortée par la simple ferme où, jeune mariée, elle avait rêvé d'une vie heureuse. Le christianisme farouche et inflexible d'Isaiah Watling la consolait.

— Le domaine de l'Honneur… c'est comme une belle prairie le long du fleuve. Les chênes sont couverts de mousse espagnole… Quand je me suis mariée, je rêvais du jour où Langston et moi irions y pique-niquer. Cela aurait été si agréable !

Mme Butler baissa les yeux.

— Mais je divague, pardonnez-moi.

Elle jeta un coup d'œil à la grande pendule, dont le cadran montrait un quartier de lune qui plongeait lentement dans une mer émaillée, puis sonna de nouveau l'oncle Salomon. L'avait-il remontée récemment et, si oui, avait-il touché aux aiguilles ?

— Non, missus, dit-il en se passant la langue sur ses lèvres. Je la remonte les dimanches. Vous voulez maintenant ?

Elle le congédia d'un signe de la main.

— Des excuses… dit-elle ensuite. Personne ne s'attend que Rhett épouse cette fille !

— Des excuses ! Excellente idée ! s'écria Mlle Ravanel.

Ayant oublié la présence des petites filles, les adultes furent stupéfiés que Rosemary puisse s'écrier :

— Jamais mon frère ne s'excusera ! Shad Watling est une brute et un menteur !

Les joues de la fillette étaient toutes rouges, mais elle tint bon – pas question de retirer un seul mot ! La raisonnable Charlotte lui pressa discrètement la cheville, Rosemary la repoussa.

— Rhett n'a jamais aimé Charleston, dit Mme Butler dont le regard errait au hasard. Il dit que la seule différence entre les gens d'ici et les alligators, c'est que les alligators montrent les dents avant de mordre.

— Il a toujours préféré son grand-père, intervint Constance Fisher. Ces cheveux si noirs, ces yeux rieurs... Grands dieux, Louis Valentin savait vraiment danser !

— Pourquoi cette fille ne pouvait-elle pas disparaître ? s'exclama Mme Butler. Elle a de la parenté dans le Missouri...

Mlle Ravanel certifia que le Missouri regorgeait de bâtards – peut-être davantage encore qu'au Texas !

Julian retarda un peu l'heure de la pendule en la comparant à celle de sa montre et annonça :

— Nous n'entendrons pas les coups de feu, c'est trop loin.

Sa mère hoqueta.

— Julian, dit Constance Fisher, votre frère est peut-être un gredin, mais vous êtes un niais.

Il haussa les épaules.

— Sa dernière escapade a chamboulé toute notre maisonnée. Les serviteurs eux-mêmes en sont troublés ! Pensant que la cuisinière avait préparé ces cookies pour nos hôtes, je l'en ai complimentée, et vous savez ce qu'elle m'a répondu : « Oh non ! master Julian, je les ai faits pour master Rhett, quand il reviendra de son duel ! »

Charlotte se pencha vers Rosemary et lui chuchota :

— Tais-toi maintenant, nous ne devons plus bouger, avant d'ajouter pensivement : J'aimerais tant un de ces cookies !

La grande pendule tictaquait.

Julian se racla la gorge lui aussi.

— Madame Ward, je connais mal les grandes familles de Savannah. Vous êtes une Robillard, c'est cela ?

Mlle Ravanel, se souvenant d'un cancan, demanda :

— Un Robillard n'a-t-il pas été sur le point de consommer une alliance malheureuse avec une cousine ?

Eulalie en était à son troisième verre de sherry. Elle gloussa :

— Mon cher cousin Pierre ! Ma sœur Ellen le trouvait superbe. Et il l'était, un peu comme un lion – avant qu'il ne vous dévore !

— Les Robillard l'ont exilé, n'est-ce pas, avant de marier sa cousine à un comptable irlandais...

Eulalie tenta de défendre la dignité familiale :

— Ma sœur a épousé un homme qui a réussi ! Elle et son mari, M. Gérald O'Hara, ont une plantation de coton très prospère près de Jonesboro. Ils l'appellent « Tara ».

Elle renifla.

— Je suppose que c'est un nom de lieu irlandais, l'origine de la famille.

— Jonesboro... c'est en Géorgie, non ? dit Juliette Ravanel en étouffant un bâillement.

— En effet. Ellen m'a écrit que leur fille, Scarlett, était « une Robillard jusqu'au bout des ongles ».

— Scarlett ? Quel prénom bizarre ! Scarlett O'Hara... Mon Dieu, ces Irlandais !

Mains croisées dans le dos, Julian regarda par la fenêtre.

— Ce doit être terminé, maintenant.

— Rhett et Shad se seront réconciliés avant d'aller à la taverne de M. Turner, dit Élisabeth d'une voix chargée de faux espoirs.

— Julian, lança Constance Fisher, si votre père a fini ses comptes, peut-être consentirait-il à se joindre à nous ?

— La tâche de Langston Butler n'est jamais achevée ! Huit mille hectares, trois cent cinquante Nègres, soixante chevaux, dont cinq des meilleurs pur-sang...

— Mais deux fils seulement ! s'exclama Constance. Dont l'un pourrait bien mourir d'une balle !

Élisabeth se dit, comme pour se convaincre :

— Rhett est à la taverne de M. Turner ! Forcément !

Quand Rosemary entendit les claquements de sabots, elle courut à la fenêtre qu'elle ouvrit toute grande : un air humide pénétra dans la pièce. Se dressant sur la pointe des pieds, elle se pencha à l'extérieur.

— C'est Tecumseh ! s'écria-t-elle. Je reconnaîtrais son

galop partout ! Écoutez tous ! Vous entendez ? Rhett est là ! C'est lui ! C'est Tecumseh !

La fillette sortit du salon à toute allure, descendit en trombe le grand escalier, dépassa le bureau de son père et déboucha dans l'allée où son frère attachait son cheval écumant. Souriant, Salomon vint prendre l'animal par la bride.

— Heureux de vous revoir, master Rhett ! Nous autres, gens de couleur, sommes tous heureux !

Le jeune homme sauta à bas de sa monture et souleva sa jeune sœur, la serrant si fort qu'elle en eut le souffle coupé.

— Désolé de t'avoir fait peur, petite. Je ne l'aurais voulu pour rien au monde !

— Rhett, tu es blessé !

Sa manche gauche était vide : il avait placé son bras à l'intérieur de sa veste.

— La balle n'a pas touché l'os. À l'aube, il y a des rafales de vent au bord du fleuve. Watling n'y avait pas pensé.

— Rhett, j'ai eu si peur ! Qu'est-ce que j'aurais fait si je t'avais perdu ?

— Je suis toujours là ! Seuls les meilleurs meurent jeunes !

Il tint sa sœur à bout de bras et la dévisagea comme s'il voulait graver son image dans sa mémoire. Ses yeux noirs semblaient si tristes.

— Viens avec moi, Rosemary, dit-il.

L'espace d'un instant, elle crut vraiment qu'elle allait quitter avec Rhett cette demeure sans joie. Elle lui dirait adieu d'un geste de la main, montée sur Tecumseh, puis ils s'enfuiraient au grand galop.

Finalement, elle suivit Rhett sur la longue véranda vide devant la maison. Il posa son bras droit sur l'épaule de sa sœur et la fit pivoter, afin qu'ensemble ils puissent contempler leur monde. Sur le damier ensoleillé des rizières, des équipes de travailleurs étalaient de la marne tout en chantant. Les paroles étaient inaudibles, mais le ton doux et plaintif. Le fleuve longeait le principal chemin de Broughton, sur lequel un cavalier galopait vers la rizière située le plus à l'est, et vers Isaiah Watling.

— Les mauvaises nouvelles viennent toujours par le cheval le plus rapide, dit Rhett doucement avant d'ajouter : je n'oublierai jamais comme c'est beau, ici.

— Est-ce que… Shad Watling…

— Oui.

— Tu es triste ? Il ne faut pas ! C'était une brute !

Rhett sourit.

— Quelle merveille tu fais !

Mme Butler et ses invitées attendaient dans le grand salon.

Quand elle vit la manche vide de son fils, Élisabeth hoqueta et manqua défaillir. Julian l'aida à s'asseoir sur une banquette, lui murmurant : « Mère, chère mère... s'il vous plaît... »

— Franklin ? glapit Eulalie Ward.

— Madame, votre mari est indemne, seule sa flasque lui a porté tort. Le bon docteur n'a pas assez d'estomac pour ce genre d'affaire.

Livre de comptes en main, Langston Butler surgit de son bureau et se dirigea à grands pas vers les rayonnages où il rangea le registre à côté des autres.

Puis, faisant volte-face, il jeta un regard à son fils aîné.

— Ah oui, la brebis galeuse !

S'emparant de la bible familiale, il l'ouvrit à la page où les naissances, les mariages et les décès des Butler étaient enregistrés depuis l'impression de l'ouvrage, en 1607. Il sortit un canif de son gilet et tailla sa plume d'oie, qu'il déposa sur un pupitre de noyer luisant ; quand il en essaya la pointe, elle se planta si fort dans le bois qu'elle l'érafla.

D'une main tremblante, Langston Butler relut la généalogie de sa lignée.

— Les Butler ont produit des patriotes, des épouses fidèles, des enfants obéissants et des citoyens respectables. Mais il y a dans leur sang quelque chose de mauvais, et certains dont le nom figure dans ce livre ont été livrés au bourreau, dont mon propre père.

Il jeta un regard glacial à la grand-mère Fisher, comme pour la défier de dire le contraire.

— Aujourd'hui, reprit-il, nous nous préoccupons d'un héritier désobéissant, un jeune homme rebelle et impertinent. Quand son père espérait de lui une conduite acceptable, il l'a défié !

Élisabeth Butler pleurait en silence. Julian réfréna une petite toux.

— Quand, ne sachant plus que faire, son père le fit entrer à West Point, même la célèbre discipline militaire ne put le dompter. Le cadet Butler en fut exclu et revint dans les Basses Terres, où il se révéla être un libertin dissolu avant d'engrosser une fille des basses classes. Avez-vous proposé de l'argent à Watling ?

— C'est vous le riche planteur, monsieur, et non pas moi.

— Pourquoi avez-vous provoqué son fils en duel ?

— Il m'a gravement calomnié, monsieur.

Langston eut un geste dédaigneux de la main.

— Est-il mort ?

— Il a cessé de nuire.

Avec une lenteur calculée, Langston Butler raya le nom de son fils dans la bible, referma l'encrier, essuya la pointe de la plume et la reposa.

Puis, sans mot dire, il conduisit sa famille et ses invités dans le grand salon. Julian prit la main de Rosemary avant qu'elle puisse lui échapper.

Langston Butler referma les larges portes de noyer et s'y adossa. La tension entre le père et le fils était tangible.

— Vous n'avez plus rien de commun avec la famille Butler, monsieur, vous pouvez quitter les lieux.

3

« Rhett, mon frère bien-aimé... »

Au cours des années qui suivirent, Rosemary écrivit fidèlement à son frère. Elle lui parlait de son poney pie, Jack, si formidable, avec lequel elle se promenait partout. « *Mère dit que je deviens une Indienne sauvage. As-tu déjà rencontré des Indiens sauvages ?* »

« *Quand je lui demande de sauter,* ajoutait-elle, *Jack tourne la tête, roule des yeux et baisse les oreilles. Je crois qu'il se sent insulté !* »

Quand Jack fut mordu par un serpent venimeux, Rosemary raconta comment avec Hercule elle avait veillé toute la nuit l'animal mourant. Son écriture restait régulière mais la lettre était tachée de larmes.

Rosemary retourna chez les Fisher et décrivit la famille : « *Charlotte ne pense de mal de personne. Je ne crois pas que son frère Jamie soit un garçon cruel, mais ses amis sont si malins et si insouciants qu'il se sent obligé de faire comme eux. Un matin, il est rentré alors que Charlotte et moi prenions le petit déjeuner. Ses vêtements étaient sales ! Il titubait et il sentait mauvais ! Quand Charlotte lui a fait des reproches, il l'a traitée de "pauvre idiote" qui se mêlait de ce qui ne la regardait pas. Elle a pincé les lèvres et a refusé de lui parler. Pendant des jours et des jours, Jamie a fait comme si de rien n'était. Il a fini par s'excuser. Charlotte est exactement comme grand-mère Fisher – la meilleure des amies mais têtue comme une mule !*

Jamie est plus gentil qu'il ne voudrait le faire croire ! Quand il n'est pas avec ses amis, il nous raconte des histoires amusantes. Certaines ne sont pas vraies ! Il adore les chevaux, c'est le meilleur cavalier que j'aie jamais vu ! Hercule le laisse monter Gero – père serait furieux s'il le savait ! Je t'ai parlé de Gero ? Hercule dit que c'est le pur-sang le plus rapide des Basses Terres.

Les amis de Jamie, ce sont Andrew Ravanel, Henry Kershaw et Edgar Puryear. C'étaient aussi les tiens, non ? Jamie dit que John Haynes est rasoir mais il n'ose le critiquer quand grand-mère Fisher est aux environs ! John Haynes demande si j'ai de tes nouvelles et je suis navrée de devoir lui répondre non !

Si j'étais plus grande, je viendrais avec toi et nous pourrions voyager jusqu'en Égypte. J'aimerais beaucoup voir les pyramides. Tu les as vues ?»

Rosemary savait que Jésus aimait les enfants – tout comme elle savait que les abolitionnistes étaient mauvais, que les Yankees haïssaient et craignaient les sudistes, même les fillettes comme elle. Une expérience plus personnelle lui avait appris que les adultes discutaient farouchement politique, que des amitiés pouvaient se nouer ou se dénouer selon ce que d'autres décidaient, très loin de là, au Congrès de Washington.

Le Congrès vota le compromis de 1850 alors qu'elle avait dix ans et, pendant un moment, les partisans des droits des États et les unionistes devinrent amis. Langston Butler, par exemple, qui n'avait plus adressé la parole à Cathecarte Puryear depuis qu'il lui avait retiré Rhett, se mit à le saluer de la tête sur Queen Street.

Quand parut le roman de Mme Beecher-Stowe, *La Case de l'oncle Tom*, tout Charleston condamna la publication d'un livre si pernicieux. La grand-mère Fisher expliqua à Rosemary et à Charlotte que l'ouvrage était trop simple pour elles.

— Trop simple pour des enfants comme nous ? Comment ça ? demanda Rosemary, qui mourait d'envie de lire un ouvrage dont tout le monde parlait.

— Trop simple, au sens où il est simpliste ! grommela Constance Fisher.

Dans la lettre qu'elle écrivit ensuite à Rhett, Rosemary lui demanda s'il l'avait lu.

Ce bref intermède de tranquillité politique prit fin quand elle eut quatorze ans : cette année-là, le Congrès vota la loi dite Kansas-Nebraska. Dans l'Ouest, abolitionnistes et propriétaires d'esclaves s'entre-tuaient.

C'est à peu près à cette époque que Rosemary commença à prêter un peu plus d'attention aux célibataires de Charleston. « *Edgar Allan Puryear a prétendu qu'Andrew Ravanel trichait aux cartes, alors Andrew l'a provoqué en duel,* écrivit-elle. *Tout le monde a cru qu'ils allaient se battre, mais Edgar s'est excusé, et maintenant les gens le soupçonnent d'être un lâche. Jamie Fisher dit qu'Andrew est un beau cavalier. Crois-tu qu'un homme puisse être beau ?*

Henry Kershaw a battu à coups de canne un affranchi noir devant sa boutique – un tailleur qui demandait le règlement d'une facture impayée. L'homme est mort des suites de ses blessures (père a dit en plaisantant qu'il a eu ce qu'il méritait !). »

Rosemary raconta les funérailles de Haynes père, membre du Congrès. Le défilé avait bloqué Meeting Street, de Queen Street à White Point. « *John Haynes a une fois de plus demandé de tes nouvelles. Comme je voudrais en avoir, mon cher frère !*

Te souviens-tu quand tu es venu me voir, de retour de West Point ? J'étais vraiment une enfant et tu étais si grand ! Te souviens-tu quand nous sommes allés faire du bateau ?

Samedi dernier, Gero a battu Planet, qui appartient à M. Canby, et Chapultapec, du colonel Ravanel. Hercule était très fier de sa victoire, et a voulu commander une caisse de champagne pour la célébrer. Il disait vouloir "en offrir à tous les messieurs blancs". Quelle idée ! Père l'a renvoyé à Broughton pour qu'il "retrouve ses manières". »

« *Mère t'aime ! Je le sais !* » écrivait Rosemary à Rhett. Mais c'étaient là de simples conjectures, même si, après le bannissement de son fils aîné, Élisabeth Butler éclatait en sanglots les rares fois où l'on prononçait le nom de Rhett.

Dans le lointain Kansas, les affrontements meurtriers entre les abolitionnistes et leurs adversaires mirent à mal de vieilles amitiés à Charleston. Des cousins cessaient de s'adresser la parole, on louait les extrémistes d'autrefois comme des visionnaires. La grand-mère Fisher empêcha les amis de Langston Butler de chasser de la Société de Sainte-Cécile l'unioniste Cathecarte Puryear. Langston répliqua en faisant revenir chez lui Rosemary, désormais âgée de quinze ans.

Par la suite, elle ne vit plus Charlotte et Jamie Fisher qu'à des fêtes ou des réunions. Elle écrivit à Rhett : « *Jamie et Juliette, la sœur d'Andrew Ravanel, sont devenus très amis. Tous deux s'aiguisent mutuellement la langue en pensant à leurs victimes.* »

Rosemary apprit aussi à son frère qu'Andrew Ravanel avait séduit Mary Loring. Tout Charleston s'attendait qu'ils se fiancent mais la jeune fille partit brusquement pour Split Rock, en Caroline-du-Nord, au milieu des rumeurs les plus salaces. Andrew courtisait désormais Cynthia Peterson.

« *Cléo, ma bonne, veut bien faire mais un rien la perturbe. C'est une tête de linotte !*

Tu te souviens de la petite Sudie, si espiègle ? Elle s'est acoquinée avec Hercule et vient d'avoir un enfant ! Hercule est terriblement fier ! Il t'envoie ses amitiés. »

Elle concluait sa lettre en écrivant : « *S'il te plaît, écris-moi ! Tu me manques horriblement et j'aimerais tant avoir de tes nouvelles. Ta sœur qui t'aime, Rosemary.* »

Hercule lui indiquait où envoyer ses lettres.

Quand elle lui demanda comment il savait où se trouvait Rhett, il rit :

— Miss Rosemary, vous ne savez pas que les chevaux se parlent ? Partout où ils vont ! Je me glisse dans les stalles la nuit et j'écoute.

Rosemary adressait donc ses lettres à « Rhett Butler, San Francisco, territoire de Californie », ou à « Rhett Butler, poste restante, La Nouvelle-Orléans, Louisiane ». Elle les cachetait avec soin et doublait l'affranchissement nécessaire.

— Poste-la bien aujourd'hui, oncle Salomon.

— Oui, miss, lui répondait l'oncle Salomon – qui semblait, sans que l'on sache pourquoi, mal à l'aise.

Rosemary n'avait guère de nouvelles de son frère. À mesure que les années passaient, ses lettres devinrent plus rares, une par semaine, puis tous les quinze jours, puis tous les mois.

Elle lui écrivit pour la dernière fois à la veille de ses débuts dans la bonne société de Charleston – le bal du Jockey Club. Désormais âgée de seize ans, elle y confiait ses craintes qu'aucun jeune homme ne signe son carnet de bal ou que sa robe de satin blanc ne la fasse passer pour une fillette plutôt que pour une femme.

— On ne sera jamais prêtes si vous ne cessez pas d'écrire, missy, geignit Cléo.

Rosemary l'ignora et, sortant dans la cour où Hercule pansait Gero, elle lui dit tout de go :

— Je vais arrêter d'écrire à mon frère. Il est mort.

— Non, master Rhett n'est pas mort !

Elle mit les mains sur ses hanches.

— Et comment le sais-tu ?

— Les chevaux…

— Hercule ! s'exclama-t-elle en tapant du pied. Je ne suis plus une gamine !

— Oui, miss, soupira Hercule. Je le vois bien.

Elle rentra furieuse dans la maison tandis qu'il se tournait vers le cheval.

— Doucement, Gero ! Miss Rosemary est pas contente parce qu'elle va au Jockey Club, elle a peur qu'aucun jeune homme ne la remarque.

Rosemary terminait sa lettre par : « *Certaines de mes lettres ont pu se perdre mais tu as dû recevoir les autres. Ton silence est trop cruel. Comme je voudrais savoir où tu es, comment tu vis ! Je t'aimerai toujours, mon frère, mais vu ton silence obstiné, je n'écrirai plus.* »

Elle tint parole et n'apprit donc pas à Rhett qu'elle avait brillamment réussi ses débuts dans le monde, qu'Andrew Ravanel avait flirté outrageusement et valsé avec elle quatre fois. Pas plus qu'elle ne lui confia que pendant la pause, grand-mère Fisher lui avait dit :

— John Haynes est fou de toi ! On pourrait trouver pire !

Rosemary avait répondu, rejetant la tête en arrière :

— John Haynes ne sait pas monter à cheval ! C'est une merveille qu'il ne se soit pas blessé !

— Et Andrew Ravanel, lui, il sait ?

— C'est l'homme le plus charmant de Charleston. Toutes les jolies filles de la ville ont jeté leur dévolu sur Andrew.

— Dévolu ? Je crois que les amis de M. Ravanel, eux, appellent ça un scalp, répondit Constance Fisher.

4

La semaine des courses

Trois ans avant la guerre, soit neuf ans après que Rhett Butler eut quitté Charleston, Rosemary Butler, par un après-midi de février, se tenait devant son grand miroir. Elle n'était pas contente d'elle-même. Elle se trouvait trop grande, avec un buste trop long pour être à la mode. La raie médiane qui partageait sa chevelure auburn était si fâcheusement ordinaire et ses anglaises tellement communes ! Rosemary jugeait ses traits trop marqués, sa bouche trop généreuse. Ses yeux gris et francs lui paraissaient son seul atout. « Tu n'es pas mon ami ! » lança-t-elle au miroir en lui tirant la langue.

Elle avait une robe neuve en coton lustré vert à motifs imprimés pour la semaine des courses hippiques.

C'était le sommet de la saison mondaine de Charleston. Le riz récolté, séché, vanné, mis en sac, vendu et expédié, les Noirs s'étaient vu remettre leurs vêtements annuels et accorder leur congé de Noël. Les familles de planteurs s'étaient rendues en ville, leurs matinées bruissaient de cancans sur les événements de la veille et d'attentes pour la soirée à venir. D'élégantes voitures neuves, et d'autres plus anciennes, soigneusement entretenues, paradaient sur la grande boucle venue d'East Bay, remontant Meeting Street avant de revenir à leur point de départ. Les dernières modes parisiennes (mais revues par les créateurs de patrons londoniens et cousues par les couturières noires de Charleston) se faisaient admirer aux bals du Jockey Club et de la Société de Sainte-Cécile. Les touristes yankees regardaient, épatés, les immenses demeures, les foules de Noirs, les chevaux de course superbes, les plus belles jeunes femmes du Sud.

Cléo entra brusquement dans la chambre de Rosemary, en se tordant les mains.

— Missy, il y a ici quelqu'un qui veut vous voir !

— Je vais descendre. Conduis ce monsieur dans le salon.

— Il… missy, il attend dans la cour. Ce n'est pas un gentleman ! dit Cléo en pinçant les lèvres, mais sans s'expliquer davantage.

Les grandes salles de la demeure à la grecque de Langston Butler étaient ornées de plaques de marbre et de lambris de cerisier verni. Une véranda ombragée entourait tout le premier étage.

À l'arrière, l'escalier réservé aux serviteurs était étroit, raide et même dépourvu d'une couche de peinture. Les domestiques montaient les marches les bras chargés d'assiettes et de soupières pour les dîners politiques de Langston Butler, ainsi que de montagnes de linge propre. Ils redescendaient avec des draps sales, des oreillers, des nappes et des sous-vêtements – et, avec précaution, les pots de chambre de toute la famille.

Cette saison, ils n'étaient que quinze de Broughton à servir les Butler. L'oncle Salomon, Cléo, Hercule et Sudie, ainsi que Cook, avaient chacun une chambre au-dessus de la cuisine qui tenait également lieu de blanchisserie. Les domestiques de moindre importance dormaient dans des pièces beaucoup plus étroites au-dessus de l'écurie.

Lavage, blanchissage, nettoyage des étables, pansage des chevaux, l'agitation ordinaire de la cour avait cessé ce jour-là, Gero courait à midi et tout le monde avait gagné le terrain de courses.

— Bonjour, lança Rosemary.

L'écurie sentait la graisse d'essieu, l'huile, le fumier. Des chevaux curieux levaient la tête par-dessus la porte de leurs stalles.

Le visiteur de Rosemary serrait si fort son paquet qu'il l'avait déchiré.

— Oh ! Tunis ? Tunis Bonneau ?

Comme son père Thomas, Tunis avait été pêcheur. Il travaillait désormais comme pilote chez Haynes & Son. Rosemary le connaissait de vue sans jamais lui avoir adressé la parole.

— Tunis Bonneau… Quelqu'un m'a dit que tu étais marié ?…

— Oui, madame, en septembre. Ma Ruthie est la fille aînée du révérend Prescott.

Les lunettes à monture métallique de Tunis, son expression solennelle lui donnaient l'allure d'un instituteur puritain. Ses vêtements étaient immaculés, bien repassés, il émanait de lui une faible odeur de savon.

— On m'a demandé de vous apporter ça, dit-il en tendant le paquet à Rosemary avant de faire demi-tour pour s'en aller.

— Attends, Tunis, s'il te plaît ! Il n'y a pas de carte ! Qui me l'a envoyé ?

Une fois ouvert, le paquet révéla une immense écharpe de soie jaune aux superbes franges nouées, de couleur noire.

— Mon Dieu ! C'est magnifique !

— Oui, miss.

Quand elle mit le châle sur ses épaules, elle eut l'impression qu'il la caressait ; elle se sentit presque mal à l'aise.

— Tunis, qui m'a envoyé cela ?

— Miss Rosemary, je ne veux pas d'ennuis avec master Langston.

— C'est… c'est Andrew Ravanel ?

— Non, miss, ce n'est pas lui.

— Tu ne partiras pas tant que tu ne m'auras pas dit qui ! dit Rosemary d'un ton résolu.

Tunis Bonneau ôta ses lunettes et frotta les marques qu'elles lui avaient laissées sur le nez.

— Il pensait que ses lettres ne vous parvenaient pas, alors il m'a demandé de vous apporter ça. Je l'ai vu à Freeport. Il n'a pas changé du tout. J'étais parti sur le *John B. Elliot* avec une cargaison de riz et de coton, j'ai ramené des roues de locomotive pour le chemin de fer de Géorgie. Quand je l'ai vu, j'ai su qui c'était. Rhett Butler n'a pas changé.

Rosemary sentit sa gorge se nouer. Elle s'accrocha à la bordure d'une stalle pour ne pas tomber.

— Il était avec des flibustiers au Nicaragua, mais il a renoncé.

— Mais il… Rhett est mort !

— Oh ! non, miss, il n'est pas mort. Il est bien vivant ! Cet homme voit toujours le côté amusant des choses.

— Mais… il ne m'a pas écrit un mot en neuf ans.

Tunis Bonneau souffla sur ses lunettes et les essuya avec son mouchoir.

— Miss Rosemary, votre frère vous a écrit, et beaucoup.

5

Messages dans des bouteilles

Hôtel Occidental,
San Francisco, territoire de Californie
17 mai 1849

Chère petite sœur,

Cela fait six longues heures que j'ai débarqué de La Gloire des mers *mais la terre oscille encore sous mes pieds.*

Notre capitaine et son fils nous ont conduits à terre en barque, craignant que leur navire ne rejoigne les centaines d'autres désertés par leurs marins devenus chercheurs d'or. Leurs mâts forment une lugubre forêt le long du quai.

Le quai lui-même est un tohu-bohu de gens cherchant hôtels, restaurants, maisons de plaisir et de jeu. Des aigrefins proposent de vendre et d'acheter de l'or. J'ai vu un homme bien vêtu mendiant un repas d'un air agressif.

Lors du voyage, au cours duquel nous avons franchi le cap Horn, j'ai joué aux cartes. Les aspirants chercheurs d'or, persuadés qu'ils seraient riches bientôt, semblaient mépriser l'argent qu'ils possédaient et jouaient comme si la prudence témoignait d'un manque de foi en leur glorieux avenir. Je suis donc arrivé dans cette ville avec une considérable avance (l'argent dont l'argonaute fait usage pour financer ses projets).

Au cours de cette ennuyeuse traversée, les argonautes expliquaient pourquoi ils avaient quitté travail, amis et famille pour un voyage dangereux et un avenir incertain. Tous juraient sincèrement que ce n'était pas pour eux-mêmes mais qu'ils couraient l'aventure pour leurs femmes et leurs enfants qu'ils avaient laissés derrière eux. Bref, ils avaient quitté leur famille pour le bien des leurs ! Apparemment, épouses et rejetons le prendront fort mal s'ils ne les inondent pas d'or...

Ce n'est pas Charleston. Les trottoirs de bois de San Francisco bordent des rues boueuses à vous arracher les chaussures des pieds. Tentes et baraques coexistent avec des bâtiments de brique tellement neufs qu'ils luisent.

Il y a trois ans, avant qu'on ne trouve de l'or, San Francisco n'avait que huit cents habitants ; aujourd'hui, la ville se flatte d'en compter trente-six mille. Du quai aux collines qui la protègent, les rues résonnent du bruit des constructions nouvelles. Les bons à rien, tous ceux qui ne savent plus où aller débarquent.

Chinois, Irlandais, Italiens, Yankees du Connecticut, Mexicains... la cité s'emplit de gens nouveaux et d'idées inconnues.

Tu me manques, mes amis des Basses Terres aussi, mais je n'ai rien d'un exilé. Je ressens l'exultation d'un prisonnier qu'on libère et qui sort dans la lumière d'un matin neuf. Il y a d'autres villes que Charleston, et ce sont des endroits où il fait bon vivre !

Écris-moi ici, à l'hôtel. Ils garderont mon courrier. Parle-moi de Charlotte, de grand-mère Fisher et surtout de tout ce que tu fais. De toute mon ancienne existence, chère sœur, c'est toi qui me manques le plus.

Ton frère aimant, Rhett.

12 mars 1850
Goodyear's Bar, territoire de Californie

Chère petite sœur,

Goodyear's Bar est un camp de chercheurs d'or plus qu'abject ; une flaque de boue parsemée d'excavations, de tentes et de cabanes en rondins sans fenêtres, où les plus chanceux gagnent parfois deux mille dollars grâce à une simple brouettée de terre sortie de leur filon.

Même les riches argonautes doivent manger, leurs pioches et leurs pelles ont fâcheusement tendance à s'user, tandis que la décence (et les nuits en dessous de zéro) exige pantalons et chaussures.

Chère sœur, je suis devenu marchand – une de ces personnes fatigantes d'où finissent par sortir les aristocraties. Avec mon pécule, j'ai acheté un chariot et quatre mules râblées. Et aussi – pour deux fois ce que j'aurais déboursé en Caroline-du-Sud – de la viande de bœuf en saumure, du whisky, de la farine, des pelles, des pioches et des rouleaux de toile.

J'ai chargé le tout sur un bateau à vapeur qui a remonté le fleuve *jusqu'à Sacramento, où j'ai rongé mon frein jusqu'à ce que les pistes menant aux mines d'or soient franchissables. Songe que ton frère devenu marchand a dû creuser son chemin à travers un mètre de neige pour transporter sa cargaison jusqu'à Goodyear's Bar !*

Je n'avais jamais eu droit à un accueil aussi triomphal. Privés de provisions depuis octobre, les gens mouraient de faim et sont tombés sur ton frère en poussant des hosannas.

Ils avaient de l'or mais rien pour le dépenser ! Moins d'une heure après mon arrivée, j'avais tout vendu, sauf mon revolver et une mule.

Je suis revenu à travers la neige en gardant un œil prudent derrière moi. J'avais beaucoup à défendre.

Quand j'ai déposé mon butin à la banque Lucas & Turner, même l'austère M. Sherman, le directeur, a haussé les sourcils.

Je t'ai écrit depuis mon arrivée ici, mais je n'ai reçu aucune réponse. Je prie pour que tu ailles bien et j'attends avec impatience de tes nouvelles.

Maintenant, il est temps de prendre un bon bain et d'aller au lit.

Ton frère aimant, Rhett.

17 septembre 1850
Hôtel Saint-Francis
San Francisco, Californie

Chère petite sœur,

Surtout, ne le dis pas à père, mais je suis devenu quelqu'un de respectable. Les « Marchandises Butler » ont un bureau au premier étage sur Union Square et des entrepôts à Stockton et à Sacramento.

Reconnaîtrais-tu ton frère dans son costume trois-pièces noir, ses guêtres impeccables et sa cravate discrète ? J'ai l'impression d'être un acteur dans une pièce très bizarre.

J'ai l'art de faire de l'argent – peut-être parce que j'y vois une matière première sans signification religieuse.

Je ne joue plus aux cartes. Conduire des chariots vers les camps de chercheurs d'or tels que Goodyear's Bar, Bogus Thunder ou Mugfuzzle (qui, sans être une métropole, existe bel et bien), cela réduit le poker à un jeu pitoyable. Pourquoi devrais-je passer mes nuits dans une pièce empestant le tabac pour dépouiller de leur argent des imbéciles pris de boisson ?

L'avidité les rend fous. Aucune compagnie d'assurances n'acceptera d'assurer leur vie. Le choléra les tue, ainsi que l'alcool et les accidents. Comme les camps ignorent ce qu'est la loi, les querelles se règlent constamment à coups de poing, de pioche ou de revolver. Quand ça ne suffit pas, il arrive qu'ils se tuent eux-mêmes.

Les argonautes sont toujours aussi prêts à se battre que nos aristocrates des Basses Terres, mais ils ont des manières plus directes : pas de bavardages sur l'« honneur » ici.

Nous autres Californiens disons « retourner en Amérique » pour désigner notre ancienne patrie. L'habile compromis de M. Clay, la mort de M. Calhoun sont passés à peu près inaperçus, ici.

Les hommes vont plus vite aussi, sans pour autant être plus sages.

Je n'ai pas reçu de lettre de toi et je n'en attends plus. Tu ne peux être morte – si c'était le cas, je le sentirais. Je suppose que père t'a interdit d'écrire.

Les choses peuvent s'arranger, même à Broughton, et t'écrire rafraîchit le souvenir que j'ai de toi dans mon esprit et dans mon cœur. Je sens ton amour en écrivant, et je te le renvoie, multiplié par dix.

Ton fidèle correspondant, Rhett.

19 juin 1851
Hôtel Saint-Francis
San Francisco, Californie

Très chère Rosemary,

« Les canards de Sydney caquettent cette nuit ! » C'est ce que disent les beaux esprits de cette ville quand un honnête homme est volé, battu ou tué. San Francisco a toujours eu ses durs, mais la récente arrivée d'anciens bagnards d'Australie libérés a rendu la ville beaucoup plus dangereuse.

Je ne m'inquiète ni pour moi, ni pour mes affaires, ni pour mes conducteurs de chariots : j'ai la réputation d'être particulièrement féroce (c'est tout à fait immérité) !

Comme nous l'a appris Isaac Newton, pour toute action, il y a une réaction égale et de sens opposé. Voilà pourquoi, lorsque trois notables m'ont invité à dîner, je me suis aussitôt méfié.

W. T. Sherman, le banquier, est plus âgé que moi. Il a le visage triangulaire d'une mante religieuse, une barbe courte et des yeux phénoménalement grands. Les yeux bruns sont censés être doux et révéler le caractère, mais ceux de Sherman n'en disent pas plus que deux morceaux de charbon. Il est asthmatique – c'est l'un des hommes les plus pâles que j'aie jamais vus. Ni lui ni personne ne s'attend qu'il vive très longtemps.

Cet homme d'esprit pratique ne flanche pas devant la nécessité.

Collis Huntington est de ceux qui croient que leur propre rectitude leur donne le droit de faire trembler les autres. C'est un concurrent des Marchandises Butler, nous nous sommes affrontés une fois ou deux.

Le Dr Wright, dernier membre de ce triumvirat, est un homme crispé, vêtu comme une gravure de mode. Il prétend avoir inventé la formule « le Paris du Pacifique » pour désigner San Francisco. Pour autant que je sache, il ne peut se vanter de rien d'autre.

Nous avons dîné au Saint-Francis dans un salon privé où, après les salamalecs habituels, ils m'ont proposé de me joindre à leur groupe de redresseurs de torts qui, comme Huntington l'a élégamment formulé, pourrait « pendre tous les voleurs et tous les mécréants sur le rivage de la baie ».

M. Sherman m'assura que les désordres menaçaient les intérêts commerciaux et parla de la nécessité d'agir.

Je lui ai rappelé que nécessité ne signifiait pas forcément justice ou équité.

Huntington et Wright s'en sont offusqués : ils voyaient en moi un allié naturel, c'est-à-dire un homme qui pourrait tuer en gardant les mains propres.

Je ne leur ai dit ni oui ni non.

Petite sœur, je ne suis pas très porté à réfléchir mais ce soir-là, je me suis demandé qui j'étais devenu. Qu'est-ce qui distingue le marchand qui pend un voleur pour protéger ses affaires du planteur qui fait fouetter à mort un Noir insolent ?

J'ai décidé que je ne serais pas ce genre d'homme. Je ne veux ni être pendu ni être un bourreau.

J'ai aussi décidé d'aller chercher fortune ailleurs. Des volontaires tentent de renverser les maîtres espagnols de Cuba, peut-être leur donnerai-je un coup de main. Si tu peux m'écrire, je prendrai mon courrier poste restante, La Nouvelle-Orléans.

Ton frère perplexe, Rhett.

14 mars 1853
Hôtel Saint-Louis
La Nouvelle-Orléans

Chère petite sœur,

Les respectables habitants de Charleston seraient choqués par cette ville. Elle est si française ! Ses citoyens – tous de bons catholiques – se préoccupent de nourriture, de boisson et d'amour, mais pas nécessairement dans cet ordre. Dans le vieux quartier qu'on appelle le Vieux Carré, le parfum du péché se mêle à celui des fleurs d'oranger et de citronnier. Je vais au bal chaque soir : très guindé, peu protocolaire, masqué, ou bien du genre qui exige d'avoir un pistolet en poche. Je joue aux cartes chez Megarth, chez Perritts ou au Boston Club. Je me rends à quatre terrains de courses, trois théâtres et à l'Opéra français.

La cité est le port d'attache des flibustiers. Ces jeunes Américains ont pris comme devise la « destinée manifeste » chère à M. O'Sullivan. Leur destinée à eux est manifestement de conquérir et de piller toute nation des Caraïbes ou d'Amérique du Sud trop faible pour se défendre. Dans leur grande majorité, ils pensent que Cuba ferait un excellent État américain une fois que nous en aurons chassé les Espagnols.

J'ai investi dans diverses expéditions de piraterie – si la demande accroît les profits, le patriotisme fera d'un mince filet un véritable torrent. Jusqu'à présent, je n'ai pas été tenté de m'en mêler moi-même.

La Nouvelle-Orléans est la patrie des jolies femmes, ses dames créoles sont cultivées, cosmopolites et très avisées. Elles m'ont appris beaucoup de choses sur l'amour – quête qui vient juste après celle de Dieu.

Il ne fait aucun doute que la créole avec qui je vis, Didi, m'aime à la folie. Nous sommes ensemble depuis six mois, elle veut m'épouser, me donner des enfants, partager mon sort incertain. Elle est tout ce qu'un homme peut vouloir.

Mais je ne le veux pas.

Ma fascination du début a cédé la place à l'ennui, à un vague mépris pour moi-même et pour Didi, parce que nous feignons de croire ce que nous savons être faux.

L'amour, ma chère sœur, peut être terriblement cruel.

Je ne resterai pas avec elle par pitié – ce qui serait encore plus cruel que l'amour.

Moins j'aime Didi, plus elle désespère. Seule une séparation physique résoudra notre problème.

Nous avons soupé avec Narciso López, un général cubain qui organise une expédition. Il a déjà trois ou quatre cents volontaires – assez, m'a-t-il affirmé, pour venir à bout de n'importe quelle armée espagnole : une fois que nous aurons débarqué, les patriotes cubains viendront gonfler nos rangs. Il m'a dit en clignant de l'œil qu'il y a dans le trésor espagnol de l'or des conquistadors. Et La Havane, a-t-il ajouté, est une ville superbe.

Didi a ignoré toutes ces raisons. Elle portait une robe de brocart à corset et un chapeau rouge extraordinaire. Elle n'a rien mangé, elle boudait. Nos omelettes étaient parfaites, notre champagne glacé. Didi était de mauvaise humeur et n'a cessé de contredire le général. Non, les Cubains ne se soulèveraient pas. Et l'armée espagnole était autrement redoutable que quelques centaines d'aventuriers américains.

López, qui est un homme assez prétentieux, nous a expliqué que la conquête de Cuba ferait de nous des gens riches.

— C'est le devoir de l'homme blanc, Butler, a-t-il dit.

— Devenir riche ?

— Notre devoir est de transformer un pays primitif, superstitieux, autoritaire, en une démocratie moderne.

Pareille théorie a suscité chez Didi un flot de paroles furieuses, en français, dont López n'a peut-être pas compris le sens exact mais il en a certainement saisi l'esprit.

Il s'est penché en avant et, avec un sourire condescendant, m'a dit :

— Butler, êtes-vous de ces hommes à qui les femmes disent ce qu'ils doivent faire ?

Didi s'est levée si brusquement qu'elle a renversé le seau à champagne. Elle m'a fixé :

— Rhett, s'il te plaît…

— Veuillez nous excuser, général, ai-je dit.

Elle était très raide à mon bras. Le portier du Saint-Louis nous a appelé un fiacre.

Une mendiante crasseuse descendait la rue en marmonnant de vagues supplications.

López nous a suivis sur le trottoir en s'excusant :

— Señor Butler, je ne voulais pas vous insulter, vous et votre charmante compagne.

— Madre de dios !

La mendiante était assez près pour offenser nos narines. C'est une de ces créatures désespérées qui satisfont les dockers irlandais derrière les digues. Sa main tremblait pendant qu'elle nous suppliait.

— Laisse-nous tranquilles ! a lancé le général en levant sa canne.

— Non, général.

Fouillant dans ma poche pour y trouver une pièce, j'ai vu, derrière la crasse, un visage familier.

— Grands dieux, ne serais-tu pas… Belle Watling ?

Oui, chère sœur, c'était elle. Je n'avais jamais pensé la revoir. John Haynes avait financé son départ des Basses Terres, j'ignorais qu'elle était venue jusque-là.

Quelques semaines plus tard, Belle m'a dit :

— J'ai toujours aimé la mer. Je pensais que les choses seraient différentes ici.

Apparemment, elle s'est retrouvée avec un tricheur qui, quand les cartes le trahissaient, se servait d'elle comme source de revenus. Le fils de Belle vit dans un asile pour orphelins.

Je tenterai d'améliorer un peu la condition de Belle avant que le général López et moi ne partions pour Cuba.

Belle te supplie de ne rien dire de tout cela à son père, Isaiah. Elle est tout aussi déshéritée que moi.

Avec tout mon amour, Rhett.

Juillet 1853
Cuba

Chère sœur bien-aimée,

Je n'ai jamais vu d'aussi belle plage que celle de Bahia Hondo. Un sable argenté, la mer d'un bleu intense semblent aussi infinis que l'éternité – destination vers laquelle certains officiers espagnols se hâtent de me pousser.

L'armée espagnole ne s'est pas débandée. Les Cubains ne nous ont pas accueillis en libérateurs. Enfin, bref.

Quitter les bras de Didi pour un peloton d'exécution, cela ne m'a pas semblé une décision très judicieuse.

J'ai monté une petite affaire et peux encore échapper à mon destin, mais les chances sont faibles et le temps est court.

Un caporal m'a promis de poster cette lettre. Je prie pour qu'elle trouve un lecteur, bouteille que jette à la mer le marin naufragé.

Le sable est doux et tiède. Les bécasseaux errent dans les eaux peu profondes. Leur vie ne dure que quelques saisons mais ils n'en sont pas moins comme nous des créatures de Dieu.

Les Espagnols nous ont ordonné de creuser nos tombes en prévision des réjouissances de cet après-midi. Étant des gentlemen américains, nous avons, bien entendu, refusé. Que ces paysans souillent leurs mains crasseuses !

Rosemary, de tous ceux que j'ai connus sur cette terre miséricordieuse, je ne regretterai que toi...

Pense à moi de temps en temps.

Rhett.

6

Vente de Nègres

La tête de Rosemary lui tournait.

— Mon père a brûlé les lettres de mon frère ? Et les miennes aussi ?

— Un jour, je vois Salomon sur le marché aux poissons. On discute et il me dit qu'il déteste remettre les lettres à master Langston, mais qu'il doit faire ce qu'on lui dit.

Rosemary se sentit prise de nausées et posa la question qu'elle n'avait jamais osé poser :

— Tunis, pourquoi est-ce que mon père déteste son fils aîné ?

Tunis Bonneau était un Noir libre – libre de marcher dans les rues et de voyager sans passeport ; libre d'assister aux services de l'Église baptiste africaine (mais en présence d'au moins un Blanc) ; libre d'épouser une Noire libre ou une esclave qu'il aurait achetée. Il n'avait le droit ni de voter ni d'occuper la moindre fonction officielle mais disposait de son propre argent, de ses propres biens, et pouvait apprendre à lire en toute légalité.

Les gens comme lui rendaient les maîtres nerveux : ils n'étaient ni de simples biens mobiliers ni des Blancs.

Tunis Bonneau feignait donc de ne pas voir ce qu'il voyait, taisait tout ce qu'il savait et affectait une ignorance si profonde qu'elle en devenait insondable. Quand les Blancs l'interrogeaient, il répondait : « M. Haynes m'a dit de le faire » ou : « Il faut demander à M. Haynes. »

Rosemary savait parfaitement tout cela mais, trop bouleversée pour penser clairement, elle saisit Tunis par la manche comme pour lui arracher une réponse.

— Pourquoi Langston déteste-t-il Rhett ?

Tunis soupira et lui dit tout ce qu'elle n'avait jamais voulu savoir.

Tandis qu'il lui parlait de Will, le responsable de l'irrigation, de l'ouragan, et de cet été, voilà longtemps, où son frère était devenu un plein-tâche, Langston Butler était en train de perdre une course hippique.

Le terrain de courses Washington était un ovale aplati de six kilomètres de pourtour bordé par les plus vieux chênes de Charleston. Son pavillon de stuc blanc restait réservé aux membres du Jockey Club mais ses tribunes à bardeaux et sa grande prairie étaient accessibles à tous : Blancs et Noirs, esclaves et affranchis furent ainsi témoins de la défaite de Langston Butler.

Les chevaux de Virginie et du Tennessee venaient à Charleston pour la piste la plus rapide et les prix les plus élevés de tout le Sud. Montures, jockeys et entraîneurs s'installaient dans de grandes écuries de bois dont les travées centrales, très vastes, accueillaient les ventes de chevaux et de Noirs.

La course de midi avait marqué un nouvel affrontement entre le Gero de Langston Butler et le Chapultapec du colonel Ravanel. Les deux chevaux étaient à égalité, les paris vigoureux. Ils s'élancèrent sous les cris des tribunes. Chapultapec courait encore derrière au dernier tournant, mais dans l'ultime ligne droite il dépassa Gero qui se fatiguait et gagna de deux longueurs. De joie, le colonel dansa la gigue.

À la barrière du pavillon, trois jeunes élégants et la fille de Jack Ravanel savourèrent cette extravagante démonstration d'autosatisfaction.

— Jackie, Jackie ! gloussa Jamie Fisher, il ne faut pas marcher sur la queue du tigre ! Juliette, votre père fait des courbettes merveilleusement hautaines.

Edgar Puryear était un observateur assidu des hommes puissants et, voyant le contremaître de Langston Butler converser avec son maître, il lança :

— Que préparent donc ces deux-là ?

— On s'en fiche ! grommela Henry Kershaw, qui était aussi grand et agressif qu'un ours adulte. Prête-moi vingt dollars !

— Henry, tu as déjà parié mon argent sur Gero. Je n'ai rien d'autre, répondit Edgar en retournant ses poches. Messieurs, mademoiselle, comment Langston va-t-il se refaire ?

— Peut-être refusera-t-il d'honorer ses paris ? suggéra Juliette Ravanel.

— Oh ! que non, chère Juliette, dit Jamie Fisher. Vous confondez. Langston est une brute et votre père, Jack, un homme qui se dérobe.

— Je ne sais pas pourquoi je vous tolère, répondit-elle en souriant.

— Parce que vous vous ennuyez facilement !

La vieille fille acerbe et le minuscule jeune homme étaient inséparables mais le scandale les épargnait : quelle que soit la nature de leurs rapports, chacun comprenait qu'ils n'avaient rien de romantiques.

La course suivante devait commencer à quatorze heures. Blancs et Noirs se promenaient sur le terrain de courses et la prairie tandis que dans le pavillon du Jockey Club, des serviteurs sortaient des paniers de pique-nique. Les bouchons sautaient.

Sur le champ de courses, les employés du commissaire-priseur faisaient la réclame d'une vente d'esclaves :

— Les Nègres de John Huger ! Travailleurs des rizières, scieurs de bois, cueilleurs de coton, mécaniciens, domestiques, enfants ! Une centaine de spécimens de premier choix !

Edgar Puryear prit un catalogue et le parcourut de l'index.

— Andrew compte enchérir sur le lot 61 : « Cassius, dix-huit ans, musicien. »

— Cassius ira chercher dans les mille dollars, dit Henry Kershaw.

— Au moins onze cents, intervint Jamie Fisher.

— On parie vingt dollars ? suggéra Henry.

— Tu ne les as plus !

Henry Kershaw sourit, bien qu'il pesât quarante bons kilos de plus que Jamie. Vu la richesse des Fisher, il avait l'habitude de s'imposer. Quels que soient leurs sentiments, les jeunes ours adultes souriaient toujours.

— Juliette, demanda Edgar Puryear, que peut bien vouloir faire Andrew d'un joueur de banjo ?

— Quand il est mélancolique, la musique lui élève l'âme.

Henry Kershaw but à sa flasque qu'il proposa ensuite à Juliette. Elle refusa en frissonnant.

— Vous ne devinerez jamais quel cheval j'ai vu la semaine dernière tirant une carriole à poisson de Nègre, dit-il.

— Tecumseh ? demanda Jamie. Est-ce que Rhett Butler ne l'avait pas laissé aux Bonneau ?

— Le meilleur cheval du pays convoyant du poisson ! reprit Kershaw. J'en ai offert deux cents dollars mais le Nègre a dit qu'il n'avait pas l'autorisation de le vendre.

— Tecumseh en vaut au moins mille ! s'exclama Edgar Puryear. Pourquoi n'as-tu pas contraint le Nègre à te le céder ?

Henry Kershaw eut un grand sourire.

— Tu pourrais sans doute essayer, Edgar, mais pas moi ! Rhett pourrait revenir un de ces jours.

— Où est-il ? demanda Jamie.

Henry Kershaw haussa les épaules.

— Au Nicaragua ou à Saint-Domingue...

— J'ai entendu dire qu'il était à La Nouvelle-Orléans, intervint Edgar. Belle Watling, Rhett Butler, leur bâtard... Quel mélange !

Juliette Ravanel haussa les sourcils.

— Edgar, vous entendez toujours des ragots fascinants ! N'était-elle pas partie chez des parents du Kansas ?

— Du Missouri. Non, répliqua Edgar. Les Watling du Missouri sont trop occupés à faire la chasse aux abolitionnistes. Vous ne lisez pas les journaux ?

— Edgar, répondit Juliette en jouant les coquettes, pourquoi nous autres, femmes frivoles, les lirions-nous quand nos gentlemen peuvent tout nous expliquer ?

Jamie Fisher toussa pour ne pas sourire.

— Je pense, poursuivit-elle, qu'il est beaucoup plus intéressant de chercher à savoir ce que la fille de Langston fera de mon cher frère. Rosemary se jette à son cou !

— Il y a toujours une dévergondée pour se jeter littéralement à la tête d'Andrew ! Je ne comprends pas comment il supporte tout ça, dit Jamie.

Juliette eut un sourire doucereux.

— Pour la même raison qu'il vous tolère, cher Jamie. Mon frère a besoin d'admirateurs.

— Et combien de temps lui faudra-t-il pour s'emparer de Rosemary ? demanda Edgar.

— Cela sera fait avant la fin de la semaine des courses, répondit Juliette, qui paria cinq dollars sur ce sentimental enlèvement.

De l'autre côté du terrain de courses, à l'ombre des chênes, grand-mère Fisher, sa petite-fille Charlotte et John

Haynes pique-niquaient. Haynes & Son avait placé des publicités dans les journaux de Philadelphie et de New York : « *Semaine des courses de Charleston : voyage aller-retour, logement et repas – tout compris !* » John logeait les touristes sur Queen Street, à l'hôtel Mills, où M. Mills tenait la meilleure table de la ville.

Un touriste new-yorkais, qui ne faisait pas mystère de ses sympathies abolitionnistes, avait offensé certains sudistes montés à bord du schooner à Baltimore.

Quand il découvrit que M. Mills était un Noir libre, il refusa de s'installer chez lui et exigea d'être remboursé. Mais comme tout était loué à Charleston pour la semaine, il finit par accepter la chambre qu'on lui avait réservée – tout en réclamant toujours son remboursement.

— Les Yankees ont des principes merveilleusement flexibles, dit John Haynes. Charlotte, vous n'êtes pas vous-même aujourd'hui ! Où donc est votre sourire ensoleillé ?

— Charlotte soupire pour Andrew Ravanel, dit grand-mère Fisher qui, désignant le panier de pique-nique, ajouta : Cook fait vraiment le meilleur poulet des deux Carolines !

— Grand-mère ! Ce n'est pas vrai !

— Oh que si, chérie ! Andrew Ravanel est galant, hardi, avenant, charmant et ruiné. Quelle jeune dame demanderait mieux ?

John loua lui aussi le poulet de Cook, puis ajouta :

— J'espérais voir Rosemary. J'ai mendié une valse hier soir mais son carnet de bal était déjà plein.

En dépit des efforts des meilleures couturières de Charleston, Charlotte Fisher n'avait rien de séduisant. Ses cheveux étaient d'un châtain très terne, son teint malencontreux, sa taille évoquait celle de l'abeille plus que de la guêpe. Elle pinça les lèvres.

— Je ne suis pas sûre que Rosemary et moi soyons encore amies.

— Charlotte, ne dis pas de sottises ! lança la grand-mère Fisher. Vous l'êtes depuis que vous avez cinq ans !

— Pourquoi les plus charmantes personnes de Charleston se disputent-elles le même homme ? soupira John Haynes. Quelqu'un d'aussi ordinaire que moi n'a aucune chance ! Je n'ai rien contre Andrew mais, s'il trébuchait et brisait son nez d'aristocrate, bref, s'il était légèrement défiguré – je ne lui souhaite rien de pire –, je ne pleurerais pas.

— John, vous exagérez, dit la grand-mère Fisher.

— Je suppose que oui, répondit John en souriant. Mesdames, je dois vous poser la question : ne pensez-vous pas que je ferais un excellent époux ?... Merci, grand-mère Fisher, je m'en vais donc battre le tambour.

Une foule se dirigea vers la longue grange qui accueillait la vente d'esclaves. À l'intérieur, les acheteurs se mêlaient sans façon à la marchandise. Les Noires étaient coiffées de mouchoirs noués en turban et vêtues de modestes robes de coton, les hommes de vestes en tiretaine, de pantalons à ceinture de corde. Ils donnaient à leurs chapeaux à large bord une allure tour à tour fringante, étrange ou banale. Les enfants portaient des vêtements plus propres et plus neufs que leurs parents.

Les acquéreurs novices avaient cet air à la fois nonchalant et entendu que prennent les hommes qui n'y connaissent rien.

Cassius, le musicien qu'Andrew Ravanel convoitait, s'appuyait contre la porte d'une stalle, bras croisés, son banjo en bandoulière. C'était un jeune homme à la peau très noire, au visage lisse, un peu grassouillet, avec un air sûr de lui que certains jugèrent irrespectueux.

— Fais-moi entendre ta musique, mon garçon.

Cassius caressa son instrument avec respect, comme s'il avait des pouvoirs particuliers.

— Je ne peux pas, master. Le commissaire-priseur dit que je suis comme une fille : je ne donne rien pour rien ! Qui m'achète achète ma musique. Je peux faire claquer les talons d'un presbytérien !

Presque tous les Noirs cherchaient à se présenter sous un jour favorable, guettant des acheteurs bienveillants ou ceux qui feraient l'acquisition de toute la famille.

— Oui, master, je suis un plein-tâche. Je suis dans les rizières depuis tout petit. J'ai presque toutes mes dents ! Ma femme est blanchisseuse, mon fils est quart-de-tâche et il grandira encore !

On enjoignait aux travailleurs des rizières de se pencher de telle ou telle façon, pour déceler les hernies. Certains devaient marcher rapidement de long en large, d'autres sauter sur place, pour que les acquéreurs les plus avisés puissent évaluer leur souffle et leur vigueur.

— Tu vas souvent au dispensaire, mon garçon ?

— Tu as donné le jour à trois enfants ? Avec des hanches pareilles ?

Le commissaire-priseur, jovial et rougeaud, était en excellents termes avec les acheteurs.

— Monsieur Cavanaugh, inutile d'enchérir sur celui-là ! Le lot 52, voilà ce qu'il vous faut : une fille de quatorze ans à la peau claire. Lot 52 ! N'allez pas dire que je ne m'occupe pas bien de vous !

— Monsieur Johnson, si vous ne proposez pas plus de sept cents dollars pour ce mâle de premier choix, vous êtes moins malin que je ne l'aurais cru ! Sept, sept, j'ai dit sept ! Personne ne veut m'aider ? Sept, une fois, deux fois... Vendu sept cents dollars à la plantation Drayton !

L'homme but une gorgée d'eau puis reprit :

— Je vous rappelle nos conditions, messieurs ! Qui a remporté l'enchère règle la moitié en liquide et signe un bon pour le restant qu'il doit payer dans les trente jours, somme que garantit une hypothèque sur le Nègre vendu.

Il eut un grand sourire.

— Et maintenant, passons à la vente ! Lot 51 : Joe est un garçon de douze ou treize ans. Monte sur l'estrade, Joe, qu'on puisse te voir. Joe n'est pas un de ces grands échalas maigrichons : il prend déjà de la carrure et dans un an il sera un plein-tâche ! Quelqu'un d'avisé – l'homme posa un doigt sur son nez et ferma un œil – pourrait l'acheter pour pas grand-chose, le nourrir pour qu'il grandisse. D'ici la prochaine récolte il aura un homme payé le prix d'un gamin ! Joe, tourne un peu et enlève-moi cette chemise. Vous voyez une marque sur le dos ? M. Huger était un excellent gentleman mais il n'a jamais eu peur du fouet, c'est moi qui vous le dis ! Et Joe n'a jamais eu besoin du fouet parce que c'est un Nègre respectueux. N'est-ce pas, Joe ? Deux cents, deux cents dollars ? Deux, deux, cinq, j'ai entendu cinq ! Cinq cinquante, cinq cinquante ?... Vendu à M. Owen Bull de la plantation Magnolia.

Andrew Ravanel s'appuyait nonchalamment contre une stalle vide. Ses jambes noueuses de cavalier étaient prises dans une culotte couleur brun-roux, sa chemise à ruchés bordée par les revers d'une courte veste jaune ; son chapeau à large bord était en feutre de castor, ses bottes avaient ce luisant qui révèle un entretien fréquent. Andrew leva un doigt indolent quand Puryear et Kershaw s'approchèrent. Andrew avait un teint de couche-tard, sa peau pâle était si translucide qu'on pouvait presque lire son humeur au travers. Il y avait, sous sa langueur à la mode, une tension, comme si le dandy était monté sur ressort.

Edgar Puryear frotta une allumette pour le cigare d'Andrew et hocha la tête en direction de la jeune fille à la peau claire sur l'estrade.

— Un beau morceau !

Henry Kershaw tourna la tête pour voir qui l'achetait.

— C'est le vieux Cavanaugh ! Je me demande si sa femme se doutait qu'elle avait besoin d'une bonne !

— Bonne à quoi ? lança Andrew.

Henry Kershaw s'esclaffa.

— Ne serait-ce pas l'employé de Butler ? Isaiah Watling, là, derrière les étais...

— On se demande comment il a pu rester à Broughton après que Rhett a tué son fils, observa Andrew.

— C'est un moins-que-rien, dit Henry Kershaw d'un ton méprisant. Un boulot de contremaître, c'est moins facile à trouver qu'un fils... Si Watling en veut un autre, il peut toujours en faire un.

— On prétend qu'il est pieux, est-ce vrai ? demanda Andrew.

— À ce qu'il paraît. Élisabeth Butler et lui prient ensemble chaque fois que Langston s'absente. Ils prient... Hein !

— Henry, tu es très vulgaire, dit Andrew sans animosité. Lot 61 : voilà mon Cassius !

Kershaw se gratta là où un homme vulgaire se gratte.

— Ma flasque est vide, je vais au pavillon. Edgar ?

— Je reste.

Andrew fit une première enchère pour Cassius à quatre cents dollars.

— Quatre cents... Six ? Vous êtes sûr, monsieur ? Bien, monsieur. Six cents pour ce jeune Nègre de qualité. Et le banjo avec, pour le même prix !

— Pourquoi Watling enchérit-il ? demanda Edgar Puryear. Langston n'a pas besoin d'un joueur de banjo.

À huit cents dollars, tout le monde avait renoncé, sauf Isaiah Watling et Andrew Ravanel.

Le premier alla jusqu'à neuf cent cinquante. Le second était monté à mille dollars quand Watling leva la main pour attirer l'attention de tous, puis grimpa sur une caisse, dominant la foule de la tête et des épaules.

— Monsieur Ravanel, j'ai reçu des instructions de master Langston Butler. Je vais vous demander : si vous achetez ce Nègre, il vous faudra le payer. Où est l'argent liquide à verser aujourd'hui ? Où sont vos cinq cents dollars ?

Andrew Ravanel se raidit comme s'il avait reçu un coup. On pouvait lire sur son visage tant la surprise que l'outrage et l'embarras. Quand il se tourna vers Edgar, il constata que son ami n'était plus là. Ceux qui l'entouraient feignaient de regarder ailleurs : les autres, un peu plus loin, réprimaient des sourires.

— Messieurs, messieurs ! s'écria le commissaire-priseur.

— Vous nous avez donné les règles ! lui lança Watling. Vous les respecterez, je suppose ?

— Oui, oui ! s'écria quelqu'un.

— Les règles sont les règles ! s'exclama un autre.

— Respectez les fichues règles !

— Watling, hurla Andrew, par Dieu, je vais…

— Monsieur Ravanel, je n'agis pas pour mon compte, ce n'est pas moi qui décide. J'agis pour master Langston Butler. C'est lui qui demande à M. Ravanel : « Où sont vos cinq cents dollars ? »

— Est-ce ma parole que vous voulez ? La parole jurée d'Andrew Ravanel ?

— Sa parole ? dit une voix anonyme.

— La parole d'un Ravanel ? s'esclaffa une autre.

— Monsieur le commissaire-priseur, si M. Ravanel ne les a pas, mes neuf cent cinquante dollars achèteront ce Nègre ! Et je paierai comptant, en une seule fois !

La nouvelle de l'humiliation d'Andrew Ravanel – « Il ne l'a pas volé ! » disaient certains – fit le tour du pavillon. Jamie Fisher eut l'impression que quelqu'un l'avait frappé juste au-dessus du cœur.

Quand il retrouva son ami, les jointures blanches d'Andrew agrippaient la barrière de la tribune.

— Edgar avait vu venir le coup, il peut repérer ce genre de piège à un kilomètre. Mais quand je me suis tourné vers lui, il n'était plus là. J'ai vu une fois Henry Kershaw perdre ainsi mille dollars sur une mauvaise carte... Mais où est-il donc ?

Les yeux blessés d'Andrew scrutèrent la foule, plus indifférente à son égard qu'il ne l'aurait cru.

— Mon petit ami Jamie Fisher... On me dit qu'il est le gentleman le plus riche des Carolines. Cinq cents dollars, c'est de la petite monnaie pour le jeune Fisher !

— Je suis navré, Andrew. Si j'avais été là...

— Jamie, bon Dieu ! Devoir entendre ça ! Devant tout le monde ! Tout le monde, bon Dieu ! Tu aurais dû les voir rire de moi. Andrew Ravanel, celui qui enchérit sans pouvoir payer ! Mon Dieu, Jamie, je voudrais être mort !

— Si tu veux provoquer Watling en duel, je serai ton témoin...

— Jamie, Jamie ! Je ne peux pas, dit Andrew d'une voix aussi faible qu'une rossinante de chiffonnier. Isaiah Watling n'est pas un gentleman, pas plus que son fils. Si je le provoque, je reconnais qu'Andrew Ravanel n'en est pas un non plus.

— Mais Rhett a bien affronté Shad Watling...

— Ne me parle pas de Rhett ! J'ai toujours refusé d'en parler, je pensais m'être fait comprendre !

Andrew voulut allumer un cigare. Ses mains tremblaient trop. Il jeta l'allumette.

— Maudit Langston Butler ! Je connais le commissaire-priseur : il aurait accepté une reconnaissance de dette.

— Andrew, ce n'était qu'un joueur de banjo.

Ravanel eut un rire crispé face à la naïveté de Jamie.

— Tu crois que Langston Butler prépare une soirée musicale ? Ou qu'il veut prendre des leçons de banjo ? Tu le crois vraiment ? Il a acheté un travailleur des rizières les yeux de la tête pour se venger de Jack Ravanel en m'humiliant, moi, son fils ! Tout Charleston a pris la mesure d'Andrew Ravanel, désormais. Il s'est montré sous son vrai jour ! Voilà ce qu'ils pensent !

Jamie Fisher en eut la gorge serrée.

— Andrew, je... je ne sais pas... Tu es si fin, si exceptionnel... Je...

Andrew le fit taire d'un geste.

Des Noirs au brassard du Jockey Club avaient commencé à faire évacuer la piste.

— Andrew ?

— Jamie, pour l'amour du ciel, tais-toi donc !

Une cavalière survint au trot et passa au milieu des officiels, ignorant leurs gestes qui lui enjoignaient de quitter la piste.

Andrew s'immobilisa. On aurait dit un vautour qui se découvre un avenir.

— Hé, mais c'est Rosemary !

Soulagé de le voir passer à autre chose, Jamie dit d'une voix trop aiguë :

— Elle te cherche, sans doute ! Andrew, il faut que je te raconte l'amusant pari de Juliette...

— Jamie, grands dieux, il y a quelque chose ne va pas ! Rosemary est toute retournée. Regarde : elle demande à son cheval de trotter et puis elle lui scie la bouche !

« Miss ! la course, miss ! » s'écriaient les officiels tout en s'éloignant précipitamment. Rosemary scrutait les visages le long de la barrière, son écharpe de soie jaune flottant derrière elle comme une bannière farouche.

— Mon Dieu ! dit pensivement Andrew. Elle est vraiment furieuse !

Le cheval de Rosemary se cabra quand elle tira brusquement sur les rênes.

— Arrête-toi donc, bon sang ! Andrew, où est mon père ? L'avez-vous vu ?

Andrew Ravanel se fit plus immobile encore. Le temps avait ralenti jusqu'à se réduire à ce simple instant.

— Belle Rosemary, dit-il d'un ton presque mélancolique, votre estimable parent a quitté le champ de courses.

Un des organisateurs du Jockey Club – un Blanc portant l'écharpe verte de sa fonction – se hâta vers eux.

— Madame ! Madame !

— Bon sang, vas-tu te tenir tranquille ! s'écria Rosemary en levant sa cravache. Il faut que je trouve mon père ! J'ai des nouvelles ! Depuis aujourd'hui, je sais pourquoi il est maudit !

D'un geste impérieux, Andrew Ravanel stoppa net l'intendant puis entra sur la piste, saisit la bride du cheval de Rosemary et calma l'animal agité.

Hormis eux trois, la piste était vide. La fureur qu'on devinait dans leur petite scène attirait tous les regards.

Sur la véranda du pavillon, un Yankee en visite se tourna vers son hôte.

— Que se passe-t-il ?

— Sam, répondit l'autre, vous êtes à Charleston, désormais. Savourez nos feux d'artifice !

Si Rosemary n'avait pas été soulevée par une rage irrépressible, le ton un peu trop doucereux d'Andrew l'aurait alertée.

— Restez là un instant, chère Rosemary. Nous allons régler tout ça. Laissez-moi vous aider, dit-il en nouant ses deux mains en étrier pour l'aider à descendre.

Ce qu'elle fit sans attendre.

— Andrew, dois-je vraiment encore appeler Langston Butler « père » ? Il m'a menti. Il a détruit mon frère. Il a...

— Langston Butler devra répondre de bien des méfaits.

Il la prit dans ses bras et, devant tout Charleston, l'embrassa longuement avec passion.

7

Le mariage est un état honorable

— Je crois que Rosemary a bien aimé ça, dit Andrew Ravanel avec nonchalance.

Avec son père Jack et Langston Butler, il discutait dans l'entrée de la demeure du colonel Jack, sur King Street. La pièce semblait fatiguée – les éperons avaient balafré le plancher, les banquettes étaient éraflées à force d'avoir servi de tire-bottes.

Butler n'avait ni ôté son chapeau ni abandonné sa canne qu'il agrippait comme une arme.

— Épargnez-moi vos propos sur les faiblesses sentimentales de ma fille.

Il vida sur la table le contenu d'un grand sac et, d'un index dédaigneux, remua factures et reconnaissances de dettes.

— Vingt cents pour un dollar, voilà la valeur marchande de l'honneur des Ravanel.

— Peut-être entendez-vous que mon fils se fiance avec votre fille, monsieur ? demanda le colonel Jack.

— Un Ravanel pour gendre ? s'exclama Langston Butler dont les joues pâles virèrent au rouge. Un Ravanel pour gendre ?

Andrew s'avança d'un pas, son père le retint par le bras.

Langston Butler reprit :

— Je vous l'annonce, j'ai racheté vos dettes : les voilà exigibles dès aujourd'hui. Je vais vendre cette maison et les biens qui vous restent afin de me rembourser. Chapultapec courra dorénavant sous les couleurs des Butler.

Le colonel Jack eut un grand sourire.

— Langston, voyons, vous n'êtes tout de même pas venu ici pour vous emparer de ma modeste maison ! Les Butler ont déjà accaparé toutes nos bonnes terres. Vous êtes un grand propriétaire agricole : vous n'allez pas convoiter les pauvres terrains qui m'appartiennent encore. Je vous connais, Langston, je vous connais depuis l'époque où vous n'étiez qu'un jeune homme arrogant, cupide et sans cœur. Vous avez une proposition à faire au vieux Jack ? Un petit arrangement pour faire taire les cancans et, si je puis le suggérer, améliorer quelque peu les finances des Ravanel ? Allons, monsieur, la chose est possible ?

Langston eut un sourire déplaisant.

— Jack, tout le monde admirait Frances votre épouse. C'était la femme la plus élégante de la région.

Jack Ravanel blêmit.

— Ne parlez pas de ma femme, Langston ! Laissez-la tranquille !

Butler remua les papiers entassés sur la table.

— Je vous demande votre attention. Ce soir, j'annoncerai au Jockey Club les fiançailles de ma fille et de M. John Haynes. Après cela, votre fils fera des excuses publiques pour l'inconvenance de son comportement cet après-midi aux courses. Peut-être étiez-vous ivre, monsieur ? dit-il en jetant un regard froid à Andrew. Ou peut-être si ravi en apprenant les fiançailles de Rosemary que vous vous êtes oublié ? Qu'importent les détails. Si vous n'êtes pas capable d'inventer un mensonge vraisemblable, votre père devrait pouvoir vous donner un coup de main. J'accepterai vos excuses, puis il vous restera à annoncer vos fiançailles avec miss Charlotte Fisher.

— Je ne l'épouserai jamais, monsieur, même si chaque verrue de son visage valait dix mille dollars.

— Comme vous voudrez.

Langston Butler attendit en silence. À trois pas, les Ravanel père et fils débattirent avec véhémence avant de capituler.

Devant la joie de sa petite-fille Charlotte, Constance Fisher renonça à ses réticences et accepta qu'elle se fiance à Andrew.

Depuis sa conversation avec Tunis, Rosemary ne supportait plus de vivre chez son père : elle consentait à épouser John Haynes. Quand elle commença à expliquer les raisons de sa décision à son père, il l'arrêta : « Je te demande d'obéir, et non pourquoi tu obéis. »

Quand le futur couple se rencontra dans le salon de Langston, John Haynes dit :

— Rosemary, c'est plus que je n'aurais jamais osé espérer !

Il mit un genou à terre et demanda :

— Très chère, je redoute votre réponse, mais je dois savoir : est-ce vous qui avez décidé de notre mariage ?

Elle hésita un instant :

— John, je ferai de mon mieux.

Le flegmatique et respectable John se transforma en un gosse hilare.

— C'est bien. Mon Dieu ! Bien, bien. Rien de plus juste. Très chère Rosemary. Ma très chère Rosemary...

Charlotte et Andrew se marièrent en avril. La jeune femme était éblouissante à défaut d'être belle. Les matrones de Charleston claquèrent de la langue, espérant que le nouveau marié finirait par devenir plus raisonnable.

Langston Butler donna à M. et Mme Ravanel un certain joueur de banjo. Isaiah Watling lui-même n'avait pu transformer Cassius en travailleur des rizières.

Deux semaines plus tard, au pied de l'autel de Saint-Michael, John irradiait de bonheur tandis que Rosemary, livide, prononça ses vœux d'une voix si faible qu'on ne les entendit que des premiers rangs.

Quand le couple sortit de l'église, Tunis attendait au bord du trottoir. Il tenait un cheval rouan par la bride.

— Mon Dieu ! s'exclama Rosemary, c'est Tecumseh !

— Votre frère Rhett vous le donne, à vous et à M. Haynes, dit Tunis. Il écrit qu'il vous souhaite tout le bonheur possible en ce jour de votre mariage.

Langston Butler se tourna vers son nouveau gendre.

— Je vais prendre cet animal et j'en disposerai, monsieur.

— Merci, monsieur, répondit John en serrant la main de sa femme, mais ce cheval est un cadeau offert par l'un de mes amis, le frère de Mme Haynes, et je l'accepte avec plaisir.

8

Un bal patriotique

Dans Charleston, on ne crut guère à l'innocence du baiser qu'Andrew Ravanel avait pris à Rosemary sur le champ de courses. Mais les parties compromises étaient désormais mariées. Grâce aux liens qui unissaient Andrew aux Fisher, Butler remit discrètement ses reconnaissances de dettes au colonel Jack, à raison de cinquante cents pour un dollar.

Tout Charleston vit M. et Mme John Haynes dans un élégant sulky bleu que tirait Tecumseh. M. Haynes avait payé la voiture trois cents dollars – sur un caprice de sa femme, disait-on.

Certains prétendaient qu'on avait vu Rhett Butler à New York. Un capitaine de navire anglais raconta à John Haynes que son beau-frère spéculait à la Bourse de Londres. Tunis Bonneau, désormais chef pilote de Haynes & Son, affirmait quant à lui que Rhett vivait à La Nouvelle-Orléans.

Les Haynes traitaient les parents de Rosemary avec déférence, ils plaisantaient avec eux à la sortie de l'office du dimanche. Mais le jeune couple avait son propre banc à l'église et Rosemary ne rendait visite à sa mère qu'en l'absence de Langston Butler. Les nouveaux mariés habitaient au 46, Church Street. Moins de un an plus tard, ils eurent le bonheur d'avoir une fille qu'ils appelèrent Margaret Ann.

M. et Mme Ravanel s'installèrent dans la grande demeure d'East Bay des Fisher. Les créanciers d'Andrew furent consternés d'apprendre que Constance Fisher n'honorerait pas les dettes du jeune ménage.

Cassius, désormais valet de chambre d'Andrew, l'accompagnait partout ; il l'attendait devant les tripots ou les saloons jusqu'à des heures avancées. Souvent, il le ramenait chez lui à l'aube, à moitié endormi, en tirant son cheval par la bride. Quand Andrew partait chasser avec ses amis Jamie Fisher, Henry Kershaw et Edgar Allan Puryear, Cassius leur préparait des plats simples, cirait leurs bottes et leur jouait des airs gais au banjo. Henry Kershaw soutenait que le jeune esclave avait beaucoup perfectionné son jeu dans les rizières de Langston Butler : sa musique, jurait-il, venait du cœur.

La grand-mère Fisher ayant déploré une fois de trop les mauvaises habitudes d'Andrew, le couple quitta la demeure où Charlotte avait passé son enfance pour s'installer dans la maison passablement miteuse du colonel Jack Ravanel et de sa fille Juliette.

En des temps plus heureux, le déménagement aurait attisé la curiosité de la bonne société. Mais l'époque n'était plus au bonheur. « Sécession » – ce mot chuchoté depuis trente ans par des agitateurs – devint un slogan, bientôt un tapage.

Le 16 octobre 1859, John Brown l'abolitionniste assassina la paix, discréditant les partisans de la négociation, divisant les familles entre unionistes et sécessionnistes, les presbytériens, épiscopaliens et baptistes en congrégations nordistes et sudistes. Avec une poignée d'hommes, quelques complots et le culte de la violence, il fondit sur Harper's Ferry, en Virginie, avec l'intention de provoquer une révolte d'esclaves. Il apportait avec lui un millier de piques d'acier afin d'armer les Noirs contre leurs maîtres.

Les planteurs des Basses Terres avaient une peur bleue des insurrections. Autrefois, les réfugiés français qui avaient fui l'insurrection de Saint-Domingue (parmi lesquels les Robillard, parents d'Eulalie Ward) avaient raconté d'effrayantes histoires d'innocents assassinés dans leurs lits, de femmes enlevées, d'enfants dont on brisait le crâne contre les murs. Les révoltes de Nat Turner et de Denmark Vesey avaient échoué, mais John Brown était un Blanc soutenu et financé par des Blancs. Certains Yankees affirmaient même qu'il était un saint.

Après le raid sur Harper's Ferry, les modérés perdirent tout crédit et les extrémistes comme Langston Butler prirent le contrôle de la Convention locale. Désormais, les plus prudents se mirent à les écouter et à crier à leur tour. La Société de Sainte-Cécile vota l'exclusion de Cathecarte Puryear.

Capturé, John Brown fut jugé et pendu mais des milices se formèrent avant même que son cadavre ait refroidi : la Brigade du palmier, les Fusils de Charleston, la Cavalerie légère de Charleston, la Légion d'Hampton… Des navires britanniques vinrent dans le port livrer des fusils, des canons et des uniformes. Bien des jeunes gens jurèrent de cesser de boire, les tripots connurent des temps difficiles. Cassius apprit à jouer les nouvelles chansons patriotiques que l'on braillait partout.

Il s'écoula un an entre le raid de John Brown et l'élection de Lincoln. Les mauvais présages s'accumulèrent. Sept baleines s'échouèrent sur les sables de Gilligan Island. Les oies partirent vers le sud avec deux mois d'avance. La récolte de riz fut la plus abondante qu'on eût jamais vue. Les rebouteux noirs marmonnaient en prophétisant Armageddon. Jamie Fisher dit à sa sœur Charlotte qu'il avait l'impression d'être un oiseau hypnotisé par un serpent.

Andrew Ravanel fut élu capitaine de la Cavalerie légère de Charleston. Quand on lança une souscription pour fournir des uniformes à cette milice d'élite, Langston Butler, oubliant les querelles passées, versa une grosse contribution.

Début novembre, un samedi soir, on retrouva le corps du colonel Jack Ravanel sur une digue derrière un quai. Le révérend William Prescott avait mentionné la mort du père de Tunis dans son sermon du lendemain mais la disparition du vieux Jack, elle, passa inaperçue : Charleston ne pensait qu'à l'élection présidentielle qui aurait lieu le mardi suivant.

Cette année-là, des quatre candidats, seul Lincoln s'était déclaré comme franchement abolitionniste. Il obtint près de trois millions de voix de moins que ses rivaux réunis, et aucune dans dix États sudistes. Mais il arrivait en tête : il fut élu. Dans le Sud, beaucoup de Blancs pensaient que la seule différence entre Abraham Lincoln et John Brown, c'est que Brown était mort.

Six semaines après son élection, la Convention du peuple de Caroline-du-Sud se réunit et, à l'issue d'un bref débat, vota la sécession à l'unanimité. Les cloches des églises sonnèrent, les miliciens défilèrent, des feux de joie illuminèrent les rues.

Les nouvelles milices s'entraînaient sur le champ de

courses. La Cavalerie légère de Charleston portait des pantalons gris, de hautes bottes de cuir et une courte veste de couleur verte semée de galon doré. Les hommes se coiffèrent d'un képi gris, les officiers d'un chapeau noir de planteur orné d'une aigrette.

Edgar Puryear et Henry Kershaw furent élus lieutenants et Jamie Fisher devint chef des éclaireurs.

Les dames de Charleston adoraient se faire peur en admirant les exercices de la Cavalerie légère : main gauche sur les rênes, main droite sur le sabre, chaque cavalier tirait hardiment sa lame dans un éclair argenté avant de foncer à travers les rangs de mannequins de paille, pourvus de balais en guise de fusils et vêtus du bleu fédéral.

Elles admiraient ces jeunes hommes qui avaient abandonné la bannière étoilée et désormais honnie pour le nouveau drapeau à palmier.

Rosemary Haynes poussait des cris jusqu'à s'en étrangler.

Andrew Ravanel en était transformé. Le fêtard mélancolique manifestait une incroyable gaieté, l'égoïste découvrait la solidarité. Serviteur de la nouvelle république, c'était un prince.

En pleine nuit, comme des voleurs, la garnison fédérale de Charleston se retira dans le fort Sumter, la puissante forteresse installée sur une île du port de Charleston. Indignés, les citoyens de la ville protestèrent contre cette capture d'un bien appartenant à la Caroline. M. Lincoln fut informé que toute tentative de ravitailler ou de libérer le fort Sumter serait sévèrement repoussée.

Après une matinée passée à applaudir la Cavalerie, Rosemary rentra. Elle se sentit d'un coup très abattue. Elle respira profondément et se réconforta en pensant que Meg l'attendait. Les jours où les cavaliers ne s'entraînaient pas, elle se réveillait avec la migraine et restait au lit jusqu'à midi.

Rosemary Butler Haynes savait qu'elle ne devait pas céder à la rancœur. John Haynes était un homme bon. Avait-il jamais affirmé être un grand cavalier ? Non, bien au contraire, il plaisantait même sur sa propre maladresse. Si ses doigts étaient tachés d'encre, c'est qu'il était dans le commerce. Pouvait-il en aller autrement ?

Et pourtant, certains matins, son mari parti travailler, dans sa solitude, le souvenir du baiser d'Andrew l'envahissait. Elle avait perdu toute intimité avec Charlotte. Quand sa vieille amie passait au 46, Church Street, les domestiques répondaient : « Miss Rosemary n'est pas là », ou « Miss Rosemary est indisposée ». Comment conserver les liens avec celle qui partageait la demeure, la vie, les grands espoirs et le lit d'Andrew ?

Rosemary s'efforçait de ne pas songer à la vie qu'elle aurait pu avoir.

Son mari lui rapportait de petits cadeaux : un vase en argent, une broche à filigrane d'or rose. Était-ce sa faute si le vase lui semblait ridicule ou si la broche n'allait jamais avec ses robes ?

John ne parlait jamais de politique, n'allait jamais suivre les exercices de la Cavalerie légère. Il défendait même les rares unionistes de Charleston : « Pourquoi faudrait-il vilipender tous ceux avec qui nous ne sommes pas d'accord ? » Chaque matin, excepté le dimanche, il se rendait à pied de Church Street à son bureau, sur le quai de la compagnie John Haynes & Son. Toute la journée, il négociait avec des capitaines de bateau, des affréteurs, des expéditeurs et des assureurs. Un soir où Rosemary regardait le printemps de sa fenêtre, elle vit son mari monter les marches à vive allure. John souriait, un sourire heureux. Dès lors, elle cessa de guetter son retour et resta dans sa chambre tandis que John jouait avec Meg, une bonne heure avant le souper.

John terminait chaque soirée par des prières pour Charleston et le Sud. Il priait pour ses dirigeants, leur sagesse et leur courage, pour la santé et le bonheur des amis et de la famille, dont il énumérait tous les noms. En haut des marches, quand les époux se dirigeaient chacun vers leur chambre, il demandait plein d'espoir :

— Ce soir ?...

— Non, très cher, murmurait Rosemary, pas ce soir.

Elle se sentait si coupable qu'elle répondait parfois d'un ton un peu trop vif :

— Je me sens très bien, John.

John passait alors la nuit avec elle. Le lendemain matin, il partait au travail en sifflotant. Elle détestait cette petite musique. Rien que cela lui donnait la migraine.

Leur petite fille faisait leur joie.

Andrew racontait : « Je conduisais notre petite Meg à White Point Park, elle était debout avec son écharpe jaune et elle saluait les soldats. Quand un cavalier a sorti son sabre pour lui répondre, le bruit de la lame frottant contre le fourreau lui a fait peur et notre pauvre chérie a éclaté en sanglots ! »

Rosemary répondait : « Savez-vous ce que cette polissonne a fait de ses chaussures bleues ? Elle ne les a jamais aimées, alors elle a dit à Cléo de les donner à une enfant pauvre : "J'en ai déjà trop !" »

Le Mississippi, la Floride, l'Alabama, la Géorgie, la Louisiane et le Texas suivirent l'exemple de la Caroline-du-Sud et quittèrent l'Union.

Bien que janvier ait été exceptionnellement froid – il avait neigé dans le piémont –, les habitants de Charleston, sans plus réfléchir, vinrent assister à la première semaine de courses d'une Caroline-du-Sud indépendante.

John Haynes & Son ne pouvait plus organiser ses voyages depuis New York et Philadelphie. La société se rattrapait avec les touristes venus de Richmond et de Baltimore.

Les amateurs de chevaux assuraient qu'ils avaient vécu leur plus belle course depuis un siècle avec l'affrontement du Gero de Langston Butler et de l'Albine de John Canney. La rumeur voulait que Butler ait refusé une offre d'achat de vingt-cinq mille dollars pour son cheval.

Pour son bal, la Société de Sainte-Cécile, décora Hibernian Hall de symboles patriotiques : on accrocha aux murs les flambantes bannières des milices de Charleston et l'on peignit un aigle d'allure féroce, bien qu'un peu louchon, sur la piste de danse.

Comme tous les organisateurs du bal, John Haynes portait une fleur blanche à la boutonnière.

L'orchestre se composait de domestiques noirs que l'on avait dispensés de leurs tâches ordinaires. Une vieille plaisanterie voulait qu'Horace, qui le dirigeait, fût incapable de lire une seule note de la partition posée devant lui. Mais ses musiciens jouaient aussi bien des quadrilles français majestueux que les *reels* pétulants qu'accompagnait magnifiquement le banjo de Cassius au grand plaisir de la jeunesse.

Jamais les femmes de Charleston ne furent aussi belles que ce soir inoubliable, à la veille de la guerre. Les hommes allaient se battre et mourir pour ces jeunes filles superbes à qui ils offraient leur courage.

Ils mesuraient leurs responsabilités devant le conflit inéluctable. Bravaches, certes, mais angoissés : sauraient-ils se montrer à la hauteur ?

La fièvre guerrière poussait la gaieté vers l'hystérie. Les fédéraux abandonneraient-ils le fort Sumter ? Faudrait-il les bombarder jusqu'à ce qu'ils capitulent ? La Virginie et la Caroline-du-Nord feraient-elles sécession ? Langston Butler et Wade Hampton s'étaient rendus à Montgomery, en Alabama, pour participer au choix du président provisoire de la nouvelle Confédération. Toombs ? Yancey ? Davis ? Qui serait l'homme de l'heure ?

— Jamie, dit Rosemary, pourquoi n'êtes-vous pas en uniforme ?

— Parce que j'aurais l'air d'un singe qui sautille ! reconnut franchement le jeune homme.

L'excitation rosissait le visage de Rosemary.

— Est-ce que nous aurons la guerre, Jamie ? C'est terrible à dire, mais j'espère que oui.

Jamie frémit.

— Andrew lui aussi a hâte de se battre ! Regardez, il a mis ses éperons pour danser ! Mon Dieu !

Andrew Ravanel sourit à la jeune femme.

Rosemary détourna son regard.

— Et vous, Jamie ? Qu'en pensez-vous ?

— Je ne suis pas un va-t-en-guerre, répondit Jamie en haussant les épaules. Oh ! je me battrai s'il le faut, mais la guerre sera épouvantable... Que fera-t-elle de nos chevaux ? Pauvres bêtes victimes de la politique !

Juliette Ravanel toucha le coude de Jamie avec son éventail. Ces temps-ci, tous les régiments la demandaient pour broder leurs drapeaux. Cette notoriété imprévue la rendait moins brutale. Elle portait une robe de taffetas parfaitement coupée. Mais Juliette n'aimait pas le pourpre.

— Belle fête, madame Haynes, dit-elle avec une révérence ironique. J'espère que votre carnet de bal s'est rempli...

— Les vieux cousins Haynes ont accaparé les danses que John n'a pas retenues ! Des vieux chauves à fausses dents et mauvaise haleine... Mais ils grillent d'envie de tenir leur nouvelle parente dans leurs bras.

— Jamie, dit Juliette en examinant son propre carnet de bal, il me reste deux valses.

— Vous promettez de ne pas mener ?

Juliette eut un sourire glacial.

Si sa partenaire savait protéger ses orteils lors des pas compliqués, John Haynes savait venir à bout d'un quadrille. Rosemary sourit avec raideur pendant les deux temps. « Désolé, chérie, chuchota son époux. Excusez ma maladresse... Une main épaisse sur le dos de sa cavalière, l'autre sur sa taille, il dansait comme un propriétaire. À la fin du quadrille, il s'inclina :

— Rosemary, vous êtes la plus belle femme de ce bal et moi, l'époux le plus heureux de la Caroline-du-Sud.

Il était sincère. Elle avait envie de s'échapper. Elle se retint.

— Seulement de Caroline-du-Sud ? réussit-elle à dire.

— Du monde ! De chaque continent béni d'un monde béni !

De ses lèvres lourdes et tièdes, il baisa la main de sa femme.

Un autre air à deux temps. Ils se préparaient à danser le quadrille quand on s'agita vers l'entrée. Un homme se précipita vers eux, parla à l'oreille de John. Celui-ci se pencha vers sa femme :

— Très chère, je dois aller sur les quais. On vient d'y débarquer des munitions peut-être destinées aux Yankees. Accordez mes danses à d'autres, je ne veux pas gâcher votre soirée !

— Je vous le promets, dit Rosemary.

Dix minutes après le départ de John, Andrew Ravanel survint. Il empestait le rhum et la transpiration. Il s'inclina :

— Rosemary...

— Capitaine Ravanel, je ne savais pas que nous nous adressions la parole.

— Je comprends que vous soyez furieuse, répondit-il avec un sourire mélancolique. Je suis le pire scélérat des Basses Terres.

— À l'époque où nous nous rencontrions, vous m'avez compromise. Je crois que je vous dois mon mariage...

— Vous en avez souffert ? John Haynes n'est pas un bon époux ?

Rosemary plissa les yeux.

— Prenez garde, monsieur.

Andrew leva les sourcils d'un air faussement surpris.

— Si je vous ai de nouveau offensée...

— Je ne vous ai pas pardonné la première fois.

— Moi-même, je ne me suis pas pardonné ! Parfois, je m'éveille la nuit en pensant : pourquoi ai-je pris le risque d'un baiser aussi fou ? Mais c'était merveilleux, Rosemary. Je n'oublierai jamais. Rosemary, je n'aime pas l'ironie. Et vous ? Et pourtant, quelle ironie : c'est ma déclaration d'amour qui nous a séparés et jetés chacun dans les bras d'un autre !

— Déclaration d'amour ? Vous vous moquez de moi, capitaine ? Comment pouvez-vous croire que j'aie pu prendre cela pour une déclaration d'amour ?

— Si je dois mourir à la guerre, ma dernière pensée ira à ce baiser. Ne me laissez pas partir.

— Monsieur, dans ces circonstances, la dernière pensée va toujours à la personne qu'on aime. Allons, à l'instant de mourir, vous verrez le visage de Charlotte. À moins qu'il ne s'agisse d'une autre conquête…

Andrew rougit avant d'éclater de rire, et si fort que les couples voisins se retournèrent avec un sourire. Il porta de nouveau la main à son cœur.

— Rosemary, je ne puis vous promettre de vous être fidèle. Mais je vous garantis ma dernière pensée.

— De toute façon, la guerre n'aura pas lieu.

— Bien sûr que si. Voyez nos uniformes fin prêts, nos sabres, nos pistolets. Tout s'organise. Je sais que vous êtes une cavalière merveilleuse. Venez danser.

Rosemary céda. Elle connaissait le péril : Andrew Ravanel était aussi brillant que dangereux. Il anticipait les mouvements de sa partenaire, les soulignait, les transformait en art.

La valse, une valse à trois temps de M. Strauss, prit fin trop tôt. Rosemary agita son éventail, les autres danseurs saluaient leurs partenaires.

— Une autre ? demanda Andrew.

Andrew Ravanel dansa avec elle toutes les danses réservées pour John Haynes. Pendant la première pause, la grand-mère Fisher la prit à part.

— Charlotte s'est enfuie en larmes ! Rosemary, tu te rends compte de ce que tu fais !

Mais Rosemary en était incapable. Elle s'était contenue trop longtemps.

À minuit, après le quadrille, les couples se dirigèrent vers la salle à manger pour un buffet froid. Les hommes sortirent pour fumer. L'odeur de tabac se glissait dans la pièce où, malgré la hauteur du plafond, régnait une chaleur pesante. Toutes les connaissances de Rosemary semblaient détourner leur regard.

— Tant que nous y sommes... lui murmura Andrew à l'oreille. Il s'interrompit brusquement et cria : Henry Kershaw, vieille fripouille, te joindras-tu à nous pour le souper ?

À nous ? Qui *nous* ? Rosemary et Andrew ?

— Non, balbutia-t-elle en libérant son bras.

Les hommes s'écartèrent quand elle s'enfuit vers la véranda. De l'autre côté de la rue, dans le cercle de lumière que jetait le gaz devant le saloon de Garrity, des miliciens éméchés chantaient.

Bon sang, bon sang, bon sang !

Constance Fisher la rejoignit en rajustant son châle.

— Qu'as-tu fait de ta cape ?

Rosemary secoua la tête.

— Ma chérie, écoute-moi.

Les joues de la jeune femme étaient trempées de larmes.

— Grand-mère Fisher, qu'est-ce qui m'arrive ? Je ne suis qu'une sotte !

Elle répéta :

— Une sotte...

La vieille dame se radoucit :

— Mon enfant, tout cela n'est pas malin !

— Que va penser John ? Et Charlotte ?

— Si j'étais elle...

— Grand-mère Fisher, que vais-je faire ? s'écria Rosemary les mains crispées sur la balustrade.

Constance Fisher la saisit par les épaules.

— Tu feras comme toutes les dames de Charleston ! On te présentera des enfants mulâtres qui ressembleront à ton mari. La nuit, quand les pas de ton époux ivre te réveilleront, tu te contraindras à sourire. Oui, tu feras comme si Dieu était au ciel et le monde parfait.

Rosemary termina la soirée aux côtés de Constance Fisher. Chaque fois qu'Andrew Ravanel s'approchait, il devait reculer devant le regard glacé de la vieille dame.

Il se consola avec la plus jolie fille de la soirée qui le dévorait des yeux.

Quel aimant, pensait Rosemary. Pourquoi un aimant penserait-il aux conséquences de ses actes ?

Très tard, on s'agita de nouveau vers l'entrée. John Haynes se précipita vers sa femme avec un grand sourire. Au passage, il écarta Juliette Ravanel :

— Une autre fois, Juliette !

Un gentleman aux cheveux noirs le suivait. Il laissa sa cape à un valet de pied. Horace, le chef d'orchestre, perdit la mesure, les musiciens s'embrouillèrent. Peu à peu, les danseurs s'arrêtèrent et se tournèrent vers le nouveau venu.

Rosemary resta bouche bée.

Un œillet rouge ornait le large revers de velours de Rhett Butler. Sur sa chemise à jabot, des pépites d'or de la grosseur d'un pois tenaient lieu de boutons de manchettes. Il avait ôté son chapeau de planteur à large bord. Ses mains semblaient immenses, bien plus grandes que dans le souvenir de Rosemary.

— Bonsoir, capitaine Butler ! dit Horace. Voilà bien longtemps qu'on ne vous avait vu !

— Bonsoir, Horace. Et toi... tu dois être Cassius, le joueur de banjo ? Tu es connu, mon fils ! On parle de toi jusqu'à La Nouvelle-Orléans !

Cassius tira quelques accords plaintifs de son banjo.

— Merci, monsieur ! Je crois que tout le monde connaît le capitaine Butler.

Rhett leva les mains.

— Surtout, n'arrêtez pas de danser à cause de moi ! Il y a tant de choses à fêter ! Qui aurait pu prédire que la courageuse Charleston défierait le géant fédéral endormi ?

Il s'inclina ; sa chevelure noire brillait.

— Edgar Puryear ! Te voilà officier, maintenant ! Oh, mais c'est Henry Kershaw ? Mon Dieu, le lieutenant Henry Kershaw ! Et mon vieil ami Andrew...

Andrew Ravanel restait pétrifié.

Rosemary contemplait les rides au coin des yeux de son frère, si familières et si chères. Comment aurait-elle pu oublier son élégance naturelle ? Elle s'avança vers lui. Elle croyait rêver.

Les yeux de Rhett cessèrent de sourire.

Cassius joua les premières notes du *Slumber, my Darling* de Stephen Foster puis s'arrêta.

— Petite Rosemary, ma sœur bien-aimée ! dit Rhett le regard humide.

Il lui prit les mains :

— Me feras-tu l'honneur de cette danse ?

9

Barbecue dans une plantation géorgienne

Depuis le bal, Rhett Butler se sentait aussi désemparé que douze ans plus tôt, quand il s'était soûlé au whisky sous le porche du colonel Jack en se demandant indéfiniment s'il avait encore la moindre raison de vivre.

Tirer sur le fort Sumter ! À quoi ces imbéciles de Charleston croyaient-ils jouer ?

— Je prendrai livraison à la tête de ligne, monsieur Kennedy. Ma banque d'Atlanta honorera la traite.

Frank Kennedy caressa sa maigre barbe roussâtre et retourna la traite de Rhett comme s'il cherchait quelque chose au dos.

— Oui, bien sûr, bien sûr, dit Kennedy.

— Vous n'avez pas confiance ?

— Oh ! non, monsieur Butler, ce n'est pas ça, répondit Kennedy en secouant la tête avec un peu trop de vigueur.

Les deux hommes se trouvaient face à face dans la pièce principale du magasin que Kennedy possédait à Jonesboro. Berceaux de paille, jambons fumés et fourches à foin pendaient des chevrons. Les travées débordaient d'articles de mercerie et de fournitures agricoles. L'entrepôt empestait le liniment, la mélasse, le goudron de pin.

Les respectables citoyens de Charleston, dont Langston Butler, avaient déclenché une guerre ! Imbéciles béats, vertueux, brailleurs de cantiques !

Un employé noir versait prudemment de l'essence de térébenthine dans une cruche en terre, un autre balayait le plancher. En dépit d'une allure peu engageante, Kennedy était un homme de poids : il possédait cinquante esclaves, un second magasin à Atlanta et des milliers d'hectares d'excellentes terres à coton.

Rhett lui avait acheté sa récolte et comptait bien faire fortune. Ç'aurait dû le mettre de bonne humeur.

Il se sentait complètement abattu.

— Votre réputation commerciale est excellente, dit Kennedy qui se reprit : je veux dire...

Rhett demeura impassible.

— Que certains prétendent que je suis un renégat ?

— Je n'avais pas une seconde l'intention de vous offenser.

Pliant en deux la traite de Rhett, Kennedy la glissa dans son portefeuille qu'il remit dans sa poche.

Rhett pensa : oui, mon gars, les renégats sont parfois des voleurs ou des gens sans parole mais au moins ils vous épargnent les chichis

Kennedy leva le nez :

— Dites-moi, Butler, que faites-vous cet après-midi ? Ça vous plairait, un petit tour à la campagne ? John Wilkes fiance son fils. Il y a un grand barbecue, tout le monde est invité. Vous connaissez l'hospitalité des Douze Chênes...

Il fit un vague geste en direction du nord.

— Un bon bout de chemin vers Atlanta ! Accompagnez-moi ! Je vous ramènerai à temps pour votre train.

Celui-ci ne partait qu'à dix heures du soir. Rhett était déprimé et peu disposé à traîner tout un après-midi dans un hôtel : il accepta l'invitation de Frank Kennedy. Un barbecue, c'était toujours mieux que rien. Pouvait-il imaginer que cette décision insignifiante allait faire basculer sa vie ?

Le buggy de Kennedy longeait d'épais bosquets d'arbres de Judée. Des buissons d'épices parfumaient l'air. Les cornouillers luisaient comme des fantômes dans les bois le long de la route.

Rhett regardait avec tristesse ce paysage sublime du nord de la Géorgie. Il avait passé l'hiver à Manhattan où l'on ne parlait que de l'imminence de la guerre. Il avait écouté à Cooper Union le discours d'Abraham Lincoln, ce péquenot dégingandé. Il avait compris que ce président à l'allure morose serait un ennemi redoutable. Le Nord avait déjà mobilisé cent mille Yankees. À New Haven, où Rhett venait chercher des machines pour un marché, un armurier lui avait répondu :

— Ah, mon pauvre, j'ai dix fois plus de contrats que je n'en peux satisfaire. En revanche, Butler, savez-vous où l'on trouve encore des tours à fabriquer des canons de revolver ?

Un dimanche après-midi, Rhett avait parcouru les docks de Brooklyn. Sur des centaines de navires de guerre, on forgeait, on donnait des coups de marteau, on renforçait les coques, il y avait des peintres sur les échafaudages, des centaines de femmes cousaient des voiles dans de grandes salles. Un dimanche !

Et pendant ce temps-là, le Sud inconscient et mal armé s'apprêtait à combattre Goliath avec un héroïsme imbécile !

Rhett Butler aimait passionnément le Sud : sa courtoisie, son raffinement, son hospitalité, son tempérament farouche que dissimulait mal un accent traînant, languissant. Mais les sudistes se refusaient à croire à la réalité quand la réalité leur était contraire. Comment diable les faits pourraient-ils être plus forts que la bravoure ?

Frank Kennedy crut que le silence de Rhett trahissait le malaise d'un étranger invité chez des inconnus. Il le rassura gauchement. John Wilkes était « un gentleman géorgien de la vieille école », comme d'ailleurs son fils Ashley. Sa future épouse avait l'air « toute menue », mais était « très vive ».

Comme son compagnon ne répondait toujours pas, Franck entreprit de nommer les jeunes lions qui seraient là, les Tarleton, les Calvert, les Munroe et les Fontaine : « Quand Tony a blessé d'une balle Brent Tarleton à la cuisse – ils étaient tous les deux ivres morts –, ils ont pris ça à la blague ! À la blague ! » Kennedy secoua la tête : cet homme prudent déplorait les extravagances d'une bande qu'en secret il aurait aimé fréquenter.

Rhett Butler n'était pas sentimental au point de ne pas profiter des erreurs sudistes. Le Sud produisait les deux tiers du coton de la planète et Rhett s'attendait que la marine de Lincoln instaure le blocus des ports. Les prix grimperaient alors en flèche tandis que le coton de Rhett serait en sécurité aux Bahamas avant que les navires nordistes ne viennent assiéger les confédérés.

L'argent n'était pas tout : il n'effaçait pas la tristesse. Rhett se voyait en adulte face à des enfants en plein jeu, avec leurs grands gestes, leurs hurlements. Ils se prenaient pour des Indiens ou des soldats de comédie ; ils paradaient et fantasmaient la guerre. Il y avait de quoi pleurer. Et il ne pouvait rien faire pour empêcher tout cela. Absolument rien.

Frank Kennedy se sentait mal à l'aise devant le mutisme de Rhett. Il se mit à babiller :

— M. Wilkes n'a rien d'un rustaud, monsieur Butler, au contraire. Les Wilkes possèdent une bibliothèque de plusieurs centaines d'ouvrages. Il a lu tout ce qu'un gentleman doit lire et son fils Ashley en fait autant. Comme on dit, la pomme ne tombe jamais loin de l'arbre ! Vous verrez aussi Gérald O'Hara. Un type bien ! Il est de Savannah – pas de naissance, bien sûr, il vient d'Irlande. Je n'ai rien contre les Irlandais, attention. Je ne pourrais d'ailleurs pas, je courtise sa fille, Suellen.

Il regarda Rhett, attendant une réponse, mais les yeux de son compagnon demeuraient perdus dans le vague.

— En tout cas, reprit Kennedy pour meubler le silence, Gérald a acheté la plantation de Tara ; c'est comme ça qu'il s'est installé dans le comté de Clayton. Suellen est jolie comme un cœur.

Il se frappa le genou et renchérit :

— Une vraie pêche de Géorgie !

Rhett se souvenait de Charleston : ses anciens camarades de classe y maniaient aujourd'hui des canons pointés sur le fort Sumter tandis que leurs aînés en appelaient toujours davantage à la guerre.

Pourrait-il persuader Rosemary et John de quitter le Sud ? « Jusqu'à ce que tout ça se calme, John. En Californie un homme comme toi trouvera tout ce qu'il veut. Ou Londres ? Ta fille adorerait visiter l'Angleterre. Et Rosemary… »

Andrew Ravanel et Rosemary avaient fait scandale au bal patriotique ; elle et son mari ne s'adressaient plus la parole.

— Ma Suellen est parfois un peu cinglante, continuait Kennedy. Mais elle se reprend vite. Vous êtes un homme du monde, Butler, vous voyez ce que je veux dire.

Rhett retint sa langue, qu'il avait acérée.

Ils passèrent la rivière à gué et montèrent une colline au trot. La demeure des Douze Chênes était plus petite que Broughton, mais grandiose avec ses nombreuses cheminées. De larges piliers corinthiens soutenaient un toit plat qui couvrait de vastes vérandas sur trois côtés de la demeure.

— Vous verrez bien vous-même ! répéta Frank Kennedy, l'hospitalité des Wilkes est légendaire !

Il y avait beaucoup d'agitation devant le bâtiment : les cavaliers mettaient pied à terre et des voitures déchargeaient leurs occupants. Des grooms emmenaient chevaux et véhicules pendant que les invités échangeaient des salutations enthousiastes avec des voisins qu'ils n'avaient pas vus depuis au moins une semaine.

L'odeur forte de la viande de porc parfumait celle du bois de noyer qui brûlait.

Sur la véranda, des jeunes filles dans leurs plus belles robes flirtaient avec d'élégants garçons vêtus de pantalons gris très serrés et de chemises de lin à jabot. Les plus âgés discutaient solennellement tandis que les enfants filaient à travers la pelouse comme des hirondelles.

Était-ce le dernier après-midi glorieux et fastueux du Sud ? Ou ses funérailles ?

Sur la véranda, un patricien aux cheveux blancs accompagné d'une jeune fille accueillit Frank et Rhett.

— John Wilkes, sa fille, Mlle Honey Wilkes. M. Rhett Butler. M. Butler et moi avons fait affaire ce matin et j'ai pensé que nous pourrions échapper un moment à nos devoirs. John, j'espère que vous ne m'en voudrez pas…

— Ma maison est toujours ouverte à un gentleman. Bienvenue aux Douze Chênes, monsieur.

— Vous êtes trop aimable.

— Votre accent, monsieur ?

— C'est celui des Basses Terres de Caroline où je suis né, monsieur.

Wilkes fronça les sourcils.

— Butler… Rhett Butler… n'y avait-il pas… Je crois me souvenir…

Une lueur dans les yeux du vieil homme apprit à Rhett que Wilkes se souvenait bel et bien du passé mais son sourire ne faiblit pas.

— Aucune importance. Tom, apporte des bouteilles, M. Kennedy et M. Butler ont dû respirer une poussière folle pendant leur voyage.

Honey Wiles fit de grands gestes.

— Papa, regarde, ce sont les O'Hara. Honte sur vous, Frank Kennedy ! Aidez donc Suellen à descendre !

Frank se hâta d'obéir. Rhett, après un salut poli à

l'adresse de son hôte, se retira dans un coin tranquille de la véranda. Il regrettait déjà d'être venu.

Les Douze Chênes bourdonnaient. Comme toujours dans ce genre de fêtes, il y aurait des rencontres, des amorces de mariage, sans doute un scandale ou deux. Tourbillonnant à travers le parfum des fleurs, baignée de gaieté, de flirts et de plaisanteries, la romance était là, aussi neuve que si garçons et filles la découvraient pour la première fois.

Les yeux de Rhett se posèrent sur une très jeune femme en robe verte. Il sentit son cœur s'emballer.

— Grands dieux ! dit-il à voix basse.

Ce n'était pas une franche beauté : elle avait le menton pointu, la mâchoire trop forte et cette pâleur à la mode – jamais les dames n'exposaient leur peau au soleil brutal du Sud. Elle était très animée. Rhett la vit toucher le bras d'un jeune dandy avec autant d'indiscrétion que d'insouciance.

Sentant un regard étranger, elle leva la tête. L'espace d'une seconde brûlante, ses yeux verts, surpris, croisèrent ceux de Rhett. Puis elle eut une petite moue de dédain et reprit son flirt.

Oubliée, la guerre toute proche ! Oubliées, les dévastations à venir ! L'espoir surgit en Rhett Butler comme une source apaisante. Il humecta ses lèvres sèches : « Mon Dieu ! Cette fille est faite comme moi ! »

Son cœur battait un peu moins vite. Il détourna les yeux en souriant. Voilà bien longtemps qu'il ne s'était pas couvert de ridicule pour une femme.

Rhett erra à travers la maison jusqu'au barbecue. Là, à l'ombre des arbres, il découvrit les tables du pique-nique drapées de lin belge, chargées d'argenterie anglaise et de porcelaine française. Il choisit la moins fréquentée et s'assit. Un serviteur lui apporta aussitôt une assiette et un verre de vin. Quand ses pensées revinrent à la jeune fille, il secoua la tête et but un deuxième verre.

La viande de porc avait une odeur un peu fumée, la salade de pommes de terre était un parfait mélange aigre-doux, mais il y avait en bout de table trop de jeunes gandins qui le regardaient d'un air mauvais. Ceux-là n'allaient pas tarder à faire des remarques déplaisantes et qu'il lui serait impossible d'ignorer. Rhett refusa une tarte aux fruits secs et décampa pour s'installer à l'ombre d'un vénérable noyer.

Il alluma un cigare. Quand John Wilkes vint le rejoindre, il le complimenta :

— Une hospitalité comme la vôtre s'arrête à la ligne Mason-Dixon, monsieur. Elle ne pourrait survivre aux hivers yankees.

— Vous êtes trop aimable ! M. Kennedy me dit que vous étiez récemment dans le Nord ?

— Oui, monsieur.

— Ils se battront ?

— Oui. Jamais Abraham Lincoln ne lèvera le drapeau blanc.

— Mais nos courageux jeunes gens...

— Monsieur Wilkes, vous m'avez accueilli chez vous sans savoir qui j'étais. Je crois que c'est ce qui définit le bon Samaritain. Je vous en suis reconnaissant, monsieur.

— Trop reconnaissant pour expliquer à votre hôte ce que vous pensez des perspectives d'avenir de la Confédération ?

— M. Kennedy m'a dit que vous aviez une superbe bibliothèque. Peut-être pourriez-vous me la montrer plus tard ?

La fille – celle aux yeux verts, avec la robe assortie – s'était assise parmi ses soupirants sur une ottomane de bois de rose qui prenait des allures de trône. Une princesse, une reine parmi ses favoris. Elle répondait un peu trop vivement aux compliments et aux taquineries, comme une ingénue dans son premier grand rôle et qui se croit obligée d'en faire trop.

— Taratata ! lança-t-elle pour tourner en ridicule l'inepte boutade d'un de ses admirateurs.

À la grande consternation de Suellen O'Hara, Frank Kennedy allait chercher les meilleurs plats pour l'inconnue – humble tâche dont n'importe quel serviteur aurait pu se charger. Rhett s'attendait presque à le voir mettre un genou à terre.

Wilkes avait suivi son regard.

— Scarlett O'Hara. Elle est belle, non ?

— Scarlett... Oui, en effet.

— Je crains que notre Scarlett ne soit une briseuse de cœurs.

— Elle n'a jamais rencontré un homme qui la comprenne.

Wilkes sentit la véhémence de Rhett et fronça les sourcils.

— Les soupirants, les bals, une jeune personne doit-elle

s'occuper d'autre chose ? Préféreriez-vous qu'elle charge sa jolie tête d'histoires de guerre, d'armée, de politique ?

— J'espère sincèrement qu'elle n'en aura jamais besoin, dit Rhett. On fait pire que la beauté et l'innocence.

— Mon fils Ashley s'est engagé, dit Wilkes en désignant un jeune homme mince assis en tailleur à côté d'une jeune fille qui devait être sa fiancée.

Ashley Wilkes était bien le fils de son père : grand, les yeux gris, blond, avec l'élégante confiance de l'aristocrate. Sa compagne riait assez joliment à la première plaisanterie.

Wilkes se confiait à Rhett, un inconnu, précisément parce qu'il était un inconnu.

— Certaines de mes connaissances – des hommes influents, qui voient loin – exilent leurs fils en Europe.

— Monsieur Wilkes, pour le Sud, il n'y a plus de bons choix. Ceux qui nous restent seront douloureux.

— Sans doute avez-vous raison, répondit Wilkes avec un grand soupir. Mais, excusez-moi, je crois que les jumeaux Tarleton se sont attardés trop longtemps devant le tonneau de brandy.

Scarlett flirtait, acceptait chaque compliment avec une modestie apparente et, de temps en temps, en baissant les paupières, jetait des regards au jeune Wilkes. Rhett venait de la surprendre.

Par-delà cet homme qu'elle ne connaissait pas, Scarlett leva les yeux vers Asley tout en chuchotant des confidences à un admirateur. Quand elle croisa de nouveau le regard de Rhett, il se mit à rire. Il comprenait : la briseuse de cœurs se servait de ses soupirants pour provoquer la jalousie d'Ashley. C'est pour lui qu'elle avait ensorcelé tous les mâles disponibles – et même ceux qui, comme Frank Kennedy, semblaient moins disponibles qu'ils ne l'auraient souhaité.

Apparemment, la briseuse de cœurs était folle d'un homme qui appartenait à une autre. Pauvre enfant, malheureuse et si charmante !

Quand elle entendit le rire de Rhett, Scarlett rougit et fila trouver refuge auprès de ses admirateurs.

C'était inévitable. Il y aurait forcément un imbécile pour parler du sujet que tout le monde s'efforçait d'éviter : « le fort Sumter ». Trois mots, et la langueur romantique de cet après-midi s'évanouit.

— Nous balayerons les Yankees en un mois ! promit un jeune élégant.

— En trois semaines ! lança un autre.

— Bon Dieu – excusez-moi, mesdames –, dans la guerre, ces types n'ont aucunes tripes !

— Un sudiste, mais ça vaut quatre Yankees à lui seul !

— Puisqu'ils veulent la guerre, ils l'auront !

Un vieillard sénile braillait des incohérences en agitant sa canne. Les visages rougissaient de passion et d'alcool.

Comme on le pressait, le jeune Wilkes répondit qu'il se battrait s'il le fallait, bien sûr, mais que la guerre serait terrible.

L'incomparable jeune fille jeta à son héros un regard d'adoratrice.

— Et vous, monsieur ? demanda Ashley en se tournant vers Rhett. Mon père me dit que vous avez passé un certain temps chez nos anciens compatriotes.

Et c'est ainsi que Rhett Butler en vint à dire tout ce qu'il s'était promis de taire, sachant que ses propos étaient inutiles et qu'il parlait à des sourds.

— Je ne réponds qu'à ma conscience, et je ne prendrai pas part à une guerre qui détruira tout ce qui m'est cher.

— Vous ne combattrez pas pour votre pays ? brailla un jeune incrédule.

Il se forma un cercle autour de l'étranger ; les cavaliers de la reine se levèrent, prêts à réclamer l'apostasie.

« Puisque j'ai commencé, autant continuer... » se dit Rhett.

Comme un instituteur s'adressant à des écoliers bornés, il décrivit le pays des Yankees, ses énormes usines, ses fabriques assourdissantes. Il évalua sa richesse – l'or de Californie, l'argent du Nevada –, ajoutant que la Confédération ne possédait rien de comparable. Jamais la France et l'Angleterre ne la reconnaîtraient. Il argumenta longuement.

— Ce n'est pas la guerre du général Washington, messieurs. Cette fois, la France ne nous tirera pas de là.

Les jeunes dandys se rapprochèrent. Aucun ne souriait. L'air était immobile, la réunion sentait l'orage.

— J'ai vu ce que vous ignorez : des dizaines de milliers d'immigrants qui combattront pour les Yankees ; les usines, les fonderies, les chantiers navals, les mines de fer et de charbon – tout ce dont nous manquons. Nous n'avons que du coton, des esclaves et de l'arrogance. Les Yankees nous écraseront, c'est certain.

À l'aide d'un mouchoir de lin, Rhett balaya un grain de poussière sur sa manche.

Des insectes bourdonnaient. Un serviteur fit tomber un plateau.

Sous son air imperturbable, Rhett Butler riait de lui-même. Il voulait se taire et avait offensé tout le monde. Pourquoi avait-il parlé ? La vision de cette fille ? Quelle inconséquence ! Il se tourna vers John Wilkes.

— Monsieur, je vous serais obligé de bien vouloir me montrer votre bibliothèque.

Wilkes se tourna vers ses invités.

— Mesdames et messieurs, veuillez nous excuser. Tout à l'heure, j'avais supplié M. Butler de me donner son opinion sur l'avenir de la Confédération, et il m'a obligé – un peu trop franchement peut-être. Si quelqu'un a des objections, qu'il m'en fasse part en privé. Il leva l'index pour mettre ses auditeurs en garde.

Puis, se tournant vers Rhett :

— Notre bibliothèque, monsieur ? Je ne crois pas qu'on en trouve une plus belle dans tout le comté de Clayton.

C'était une pièce agréable. Les livres montaient jusqu'aux très hauts plafonds, y compris au-dessus des portes et des fenêtres.

Wilkes promenait sa main le long des rayons :

— Biographies, histoire... Des romans à côté de ce fauteuil : Dickens, Thackeray, Walter Scott... La plupart de mes invités vont prendre un peu de repos avant le bal de ce soir. Notre violon est très célèbre ici, à la campagne. Restez si vous le désirez.

— Désolé, monsieur. Mon train part à dix heures ce soir.

— Ah !

Wilkes regarda longuement Rhett. Peut-être aurait-il voulu en dire davantage, mais il se contenta d'ajouter :

— S'il y a des vertus plus redoutables que la beauté et l'innocence, monsieur, la franchise excessive en est une. Maintenant, monsieur, je dois m'en retourner vers mes invités et apaiser certaines susceptibilités.

L'épaisseur des murs, la hauteur des plafonds donnaient sa fraîcheur à la pièce. Rhett Butler se sentit brusquement très las. Il s'allongea sur un canapé à haut dossier et ferma les yeux.

Les femmes. Toutes les femmes... Il se souvint de la manière dont Didi se servait toujours dans son assiette à lui et fouillait dans son portefeuille quand elle le croyait endormi. Il sourit : cela faisait des années qu'il n'y avait plus pensé. Scarlett O'Hara...

Rhett s'endormit. Il fit un premier rêve, agité, puis un autre, puis un autre encore. À travers la brume du sommeil, il entendit des voix. D'abord un homme :

— Que voulez-vous ? Me confier un secret ?

Ensuite une femme :

— Oui, un secret. Je vous aime.

— Vous vous êtes emparée de tous les cœurs aujourd'hui, cela ne vous suffit pas ? Vous avez toujours eu le mien et vous le savez. Vous vous y faites les dents.

Sans bien comprendre, Rhett traversa plusieurs couches de sommeil comme s'il nageait vers la surface. Enfin, il ouvrit les yeux. Il avait la joue appuyée contre un traversin de cuir, la bouche desséchée. Les voix n'étaient pas celles d'un rêve, elles poursuivaient :

— Ashley... Ashley... dites-moi... vous devez... ne me taquinez pas ! Votre cœur m'appartient ? Oh ! cher, je...

Ashley ? Qui diable était Ashley ? Rhett n'avait pas encore réalisé où il se trouvait. Il chercha un point de repère : le fort Sumter, le coton de Frank Kennedy, une plantation perdue dans les bois... La bibliothèque, Scarlett. Scarlett qui ? Il fronça les sourcils. Sa joue était comme collée au traversin.

Quelqu'un – Ashley ? – déclara :

— Scarlett, ne dites pas de telles choses !

Ah ! cette Scarlett-là ! D'un coup, Rhett se trouva parfaitement éveillé.

Une voix continuait, sincère :

— Il ne faut pas. Vous ne les pensez pas. Vous vous haïrez de les avoir dites et vous me haïrez de les avoir écoutées.

Tant pis pour vos regards d'adoration, miss Scarlett, songea Rhett. Il avait dormi sur le côté droit, sa montre lui entrait dans la hanche, ses pieds étaient tout engourdis – il aurait dû enlever ses bottes. Un homme mieux élevé que moi, pensa-t-il, se dresserait d'un bond, s'excuserait et assurerait la fille et le garçon qu'il n'avait rien entendu avant de quitter la pièce en courant. Hélas ! je ne suis pas meilleur que moi.

— Jamais je ne pourrai vous haïr, dit-elle. Je vous dis que je vous aime et je sais que vous devez avoir des sentiments pour moi, parce que… Ashley, c'est vrai, n'est-ce pas ?

— Oui.

Médiocre réponse, jeune homme, songea Rhett en grimaçant – il décollait sa joue du traversin de cuir.

— Scarlett, venez rejoindre les autres et oublions tout ce que nous venons de dire ?

Le jeune Wilkes hésita quelques instants puis reprit :

— L'amour n'est pas suffisant pour garantir la réussite d'un mariage entre deux personnes aussi différentes que vous et moi…

« Ah ! se dit Rhett, l'aristocrate et la fille d'immigrant irlandais ! Assez bonne pour qu'on joue avec elle mais pas assez pour qu'on l'épouse… »

— Vous voulez tout d'un homme, Scarlett, poursuivit Ashley. Son corps, son cœur, son âme, ses pensées. Sans cela, vous seriez malheureuse. Et je ne veux posséder ni votre esprit ni votre âme, vous en seriez blessée…

Un vrai gentleman ! songea Rhett. Rien de risqué, rien de perdu…

L'affrontement se termina comme il se devait : elle le gifla. Il leva son menton aristocratique et, ayant sauvé sinon son honneur, du moins sa dignité, quitta la pièce.

Rhett comptait rester caché jusqu'au départ de Scarlett. Il avait envie de rire. Mais la jeune fille, furieuse, jeta un plat, un vase qui se brisèrent dans la cheminée. Des éclats rebondirent et tombèrent sur le canapé. Rhett se leva. Il passa une main dans ses cheveux dépeignés par le sommeil et dit :

— Il me fut déjà assez pénible de voir ma sieste perturbée par ce que j'ai été contraint d'entendre, mais fallait-il vraiment mettre ma vie en danger ?

Elle en resta stupéfaite :

— Monsieur, vous auriez dû faire connaître votre présence !

— En effet. Mais l'intruse, c'est vous, dit-il en lui souriant.

Puis, comme il voulait voir ces yeux verts briller de rage, il glousse.

— Monsieur écoute aux portes ! lança-t-elle d'un ton accusateur.

Il eut un grand sourire.

— Cela permet souvent d'entendre des choses très amusantes et très instructives.

— Monsieur, vous n'êtes pas un gentleman !

— Judicieuse remarque. Et vous, miss, vous n'êtes pas une *lady.*

Il adorait voir ses yeux étinceler. Allait-elle le gifler lui aussi ? Il rit de nouveau : la vie est si surprenante.

— On est rarement une *lady* après avoir dit et fait ce que je viens de surprendre. Qu'importe : pour moi, les *ladies* ont rarement du charme. Je sais ce qu'elles pensent mais elles n'ont jamais le courage, ou le manque d'éducation, de le dire. Ma chère Scarlett O'Hara, vous êtes une fille d'une rare énergie, tout à fait admirable, et je vous tire mon chapeau.

Il eut un grand rire qui la chassa de la pièce.

10

La Veuve joyeuse

Un an plus tard, le forceur de blocus *La Veuve joyeuse* vint s'amarrer sur le quai de Haynes & Son après trois jours de voyage à travers la flotte nordiste depuis Nassau, suivi de six heures de silence par une nuit sans lune. Rhett Butler descendit du navire et se retrouva dans la lumière aveuglante du gaz et dans le remue-ménage des dockers.

— Passé de justesse, cette fois, Rhett, dit John Haynes en lui serrant la main. Il fera jour dans un quart d'heure.

— Tunis pourra transporter notre cargaison dans l'entrepôt. Tu viens prendre un petit déjeuner avec moi ?

— Attends-moi un moment, il faut que je lui dise deux mots. Je te rejoins au café du marché.

Dans la lueur de l'aube, Rhett marcha le long de l'East Battery, savourant la beauté de la ville. L'air salé était chargé d'une odeur de mimosa. Ici et là, sur le parapet, une sentinelle vêtue de gris surveillait la flotte nordiste avec une longue-vue.

Sur le marché, les vendeurs de poisson vantaient leur marchandise à grands cris. Les cuisinières et les vieilles dames marchandaient leurs produits ou du pain sortant du four. Le conseil municipal avait récemment distribué un insigne de laiton qui distingait les Noirs libres et qu'on repérait souvent sur les marchands derrière les étals.

Aussi élégant que s'il n'avait pas passé la nuit debout, Rhett Butler traversa le marché, s'arrêtant pour serrer une main ou échanger une plaisanterie. Chaque Noir libre savait qu'il avait choisi Tunis Bonneau comme pilote alors que plusieurs Blancs auraient bien voulu ce travail.

John Haynes était déjà installé à une table en coin, une tasse de café à la main.

— Ah ! John, quel plaisir de rentrer chez soi ! Bon Dieu, je meurs de faim ! Les navires de guerre yankees m'ont ouvert l'appétit. Tu ne prends que du café ?

— Tu es passé sans problème, Rhett ?

— Ils sont de plus en plus nombreux et de plus en plus malins, répondit Rhett en tapotant la table. Touchons du bois !

— Si un jour ils te coincent, pour l'amour du ciel, n'essaie pas de t'échapper. Échoue *La Veuve joyeuse* ou rends-toi. Le navire est plus qu'amorti et nous avons déjà un bon bénéfice.

— Mais John, ce que j'aime, c'est l'aventure ! Le cœur dans la gorge, les cheveux qui se dressent sur la tête… Tu veux échanger ta place avec moi ?

John sourit.

— Rhett, je suis un jeune homme d'affaires rassis qui compte bien devenir un vieil homme d'affaires rassis. Je te laisse l'aventure !

Rhett commanda des saucisses, des œufs, du gruau de maïs et du café. Le serveur s'excusa :

— Captain Rhett, les prix ont augmenté. Tout devient si cher !

— Fichus profiteurs que ces forceurs de blocus ! lança Rhett.

L'autre éclata de rire.

— John, dis-moi, Meg va bien ? Ah, ma superbe nièce ! A-t-elle demandé des nouvelles de son oncle Rhett ?

— Rhett, être père, c'est vraiment redevenir un enfant. Avec Meg, le monde retrouve une jeunesse.

— Je t'envie ta fille, John.

— Un de ces jours, tu auras bien un enfant toi aussi.

— Es-tu sûr ? Pour ça, on prétend qu'il faut une femme !

John éclata de rire :

— Rhett, tu es courageux, beau garçon et riche. Tu as le choix !

Lors de son précédent voyage, lorsque Rhett était passé au 46, Church Street, la tension entre Rosemary et John était si palpable, leurs efforts de civilité si visibles, qu'il n'était pas resté plus d'une heure. C'était le résultat de ce fichu bal patriotique et du scandale provoqué par Andrew Ravanel.

— Tu crois qu'une femme honnête accepterait d'épouser un brigand ? demanda Rhett d'un ton léger. Une existence qui peut s'interrompre à tout instant, des rentrées financières irrégulières : ce n'est pas une vie pour un couple.

Le serveur lui apporta son petit déjeuner, sur lequel il se jeta.

— J'ai rencontré une fille en Géorgie, au printemps de l'année dernière... Hélas ! je n'ai eu aucun succès.

— Pauvre Rhett ! À ton avis, franchement, nous pouvons encore gagner la guerre ?

— John, il sort chaque jour une centaine de revolvers de la fabrique du colonel Colt, à New Haven. Balle standard, barillet interchangeable... Les nordistes sont des ingénieurs, les sudistes des romantiques. À la guerre, les premiers l'emportent toujours sur les seconds.

— Mais ne crois-tu pas...

Rhett préféra parler d'autre chose :

— John, je ne souhaite rien tant que ton bonheur et celui de Rosemary. Si je peux faire quelque chose pour vous réconcilier, si tu veux bien, je lui parlerai. L'avis d'un grand frère...

John Haynes grattait une entaille dans le bois de la table. Il avait lu, en se méprisant, tous les articles de journaux sur les exploits d'Andrew Ravanel : « Un raid audacieux », « La Brigade Ravanel frappe le Tennessee ! », « Le colonel Ravanel fait un millier de prisonniers ! », « Derrière les lignes ennemies, poursuivi par la cavalerie nordiste, l'audacieux colonel Ravanel a pris le temps de télégraphier au département fédéral de la Guerre pour se plaindre de la médiocre qualité des chevaux qu'il capturait ».

La souffrance de John était si manifeste que Rhett se retint de détourner la tête.

— Ma Rosemary, dit Haynes doucement, déclare qu'elle ne m'a pas épousé de son plein gré, que c'était un moyen de fuir la maison de son père. Je ne lui ai rien reproché après ce sinistre bal patriotique, mais elle ne me pardonne pas de ne pas être Andrew. Ma chère épouse croit aussi que, tout comme elle était un bien mobilier de son père, elle m'appartient désormais. Comme si elle était une esclave ! Elle m'appelle « master John » !

Rhett grimaça et, après un silence, proposa :

— Tu veux que je loue une voiture ? Nous irions tous – toi, moi, Rosemary, Meg – faire un tour à la campagne...

— Je ne peux pas ! Je dois surveiller le stockage du coton de *La Veuve joyeuse.*

John but une gorgée de café froid et ajouta avec une gaieté jouée.

— Parle-moi de la fille de Géorgie !

— Ah ! oui, Scarlett O'Hara, répondit Rhett, heureux de changer de sujet. Au printemps dernier, tandis que vous autres de Charleston vous vous occupiez à déclencher la guerre, j'étais en Géorgie pour y acheter du coton. J'ai été invité à un barbecue dans la plantation d'un potentat local, son fils devait épouser une cousine d'Atlanta – ces fichus aristocrates campagnards se débrouillent toujours pour se marier entre eux ! John Wilkes m'a paru sympathique, mais Ashley, le fils, était excessivement « comme il faut ». La plus jolie fille présente c'était Mlle Scarlett O'Hara, qui s'était mis en tête qu'Ashley devait l'épouser plutôt que d'épouser sa fiancée. Une tragédie amoureuse commençait.

Rhett sourit.

— Malheureusement pour mes intentions malhonnêtes, la jeune dame, ne pouvant épouser son Ashley, choisi le premier qu'elle put attraper, le frère de la fiancée, M. Charles Hamilton. Quel gâchis ! conclut-il d'un air contrit.

— Hamilton ? O'Hara ? Une famille de Géorgie ? Près de Jonesboro ?

— Celle-là même. Dieu, que j'envie Charles Hamilton. Tu te rends compte, ces nuits d'amour avec cette fille incomparable, avant de partir à la guerre. Tant de tendres adieux. Beaucoup, beaucoup de tendres adieux...

— Charles Hamilton est mort.

— Comment ?

— Et sa veuve est à Charleston, chez sa tante, Eulalie Ward. Qu'est-ce que tu dis de ça ?

Rhett eut un grand sourire.

— Ben dis donc, quelle bonne nouvelle ! Lors de mon dernier voyage, j'ai acheté du brocart de Paris pour les filles d'Eulalie. Peut-être pourrais-je passer chez elles cet après-midi voir ce qu'elles en ont fait ?...

Des civils et de nouvelles recrues confédérées se promenaient près des grands canons disposés dans White Point Park.

Prissy était à la fenêtre du premier étage ; elle recula.

— Tous ces canons, et la flotte nordiste sur la mer ! Ça me fait peur ! J'ai peur pour le petit Wade !

Lequel, nota Scarlett O'Hara Hamilton soulagée, était sur le point de s'endormir dans les bras de Prissy.

— Et s'ils commencent à tirer quand Wade et moi allons prendre l'air ? S'ils entrent dans le port en tirant avec leurs canons ? Master Wade sera mort de peur !

Berceau de la sécession, Charleston était extrêmement sensible aux victoires nordistes. Certains fédéraux disaient : « C'est à Charleston que la révolte a commencé, elle prendra fin à Charleston. » En décembre, un incendie avait détruit huit pâtés de maisons au cœur de la ville, des églises et le Secession Hall lui-même. Fâcheux présages.

— Si seulement les nordistes arrivaient, dit Scarlett – plus pour elle-même que pour Prissy. Tout, plutôt que cette monotonie !

Scarlett O'Hara Hamilton haïssait le veuvage, méprisait ses frais vêtements de deuil et ses devoirs d'éplorée.

Au moins, ici, à Charleston, elle pouvait porter des manches à passepoil lavande. À Tara, toute tenue en deçà du sinistre provoquait aussitôt les reproches de sa mère :

— Chère Scarlett, les gens pourraient se faire une idée fausse de tes véritables sentiments...

Ses véritables sentiments...

La solennité l'écrasait. Qui donc était cette créature morbide en voile noir et bonnet plat de veuve ? Cette caricature était-elle vraiment Scarlett O'Hara, la jeune femme la plus gaie et la plus recherchée de tout le comté de Clayton ? Devait-elle repousser tous ses admirateurs au nom de son défunt mari – dont elle avait moins regretté la mort que celle d'un poney ? Charles Hamilton n'était qu'un gamin qui faisait l'amour avec autant d'ardeur que d'ignorance. C'était si ennuyeux !

La vie était si injuste ! Elle devait faire croire au monde qu'elle avait enterré son cœur avec Charles alors qu'elle rêvait d'Ashley Wilkes, qu'elle aurait tant voulu épouser. Ashley Wilkes, son sourire, ses yeux gris et rêveurs. Dans son lit glacé de veuve, Scarlett revivait chaque instant passé ensemble – les promenades à travers la roseraie des Douze Chênes, les petites gentillesses d'Ashley, les livres qu'il citait, les tableaux célèbres qu'il avait vus lors d'un voyage en Europe, leurs chevauchées joyeuses à travers la campagne géorgienne. Leur amour était trop précieux, trop tendre pour se déclarer, jusqu'à ce fatal après-midi dans la bibliothèque, quand Scarlett avait avoué sa passion et qu'Ashley l'avait repoussée pour en épouser une autre.

Très bien. Si Ashley préférait la médiocre Mélanie Hamilton, Scarlett saurait ensorceler le frère de celle-ci, le naïf Charles Hamilton, et l'épouserait !

Six mois plus tard, Charles succombait à une maladie contagieuse comme on en attrape dans les camps de prisonniers et Scarlett était enceinte, veuve et vêtue de noir.

Elle avait tenté de pleurer Charles.

Préoccupée par la santé de sa fille, espérant qu'un changement d'air améliorerait son humeur, Ellen O'Hara avait envoyé Scarlett à Charleston : elle séjournerait chez sa tante, Eulalie Robillard Ward.

Scarlett s'y était rendue avec espoir : Charleston avait une réputation. Mais la vie s'y révéla encore plus ennuyeuse qu'à Tara.

Tous les après-midi, les amies d'Eulalie se réunissaient pour passer en revue les menus scandales de la veille et comparer les généalogies.

Elles ne citaient que rarement la mère de Scarlett et quand l'une ou l'autre évoquait Ellen Robillard O'Hara, c'était sur le ton avec lequel on parle d'une femme plus malade qu'elle-même ne l'aurait cru.

La jeune Prissy serrait le petit Wade comme une poupée.

— Vous l'entendez ? Je crois qu'il ronfle ! Quelle merveille !

— Tous les bébés ronflent, non ? soupira Scarlett, qui descendit au rez-de-chaussée pour un nouvel après-midi d'ennui avec la tante Eulalie Robillard Ward et ses amies.

La Confédération manquant de pansements, les femmes de la bonne société fouillaient dans leurs greniers en quête de chemises et de camisoles à transformer en charpie.

L'insipide beau-frère d'Eulalie, Frederick Ward, avait abandonné son fauteuil habituel pour un sofa situé le plus loin possible de l'endroit où les dames déchiquetaient des sous-vêtements. Il jugeait les romans immoraux, capable de quitter la pièce plutôt que d'affronter des opinions « bohèmes ».

Il se leva à l'entrée de Scarlett.

— Bonjour, madame Hamilton.

Selon Frederick, des manches à passepoil lavande ne convenaient guère à une veuve de moins d'un an. Mais Scarlett paraissait insensible à sa désapprobation et lui témoignait rarement la déférence qu'on aurait attendue d'une jeune fille de la campagne géorgienne.

Veuve, Eulalie Ward avait porté le noir des années durant. Charlotte Fisher Ravanel avait arboré sa tenue de deuil le mois dernier, quand la grand-mère Fisher était morte.

Elle et Rosemary s'étaient réconciliées lors des funérailles : Charlotte avait tout simplement effacé de sa mémoire l'incident du bal patriotique. Les plus habiles insinuations de Juliette butaient sur la capacité d'oubli de la jeune femme : « Très chère, je ne sais pas de quoi vous parlez, j'avais la migraine ce soir-là et j'ai quitté le bal très tôt. »

Levant les yeux de la chemise qu'elle dépeçait, Juliette Ravanel dit fièrement :

— Le *Mercury* de ce matin a comparé Andrew à Stonewall Jackson !

Scarlett bâilla.

— Le général Jackson a le visage le plus morne qu'on puisse imaginer !

Empress, la chienne de manchon de tante Eulalie, se mit à aboyer.

— Ah, ah ! s'exclama Rosemary Haynes en souriant. Voilà pourquoi les nordistes fuient devant lui. Son visage leur fait peur ! Voilà un plan ! Nous pourrions les mettre en déroute avec son image ! Nos généraux devraient inventer des batteries spéciales pour bombarder nos ennemis – Rosemary tira sur un cordon imaginaire – de daguerréotypes de confédérés déprimants ! Les nordistes s'enfuiraient comme des lapins ! Le Sud peut bien manquer de farine, de chaussures, de tissu, de sucre, de café et de thé, mais il regorge de mâles au visage plat, à la barbe chétive, aux yeux vides, au regard mauvais et brèche-dents !

Un silence glacial accueillit la plaisanterie. Scarlett étouffa une quinte de toux dans un mouchoir.

Le minuscule épagneul d'Eulalie aboya de nouveau et Eulalie dit :

— Empress n'apprécie pas vos astuces, ma chère. Qui aurait pu imaginer que ma douce petite chienne était patriote ?

Scarlett ne put résister :

— Parce qu'elle a une cervelle de patriote !

Nouveau silence. Scarlett ferma les yeux. Seigneur ! Elle était accablée d'ennui, elle étouffait, elle ne pouvait plus respirer. Les Ward, eux, n'avaient jamais su ce qu'était la joie.

Juliette Ravanel rompit le silence :

— Rosemary, on m'a dit que votre frère Rhett était de retour à Charleston ?

— Oui, il gâte horriblement Meg.

— Est-ce que son fils n'est pas à La Nouvelle-Orléans ?

Rosemary eut un sourire un peu pincé.

— Chère Juliette, je n'aurais pas cru que vous soyez du genre à colporter pareils ragots.

Juliette lui rendit son sourire.

De son côté, Scarlett, morte d'ennui, peuplait une sorte de bestiaire imaginaire : Frederick Ward était un gros chat roux, Juliette, si rougeaude, un cardinal rouge, Patience et Priscilla, les filles d'Eulalie, vêtues du même brocart vert, des lézards aux attitudes de reptiles. Dans sa tenue de deuil, la pauvre tante Eulalie faisait un corbeau parfait.

Tandis qu'elle rêvassait, la conversation en vint à un parent des Robillard tué à la bataille de Shiloh.

Frederick intervint.

— Le mari de la fille de Pauline ! Amen ! Sa première épouse n'était-elle pas une Menninger ? Hmmm... Si je me souviens bien, le fils aîné de Menninger, James, avait cette plantation au bord de l'Ashley, en dessous de Grafton... Hmmm... N'a-t-il pas épousé cette fille... grands dieux, je ne me souviens plus de son nom... une belle de Richmond ?

À cet instant, si le diable lui-même avait fait son apparition dans un nuage de fumée, Scarlett aurait gaiement accepté son offre : un autre barbecue, une autre nuit de valses, de musique, de plaisir...

Mais l'instant passa, et son âme au bord du gouffre recula.

— Je crois que je vais aller prendre l'air, dit-elle, sans prendre la peine de dissimuler un bâillement derrière son éventail de soie noire.

Dehors, la chaleur lui fit l'effet d'un gant de laine mouillée. Mettant la main sur ses yeux, elle les plissa sous la lumière aveuglante. Comme elle aurait voulu être chez elle, à Tara, si bien ombragée !

Un jardin séparait la demeure des Ward des dépendances

dissimulées derrière une haie de buis épais. Les iris fleurissaient sous des azalées couleur de feu, le mimosa embaumait.

Le fils de Frederick Ward, Willy, s'était réfugié à l'ombre d'un vieil eucalyptus avec ses amis en uniformes de la Brigade du Palmier, des Gardes de Moultrie, de l'Infanterie légère Washington. Mon Dieu ! Scarlett savait qu'ils bavassaient sur la guerre et qu'elle devrait faire semblant d'être fascinée par leur bravoure. Elle ne pouvait plus supporter ces enfants.

Respirant l'air humide si parfumé de Charleston, Scarlett se souvint de l'odeur tellement subtile des roses de Tara. Ce souvenir lui fut si poignant que, si loin de chez elle, elle ferma les yeux et faillit trébucher.

— Cousine Scarlett ! Cousine ! Seriez-vous malade ? Laissez-moi vous conduire à l'ombre ! Vous n'avez pas l'habitude de notre soleil.

Le visage grave, Willy Ward la mena jusqu'à une chaise.

— Merci, Willy, dit-elle avec un sourire mélancolique.

Bien qu'il ait été le plus rapide, d'autres jeunes gens se précipitèrent pour venir en aide à cette charmante jeune veuve. L'un d'eux suggéra un tissu mouillé, un autre proposa de la limonade. Désirerait-elle un parasol ?

— Merci à tous ! Vous êtes trop aimables.

À l'autre bout du jardin, un homme d'âge mur en civil s'appuyait contre la porte d'entrée. Il avait les bras croisés, un sourire aux lèvres. Le cœur de Scarlett se mit à battre si fort qu'elle posa la main sur sa poitrine.

— Cousine Scarlett, comme vous êtes pâle !

— Oui, Willy, hoqueta-t-elle. En effet. Les dames sont censées l'être, n'insistez pas.

De l'index, l'homme toucha le rebord de son panama.

Willy mit un genou à terre à côté de la chaise de Scarlett.

— Vous rougissez ! C'est cette maudite chaleur. Laissez-moi vous reconduire dans la maison.

Aux Douze Chênes, cet homme l'avait entendue supplier Ashley de l'aimer autant qu'elle l'aimait et il savait qu'Ashley, l'homme le plus fin et le plus noble, l'avait rejetée…

Et voilà que cet homme osait placer un doigt sur ses lèvres comme s'il connaissait ses pensées les plus intimes mais jurait de garder le secret.

— Il… L'homme en civil ? dit Scarlett en suffoquant.

— C'est le tristement célèbre capitaine Butler, répondit

un jeune homme blond en uniforme de zouave. Je ne sais pas pourquoi Mme Ward le laisse entrer.

— Butler est quelqu'un de très courageux, déclara Willy. Lors de son dernier voyage, il a traversé la flotte nordiste en plein jour en les convainquant qu'il était un « bateau poste » de chez eux, et ils l'ont escorté jusqu'au port !

Rhett s'approcha de Scarlett avec assurance et nonchalance, un peu à la manière d'un gros chat. Grand, basané, étonnamment musclé pour un gentleman sudiste, il portait une veste de drap noir, une chemise aux poignets ruchés et une cravate du bleu délicat d'un œuf de rouge-gorge. Il ôta son chapeau d'un grand geste.

— Chère madame Hamilton, j'ai été consterné d'apprendre la mort de votre époux. *Dulce et decorum est pro patria mori.*

Il se tut et sourit.

— Mais peut-être n'avez-vous pas été accablée par une éducation classique, reprit-il. « Il est honorable et doux de mourir pour la patrie. » Un sentiment que partagent sans doute ces valeureux officiers.

— Mais vous, monsieur, ne servez-vous pas ? demanda Scarlett d'un air innocent.

— Nous ne sommes pas tous des héros, madame, répondit Rhett. Il la salua à nouveau bien bas de son chapeau, l'air moqueur. Comme vous devez être fière ! Et vous tous aussi ! ajouta-t-il à l'adresse des jeunes gens.

Ils se hérissèrent sans trop savoir pourquoi.

Willy Ward jugeait Butler bien présomptueux d'approcher la plus belle femme qui soit, et dans le jardin des Ward, encore ! Il se préparait à tourner une rebuffade quand Scarlett le prit au dépourvu :

— Messieurs, veuillez nous excuser, le capitaine Butler et moi avons à parler.

À contrecœur, les jeunes gens s'éloignèrent sans pouvoir entendre la conversation. Willy garda l'œil sur le couple comme si, en pirate qu'il était, le capitaine Butler pouvait s'emparer de la jeune veuve et s'enfuir avec elle.

Rhett examina Scarlett avec impertinence.

— Vous aimez le noir, on dirait, ma chère. Les étoffes parisiennes sont plus subtiles, cette saison. J'ai vu un taffetas de la couleur de vos yeux.

Elle le regarda bien en face.

— Capitaine Butler, aux Douze Chênes, les choses ne

se sont pas passées comme on aurait pu le croire. Je me suis accordé un flirt sans conséquence à la veille du mariage d'un vieil ami. Ni Ashley Wilkes ni moi ne pensions sérieusement ce que nous avons dit. Je suis certaine qu'un gentleman – Scarlett prononça ce mot avec difficulté – le comprendra.

Rhett posa la main sur son cœur.

— Je comprends parfaitement ! Je ne doute pas qu'un galant homme comme Wilkes ait pris vos jolies supplications comme un simple caprice et sans plus de conséquence que le flirt du papillon avec la fleur.

Ses yeux riaient. Ils riaient !

— Pour ma part, si d'aventure j'avais le plaisir de vous rencontrer à nouveau, croyez que je me comporterais comme si ce flirt innocent n'avait jamais eu lieu. Nous pouvons même feindre de ne jamais nous être rencontrés.

Il rayonnait de la manière la plus exaspérante qui soit. Jamais Scarlett n'avait rencontré d'homme aussi haïssable. Elle fit une sortie théâtrale, qu'elle gâcha en trébuchant à la porte.

Quand Scarlett entra en tempête dans le salon, Frederick Ward ouvrit de grands yeux et lâcha presque à son insu le fruit de sa réflexion : « Peut-être Philippe Robillard était-il trop casse-cou pour Ellen, après tout ? Mais épouser un grossier immigrant irlandais comme Gérald O'Hara... »

Scarlett lui coupa la parole :

— Tante Eulalie, pourquoi recevez-vous le capitaine Butler ? Ce n'est pas un gentleman.

Prise au dépourvu, Eulalie agita ses multiples mentons.

— Eh bien, il... il...

Scarlett se tourna vers Frederick.

— Vous ai-je bien entendu ? Vous ai-je entendu dire que ma mère s'était mariée en dessous de sa condition ? Nom d'un petit bonhomme, monsieur ! explosa Scarlett, imitant assez bien le parler terre à terre de son père. Fi ! Si mon père voulait épouser un sang médiocre, il n'avait pas à chercher plus loin que les Robillard ! Morbleu, ils n'ont pas de sang du tout !

11

Les amants

Le fleuve Ashley roulait des eaux brunes et sales. Les rizières avaient été repiquées et inondées, les demeures des planteurs se dressaient au-dessus comme des îles. Les oiseaux s'envolèrent en une explosion en bordure de la route quand un phaéton bleu vif passa à vive allure. Fardiers et chariots se mirent sur le côté pour le laisser passer.

— Regarde, Rhett, dit Rosemary. Ils réparent la vieille maison des Ravanel.

Rhett arrêta Tecumseh.

Des ouvriers s'agitaient sur le toit de la ferme, arrachant des bardeaux de cèdre brisés qu'ils laissaient tomber dans les hautes herbes. Sur un échafaudage, trois d'entre eux extrayaient d'un mur une fenêtre avec son châssis.

— William Bee a acheté l'endroit pour son fils, dit Rhett. Il a gagné tant d'argent en forçant le blocus qu'il peut se permettre un caprice. Je me demande combien de peinture il faudra pour recouvrir les péchés de cette maison !

— Tu y venais souvent ?

Rhett haussa les épaules.

— Quand j'étais jeune et désespéré. La dernière fois…

— Rhett ?…

Le jeune Rhett Butler guidait Tecumseh vers la demeure des Fisher. Les pavés luisaient sous la pluie tiède de septembre. La pluie ridait les eaux du port, le fort Sumter flottait au loin, apparaissant et disparaissant dans la brume.

Rhett était d'humeur noire. La nuit précédente, Henry, Edgar et le vieux Jack Ravanel l'avaient aidé à fêter une victoire au poker jusqu'à ce que ses gains ne soient plus qu'un souvenir. Il avait trop bu. Quand il sortit à l'aube de chez miss Polly, il frémit et grimaça sous la lumière du soleil. Il pensa : « Petite Rosemary, il faut que je change de vie pour toi. »

La nuit précédente, Henry Kershaw s'était montré encore plus vulgaire que d'habitude, la flagornerie d'Edgar Puryear semblait encore plus irritante. Rhett avait remarqué que le vieux Jack le regardait avec l'affection qu'un lynx réserve d'ordinaire à un lièvre gras.

Pourquoi était-il revenu à Charleston ? Pour agiter son déshonneur à West Point devant les amis de son père ? Il y avait tant d'autres endroits qu'il préférait, tant de choses qu'il aurait aimé faire. Rhett Butler en avait assez de ces gens stupides ou agaçants, assez de la consternation qu'on lisait sur des visages mornes et prévisibles. Après cette mauvaise nuit, il respira profondément l'air salé. Il irait voir Rosemary, sa petite sœur qu'il adorait. L'amour de la fillette pourrait-il le sauver ?

Quand la grand-mère Fisher vint ouvrir elle-même, les espoirs de Rhett s'effondrèrent.

— Rhett, je suis désolée. Je ne sais pas comment votre père a appris que vous rendiez visite à votre sœur. Je n'ai jamais vu Langston aussi furieux ! Si j'avais été un homme, je crois qu'il m'aurait frappé. Rosemary est sa fille et je ne pouvais rien faire.

— Où est-elle ? demanda Rhett d'une voix rauque.

— À Broughton. Langston a dit... Votre père m'a dit qu'elle y resterait jusqu'à ce que vous mouriez ou que vous quittiez les Basses Terres. Qu'il soit maudit ! Entrez, Rhett, nous discuterons. Je ne suis pas sans influence dans cette ville et...

Le claquement des sabots de Tecumseh couvrit les mots de la vieille femme.

Rhett le lança au galop sur les pavés mouillés à travers toute la ville. Les cochers poussaient des jurons, les cavaliers s'arrêtaient net, les domestiques bondissaient pour lui échapper. Le grand cheval fonça, aussi infatigable qu'une machine à vapeur.

Au bout d'une heure, Rhett le fit passer au petit galop puis au pas. L'animal s'ébroua – sa bave vint tacher les joues de son maître. Ils avaient quitté la ville et empruntaient la route qui longe le fleuve.

Le jeune Rhett Butler pensait que les années ressembleraient aux précédentes. Il était déshonoré, il le serait toujours. Il était seul, il le resterait. Rhett pouvait supporter de n'être pas aimé, mais pas de vivre sans aimer.

Le soir tombait quand il entra dans l'allée du colonel Jack

Ravanel. Jack avait été récemment mêlé à une affaire financièrement douteuse et il vivait là pour échapper aux huissiers.

L'herbe envahissait l'allée à l'abandon. Devant l'entrée, Rhett dessella Tecumseh et le bouchonna. Les jambes du cheval tremblaient de fatigue.

Le vieux Jack ne bougea pas de la véranda.

— Tu exiges trop de cet animal, mon garçon. Ce cheval est admirable. Plutôt que de le tuer, tu pourrais peut-être me le vendre.

— Y a-t-il de la paille dans la remise, Jack ?

— Comme toujours ! Et un seau près du puits.

Tout en amenant à boire à sa monture épuisée, Rhett chuchota :

— Et surtout ne me lâche pas, Tecumseh. Je ne pourrais pas le supporter.

Le cheval plongea le nez dans le seau.

La ferme des Ravanel – plantation aurait été un bien grand mot –, construite par le grand-père de Jack, avait été délaissée pendant des années. Rhett grimpa les marches de cyprès couvertes de mousse.

Sans se lever, le vieux Jack le salua d'un geste vague.

— La plantation est à nous, jeune Butler ! Tous les « joyeux drilles » sont en ville. Bon Dieu, si seulement je pouvais y être aussi !

La pensée d'une autre nuit de débauche donna la nausée à Rhett.

— Tu n'as pas l'air en forme, fils. Une histoire de femme, je parie ! dit Jack en faisant glisser une bouteille de whisky pleine vers Rhett. Voilà de quoi te guérir ! Ça apaise les chagrins d'amour, les échecs, les remords ; ça vous aide à pleurer et à oublier.

Le vieux réprouvé offrait rarement à boire mais Rhett était d'humeur trop noire pour penser à se méfier. Il but une longue gorgée au goulot.

— Ce devait être une belle fille, reprit Jack. L'amour, mon garçon...

— Ne parlez pas d'amour, Jack. Je suis Rhett, vous vous souvenez ? Je vous connais, Jack.

— Ah bon ? répondit le vieux Ravanel qui reprit son ton habituel de plaisantin. Oui, bien sûr ! Qui connaît le vieux Jack mieux que ses amis ? Carpe diem, *hein, Rhett ?*

Un autre jour, Rhett se serait méfié mais ses prophéties lugubres l'obnubilaient et il ne pensait plus à rien d'autre.

Jack lui laissa la bouteille et entra dans la maison.

Tandis que la lune avançait dans le ciel, le jeune Rhett but à en mourir. L'étoile du soir était très basse sur l'horizon quand Jack revint.

— L'homme est né pour souffrir, hein, Rhett ?

Rhett avait traversé l'ivresse jusqu'à paraître sobre mais la rage n'était pas loin.

— Comme vous dites, Jack !

— Il m'est très pénible de voir un jeune homme intelligent aussi abattu. Si Jésus-Christ lui-même arrivait ici avec les clés du paradis, je parie que tu l'enverrais se faire voir.

Rhett tourna vers la vieille fripouille des yeux injectés de sang.

— Que voulez-vous, Jack ? Crachez le morceau.

Des années plus tard, Rhett contemplait la vieille demeure.

— Rhett ? demanda Rosemary. Où es-tu ?

— Désolé, petite sœur. Je rêvassais. Edgar Puryear adorait venir chez Jack – il aime les faiblesses chez les autres. Andrew avait horreur de ça, il était encore plus tatillon que son père.

— Et toi ?

Rhett réfléchit.

— Je pensais que j'étais bon pour l'enfer.

Un tas de vieux bardeaux glissa le long du toit couvert de mousse et atterrit à grand bruit. Tecumseh tressauta.

— Doucement, mon garçon, doucement ! dit Rhett.

Meg et Cléo étaient assises à l'arrière ; Rhett sentit sur son cou la douce haleine de la fillette.

— Maman, on est encore loin ?

— Pas très, chérie. Regarde là-bas, cette avancée dans le fleuve ! Tu vois l'aigle ?

Rhett agita les rênes et Tecumseh dansa avant de passer à un trot vif.

Le buggy qui venait dans leur direction était d'un noir aussi solennel que la petite jument qui le tirait. Quand Tunis Bonneau s'arrêta, il leva son chapeau à l'adresse de Rosemary. Rhett fit de même envers Mme Bonneau.

Ruthie Prescott Bonneau était une jeune femme grassouillette à la peau claire, corsetée, toujours sur son quant-à-soi.

— Bonjour, capitaine Butler ! Un bel après-midi, non ?

— « Aucune beauté du printemps ou de l'été n'a autant de grâce ! »

Mme Bonneau eut un sourire un peu réservé.

— C'est mon père le révérend Prescott qui a fait mon éducation. Je connais mieux les sermons du Dr John Donne que ses poèmes.

— C'est pourtant un bon jour pour la poésie, vous ne trouvez pas ? demanda Rhett en s'étirant.

— Bonjour, Tecumseh ! lança Tunis. Miss Rosemary, je vois que vous prenez soin de lui. Alors, petite miss Meg, comment ça va, aujourd'hui ?

Meg se fourra un pouce dans la bouche.

— Capitaine Butler, dit Ruthie, nous prions chaque dimanche à l'office pour que Tunis et vous fassiez bon voyage.

Rhett eut un grand sourire.

— Moi aussi !

— J'ai reçu une lettre de mon père Thomas, dit Tunis.

— Les parents de Tunis ont émigré au Canada, expliqua Rhett à sa sœur.

— Le père de mon mari s'est installé à Kingston dans l'Ontario, madame Haynes, précisa Ruthie. Thomas Bonneau dit que ça va mieux là-bas.

— Papa dit aussi qu'il fait horriblement froid au Canada, ajouta Tunis.

Rhett calma Tecumseh.

— Tunis, ce cheval n'était pas aussi ombrageux quand je l'ai laissé chez toi.

— Les chevaux des Noirs ont peut-être plus de raisons d'être nerveux que ceux des Blancs, répondit Tunis d'un ton neutre.

— Peut-être bien. Heureux de vous avoir revue, madame Bonneau. Remerciez votre église pour les prières.

Tunis acquiesça d'un signe de tête puis fit claquer sa langue à l'adresse de sa jument.

La respectable voiture noire s'éloigna et disparut au tournant. Cléo marmonna :

— Ces Noirs libres, ils sont trop sûrs d'eux !

Ils dépassèrent au trot la plantation Hopeton & Darien. À Champney, les travailleurs des rizières étaient encore en train de repiquer.

— À Broughton, on ne repiquait jamais aussi tard, dit Cléo d'un ton désapprobateur. Le contremaître ne le permettait pas !

— Tu n'es plus à Broughton, Cléo, dit Rosemary.

— Oui, et j'en remercie Jésus !

— On m'a dit que Wade Hampton avait racheté la maison de Puryear, intervint Rhett.

— Cathecarte Puryear vit à Londres, désormais. Apparemment, la guerre a perturbé sa muse.

— Pauvre Cathecarte ! Seigneur, comme il enviait les gens de talent ! Edgar est prévôt à Atlanta – c'est un boulot qui lui va bien. De toute sa vie, il n'a appris qu'une chose : comment ne pas ressembler à son père. Peut-être est-ce la seule chose qu'on apprenne jamais.

Rosemary lui toucha le bras.

— Voici notre allée, au-delà du grand cyprès.

La voiture zigzagua au milieu des chênes d'où pendaient les longues barbes de la mousse espagnole, jusqu'à une clairière où John Haynes avait installé sa baraque de pêche, perchée sur des pilotis comme un oiseau.

Rosemary respira profondément.

— J'adore cet endroit. Nous n'y venons pas assez souvent. Si les affaires n'obligent pas John à rester en ville, ses responsabilités municipales s'en chargent. Belle journée, non ?

Elle et Rhett montèrent sur la véranda, tandis que Meg courait vers le fleuve. Relevant ses jupes mais son chapeau enfoncé sur la tête, Cléo se précipita derrière elle en criant :

— Va pas dans cette boue ! Fais attention aux serpents ! Et va pas tomber dans le fleuve !

Haynes père avait bâti ce camp très simple dans un emplacement éventé et sans moustiques : un perron sans toit et sans balustrade devant une grande pièce unique avec un âtre noir de suie, des bancs grossiers, une table où les hommes avaient gravé leurs initiales.

Quand il était très jeune, Rhett avait navigué aux environs, entouré de moustiques et de chauves-souris gazouillantes, tandis que les amis de Haynes père – trop loin pour qu'il puisse discerner leurs visages – riaient et buvaient, assis sous la lampe. Descendant le fleuve obscur, le gamin resté invisible se demandait s'il pourrait jamais se joindre à eux.

Il alluma un cigare tandis que Rosemary sortait de leur panier des coupes en argent.

— Quand j'étais petite fille, je rêvais à ces endroits exotiques que tu visitais. Dis-moi, est-ce que les pyramides sont aussi grandioses qu'on le prétend ?

Rhett ouvrit la bouteille de vin.

— Je ne suis jamais allé en Égypte ! Après la guerre, peut-être…

Perdue dans ses pensées, Rosemary contempla le fleuve un moment.

— Je m'inquiète pour maman. Elle ne vient jamais en ville, ses amies ne vont pas la voir et père trouve toujours des prétextes pour que son épouse dévouée ne l'accompagne pas aux fêtes du gouverneur Brown.

Rhett leur versa du vin.

— Mère dit qu'Isaiah Watling croit que des prophéties annonçaient la guerre, ajouta Rosemary.

— Watling ?

— Mère et lui prient ensemble. Ils se retrouvent chez lui pour ça – la femme d'Isaiah est morte l'année dernière. Pour prier, rien de plus ! Langston est au courant. Il n'y a rien entre eux, ajouta Rosemary en souriant, sauf peut-être le livre de l'Apocalypse.

— Les prières représentent un lien puissant. Assieds-toi près de moi. Nous allons pique-niquer dans un moment.

Loin des tensions conjugales, la sœur de Rhett paraissait beaucoup plus jeune.

Un enfant blanc aux cheveux noirs et une fillette noire très maigre marchaient main dans la main le long du fleuve. La brise emportait leur bavardage. Des bécasseaux patrouillaient sur la rive, fouillant la boue de leur bec pointu. Dans le ciel, des nuages gras comme des balles de coton dérivaient paresseusement. À grand bruit de pistons, un petit bateau remontait l'Ashley en traînant plusieurs de ces barques plates qui servent à transporter le riz. Quand le timonier leur fit signe, la petite Meg agita la main avec enthousiasme.

— Crois-tu que père a jamais aimé mère ? demanda Rosemary.

— Au moins trois fois ! Quand une femme lui a donné du plaisir au lit, l'homme ne se relève pas avec indifférence. Chez Belle Watling, les courtisanes s'amusent des demandes en mariage que leur font les clients.

— Belle Watling ?

— Elle a quitté La Nouvelle-Orléans pour Atlanta, dit Rhett en éclatant de rire. Elle se prétend une patriote sudiste ! En fait, c'est une femme d'affaires et les conquérants nordistes de La Nouvelle-Orléans préfèrent les établissements noirs.

Le menton posé sur sa main, Rosemary dévisagea son frère.

— Rhett, que représente-t-elle pour toi ?

— Ah ! le Frère dépravé s'est-il uni à la Colombe souillée ? Des bâtards Butler naîtront-ils dans des maisons closes ?

Rosemary rougit.

— Je ne voulais pas dire...

— Bien sûr que si, ma chère sœur. Les femmes ne sont jamais tendres envers celle qui vend ses faveurs. Car elles, elles ne se donnent qu'à l'issue de cérémonies compliquées et d'un paiement intégral.

— Rhett, s'il te plaît...

— Il y a quelques années, à La Nouvelle-Orléans, Belle et moi avons fait affaire ensemble. J'ai un bureau au-dessus de son établissement ; cela m'amuse de voir des hommes d'affaires respectables s'y glisser en empruntant l'escalier de service.

Meg ramassait des coquilles de moules sur la rive.

— Et Scarlett Hamilton, elle représente quelque chose pour toi ? Hier, après que tu l'as agacée, elle est entrée en trombe dans le salon d'Eulalie et a réduit Frederick Ward à des bégaiements. Le pauvre ne pouvait même pas sortir – il était chez lui ! Rhett, qu'as-tu dit à cette jeune femme ?

— Je semble avoir le don de l'agacer. Mais – Rhett eut un grand sourire – je ne peux y résister.

— Scarlett serait très belle si elle n'était pas aussi malheureuse.

— Vois-tu, ma chère sœur, Mme Hamilton n'a pas la moindre idée de qui elle est. Ses charmantes petites ruses attirent des hommes indignes d'elle.

Rhett leva un sourcil moqueur et reprit :

— Les hindous croient que nous avons vécu d'autres vies avant celle-ci. Est-ce vrai ? Peut-être Scarlett et moi avons-nous été des amants maudits... Peut-être sommes-nous morts dans les bras l'un de l'autre...

— Rhett ! Un romantique, toi ? dit Rosemary pour le taquiner.

Il répondit, si bas qu'elle dut se pencher pour l'entendre :

— Je désire cette femme comme jamais je n'en ai désiré d'autre de toute ma vie.

— Voilà le frère que je connais ! dit-elle en lui pressant la main.

Sur la rive, Meg chantait. Rosemary contempla les eaux boueuses.

— Je ne crois pas pouvoir aimer John. Pas comme cela.

Rhett laissa le pouvoir de ces mots s'éteindre avant de répondre :

— John est un homme bon.

— Crois-tu que je l'ignore ? Crois-tu que ça change quelque chose ?

— Peut-être avec le temps...

— Ne t'inquiète pas, je ne provoquerai pas d'autre scandale. Je vois la vie qui m'attend comme un défilé ininterrompu de jours, chacun semblable au précédent et aussi vide.

Elle eut un sourire si douloureux qu'il détourna le regard.

— Je suis la fille de ma mère, je saurai m'adapter à la réalité. Mais je ne prierai pas, bon sang ! Je ne prierai pas !

Cléo eut un cri étranglé. S'emparant de Meg, elle courut vers Rhett et sa sœur.

— Capitaine Rhett, capitaine Rhett, prenez votre fusil !

Rosemary s'agenouilla et ouvrit les bras.

— Passe-la-moi, je vais la prendre !

Cléo, tremblante, tendit l'enfant effrayée à sa mère.

— Il faut le tuer !

— Qui ça, Cléo ?

— Le renard, je l'ai vu ! En plein jour !

Cléo récita le vieux proverbe campagnard :

— Renard en plein midi, bandit ! Il vous mord, vous êtes mort !

Elle leva les bras et Rhett la souleva jusqu'au porche.

En dessous d'eux, sur la rive, une jeune renarde se glissait par-dessus un tronc d'arbre.

Rhett plissa les paupières sous la lumière du soleil.

— Elle n'a pas la rage, Cléo ! Sa fourrure est luisante, elle se déplace normalement, il n'y a pas de danger. Peut-être a-t-elle perdu ses petits, ou n'en a-t-elle jamais eu.

— Alors, qu'est-ce qu'elle fait là, en plein jour, à effrayer les gens ?

Cléo eut la réponse presque aussitôt : un renard franchit le tronc d'arbre et s'arrêta. La renarde feignit d'avoir trouvé quelque chose et fonça tout droit, agitant la queue. Puis elle roula sur une touffe d'herbe, pleine de langueur et de plaisir.

— Regarde-la ! Elle s'exhibe ! s'écria Rosemary.

— Oui, en effet, répondit Rhett.

Le mâle paraissait assez âgé ; il avait une cicatrice sur le museau et l'une de ses pattes semblait blessée, comme s'il en avait perdu un bout dans un piège.

— Elle est jolie ! s'exclama Meg.

— En effet, chérie. C'est d'ailleurs l'avis du monsieur.

— C'est son mari, oncle Rhett ?

— Il voudrait bien, intervint Rosemary. Regarde, Meg, il lui fait la cour.

L'enfant s'agenouilla pour mieux voir.

— Elle l'aime bien aussi ?

— Elle fait comme s'il n'existait pas ! lança Rhett.

La renarde fut attirée par un long morceau de bois flotté à demi immergé. Elle le parcourut sur toute la longueur à petits pas, puis se retourna et parut sourire au mâle, qui hésitait.

À contrecœur, il s'avança vers elle sur la pointe des pattes.

Mais son poids fit basculer le morceau de bois qui fut aussitôt entraîné par le courant rapide. L'animal eut une expression de dégoût qui amusa beaucoup Meg.

Les éclats de son rire enfantin suivirent les amants maudits le long du fleuve qui menait à la mer.

12

Un bâtard

Tazewell Watling se pressa l'index sous le nez pour ne pas éternuer. Une fumée tourbillonnante d'un brun-jaune, plus vif avec le crépuscule, tombait vers la terre. À l'horizon, le soleil n'était plus qu'un disque d'argent pâle. Charbon qui brûle, soufre, fer chauffé à blanc, ammoniac et autres puanteurs remplissaient l'air.

Dans l'Alabama et l'ouest de la Géorgie, le train avait circulé sur une voie unique. Voilà maintenant qu'elle se divisait sans arrêt tandis qu'il dépassait un convoi de marchandises sur la gauche puis une série de wagons plats. Une locomotive passa à côté d'eux en crissant, si près que Taz aurait pu la toucher en sortant la main par la vitre.

— C'est la première fois que tu vas à Atlanta, mon gars ? lui demanda le caporal confédéré tandis que Taz, assis par terre, se raclait la gorge.

— Je suis de La Nouvelle-Orléans, répondit Taz avec une hauteur un peu feinte.

— Là-bas, c'est l'usine où ils fabriquent des blindages pour nos cuirassés. Un de mes frères y travaille. Il a une sacrée chance, il est exempté ! Ici, c'est la fabrique de revolvers J. W. Dance, et ces cheminées en brique, là-bas, c'est l'endroit où l'on fond les canons pour la marine. Il y a quatre voies de chemin de fer qui entrent dans la ville, mon gars, quatre voies différentes ! Qu'est-ce que tu en dis ?

Il lui donna un coup de coude dans les côtes.

Comment Taz allait-il retrouver sa mère dans ce chaudron fumant ?

Des usines bordaient les voies, des maisons leur tournaient le dos. Quelques-unes étaient en brique, mais la plupart en bardeaux, d'allure miteuse. Vaches, cochons et poulets erraient dans de maigres prés. À mesure que le train entrait en ville, les maisons se rapprochaient les unes des autres, de larges rues semblaient s'ouvrir et se refermer d'un coup. Taz vit des bâtiments en brique et en pierre de deux ou trois étages – des entreprises ou des entrepôts —, ainsi que d'innombrables voitures et chariots.

Cette femme au coin de la rue était-elle Belle Watling ? Ce visage dans le fiacre, sa mère ?

Le plus ancien souvenir de Tazewell Watling, c'était la nuit, dans l'immense dortoir de l'orphelinat de La Nouvelle-Orléans : des enfants qui toussent et geignent en réclamant leur mère. Taz était allongé, serré sur une paillasse avec d'autres, et il sentait sa cuisse humide parce que l'un des plus jeunes s'était pissé dessus.

Taz avait faim, il avait peur, mais il ne pleurait pas. Ceux qui sanglotaient disparaissaient à l'infirmerie, où ils mouraient; on les enterrait dans le cimetière de l'asile, verdoyant et bien entretenu. La plupart des orphelins étaient irlandais. Ces religieuses, des sœurs françaises de la Charité, prenaient leur vœu de pauvreté tellement à cœur qu'elles se privaient elles-mêmes. La faim était une vertu : elles se montraient peu compréhensives envers les enfants affamés.

Et pourtant, quand le défilé du Mardi gras descendait Royal Street, ces mêmes sœurs oubliaient leurs mortifications pour tendre gaiement la main de leur balcon et attraper les chaînes de perles aux couleurs vives que leur jetaient des masques complètement ivres.

Les sœurs françaises de la Charité prétendaient que la mère de Taz était une femme perdue, condamnée aux flammes de l'enfer. Un bon catholique comme lui ne la reverrait jamais au paradis.

Taz les croyait – et ne les croyait pas. Dans son cœur d'enfant, les craintes nocturnes cédèrent la place à des matins qui faisaient espérer des miracles.

Quatre ans plus tôt, Rhett Butler avait été l'un de ces miracles. Lavé et briqué jusqu'à en avoir la peau luisante, l'enfant, convoqué dans le bureau de la mère supérieure, s'était retrouvé face à un inconnu souriant. Il avait laissé à côté de lui, sans y toucher, une tasse du médiocre thé de la religieuse. En un lieu qui empestait le Crésyl et la lessive, l'homme exhalait une odeur de cigare, de bourbon et de cosmétique.

— Tazewell Watling, avait dit Rhett Butler, je suis ton tuteur. C'est moins bien qu'un père, sans doute, mais il faudra t'en contenter.

Le lendemain, en costume neuf, Tazewell Watling se retrouva à l'école des jésuites de la Société catholique – un petit bâtiment niché contre une énorme église – pour son éducation religieuse et littéraire. Une fois inscrit, Taz se vit montrer son lit (sur lequel il lui était interdit de s'allonger pendant la journée) et le crochet auquel suspendre sa veste.

Sa mère était rarement passée le voir à l'orphelinat, elle lui rendait désormais des visites régulières. Belle portait de jolies robes et semblait plus heureuse. Apparemment, Rhett Butler avait été un miracle pour elle aussi.

En entrant à l'école des jésuites, Taz lisait mal, avait une orthographe épouvantable et des connaissances mathématiques à peu près nulles. Les jésuites y remédièrent assez vite.

À l'orphelinat, rares étaient ceux qui connaissaient leur père – dont, sans exception, aucun ne leur rendait visite. Tazewell Watling n'avait jamais imaginé en avoir un et se contentait d'adorer sa mère.

Mais à l'école des jésuites, il apprit que c'était nécessaire. Comme le lui expliqua patiemment Jules Nore, un garçon plus âgé : « On nous éduque pour faire de nous des gentlemen. Toi, Watling, tu ne pourras jamais en être un. » Puis Jules fronça les sourcils et reprit : « Tu ne peux être personne sans un père. Des bâtards dans ton genre, Tazewell Watling, sont voués à servir les gentlemen, nous ouvrir les portes de nos voitures, nettoyer nos bottes... »

Taz lui avait mis le nez en sang. Quand les amis de Jules s'en étaient mêlés, il s'était bien défendu.

Un bâtard n'est personne !

En approchant de la gare d'Atlanta, un autre train longea le leur. Il était pareillement bourré de soldats confédérés, certains debout entre les wagons, d'autres grimpés sur les toits. Des hourras s'échangeaient d'un convoi à l'autre. Dans le wagon de Taz, un soldat se mit à jouer du banjo, un autre de l'harmonica – chacun sur un air différent.

Côte à côte, les deux trains cheminèrent vers l'énorme gare où ils entrèrent à grand renfort de tintements de cloches et de crissements de freins. Le soleil disparut ; comme les escarbilles ne pouvaient s'envoler par le toit du bâtiment, elles retombaient sur les wagons en résonnant comme des volées de plomb.

— On y est, mon gars, dit le caporal en prenant son sac de voyage. La ville la plus trépidante de la Confédération ! On trouve tout ce qu'on veut, à Atlanta ! ajouta-t-il en clignant de l'œil. Et même ce qu'on ne veut pas !

De l'autre côté du quai de brique crasseux, les soldats blessés lors de la bataille de Fredericksburg descendaient d'un train-hôpital. Certains se soutenaient mutuellement, d'autres clopinaient sur des béquilles. Des brancardiers noirs emmenaient les plus sévèrement touchés.

Au bout du quai, par-delà un groupe d'ambulances, Peachtree Street n'était qu'embouteillage : voitures bloquées, cochers furieux, cavaliers sur les trottoirs sous les malédictions des piétons.

Taz aborda un civil bien vêtu.

— Pardon, monsieur, pourriez-vous m'indiquer où se trouve l'établissement de Belle Watling ?

L'autre le regarda de haut en bas.

— Pas question ! Vous m'avez l'air d'un jeune homme correct qui n'a rien à faire au Chapeau Rouge, dit-il en tordant la bouche.

— Mais alors, vous connaissez l'endroit, monsieur ? demanda malicieusement Taz.

— Petit insolent !

Il faisait plus froid à Atlanta qu'à La Nouvelle-Orléans.

Le soldat qu'il accosta ensuite se montra plus secourable :

— Mon gars, tu n'auras qu'à descendre Decatur Street. Quand ça deviendra vraiment animé, tu ne seras pas loin de là où tu veux aller.

Les trottoirs de brique cédèrent la place à des trottoirs de planches, eux-mêmes remplacés par des chemins de terre battue le long des rues défoncées. L'éclairage au gaz prenait fin avec le quartier des affaires. Le ciel couvert était comme un plafond à travers lequel ne pénétraient ni la lune ni les étoiles.

Au bout d'une vingtaine de minutes, Tazewell Watling parvint devant un ensemble de saloons et de tripots d'où sortaient des notes de piano, des huées et des rires bruyants.

— Pardon, monsieur, où est le Chapeau Rouge ?

Le soldat était trop ivre pour articuler une réponse. Il désigna d'abord toute la rue du doigt avant d'indiquer une maison dont les rideaux étaient tirés à l'étage. Une lanterne rouge brillait à la fenêtre du salon. L'établissement, déparé par un voisinage miteux, avait connu des jours meilleurs. Derrière la clôture, les rosiers taillés pour l'hiver garnissaient une cour bien entretenue. Un Noir en costume sombre et élimé fumait un cigare sur la véranda. Une cicatrice pâle lui courait du front au menton.

— Mon gars, grogna-t-il, t'as rien à faire ici. File !

Taz posa son sac et massa sa main endolorie.

— Abraham Lincoln a émancipé les Noirs. Pourquoi ne filez-vous pas, vous ?

MacBeth – tel était le nom du videur de Belle Watling – répondit :

— Je suis un Nègre d'Atlanta ! J'ai pas peur des émancipateurs !

En ce mardi qui suivait la bataille de Fredericksburg, le Chapeau Rouge était à peu près calme. Le samedi précédent, le télégraphe avait annoncé la nouvelle de la grande victoire confédérée. Aussi, le dimanche matin, Minette, la sous-maîtresse de Belle Watling, était-elle allée chercher les veuves de soldats qui leur prêtaient main-forte quand Belle attendait un déferlement de foule. D'habitude le Chapeau Rouge fermait le jour du Seigneur, mais les nordistes avaient subi de telles pertes à Fredericksburg, leur puissante armée avait été si complètement humiliée, qu'à six heures du soir Belle était à court de champagne. Elle envoya MacBeth racheter du brandy. À onze heures, des dizaines de patriotes exubérants attendaient encore à la porte.

Le lundi, les filles épuisées, encore malades d'avoir tant bu, avaient nettoyé l'établissement ; le lendemain soir, le calme était revenu et Minette avait été presque heureuse d'accueillir le prévôt, qu'elles avaient surnommé « capitaine Fouineur ».

Le Chapeau Rouge était la maison close la plus chère d'Atlanta. Sa clientèle se composait d'officiers confédérés de haut rang, de spéculateurs et de profiteurs de guerre. Dans le Vieux Carré de La Nouvelle-Orléans elle n'aurait rien eu d'extraordinaire, mais à Atlanta, plus terre à terre, elle passait pour un peu prétentieuse.

Des lithographies de scènes des rues de Paris ornaient les murs au papier peint à rayures vertes et rouges du salon. Sur le manteau de la cheminée, la pendule en similor était flanquée de grandes Vénus de marbre aux poses faussement timides. Les crachoirs demeuraient dans des placards sauf si on les réclamait. Le mobilier dit français poussait les plus coriaces à s'asseoir bien droit, les mains sur les genoux. Pour eux, les filles de Belle étaient aussi exotiques que des oiseaux de paradis. Au moindre prétexte, elles éclataient de rire ou se mettaient à bavarder dans une sorte de créole incompréhensible.

Rhett Butler avait des parts dans le Chapeau Rouge, et un bureau à l'étage au-dessus. Les fauteurs de trouble filaient discrètement quand MacBeth leur disait : « Monsieur, vous feriez mieux de rentrer chez vous. Je ne voudrais pas aller chercher le capitaine Butler ! »

Minette était une courtisane avisée. Pour assurer ses vieux jours, elle avait acheté des lotissements dans le quartier des jardins de La Nouvelle-Orléans ; s'agissant de son âme, elle versait sa dîme aux bons pères. Quand Mme Belle lui avait proposé de travailler au Chapeau Rouge, Minette avait bien failli refuser car, de toute évidence, Belle Watling n'était pas une courtisane.

En effet, bien que plus âgée que Minette, elle demeurait une enfant comme seules les Américaines peuvent l'être – c'est-à-dire exaspérante. Une courtisane comprend fort bien la nature de la transaction ; l'Américaine tend à la confondre avec l'amour – ce dont, d'après Minette, seuls ses précieux conseils de créole avaient protégé Belle Watling.

Ce soir-là, Minette afficha son sourire professionnel et complimenta le capitaine Fouineur sur son élégance.

— Ah ! Minny... Vous avez changé de coiffure ? Elle a l'air beaucoup plus rousse. On me dit que Rhett est de retour en ville ?

Que de questions ! Il s'asseyait dans le salon par un après-midi pluvieux et ne cessait d'en poser. Minette avait entendu une fois Éloïse parler de son premier amant – un gamin du voisinage – tandis que le capitaine Fouineur gloussait à l'évocation de la maladresse du pauvre garçon. Il donnait aussi des conseils à Hélène sur la constipation, suggérait un remède alors que tout le monde savait que le coupable n'était autre que le laudanum qu'elle prenait. Il avait même demandé une fois à Minette comment elle faisait pour éviter d'être enceinte.

Le capitaine Fouineur se montrait toujours très curieux à propos de Rhett : où était-il ? que faisait-il ? que pensait-il de ceci ou de cela ? Comment Minette aurait-elle pu le savoir ? De toute façon, était-ce l'affaire du capitaine Fouineur ?

Quand elle s'était plainte à Rhett que le prévôt fourrait son nez partout, il avait pris l'air amusé :

— Edgar cherche toujours à résoudre le mystère de la vie ! Laissons-le mariner dans son jus.

Edgar Puryear était très mince. Quand il quittait une pièce, il laissait l'impression d'un homme plus petit encore qu'il ne l'était. Il avait un long visage osseux, de grandes oreilles, une large bouche expressive et des cils très fins qui protégeaient des yeux aussi vifs que ceux d'un moineau curieux.

Il y avait en lui quelque chose qui donnait envie aux soldats confédérés de le cogner ; les soirs de paie quand l'alcool coulait à flots, il se faisait accompagner par son sergent, Jack Johnson.

Ce soir-là, le prévôt demanda du brandy à Minette :

— Rien qu'un doigt ! dit-il en écartant les siens de cinq bons centimètres.

Le pouvoir fascinait Edgar Allan Puryear. Indiscutablement, Langston Butler, le père de Rhett, en avait, parce qu'il était riche et impitoyable – riche parce que impitoyable. Charlotte Fisher Ravanel en avait également parce qu'elle était riche, et Andrew Ravanel parce que la guerre récompense le courage.

Mais Edgar Puryear ne comprenait pas la nature du pouvoir de Rhett Butler.

Quand Rhett était arrivé chez Cathecarte Puryear, Edgar était monté au premier étage se faire une opinion sur le nouvel élève de son père. Rhett l'avait regardé, ou plutôt il avait regardé à travers lui et l'avait aussitôt oublié. Le jeune Edgar aurait voulu protester : une minute ! je ne suis pas seulement une chose qu'on peut voir. Je suis plus que ça ! Mais par la suite, il n'avait réussi à provoquer qu'un demi-sourire amusé chez Rhett. Quand Edgar le flattait, Rhett se moquait de ses flagorneries. Quand il lui acheta une cravate coûteuse, Rhett ne la porta jamais et Edgar l'aperçut un soir au cou du portier noir de miss Polly. La seule fois où, rassemblant tout son courage, il avait tenté de s'expliquer, Rhett l'avait interrompu au bout de trois phrases – « Pas maintenant, Edgar ! » – avant de quitter la pièce.

Rhett Butler n'avait jamais été cruel envers lui – pas comme Henry Kershaw ou Andrew Ravanel pouvaient l'être –, mais cette indifférence le blessait davantage que la simple cruauté. Quel était son secret ? L'indifférence engendrait-elle aussi le pouvoir ?

Quand Rhett avait été exclu de West Point (et personne à Charleston n'aurait été surpris s'il s'était logé une balle dans la tête), Edgar Puryear avait été le seul à venir l'accueillir sur le quai du port.

— Rhett, bon sang, c'est bon de te revoir ! Cela faisait si longtemps ! Viens avec moi. Polly a une nouvelle fille aux appétits étonnants…

Rhett avait eu ce demi-sourire qu'Edgar détestait.

— Pas maintenant, Edgar.

Et il était parti en ville.

Seau à charbon en main, la jeune bonne du Chapeau Rouge hésita à l'entrée du salon.

— Ah ! entre, petite.

— Désolée. Je ne vous connais pas.

— Peu importe, peu importe. Fais ton boulot. Tu as peur que je te morde ?

— Non, monsieur.

— Jamais je ne mordrais une fille aussi jolie que toi !

Elle rougit.

— Dis-moi, quand le capitaine Butler doit-il rentrer ?

— Je ne sais pas, monsieur.

Quand elle s'agenouilla pour verser du charbon dans le poêle, sa robe se tendit sur son dos, révélant chaque vertèbre de sa longue échine. Minette, revenant avec le brandy du visiteur, s'exclama :

— Lisa ! Tu n'es pas censée venir dans le salon le soir !

Surprise, la bonne renversa son seau et du charbon roula sous la bergère du capitaine Fouineur. Il ouvrit grands les genoux pour qu'elle puisse le récupérer.

— Maladroite ! siffla Minette. Laisse ça ! Tu t'en occuperas après le départ du capitaine !

— Minny, pensez-vous que Lisa puisse avoir de l'affection pour moi ?

— Lisa est une enfant, capitaine, dit Minette d'un ton froid. Elle n'est pas censée distraire les visiteurs.

Quand MacBeth entra en tenant par le bras un garçon inconnu, Lisa saisit l'occasion de fuir.

— Il dit qu'il est le rejeton de miss Belle, expliqua MacBeth.

Le nouveau venu avait les cheveux bruns avec une raie sur le côté, un visage étroit qui lui donnait l'air plus âgé qu'il n'était. Minette le compara mentalement au daguerréotype posé sur la coiffeuse de madame.

— Mais, mon petit, tu es censé être chez les bons pères de La Nouvelle-Orléans !

Taz eut un sourire charmant et leva les bras comme s'il n'avait pas la moindre idée de la manière dont il était arrivé à Atlanta.

— Il dit qu'il est le fils de miss Belle, répéta MacBeth.

— Qui es-tu, mon garçon ? demanda Edgar Puryear. Comment t'appelles-tu ?

— Tazewell Watling, monsieur.

— Watling ! Grands dieux ! Et tu es né... ?

— À La Nouvelle-Orléans, monsieur.

— Non, pas où ! Quand ? Je me moque de savoir où ! Hum... Ça doit être il y a... douze... non, treize ans !

— Oui, monsieur, j'ai treize ans.

— Capitaine, il sera toujours temps de lui poser des questions plus tard, non ? Il est venu voir sa chère maman.

Puryear se leva et examina Taz un peu comme un acheteur inspecte un poulain.

— Oui, il y a une ressemblance, une ressemblance assez nette – ces oreilles, ce nez ! Tazewell Watling, par Dieu, tu es le bâtard de Rhett Butler !

Puis il vida son verre et le posa sur le manteau de la cheminée.

— Vous vous trompez, monsieur. Le capitaine Butler est mon tuteur.

— Bien sûr, bien sûr. Pas de doute là-dessus. S'il le dit, c'est qu'il l'est !

La pendule tictaquait, le feu pétillait dans le poêle.

Après son long voyage, Taz était fatigué.

— J'informerai le capitaine Butler de l'intérêt que vous portez à mes origines, monsieur.

Les yeux du capitaine devinrent vitreux.

— Nous en parlerons une autre fois, mon garçon. Minny, pouvez-vous m'apporter un autre brandy ? Plutôt du cognac français, cette fois.

Minette poussa Taz dans le couloir, puis dans le boudoir de Belle, qui avait été autrefois une salle à manger familiale. C'était sans conteste le sanctuaire d'une femme sans éducation mais riche. Des rideaux de soie noire moirée couvraient les fenêtres et étouffaient les bruits de la rue. Les globes des lampes s'ornaient de lourdes fleurs peintes ; de nombreux oreillers à franges, grands et petits, s'entassaient à la tête du lit tendu de brocart rose. Un air tiède et parfumé enveloppa Taz. Cette féminité écrasante le mettait mal à l'aise.

Sa mère leva les yeux par-dessus ses lunettes.

— Taz ! s'exclama-t-elle, stupéfaite. Mais je viens juste de t'écrire !

— Quel bon fils, madame ! dit Minette en poussant le garçon vers sa mère.

Taz tenta de prévenir les protestations de Belle :

— Maman, s'il te plaît, je suis si content d'être ici ! Je peux rester avec toi ?

— Mais, Taz…

— J'ai rampé à travers les lignes nordistes, à deux pas de leurs sentinelles ! L'un d'eux a failli me marcher dessus ! Je ne sais pas ce que j'aurais fait si c'était arrivé. Je n'avais rien à manger et j'avais faim, maman ! J'ai rencontré ensuite des conducteurs de bestiaux qui emmenaient du bétail à Montgomery, ils m'ont donné quelques gâteaux de maïs. Quand je suis arrivé à une gare, les prévôts n'ont pas voulu me laisser monter dans le train. Des soldats m'ont pris avec eux.

Il se précipita dans ses bras.

— Dieu sait comme tu m'as manqué, chéri !

Minette ouvrit l'armoire à liqueur en marmonnant :

— « Minny » ! Il m'appelle « Minny » ! Si Minette est assez bon pour les registres de baptême, ça devrait être assez bon pour le capitaine Fouineur !

— Minette, pas maintenant, dit Belle en caressant les cheveux de son fils pour lui dégager le front.

— Éloïse ne veut pas descendre quand cet homme est dans le salon.

— Bien sûr, Minette. Plus tard, s'il te plaît.

— Le voilà, votre cognac français, capitaine ! s'écria Minette en crachant dans le gobelet avant de le remplir et de s'en aller.

Mère et fils s'enlacèrent, parlèrent, s'enlacèrent de nouveau. Un peu plus tard, Lisa apporta un plateau avec de la soupe et du pain. Taz mangea sur la coiffeuse de sa mère au milieu des pommades et des lotions.

— Lisa est jolie, maman, non ? demanda-t-il entre deux bouchées.

— La pauvre ! Son mari a été tué à la guerre, ils ne sont restés qu'une journée ensemble ! Une journée ! Quand elle est venue frapper à la porte, je l'ai accueillie.

Belle étendit des édredons à côté de son lit et, une fois Taz endormi, elle l'observa un bon moment avant de l'embrasser sur le front et d'éteindre la lampe.

Le lendemain matin, quand Taz revint des toilettes, de la fumée montait de la cheminée de la cuisine. Lisa alimentait le fourneau ; elle sursauta :

— Vous m'avez fait peur ! Je n'ai pas l'habitude des gens qui se lèvent tôt !

— Je n'ai pas besoin de beaucoup de sommeil. À La Nouvelle-Orléans, c'est à peine si on dort !

Elle leva un sourcil.

— Ah bon ?

— De jour comme de nuit, il se passe toujours quelque chose là-bas ! répondit Taz en se frottant le nez. Il y a trop de fumée à Atlanta ! Comment supportez-vous cela ?

— Ça n'est pas grave une fois qu'on est habitué.

— Maman dit que vous êtes veuve.

— Oui, de mon pauvre Billy.

— Je n'ai jamais été marié.

— Évidemment ! Vous n'êtes qu'un bébé !

Taz se redressa.

— À La Nouvelle-Orléans, on dit : « L'heure coq cante, li bon pour marie ! »

— Vous parlez de façon bizarre ! Continuez !

C'est donc en français que Taz lui expliqua qu'elle avait de jolis yeux, ce qui la fit rougir sans qu'il ait besoin de traduire car le français ne peut déguiser le sentiment. Puis il ajouta :

— Vous savez sans doute que je suis un bâtard.

— Je ne sais pas, je n'en ai jamais rencontré.

— Maintenant que c'est fait, qu'en pensez-vous ?

— Je pense que j'étais en train de préparer des flocons d'avoine et que peut-être vous en aimeriez un peu.

Plus tard, Taz rencontra les filles : Hélène, qui avait les cheveux noirs les plus longs qu'il ait jamais vus, et Éloïse, toujours un peu somnolente à cause du laudanum.

Les combats avaient brisé et aplati les jointures de MacBeth. Il était d'Atlanta.

— Je suis un Nègre de la ville ! dit-il. Pas question de porter un mouchoir sur la tête ! Moi, j'ai un chapeau !

Taz l'interrogea sur le capitaine Butler.

— Le capitaine Butler va et vient.

— Il dort ici ? Je veux dire, dans la maison ?

— Tu veux dire avec ta mère ? répondit MacBeth, l'air impassible.

Taz crispa les poings mais l'autre le regarda d'un air mauvais jusqu'à ce que le jeune garçon se calme, détourne les yeux et se mette à siffler – faux.

— Vous avez déjà tué quelqu'un ?

— Rien que des Nègres, répondit MacBeth.

Taz referma derrière lui la porte de Rhett et renifla : vieux remugles de cigare et poussière, se dit-il. C'était donc là le bureau de son père. Avant les remarques du prévôt, Taz n'avait rien su des rumeurs. Quand il demandait à Belle, elle répondait : « On parlera de ça quand tu seras grand. »

Il était grand, maintenant.

La pièce n'avait rien de particulier : un bureau, un coffre-fort imposant, une banquette-lit de noyer, deux chaises, une penderie de chêne. Les fenêtres dominaient le devant du bâtiment où l'on pouvait apercevoir MacBeth, armé d'un râteau, ôter les mégots de cigares des parterres de fleurs. À l'arrière, d'autres fenêtres donnaient sur l'écurie. Plus loin, un pré envahi d'herbes folles se terminait par une étendue d'herbes des marais d'un vert vif, au bord d'une crique boueuse.

Taz fit tourner le cadran du coffre et tenta d'en manier le levier de cuivre mais le coffre-fort resta fermé. Il se rassit dans le fauteuil de son père.

Belle avait plusieurs fois raconté à Taz comment Rhett et elle avaient refait connaissance :

— Si je n'étais pas passée devant l'hôtel Saint-Louis ce jour-là, chéri, je crois que les choses auraient mal tourné pour moi. Je n'avais plus rien, même pas dix cents ! Je t'avais laissé à l'orphelinat et j'avais trop honte pour venir te voir. Alors, chéri, j'ai vu ces gens élégants devant l'hôtel et je me suis dit qu'ils pourraient me donner quelque chose. Je n'avais plus aucune fierté. On n'en a plus quand on est sans le sou. Je ne l'ai pas reconnu tout de suite mais lui, si. Il s'est occupé de moi. Et aussi de mon cher fils !

Les costumes et les chemises amidonnées de Rhett étaient accrochés dans la penderie au-dessus de deux paires de bottes pourvues d'embauchoirs. Il n'y avait rien dans le bureau sinon des plumes, de l'encre, du papier à lettres et les *Notes sur l'Amérique* de Charles Dickens.

Taz fit pivoter le fauteuil. Des éraflures sur le bureau montraient où Rhett posait les talons. Même en les étirant aussi loin qu'il pouvait, les pieds du jeune garçon ne pouvaient les atteindre.

Belle Watling n'était pas à proprement parler une jolie femme mais elle était attirante et pleine de vie. Une année, pour son anniversaire, Rhett lui avait acheté une robe de Paris en soie grise. Belle l'avait pliée et déposée, dans son emballage d'origine, au plus profond d'un tiroir de son bureau. Pas question qu'elle la porte : « Personne ne me reconnaîtrait. »

Une autre fois, Rhett lui avait suggéré de mettre un peu moins de poudre. La faisant asseoir devant un miroir, il lui avait lavé le visage à l'eau tiède avant de le sécher avec du coton : « Très chère, tu n'as pas besoin de rouge. Tes joues luisent comme des pommes reinettes. »

La Belle qu'on apercevait dans le miroir semblait avoir dix ans de moins : une jeune fille de la campagne, innocente et timide, qui la regardait. Effrayée, Bell avait fondu en larmes.

Trois jours avant Noël, un samedi soir – jour de paie de l'armée –, on pouvait voir une couronne accrochée sur la porte d'entrée du Chapeau Rouge. Le sergent Johnson sourit à son supérieur.

— Joyeux Noël, capitaine.

Une fois Edgar Allan Puryear entré, le sergent posa un pied sur la balustrade et alluma sa pipe.

De la causeuse de velours vert du salon, un commandant manchot lança à Edgar :

— Capitaine, n'y a-t-il donc pas de bordels pour simples soldats où vous pourriez passer plus utilement votre temps ? Ou bien sont-ils un peu trop animés pour vous ?

Edgar pinça les lèvres ; l'autre se leva, entraînant Hélène avec lui.

— Poursuivons en haut, très chère !

Elle se couvrit la bouche d'une main et gloussa.

Trois lieutenants d'artillerie entrèrent en riant, puis grimacèrent en apercevant le dos du capitaine – ils préféraient aller ailleurs.

Au Chapeau Rouge, les jours de paie étaient toujours les plus agités. Minette eut un sourire crispé.

— Capitaine Puryear, je suis ravie que vous soyez là ce soir !

— Et pourquoi donc ?

— Vous avez tellement envie d'en savoir plus sur notre jeune Tazewell… Le capitaine Butler vient cette nuit. Miss Belle et MacBeth l'attendent à la gare. Vous aurez ainsi une réponse directe à toutes vos questions.

À la grande satisfaction de Minette, Edgar grimaça :

— Voulez-vous un brandy en attendant, capitaine ?

Edgar Puryear se dirigea vers la pendule posée sur la cheminée et fit mine de contempler les aiguilles dorées.

— Allez me chercher le gamin ! lança-t-il.

— Pardon ?

— Allez me chercher le gamin, Minny, ou mon sergent s'en chargera.

Minette fit donc descendre Taz en le prévenant de se montrer prudent avec le capitaine :

— Il est comme l'alligator : jamais aussi dangereux que quand il sourit !

Puryear lui indiqua une chaise, Taz resta debout.

— Monsieur ?

— Quand ton père et moi avions ton âge, nous étions de grands amis, dit Edgar en souriant. Qu'est-ce qu'on a pu s'amuser !

— Oui, monsieur.

— Tu sais, mon garçon, nous avions beau être très proches, Rhett ne m'a jamais dit qu'il courtisait Belle Watling. C'était un gentleman, vois-tu, et Belle…

Il tourna la tête.

— Ah, Lisa ! Entre donc, petite. J'espérais bien te revoir.

La jeune femme resta à l'entrée, un télégramme à la main.

— Entre, entre donc. Qu'est-ce que c'est ?

Elle s'approcha en baissant les yeux.

— Donne-moi ça, Lisa.

— Monsieur, ça n'est pas pour vous. C'est du capitaine Rhett pour miss Belle.

Il s'empara du télégramme d'un geste, le lut, le froissa et le jeta sur le sol.

— Rien d'important, petite ! Le train de mon ami Rhett sera en retard.

Il étendit les jambes et croisa les chevilles.

— Non, Lisa, ne pars pas ! C'est pas poli d'abandonner ses hôtes avant la fin de la soirée ! Je parie que tu ne savais pas que Tazewell était le fils du capitaine Butler ? Non ? Notre ami Rhett est toujours aussi discret.

— Tu peux t'en aller, petite, intervint Minette. Tu as à faire à la cuisine.

— Je n'ai pas dit qu'elle pouvait partir, dit le capitaine Puryear en souriant, comme si Minette avait commis un impair sans conséquence.

Minette haussa les épaules. Après tout, elle était une courtisane, pas la mère de Lisa.

Taz se plaça entre celle-ci et le fauteuil du capitaine.

— Ah ! tu as de l'affection pour elle, hein, mon garçon ? Tu aimes l'argent, petite ?

Lisa glissa les mains sous son tablier.

— Comme tout le monde, dit-elle d'un ton méprisant.

— Une jolie petite chose, hein, mon garçon ? chuchota Edgar.

Prenant son temps, il ouvrit sa bourse et en sortit une pièce d'or de vingt dollars qu'il fit tourner avant de la déposer sur le manteau de la cheminée.

— Tu en as déjà vu, petite ?

— C'est sacrément d'argent, répondit-elle, attirée.

Le dollar d'argent que le capitaine Puryear posa à côté de la première pièce avait l'air d'un parent pauvre.

— Ça durera moins d'une demi-heure. De toute façon, tu connais déjà.

Il caressa le bras de la jeune fille comme on le fait à un chat qu'on ne connaît pas, et murmura :

— Minny, la chambre tout en haut est disponible ?

— Capitaine ! protesta Minette. C'est une enfant ! La putain, c'est moi !

— Minny, si je voulais obtenir vos faveurs, je les aurais demandées.

Il se tourna vers Lisa.

— Vas-y, ma fille, prends l'argent !

À la grande honte de Taz, sa voix se brisa quand il s'écria :

— Laissez-la tranquille !

— Elle te plaît, mon garçon ? Lisa a faim ! Une si jolie traînée, et qui en veut...

Edgar fouilla dans son porte-monnaie pour y chercher un autre dollar en argent, qu'il déposa avec lenteur sur le précédent.

Hypnotisée, Lisa fit un pas en direction des pièces.

— Allez au diable ! s'exclama Tazewell Watling en les jetant à terre.

Lisa tomba à genoux pour ramasser la pièce d'or sous la causeuse. Souriant jusqu'aux oreilles, Edgar se balança sur les talons, puis éclata de rire.

Taz prit la pendule, la leva comme pour assommer le capitaine. Celui-ci esquiva le coup. La pendule vola et explosa en ressorts, rouages et verre brisé.

— Grands dieux ! Grands dieux ! gloussa Edgar Puryear.

Son regard changea quand Taz attrapa une des statues de Vénus.

— Attends un peu, mon garçon ! Arrête ! Frapper un officier confédéré...

Il bloqua la main de Taz du bras droit.

— Bon sang, gamin ! Tu as osé me frapper !

Taz retroussa les lèvres et grogna :

— Salopard !

Taz se recula et, quand l'autre tenta de lui prendre la statue des mains, il lui donna un violent coup sur le nez. Les yeux d'Edgar Puryear se remplirent de larmes.

— Bon Dieu, capitaine ! s'écria le sergent Johnson qui surgit derrière Taz. Ce n'est qu'un gamin !

Mais ça ne l'empêcha pas d'assommer Taz avec son manchon de cuir rempli de petits plombs.

Quand Taz revint à lui, il avait le pied gauche tout tiède : quelqu'un lui vomissait dessus. Il le replia. Sa tête palpitait si fort qu'il ouvrit la bouche en espérant que la douleur s'en irait. Dans un coin, un soldat urinait, le front appuyé contre le mur. Taz se toucha la tête : une belle bosse. Il avait perdu une chaussure, on lui avait fait les poches. Quand il fermait les yeux, il voyait tournoyer des cercles orange et bleus. La lumière de la lune passait à travers une très haute fenêtre garnie de barreaux. Le judas de la porte formait un cercle de lumière jaune parfait.

Des heures passèrent avant que quelqu'un ne dise doucement à travers le trou :

— Je cherche Watling, Tazewell Watling. Il est là ?

C'était un Noir âgé. Taz le suivit jusqu'à un corps de garde avec une banquette de chaque côté et une table derrière laquelle était assis un colonel confédéré. Il consultait des papiers et ne leva pas les yeux.

À six heures du matin, Rhett Butler rasé de frais portait une chemise propre. Taz sentit l'odeur de sa pommade pour les cheveux.

— Taz, tu as brisé le nez du pauvre Edgar. Il ne pourra plus se montrer en public !

Le jeune garçon ressentait une douleur sourde derrière les yeux.

— Le capitaine Puryear est une canaille.

— Non, Taz, Edgar n'a pas assez de tripes pour ça. Il salit tout ce qu'il touche, voilà tout.

Du bout de ses grands doigts, Rhett tâta le crâne de Taz qu'il regarda bien en face.

— Ta caboche est en bon état, mon garçon ! Dans son genre, le sergent Johnson est un virtuose.

— Le capitaine Puryear prenait trop de libertés, monsieur.

— Edgar a des goûts assez spéciaux. Je vais te ramener chez les jésuites. Tu ne peux pas apprendre à devenir un gentleman en prison.

Taz était las, il avait mal, il sentait mauvais. Était-ce déjà arrivé à son père ? Avait-il toujours des vêtements immaculés ? Sentait-il toujours la pommade ?

Taz rassembla comme il put sa dignité de jeune garçon.

— Monsieur, quand j'étais à l'orphelinat, on disait que le soleil se lève à l'est et se couche à l'ouest, et ce, pour les gentlemen comme pour leurs bâtards.

13

Un chef rebelle légendaire

Dès l'enfance, Mélanie Hamilton avait su qu'elle serait la femme d'Ashley Wilkes, car « les Wilkes épousent toujours des cousines ».

Tous les étés, elle et son frère Charles prenaient le train d'Atlanta à Jonesboro où le valet de chambre de John Wilkes, Mose, les accueillait. Il avait toujours des confiseries dans la poche et prétendait chaque fois les avoir oubliées.

Les Wilkes des Douze Chênes étant les plus prestigieuses relations des Hamilton, Charles et Mélanie étaient toujours vêtus de la manière la plus guindée, implacablement briqués et récurés. Les injonctions de la tante Pittypat (« si tu laisses tomber ta serviette, ne la ramasse pas », ou « ne demande pas à monter le poney de la cousine India, attends qu'elle te le propose ») se révélaient inutiles : les jeunes Hamilton étaient bien trop impressionnés.

Charles aimait ces visites, mais pas Mélanie. Atlanta, c'était la ville et, en dépit de la belle bibliothèque des Wilkes, de leurs manières raffinées, les Douze Chênes étaient à la campagne. Tous ces arbres impersonnels au milieu desquels une enfant pouvait se perdre, cette rivière sombre et boueuse dans laquelle elle pourrait se noyer, et toutes ces horribles bestioles ! Abeilles, bourdons, frelons, guêpes à papier, à veste jaune ou bâtisseuses de nids de boue, et ces insectes sournois qui se prenaient dans les cheveux de Mélanie, les buveurs de sang bourdonnants piégés dans la moustiquaire de son lit qui la tenaient éveillée la moitié de la nuit. Charles disait que si on les laissait boire tout leur soûl, la piqûre ne gratterait plus ensuite. Il n'y avait rien de plus horrible que l'abdomen d'un moustique rempli d'un sang rouge vif sur le bras mince qu'il lui tendait.

Charles se mit à appeler les Douze Chênes le « royaume des insectes », il fondait sur Mélanie en bourdonnant jusqu'à ce qu'elle ne sache plus si elle devait rire ou éclater en sanglots.

Comme elle savait qu'elle épouserait Ashley un jour, elle aurait voulu aimer les Douze Chênes autant que lui, mais l'idée de devenir Mme Wilkes, de tenir cette immense demeure, ses domestiques, son économie, l'effrayait. Quand la mère d'Ashley mourut, les deux sœurs du jeune garçon, India et Honey, durent travailler d'arrache-pied. Un jour, on attendrait de l'épouse d'Ashley qu'elle s'occupe de tout.

Tous deux prendraient leur place aux Douze Chênes, comme les parents d'Ashley avant eux. Ils y vivraient jusqu'à l'ultime voyage qui les mènerait au cimetière, en haut de la colline, derrière la maison.

Le jeune couple grimpait les marches de pierre du perron pour s'asseoir sous un dais de noisetiers et d'ormes vénérables. C'est là qu'ils échangeaient ces serments solennels que les jeunes gens prononcent en de tels lieux.

Mélanie aimait vraiment les jardins des Douze Chênes : magnolias, azalées, rhododendrons, roses Bourbon... Les moments passés avec Ashley sous les glycines, dont les vrilles épaisses étaient aussi vieilles que la demeure elle-même, représentaient ses souvenirs les plus heureux.

Ils parlaient de livres et de beauté, discutaient des romans de Walter Scott ou du *Magasin d'antiquités* de M. Dickens.

Tout cela restait si discret que les autres le remarquaient à peine. Ce qui leur épargnait les doutes pénibles, les hésitations, les engagements hâtifs, les avances trop hardies, les retraites blessées de ces amants infortunés qui n'épousent pas de cousines. Par un après-midi de printemps, Ashley demanda à Mélanie de l'épouser : elle accepta. Elle se souvint plus tard qu'il portait ce jour-là une rose à la boutonnière. Elle fut surprise de constater à quel point elle avait aimé le baiser d'Ashley.

Après un an de service dans son régiment géorgien, Ashley s'était porté volontaire pour la Brigade Ravanel : « *J'ai pensé que c'était mon devoir* », écrivit-il à Mélanie.

Il lui était impossible de critiquer le choix de son époux

mais l'unité était dangereuse et cela lui valut bien des nuits sans sommeil.

Ashley regretta vite sa décision : « *Les gentlemen de Charleston ne ressemblent pas à ceux de Géorgie. Ils sont convaincus que l'univers se réduit aux Basses Terres et que Charleston en est le centre. Quand je leur décris les jardins des Douze Chênes, les roses rares apportées de Tidewater en Virginie par mon arrière-grand-mère, ils me répondent que celles du Jockey Club sont "les plus belles du Sud" sans même en connaître le nom !* »

Il ajoutait en post-scriptum : « *Le colonel Ravanel est un chef enthousiasmant mais jamais je ne le laisserais seul avec mes sœurs !* »

Miss Mélanie Hamilton avait épousé M. Ashley Wilkes et miss Scarlett O'Hara, M. Charles Hamilton aux temps fiévreux et enivrants pendant lesquels le Sud partait en guerre. Les deux couples n'eurent pas le temps de respirer. Au début, quand les commerçants se mirent à appeler Mélanie « Madame Wilkes », elle se demandait à qui ils s'adressaient.

Six mois plus tard, Mélanie fut accablée par la mort de son frère Charles. Elle était encore toute petite quand sa famille les confia tous deux à la tante Pittypat – c'est ainsi qu'on appelait depuis toujours Sarah Jane Hamilton, cette femme grassouillette d'allure enfantine. Sa maisonnée était si gaiement désordonnée que tous les enfants du voisinage venaient y jouer. Mélanie ne se souvenait pas de ses parents défunts, elle aimait Charles comme seule une orpheline peut le faire.

Enfant, elle avait été souvent malade, si bien qu'elle reconnaissait les médecins d'Atlanta rien qu'à leur pas dans l'escalier. Mélanie s'attendait à mourir jeune, Charles, lui, était censé vivre éternellement !

Quand il disparut, l'enfance qu'elle avait partagée avec lui mourut aussi : les confiseries de Mose, le placard sous l'escalier de Pittypat – leur cachette secrète –, les plaisanteries un peu sottes qui pouvaient encore susciter un sourire attendri chez un adulte. Le « royaume des insectes » était mort avec Charles.

La première année de la guerre, Ashley étant à l'armée et Charles dans la tombe, Mélanie Wilkes s'était retrouvée désespérément seule.

Venir à bout de chaque journée interminable, sourire à

qui avait besoin de son sourire, témoigner de la sympathie à ceux et celles qui faisaient de même… Elle se réfugia dans le devoir.

Mélanie oublia un peu son propre chagrin en s'inquiétant pour la veuve de son frère, Scarlett. Elle avait approuvé que la mère de Scarlett, Ellen, pousse sa fille à rendre visite à sa famille de Charleston. À la gare, Mélanie dit à sa belle-sœur ce qu'elle-même ne croyait pas : son chagrin pour la mort de Charles prendrait fin un jour.

Le séjour à Charleston n'ayant pas remonté le moral de la jeune veuve, Mélanie suggéra à Pittypat d'inviter Scarlett et le petit Wade à vivre avec eux à Atlanta. La tante hésita et finit par dire :

— J'ai peur que Scarlett ne soit pas quelqu'un de très tranquille, chérie.

Mélanie répondit qu'elles avaient des responsabilités envers la femme que Charles avait épousée, et envers son fils, Wade Hampton Hamilton. Pittypat céda comme toujours.

Scarlett était aussi flamboyante que Mélanie était effacée. La première n'avait peur de rien, la seconde n'avait jamais éprouvé son courage. Scarlett avait eu de nombreux soupirants enthousiastes. Seul Ashley avait courtisé Mélanie, et fort discrètement. Peut-être espérait-elle que la vitalité de sa belle-sœur finirait par déteindre sur elle. Elle désirait tant son amitié.

Les craintes de Pittypat se confirmèrent peu après l'arrivée de Scarlett qui froissa les meilleures amies de la vieille tante, Mme Merriwether et Mme Elsing. Mélanie s'excusa en son nom et parvint à ramener la paix. Par ailleurs, elle adorait le petit Wade qui avait les yeux doux et confiants de Charles.

Quand le capitaine Butler commença à rendre visite à la veuve Hamilton, les amies de Pittypat, charitables pour les enfants malades et les vieux serviteurs, furent choquées et firent savoir leur désapprobation.

Mélanie avait entendu beaucoup de propos peu aimables sur le capitaine Butler ; le hasard voulut que ni Pittypat ni Scarlett ne soient là quand il vint rendre sa troisième visite.

Mélanie le jugea avenant comme un grand félin peut l'être. Il était plus musclé qu'un gentleman ne l'est d'ordinaire, même si ses tailleurs tâchaient au mieux de le dissimuler.

Il fut accablé d'apprendre que Mme Hamilton n'était pas

là. Devant quitter Atlanta le lendemain, il avait eu l'idée de passer.

— Capitaine Butler, dit Mélanie, on raconte que vous êtes un scélérat.

Il sourit.

— Oh, j'ai bien peur que oui !

— Et pourtant, vous êtes courtois et vous avez des manières de gentleman.

— Madame Wilkes, il n'est rien de plus trompeur que les apparences.

— Voilà qu'aujourd'hui vous apportez à Pittypat des chaussures de Paris et un jouet anglais pour Wade !

— Madame Wilkes, tout cambrioleur digne de ce nom prend soin d'endormir les chiens de garde avant de dérober l'argenterie familiale.

— Les hommes disent que vous êtes dur en affaires mais honnête.

Il eut un geste de la main comme pour balayer des miettes sur son revers.

— Les hommes d'affaires préfèrent dire du bien d'un voleur plutôt que d'avouer qu'ils se sont fait gruger.

— Monsieur Butler ?

— Oui, madame Wilkes ? répondit-il avec un grand sourire insouciant.

— On me dit, capitaine Butler, que vous croyez que cette guerre est une sottise.

Il perdit son air amusé.

— Chère madame, elle est déjà abominable. Je crains qu'elle ne le devienne davantage encore. Elle détruira le Sud.

— C'est un vrai plaisir de vous recevoir, capitaine Butler, dit Mélanie en lui tendant sa petite main. Entrez donc ! Puis-je vous préparer du thé ?

À partir de ce moment, personne ne put plus dire du mal de Rhett Butler en présence de Mélanie – Scarlett exceptée.

Mélanie était heureuse quand l'étincelant cabriolet de Rhett s'arrêtait devant la clôture de Pittypat. Dans un monde bouleversé, Rhett Butler incarnait la normalité. Son chapeau de feutre prouvait que l'on pouvait toujours acheter des chapeaux hors de prix, ses chaussures bien cirées que l'on en trouvait encore ; les cadeaux qu'il leur offrait montraient qu'il existait, quelque part, un monde hors de la guerre.

Confortablement assis dans leur salon, Rhett satisfaisait la curiosité de Pittypat pour les dernières modes de Paris ou ce qui se portait à la cour d'Angleterre.

Mélanie avait toujours rêvé de voyager : elle était ravie d'entendre Rhett évoquer les fanfares qui accompagnaient les enterrements à La Nouvelle-Orléans, ou les camps sans loi de la ruée vers l'or en Californie.

Rhett et Scarlett se heurtaient comme le silex et l'acier. Ce n'était pas l'affaire de Mélanie mais chacun d'eux, pris séparément, avait quelque chose de magnifique. Et elle ne pouvait s'empêcher d'espérer qu'ils finiraient par s'entendre. Elle ne comprenait pas pourquoi Scarlett se montrait si froide envers le capitaine Butler – à moins, bien sûr qu'elle ne voulût rester fidèle à la mémoire de Charles. Rhett se moquait d'ailleurs de la froideur qu'affichait Scarlett, même s'il repartait furieux, tandis que Scarlett faisait le tour de la maison en claquant toutes les portes.

Ce matin-là, le capitaine Butler n'était pas en ville et les trois dames de la maisonnée se dirigeaient en voiture vers l'hôtel National où Dolly Merriwether donnait une réception en l'honneur d'Andrew Ravanel ; elles espéraient notamment que l'adjoint du colonel, Ashley Wilkes, avait pu l'accompagner.

C'était un jour d'hiver lumineux et froid. Les ambulances traversant la ville étaient si nombreuses que les gens n'y prêtaient plus attention.

— Mélanie ! s'écria tante Pittypat. Il ne faut pas rendre leur salut à ces soldats. Rien ne dit que ce sont des gentlemen !

— Ce sont nos chers garçons, répliqua Mélanie qui leur lança : Nous sommes si fières de vous !

Le vieil intendant de Pittypat, oncle Peter, grommela devant ce qu'il prenait pour une énormité et agita les rênes. La jument accéléra avant de reprendre son rythme habituel.

— On raconte que le joueur de banjo du colonel Ravanel l'accompagne partout – et aussi que ses officiers sont toujours très gais.

Quand leur voiture ne put approcher davantage de l'hôtel, elles descendirent toutes trois ; Pittypat enjoignit à l'oncle Peter de revenir les prendre à cinq heures au plus tard.

— Oui, miss Pitty. Je ferai de mon mieux.

La foule était si dense qu'elles ne purent la traverser ; à

la suggestion de Scarlett, elles passèrent derrière le dépôt des trains de marchandise et, ignorant les plaintes de Pittypat, franchirent les voies de chemin de fer avant de rejoindre le petit parc situé en face de l'hôtel National. De ce poste d'observation, elles ne purent voir le train du colonel Ravanel entrer en ville mais entendirent les cris de bienvenue. Un immense barrage de hourras accompagna la progression du héros le long de Pryor Street et sa voiture, tirée par des citoyens enthousiastes, finit par apparaître, tandis que des gamins couraient devant en criant : « Laissez passer le colonel Ravanel ! Laissez passer le colonel Ravanel ! »

— Mon Dieu, dit tante Pittypat, je vais m'évanouir !

Scarlett trépignait d'impatience :

— Vous le voyez ? Mélanie, voyez-vous Ashley ?

— Tantine, il ne faut pas, pas maintenant ! Scarlett, je ne peux pas distinguer les occupants de la voiture. Regardez, vous êtes plus grande que moi !

Mais Scarlett eut beau se dresser sur la pointe des pieds, elle ne put rien voir à travers la forêt de chapeaux claques des hommes.

— Nous ne pourrons jamais entrer à la réception, gémit tante Pittypat. Nous ne verrons pas Ashley, Peter oubliera de venir nous chercher et nous devrons rentrer à pied. Les chaussures du capitaine Butler me font mal aux pieds !

— Si vous lui aviez dit quelle était votre vraie pointure, elles vous iraient ! s'exclama Scarlett.

— Tout le monde sait que j'ai les plus petits pieds de la famille !

Scarlett se mordit la langue et demanda :

— Mélanie, il y a un escalier à l'arrière, non ? Ne pourrait-on entrer par là ?

— Mais c'est l'escalier de service ! protesta la tante.

— Prends mon bras, tante Pitty. Messieurs, s'il vous plaît, laissez passer les dames ! Merci, monsieur ! Merci, monsieur ! Vous êtes trop aimable !

Elles n'avaient pas d'invitation, mais Dolly Merriwether ne pouvait faire bon accueil à ses amies Pittypat et Mélanie tout en refoulant Scarlett.

— Madame Hamilton ! dit-elle avec un sourire pincé, je suis heureuse que vous soyez venue honorer notre colonel.

Scarlett fit la révérence.

— Chère madame Merriwether, vous savez à quel point j'adore nos courageux soldats.

— Dolly, intervint Mélanie, nous espérions qu'Ashley serait avec le colonel Ravanel. L'avez-vous vu ?

— Ma pauvre, je n'ai même pas pu approcher le colonel ! La moitié d'Atlanta est entrée dans notre fête ! À quoi bon des invitations quand personne n'en tient aucun compte !

Scarlett fendit la foule. Un officier sudiste maigre aux cheveux d'un blond très pâle écoutait le Dr Meade – un médecin barbu qui partageait la bonne opinion que tout le monde avait de lui. Andrew Ravanel se tourna vers la jeune femme et s'inclina :

— Si j'avais su qu'Atlanta abritait d'aussi jolies femmes, j'y serais venu plus tôt !

Cherchant Ashley, Scarlett négligea l'hôte d'honneur. Elle dit d'un ton insouciant :

— Ne venez pas trop souvent, colonel. Vous avez transformé notre ville en asile de fous !

Il eut un sourire innocent de petit garçon.

— C'est horrible, non ? Docteur Meade, pourriez-vous nous présenter ?

Ashley demeurait invisible.

— Colonel Ravanel, voici Mme Hamilton dont le mari a donné sa vie pour notre cause.

Mélanie s'en vint rejoindre Scarlett.

— Tant de sacrifices ! dit le colonel en se penchant pour baiser la main de Scarlett. Et cette autre charmante dame est…

— Mme Ashley Wilkes, colonel, dit Mélanie. Mon mari, le commandant Wilkes, fait partie de l'un de vos bataillons.

Le sourire d'Andrew se figea.

— Le commandant Wilkes est reparti dans son régiment.

— Mais il ne vous a rejoint qu'en septembre !

— Voilà si peu de temps ? Il a demandé à retourner dans son régiment géorgien, j'ai satisfait à sa requête.

— Je n'en savais rien… Colonel, le courrier est si peu fiable ! S'il vous plaît, dites-moi… Comment allait-il ?

— Il était en bonne santé la dernière fois que je l'ai vu.

Mélanie fronça les sourcils.

— Mais, colonel…

Le Dr Meade épargna à Ravanel de nouvelles questions.

— Alors que nos soldats connaissent de terribles difficultés, les spéculateurs font fortune ! J'ai écrit au *Gate City*

Guardian une lettre très vive pour dénoncer ceux qui profitent de la pénurie pour s'enrichir.

Il fit une pause pour mieux souligner son effet :

— Colonel Ravanel, n'êtes-vous pas de Charleston ? Vous connaissez sans doute Rhett Butler ?

— Oui, son père, Langston, était membre de la Convention de Caroline. Rhett est le mouton noir de la famille, j'en ai peur.

— Le capitaine Butler est mon ami, dit Mélanie.

Le Dr Meade fit une courbette un peu raide.

— Madame Wilkes, je ne nie pas que Butler ait du charme. Colonel, dites-moi : savez-vous dans quelle armée il est capitaine ?

Scarlett entendit à peine ces trivialités. Elle était si déçue qu'elle en aurait hurlé ! Elle avait tant espéré voir Ashley – rien qu'un instant, un précieux instant ! Que disait donc le Dr Meade ? Se montrait-il méprisant envers Rhett Butler ? Elle eut un sourire mielleux.

— Docteur Meade, au retour du capitaine Butler je suis certaine que vous serez ravi de lui faire part les yeux dans les yeux de vos opinions patriotiques. Viens donc, Mélanie, il nous faut laisser le colonel à ses admirateurs.

— Chère madame Hamilton, dit Andrew Ravanel, ne partez pas !

Une main sur la poitrine, il dit d'un air théâtral :

— Sinon, la lumière quittera cette pièce !

— Colonel, nous sommes en hiver, il fait nuit très tôt. Pour avoir de la lumière, il vous faudra acheter une lanterne.

Mélanie, inquiète, n'avait pas quitté Ravanel des yeux.

— Colonel, quand j'écrirai à mon mari, puis-je lui faire part de votre estime ?

— Ce n'est pas la peine, madame. Le commandant Wilkes sait parfaitement quelle estime j'ai pour lui.

Sur le chemin du retour, la tante Pittypat ne cessa de poser des questions au sujet du colonel :

— Que vous a-t-il dit ? Je veux tout savoir ! Mais, Mélanie, tu pleures ?

Ce soir-là, Mélanie s'inquiétait tant pour Ashley qu'elle prit une médecine pour dormir. Dans la cuisine, Pittypat baignait ses pieds couverts d'ampoules tandis que Scarlett buvait de la tisane de sassafras dans le salon. Des daguerréotypes s'entassaient sur le manteau de la cheminée, des estampes tirées du *Godey's Lady Book* garnissaient les murs avec des miniatures peintes et des aquarelles très quelconques. Chaque objet évoquait des souvenirs : « Cette étagère de porcelaine appartenait à la mère de Mélanie – elle se sentirait de trop dans le grenier ! »

Scarlett déplaça des coquillages recueillis sur la plage de Savannah, vingt ans plus tôt, afin de poser sa tasse, puis s'installa dans un fauteuil. Son infusion ne l'intéressait guère mais elle chérissait ces moments de solitude.

Elle ferma les yeux pour remercier Dieu qu'Ashley ait quitté la brigade du colonel Ravanel. Le « légendaire confédéré » des journaux ne se souciait guère de la vie de ses hommes. Et si elle perdait Ashley ?

Ashley tué ! Comment pouvait-elle y penser ? Elle se hâta de prier Dieu de lui pardonner. Elle ne l'avait pas fait exprès !

Il y eut un effrayant bruit de ferraille sur le perron de la tante Pitty et une voix de ténor se mit à chanter : « Si vous voulez vous donner du bon temps, vous donner du bon temps, engagez-vous dans la cavalerie, dans la cavalerie... »

Quand l'oncle Peter, perplexe, ouvrit la porte, le colonel Ravanel inclina son chapeau à plumes presque jusqu'à terre.

— Bonsoir, madame Hamilton ! Je suis venu offrir un petit divertissement innocent à la plus belle femme d'Atlanta !

Le Noir qui se tenait derrière lui joua lentement sur son banjo, d'un air solennel, la célèbre chanson *Lorena* dont Ravanel déclama les paroles :

— *Les années passent lentement, Lorena... Et de nouveau la neige a recouvert les prés...*

— Monsieur... dit oncle Peter.

— Va donc au lit ! On a besoin de repos, à ton âge !

Scarlett se leva.

— Oncle Peter, tu peux te retirer, dit-elle avant de s'adresser au colonel : Je ne me souviens pas vous avoir invité, monsieur.

— *Le soleil est bas dans le ciel, Lorena... Les fleurs luisent sous la gelée...*

— Colonel, votre mémoire vous fait défaut. Je ne m'appelle pas Lorena.

Il eut un grand soupir.

— Un air bien mélancolique ! Nous autres soldats, nous

le chantons autour des feux de camp en rêvant de nos foyers et des cœurs aimants que nous avons laissés derrière nous. Le devoir, chère madame Hamilton – puis-je vous appeler Scarlett ? –, est un maître bien cruel.

— Auriez-vous bu, monsieur ?

Tante Pittypat arriva en clopinant.

— Colonel Ravanel, je...

— Vous pouvez retourner dans la cuisine, tante Pitty. Le colonel s'apprêtait à nous quitter.

— Mais, Scarlett...

— Je vous en prie.

Pitty obéit en secouant la tête.

Le joueur de banjo était si brillant qu'il faillit bien adoucir la colère de Scarlett. De quelques notes délicates, il mima la déception de son maître ; ses accords étaient comme des sanglots silencieux. Puis il voulut évoquer le souvenir de temps plus heureux, changea d'air et entama le fringant *Ye Soldiers of Dixie.*

— Le répertoire de Cassius est immense ! dit le colonel avec fierté.

— Comme le vôtre, sans doute, colonel ; Mme Ravanel pourrait en témoigner, j'en suis certaine. Charlotte est une femme agréable qui tolère les sots beaucoup mieux que moi. Bonne nuit, colonel Ravanel. Emmenez donc votre orchestre avec vous.

Le regard amusé d'Andrew Ravanel se figea d'un coup.

— Je n'ai pas l'habitude que l'on se moque de moi.

— Je n'ai pas l'habitude des sérénades dans mon salon.

— Cassius ?

Quand les doigts agiles du musicien s'arrêtèrent, les dernières notes parurent flotter dans l'air comme grains de poussière. Pour la seconde fois de la soirée, Andrew Ravanel inclina très bas son chapeau. Cette fois, les plumes touchèrent le sol.

— Madame, j'ai la plus vive admiration pour une patriote.

Scarlett se couvrit la bouche d'une main en feignant la stupéfaction.

— Patriote ? Grands dieux ! Je ne savais pas que c'était du patriotisme ! Je crois que vous escomptiez quelque chose qui porte des noms un peu plus grossiers mais dont une dame bien née refusera toujours d'admettre qu'elle les connaît.

14

Mariée

Rosemary Haynes luttait pour dominer ses propres sentiments. À force de jouer l'amour, peut-être finirait-elle par aimer vraiment son mari. Elle retenait ses bâillements lors des lectures nocturnes de John, elle allait même jusqu'à suggérer un ou deux livres. Certains soirs, quand il se tournait vers elle en haut de l'escalier, elle parvenait à sourire.

— Est-ce que je te fais souffrir ? demandait-il.

— John, répondait-elle, poings crispés, s'il te plaît.

Leurs conversations faisaient autant d'embardées qu'un chariot à la roue voilée mais ils avaient beaucoup de choses à se dire dès qu'il était question de Meg.

Rosemary restait toujours perplexe devant cette réplique merveilleusement différente d'elle-même. Meg ne simulait jamais. Très gaie un instant, en larmes le suivant : elle n'avait aucune réserve.

Un soir, comme ils redescendaient après que la petite fille avait dit ses prières, John demanda :

— Pourquoi prie-t-elle pour les chevaux ? J'ai cru qu'elle allait citer tous ceux de la création.

— Aujourd'hui, quand elle est allée avec Cléo à White Point, elles ont rencontré un cocher qui battait le sien. Cléo m'a dit que c'était une vieille bête, incapable de tirer quoi que ce soit. Des adultes faisaient des reproches à l'homme, en vain ; Meg a couru vers lui et lui a bourré les jambes de coups de poing. Cela a dû faire honte à ceux qui regardaient : un officier a aussitôt acheté le pauvre animal.

— Elle a horreur de la cruauté.

— Oui. Je crains que le bon Samaritain ne l'ait tué juste après mais Meg imagine qu'il est heureux dans une grande prairie. Quand j'étais… enfin, j'avais un poney, Jack… mon Jack… peut-être que Meg…

John pâlit.

— Elle est trop jeune pour en avoir un.

John Haynes dut se rendre au Congrès de Caroline pour discuter des moyens de rompre le blocus nordiste.

En attendant le départ de son train, il dit à Rosemary :

— C'est horrible de devoir quitter Meg !

Il s'empressa d'ajouter :

— Tu me manqueras, bien sûr.

Il aurait voulu trouver des mots plus convaincants, des mots qui auraient tout changé entre eux.

— Oh ! oui, tu me manqueras, répéta-t-il d'une voix faible.

Bien que prise de migraine, Rosemary lui donna des conseils :

— John, souviens-toi de t'habiller chaudement, tu prends toujours froid facilement. Et n'oublie pas le petit déjeuner !

— Oui, oui…

Ils s'enlacèrent de manière un peu raide, elle lui tapota la main.

— Au revoir, très chère, dit-il.

Rosemary sourit et agita la main quand le train quitta la gare. Dès qu'elle l'eut perdu de vue, elle s'effondra sur le banc le plus proche. Ses tempes palpitaient. Fermant les yeux, elle respira profondément.

Elle entendit la cloche d'un train, le sifflement de la vapeur, le grondement des chariots des porteurs, les derniers saluts lancés aux passagers. Un pas vif résonna près d'elle – et quand elle ouvrit les yeux, Andrew Ravanel lui souriait.

— Bonjour, Rosemary ! Drôle d'endroit pour faire la sieste !

— Grands dieux ! Andrew ! Je ne savais pas que vous arriviez ! Où est donc votre comité d'accueil ?

Il éclata de rire.

— Le général Bragg prétend qu'il est bon pour le moral des sudistes que je me montre de temps en temps.

Puis il posa la main sur sa poitrine d'un air mélodramatique.

— Chère Rosemary, je ne suis qu'un outil bon marché, comme un moule à fondre les balles, dont on se sert et qu'on jette quand il est usé.

Elle eut un grand sourire.

— Alors, toutes ces histoires de courage sont fausses ?

— Bien sûr que oui ! Mais pouvez-vous garder un secret ? C'est très amusant, la guerre !

Le Noir qui portait le sac de voyage d'Andrew avait un banjo sur l'épaule.

— Cassius, trouve-nous un fiacre. Je me glisserai dans Charleston comme un voleur la nuit. Venez, Rosemary, je vais vous ramener chez vous.

En descendant Meeting Street, Andrew décrivit sa réception à Atlanta :

— Comme je montais en voiture, des hommes ont dételé les chevaux ! J'ai cru qu'ils voulaient les voler, mais non ! Ils s'étaient mis en tête de tirer ma voiture ! Ils l'ont même tirée avec tant de vigueur que je me suis demandé pourquoi d'aussi robustes spécimens n'étaient pas dans l'armée. Puis ils m'ont sorti de ma voiture et porté sur leurs épaules ! J'étais assourdi par les acclamations. On m'a fait monter l'escalier de l'hôtel à toute allure – j'ai cru me cogner la tête au plafond. J'ai ensuite écouté deux des plus grands raseurs qu'il m'ait été donné de rencontrer. Le bon Dr Meade a été le premier. Il a vivement dénoncé votre frère. Je lui ai répondu que si Rhett était là, il n'oserait jamais parler aussi hardiment.

Il prit la main de Rosemary.

— La deuxième, Mme Merriwether, est si redoutable que nous devrions l'équiper de plaques de fer et la lancer dans le port de Charleston. Rien qu'en débitant des lieux communs à tribord et à bâbord, elle sèmerait la panique dans la flotte nordiste. Et ces dames d'Atlanta…

— Elles roucoulaient à vos pieds ?

— Heureusement non. L'une d'elles était l'épouse du pire officier que j'aie jamais eu sous mes ordres. Je lui ai menti sans honte. Le temps que j'aie fini de chanter les louanges du commandant Wilkes, il était devenu mon subordonné préféré.

Andrew caressa le dos de la main de Rosemary : un contact exquis, un mélange de plaisir et de souffrance.

— Mais voilà que je parle de ces gens ennuyeux à la plus jolie femme de Charleston !

Rosemary dégagea sa main et se redressa.

— Andrew, vous oubliez que je suis épouse et mère.

— En effet. Comme il se doit. Mère heureuse, épouse comblée.

Comme ils dépassaient le quartier dévasté par un incendie, avec ses maisons et ses églises détruites, il reprit sa main.

— Souvenez-vous de ce qu'on ressent quand on mène un cheval par-dessus l'obstacle, l'instant où il faut lui faire confiance, lui céder l'initiative ; il monte, il monte, comme si on s'élançait au ciel, on a l'impression qu'une seconde plus tard, on sera immortel. Rosemary, vous souvenez-vous de ce sentiment ?

— Non, répondit-elle très doucement.

— Nous autres soldats, nous décampons ou attendons, nous souffrons du temps, d'une nourriture infecte, et certains jours, sans le banjo de Cassius, je jure que nous déserterions tous pour passer chez l'ennemi. Mais un matin, nous le rencontrons dans toute sa terrible gloire, et à ce moment le temps s'arrête. Rosemary, vous voilà chez vous ! Puis-je entrer ?

— Oui, dit-elle.

Les serviteurs savent tout. Ils changent les draps froissés, lavent les sous-vêtements, entendent les cris d'extase derrière les portes closes.

Le lendemain, Cléo dit à Cook :

— Le colonel, il est allé jusqu'au salon, mais pas plus loin, et comme il avait l'air de vouloir rester, miss Rosemary m'a dit de faire descendre Meg pour que le colonel l'admire. Meg ne l'a pas aimé, oh non alors ! Elle s'est mise à faire une scène, alors miss Rosemary l'a emmenée, le colonel l'a attendue pendant une heure dans le salon, mais elle n'est pas redescendue.

— Ils n'ont rien fait ? demanda Cook, déçue.

— Oh, le colonel aurait bien voulu ! Comme un étalon autour d'une jument, à caracoler, à renifler et à montrer les dents. Peut-être miss Rosemary aurait voulu aussi, mais Dieu lui a dit : « Pas question ! Garde-toi pour ton mari ! » Heureusement, le colonel ne m'a pas regardée comme il la regardait, je jure que je n'ai jamais vu d'homme aussi beau !

Cook secoua la tête.

— Rien ? Je parie que les Blancs penseront que si !

Andrew descendit rapidement la rue sans prendre garde à ceux qui le reconnaissaient. Cassius trottait derrière lui.

Il agita violemment le heurtoir de la demeure des Fisher, mais il fallut un certain temps avant que Charlotte vienne ouvrir.

— Andrew ! s'écria-t-elle. Vous êtes là ! J'avais prié pour que…

Il passa à côté d'elle, fit signe à Cassius de le suivre et claqua la porte.

— Où est ce fichu domestique ? J'ai frappé pendant des heures !

Charlotte eut un vague sourire.

— Je ne savais pas que vous veniez… Oh ! mon Dieu, je suis si heureuse…

Elle se jeta dans ses bras et l'embrassa avidement sur la bouche, puis recula un peu, pour mieux l'admirer.

— Cher époux, vous êtes rentré ! Vous êtes rentré pour de bon ?

Le hall était faiblement éclairé, les tables et les chaises couvertes de housses. Au-dessus d'eux, le lustre éteint semblait scintiller, comme couvert de glaçons. Andrew frissonna.

— Juliette et moi ne chauffons plus l'avant de la maison, expliqua Charlotte, nous vivons dans le séjour.

— Mais les serviteurs…

— Andrew, ils sont partis. Jolly, Ben et Martha se sont enfuis. Une fois arrivés dans les lignes yankees, ceux-ci les affranchissent.

Elle eut un regard glacé à l'adresse de Cassius.

— Tu ne vas pas t'enfuir, hein ?

— Oh ! non, missus, je suis un bon Nègre.

Andrew le congédia.

— Juliette sera si heureuse de vous voir ! reprit Charlotte. Elle est partie au marché. On trouve encore de quoi manger mais ça devient affreusement cher.

Les fenêtres du séjour donnaient sur le jardin d'hiver. Autrefois, c'est là que les enfants apprenaient leurs leçons, que les femmes de la maisonnée buvaient une tasse de thé. Grand-mère y prenait toujours son petit déjeuner.

Désormais, les matelas de Charlotte et Juliette flanquaient une cuisinière à quatre ronds, la longue table repoussée contre le mur servait de garde-manger : elle était chargée de boîtes émaillées de toutes tailles et d'une barrique de vingt litres posée à côté de la pendule Portland venue du bureau de la grand-mère.

Charlotte mit du bois dans le fourneau.

— Nous allons prendre le thé, Andrew. Mais peut-être préférez-vous autre chose ? Nous ne manquons ni de vin ni de brandy, Juliette et moi n'avons pas touché au cellier de grand-mère.

— Du thé, ce sera parfait.

Comme si c'était un luxe dont elle ne pouvait se lasser, Charlotte ne quittait pas son époux des yeux. Elle remplit la bouilloire à la barrique tout en bavardant gaiement :

— Le matin, nous tirons de l'eau de la citerne, pour en avoir toute la journée. Juliette et moi nous en chargeons chacune à notre tour. Andrew, je suis si heureuse que vous soyez là.

Des tortillons de fumée montèrent du fourneau.

— Charlotte, chère Charlotte, j'ai quelque chose à vous dire…

— Oui, mon cher ? répondit-elle en renversant de l'eau sur le fourneau. De la vapeur s'éleva brutalement, suivie de grésillements.

— Mon Dieu, qu'ai-je fait ?

Andrew se précipita.

— Je crains que vous n'ayez éteint votre feu.

En toussant, Charlotte ouvrit les fenêtres pour faire sortir la fumée.

— Andrew, je suis navrée d'être aussi maladroite. Je suis la pire ménagère du monde. Nous autres dames de la bonne société nous n'étions pas censées savoir comment allumer un feu, comment préparer un repas ou faire nos lits.

Andrew lui prit la bouilloire des mains et la posa sur le fourneau.

— Asseyez-vous, Charlotte. Rien qu'un instant. Inutile que vous fassiez quoi que ce soit ! J'achèterai de nouveaux serviteurs dès demain.

— Mais Andrew… J'aurai à peine le temps de les connaître qu'ils se seront déjà enfuis.

Il s'assit à califourchon sur un banc.

— Charlotte, je vous en prie, asseyez-vous donc, rien qu'un instant. Nous parlerons domestiques plus tard. J'ai une confession à vous faire.

Le bonheur de Charlotte céda la place à l'inquiétude. Elle s'assit lentement.

— Quand Juliette reviendra, elle aura appris… un… nouveau… scandale.

— Un scandale ? Mais, cher Andrew, vous venez juste d'arriver. Vous n'avez pas eu le temps…

— Rosemary et moi…

Charlotte pinça les lèvres.

— Non, Andrew. Pas Rosemary. Son mariage… Mais jamais elle ne me ferait du mal ! Non… non… Cela ne va pas recommencer !

Andrew posa la main sur son cœur.

— J'ai été imprudent, Charlotte. J'étais seul avec Rosemary, chez elle. J'étais insoucieux de sa réputation, comme de la vôtre. Mais je jure devant Dieu que rien ne s'est passé.

Charlotte parut s'affaisser et s'humecta les lèvres.

— Rosemary a toujours été plus jolie que moi. Tout le monde l'aimait, même quand nous étions petites filles. Andrew, je sais que vous ne m'avez pas toujours été fidèle. Ne me mentez pas, s'il vous plaît…

Il tenta de la rassurer d'un regard.

— Il me serait particulièrement insupportable que vous m'ayez trompée avec Rosemary. Je ne sais pas si je pourrais y survivre.

Il prit sa main sans qu'elle résiste.

— Charlotte, très chère… je n'ai rien fait, je le jure sur mon honneur.

Charlotte le regarda un moment, puis se leva et fit glisser la bouilloire à l'arrière du fourneau.

— Alors, n'en parlons plus.

— Rosemary…

Elle lui toucha les lèvres du bout des doigts.

— Chut ! Je vous crois, Andrew. Je vous ai toujours cru. Andrew, je crois aussi que je porte votre fils. Allez donc à la cave chercher une bouteille de champagne. Cela fait si longtemps que nous n'avons pas eu l'occasion de fêter quelque chose.

Comme Andrew l'avait prédit, Juliette Ravanel apprit que Rosemary Haynes et son frère avaient passé deux heures ensemble, seuls. Les yeux de ses informateurs luisaient d'un plaisir mauvais. Elle nourrit involontairement les feux qu'elle voulait éteindre en s'exclamant :

— Mais qu'auraient-ils pu faire en si peu de temps ?

On imagine sans peine ce que les mauvais esprits de Charleston trouvèrent à répondre.

15

Un refuge d'enfant

Dans le jardin de la tante Pittypat, les premières feuilles donnaient des reflets roses aux arbres pleins de sève nouvelle, les oiseaux voletaient. Au printemps, dès que les routes seraient sèches, le Moloch du Nord descendrait au Sud pour écraser la Confédération. Parmi l'armée en guenilles qui l'affronterait, se tiendrait le commandant Ashley Wilkes.

Sans se le dire, Pittypat, Mélanie et Scarlett priaient pour Ashley Wilkes matin et soir.

Le 29 avril, soixante-dix-sept mille fantassins et trois mille cavaliers du Nord franchirent la rivière Rappahannock, en Virginie, sur cinq pontons édifiés par le général Joseph « Fighting Joe » Hooker.

Les quarante mille hommes du général Lee les rencontrèrent dans une forêt broussailleuse près de Chancellorsville.

Fighting Joe s'écria : « J'ai Lee exactement où je le voulais ! »

Après six jours d'une bataille sanglante, Lincoln apprit que l'armée de Hooker avait été anéantie. Livide, il chuchota : « Mon Dieu, mon Dieu, que va dire le pays ? Que va dire le pays ? »

Vers le milieu du mois de mai, Mélanie se trouvait dans la cuisine, à disposer des pommes sauvages dans un vase, quand l'oncle Peter alla ouvrir la porte d'entrée.

Scarlett prenait son petit déjeuner – des flocons d'avoine qu'elle disait « indignes d'un cheval ».

— Monsieur Tarleton est dans le salon, missus.

— Tarleton ? Lequel ?

Le visiteur portait une veste d'officier nordiste teinte et mise au service de la Confédération.

— Brent Tarleton ! dit Scarlett en souriant au jeune homme qui avait été l'un de ses plus ardents soupirants. C'est bon de vous revoir !

— Miss Scarlett ! s'écria-t-il en mettant aussitôt un genou à terre. Épousez-moi !

Scarlett prit des airs de petite fille.

— Mais monsieur, dit-elle d'un ton théâtral, n'êtes-vous pas fiancé à ma chère sœur Careen ?

— Qu'elle aille au diable ! s'exclama Brent, dont les yeux vifs éclataient de bonheur, vous ne pouvez me repousser une fois de plus, miss Scarlett !

Puis son visage si sérieux changea, sa bouche frémit et il éclata de rire. Scarlett en fit autant. Il brossa son genou d'une main.

— Chère Scarlett ! Comme nous étions jeunes !

— Je ne suis pas sûre de m'en souvenir, dit-elle en lui prenant les mains. Brent, vous m'êtes très cher et c'est merveilleux de vous revoir. Comment vont vos frères ?

— Boyd est capitaine, mon déplorable jumeau Stuart était sergent jusqu'à ce qu'il boxe notre lieutenant. Quelqu'un devait le faire et c'est Stuart qui a gagné, dit Brent qui tapota sa poche. J'ai là une lettre du soldat Stuart Tarleton à l'intention de Mlle India Wilkes. C'est vraiment une rareté. Jamais il n'en avait écrit aucune, à qui que ce soit ! Boyd est maintenant à l'infirmerie et Tom fainéante dans l'état-major du général Ewell, nous nous moquons de lui sans aucune pitié.

— Et Ashley ? demanda avidement Mélanie.

— Votre mari est en pleine forme, madame, répondit Brent, qui sortit d'une autre poche un épais paquet. Le commandant Wilkes a plus d'expérience de la correspondance que Stuart !

Mélanie prit la lettre de son mari et frémit comme si elle le sentait la toucher.

Brent Tarleton avait bénéficié d'une permission pour les semailles de printemps.

— Ashley pourrait-il revenir aussi ? demanda Mélanie.

— Je ne crois pas, madame. L'armée a moins besoin de Brent Tarleton que du commandant Wilkes !

— Je vous suis si reconnaissante de ces lettres, dit Mélanie en ravalant sa déception. Pourquoi ne pas prendre le petit déjeuner avec nous? Nous n'avons que des flocons d'avoine mais il nous reste du sirop d'érable.

— Si vous ne les mangez pas, le cheval s'en chargera! lança Scarlett.

— Mesdames, je vous suis très obligé mais il faut que je rentre à la maison. Je ne pense qu'à miss Careen. Croyez-vous qu'elle aimerait une épée de Yankee en souvenir? J'aurais pu en rapporter une, mais j'ai songé que ça ne l'intéresserait peut-être pas.

En partant, Brent dit à Mélanie qu'il emporterait ses lettres en retournant à l'armée.

— Tout le monde dit que nous allons nous diriger vers le Nord. Nous avons mis les Yankees en fuite et nous voulons maintenant les frapper dans leur propre pays. Tout le monde pense qu'on peut les vaincre.

— Et si vous n'y arrivez pas? demanda doucement Mélanie.

Brent Tarleton ôta son chapeau et se gratta la tête. Il eut le sourire du gamin qu'il avait été : l'ardent soupirant, le cavalier intrépide, celui qui n'avait peur de rien.

— Eh bien, au moins ils sauront que nous avons essayé.

En juin, comme Brent Tarleton l'avait prédit, le général Lee franchit le Potomac et pénétra en Pennsylvanie. Un journal d'Atlanta annonça triomphalement : « Le renard est dans le poulailler ! »

Au casino de l'hôtel National, Rhett Butler déclara publiquement : « Le général Lee ne peut pas remporter Chancellorsville deux fois de suite. » Aucune maison respectable d'Atlanta n'était plus ouverte au capitaine Butler, sauf celle de Pittypat, à qui ses amies reprochaient d'accueillir un « profiteur antipatriote ».

Comme Pittypat hésitait, Mélanie lui dit :

— Tante, le capitaine Butler n'a-t-il pas toujours été bon avec nous?

— Oh ! oui, bien sûr, mais...

— Alors, il est de notre devoir de chrétiennes de lui rendre ses bontés. Ma chère tante, si les gens l'avaient écouté, cette guerre n'aurait jamais eu lieu et notre cher Charles serait encore en vie.

Mélanie ne savait plus où était l'épée de son frère. Le supérieur de Charles la lui avait envoyée avec son journal et une lettre de condoléances. Le journal ne contenait en fait que deux paragraphes : « *Arrivé au camp Foster. Présenté à Wade Hampton. C'est un géant !* », puis, deux mois plus tard : « *Me sens un peu patraque. Passé à l'infirmerie. Espère ne pas être malade trop longtemps.* » Mélanie avait ajouté à ces trésors un daguerréotype de Charles pris le jour de son départ à la guerre. Elle avait d'abord cru avoir donné le tout à Scarlett, qui avait déclaré que non, qu'elle devait se tromper. Quand elle écrivit aux Douze Chênes, John Wilkes répondit que les affaires de Charles étaient chez tante Pittypat. Elles lui rendirent visite, mais en vain. Sortant de chez Pittypat, avec le petit Wade, Scarlett dit que John Wilkes devait faire erreur : elle se rappelait nettement que l'épée de Charles était aux Douze Chênes.

Dans la vie la mieux ordonnée, il y a toujours au moins un moment où une erreur se combine avec une autre pour donner naissance à une calamité. Quand l'infortuné se rend compte qu'il n'a désormais plus le choix, son seul espoir est de ne regarder ni à droite ni à gauche mais de foncer droit devant.

C'est ainsi que Mélanie Wilkes se retrouva dans un placard à surprendre des paroles qu'elle regretta désespérément d'avoir entendues.

Par un bel après-midi, seule à la maison, elle eut soudain l'idée d'ouvrir le placard sous l'escalier, où elle et Charles avaient joué enfants, en se disant – à juste titre, comme le révéla la suite des événements – que c'était là qu'avaient échoué les affaires de son frère.

Le placard était très étroit avec un plafond fortement incliné, pas plus profond que la largeur de l'escalier. Il avait été conçu à l'origine pour entasser le nécessaire de table, les verres de lampe, les housses et les nappes, mais Pittypat n'avait rien objecté quand Charles et Mélanie en avaient fait un terrain de jeux. Des claires-voies dans la porte permettaient d'y voir à peu près et c'était devenu un de leurs endroits préférés lors des parties de cache-cache : tous les enfants du voisinage étaient convenus d'un commun accord que quiconque s'y trouvait devenait invisible.

Avec une sagesse qu'on n'aurait guère attendue d'elle, Pittypat avait accepté ce principe magique, et plus d'une tragédie enfantine – un reproche immérité, la rebuffade d'un meilleur ami, une honte épouvantable – s'apaisait dans cette minuscule pièce. On y avait versé bien des larmes, médité plus d'une vengeance, et ses murs avaient étouffé bien des sanglots.

Pittypat et l'oncle Peter étaient toujours étonnés quand un enfant sortait de là, les joues encore humides, mais souriant parce qu'il avait retrouvé sa bonne humeur.

Lié à l'enfance, ce placard avait été abandonné peu à peu. Mais il revêtait un caractère si sacré qu'il était resté vide pendant des années jusqu'à ce que quelqu'un – Pittypat, Peter ou Cook – y dépose sans réfléchir les affaires de Charles à l'endroit même où, enfant, il devenait invisible et où, un après-midi, sa sœur désormais adulte entra, se pencha pour prendre un paquet et aperçut la forme bien reconnaissable d'une épée dans son fourreau.

La porte se referma, Mélanie s'assit par terre. La présence de Charles était encore si forte qu'elle eut presque l'impression de l'entendre, au-dehors, jouer à cache-cache dans le salon de Pittypat : « Mélanie est derrière la causeuse ? Non. Sous la table ? Non. Derrière les rideaux de tante Pittypat ? Non plus. Où est-elle passée ? »

Mais Charles n'était plus. Mme Mélanie Wilkes tenait ses affaires sur ses genoux et les caressait en songeant à quel point il reste peu de chose d'un homme après sa disparition. Elle pleura, pleura, jusqu'à sombrer dans un demi-sommeil agité.

Elle se réveilla en sursaut en entendant Scarlett l'appeler depuis le salon.

Grands dieux ! De quoi aurait-elle l'air, endormie par terre dans le placard, l'épée de son frère sur les genoux ?

— Mélanie ! Pittypat ira souper ce soir avec le Dr Meade ! Êtes-vous là ?

L'esprit de Mme Wilkes se mit à tourner à toute allure. Elle attendrait que Scarlett quitte la pièce puis sortirait et se donnerait une contenance.

— Ah, Scarlett ! Je vous trouve chez vous !

Cette voix grave si familière… Le capitaine Butler était là aussi !

Mélanie savait qu'elle paraîtrait ridicule. Se relever à grand bruit – le placard était si étroit –, sortir l'épée de son frère à la main, et dire… quoi donc ? Elle ne pouvait s'exposer à une humiliation aussi grotesque. Rhett et Scarlett partiraient dans quelques instants : quand il faisait beau, ils allaient toujours dehors, sur la véranda.

Mélanie entendit des bruits sourds et le raclement d'un meuble qu'on déplace avec peine.

— Que diable faites-vous donc ? demanda Rhett.

— Rien.

— À quatre pattes derrière la causeuse ?

— Rhett Butler, vous pourriez m'aider au lieu de rester là, les bras ballants ! Si vous voulez le savoir, je cherche l'épée de Charles. Je l'ai mise quelque part, et voilà que Mélanie la veut, je lui ai dit que je ne savais pas où elle était.

— Ah bon ! Mais si vous la trouvez, l'épée aura simplement fait sa réapparition ? Scarlett, vous ai-je jamais accusée d'être une honnête femme ?

— Rhett, aidez-moi ! Ce n'est jamais qu'une stupide épée.

— Scarlett, pourquoi ne pas ôter ces guenilles de veuve ? Nous nous enfuirions à La Nouvelle-Orléans. Vous n'avez jamais eu de sentiments pour Charles, de toute façon.

— Ne soyez pas ridicule.

— Ma chère, je suis le seul homme au monde qui vous comprenne – et qui malgré cela vous admire.

— Vous semblez oublier que La Nouvelle-Orléans est aux mains des nordistes.

— Scarlett, Scarlett, l'argent permet d'aller partout.

Mélanie posa la main sur sa bouche. Jamais de sentiments pour Charles ? Comment serait-ce possible ? Il était l'homme le plus adorable de la création. Quand il riait, tout son être riait. Il chantait un peu faux mais de tout son cœur. Il courait vers la rivière trop vite pour que les jambes de petite fille de sa sœur puissent suivre : « Charles, attends-moi ! Attends-moi ! »

— La Nouvelle-Orléans est la ville la plus cosmopolite d'Amérique. Vous l'adorerez.

— Vous me flattez, capitaine Butler, mais je ne suis pas cosmopolite.

Il éclata de rire :

— Ma chère, vous donneriez n'importe quoi pour l'être, bien que vous soyez naïve comme l'agneau ! Si l'épée de Charles n'a rien de spécial, pourquoi ne pas en acheter une autre ?

— Non, bien sûr, elle était très quelconque. Comme Charles, d'ailleurs. Mais c'était celle de son grand-père !

Une larme coula sur la joue de Mélanie qui entendit des bruissements d'étoffe. Rhett enlaçait Scarlett et murmurait :

— J'espère qu'un jour vous parlerez un peu moins durement de moi.

— Pourquoi devrais-je parler de vous ? N'êtes-vous pas un profiteur de guerre ? Dois-je nommer les foyers d'Atlanta qui vous accueillent, les familles respectables qui sont chez elles quand vous leur rendez visite ?

Il gloussa :

— Pourquoi devrais-je me préoccuper de ces sottises ?

— C'est inutile, bien sûr, capitaine Butler. Vous êtes au-dessus de préoccupations aussi mesquines. Mais nous autres simples mortels, nous avons des amis, nous sommes presque tous bien considérés par la bonne société et même les bienvenus jusque dans les demeures de nos parents !

Nouveaux bruissements d'étoffe.

— Ah ! merci de m'avoir libérée. Je commençais à craindre pour ma vertu.

— Madame Hamilton, vous vous faites trop d'idées.

Le départ de Rhett fut marqué par des bruits de pas furieux, tandis que Scarlett fredonnait triomphalement. Quand sa belle-sœur sortit enfin du salon, Mélanie Wilkes put donner libre cours à ses sanglots.

16

Le quartier incendié

La première fois que la flotte nordiste attaqua le fort Sumter, les citoyens de Charleston savourèrent une victoire particulièrement pittoresque. Le grondement des canons patriotiques provoqua des remous qui firent chavirer les navires ennemis comme de simples coquilles de noix. Quand le *Keokuk* coula au large de Morris Island, on parvint à récupérer ses canons ; les habitants de la ville se réjouirent que les armes de l'adversaire se retournent contre lui. Le *Mercury* en conclut que les défenses de la ville étaient imprenables : « Le fort Wagner commande le rivage ouest ; le fort Moultrie, le rivage est ; et, dans l'embouchure du port, le fort Sumter défie tout ce que les envahisseurs nordistes peuvent faire pleuvoir sur lui ! »

Le général Pierre Beauregard, commandant militaire de Charleston, était moins enthousiaste : il pressa les civils d'évacuer la ville. Quelques riches citoyens quittèrent leurs demeures pour se réfugier à l'intérieur des terres. Si Langston Butler resta sur place, les Ward décampèrent pour Macon en Géorgie, où le cousin de Frederick avait une plantation.

Les Haynes de Hanging Rock, en Caroline-du-Nord, invitèrent leurs parents de Charleston à venir s'installer chez eux « jusqu'à ce que cette désagréable affaire soit terminée ».

— Je reste ici ! dit Rosemary à John.

Jusque-là, toutes les attaques nordistes avaient été repoussées. Des forceurs de blocus – *La Chauve-Souris*, *Le Condor*, la *Vénus*, le *Qu'ils coulent*, l'*Annie*, la *Banshee* – occupaient le port d'un quai à l'autre.

En un instant, tout changea. En ce troisième juillet de la guerre, les fiers sudistes commencèrent à baisser la tête.

Par un après-midi chaud et pluvieux, c'est dans l'angoisse que les habitants de la ville se rassemblèrent devant le bureau du télégraphe de King Street pour lire la liste des pertes survenues lors d'une bataille livrée dans une ville inconnue de Pennsylvanie. Les nouvelles de Gettysburg n'auraient pu être pires : dix-sept généraux sudistes et vingt-huit mille de leurs hommes tués ou blessés.

Et ce n'était pas tout. Le lendemain, on apprit que la garnison de Vicksburg, assiégée, s'était rendue. Le fleuve Mississippi désormais aux mains des nordistes, la Confédération était coupée en deux. Cet après-midi-là, les églises de Charleston se remplirent à ce point que les gens priaient dans les rues avoisinantes.

Le 10 juillet, une division ennemie débarqua sur Morris Island ; quand tomba la nuit, elle avait repoussé ses adversaires jusqu'aux défenses extérieures du fort Wagner.

Faisant feu de tous leurs canons, les cuirassés nordistes rôdaient le long du rivage de l'île. Au 46, Church Street, la petite Meg restait dans sa chambre, les mains pressées sur les oreilles.

Le soir, quand son père rentra, elle vit son visage et éclata en sanglots.

— Le fils de William Stock Bee a été tué aujourd'hui. Quand William est passé me voir au bureau, il pouvait à peine parler.

— Son fils unique ! s'écria Rosemary. Le pauvre, le pauvre !

— Le fils de Frederick Ward a été tué aussi. On me dit qu'il est mort vaillamment ! Vaillamment ! dit John en manquant s'étouffer. Morris Island est aux mains des nordistes, sauf le fort Wagner qui sera forcément attaqué. J'ai des billets de train pour Hanging Rock, pour Meg et vous.

— Je ne partirai pas.

— Vous êtes mon épouse !

— C'est la première fois depuis janvier que vous me donnez cet honorable nom.

— Rosemary, grands dieux !

Tous deux se regardèrent avec la même impuissance. Aucun n'eut l'idée de tendre la main et l'instant favorable passa.

Apprenant que Rosemary avait passé plusieurs heures, dans sa propre maison en compagnie d'Andrew Ravanel,

John Haynes en avait été malade. Il n'avait rien reproché à sa femme, c'était inutile.

Pour sa part, Rosemary se disait qu'elle n'avait en rien compromis l'honneur de son époux. Mais elle avait connu la tentation, presque aussi lourde à porter que l'aurait été la trahison.

Innocente mais honteuse, Rosemary Haynes répondit donc par le silence aux accusations muettes de John. Depuis janvier, ils n'avaient pas eu un moment de plaisir et de détente ensemble.

Une semaine après le débarquement nordiste, les tirs ennemis devinrent si nourris que le souffle des canons agitait les rideaux des fenêtres dans tout Charleston, jusqu'au 46, Church Street. En toute fin d'après-midi, en dépit d'une atroce migraine, Rosemary se rendit à White Point.

Les explosions soulevaient le sable en panaches gris argent au-dessus de Morris Island. Le fort Sumter disparaissait dans la fumée.

La nuit vint. Les tirs luisaient comme des lucioles. Les navires confédérés allaient et venaient dans le port, transportant les blessés et la relève.

Les badauds de White Point priaient, bavardaient ou buvaient. Après minuit, les canons cessèrent de tonner, le fort devint une masse noire et silencieuse. Une demi-lune apparut à travers un ciel couvert, jaunâtre.

Une canonnière passa, un des marins hurla :

— On les a eus ! Nos gars les ont eus ! Les nordistes… il y a des Nègres parmi eux !

L'attaque du fort Wagner avait échoué. Le matin, quand les prisonniers ennemis furent amenés en ville, les propos du matelot se confirmèrent. Ceux qui avaient donné l'assaut étaient des Noirs du 44e régiment du Massachusetts.

Rosemary s'attendait vaguement que Cléo ou Joshua fassent allusion à ce qu'ils savaient sûrement : des soldats noirs avaient attaqué des Blancs, manquant de peu de les vaincre. Cléo fit comme s'il ne s'était rien passé d'inconvenant ; Joshua se déclara heureux que l'on ait repoussé les nordistes :

— Je ne veux pas de Yankees à Charleston !

— Vraiment, Joshua ?

— Vous le savez bien. Je suis le valet de chambre de master Haynes depuis qu'il est petit.

Les Noirs capturés furent enfermés dans la prison municipale tandis que les responsables politiques débattaient de leur sort. Certains, dont Langston Butler, voulaient qu'ils soient « rendus à cette servitude pour laquelle ils sont faits » ; le général Beauregard estimait qu'on devait les traiter comme des prisonniers de guerre ordinaires.

Les cuirassés et les batteries de l'ennemi installées sur le rivage continuaient à bombarder les fortifications sudistes.

Chez les Haynes, ni le mari ni la femme ne disaient un mot plus qu'il n'était nécessaire. Meg faisait comme si tout allait bien et gazouillait tandis que ses parents allaient et venaient en silence. Lors d'une soirée particulièrement lugubre, la petite fille rassembla tout son courage et suggéra que tous trois jouent à un jeu. Cette idée n'ayant connu aucun succès, elle dit : « Alors, nous pouvons chanter ensemble ! » Elle marcha dans la pièce en chantonnant *The Bonny Blue Flag*, tout en laissant échapper quelques fous rires nerveux. Quand Rosemary la prit dans ses bras, Meg éclata en sanglots.

Ce soir-là, en la couchant, Cléo lui expliqua :

— Tout va bien, chérie, tout va bien. C'est cette sacrée guerre, voilà tout.

Au rez-de-chaussée, Rosemary disait :

— John, je ne sais pas combien de temps je pourrai en supporter davantage.

Le 17 août à cinq heures du matin, les nordistes ouvrirent à nouveau le feu sur le fort Sumter. Leurs canonniers travaillaient par roulements de huit heures suivies de quatre heures de repos. Chaque tir projetait une tonne et demie de fer sur les murs de brique du fort. Les cuirassés paradaient, ajoutant leurs propres tirs au tumulte. Un par un, les canons du fort furent arrachés de leurs supports et réduits au silence ; à midi, le fort Sumter n'était plus qu'un amas de ruines.

Ce jour-là, les citoyens de Charleston qui s'aventurèrent hors de chez eux marchaient à pas furtifs et aussi vite que possible.

Au crépuscule, presque toutes les batteries ennemies se turent. Cependant, la nuit entière, un canon continua de tirer toutes les cinq minutes.

Le matin, quand Rosemary descendit, ses yeux étaient rougis.

— John…

— Ne dites rien, je vous en supplie.

— John, il faut que je vous quitte. Rien qu'un moment.

— Rosemary, s'il vous plaît.

— Meg et moi allons nous installer à l'hôtel Mills pour quelques jours.

Il se prit la tête entre les mains.

Elle respira profondément.

— Je ne vous ai pas trompé avec Andrew Ravanel.

Il parut ne pas entendre et répondit :

— Il est encore dans les journaux ! Plus les choses s'aggravent, plus il se bat.

— Je n'ai rien fait…

— Rosemary, je comprends qu'une femme soit attirée par Andrew…

Elle préféra renoncer :

— Je hais ces horribles canons.

L'après-midi, Cléo rassembla leurs affaires et, traversant le quartier incendié, toutes trois se rendirent à l'hôtel Mills.

Dans la salle à manger, les spéculateurs étalaient leur richesse, à commencer par leurs énormes montres en or.

L'un d'eux ôta le chapeau claque qu'il avait gardé sur la tête pendant tout le repas.

— Madame ? Henry Harris. Heureux de faire votre connaissance ! Je ne peux dire trop de bien de votre frère ! Il est difficile de gruger le capitaine Butler. Lui et ce Nègre, Bonneau, ils sont vraiment très forts ! Madame, je serai franc – la franchise est mon point faible ! –, il me faut dix caisses de champagne, et le capitaine Butler rapporte toujours le meilleur. Si vous voyez votre frère avant moi, madame, dites-lui que Harris renchérira sur toutes les offres et proposera dix pour cent de plus. Dites-lui bien cela.

— Maman, il parle de l'oncle Rhett ?

— J'ai bien peur que oui, chérie.

— L'oncle Rhett est mon ami ! s'exclama Meg.

— Oui, chérie, dit Rosemary. Veuillez nous excuser, monsieur.

Dans leur suite, au premier étage, Rosemary tira les rideaux. Cette nuit-là, les canons nordistes ne tiraient pas, la paix régnait sur la ville. Cléo emmena Meg dans la chambre voisine pour la dévêtir tandis que Rosemary se demandait ce qu'elle faisait là. Qu'est-ce qui n'allait pas chez elle ? Pourquoi ne pouvait-elle aimer un homme bon ?

Agenouillée près de son lit, Meg pria pour l'oncle Rhett, pour Joshua, Cléo, ses grands-parents Butler et tous les soldats de la guerre. Elle pria aussi pour qu'il n'y ait pas de nouveaux bombardements – Tecumseh en avait peur.

— Mon Dieu, faites que maman, papa et moi soyons de nouveau heureux. Amen.

Un peu plus tard, il y eut un coup à la porte sous laquelle on glissa un message. Il était de John Haynes : « Rosemary, j'ai besoin de vous, quoi qu'il arrive. »

Serait-ce possible ? L'amour de John, à lui seul, suffirait-il à les soutenir ? Certainement pas ! Aucun cœur de femme ne peut se transformer par la seule dévotion de son époux ! Rosemary ferma les yeux si fort qu'il y eut sous ses paupières comme des étoiles filantes.

— Mon Dieu, je vous en supplie…

Puis elle dit :

— Cléo, il faut que je passe à la maison.

— Oui, miss. J'ai amené Tecumseh.

— Non, je ne peux pas attendre. Tu garderas Meg.

Elle prit entre ses mains pâles le visage brun de sa servante.

— Il se pourrait que je ne revienne pas cette nuit.

Cléo la regarda bien en face.

— Oui, miss. Je l'espère.

Sur Meeting Street, un gentleman surpris lui céda son fiacre.

— 46, Church Street ! Dépêchez-vous !

Quand son mari vint ouvrir, elle le dévisagea, comme si ses traits familiers pouvaient raconter une autre histoire, une nouvelle histoire.

Quand il dit : « Chérie… », elle lui posa un doigt sur les lèvres, le conduisit dans sa chambre. Ce fut le dernier mot qu'ils échangèrent.

Meg pleura de manière si pitoyable après le départ de sa mère que Cléo la prit avec elle sur son matelas, au pied du lit vide de Rosemary.

— Tout va bien, chérie. Ta maman est avec ton papa. Ils viendront nous chercher demain.

— Cléo, j'ai peur !

— Il ne faut pas. C'est l'heure de dormir.

Chaque fois que Cléo allait sombrer dans le sommeil, Meg murmurait ou s'agitait. Pour finir, l'enfant passa un bras autour du cou de Cléo et elles s'endormirent.

Un énorme éclair accompagné du bruit d'une explosion réveilla Cléo d'un seul coup. « Tout va bien, chérie », dit-elle machinalement.

Elle se couvrit les yeux : les fenêtres de la pièce paraissaient d'une blancheur aveuglante. Meg gémit. « Chut ! ce n'est rien, ce n'est rien. » Cléo se leva et, la petite fille accrochée à elle, alla pieds nus jusqu'à la fenêtre.

Un fleuve de feu, semblable à de la lave fondue, descendait en cascade du bâtiment jusque dans la rue.

Il y eut des bruits de pas. « Au feu ! Au feu ! » Des hommes couraient dans le couloir. « Ces fichus Yankees bombardent la ville ! »

— Cléo, s'écria Meg, je n'aime pas ça !

— Moi non plus. On va rentrer chez nous. Je vais avoir besoin de toi. Lâche-moi le cou, je vais t'habiller.

Elles entendirent devant leur porte de nouveaux bruits de pas comme un troupeau affolé. Cléo jeta la robe de Meg sur les bras tendus de la petite fille, chercha à tâtons ses chaussures, l'une près du lit, l'autre sous le bureau. Une nouvelle explosion résonna plus loin.

— S'il te plaît... chuchota Meg.

Cléo drapa une couverture par-dessus sa robe et installa l'enfant sur sa hanche.

— Mets tes bras autour de moi et accroche-toi bien !

Puis elle descendit l'escalier en toute hâte. Le salon était plein d'hommes à demi vêtus ; certains couraient en rond, tous avaient l'air pris de panique. Quand un obus tombé tout près fit trembler l'édifice, les spéculateurs plongèrent sur le sol, couvert de mégots de cigares et de crachoirs renversés.

— Maman ! geignit Meg.

— Je t'emmène la voir, chérie, répondit Cléo.

Elles sortirent par la cuisine.

Les garçons d'écurie de l'hôtel s'étaient enfuis et des chevaux terrifiés hennissaient dans leurs stalles en lançant des ruades. Tecumseh avait l'air affolé. Cléo lui mit sa bride, fixa le mors et conduisit dans l'allée l'animal tremblant. Elle installa Meg sur l'encolure du cheval et monta derrière.

— Tiens-le bien par la crinière, chérie.

— Cléo, j'ai peur !

— Il ne faut pas, chérie ! Je ne veux pas !

Au-dessus du quartier incendié, un croissant de lune courait entre les nuages. Les carcasses des bâtiments brûlés – des bouts de maisons, des morceaux d'églises – semblaient pulvériser tout l'espoir des hommes. Les ruines jetaient des ombres à travers la rue comme des doigts cherchant à s'emparer de la femme et de l'enfant.

Un obus explosa directement au-dessus de leurs têtes et un fleuve de feu tomba sur le sol. Meg hurla, Tecumseh prit le mors aux dents et partit à toute allure. « Tecumseh, arrête ! Arrête ! » s'écria Cléo en tirant de toutes ses forces sur les rênes. La petite fille lâcha la crinière et se mit à glisser. « Tecumseh ! » hurla Cléo.

Comme elle abandonnait les rênes pour rattraper Meg, Tecumseh fit un écart. Toutes deux furent projetées sur les pavés.

Le souffle coupé, Cléo tapota frénétiquement le petit corps puis se releva péniblement sur un genou. Elle s'était mordu la langue et avala le sang.

— Ça va, chérie ? Tu es blessée ?

— Cléo, je veux rentrer à la maison, s'il te plaît ! gémit Meg.

— On ira dès qu'ils cesseront de tirer. On rentrera tout droit.

Cléo chercha parmi les clochers et les murs en ruine quelque chose de familier.

— Regarde ! C'est le vieux cimetière, le cimetière de l'église ! On va s'y cacher et après on rentrera à la maison.

John et Rosemary les retrouvèrent au milieu des pierres tombales fracassées. Le corps de Meg était sous celui de Cléo : jusqu'à son dernier souffle, elle avait cherché à la protéger du bombardement.

Rosemary éclata en sanglots :

— Mon Dieu ! Mon Dieu ! Jamais je n'aurais dû la quitter !

John Haynes prit dans ses bras le corps de sa fille unique.

17

Témoignages d'amour

L'élégant forceur de blocus peint en gris avançait en eau peu profonde au nord du haut-fond de Rattlesnake. Par cette nuit sans lune, un œil exercé pouvait se repérer à une vingtaine de mètres à la seule lueur des étoiles que reflétait l'océan. Derrière les vagues qui venaient s'y jeter, la plage était plus pâle que l'eau.

Un matelot courut pieds nus jusqu'à la barre de *La Veuve joyeuse* et agita deux fois les doigts : « Deux brasses. » Tunis Bonneau murmura : « Les bancs d'huîtres. On arrive sur Drunken Dick. »

Pour toute réponse, Rhett lui pressa l'épaule.

Grâce à ses échappements sous-marins, les énormes moteurs de la *Veuve* ne faisaient que murmurer. Ses cheminées à charnières avaient été mises à plat de manière à ne pas se découper sur l'horizon. À une trentaine de mètres, le navire aurait pu tout aussi bien passer pour un banc de brume au-dessus des vagues.

Depuis que les nordistes avaient pris le fort Wagner, il était devenu beaucoup plus dangereux de forcer le blocus imposé à Charleston. Comme leurs canons contrôlaient le chenal en eaux profondes, aucun navire n'osait plus s'aventurer à l'ouest du fort Sumter. Le chenal à l'est était étroit et traître. Avant la guerre, des bouées marquaient l'emplacement des hauts-fonds mais les fédéraux les avaient enlevées. À marée basse, certaines zones du chenal faisaient à peine un peu plus de un mètre de profondeur. Et la *Veuve*, chargée, avait un tirant d'eau d'au moins un mètre.

Juste au-delà de Drunken Dick, un navire devait virer à

bâbord et se précipiter vers la seule entrée encore accessible du port de Charleston.

Pour empêcher les nordistes d'y pénétrer, les défenseurs avaient mis en place un barrage de troncs d'arbres hérissés de mines dans le chenal allant du fort Sumter au fort Moultrie, sur le rivage est. Ce barrage offrait pour seul passage un couloir de moins de cent mètres situé juste au-dessous des canons du fort Moultrie.

Les nordistes savaient que les forceurs de blocus devraient passer pendant la nouvelle lune, tout comme ils connaissaient le chenal qu'ils emprunteraient ainsi que le chemin d'accès menant à Charleston. De jeunes vigies se frottaient les yeux en s'efforçant de percer l'obscurité. Ils guettaient le moindre bruit par-dessus le sifflement de leur propre souffle, le battement de leur cœur.

Le fort Wagner une fois tombé, les forceurs de blocus, dans leur grande majorité, étaient partis pour Wilmington, en Caroline-du-Nord, où ils pourraient longer discrètement un double littoral et se glisser à travers deux anses – également protégées par le fort Fisher, un édifice colossal à califourchon sur l'étroite péninsule entre la Cape Fear River et l'Atlantique.

À l'approche de Charleston, Tunis Bonneau maintenait son navire à cinq cents mètres de la côte, dans ce creux d'eau mouvant où la houle de l'océan devenait marée. Les navires de guerre nordistes demeuraient au large, mais de petits bateaux patrouillaient dans les eaux peu profondes : si ces doris de six mètres ne pouvaient couler ou aborder la *Veuve*, leurs fusées étaient bien capables de diriger les canons des cuirassés sur elle, qui n'était ni armée ni blindée.

Cinq nœuds. Tunis se dressa sur la pointe des pieds en plissant les paupières. Les brisants se dressaient, les vagues se ruaient sur la plage en sifflant quand elles se retiraient.

La vigie de proue de la *Veuve* leva le bras gauche, ce qui signifiait : « Bateau de patrouille à bâbord. » Tunis se pencha sur le tuyau acoustique et demanda à la salle des machines de pousser la vapeur.

Le barreur du doris vit quelque chose – une forme, peut-être un navire. Il sortit en tâtonnant une fusée de sa boîte en fer-blanc et s'écria : « Holà ! Quel est le mot de passe ? »

Les moteurs faisaient vibrer le pont, la *Veuve* avançait à neuf nœuds. « Vive l'Union ! » chantonna Rhett Butler.

Le mot de passe de cette nuit était « Gettysburg », celui de la précédente « Préserver l'Union ». Le barreur nordiste, fusée et allumette en main, hésita. Peut-être était-ce un navire ami dont le capitaine s'était trompé de page en feuilletant le manuel des signaux ? Cela faisait des semaines qu'il n'y avait pas eu de forceurs de blocus et, s'il se montrait trop zélé, s'il faisait tirer sur un bâtiment nordiste, il finirait à coup sûr en cour martiale.

— Mot de passe ? répéta-t-il.

— Abe est une crapule ! cria Rhett Butler.

Le barreur venait d'allumer la fusée quand la *Veuve* percuta le doris, entraînant huit soldats nordistes sous ses roues à aubes.

— Des gens courageux, dit Tunis.

— Mais indécis ! répliqua Rhett.

— En avant doucement, murmura Tunis dans le tuyau acoustique.

Tunis guidait le navire en fonction de formes vagues qu'il discernait à terre et des courants familiers qu'il sentait dans la barre. Il faisait confiance à la mémoire de ses mains.

La Veuve joyeuse avança sans difficulté jusqu'à ce qu'elle dépasse Drunken Dick. Le fort Sumter était au large de sa proue bâbord quand la première fusée nordiste illumina le ciel.

Tunis réclama toute vapeur, l'équipage redressa les cheminées, et le navire bondit en avant comme un cheval de course au coup de pistolet du départ.

Les doris et les navires de guerre lancèrent des signaux rouges, verts et bleus : « Qui êtes-vous ? Êtes-vous des nôtres ? »

Rhett répondit par des fusées vertes et rouges qui n'avaient aucun sens.

Tunis Bonneau haleta, comme si en respirant plus vite il pouvait accélérer les roues de la *Veuve*. Sous ses pieds, le pont frémit.

Les premiers obus les manquèrent de quelques mètres ; des monceaux d'écume vinrent balayer le pont.

— Ils ont fait des progrès, dit Rhett qui, perché sur le capot d'une des roues à aubes, examinait la scène avec une longue-vue, comme s'il s'agissait d'inoffensifs feux d'artifice par un beau soir d'été.

La vigie de proue s'efforçait de repérer l'étroit passage dans le barrage de mines.

Les canons nordistes, incapables de suivre un forceur de blocus en pleine course, se concentraient sur cette ouverture. La *Veuve* tangua sous des tirs dangereusement proches qui l'inondèrent autant que l'auraient fait les chutes du Niagara.

Le coup le plus à craindre, l'explosion mortelle, devait frapper en dessous de la ligne de flottaison. Par une nuit sans lune, ce tir-là demeurait invisible. Voilà pourquoi Tunis se dirigea où l'on voyait le plus de remous, se guidant sur le feu des nordistes. Mais la *Veuve* frémit : touché ! Puis, sous un nouvel impact, elle s'ébroua comme un chien trempé. Tunis bascula. La barre lui échappa des mains. Allait-il perdre le contrôle du navire ? Par bonheur si l'on peut dire, un troisième impact le rejeta de l'autre côté et il reprit le gouvernail.

Ils étaient passés. Les troncs de cyprès du barrage puis les torpilles de fer déjà couvertes d'algues et de coquillages passèrent à moins de vingt centimètres de la coque.

Les éclats d'un ultime obus tombèrent à grand bruit sur le pont.

Tunis se pencha sur le côté pour chasser l'eau qui bouchait ses oreilles.

Rhett descendit de son poste d'observation, replia sa longue-vue et alluma une cigarette. L'allumette émit une lueur si vive que Tunis en eut mal aux yeux. D'une voix rauque, il ordonna à M. Campbell, l'ingénieur de la *Veuve*, de faire une estimation des dégâts.

— On est passés, une fois de plus, dit-il à Rhett.

— C'était le plus facile ! C'est notre arrivée que je redoute. Pauvre, pauvre Rosemary !

À Nassau, il avait appris la mort de Meg.

— Je hais cette guerre, avait dit Tunis.

— Certains pensent qu'elle libérera ton peuple.

— Oui. C'est ce qu'on raconte.

La cité était plongée dans l'obscurité. Les clochers des églises de Charleston – grâce auxquels les matelots se repéraient depuis des générations – avaient été peints en noir pour que les artilleurs nordistes ne puissent les utiliser comme repères.

Tunis sentit dans la barre les courants du fleuve. La brise venue de l'intérieur des terres empestait la poussière de brique et l'incendie.

— Avance lentement ! Maintenant que je t'ai vendu la *Veuve*, Tunis, montre-toi plus prudent avec elle.

La plaisanterie ne fit pas rire Tunis.

Le front de mer de Charleston était en ruine. La *Veuve* remonta le fleuve en dépassant des quais incendiés, des clippers qui pourrissaient à l'attache, des steamers aux ponts inondés.

Campbell fit savoir que les dégâts causés par les obus étaient minimes, mais que les énormes machines à vapeur de la *Veuve* avaient tordu leurs supports d'acier et endommagé à tribord la coque du bâtiment.

Les spéculateurs de la ville étaient presque tous partis pour Wilmington, mais il y avait sur le quai John Haynes & Son, alertés par les tirs nordistes, des hommes toujours prêts à faire affaire.

Tunis coupa les moteurs tandis que la *Veuve* se glissait dans son mouillage.

Des lanternes illuminaient le quai. Une voix s'écria :

— Rhett, il me faut de la soie et du parfum !

— Des boutons et des épaulettes ! lança quelqu'un.

— Je prends vingt caisses de champagne !

La *Veuve* fut amarrée à l'avant comme à l'arrière, les chaudières lâchèrent bruyamment leur vapeur. Rhett entendit les eaux du fleuve battre contre la coque.

— Je ne peux rien pour vous ce soir, messieurs. Pas d'articles de luxe ! J'ai trente caisses de peignes à carder le coton, quatorze caisses de fusils Wentworth, des chaussures pour l'armée, du tissu pour les uniformes, des balles Minié. Peut-être vous joindrez-vous à moi pour acclamer le drapeau ?

— Bon Dieu ! s'écria une voix. Vous choisissez un sacré moment pour devenir patriote !

De violents coups de marteau résonnèrent dans la salle des machines : M. Campbell s'attaquait aux réparations.

Tandis que les spéculateurs déçus quittaient le quai, deux buggys arrivèrent, un bleu et un noir.

— Ça doit être Ruthie et Rosemary, dit Tunis.

— Pourquoi faut-il avoir toujours le cœur brisé ?

— Ça serait mieux si ça n'arrivait pas !

Rhett trouva sa sœur plus petite que dans son souvenir.

— Chère Rosemary, dit-il en la prenant dans ses bras.

Elle résista un instant puis fut prise d'un sanglot irrépressible.

— Pourquoi, Rhett ? Pourquoi est-ce qu'ils tuent nos enfants ? N'en ont-ils pas, eux ?

Comme pour ponctuer ces mots, un obus explosa quelque part en ville. Rhett la serra contre lui jusqu'à ce qu'elle ait cessé de trembler.

— Merci, dit-elle.

Elle s'essuya les yeux, se moucha, tenta de sourire. Puis, d'une voix calme, terne, elle ajouta :

— Meg était si petite… On aurait presque dit un nouveau-né. Quand John l'a soulevée, une de ses chaussures est tombée, nous n'avons jamais retrouvé l'autre. Son visage était sale, j'ai pris mon mouchoir, mais John m'a repoussée. Rhett… Meg était ma propre fille mais j'ai dû supplier mon mari pour qu'il me laisse nettoyer son front. Je lui ai fermé les yeux avec les doigts que voici.

Il la serra à nouveau contre lui. La nervosité qui secouait la jeune femme avait disparu ; elle s'abandonnait entre ses bras.

— Et John ? demanda-t-il.

— Il marche dans les rues chaque nuit, indifférent aux bombardements… Les pompiers le voient plus souvent que moi. C'est bizarre, non ? dit-elle avec un épouvantable sourire.

— J'irai le voir et…

Elle le saisit par le bras.

— Non ! Il refusera de te rencontrer ! Il t'en supplie, toi qui es son ami, ne cherche pas à le voir !

— Si un vieil ami ne peut…

— Rhett, crois-moi, je t'en prie ! Il ne te laissera pas entrer chez nous.

À côté du buggy noir, Ruthie Bonneau chuchotait :

— Viens, Tunis Bonneau, viens !

Tunis froissa son chapeau entre ses mains.

— Miss Rosemary, nous avons beaucoup de peine pour vous, Ruthie et moi. Nous vous avons toujours beaucoup estimés.

Rosemary parut ne pas le voir et, d'un air absent, caressa le museau de son cheval.

— Je me demande si Tecumseh se souvient d'elle, dit-elle doucement. Je regarde ses grands yeux et…

Elle posa une main sur son visage pour étouffer un sanglot.

— Chaque soir, nous prions pour vous, miss Rosemary, reprit Tunis qui paraissait au désespoir.

Il aida sa femme enceinte à remonter dans leur buggy et tous deux s'éloignèrent.

Rosemary dévisagea son frère.

— Rhett, j'ai été tellement aveugle, horriblement aveugle ! Je voulais ce que je n'aurais pas dû désirer, j'ai perdu tant d'heures précieuses que j'aurais pu passer avec ma fille et mon mari... Ne commets la même erreur. Promets-moi que... tu promets de faire quelque chose pour moi ?

— Tout ce que tu voudras.

— Tu aimes Scarlett O'Hara, dit-elle en lui posant un doigt sur les lèvres pour qu'il se taise. Et pour une fois, je t'en prie, ne réponds pas par une plaisanterie ou une remarque cynique. Tu l'aimes, nous le savons tous les deux. Et tu ne peux être plus fort que l'amour. Va la retrouver et montre-toi aussi franc avec elle que tu l'as toujours été avec moi.

Elle prit dans le sulky un paquet enveloppé de papier de boucherie et en souleva un coin pour montrer la soie jaune : c'était l'écharpe que Rhett lui avait offerte voilà tant d'années.

— Meg l'adorait. Elle la mettait sur ses épaules et faisait semblant d'être un oiseau ou un papillon. Elle flottait derrière elle quand elle courait, comme... des ailes... d'ange...

— Rosemary, je ne peux l'accepter.

— Oh que si ! mon frère. Nous autres, les Butler, nous n'avons jamais été très doués pour aimer. Nous avons aimé trop tard, ou à tort, ou pas du tout. Donne cette écharpe à Scarlett. Il y a des années, elle m'a prouvé ton amour. Et ma pauvre Meg y a mis le sien. S'il te plaît, Rhett, donne-la à la femme que tu aimes.

— Rosemary, John et toi...

— Tu ne peux rien faire pour nous en ce moment.

— Je le ferais si...

— Je le sais. Chut ! Vas-y, il y a un train à cinq heures.

Il embrassa sa sœur et partit en ville.

Vingt minutes plus tard, au dépôt, le prévôt refusa d'abord de le laisser monter dans le train pour la Géorgie jusqu'à ce que Rhett lui eût montré le passe de Rufus Bullock.

— Il y a de la place dans le wagon des officiers, monsieur.

À West Point, Rhett avait étudié l'artillerie, il apprécia

donc le compte rendu qu'un commandant lui fit de la victoire de Chickamauga et, quand il sortit une bouteille de rhum de son sac de voyage, l'autre finit par se dire que ce civil était plutôt sympathique. Tandis que le train roulait vers l'ouest, faisant la course avec le soleil, les deux hommes s'adjoignirent deux jeunes officiers pour une partie de poker.

Quand la nuit tomba, Rhett les avait mis à sec mais comme ils avaient joué avec de la monnaie confédérée, personne ne lui en voulut vraiment.

Le lendemain, le train entra en Géorgie. Un lieutenant de dix-neuf ans – « Né et grandi à Biloxi, Mississippi, monsieur Butler » – lui dit :

— On cogne sur le Yankee, on le bat à plate couture ! Les nordistes ne pourront plus encaisser des pertes aussi lourdes qu'à Chickamauga ! Encore une ou deux raclées comme ça et Lincoln réclamera la paix !

Rhett regarda ce jeune homme qui y croyait, cet espoir fou. Tout à coup, il eut l'impression d'avoir mille ans.

Leur train s'arrêta à Augusta.

Habitués aux retards, les officiers se dirigèrent vers le saloon le plus proche tandis que Rhett retrouvait Rufus Bullock au bureau du Southern Express.

Bullock était venu dans le Sud avant la guerre pour diriger l'Adams Railway Express Company. C'était un homme affable, d'humeur toujours égale et, quand il descendait la grand-rue, les Géorgiens respectables se disaient que c'était exactement le genre d'homme qu'on aimait voir descendre la grand-rue – même s'il était d'origine yankee ! Quand la guerre éclata, le Southern Express, lui aussi, fit sécession ; Rufus devint le président de la nouvelle compagnie.

Il fut vite chargé de coordonner les télégraphes de la Confédération, puis de convoyer les soldes de l'armée. À mesure que ses responsabilités devenaient plus importantes, Bullock devint, de fait, le chef des chemins de fer du Sud ; il fut nommé lieutenant-colonel. Jamais il ne portait l'uniforme ; pour lui, la guerre était un business comme un autre.

Rhett déposa une bouteille sur le bureau de Bullock avec la confiance que crée une vieille familiarité.

— Grands dieux, Rhett, où avez-vous trouvé ça ?

— Du rhum des Bahamas ! Vingt ans d'âge, vieilli en fût

de chêne… Sans votre passe, Rufus, je ne serais jamais sorti de Charleston.

La bouteille disparut dans un tiroir.

— Rhett, j'ai cru comprendre que cette fois vous aviez rapporté des fournitures militaires. Je me suis demandé : « Quel profit peut-il bien en tirer ? »

Bullock gloussa agréablement – c'était un homme affable.

— J'ai changé, Rufus. Plus question de forcer le blocus. Quand John Haynes sera de nouveau capable de penser aux affaires, j'espère qu'il fera comme moi.

— J'ai appris que sa fille avait été tuée. C'est tragique.

— Oui. Rufus, mettez-moi dans ce train pour Atlanta.

— Même Rufus Bullock ne peut vous aider ! Chaque wagon est plein à ras bord de fournitures.

— Rufus, je vous connais. Rien ne vous est impossible.

Rhett fit le voyage dans la locomotive avec M. Bates, l'ingénieur d'allure revêche, et un immense chauffeur noir qui ne disait mot.

Le soleil se couchait quand ils quittèrent Augusta. Rhett trouva refuge sur le tender. Allongé sur la réserve de bois, ses mains nouées derrière la nuque, il tenta de se souvenir exactement de ce que Tunis Bonneau lui avait dit sur l'amour – quand ? Voilà six ans peut-être.

Ils s'étaient rencontrés sur les docks de Freeport et les deux vieux amis, qui ne s'étaient pas revus depuis le départ de Rhett des Basses Terres, s'étaient dirigés vers la taverne la plus proche qu'ils avaient entrepris d'assécher complètement.

Tunis informait son compagnon de ce qui s'était passé à Charleston depuis son départ :

— Votre sœur est devenue une très belle jeune femme.

— Si je te donne une écharpe cubaine, tu la lui remettras ?

— Bien sûr, répondit Tunis qui, moins ivre que Rhett, demanda : Quelque chose ne va pas ?

— Une femme. Rien du tout.

— Vous n'avez pas l'air de penser qu'elle n'est rien du tout. Vous l'aimez ?

Rhett but directement au goulot.

— L'aimer ? dit-il d'un ton méprisant. Ça m'est arrivé trop souvent. Après quoi je sors du lit et j'enfile mon pantalon. Il y a dans ce simple geste quelque chose qui rend l'amour parfaitement trivial.

— Vous me faites marcher !

— Ah bon ?

Timidement, Tunis lui avait expliqué qu'il courtisait Ruthie Prescott, la fille aînée du révérend Prescott.

— Elle est assez têtue, et parfois c'est une vraie corvée que de la fréquenter, mais c'est celle qu'il me faut. Rhett, vous avez déjà été amoureux ?

— Pourquoi cette question ?

— Vous avez déjà été avec une fille en pensant que vous ne seriez plus tout à fait quelqu'un si vous la perdiez ?

— Je me suis senti flatté, parfois enivré. Mais non, ça n'était pas comme ça.

— Alors, vous n'avez jamais aimé, dit Tunis d'un ton ferme. Pas vraiment. Parce que c'est ça, l'amour.

Désormais, chaque coup de piston, chaque tour de roue le rapprochait de Scarlett. Le grondement de la machine faisait écho aux battements de cœur de Rhett. Plus vite ! Plus vite !

En comparaison, toutes les autres femmes, toutes les passions d'autrefois étaient sans vie, et pourtant jamais Rhett n'avait dit à Scarlett ce qu'elle représentait pour lui. Il avait résisté, s'était caché derrière une indifférence feinte.

— Espèce de lâche ! chuchota-t-il.

Armé du précieux cadeau de Rosemary, Rhett pourrait enfin dire à Scarlett ce qu'il éprouvait. Oh que oui, par Dieu !

C'est un Rhett Butler euphorique qui revint dans la locomotive et offrit des cigares à M. Bates et à son chauffeur.

La chaudière, dont la porte était restée ouverte, rugit brusquement. Des étincelles et des cendres s'en vinrent percer des trous minuscules dans son costume de drap noir.

Les cigares étaient excellents ; ragaillardi, M. Bates se sentit porté aux confidences :

— Conduire de nuit, c'est bigrement difficile, je n'aime pas ça. Je ne vois rien, et si les nordistes avaient arraché les rails, je ne m'en rendrais compte que quand la machine volerait en l'air ! Ce n'est pas facile d'en descendre une fois qu'elle est lancée. C'est la vapeur, voyez ? Elle pourrait réduire un homme à un petit tas d'os !

Ils s'arrêtaient toutes les deux heures pour que M. Bates puisse remplir la chaudière. Rhett et le chauffeur prélevèrent quatre cordes de bois dans le tender.

À l'aube, le train traversa le piémont géorgien.

— Yonder's Stone Mountain, capitaine Butler ! dit M. Bates. Nous serons à Atlanta dans moins d'une heure.

— Sauf si les nordistes ont arraché les rails.

— Ils ne s'approcheront jamais à moins de cent kilomètres d'Atlanta ! lança l'ingénieur d'un air méprisant.

Quand le train entra en gare, alors que les freins crissaient encore, Rhett serra la main de M. Bates, glissa deux pièces au chauffeur, puis sauta sur le quai. Son chapeau à la main, il courut vers un fiacre.

Il monta à côté du cocher, à qui il donna l'adresse de tante Pittypat. L'homme regarda d'un air désapprobateur ce client d'allure plutôt crasseuse.

— Vous êtes sûr d'avoir de quoi payer ?

— Je suis sûr de vous étrangler si vous ne démarrez pas sur-le-champ.

Le cocher fouetta son cheval qui partit au trot.

Une fois arrivé, Rhett frappa à grands coups contre la porte.

— Une seconde ! J'arrive ! s'exclama de l'intérieur l'oncle Peter, qui ouvrit et recula, épouvanté. Capitaine Butler ! Mon Dieu, mais d'où sortez-vous ?

Dans le salon, la tante Pittypat interrompit ses raccommodages.

— Grands dieux, capitaine Butler ! Vous avez été pris dans un incendie ? Vos vêtements... Vous qui êtes toujours si bien vêtu ! Et votre chapeau ! Ne voulez-vous pas vous laver les mains ? Peter, va chercher une bassine et un broc !

— Mademoiselle Pittypat, vous êtes trop bonne, dit Rhett qui posa son sac de voyage et l'ouvrit. Il vaut mieux que ce soit vous qui le sortiez ! Oui, le petit paquet, c'est ça. Avec les mains que j'ai...

Pittypat déploya un superbe rectangle d'une magnifique dentelle belge.

— Dès que je l'ai vu, je me suis dit que cela vous ferait un col charmant.

— Capitaine Butler, comment pourrai-je jamais vous remercier ?

— Mademoiselle Pittypat, je ne mérite aucun remerciement pour avoir paré une dame qui n'en a nul besoin.

— Toujours les boniments, lança Scarlett qui venait d'entrer. Capitaine Butler, auriez-vous juré de ne plus prendre de bain ?

Pittypat s'enfuit avec son cadeau.

Rhett avait des cendres dans les cheveux, le visage maculé de suie, ses vêtements trempés d'eau de mer avaient perdu toute forme en séchant et des petits trous d'escarbilles criblaient sa veste. Les poignets de sa chemise étaient déchirés, ses ongles noirs, le chapeau qu'il tenait à la main n'avait plus de forme. Scarlett lui tournait autour comme un chat offensé.

— J'étais si impatient de vous voir, ma chère, que je n'ai pas voulu m'attarder, et...

— Impatient de me voir ? Et pourquoi diable ? Grands dieux, j'espère bien ne jamais vous y avoir encouragé ! Capitaine Butler, n'auriez-vous pas pu vous laver avant de rendre visite à une dame ?

L'oncle Peter apporta une bassine, un broc, du savon ainsi qu'une vieille serviette. Tandis que Rhett entreprenait de se nettoyer, Scarlett poursuivit férocement :

— Depuis combien de temps nous avez-vous négligées ? Vous avons-nous vu en juillet ou en août ? C'est sans importance, sans doute. Comme le temps passe vite !

Elle eut un rire insouciant.

— Je tentais de résister à vos redoutables charmes, répondit Rhett en s'essuyant le visage.

— Que le Seigneur nous vienne en aide ! Vous voilà à proférer de douces paroles, c'est merveilleux ! Continuez, capitaine Butler. Mes « redoutables charmes », j'aime assez.

Quand Rhett tendit à l'oncle Peter la serviette tachée de suie, le vieux serviteur l'emporta en la tenant du bout des doigts.

Rhett avait voulu repartir de zéro. Il avait voulu parler à Scarlett de la petite Meg, de Will, le responsable de l'irrigation, de l'écharpe de soie jaune. Il avait voulu lui dire qu'il l'aimait.

Il en fut incapable. N'osant pas s'asseoir de peur de souiller le mobilier, c'est sans mot dire qu'il offrit à Scarlett O'Hara son cadeau d'amour – un paquet crasseux enveloppé dans du papier de boucherie.

— Qu'est-ce que c'est ?

Elle l'ouvrit, jeta un regard négligent à l'écharpe de soie jaune, puis la déposa avec indifférence sur un fauteuil.

— Merci beaucoup, capitaine Butler. Vous êtes trop bon.

Brusquement, Rhett Butler fut bien près de s'abandonner à la fureur. Il répondit d'un ton glacial :

— Oh ! ce n'est rien. Une broutille, un minime témoignage de mon admiration pour une dame aussi belle qu'elle est douce.

Après avoir quitté la demeure de tante Pittypat, il marcha au hasard dans les rues pour se calmer. Il se retrouva devant chez Belmont, le meilleur bijoutier d'Atlanta.

En cette troisième année de guerre, M. Belmont avait racheté tant de bijoux et vendu si peu qu'il songeait à fermer boutique. Quand Rhett Butler demanda à voir ses plus belles broches à camée, il se rua vers ses coffres.

Comme toujours, les filles de Belle s'occupèrent de Rhett.

— Cher, mais vous êtes parfaitement crasseux ! gloussa Minette. Laissez-moi vous nettoyer le dos !

Hélène déposa une couverture sur un canapé pour que Rhett puisse s'asseoir sans faire de taches. Minette demanda à Éloïse de préparer un bain puis versa le champagne.

— Mais pourquoi Hélène ne peut-elle s'en charger ? protesta Éloïse.

— Parce que tu as de gros bras musclés.

Quand Rhett demanda des nouvelles de Lisa, Minette haussa les épaules.

— Elle a suivi le conseil du capitaine Fouineur et quitté le Chapeau Rouge pour... une maison de passe. Ce n'est pas une vraie courtisane !

Elle se pencha et dit d'un ton de conspirateur :

— Le capitaine Fouineur n'est plus à Atlanta ! Le départ de Lisa l'a surpris et déprimé. Il vous en rend responsable, ajouta-t-elle en clignant de l'œil.

Rhett but un second verre de champagne avant de monter à l'étage supérieur pour se laver et se raser.

Ce soir-là, il emmena Belle Watling dîner à l'hôtel Atlanta et, après un pousse-café, lui offrit le camée.

— Rhett, c'est si beau ! Tu as toujours été si bon avec moi. Tu sais que...

Il la fit taire d'un sourire.

— Mais pourquoi m'offrir ça ? C'est trop beau pour une femme comme moi.

Il lui prit le menton.

— Parce que, ma chère Belle, je ne peux t'offrir une écharpe de soie jaune.

18

Comme un renard en fuite

Au cours de la première année de guerre, Andrew Ravanel intégra la cavalerie légère dans l'armée du Tennessee menée par le général Bragg. La brigade faisait des incursions derrière les lignes nordistes au Kentucky et dans le Tennessee. Elle tendait des embuscades aux détachements ennemis, pulvérisait des trains d'approvisionnement, incendiait les ponts, faisait exploser les tunnels.

Dans les États coupés par la frontière, les opinions étaient partagées, il se trouvait des dames pour cracher au passage des rebelles, d'autres ne demandaient qu'à prouver leur dévouement à la cause et surtout au jeune et fringant colonel qui l'incarnait.

Andrew Ravanel aima toutes ces dames sans jamais retenir leur nom.

Quand leur colonel se divertissait, l'éclaireur d'Andrew et son fameux joueur de banjo dormaient dans l'écurie, sous le porche ou dans une voiture abandonnée. Une nuit qu'il faisait froid, ils couchèrent carrément dans un séchoir à maïs.

— Qu'est-ce qu'elle braille ! remarqua Cassius.

— Comme une chatte en chaleur, répondit Jamie Fisher. Si seulement j'avais une autre couverture.

— J'ai l'impression que j'aurai plus jamais chaud de toute ma vie, dit Cassius. Bon sang ! Mais qu'est-ce que le colonel lui fait, à cette fille ?

— Je ne veux pas y penser, répondit Jamie, qui s'était replié sur lui-même et se réchauffait les mains entre les cuisses.

— Comment ça se fait que vous vous dégottez jamais une fille, maître Jamie ? Je veux dire, j'ai vu quelques-unes de ces dames qui vous reluquaient.

Cassius leva la tête de sa paillasse.

— Vous pourriez en trouver une qui ne soit pas aussi bruyante.

— Écoute ! Tu n'entends pas des chevaux ?

Jamie saisit son revolver et s'éloigna à grandes enjambées sous le clair de lune.

À l'heure de gloire, l'ennemi nordiste se réduisait souvent à des appelés qui montaient à cheval pour la première fois de leur vie, perchés sur des bêtes de labour réquisitionnées. Leurs officiers se querellaient et plastronnaient comme des coqs. Mais parfois, les hurlements féroces des rebelles confédérés les terrifiaient au point que le commandement nordiste déposait les armes sans combattre.

Jamie Fisher, cavalier infatigable, était doué d'un sens aigu de la topographie. D'instinct, il savait où bivouaquer, quelles routes seraient inondées en cas de pluie, quand et où stationner les détachements, si tel gué était praticable ou s'il ne fallait pas tenter le passage, même avec des eaux calmes et des pierres à l'air solide.

Une nuit, alors que l'éclaireur et le joueur de banjo campaient dans le grenier de l'étable d'une autre dame patriote, Cassius confia qu'il avait une fois sauté le pas avec une jeune fille, Desdémone – juste un petit écart. Il ajouta : « Quand maître Hunger a vendu ma femme, j'ai pleuré comme un bébé. »

À la fin de la troisième année de la guerre, au cours de l'escarmouche de Cynthiania, la cavalerie nordiste tua le capitaine Henry Kershaw et il s'en fallut de peu qu'elle ne prenne le colonel Ravanel. Le commandant Wilkes, officier de la brigade de Géorgie, se permit de faire des reproches au colonel Ravanel. Il désapprouvait le déploiement maladroit de ses bataillons et les mauvais traitements infligés aux prisonniers nordistes.

Les hommes de Ravanel prirent très mal les critiques du commandant et leurs officiers raillèrent son « sentimentalisme excessif d'aristocrate campagnard ». Lorsque Wilkes quitta la brigade, Jamie Fisher l'accompagna au dépôt. Sans employer les mêmes termes, lui aussi était choqué par les méthodes d'Andrew.

— Le colonel a perdu trop d'amis à la guerre, dit-il au commandant.

Ashley Wilkes secoua la tête. L'explication lui semblait insuffisante.

— Andrew est un homme bien, continua Jamie. Tout le monde l'aime.

— Ceux que l'on aime le plus spontanément sont parfois ceux qu'on a le plus de mal à respecter, répliqua Wilkes.

La réputation prend toujours un temps de retard sur les faits. Aussi la renommée d'Andrew Ravanel ne fit-elle que croître alors que ses vétérans épuisaient leurs chevaux à tenter de reproduire les triomphes faciles des débuts. Ils prenaient des risques qu'ils n'auraient pas pris un an auparavant.

Les sourcils noirs du général de division Braxton Bragg, qui portait la barbe, se rejoignaient au-dessus du nez. Il commandait l'armée du Tennessee et se conduisait comme un voyou sans pitié. Son estomac le faisait souffrir, il avait les nerfs fragiles et ses furoncles l'empêchaient parfois de tenir en selle. Bragg était bien la preuve vivante que le sort s'acharne sur ceux qui le méritent.

Bragg décida d'envoyer le colonel Ravanel à Atlanta et à Charleston, où les patriotes avaient hâte d'applaudir ce héros des confédérés. Le général avertit Andrew :

— Colonel, n'oubliez jamais que vous êtes mon émissaire personnel : vous représentez Braxton Bragg !

— Grand Dieu, Andrew, l'émissaire personnel de Bragg, dit Jamie alors qu'ils quittaient le quartier général, comme tu dois être fier !

Jamie éclata de rire et Andrew lui donna une tape dans le dos.

Jamie l'aida à boucler ses valises et lui fournit un chapeau neuf pour remplacer celui que les nordistes avaient abîmé à Ellsworth.

— Il te faut une plume, dit-il. Pour les dames.

Andrew étreignit les épaules de son beau-frère.

— Je n'ai pas besoin d'une plume, Jamie. C'est toi, la plume à mon chapeau.

— Transmets toute mon affection à ma chère sœur Charlotte, lança joyeusement Jamie.

Les hommes du colonel Ravanel suivaient la progression de leur chef avec le plus grand intérêt.

Un caporal d'Atlanta reçut ceci de sa sœur : « *Le colonel Ravanel est venu faire la cour à la veuve de Charles Hamilton avec son négro de joueur de banjo, mais elle l'a éconduit. Tout le monde en rit.* » Les soldats étaient contents que leur colonel retourne à ses vieilles marottes, mais la rebuffade les réjouissait aussi. Certains n'avaient pas revu leur femme ou leur petite amie depuis le printemps précédent.

La rencontre du colonel et de Mme Haynes déclencha elle aussi son lot de blagues graveleuses.

Le sergent-chef s'esclaffa :

— Deux heures ensemble et ça lui a pas suffi ? À moi, il me faudrait même pas dix minutes.

À leur grande surprise, Andrew revint dégrisé de Charleston. Les insinuations sur ses amourettes l'irritaient, il évitait ses compagnons de beuverie. Cassius se mit à jouer des ballades sentimentales.

Lorsque Jamie l'interrogea sur la veuve d'Atlanta, le colonel Andrew Ravanel lança :

— Je préfère encore affronter une division yankee que Scarlett O'Hara Hamilton. « Colonel Ravanel. Sortez d'ici et emportez votre orchestre avec vous ! »

Et c'est ainsi que Cassius fut rebaptisé l'« orchestre d'Andrew ».

Andrew interrogea le frère de Charlotte sur sa sœur : quelle enfant avait-elle été ? Était-elle présente lorsqu'il avait embrassé Rosemary Butler à l'hippodrome Washington ?

— J'étais si furieux contre Langston Butler, si humilié que j'aurais fait n'importe quoi à condition que ce fût audacieux !

Jamie pensait qu'une période d'adaptation serait nécessaire à Andrew, mais il lui plaisait de l'entendre éconduire en souriant les dames soucieuses de divertir « le célèbre colonel Ravanel » d'un « Madame, si je n'étais pas un homme marié, votre vertu serait en péril ».

Andrew déclara un jour à Jamie : « Charlotte mérite un meilleur mari. » Une autre fois, Andrew avait dit, pensif : « Jamie, si je deviens père, je prie pour y réussir mieux que Jack. »

Les mêmes journaux qui avaient chanté les louanges du colonel Ravanel se mirent à le critiquer. Le *Charleston Mercury* se posait des questions sur Ellsworth : « *Quand un officier nordiste parade en public coiffé d'un chapeau emprunté au colonel Ravanel, le colonel Ravanel passe pour un idiot.* »

Charlotte écrivit à Jamie : « *Je t'en prie, ne laisse pas Andrew commettre des imprudences. Je crains que mon mari bien-aimé ne se juge indigne de moi – ou de son enfant à naître. Je crains qu'Andrew ne se montre téméraire pour redorer une réputation qui est déjà aussi étincelante que le soleil de midi ! Je t'en prie, protège Andrew pour moi !»*

Cinq semaines plus tard, lors d'un après-midi bruineux de mars, Jamie Fisher, appuyé sur une corniche qui surplombait Pommery, dans l'Ohio, méditait sur les cloches.

— Comment ai-je pu aimer les cloches ? Le son des cloches, cela signifiait les promenades en famille, le dimanche matin, le long de Meeting Street.

Le colonel Andrew Ravanel observait à la longue-vue le village dont les cloches, telles des oies terrifiées, signalaient l'arrivée des rebelles.

Entre les volées du tocsin de Pommery résonnait le tintement étouffé des églises alentour.

— Ce sont les cloches de Dieu, Jamie. Honte à toi, dit Andrew en refermant sa longue-vue d'un geste sec. Allons-nous traverser Pommery ou le contourner ? Les citoyens de Pommery auront-ils de belles histoires à raconter à leurs petits-enfants ou pas ?

— Non, Andrew. Il existe forcément un vieillard agrippé à son mousquet qui ne rêve que de descendre un confédéré.

Andrew Ravanel remua sur sa selle.

— À combien sont les nordistes ?

— Trois bataillons à deux heures d'ici.

— Cette fois, ils ne s'en tireront pas.

— Ha, ha ! répondit Jamie.

Sur le chemin du retour, Andrew interrogea Jamie sur le gué du fleuve Ohio.

— Le gué de Cobb était praticable il y a deux semaines, mais il a plu suffisamment pour faire flotter l'Arche.

— Cassius ne sait pas nager, dit Andrew d'un air absent en caressant l'encolure de son cheval.

Jamie se pencha vers lui.

— Si nous chevauchons au galop, nous atteindrons l'Ohio demain soir.

Andrew Ravanel, droit dans ses étriers, ordonna à ses hommes de contourner la petite ville yankee. Ils rentraient à la maison.

Trois jours plus tôt, Andrew Ravanel avait franchi l'Ohio pour entrer en terre yankee avec à ses côtés deux mille cavaliers confédérés frais et bien armés. Ils allaient démolir les lignes de chemin de fer, incendier les entrepôts de l'armée, voler des chevaux et recruter des sympathisants à la cause.

Mais l'incursion avait mal tourné : alertées par un télégramme, les brigades nordistes les avaient pourchassés sans relâche. Seules leur rapidité et l'ingéniosité de Jamie Fisher leur évitèrent une bataille rangée perdue d'avance.

Ils avaient couru, chargé et combattu lorsqu'ils ne pouvaient l'éviter. Leurs morts étaient restés sans sépulture, leurs blessés abandonnés aux carrefours. Des hommes épuisés s'asseyaient au bord de la route en attendant que les Yankees les fassent prisonniers. De leurs quatre canons de campagne, il n'en restait plus qu'un.

Les trois cents survivants de la brigade de Ravanel, barbus, sales et sur-armés, ressemblaient davantage à des bandits qu'à des soldats. Leurs chevaux, achetés à des fermiers de l'Ohio contre de la monnaie confédérée, n'avaient ni la célérité ni l'endurance des montures du début de la guerre.

Au crépuscule, huit kilomètres après Pommery, une pluie froide commença à tomber. Pour épargner leurs chevaux, les soldats marchaient cramponnés aux étriers. Alors qu'Andrew Ravanel retrouvait son calme, un sentiment de désespoir qu'il connaissait trop bien envahit son cœur. Il demanda à Cassius : « Joue-nous un air, vieux ! »

Assis les jambes croisées sur la caisse d'avant-train du canon, un parapluie en loques protégeant son banjo, Cassius voulut lui donner satisfaction. Mais son instrument était désaccordé et la plupart de ses airs commençaient depuis longtemps à lasser Andrew.

La pluie glacée ruisselait sur les bords de son chapeau et lui gouttait jusque dans le cou.

Cassius enveloppa son précieux instrument dans sa veste et le protégea de ses bras.

Le clair de lune permettait tout juste de distinguer son voisin. Le sergent-chef avait parfois du mal à ne pas quitter la route. Les hommes mâchaient des biscuits en marchant. Ils sortaient de la colonne pour se soulager et la rejoignaient en courant. La pluie transperçait leurs cols, leurs épaulettes et la semelle de leurs brodequins. Leurs chapeaux mous s'affaissaient. Leurs âmes se rétractaient. Parfois, quand un soldat remontait en selle, son cheval protestait. D'autres fois, un cheval épuisé s'effondrait, jetant au sol son cavalier avant que des hommes las ne le récupèrent.

Lorsque Andrew avait quitté Charlotte au dépôt de Charleston, elle lui avait dit : « Très cher, je te connais mieux que quiconque sur cette terre et je ne doute pas que tu aies honte de certaines de tes actions. Cette honte même témoigne de ta bonté. »

Andrew avait aimé bien des femmes, seule Charlotte lui apportait une réelle sérénité.

Au vingt-deuxième matin après avoir envahi le territoire fédéral, la pluie cessa et un vent froid balaya les nuages. Le soleil se leva, la terre étincela. Jamie Fisher partit en reconnaissance sur les arrières de la troupe. Dès son retour, il annonça qu'ils avaient semé leurs poursuivants.

— Mais ils ont dû deviner où nous allions.

— Oui, Jamie.

— Ils vont bloquer les gués.

— Jamie, vraiment, tu t'inquiètes beaucoup trop.

Ils traversèrent un plateau accidenté. De temps à autre, la piste plongeait dans un ravin qu'ils franchissaient en trébuchant. Les eaux boueuses montaient jusqu'au flanc des chevaux. Des cerfs à queue blanche s'enfuyaient en désordre dans les sous-bois. Ils passaient devant des fermes misérables et désertées. À mesure que le jour se réchauffait, le plateau s'ouvrait sur des pâturages plats et à la mi-journée ils découvrirent au détour d'un chemin une ferme de deux étages garnie de bardeaux. Ils entendirent claquer la porte de derrière, puis des pas rapides et le bruit de sabots qui s'éloignaient. Le poêle de la cuisine était encore chaud et du lard grésillait dans un poêlon. Jamie Fisher en mangea un morceau, se lécha les doigts et servit une tasse de café à Andrew.

— Nous pouvons atteindre le gué de Cobb d'ici minuit, dit Jamie.

Andrew s'était assis à la table de la cuisine, sa tasse de faïence ébréchée entre les mains. La porcelaine de la grand-mère devait être dans l'armoire du petit salon.

À l'extérieur de la maison, le sergent-chef hurlait :

— Dessellez vos chevaux et bouchonnez-les ! Si vous êtes fatigués, ils le sont encore plus. Murphy, réveille-toi, mec. T'es pas encore mort, bon Dieu !

Les lourds brodequins résonnaient dans les chambres au-dessus de lui et Andrew entendit que l'on fouillait les tiroirs. Ses hommes avaient-ils toujours été des voleurs ? Il se souvint d'un grand nordiste qui dévalait la rue principale d'Ellsworth avec une énorme pendule dans les bras. Le pauvre idiot n'a pas eu besoin de savoir l'heure là où le sabre d'Andrew l'avait expédié !

Il y avait eu tant de pauvres idiots.

Jamie n'arrêtait pas de parler du gué de Cobb.

Andrew était si fatigué, si terriblement fatigué ! Il leva sa tasse à café des deux mains, la porta à ses lèvres et avala une gorgée.

— Andrew, ils ne doivent pas pouvoir nous acculer au fleuve.

Où diable Jamie trouvait-il sa force ?

— Jamie, dit Andrew. Nom de Dieu, Jamie !

Andrew réussit à reposer sa tasse sans la renverser. Ses mains s'étalaient sur la table, soumises.

— Andrew, il faut cinq heures pour gagner le gué de Cobb. Seulement cinq heures. Laissons les chevaux se reposer pendant une heure s'il le faut. Nous arriverons à traverser avant la nuit.

Andrew aurait voulu que Charlotte soit là. Charlotte savait toujours ce qu'il fallait faire. Dieu sait combien cela avait pu l'agacer au début de leur mariage et comme il la brusquait à cette époque !

Lorsque Jamie frappa bruyamment sur la table, Andrew redressa la tête.

— Andrew, tu ne peux pas flancher maintenant.

— Plutôt crever que de laisser une tapette me dire ce que j'ai à faire !

Jamie sortit ; Andrew Ravanel laissa tomber sa tête sur ses bras et ferma les yeux.

Les hommes dessellaient et bouchonnaient leurs chevaux. Ils se déshabillèrent et posèrent leurs vêtements au soleil pour les sécher puis rampèrent vers les stalles et s'endormirent dans les auges à foin.

Deux vautours tournoyaient au-dessus d'eux, observant les tuniques qui semblaient éclore de terre en contrebas.

Peu avant le crépuscule, ce soir-là, les hommes s'éveillèrent, enfilèrent leurs vêtements secs et réamorcèrent leurs pistolets. Sur un bûcher allumé dans la cour de la ferme, ils firent bouillir une demi-douzaine de jambons pris au fermier et trois boisseaux de patates dans une marmite à cochon. Ils se servirent directement dans la marmite avec des fourches.

Les hommes éructaient et allumaient leurs pipes. Le sergent-chef dit :

— J'aurais jamais cru qu'on se serait retrouvés là un jour.

— Peut-être bien qu'on va rester et se faire fermiers, répondit quelqu'un.

Andrew ne sortit pas de la maison. Jamie Fisher était parti en reconnaissance, ou ailleurs.

Le ciel était clair et teinté d'étoiles, parfois une étoile filante fusait vers la terre.

Cassius jouait *Le Voyageur de l'Arkansas* et *La Joie du soldat.* Les plus jeunes des hommes dansaient la matelote ou la gigue, tournoyant les uns les autres dans la basse-cour sous la vigilance des étoiles.

À l'aube, ils montèrent en selle. Quelques heures plus tard, le plateau s'abîma dans une mer de brume. De l'autre côté de cette marée duveteuse, tout juste trois kilomètres plus loin, le plateau s'enfonçait dans les États confédérés d'Amérique.

— Si seulement nous pouvions marcher sur le brouillard, lâcha Andrew Ravanel.

— Puisque tu sais marcher sur l'eau, pourquoi pas sur le brouillard ? grommela Jamie.

— Jamie, je suis désolé. Je n'aurais pas dû dire ce que je t'ai dit.

— Tu es un beau salaud, Andrew.

— Le vieux Jack a laissé son empreinte sur moi. Mais ne crois pas que je n'ai pas besoin de toi, Jamie. Encore un petit peu. Encore quelques heures et nous serons chez nous.

Jamie Fisher ne répondit pas mais se sentit libéré.

La piste descendait à flanc de plateau jusqu'aux champs cultivés qui longeaient le fleuve Ohio. Les terres fraîchement labourées étaient d'un brun sombre ; le maïs nouveau n'apparaissait pas encore.

L'Ohio s'étendait à un kilomètre de là, de l'autre côté du gué de Cobb : un large bief d'eau peu profonde jusqu'à l'île de Macklin et un chenal plus profond au-delà. L'île, basse sur l'eau, se résumait à deux cents mètres de bois flotté et de taillis. Pendant la saison sèche, les voitures pouvaient traverser jusqu'à la rive la plus lointaine, la rive confédérée, sans mouiller leur cargaison. Pendant la saison humide, le fleuve était navigable de Pittsburgh à La Nouvelle-Orléans et des bateaux à aubes poussaient des barges sur les eaux profondes du chenal.

Ce matin-là, l'île était perdue dans le brouillard.

Jamie Fisher s'arrêta. Le gué de Cobb était un bourbier sillonné de traces de sabots et de roues. Il entendit le frottement et le tintement de pelles sur l'île de Macklin. Andrew jeta un regard aux traces et dit :

— Ils nous ont devancés. Un régiment ?

— Toute une brigade, répondit Jamie en montrant des sillons plus profonds. Ça, ce sont des affûts de canon.

Andrew Ravanel descendit de cheval et avança jusqu'à la rive du fleuve. Les racines d'un sycomore renversé s'étiraient sur l'eau comme une prière sans réponse.

Par-delà l'île, sur la rive confédérée, des cimes émergeaient de la brume.

Les vestiges de la brigade de Ravanel rejoignirent Andrew et son éclaireur.

— Je pourrais dormir un mois entier, dit Andrew.

Jamie tenta d'apercevoir l'île à la longue-vue puis il annonça :

— Il y a un bac à Parkersburg mais c'est à quarante kilomètres en amont.

Certains hommes faisaient boire leurs chevaux ; d'autres avaient passé une jambe en travers de la selle et prisaient du tabac. Eux aussi savaient lire les traces.

Un cavalier remonta de l'arrière au galop.

— Colonel, il y a une brigade yankee qui nous arrive dessus par le plateau.

— Cette fois-ci, ils ne vont pas s'en sortir comme ça, dit Jamie.

— Jamie, dit Andrew. Je... je ne sais pas...

— Andrew, tu dois assumer le commandement. Il n'y a que toi.

Andrew hésita avant de se redresser dans l'uniforme du colonel Ravanel, le légendaire commandant rebelle.

— Merci, Jamie.

Les nordistes avaient chevauché toute la nuit pour atteindre l'île de Macklin. Ils creusaient depuis leur arrivée. Ils étaient fatigués, irritables et le soldat qui jetait par mégarde une pelletée de poussière sur les bottes d'un autre se faisait copieusement insulter. Ils n'avaient même pas pu prendre de petit déjeuner.

Le cri sinistre des rebelles, ce hululement perçant, fit bondir les artilleurs sur leurs armes. Les cavaliers jetèrent leurs pelles et saisirent leurs armes ; ils ajustèrent les crosses froides contre leurs joues mouillées de sueur et armèrent leurs carabines.

Les cavaliers confédérés surgirent du brouillard comme une furie hurlante et tournoyante. Ils foncèrent dans les hauts-fonds, déchirant l'air de leurs cris et de leurs balles. Cent, deux cents, un millier – grands dieux, combien étaient-ils ?

Aussi vite qu'ils étaient apparus, avant même qu'un nordiste ait eu le temps de tirer, la terrible horde s'engloutit dans la brume. Puis deux officiers confédérés s'avancèrent au galop sous un drapeau blanc.

Un chef d'escadron yankee d'âge mûr vint à leur rencontre sur la rive. Lorsque les cavaliers s'immobilisèrent, le chef d'escadron ajusta son chapeau sur sa tête. Au-dessus de la terre fraîchement retournée des nouvelles tranchées, les carabines visaient les confédérés.

Ravanel se cala sur sa selle.

— Major, vous souvenez-vous de l'époque où les vrais soldats ne s'enterraient pas comme des taupes ?

Le chef d'escadron se tenait presque aussi bien à cheval qu'Andrew. Son harnachement, comme lui-même, semblait usé mais bien entretenu.

— J'avais des amis qui ne s'enterraient pas comme des taupes. Je m'en souviens dans mes prières.

Andrew Ravanel avait méprisé ce genre d'individus toute sa vie. Ces hommes respectables, ennuyeux, vigoureux et communs avaient réprouvé Jack Ravanel et n'appréciaient pas son fils. À mesure que la fortune des Ravanel s'épuisait, des types comme ce major avaient prospéré, pas assez imaginatifs pour être téméraires, brillants ou amusants, incapables d'agir simplement pour le plaisir.

En regardant bien en face le visage impassible du chef d'escadron, Andrew comprit avant même de parler que son coup de bluff allait échouer.

— Vous savez qui je suis. Vous savez que j'ai avec moi deux mille hommes et six canons de campagne. Si je dois vous chasser de cette île, je vous en chasserai. Rendez-vous, et je vous laisse la liberté, à vous et à vos hommes. Nous passerons de l'autre côté et nous reprendrons notre route, vous ne serez pas plus mal en point qu'hier. Résistez et vous perdrez la vie.

Comme s'il s'était attendu à la menace, le chef yankee hocha la tête : il jugeait sa performance acceptable.

— Colonel Ravanel, c'est un plaisir de faire votre connaissance. Mes gars et moi nous attendions de vous rencontrer pour voir si vous étiez aussi terrible que les journaux vous décrivent. Parfois, monsieur, les journaux ne rendent pas vraiment compte de la réalité telle qu'elle est.

— Rendez-vous, monsieur, et laissez-nous passer.

— Oh ! répondit le major avec un sourire, je n'y compte pas. Mais ne vous gênez pas pour tenter le coup.

Andrew pouvait voir le chenal à l'autre bout de l'île. S'ils l'atteignaient, ils pourraient gagner la rive confédérée à la nage.

— Ravi d'avoir fait votre connaissance, commandant, réussit à articuler Andrew.

Puis il lança un salut sec avant de s'en retourner dans le brouillard, Jamie à ses côtés.

Les hommes observaient Andrew avec attention, impatients de connaître sa décision.

— Ils vont nous massacrer, dit Jamie. J'ai compté huit canons. Andrew ?

Andrew s'était tourné face à l'île. Le brouillard s'installait et il ne pouvait apercevoir que quelques cimes d'arbres grêles. La rive lointaine était plus visible. Il distinguait la berge abrupte, puis une ceinture brumeuse, puis des arbres.

Jamie disait quelque chose.

C'était un beau brouillard qui s'effilochait en volutes duveteuses. Il crut voir le visage de Charlotte et de l'amour dans ses yeux.

Jamie l'appelait avec insistance, sifflant entre ses dents :

— Andrew ! Andrew, non !

Andrew Ravanel avait la réputation d'être courageux parmi une nation d'hommes courageux, mais son plus grand acte de courage fut sans doute de se redresser et de crier d'une voix de colonel de cavalerie :

— Suivez-moi vers l'amont, les gars ! Ce sera la prison de Rock Island ou la maison !

Épaule contre épaule, les cavaliers de Ravanel remontèrent le lit du fleuve au petit galop à travers les vrilles de brouillard. Lorsqu'un cheval épuisé tombait à terre, le soldat le plus proche agrippait son cavalier et le hissait derrière lui. Plusieurs chevaux s'effondrèrent. Dans les champs de maïs qui longeaient la route, la brume s'élevait comme la fumée au-dessus d'un feu.

Jamie cria « Ici ! » et les confédérés quittèrent la piste pour la rive. Ils dirigèrent leurs chevaux exsangues le long d'un ponton auquel était arrimé un canot à moitié coulé.

Le fleuve était plus étroit à cet endroit, peut-être moins de huit cents mètres ; de l'autre côté des eaux vives et boueuses s'étendait la rive confédérée, déserte.

Jamie se mit à chanter à tue-tête :

— *Pour prendre du bon temps, pour prendre du bon temps, pour prendre du bon temps, rejoins la cavalerie !*

Un message leur parvint de l'arrière :

— Ils viennent ! Les brigades fédérales arrivent !

Le colonel Ravanel s'arrêta sur la berge. Tout le monde pouvait le voir.

— Les gars, on a pris du bon temps et c'est le moment de payer l'orchestre. De l'autre côté du fleuve, c'est la liberté. De ce côté, c'est un camp de prisonniers yankee. Les hommes qui ne savent pas ou ne veulent pas nager peuvent rester ici avec moi. On retiendra l'ennemi pendant que les autres traverseront.

Les cavaliers attachèrent leurs brodequins à leurs selles et poussèrent leurs chevaux dans les eaux brunâtres et turbulentes. Certains s'agrippaient au garrot de leur monture, d'autres nageaient en se tenant aux étriers. Le courant les emportait vers l'aval.

Les artilleurs mirent en place leur unique canon. Ils le pointèrent vers la route embrumée par laquelle les fédéraux devaient déboucher. D'autres sortirent le canot de l'eau pour abriter l'équipe d'artillerie.

— Andrew, ton cheval peut traverser, dit Jamie. Je commanderai l'arrière-garde.

Les mots eurent du mal à sortir mais Andrew répondit, la gorge serrée :

— Comment, Jamie ? Et te laisser prendre du bon temps sans moi ?

Le colonel Ravanel sourit comme au bon vieux temps et enfonça ses mains sous son manteau – là où personne ne pourrait les voir trembler.

Un sifflement retentit et la proue ardente d'une canonnière fédérale sortit du brouillard pour charger les confédérés qui fuyaient à la nage.

Des gerbes d'eau jaillissaient du fleuve, blanches et larges au sommet, plus sombres à la base.

Le combat était inégal.

Les canons tiraient aussi vite qu'on les rechargeaient ; les chevaux hennissaient ; les hommes mouraient ; des débris jonchaient la surface de l'eau : ce tas flottant et informe avait été un cheval et la tache à côté de lui, peut-être le chapeau de son cavalier.

Malgré le zèle de la canonnière, une poignée des hommes d'Andrew atteignirent la rive opposée. Ils se hissèrent sur la berge et disparurent dans le brouillard. Cassius avait perdu son banjo.

— Voilà ton orchestre qui s'en va, murmura Jamie.

Lorsque la canonnière fit volte-face, elle tira sur des chevaux et fit feu sur des hommes déjà morts. Le sang éclaboussait sa roue arrière et formait une traînée dans son sillage.

Les oriflammes des nordistes claquaient. Les officiers avaient le sourire jusqu'à ce qu'ils voient le carnage dans le fleuve. La canonnière paradait de gauche à droite, sifflant fièrement comme l'instrument retors qu'elle était.

Andrew Ravanel salua ses vainqueurs :

— Bonjour, messieurs. Je crois que vous nous cherchiez.

19

L'écharpe de soie jaune

La permission de Noël s'acheva et des milliers de soldats de Géorgie durent regagner leurs régiments. Citadins ou paysans, avocats, ramoneurs, docteurs, instituteurs, maréchaux-ferrants, charrons ou planteurs, ils quittaient leurs familles pour la Virginie. Les nordistes attaqueraient dès que les routes seraient assez solides pour porter leurs canons puissants, leurs immenses trains de ravitaillement et leurs rangs de Tuniques bleues bien nourris et armés. Pendant trois ans, les sudistes ordinaires avaient affronté et repoussé les attaques. Cela leur avait coûté cher.

Au dépôt d'Atlanta, la nouvelle veste d'uniforme du capitaine Wilkes, barrée d'une écharpe de soie jaune vif, se distinguait de la foule. Tous les soldats n'arboraient pas un uniforme complet – la plupart portaient des uniformes cousus à domicile ou dérobés à des nordistes qu'ils avaient teints à l'écorce de courge musquée. Les côtes des chevaux des officiers saillaient de leur peau tendue comme les barreaux d'une échelle.

Les épouses dissimulaient leurs larmes et leurs soldats de maris souriaient. Les enfants les plus âgés savaient garder le silence mais ceux qui étaient trop jeunes pour accepter les beaux mensonges de leurs pères restaient inconsolables. La permission des soldats se terminait dans les gémissements d'enfants brisés par le chagrin.

Ashley Wilkes distinguait un Rubens d'un Vélasquez et savait si un concerto de Mozart était précoce ou tardif. Il avait visité la tour de Londres et les confluents du Rhin. Il avait parcouru les jardins d'Europe, de Blenheim à Versailles, et repéré les roses qui pousseraient le mieux dans le sol argileux de Géorgie. Malgré ses doutes à propos de la guerre, il était un bon officier de qualité. Ashley n'était pas de ces hommes à qui l'on donne une tape dans le dos, mais ses compagnons l'appréciaient et lui faisaient confiance. Érudit, réfléchi, rien au cours de ses trente-trois années de vie ne l'avait préparé à être amoureux de deux femmes en même temps.

Il aimait sa femme Mélanie et il l'aimait, « elle »... bien qu'il ne puisse supporter de la nommer. Elle avait été sa voisine, une compagnie plaisante, une jeune personne pour laquelle il nourrissait de grands espoirs, la charmante amie, la fille virginale d'un planteur immigré d'Irlande ; elle avait été la Galatée d'Ashley jusqu'au jour où il était revenu de son périple européen et qu'en son absence la jeune fille était devenue la femme : « elle ».

Ashley Wilkes avait lu bien des choses sur les femmes. Médée, lady Macbeth, Juliette, Isolde, Desdémone, même la scandaleuse Mme Bovary – Ashley les comprenait toutes. Mais il ne comprenait pas plus Scarlett que le désir qu'il avait d'elle. Il avait passé sa vie à quêter la subtilité, à nier des appétits indignes d'un gentleman. Ashley Wilkes était abasourdi par la violence de sa passion.

Ashley aimait sa femme ; elle représentait tout ce qu'il avait espéré. Il avait passé chaque heure de sa permission dans les bras de Mélanie. Ils avaient fermé la porte de leur chambre sur toutes les douleurs et les terreurs du monde.

Dieu sait où et comment, Mélanie avait trouvé du tissu pour coudre une veste d'uniforme à son tendre époux. La chaleur qui enveloppait le corps gracieux d'Ashley était celle de Mélanie.

Mais quelques instants avant qu'il ne parte pour le dépôt, Scarlett avait réussi à voir Ashley seule à seul et lui avait offert une magnifique écharpe de soie jaune qu'elle avait cousue elle-même. Et, hélas ! Scarlett lui avait avoué son amour.

Ashley n'avait pas répondu. Qu'aurait-il pu dire ? Sans réponse, promesse ni excuse, il avait quitté Scarlett sur le seuil. Comment un gentleman aurait-il pu agir autrement ?

Au dépôt, dans son bel uniforme neuf bardé de sa somptueuse écharpe, le capitaine Ashley Wilkes était au supplice.

— 'jour, commandant.

Cade Calvert toussa dans son mouchoir. Il aurait été

malvenu de remarquer que le mouchoir blanc de Cade était maculé de rouge. Le frère de Cade, Raiford, gisait parmi les morts confédérés de Gettysburg.

Tony Fontaine leva sa bouteille en guise de salut. Son frère Alex cuvait, ivre mort, la tête sur son havresac, indifférent aux hommes qui l'enjambaient.

— Le train va nulle part. Y a pas de locomotive.

Parmi ces hommes déguenillés, l'élégance d'un civil ressortait comme un point d'exclamation.

— Faut croire qu'un de ces foutus spéculateurs en a eu besoin ! lâcha Tony d'un ton plein de sous-entendus.

Un autre frère de Tony, Joe, avait aussi été tué à Gettysburg.

Ashley se retourna.

— Ah ! capitaine Butler...

— Mes compliments, capitaine Wilkes. Votre écharpe est d'une élégance rare...

Cet homme riche aux yeux ténébreux et brûlants avait fait la cour à Scarlett. Tout le monde le savait.

— Elle m'a été offerte par une personne qui m'est chère, répliqua Ashley.

— Je n'ai pas vu une telle soie depuis La Havane. Attachée par un nœud d'amoureux ? Mme Wilkes est une couturière hors pair.

Ashley rougit.

— Mélanie ? Oh ! oui, oui en effet. Il semblerait que notre départ soit retardé ; notre train...

Tony Fontaine trébucha jusqu'à lui et lui souffla son haleine chargée de whiskey au visage :

— Capitaine, est-ce que je vous ai déjà dit à quel point je vous admire ? Je veux dire, vous êtes... vous êtes un vrai gentleman, Dieu m'en est témoin !

— Ils apportent une locomotive de Jonesboro, grommela Rhett. Une heure, peut-être deux. Capitaine, puis-je vous offrir un verre en attendant ?

Ashley Wilkes se sentait irritable. La perspective de passer deux heures à écouter les élucubrations éthyliques de Tony Fontaine pendant que Cade Calvert cracherait du sang dans son mouchoir, voilà qui dépassait ce qu'il pouvait supporter. Au moins Butler était-il un gentleman.

— Un verre me ferait du bien, monsieur.

Alors qu'ils descendaient Decatur Street, Butler engagea la conversation :

— Tant d'hôtels ont été convertis en hôpitaux que les saloons décents se font rares.

Il se frotta les mains.

— Guerre ou paix, il faut bien satisfaire le vice. Nous y voilà, capitaine.

Le salon et le bar de l'hôtel National étaient bondés d'officiers qui finissaient de boire leur solde de Noël. Les cerbères qui gardaient la porte du casino de l'hôtel décroisèrent leurs larges bras pour laisser passer le capitaine Butler et son ami.

Dans la salle spacieuse, un Noir cirait la roulette tandis qu'un autre lavait des verres derrière le bar. À une table couverte de feutre vert, un croupier jouait au solitaire ; dans le silence, Ashley l'entendait retourner chaque carte. Le mulâtre qui les accueillit portait un pantalon élégant et une chemise froissée, mais pas de veste.

— Bonjour, capitaine Butler. Commandant. Je suis désolé, mais les jeux ne commenceront pas avant sept heures…

— Nous ne sommes pas venus pour jouer, Jack. Ça ne te dérange pas si nous prenons une table tranquille ? Et peut-être un peu de champagne ?

— Nous n'avons plus de Sillery, capitaine. Nous n'avons pas eu de Sillery depuis les dernières caisses que vous nous avez apportées.

— Je ne force plus les blocus, Jack. Sers-nous ce que tu as de meilleur.

Lorsque la bouteille arriva, Rhett remplit le verre d'Ashley qui le vida aussitôt. Rhett le remplit de nouveau.

— C'est une écharpe particulièrement élégante, insista-t-il. Je jurerais qu'il s'agit de soie de La Havane.

— Êtes-vous resté longtemps à Cuba ?

— Je me demande bien où votre épouse a trouvé cette étoffe.

— Mélanie est pleine de ressources. On m'a dit que Cuba était magnifique.

— C'est une île dotée de plages immenses et de bourreaux incompétents. J'admire votre épouse, monsieur. Si je puis me permettre, Mme Wilkes est la plus grande dame d'Atlanta.

— Elle va terriblement me manquer.

Les yeux de Rhett Butler transpercèrent ceux d'Ashley.

— Comme vous avez de la chance d'avoir une épouse aussi capable – il montra l'écharpe – que vertueuse.

Le croupier lança la roulette. La boule d'ivoire vrombissait et claquait.

Depuis que la guerre avait commencé, Ashley ne s'était pas trouvé dans ce genre d'endroit – une pièce aménagée pour le seul plaisir masculin. Elle lui rappelait le confort pour lequel il était né. Ashley se pencha en avant en souriant.

— Butler, vous étiez aux Douze Chênes pour le dernier barbecue. Vous souvenez-vous des lilas français et des cornouillers ? Aviez-vous visité notre roseraie ? Tous les planteurs du comté de Clayton nous enviaient Mamaluke, notre violoneux.

Ashley eut un gloussement.

— Ce Nègre n'a jamais travaillé honnêtement de toute sa vie. Je pense que nos serviteurs s'amusaient davantage à nos fêtes que nous-mêmes, dit-il en secouant pensivement la tête. Ils étaient comme des enfants heureux.

Il perçut la tension qui traversa le corps du capitaine Butler et sentit qu'il s'aventurait en terrain dangereux.

— Un gentleman de Charleston comme vous doit sans doute avoir des souvenirs similaires. Les barbecues, les bals, les courses hippiques…

Rhett fit déborder le verre d'Ashley et essuya la table d'un revers de main.

— Les chevaux de mon père étaient si splendides que j'en avais mal au ventre. Nous, les Butler, nous mangions avec de l'argenterie anglaise dans de la porcelaine française. Au printemps, les azalées de la plantation Broughton pouvaient faire tomber un homme en pâmoison.

Rhett leva son verre pour porter un toast.

— Wilkes, avez-vous jamais fouetté un domestique ? Je veux dire en personne. Avez-vous jamais fouetté un homme vous-même ?

Ashley se sentit pris au piège.

— Fouetté un domestique ? Eh bien, nous n'avions jamais à le faire. Pourquoi l'aurions-nous fait ? Je ne me souviens pas que mon père ait fouetté un Nègre. Je ne me souviens que de bonté.

— Que faisiez-vous des Nègres… « impertinents » ? Vous les vendiez ?

Un souvenir enfoui de son enfance remonta à sa

mémoire : une Négresse en larmes s'agrippant aux genoux de son père tandis que le marchand d'esclaves emmenait son mari.

Pendant un instant, Ashley resta sans voix. L'employé réapprovisionnait son bar.

Ashley toussa et se tamponna les lèvres.

— Il paraît que Grant va mener les fédéraux contre nous au printemps. Ma compagnie est réduite à dix hommes, mon régiment à soixante.

Pourquoi certains hommes haïssaient-ils la beauté ? Qu'avaient fait la beauté et sa douceur pour mériter le mépris de Rhett Butler ?

— J'ai peur pour notre Confédération, conclut Ashley.

Rhett scruta son invité comme une proie.

— Dites-moi, capitaine Wilkes... Vous êtes un homme cultivé. Votre cœur a-t-il jamais été partagé ? Vous êtes-vous tourné et retourné en vous interrogeant : « M'aime-t-elle ? Est-ce que je l'aime ? » Je me demande parfois, monsieur, en quoi les vifs désirs de l'homme adulte diffèrent des tourments poisseux de l'écolier.

— Je n'ai pas une grande expérience des femmes.

— Moi, si. D'après ce que je sais, elles sont aussi différentes les unes des autres qu'une rose d'un pétunia, ou qu'un Morgan d'un Standardbred. Chaque femme est totalement unique.

— Chacune d'elles est-elle digne d'amour ?

— Je ne crois pas que nous ayons le choix dans ce domaine. Nous ne choisissons pas qui nous aimons ; c'est l'amour qui nous choisit.

Ashley fronça les sourcils.

— Certainement, monsieur, mais tant de mariages heureux ont été arrangés. Ne pensez-vous pas que l'on puisse apprendre à aimer ?

Rhett mordit le bout de son cigare, le recracha et craqua une allumette.

— Non, capitaine Wilkes, je ne crois pas. Je suis convaincu que la plupart des hommes et des femmes traversent la vie sans connaître l'amour. Ils acceptent un simulacre de vérité. La plupart confondent braises froides et feu ardent.

Ashley Wilkes ouvrit sa montre.

— Notre locomotive ne va plus tarder.

— Encore un moment, capitaine Wilkes. Vous avez tout

le temps et vous serez plus au calme ici. J'ai appris que vous vous étiez querellé avec le colonel Ravanel ?

— N'est-ce pas affreux, ce que les fédéraux font au colonel Ravanel ?

— Le fier colonel de cavalerie Ravanel emprisonné comme un vulgaire voleur de chevaux... lâcha Rhett avec amusement. Je vais vous dire, monsieur. Andrew a de la chance de n'être qu'un prisonnier ordinaire au pénitencier. Les nordistes traitent mieux les criminels que les prisonniers rebelles. J'ai entendu que vous vous étiez plaint d'Andrew auprès du général Bragg...

— Bragg est un imbécile scrupuleux.

— Mais bien sûr. Vos reproches étaient...

Ashley toucha son verre pour que Rhett le remplisse de nouveau.

— Je me suis porté volontaire pour sa brigade, dit-il.

— La sonnerie du clairon, les actions héroïques, ce genre de choses ?

— Écoutez, Butler, je trouve vos manières à la limite de l'offense.

— Toutes mes excuses. Vous étiez l'adjudant-major d'Andrew...

— Vous avez connu Andrew Ravanel à Charleston ?

— Nous étions camarades d'école. Il fut un temps où j'aurais tout fait pour Andrew. Vos reproches ?

— Le colonel Ravanel n'est pas un gentleman.

— Andrew en doutait lui-même.

Ashley baissa les yeux sur ses mains.

— Très bien. Puisque vous tenez à le savoir... Nous avions mené une incursion et les choses avaient mal tourné. Notre brigade a franchi le fleuve Licking et atteint Ellsworth dans le Kentucky, une ville acquise à la cause confédérée. Les enfants couraient à nos côtés en criant : « Ravanel ! C'est le colonel Ravanel ! » Les femmes saluaient notre passage, mais même Andrew était trop las pour leur répondre. Il était d'humeur sombre, Henry Kershaw prit les choses en main, et cantonna les officiers en ville. Le sergent-chef bivouaquait avec la brigade à l'ouest de la ville. Henry n'a pas détaché de factionnaires, si bien qu'à l'aube nous étions au lit lorsque la cavalerie fédérale a frappé. Andrew et moi avons pris la fuite en chemise de nuit. Vous connaissiez Henry Kershaw ? Ce tyran alcoolique fort en gueule ?

— Je vous trouve bien tendre avec Henry.

— Henry Kershaw n'a pas fui. Il a attrapé le chapeau emplumé de Ravanel et s'est élancé dans la rue, pistolet en main, nu comme un ver, hurlant que c'était lui, par Dieu, le colonel Ravanel et qu'il irait en enfer plutôt que de s'enfuir face à ces damnés Yankees ! Henry tira avant d'être abattu. C'était une jeune compagnie de cavalerie fédérale, un simple peloton de bleus qui nous était tombé dessus par hasard.

Ashley Wilkes continua :

— La brigade a entendu la fusillade et était déjà en selle lorsque nous sommes arrivés. Le colonel Ravanel était livide. Les fédéraux n'avaient pas imaginé que nous contre-attaquerions et mettaient déjà la ville à sac. Un malheureux caporal traînait une pendule plus grande que lui. Ils n'ont pas opposé une grande résistance. Leur capitaine portait le chapeau d'Andrew. Il n'avait pas eu le bon sens de s'en débarrasser. Lorsqu'il a essayé de le rendre à Andrew, celui-ci a refusé : « Mais, monsieur, ce chapeau est le vôtre. Un trophée pour votre action héroïque. » Nous avons habillé Henry Kershaw et l'avons allongé dans une charrette. Andrew a ordonné à nos prisonniers de le suivre et il a ajusté le harnais pour que le capitaine nordiste tire la charrette. « C'est ce qu'aurait voulu Henry. Je suis sûr que vous ne refuseriez pas sa dernière volonté à l'homme que vous avez assassiné… » Lorsque le nordiste chancelait, le colonel Ravanel le fouettait comme il aurait fouetté une mule et quand nous avons atteint le cimetière, l'homme est tombé à genoux. Une nouvelle fois, Andrew a refusé de reprendre son chapeau. « Non, monsieur. Vous avez tué un homme pour ce chapeau, il est à vous. Vos petits-enfants pourront le montrer avec fierté. Maintenant, vous ne laisseriez pas Henry sans sépulture, n'est-ce pas ? »

Ashley continua :

— Après avoir creusé la tombe, l'homme en est sorti et a rampé sur le côté. Andrew Ravanel a aligné ses hommes et lu le service funèbre. Puis il s'est tourné vers le capitaine et lui a dit : « La tombe que tu as creusée est assez grande pour deux. » Devant nos hommes et les siens, l'officier s'est jeté aux pieds d'Andrew. Il s'est s'accroché à ses jambes, il l'a supplié de l'épargner.

Rhett Butler pinça les lèvres.

— Andrew n'a jamais vraiment pris la mesure de ses actes avant qu'il ne soit presque trop tard.

Ashley avait les yeux hagards.

— Andrew lui a ri au nez. « Rends-moi mon chapeau, lui a-t-il lancé. Il ne sied pas aux lâches. » Nous avons laissé cet officier avec les soldats qu'il avait commandés jusqu'alors.

Ashley s'interrompit puis reprit :

— Dans le passé, j'admirais l'intelligence comme un ornement. Je n'aurais jamais imaginé qu'elle puisse être si laide.

— Véritable beauté et belle vérité, hein, capitaine ? dit Rhett Butler en se levant pour partir. J'admire beaucoup votre écharpe de soie jaune. Je ressens l'amour qui s'en dégage. Tous mes compliments à votre femme.

20

Un fleuve de sang

Désigné comme candidat pour un second mandat par les républicains, Abraham Lincoln déclara : « Je n'oserais pas supposer que les délégués ont jugé que j'étais le plus grand ou le meilleur homme d'Amérique, mais plutôt qu'il vaut mieux ne pas changer d'attelage au milieu du gué. »

Ce fut un fleuve de sang. Le 8 mai, alors que la guerre avançait dans sa quatrième année, Ulysses S. Grant lança son offensive de printemps. En juin, Grant avait perdu soixante mille hommes. À Cold Harbor, il perdit sept mille hommes en huit minutes.

À l'ouest, le général Sherman marchait sur Atlanta. Les forces confédérées du général Johnston, bien qu'inférieures en nombre, repoussèrent les attaques de Sherman à Dalton, Resaca et Pickett's Mill, mais après chaque victoire les confédérés se retrouvaient débordés et forcés d'abandonner leurs positions parce que les fédéraux menaçaient leurs lignes de ravitaillement. Le général Sherman voulut en remontrer à ceux qui raillaient son manque de combativité : il lança une violente offensive à Kennesaw Mountain. Après avoir perdu trois mille soldats, Sherman comprit que la guerre *était* l'enfer.

Lorsqu'elle apprit qu'Ashley était porté disparu, sa grossesse déjà bien avancée, Mélanie Wilkes s'évanouit. Elle supplia Rhett de tenter de s'informer. Certains des anciens condisciples de Rhett Butler à West Point étaient devenus des généraux nordistes. Rhett apprit de l'un d'entre eux que le capitaine Wilkes était en vie, détenu au camp de prisonniers de Rock Island.

Le 12 juillet, entouré de ses officiers en liesse, William

T. Sherman se tenait au sommet d'une colline, à une dizaine de kilomètres au nord d'Atlanta.

Après des mois de bombardement nordiste, Charleston n'était plus une jolie ville. Les rues perpendiculaires à la ligne de feu nordiste avaient été les plus durement frappées : les obus pénétraient dans les maisons par le toit et explosaient à l'intérieur, projetant les murs sur la chaussée. Le fenouil atteignait un mètre dans les jardins abandonnés et des vaches perdues paissaient sur Meeting Street. Des éclats de verre scintillaient entre les pavés, recouvraient les portails et les balustrades, mouchetaient les trottoirs comme un tapis de grêle.

Bien que la maison voisine soit en ruine, jusqu'à présent le 46, Church Street avait été épargné. John Haynes refusait de partir. Il dit à Rosemary : « Pars si tu le dois. Tu seras plus en sécurité au nord de la ville. » Parler à John, c'était comme essayer de faire revenir un fantôme parmi les vivants.

Fin juillet, les forces nordistes avaient achevé de bloquer le port de Charleston et le dernier forceur de blocus fut contraint de s'échouer à Rattlesnake Shoal. Les spéculateurs disparurent, les navires de Haynes & Son pourrissaient à quai et les araignées tissaient leurs toiles sur les fenêtres de son entrepôt désert.

Pendant les longues heures du jour, John Haynes restait assis sur le lit de sa fille, les yeux dans le vide. Le soir, il parcourait la ville au milieu des bombes incendiaires, des murs éventrés et des pompiers aux abois.

Rosemary passait ses journées au marché gratuit, récemment ouvert, où elle distribuait de la nourriture aux familles des soldats de Charleston. Patate douce le lundi ; pain de maïs le mardi ; gombo le mercredi. Des enfants timides se cramponnaient aux jupes de leurs mères. De temps à autre, un gamin faisait un geste, disait un mot, se tenait ou souriait comme aurait pu le faire Meg et le cœur de Rosemary flanchait.

Le dimanche, le marché était fermé. Bien que John n'allât plus à l'église, Rosemary continuait de s'y rendre pieusement, priant Dieu qu'Il veuille lui dire pourquoi Il lui avait pris son enfant. Après le service, elle marchait jusqu'à la périphérie de la ville – l'hôtel particulier des Fisher sur l'East Bay avait été bombardé et Charlotte et Juliette louaient une petite maison au nord du Shell District.

La promiscuité forcée et la grossesse de Charlotte mettaient à rude épreuve son naturel enjoué ainsi que les talents domestiques de Juliette.

Charlotte écrivait chaque jour à son époux emprisonné. Elle confiait certaines lettres aux services postaux, d'autres à des coursiers. Charlotte Fisher Ravanel avait des relations et c'est ainsi que certaines de ses lettres avaient été portées en main propre par des officiers responsables des échanges de prisonniers. Elle annonça leur déménagement à Andrew et décrivit leur cottage comme étant « aussi douillet qu'une maison de poupée » et « incomparablement confortable ». Elle lui rapportait la certitude absolue qui était la sienne qu'Andrew Ravanel aurait bientôt un fils. Charlotte ne mentionna jamais la gêne du médecin ni les douleurs insupportables qui transperçaient son abdomen. Elle terminait ses lettres par : « Tu me manques tant ! Je prie pour ton retour… » et signait : « Ta chère femme, ton épouse aimante. »

Charlotte attendait toujours une réponse.

Juliette lui disait :

— Andrew ? Écrire des lettres ? Seigneur, non. Je ne me souviens pas qu'il en ait jamais écrit une seule.

— Mais chère sœur, il doit bien savoir quelle valeur auraient ses mots pour moi ?

— Peut-être confisque-t-on les lettres d'Andrew ? suggéra Juliette.

— Les lettres de Jamie passent, elles.

Jamie Fisher leur envoyait des descriptions détaillées de leurs geôliers ou des farces que se jouaient les prisonniers. Lorsqu'il les avertit de la mélancolie croissante d'Andrew, Charlotte écrivit : « *Très cher mari, ton inaction forcée invite à l'abattement. Je t'en prie, fais régulièrement de l'exercice ! Les hommes de disposition passionnée (comme toi, mon cheri) doivent faire de l'exercice chaque jour. Lorsque tu es dehors, tourne ton visage vers le soleil. La lumière du soleil renforce l'épiphyse !* »

Si ses lettres à son mari étaient invariablement enjouées, Charlotte se laissait aller auprès de Juliette.

— Nous étions plus heureux que jamais. Pourquoi a-t-il fallu qu'Andrew franchisse l'Ohio ?

Charlotte pressa ses mains contre ses reins.

— Il m'arrive de penser que je porte un pachyderme et non un fils. Juliette, pourquoi les hommes sont-ils si cruels avec ceux qui les aiment ?

— Je n'en sais absolument rien, dit Juliette avec sa rugosité habituelle. Si les vieilles filles savaient jauger le cœur des hommes, elles ne seraient pas vieilles filles…

Un brûlant matin d'août, alors que Charlotte avait entamé son travail depuis quarante-huit heures déjà, Rosemary Haynes posa son oreille contre le ventre distendu de son amie. En se redressant, elle adressa à Juliette un hochement de tête discret : non, aucun battement de cœur.

— Le docteur s'est assoupi dans la cuisine. Je vais le chercher, dit Juliette.

— Oh ! chère amie, je t'en prie, ne dérange pas ce brave homme, murmura Charlotte. Reste un moment. N'avons-nous pas vécu d'heureux moments ? Qui a jamais eu une aussi bonne amie que vous ?

Charlotte Fisher Ravanel souriait avec nostalgie.

— Comme j'ai eu de la chance d'épouser Andrew ! Toutes les filles avaient jeté leur dévolu sur mon Andrew.

Elle ferma les yeux.

— J'ai sommeil, maintenant. Je pense que je vais me reposer à côté de mon bébé. Dis-moi, Rosemary ? Le fils d'Andrew a-t-il hérité des yeux de son père ?

Un soleil indécis surplombait le port déserté lorsque Rosemary reprit le chemin de la maison. Les fédéraux attaquaient les quelques forts portuaires encore aux mains des sudistes. De si loin, leur artillerie sonnait comme un babillage d'enfant.

Devant la porte du 46, Church Street, Joshua sellait Tecumseh.

— Joshua, que fais-tu ?

Le serviteur de John ajusta les étriers.

— Maître Haynes s'en va se faire soldat, miss.

Sacoches en main, John sortit ; il se déplaçait plus vivement qu'il ne l'avait fait depuis des mois.

— Ah, Rosemary ! Comment vont Charlotte et le bébé ?

— Ils sont morts. Charlotte et le bébé. Oh ! John, elle voulait tant cet enfant. Elle…

Comme si son épouse était trop fragile pour qu'il l'enlace, John caressa doucement ses cheveux. Des larmes coulaient sur son visage tendrement offert.

— Ma chérie, je suis désolé. Ce monde de perdition n'était pas digne de Charlotte.

— John, que signifie tout cela ? demanda Rosemary en indiquant Tecumseh.

— J'ai laissé un mot sur ta table de nuit. Tu n'as pas pu le manquer.

— John !

— Le général Johnston demande des volontaires. Haynes & Son est en faillite ; nos bateaux sont pour ainsi dire cloués à terre. Rosemary, pourras-tu me pardonner ? Je ne peux pas rester en deuil plus longtemps.

Le mince sourire de son époux était le premier que Rosemary voyait depuis des mois.

— Qui sait ? Peut-être me nommeront-ils officier ! Le lieutenant Haynes – ne serait-ce pas grandiose ? Ne t'inquiète pas, ma chérie. John Haynes sera le plus prudent des vieux soldats de l'armée.

Il passa les sacoches à Joshua.

— Tu n'as pas à t'inquiéter de ton sort – Rhett a investi nos bénéfices en bons du Trésor britanniques. Tu auras suffisamment d'argent pour subvenir à tes besoins, quoi qu'il arrive.

— John, attends ! Tu ne vas pas partir ! Tu ne peux pas ! Enfin… Tecumseh a peur des coups de feu !

Il flatta le flanc du cheval.

— Tout comme moi. Je suppose que nous allons tous deux devoir surmonter nos peurs.

— Mais pourquoi fais-tu cela ? Tu ne peux pas ramener notre chérie !

Il serra si fort les épaules de son épouse qu'il lui fit mal.

— Rosemary, ma vie est en cendres. Je me croyais protégé par la modestie de mes ambitions : me contenter d'être un honnête homme d'affaires, un mari aimant et un bon père. C'est tout ce que j'ai toujours voulu.

Il secoua tristement la tête.

— Quelle distance nous avons dû parcourir, nous autres sudistes.

Alors que trois mots, « Reste avec moi », tremblaient sur ses lèvres, Rosemary ne put les prononcer.

John Haynes secouait la tête, comme pour lui seul.

— Me voilà parti. Bien que ce soit difficile à croire, il semblerait que notre pays ait besoin de ses hommes d'affaires d'âge moyen malgré leur corpulence. Le président Davis dit que nous pouvons l'emporter. Si nous tenons Atlanta, que nous tenons Petersburg et Charleston, Abraham Lincoln ne sera pas réélu. Si Lincoln perd les élections, les fédéraux abandonneront la lutte. Ils ont terriblement souffert ; leurs pertes ont été encore pires que les nôtres. Ils sont certainement aussi las de cette épouvantable affaire que nous.

— John, me mentirais-tu ? Maintenant ?

Les yeux légèrement embués, il effleura sa main d'un baiser.

— Rosemary, Rosemary. Oui, je te mentirais.

John Haynes tourna sa paume vers le ciel, comme pour en mémoriser chaque précieuse ligne.

— Je mentirais à Jésus-Christ lui-même pour t'épargner de la douleur.

21

Atlanta brûle

Rhett Butler sortait de l'hôtel National lorsque le premier obus nordiste frappa Atlanta. Le toscin retentit. « Là ! Là-bas ! » Un garçon à la vue perçante montrait du doigt une colonne de fumée qui s'élevait des toits.

Rhett bouscula les badauds jusqu'au saloon de l'hôtel. Le barman était dehors, si bien que Rhett passa derrière le bar pour prendre son journal et se servir lui-même une bière. Il alla s'installer à sa table habituelle, au fond de la salle. Lorsqu'un nouvel obus fit tomber de la poussière et des écailles de peinture du plafond en étain, Rhett couvrit sa bière de la main.

Tout le monde espérait que John Hood, le nouveau commandant de l'armée de l'Ouest, écraserait Sherman et sauverait la ville. S'il fallait transformer le cellier de l'hôtel en abri, il n'y aurait plus de bière fraîche.

Un article faisait l'éloge du général Hood, qui avait perdu un bras et une jambe en défendant la Confédération. « Preuve irréfutable, affirmait le journal, de l'esprit combatif du général. »

La veille au matin, au quartier général des confédérés, Rhett, incrédule, avait regardé deux gaillards hisser le général sur son cheval avant de l'y sangler.

Le premier obus avait rasé la maison de M. Warner, à l'angle de Rhoades Street et Elliot Street. Warner et sa fille de six ans furent tués. Le suivant tua une femme qui repassait des chemises. Une autre fut mortellement blessée alors qu'elle attendait son train. Sol Luckie, un barbier noir libre, mourut lorsqu'une bombe arracha un réverbère pour exploser à ses pieds.

Deux des quatre lignes de chemin de fer d'Atlanta étaient déjà tombées aux mains des fédéraux. Des hommes d'affaires terrifiés rampaient jusqu'en haut des marches du Chapeau Rouge pour offrir leurs commerces à Rhett contre une bouchée de pain.

L'armée de Hood confisqua les chevaux et les voitures des civils d'Atlanta et Rhett dut se rendre à pied du Chapeau Rouge à l'hôtel. Les rues barrées par des équipes de pompiers l'obligeaient à des détours.

Lorsque le soleil matinal perçait à travers la vitrine du saloon, Rhett rassemblait ses cartes et retournait au Chapeau Rouge. S'il perdait mille dollars une nuit, il en regagnait mille la suivante. Pour lui, cela ne changeait rien.

Quel imbécile il était. Quel fichu imbécile ! Que faisait-il dans cette ville, assiégée sur trois flancs par une armée immense qui finissait de l'encercler ? Rhett aurait dû partir depuis des semaines. Absolument rien ne le retenait à Atlanta.

À part Scarlett O'Hara.

Pittypat et Peter étaient partis mais Scarlett était restée aux côtés de Mélanie Wilkes, encore terriblement affaiblie par la naissance de son fils.

Rhett aurait dû partir pour Londres ou La Nouvelle-Orléans. Il n'y avait pas mis les pieds depuis qu'il avait ramené Tazewell Watling chez les jésuites.

En mars, en mai et deux fois en juillet, il avait fait ses bagages.

Puis il s'était souvenu du cou de Scarlett, ce long cou – si fier mais si vulnérable. Son odeur aussi lui était revenue – son odeur par-delà son parfum. Au souvenir de cette façon qu'elle avait de rejeter sa tête en arrière, il avait même un jour fait demi-tour.

Rhett avait posé ses bagages et s'était copieusement soûlé.

La dernière fois que Rhett Kershaw Butler avait été aussi misérable, c'était quand il avait été ouvrier agricole dans les rizières de son père.

Hors de la ville, à Peachtree Creek et Ezra Church, le général Hood lançait des sudistes épuisés et dépassés contre des nordistes frais et gras qui les fauchaient comme épis mûrs. Les fédéraux cessèrent de bombarder Atlanta et se retournèrent contre le flanc gauche de Hood. Ils détruisirent la ligne d'Atlanta à West Point et avancèrent sur

Jonesboro et la ligne Macon et Ouest. Jonesboro était la clé de la ville. Si Jonesboro tombait, la dernière ligne de chemin de fer qui desservait Atlanta, la seule ligne d'approvisionnement qui restait à Hood, serait coupée.

Des ambulances descendaient Marietta Street en trombe, les rideaux ouverts pour laisser circuler l'air. De jeunes garçons couraient à côté pour éventer les blessés et éloigner les mouches.

Les nouvelles du front arrivaient au saloon avec une demi-heure de délai. « L'attaque de Cleburne a échoué ! » « Mon cousin est dans l'équipe de Brown. Il dit que Brown ne tiendra pas. »

En milieu d'après-midi, les paris donnaient Hood perdant à quatre contre un.

Rhett Butler était seul à sa table.

Le général Hood établit son armée à l'intérieur de la ville – il pensait que l'attaque de Jonesboro par Sherman représentait une feinte et que les fédéraux attaqueraient directement Atlanta. Trente mille soldats s'engouffrèrent dans Decatur Street. La poussière que soulevait leur pas traînant blanchissait la vitrine du saloon.

Cette nuit-là, le saloon fut pris d'une gaieté fiévreuse. Les hommes peu réputés pour leur sens de l'humour lançaient blague sur blague ; les baptistes qui n'avaient jamais bu titubaient. Peu après minuit, une grande femme en tenue de deuil s'assit contre une des fenêtres opaques de crasse, détacha ses longs cheveux et pleura.

Toutes les tables étaient occupées et trois rangées d'hommes se pressaient contre le zinc. Pourtant Rhett Butler était toujours seul à jouer au solitaire : valet noir sur dame rouge, dame noire sur roi rouge. Rhett se servit un verre. Que faisait-il encore dans cette fichue ville ?

Au bout d'un moment, Rhett Butler sortit de l'hôtel dans une aurore claire comme le cristal. Les petits oiseaux chantaient, les charognards somnolaient sur les toits ou les arbres – ils allaient avoir une bonne journée.

Les soldats crasseux et épuisés de Hood dormaient sur les galeries ou ronflaient sur les trottoirs. Rhett se frotta le visage. Il fallait qu'il se rase.

Le sol du petit salon du Chapeau Rouge était jonché de débris de verre et de bouteilles vides. Une causeuse s'était renversée et les deux Vénus de marbre avaient disparu.

— Bonjour, MacBeth.

MacBeth avait des poches sous ses yeux rougis et une contusion à la joue.

— La nuit a été rude ?

Le cerbère toucha sa pommette.

— Tous des dingues ! Ils se conduisent comme si demain n'existait pas !

Le poêle était encore chaud dans la cuisine et Rhett tira de l'eau pour se raser.

Il monta à son bureau. La table était nue, son coffre ouvert et vide. Il avait déjà brûlé ou enterré ce qui devait l'être.

Rhett Butler était libre comme l'air.

Il s'assit à son bureau et ouvrit le tiroir : des crayons, du papier, de l'encre, un buvard. Ils auraient pu appartenir à n'importe qui.

Que faisait-il là ?

Dieu tout-puissant ! Où l'amour l'avait-il donc entraîné ?

À quatre heures de l'après-midi ce jour-là, les canons nordistes tonnèrent sur Jonesboro. Hood, berné, n'avait pas déployé l'armée confédérée au bon endroit.

Accompagné par le grondement sourd de l'artillerie, Rhett Butler regagna le saloon, reprit sa place habituelle et coupa son jeu de cartes.

Les fédéraux étaient cinq fois plus nombreux que les défenseurs de Jonesboro. La ligne Macon et Ouest, la dernière qui arrivait encore à Atlanta, tomba entre les mains de Sherman.

Des hommes se précipitaient dans le saloon, d'autres en détalaient. « Hood s'en va ! L'armée bat en retraite ! » « Ceux qui ne veulent pas vivre sous le joug yankee, vous feriez mieux de déguerpir d'Atlanta ! »

Rhett posa un neuf noir sur un dix rouge.

Belle Watling entra. Elle avait bu.

— Oh ! Rhett. Que dois-je faire ? Les fédéraux...

— Tu n'as rien à faire, dit Rhett en lui servant un verre. Les Yankees ne vont pas te manger, tu sais. Garde juste tes filles à l'abri un jour ou deux et double tes tarifs.

— Rhett, je suis gênée de te demander ça après tout ce que tu as fait pour moi mais... je peux venir avec toi ?

Rhett battait ses cartes de ses longs doigts.

— Qu'est-ce qui te fait dire que je vais quelque part ?

— Je ne sais pas, Rhett, je n'en sais rien ! pleura Belle. Pour l'amour de Dieu, emmène-moi !

Il lui donna son mouchoir. Belle Watling se moucha et s'excusa d'être un fardeau pour lui.

Le barman s'approcha de la table.

— Capitaine Butler, il y a dehors une jeune Négresse qui vous appelle. Elle dit que c'est important.

Dans la rue, Prissy, la petite bonne de Scarlett, braillait au milieu des soldats en marche :

— Cap'taine Butler, Cap'taine Butler ! Miss Scarlett vous veut. Elle et miss Melly, elles ont grand besoin de vous. Il faut que vous veniez.

— Approche-toi et viens m'expliquer ce que tu veux, Prissy.

Elle secoua vigoureusement la tête.

— Non, monsieur, je ne m'approche pas plus que ça de ce saloon. Le diable, il a le bras long. Miss Scarlett, elle veut partir, elle a besoin de votre cheval et de votre charrette.

— Mon cheval et ma voiture ont été réquisitionnés. Je doute qu'il reste une seule charrette dans toute cette ville.

— Oh ! Seigneur. Capitaine Butler ! Si on vous a réquisitionné, alors qu'est-ce qu'on va faire ? Miss Melly, elle est si malade. Elle et son bébé. Et il y a miss Scarlett et le petit Wade. Qu'est-ce qu'on va faire ?

L'âme de Rhett s'éveilla comme un chat s'étire au soleil. Un sang neuf parcourut son corps. Un sourire lui monta aux lèvres, qu'il se força à retenir. Scarlett avait besoin de lui.

— Je vous en prie, capitaine Butler !

— Retourne auprès de miss Scarlett. Dis-lui que j'arrive, Prissy. Ne lambine pas, en route !

Lorsque Rhett entra à nouveau dans le saloon, Belle Watling scrutait le fond de son verre vide.

— Je crois que c'est pas la peine que je te demande qui te réclamait. Je sais qui tu vas retrouver.

— Chère Belle, dit doucement Rhett. Rentre chez toi, maintenant. Tes filles ont besoin de toi.

L'attelage que vola Rhett était minable : un vieux canasson et un chariot prêt à s'effondrer sur ses roues.

Mais enfin, c'était une charrette.

En se repliant, les confédérés incendiaient leurs réserves et l'air sentait le jambon braisé : des jambons que les intendants des confédérés avaient réquisitionnés chez de pauvres fermiers qui espéraient les garder pour leur famille. Ces explosions tonitruantes, peut-être étaient-ce des munitions que Rhett avait fait passer lui-même entre les maillons du blocus. Uniformes, fers à cheval, whiskey, bacon, bottes, couvertures, des tonnes et des tonnes de farine de maïs – tout brûlait. Les flammes éclairaient la nuit d'Atlanta comme en plein jour.

Prissy traînait devant le portail de Pittypat lorsque Rhett déboucha dans la rue. Elle courut vers la maison en criant : « Capitaine Butler, il vient ! Capitaine Butler est là, miss Scarlett ! »

Alors que Rhett franchissait le grand portail, une explosion extraordinaire retentit. Se protégeant les yeux d'une main, Scarlett apparut dans l'allée. L'onde de choc fit voler sa chevelure noire et plaqua sa robe contre les courbes de son corps.

Des débris jonchaient le chemin, les flammes léchaient le ciel. Rhett Butler salua Scarlett O'Hara en effleurant son chapeau du doigt.

— Bonsoir. Quel beau temps, n'est-ce pas ? J'apprends que vous partez en voyage ?

— Rhett Butler, si vous commencez vos plaisanteries, je ne vous adresserai plus jamais la parole.

Rhett était heureux comme un écolier malgré le feu, les bombes et l'invasion yankee. Quel éclat dans ces yeux verts !

Il lui énonça la cruelle vérité : s'ils tentaient de fuir par le sud, les confédérés réquisitionneraient leur cheval et leur carriole, et toutes les autres routes étaient aux mains des nordistes.

— Où pensez-vous aller au juste ?

— Je rentre chez moi, dit-elle.

— Chez vous ? Vous voulez dire à Tara ?

— Oui ! À Tara ! Oh ! Rhett. Nous devons nous dépêcher !

Mais c'était impossible : une ville en flammes s'étendait entre eux et la route de Jonesboro.

Elle s'effondra en pleurant et en martelant le torse de Rhett.

— Je rentrerai chez moi ! Je rentrerai ! Même si je dois marcher tout le long du chemin !

Elle n'hésiterait pas à le faire. Rhett savait qu'elle le pouvait. Elle ferait n'importe quoi. Elle était capable de tout pour obtenir ce qu'elle voulait.

Tendrement, il toucha ses cheveux.

— Voilà, voilà, chérie, dit-il d'une voix douce. Ne pleurez pas. Vous rentrerez chez vous, ma petite fille. Vous rentrerez chez vous. Ne pleurez pas.

Prissy capitonna la carriole de couvertures piquées tandis que Scarlett et Rhett montaient à l'étage. L'odeur de camphre et de désinfectant qui imprégnait la chambre de Mélanie lui fit monter les larmes aux yeux. La jeune mère était aussi pâle que ses draps de coton. À ses côtés, son bébé était endormi.

— Je vais essayer de ne pas vous faire mal, madame Wilkes. Regardez si vous pouvez placer vos bras autour de mon cou.

— Bébé Beau ! murmura Mélanie.

— Nous laisserons Prissy prendre votre bébé. Tout ira bien.

Rhett glissa un bras sous les épaules de Mélanie et l'autre sous ses genoux, puis la souleva. Elle ne pesait pas plus de quarante kilos.

— Je vous en prie… les affaires de Charles. Nous ne devons pas les laisser.

Mélanie montra d'un geste faible le sabre et le daguerréotype de Charles.

Un léger sourire s'imprima sur les lèvres de Rhett.

— Je ne peux imaginer que Mme Hamilton me permette d'oublier les affaires de Charles.

Scarlett fourra les trésors de Charles dans la carriole. Doucement, Rhett installa Mélanie sur les couvertures en patchwork à côté de son bébé.

« Merci de nous aider, capitaine Butler. »

La voix de Mélanie était légère comme un papier que l'on froisse.

Chaque nerf de son corps était en éveil, mais un calme solide s'était installé au tréfonds de Rhett. Voilà pourquoi il était resté à Atlanta. Voilà ce qu'il attendait depuis si longtemps. Elle avait besoin de lui. Seulement de lui.

Lorsque le petit Wade hésita, Rhett lui dit :

— Monte dans la carriole, fils. Tu n'es pas tenté par l'aventure ?

— Non ! répondit le garçon en hoquetant.

Rhett rit et souleva l'enfant. Prissy se carapata dans le

fond de la carriole tandis que Rhett hissait Scarlett à ses côtés sur le siège avant.

— Wade, mon ange, murmura Mélanie à son neveu apeuré, veux-tu bien glisser ce coussin dans mon dos ?

Lorsqu'elle se pencha en avant pour laisser Wade placer le coussin, Mélanie se mordit la lèvre pour ne pas crier. Elle ne devait pas s'évanouir. Il ne fallait pas qu'elle s'évanouisse.

Wade souffla son haleine chaude dans son oreille.

— Tante Melly, j'ai peur.

— Mon mignon, il y a bien des raisons d'avoir peur, murmura Mélanie. Mais tu es un brave petit soldat, Wade, n'est-ce pas ?

— Sans doute, tante Melly.

Alors qu'ils commençaient à s'éloigner, Scarlett s'écria :

— J'ai oublié de fermer la porte d'entrée à clé !

L'éclat de rire de Rhett fit instantanément cesser le hoquet du jeune Wade Hamilton.

Le cheval et la carriole se dirigèrent, hoquetants, vers le cœur en feu d'Atlanta.

Dans l'obscurité de maisons apparemment abandonnées, des propriétaires cachaient l'argenterie de leurs ancêtres et enterraient les pistolets.

Près du centre-ville, la nuit résonnait de grincements, de hurlements et du clapotis des sabots – le tumulte d'une armée en déroute. Rhett tourna dans une rue adjacente. Une terrible explosion expulsa l'air de leurs poumons et le hoquet de Wade reprit.

— Ça devait être les réserves de munitions de Hood, dit Rhett en passant un bras vers le petit Wade, à l'arrière, pour le rassurer.

Rhett avait espéré qu'ils parviendraient à contourner l'incendie, mais cette nuit-là toutes les routes menaient à l'enfer. Il cravacha le vieux cheval pour le lancer dans une course folle et saisit fermement son revolver dans une main. Scarlett se pressait contre lui, et Dieu vienne en aide à l'idiot qui tenterait de leur barrer le chemin !

Des deux côtés de Marietta Street, les entrepôts étaient en flammes. Les pillards en jaillissaient les bras chargés de leur butin. Des ivrognes faisaient rouler devant eux un fût de whiskey.

Brusquement, Rhett cala la carriole le long du trottoir et s'immobilisa derrière un escalier de secours.

— Dépêchez-vous ! fit Scarlett. Pourquoi vous arrêtez-vous ?

— Des soldats.

Leur régiment avait dû compter un millier d'hommes mais ils étaient à peine une centaine ce soir-là. Une vie plus tôt, des épouses et des petites amies avaient cousu de beaux uniformes et brodé leurs drapeaux ; ils avaient même porté un nom – ils avaient été les « gris », ou les « zouaves », ou la « troupe », ou la « légion ». Ils étaient venus d'un village ou d'un comté où tout le monde connaissait tout le monde, et ils s'étaient enrôlés avec leurs frères, leurs cousins et leurs voisins ; ils avaient élu colonel le maître de la plus grosse plantation, parce qu'il était fichtrement hors de question qu'ils se laissent donner des ordres par le premier venu.

Leurs amis étaient morts à leurs côtés, et leurs cousins, et leurs frères, et leur colonel – oh ! lui, il était mort depuis longtemps –, et le colonel qui l'avait remplacé – comment s'appelait-il déjà ? –, mort aussi. Mais combien y avait-il eu de colonels, au fait ?

Ils marchaient comme des pantins désarticulés, comme s'ils avaient parcouru tant de kilomètres que chacun était semblable au suivant, et chaque bataille identique à la précédente. Ils tenaient leurs fusils comme de vieux amis. Leurs uniformes cousus avec amour étaient partis en lambeaux depuis longtemps. Ceux qu'ils portaient avaient été assemblés à la va-vite ou pris aux nordistes, certains portaient des vestes courtes, d'autres des longues, et quelques-uns marchaient torse nu dans l'éclat du feu.

Ils levaient à peine les pieds. Ce pas traînant parvenait à les porter jusqu'à ce qu'ils tombent. Pour certains, ce serait une bénédiction.

Un soldat encore enfant les suivait. Peut-être avait-il été leur petit tambour quand ils avaient encore des tambours, mais aujourd'hui il était plus facile de trouver un fusil. Celui du garçon traînait dans la poussière.

Il s'immobilisa dans les traces de ses aînés, chancela et tomba face contre terre. Sans un mot, deux hommes sortirent du rang. Le premier, qui n'avait d'épais que la barbe, donna au second son fusil et celui du gamin, hissa l'enfant sur son dos et reprit la marche.

Rhett Butler ôta son chapeau.

Lorsque le dernier soldat eut tourné au coin de la rue, Rhett relança le cheval.

La ville en flammes envoyait un air brûlant dans ses poumons. Les fenêtres explosaient et noircissaient la rue de verre calciné.

Scarlett criait :

— Au nom de Dieu, Rhett ! Êtes-vous fou ? Dépêchez-vous ! Dépêchez-vous !

Prissy hurlait.

Les flammes jaillissaient des terrasses ; une fumée grasse coulait des toits. La chaleur cuisait leurs visages et brouillait leurs yeux. Rhett lança le cheval dans un trot désordonné, davantage motivé par la terreur que par les coups de fouet. Le feu courait à gauche et à droite, seul un étroit tunnel subsistait au milieu. Wade ne cessait de hurler ; les vagues de chaleur s'abattaient sur eux, des briques et des poutres s'écrasaient sur la chaussée.

Les rails de chemin de fer contre lesquels ils butèrent étaient la preuve que ce brasier avait un jour été une ville, où des hommes ordinaires allaient travailler chaque matin, où des journaux paraissaient chaque jour, où des prêtres prêchaient, où des commerçants avaient des produits à vendre.

Lorsqu'ils finirent par émerger dans une rue adjacente, l'atmosphère fraîchit instantanément : ils avaient laissé l'incendie derrière eux. Les gémissements du petit Wade se muèrent en sanglots étouffés et en hoquets.

Ils étaient seuls sur la route, il n'y avait personne d'autre. Aux abords de la ville, les maisons étaient plus espacées et le chemin bordé d'ormes. Un vent chargé de fumée faisait frissonner les feuilles. La ville rougeoyait derrière eux.

Rhett tira sur les rênes.

— Dépêchez-vous, Rhett. Ne vous arrêtez pas.

— Laissez cette pauvre bête reprendre son souffle.

Leur sueur séchait dans l'air frais.

Rhett Butler était immensément las. Il avait réalisé ce qu'il lui avait promis. Elle n'aurait plus besoin de lui, maintenant. Elle n'avait jamais voulu de lui. Jamais. Il lui demanda si elle savait où ils étaient.

— Oh ! oui. Je connais une piste qui se détache de la route principale pour Jonesboro – elle serpente sur des kilomètres. Papa et moi y faisions du cheval. Elle débouche juste à côté de chez les MacIntosh, c'est à peine à un kilomètre de Tara.

Il lui jeta un bref regard. Elle désirait Tara. Scarlett

O'Hara n'était que désir ardent. Elle et lui étaient de la même race, mais elle l'ignorait et l'ignorerait toujours.

Certains hommes pouvaient aimer sans être aimés. Rhett les enviait.

Son corps était chaud contre le sien. Il sentait battre son cœur.

C'était comme si quelque chose avait lâché à l'intérieur de lui. La tension s'enfuyait. Il était aussi fatigué que s'ils avaient fait l'amour durant des heures.

Ce petit tambour ne devait pas avoir plus de douze ans. Il aurait dû être en train de glisser sur les ondes brumeuses d'une rivière à chercher des caouannes et des loutres.

Rhett lui dit de continuer jusqu'à Tara sans lui. Elle avait un cheval et une carriole et connaissait le chemin. Il allait rejoindre l'armée.

— Oh ! je pourrais vous étrangler pour m'avoir fait si peur, Rhett ! Reprenons la route.

— Je ne plaisante pas, ma chère. Où est votre patriotisme, votre amour pour notre glorieuse cause ?

— Oh ! Rhett, dit-elle, comment pouvez-vous me faire ça ? Pourquoi me quittez-vous ?

Trop peu, trop tard.

Rhett Kershaw Butler enlaça Scarlett O'Hara Hamilton et pressa sa bouche contre la sienne. Il sentit ses lèvres fondre et s'éveiller à son baiser.

Il ne se remettrait jamais d'elle.

Il descendit du buggy et s'enfonça dans l'obscurité, loin de la route.

22

Après Franklin

Cet automne-là, après de vains appels aux régions les moins dévastées de la Confédération, le marché gratuit de Charleston arriva à court de nourriture et ferma. Rosemary marcha jusque chez elle à travers les rues jonchées de débris, passa la porte d'entrée qu'elle ne prenait plus la peine de verrouiller et alla s'asseoir dans le salon face au fauteuil préféré de John. Après un temps, elle prit sur le manteau de la cheminée le seul ornement qui s'y trouvait encore, un soliflore en argent, et le polit.

Le lendemain matin, un convalescent en permission lui apporta une lettre de son mari : John se débrouillait « plutôt bien pour un vieux de la vieille » et avait été promu. C'est ainsi que le monde entier pourrait désormais appeler John Haynes capitaine – une promotion que le général Stahl avait ordonnée « seulement parce que aucun homme de valeur ne la demandait ».

Le général Forrest s'est pris d'affection pour Rhett, écrivait John, *et voulait le nommer officier. Lorsque ton frère déclina cet honneur, le redoutable Forrest en fut très amusé. Je vois Rhett chaque fois que notre cavalerie est au campement. Il est d'excellente humeur et s'est trouvé un admirateur, un certain Archie Flytte, qui le sert aussi fidèlement qu'un chien. Flytte est un oiseau de pénitencier qui a été amnistié pour pouvoir rejoindre l'armée. Bien que cet homme lui soit totalement dévoué, Rhett ne lui rend pas cette amitié.*

Après la chute d'Atlanta, nous avons marché vers le Nord. Le général Hood pensait que si l'armée confédérée se plaçait entre le général Sherman et sa base de ravitaillement de Knoxville, Sherman se précipiterait hors d'Atlanta. Une fois encore, Hood a sous-estimé le général Sherman, qui a brûlé ce qui restait d'Atlanta et, victorieux, a quitté la ville dans la direction opposée.

À mesure que Sherman avance en Géorgie, il démolit les lignes est-ouest aussi méthodiquement qu'il a détruit nos lignes nord-sud. Lorsque toutes ces lignes auront été coupées, mon cœur, toi et moi serons abandonnés chacun dans notre coin pour Dieu sait combien de temps. Rosemary, me rejoindras-tu ? Dans le cas où tu répondrais favorablement, l'ami de Rhett, Rufus Bullock, t'a télégraphié un laissez-passer.

Je comprendrais parfaitement que tu ne souhaites pas t'aventurer dans un voyage si difficile et potentiellement risqué, mais je serais si heureux de te voir. Nous avons tant à rattraper, tant à nous dire. Notre Meg chérie vit dans nos cœurs. Chère Rosemary, tu me manques plus que je ne l'aurais rêvé. Ma stupide jalousie nous a séparés. Tout est ma faute. Je ne te reproche rien. Je t'en prie, viens à moi.

Ton mari aimant, John.

Rosemary se précipita : elle virevoltait d'une pièce à l'autre, tirant des vêtements des tiroirs. Elle remplit trois valises-penderies et une malle-cabine avant de s'écrouler sur le tas de bagages. Elle se mit à rire en se couvrant le visage : quelle gourde elle faisait !

Elle fourra ce qui lui était absolument nécessaire dans un sac en tapisserie. Son seul bijou était une broche d'or rose filigrané. Impossible de se souvenir pourquoi elle ne l'avait jamais aimée.

Elle alla chercher son laissez-passer au dépôt, où elle embarqua à bord du train pour Savannah.

Arrivée le lendemain matin à Savannah, Rosemary changea de train pour emprunter la ligne Georgia-Central. C'est le jour suivant qu'elle entra poussivement en gare de Macon.

La cavalerie de Sherman se rapprochait de la ville et le dépôt de Macon était submergé par les réfugiés.

Avant d'incendier Atlanta, le général William T. Sherman avait proclamé : « La guerre est cruelle et ne peut être policée. » Une affirmation qu'il avait éprouvée sur les fermes et les villages sans défense trouvés sur sa route.

Le train de Rosemary n'avait pas encore atteint le quai que déjà des réfugiés se faufilaient à bord, espérant s'assurer une place avant le prochain départ. Lorsqu'on leur apprit qu'il fallait ravitailler la locomotive en carburant, les hommes, les enfants, les prêtres – et même les respectables matrones – se passèrent les bûches de main en main.

Un détachement montait la garde devant le train que voulait prendre Rosemary vers le sud-ouest. Son capitaine avait perdu un bras à Chancellorsville et déclara connaître autant Rufus Bullock que « Gee Crackey ». Il ignorait que la Confédération avait jamais eu un « Bureau des chemins de fer ». Il toucha très familièrement Rosemary. Puisque c'était au capitaine de choisir qui monterait à bord, expliqua-t-il, il prenait les plus jolies.

Rosemary le remercia et repoussa sa main comme si elle ne l'avait pas remarquée. Elle s'était assise à l'intérieur lorsqu'une voix connue l'interpella depuis le quai :

— Rosemary Haynes ! Chère Rosemary ! Je vous en prie, veuillez parler à ces hommes !

Les Ward avaient évacué Charleston pour se réfugier sur la plantation d'un cousin près de Macon. À peine un an plus tard, les hommes de Sherman y avaient mis le feu et les Ward avaient fui à nouveau. Eulalie Ward et son beau-frère Frederick ne s'étaient pas changés depuis des jours. Les chaussures d'Eulalie perdaient leurs semelles ; le crâne chauve de Frederick, qui, en d'autres temps, ne sortait jamais sans chapeau, était brûlé par le soleil.

— Rosemary, ils t'ont laissée monter dans le train ! Je t'en prie, aide-nous à y monter aussi. Nous devons fuir Macon. Il ne nous reste plus rien. Rien !

Avant la guerre, Frederick Ward était un homme riche aux opinions confortables – de celles que peut avoir un homme riche. Aujourd'hui, sa belle-sœur devait le tenir par la main.

— Tenez-vous droit, Frederick. Que l'on ne vous prenne pas pour un homme de peu d'importance.

— Mais, Eulalie, je suis un homme de peu d'importance.

Bien des années auparavant, lorsque son mari était mort, Eulalie avait pensé avoir tout perdu. Elle n'aurait jamais imaginé qu'il lui restait encore tant de choses à perdre. Willy était mort et ses filles s'étaient enfuies avec des soldats de Sherman. Eulalie et Frederick avaient eu si faim qu'ils avaient tué la petite chienne d'Eulalie, Princess – mais n'avaient pu se résoudre à la manger.

Depuis la plate-forme arrière (elle n'envisagea pas un instant de descendre de ce train), Rosemary supplia le capitaine de laisser embarquer les Ward.

— Ma petite dame, y a pas de place pour eux. À moins que vous ne descendiez pour leur en faire.

Quand le train surchargé s'extirpa du dépôt, Rosemary évita de regarder les réfugiés restés sur le quai.

Là où la cavalerie de Sherman avait démantelé la voie, on remplaçait les rails à la va-vite. Le train branlant progressait aussi lentement que ses passagers qui, descendus à terre, marchaient à ses côtés. Cette nuit-là, les hommes portaient des lanternes pour éclairer les mécaniciens qui glissaient de longues barres sous les rails défaillants pour les hisser à niveau et permettre aux wagons d'avancer.

Douze heures plus tard, après avoir parcouru cent cinquante kilomètres, le train parvint à Albany en Géorgie. Rosemary paya trois pains de maïs cinq dollars puis dormit jusqu'à l'aube sur le sol du dépôt parmi les autres réfugiés sales et las.

Le train de la ligne Selma-Meridian relevait du miracle. Épargnées par la guerre, ses voitures étaient intactes et la cheminée en bulbe de sa locomotive ne portait la trace d'aucun impact de balle – pas un seul ! La peinture était écaillée mais tous les wagons étaient vert forêt avec des moulures noires.

Le train cliquetait sur les rails inégaux à la vitesse incroyable de cinquante kilomètres à l'heure. Le vétéran tuberculeux assis à côté de Rosemary avait beaucoup voyagé en Nouvelle-Angleterre avant la guerre et annonça :

— Bon sang de bois, m'dame, on pourrait aussi bien se trouver dans le Massachusetts !

Ce train d'exception s'arrêtait à Demopolis, où les passagers furent transportés de l'autre côté du Tombigdee. De là, ils marchèrent six kilomètres jusqu'à un quai de rondins, au bord duquel une locomotive asthmatique et son cortège de voitures dépareillées et bosselées les attendaient. À Meridian, dans le Mississippi, Rosemary prit une chambre d'hôtel et dormit comme un mort. Le train de la ligne Mobil Ohio où elle monta le lendemain matin la déposa à Corinth, toujours dans le Mississippi, au coucher du soleil. Cette nuit-là, elle dormit au dépôt. À deux heures de l'après-midi le lendemain, le train Memphis-Charleston emporta des réserves, des appelés et Rosemary Haynes jusqu'à Decatur, en Alabama, son terminus.

Sur le quai de Decatur, le train déversa des barils de poudre, du bœuf séché, des caisses de balles Minié et des appelés. Le plus jeune avait dix-sept ans et trois jours, le plus vieux quarante-neuf. La plupart de ces jeunes soldats n'avaient rien à dire, mais un type en redingote à col de castor expliqua à Rosemary qu'il était trop précieux à l'effort de guerre pour qu'on l'expédie au front, et un garçon aux dents noires lui confia en se rongeant les ongles qu'il déserterait à la première occasion.

À peine arrivés, les hommes du prévôt alignèrent les appelés. Ils leur annoncèrent que ceux qui avaient l'intention de déserter avaient intérêt à courir plus vite qu'une balle.

Après cinq dures journées de voyage, Rosemary fut soulagée de sentir enfin sous ses pieds un sol qui ne tremblait pas, ne vibrait pas. Elle confia son sac au vieux Joshua.

— Tu m'attends depuis longtemps ?

— Je pense bien.

Elle reconnut à peine le cheval attaché à la rambarde. L'équarisseur n'aurait su qu'en faire.

— Qu'avez-vous fait à Tecumseh ? pleura Rosemary. Oh ! mon pauvre petit !

— Il est vieux, miss Rosemary. Il est né dans l'ancien temps.

— Il était solide avant d'entrer dans l'armée. Tu étais un bon petit, n'est-ce pas, Tecumseh ?

Le hongre leva la tête et hennit doucement en guise de salut ; Rosemary ressentit une profonde tristesse.

— Joshua, Tecumseh veut une pomme.

— Miss Rosemary, toutes les pommes, l'avoine ou le maïs qu'on pouvait dégotter, on l'a mangé. Et quand le cheval sera mort, je pense bien qu'on le mangera aussi.

Depuis la destruction des ponts au nord de Decatur, les vivres et les appelés débarqués partaient pour Columbia, dans le Tennessee, dans des charrettes tirées par des bœufs, des mules ou à la force des jarrets. Rosemary et Joshua se joignirent à eux. Par moments, Rosemary montait Tecumseh mais la pitié la poussait à marcher autant que possible. Les chariots d'approvisionnement sortaient de la route étroite en creusant des ornières dans les champs adjacents. Il n'y avait plus de clôtures. Les soldats avaient pris les piquets pour alimenter leurs feux de camp et, si quelques bêtes avaient survécu, elles devaient se tapir au fond des bois. Cette nuit-là, Rosemary dormit sous un chariot.

Au matin, la pluie fit tomber les dernières feuilles des arbres et inonda les ornières. Tecumseh ne pouvait plus porter de cavalier. Peu après le coucher du soleil, ils firent leur entrée à Pulaski, dans le Tennessee. Rosemary acheta de l'avoine que le cheval ne toucha qu'à peine. Joshua dormit dans une étable à côté de l'animal.

La chambre d'hôtel de Rosemary n'était pas chauffée mais, en pliant en deux sa couverture défraîchie, elle avait assez chaud. Elle rêva de John et de Rhett un jour de juin : il faisait un temps radieux, Rhett avait apporté des paniers de victuailles si remplis qu'ils ne pourraient tout manger. Quant à Tecumseh, il paissait parmi des fléoles des prés, si hautes qu'elles venaient lui chatouiller le ventre.

Il existait encore des trains en partance de Pulaski, mais le jeune et pâle prévôt refusa de laisser embarquer Rosemary :

— Madame, je ne peux pas vous laisser monter dans ce train, quand bien même votre laissez-passer serait signé par le président Jefferson Davis en personne.

— Je suis venue de Caroline-du-Sud pour voir mon mari. Il est dans l'armée.

— De si loin que ça ? « Qui peut trouver aujourd'hui femme de vertu ? se mit-il à déclamer, car plus grande que celle des rubis est sa valeur. Le cœur de son époux a foi en elle... Ses enfants grandissent en la bénissant. »

— Les fédéraux ont tué ma fille. Meg aurait eu six ans en mars prochain.

— Madame, je suis confus de n'avoir su me taire. J'étais séminariste avant la guerre.

— Croyez-vous encore en Dieu ?

Le jeune homme se détourna.

— J'imagine que je m'y suis habitué.

Rosemary, Joshua et un Tecumseh clopinant dépassèrent des chevaux d'artillerie abattus en pleine charge, des chariots renversés qui avaient appartenu aux fédéraux. Des files de prisonniers nordistes étaient dirigées vers le Sud. Ils portaient de vieux uniformes sudistes, les gardes qui les encadraient étaient, eux, vêtus du chaud uniforme bleu de leurs ennemis.

À Columbia, Rosemary acheta des pains de maïs et des haricots secs pour elle et Joshua.

Le soir, alors qu'ils marchaient vers Franklin, Rosemary

entendit un grondement au loin, comme si un millier de chariots dévalaient un pont de bois.

— C'est une bataille, dit Joshua.

— Ils ne peuvent pas être en train de se battre. Les fédéraux sont en déroute. Pourquoi se battraient-ils ?

— C'est une bataille.

Alors que la lumière commençait à baisser, le bruit ne fit que croître et Rosemary parvint à distinguer les différentes explosions. Les muletiers dégageaient la route pour laisser passer des confédérés en fuite.

Rosemary et Joshua butèrent contre une marée d'ambulances, de blessés et de déserteurs pâles comme la mort. Les prévôts les insultaient et les fouettaient du plat de leur épée. Les déserteurs esquivaient les coups ou quittaient la route mais continuaient leur marche vers le Sud.

Une Voie lactée glaciale s'étirait jusqu'à l'horizon pour sombrer dans l'obscurité rougeoyante des combats.

— Je suis la femme du capitaine John Haynes. Il est avec le commandement du général Stahl. Monsieur, connaissez-vous mon mari ?

— Désolé, madame.

Le feu cessa.

— Rhett Butler, mon frère, est avec le général Forrest. Connaissez-vous Rhett Butler ?

— Madame, j'ai servi sous le général Bates.

Joshua s'arrêta au bord de la route et ôta son chapeau.

— Miss Rosemary, ce cheval-là ira pas plus loin.

Tecumseh se tenait la tête basse, les pattes en dehors.

— Moi et le cheval, on a fait un long bout de chemin avec vous et monsieur John, dit Joshua. Mais on s'arrête ici.

Rosemary entra seule dans la nuit étoilée.

De faibles lanternes jaunes pendillaient là où deux grandes armées avaient combattu. Par endroits, un feu scintillait sur le paysage légèrement vallonné. L'air exhalait un parfum de poivre brûlé et Rosemary sentit l'odeur du sang : riche, aigre, salée.

Le visage des hommes qui veillaient les blessés était noir de poudre – certains aussi ensanglantés que les hommes qu'ils soignaient.

— Mon mari est avec la brigade du général Stahl, répéta Rosemary.

Les yeux du garçon scintillèrent dans sa face noircie.

— Madame, il me semble que le général Stahl a été tué. Ils étaient au milieu des lignes, entre la maison et l'égreneuse.

— Où sont ses hommes, maintenant ?

— Madame, répondit le garçon avec prudence, je crois que la plupart des gars du général Stahl sont étendus entre la maison et l'égreneuse.

L'aube diluait les lanternes et estompait les feux de camp. Les blessés mendiaient de l'eau. Le gel crevassait la terre.

Rosemary essaya de contenir le sang que perdait un officier en enroulant sa ceinture autour de sa cuisse, au-dessus d'un impact de balle. Le froid avait coagulé une écorce blanche sur la blessure. L'homme, le regard troublé, ouvrit la bouche et fut surpris par la mort.

Le soleil se leva. Des civils arrivaient de Franklin pour aider et regarder.

John Haynes était-il toujours aussi robuste ? Avait-il laissé pousser sa barbe ? Rosemary aurait reconnu son mari en une fraction de seconde à sa démarche ou à son port de tête mais, dans ce fouillis de cadavres, elle ne parvenait plus à distinguer quiconque.

Il y avait davantage de morts encore sur une pente légère qui menait aux parapets abandonnés par les fédéraux.

Un garçon blessé se hissa sur un coude.

— Je n'ai pas d'eau, lui dit Rosemary. Je suis vraiment navrée.

Des morts avaient des expressions effrayantes, certains gardaient encore l'air farouche, d'autres paraissaient sourire d'une plaisanterie. Trois soldats en larmes s'étaient agenouillés auprès d'un camarade mort.

À un autre garçon, elle dit :

— Quelqu'un viendra bientôt vous aider. Je suis désolée. Je n'ai pas d'eau. Je suis désolée.

Rosemary intercepta des porteurs de civières :

— Je cherche mon mari, puis-je soulever le drap sur le visage ?

Des hommes morts, gelés, s'étaient empalés sur les pieux qui protégeaient les parapets nordistes. Une femme âgée demanda à Rosemary si elle avait vu son petit-fils, Dan Alan Rush.

— On l'appelle Dan Alan parce que son papa s'appelait Dan lui aussi.

— Grand-mère, je suis désolée. Je n'ai pas vu votre petit-fils. Je recherche mon mari, le capitaine John Haynes.

— Mon petit-fils était une étincelle, sourit la vieille femme. Ils m'ont dit qu'il était couché là, quelque part.

Deux cavaliers débouchèrent au-delà des parapets. Rosemary les héla par de grands gestes :

— Oh ! Seigneur. Rhett ! Rhett !

Les cavaliers galopèrent à sa rencontre, son frère bondit à terre et la souleva dans ses bras.

— Rosemary ! Oh ! Rosemary, comme j'aurais préféré que tu ne voies pas tout cela.

— Oh ! Rhett. Merci, mon Dieu ! Mon cher frère, tu es vivant !

L'uniforme de Rhett était déchiré et crasseux mais il était indemne. Ciel miséricordieux !

— Je n'ai pas trouvé John, dit Rosemary en relevant une mèche de cheveux qui lui tombait sur l'œil. Rhett, sais-tu où il est ? John est peut-être blessé...

— Oui, il est peut-être blessé.

— Et y a de grandes chances pour qu'il soit mort, lâcha le compagnon de Rhett en crachant un jet de jus de chique.

— Ferme-la, Archie ! dit Rhett.

L'homme au visage tanné qui se tenait près de son frère avait planté la pointe de sa jambe de bois dans un fourreau de fortune. Il avait des dents de pauvre et des lèvres de dur.

— Rosemary, je n'ai jamais rien vu d'aussi horrible, dit Rhett.

— Alors, c'est que t'es jamais allé au pénitencier, dit son compagnon.

— Archie, passe donc les positions fédérales et va ramasser tous les fusils à répétition que tu peux trouver.

Archie les quitta enfin et Rhett reprit :

— Les Chinois pensent que si tu sauves la vie d'un homme, tu es à jamais responsable de cette vie.

Il prit les mains glacées de Rosemary et les frotta entre les siennes.

— Chère Rosemary, es-tu sûre de tenir le coup ?

À son hochement de tête, Rhett la hissa sur son cheval.

Le fossé qui précédait les parapets nordistes débordait de morts, si serrés les uns contre les autres que certains étaient restés debout. Des soldats et des civils cassaient les lames de bois pour accéder aux blessés coincés sous les cadavres.

— Est-ce que John s'était laissé pousser la barbe ? demanda Rosemary.

— La dernière fois que je l'ai vu, il était rasé de frais.

Rosemary n'aurait jamais pensé qu'elle verrait un jour le cerveau d'un homme ou un adolescent avec un trou au milieu du front. Prise de vertige, elle agrippa le cou du cheval et pressa son visage contre la crinière.

— Je désespère, Rhett. Mon cher frère, John et moi étions si loin l'un de l'autre.

— Rosemary, John parlait souvent de toi. Il n'a jamais cessé de t'aimer.

Rosemary essuya ses yeux. Ils entrèrent dans une cour de ferme où s'entassaient des cadavres d'hommes et de chevaux. Cela avait dû être une petite exploitation prospère mais les balles avaient haché la ferme et ses dépendances – le séchoir à maïs, l'égreneuse, le bûcher, le poulailler. Un nordiste restait planté sur le bûcher par une baïonnette qui lui transperçait le cou.

Rhett sortit la lame de la plaie. Le soldat s'écroula et lâcha un dernier souffle.

— Je savais qu'on en arriverait là. Je le savais ! Quel sentimentalisme imbécile m'a poussé à me battre pour cette « glorieuse cause » ?

Des larmes traçaient des sillons sur les joues de Rhett barbouillées de poudre.

— Le général Hood était fou de colère. Les fédéraux avaient échappé au piège qu'on leur avait tendu : il était hors de question qu'ils s'en tirent une nouvelle fois : « Attaquez ! Prouvez que vous êtes assez courageux pour affronter des fortifications ! »

Rhett murmurait. Il était bouleversé.

— Vingt mille hommes se sont mis à marcher droit sur les canons ennemis, drapeaux au vent. Les officiers brandissaient leurs épées au-dessus de leurs têtes et, Rosemary – les yeux de Rhett se brouillèrent à nouveau – la fanfare jouait *Dixie*, « *In Dixieland, I'll take my stand. To live and die in Dixie* ». Oh ! Rosemary ! Jamais, jamais je n'ai…

Rhett jeta la baïonnette à terre.

— Une autre mauvaise nouvelle, ma chère petite sœur. Le fils de Belle Watling, Tazewell, s'est enrôlé. Ce garçon a suivi mon exemple stupide, stupide…

Archie revint.

— Y a pas de fusils à répétition. Les nordistes les ont déjà pris.

Il prit du tabac et, une fois sa chique bien calée, il annonça :

— Votre mari a été touché, madame. J'ai croisé un gars du régiment du capitaine Haynes. Ils l'ont transporté à Franklin, ajouta-t-il en montrant la ville du doigt.

— Oh ! merci, merci ! Comment puis-je vous remercier ?

— En nous laissant, votre frère et moi, retourner à nos affaires. Battre le rappel pour le général Forrest. On décarre.

Rosemary embrassa la joue de son frère.

— Prends le plus grand soin de toi, Rhett. Je laisse mon cœur à ta garde.

Nichée dans un méandre de la rivière Harpeth, Franklin comptait neuf cents habitants, un tribunal flambant neuf et trois écoles transformées en hôpitaux comme les églises presbytérienne et baptiste. Rosemary Haynes se fraya un chemin parmi les flaques de sang. Elle inspecta les rangées de cadavres exposés à l'extérieur, ignorant les gémissements des blessés.

On la dirigea vers une habitation particulière de Market Street. Des traînées de sang souillaient la véranda d'une jolie maison aux combles en bois. Elle vit un bras coupé dans le seau à charbon près de la porte.

La femme âgée qui ouvrit à Rosemary était habillée avec autant de soin qu'une institutrice.

— On m'a dit que mon mari... le capitaine Haynes... pourrait être ici.

— J'ai bien peur de ne pas les connaître par leurs noms, ma chère, mais je vous en prie, entrez.

Rosemary inspecta quatre hommes allongés dans le salon, trois couchés dans le lit, deux casés sur le sol de la chambre : John n'était pas là.

La dame expliqua qu'un chirurgien venait toutes les deux ou trois heures et que sa sœur et elle, dans l'intervalle, veillaient sur les blessés.

— Nous avons de la soupe de pommes de terre. Nous leur apportons de l'eau. Ils se plaignent du froid. Nous avons pourtant déjà brûlé tant de charbon... J'espère que l'hiver sera doux.

Sa sœur cadette tira sur la manche de Rosemary.

— Madame, il y a aussi un malheureux dans notre jardin. Nous l'avons mis là par égard pour les autres.

C'était John Haynes.

Une balle lui avait fracassé le coude droit – l'angle que formait son bras était inhumain. Son manteau de grosse laine arborait une tache de sang au niveau de la poitrine, le même manteau qu'il portait le jour de son départ. Son pantalon, trop grand pour lui, était cousu de façon grossière. Ses pieds étaient nus.

Rosemary s'agenouilla et embrassa les sourcils de son mari. Elle sentit que sa chair était chaude. Un bref instant d'exaltation : elle crut que John était encore vivant.

— Oh ! John, John ! Je suis là. C'est ta Rosemary, ta femme. Oh ! John ! Je t'en prie…

Le petit jardin avait été méticuleusement nettoyé avant l'hiver, les tuteurs attachés ensemble, le plant de fraises couvert de paille, les seaux de bois retournés sous une fine couche de neige. Même sous les baisers de Rosemary, la chair de John Haynes refroidissait.

Derrière Rosemary, la vieille femme dit :

— Je suis désolée, mon enfant. Votre mari a été conscient jusqu'au bout mais il n'a pas souffert. Il savait que vous étiez en train de le rejoindre et s'est battu pour vivre dans l'espoir de vous revoir une dernière fois. Lorsqu'il a compris que vous arriveriez trop tard, il m'a suppliée : « Dites à ma Rosemary de se fier à son cœur. » Il a parlé d'une enfant qu'il retrouverait au paradis.

La vieille femme toucha l'épaule tremblante de Rosemary.

— Vers la fin, il délirait. Mon enfant, j'ai recueilli ses dernières paroles. Il m'a dit : « Emmenez-moi auprès de ma femme. »

23

Le dernier contrebandier

Quelque six semaines plus tard, juste après minuit, Rhett Butler se frayait un passage entre les bigues, les haquets et les dockers sur les quais de Wilmington le long desquels mouillaient, proue contre poupe, *La Harpie*, la *Laisse filer* et *La Veuve joyeuse*. Des dockers en sueur soulevaient, poussaient, suspendaient et cachaient des balles de coton à bord des forceurs de blocus. Au sud-ouest, le ciel nocturne palpitait au feu des armes nordistes qui pilonnaient le fort Fisher. Au-delà des quais, l'eau obscure scintillait.

En costume sombre, une casquette de capitaine, Tunis Bonneau passait en revue sa liste de marchandises lorsque Rhett le héla :

— Capitaine Bonneau !

Déconcentré par cette interruption, Tunis se retourna, sourcils froncés, puis sourit :

— Rhett Butler ! Que je sois fichtrement damné !

Le reflet de la torche dans ses lunettes, Tunis serra la main de son ami. Les tuyaux de cheminée du contrebandier voisin crachaient une épaisse fumée noire. Tunis tendit sa liste à un membre d'équipage.

— Dis à M. Campbell de pousser la vapeur.

— Tu penses que Fisher va tomber ? lui demanda Rhett.

— Les fédéraux ont une escouade de débarquement puissante et une flotte robuste. Peut-être que Fisher va les repousser, peut-être pas. S'il tombe alors qu'on est encore à Wilmington, ils saisiront mon bateau.

— Tu as su pour John Haynes ?

Tunis ôta sa casquette.

— Ruthie me l'a écrit. M. Haynes, c'était un homme

bien. Tout le temps que je l'ai connu, je l'ai jamais vu faire de mal à personne.

— À Franklin…

Rhett s'éclaircit la gorge.

— À Franklin, John voulait être sûr que les hommes de l'arrière pourraient voir leur officier…

Il avala sa salive.

— Alors, il a transpercé son chapeau de son épée et l'a fait tournoyer au-dessus de sa tête, continua-t-il avant de se racler une nouvelle fois la gorge.

Un grand gaillard de l'équipage s'approcha et le capitaine Bonneau l'arrêta d'un geste.

— Tunis, reprit Rhett, nom de Dieu, que faisait John Haynes en train de charger les fédéraux avec son chapeau à la pointe de l'épée ? John Haynes ? C'était l'homme le plus pacifique du monde.

Les dockers calaient des balles de coton d'un quart de tonne sur le pont de la *Veuve* à l'aide de courroies. La fumée de ses cheminées installait une brume nauséabonde au-dessus des hommes en sueur et du coton.

— Miss Rosemary a-t-elle… a-t-elle ramené le corps de M. Haynes chez eux ?

— Ah ! Tunis… John est enterré à Franklin. Les choses étant ce qu'elles sont, Rosemary ne pouvait pas le faire rapatrier à Charleston.

— Vous avez les compliments de M. Campbell, capitaine, dit l'équipier de Tunis. Il poussera la vapeur dans un quart d'heure.

Tunis le libéra d'un hochement de tête.

— Satanée fumée ! grogna Rhett en se frottant les yeux.

— Mon fils Nat commence à parler, dit Tunis en détournant les yeux de son ami. Le premier mot qu'il a dit, c'est « bateau ». Ruthie raconte qu'il appelle chaque bon Dieu d'objet « bateau ». Il sera marin comme son papa.

— Bonne nouvelle, mon ami. Ça s'arrose !

— Un autre soir, Rhett, mon frère. Je dois être au large avant le lever du soleil.

— Tunis, j'ai une grande faveur à te demander.

— Bien sûr, Rhett. Tout ce que vous voudrez.

Le sourire de Tunis disparut lorsqu'il comprit ce que voulait Butler. Il serra les lèvres et enfonça sa casquette de capitaine sur son front.

— Je ne peux pas, Rhett. Impossible de prendre le risque

d'attendre un jour de plus. Si ce garçon était là, tout de suite, bien sûr que je le prendrais, mais je ne peux pas attendre. Les fédéraux rebouchent la bouteille. Ce qu'on doit boire, on doit le boire ce soir.

Rhett eut un soupir silencieux.

— C'est comme ça, alors. Ça peut paraître honteux qu'un garçon de quinze ans n'ait pas une chance de grandir. Mais un garçon de quinze ans aujourd'hui, ça n'a plus la même valeur qu'hier.

Il ouvrit son étui à cigares, le referma et le remit dans sa poche.

— Taz ne se rendra pas, Tunis. Il va se faire tuer.

À côté d'eux, les marins avaient délié les amarres de la *Banshee.* Les grandes roues à aubes se mirent à tourner, les débardeurs sautaient à quai. Alors que le navire se glissait dans le courant, son timonier salua le capitaine Bonneau.

Tunis ouvrit le double boîtier en or de sa montre à savonnette en or.

— La *Banshee* sera à Nassau lundi. Si j'appareille maintenant, j'y serai avant elle. Rhett, je… Damnation !

Tunis ferma les yeux et ses lèvres formèrent une prière. Lorsqu'il rouvrit les yeux, il sourit ; ce n'était pas un grand sourire.

— Rhett, qu'est-ce que vous diriez si vous et moi on célébrait le premier mot de mon Nat ? J'attendrai votre gamin. Possible que le fort Fisher tienne encore un jour. Je peux pas savoir de quoi ces fous de *Johnny Rebells* sont capables.

Vers midi le lendemain, le commandant Edgar Puryear monta au premier étage de l'hôtel Commercial. Il frappa et Rhett Butler, mal rasé, pieds nus et torse nu, vint lui ouvrir.

— Bonjour, Edgar, à supposer qu'il fasse jour…

Rhett s'appuya contre le lavabo et se renversa une cruche d'eau sur la tête.

— Edgar, ne vous soûlez jamais au rhum avec un marin ! bâilla-t-il. J'espère que le fort Fisher est toujours aux mains des confédérés ?

Edgar Puryear jeta une enveloppe sur le bureau.

Rhett ouvrit la fenêtre et se pencha dehors, tendant l'oreille vers le bruit de la bataille.

— Ne faites pas la tête, Edgar. Je n'oublierai pas ce que vous faites pour moi.

Edgar Puryear toucha une cicatrice sur son nez.

— N'est-ce pas le garçon qui m'a frappé ? Votre fils ?

— Mon pupille, Edgar. Pu-pille. Vous n'êtes pas le premier que Vénus ait mis à mal.

Edgar ne partageait pas l'amusement de Rhett.

Rhett sortit le document de l'enveloppe et l'examina.

— Les ordres de Taz, signés par le général en personne. Bien, excellent. Au fait, comment vous entendez-vous avec Bragg ?

— Braxton Bragg aime la flatterie.

— Ah ! Vous êtes doué pour ça, répondit Rhett en sortant une chemise propre de son sac de voyage.

Puryear toussota.

— Après la guerre, vous serez l'homme le plus riche du Sud.

— C'est peut-être le moment qu'un soldat ambitieux se préoccupe de sa carrière d'après la guerre.

— Ah, ça va changer beaucoup de choses. Il y aura des occasions. Les cartes seront distribuées différemment après la guerre. Il y aura des opportunités à saisir.

— Hum, fit Rhett.

— Vous avez fait la fête avec le capitaine Bonneau ? Le capitaine nègre ? Rhett, vous avez des amis étranges.

Malgré l'air piquant de janvier, Rhett se tenait face à la fenêtre ouverte, les mains jointes derrière son dos. Il parlait comme si Edgar Puryear n'était pas là.

— Lorsque je me suis réveillé ce matin, je me suis souvenu de la fois où Tunis et moi avions décidé de descendre la côte jusqu'à Beaufort à bord du skiff de son père. Bon Dieu de mauvaise idée – cinquante miles en pleine eau –, mais nous avions hissé la voile sans nous en soucier. Ce ciel… Je crois que le ciel était plus bleu à cette époque. Je me souviens du soleil sur mon dos, du siège dur du skiff, du claquement de la voile. Tant d'années ont passé… Je ne me souviens pas d'avoir connu un jour plus heureux.

Cet après-midi-là, les quais étaient paisibles. La fumée s'échappait des cheminées de *La Veuve joyeuse*, le seul contrebandier encore amarré à Wilmington.

Rhett serra la main des membres d'équipage qu'il avait commandés dans le passé. Des peintures de couleurs mal assorties marbraient la coque de la *Veuve* là où l'on avait colmaté les trous des obus ; le boîtier de la roue de tribord était neuf. Dans la salle des machines, de nouvelles attaches métalliques bloquaient de gigantesques machines dans leurs châssis. M. Campbell, le mécanicien, accueillit Rhett d'un reproche :

— Votre dernière escapade de Charleston, capitaine Butler ! Mon navire en souffre encore !

Au crépuscule de ce 14 janvier 1865, le dernier forceur de blocus sudiste laissa filer ses amarres et s'engagea sur le fleuve Cape Fear. Le long bateau gris était l'un des plus rapides encore en eau, peut-être même *le* plus rapide.

La *Veuve* naviguait près de la côte de manière à conserver son allure.

Les fédéraux avaient établi leur campement au-dessus du fort Fisher et coupaient la route entre le fort et Wilmington. Leurs feux de camp parsemaient l'étroite péninsule qui courait entre le fleuve et l'Atlantique.

Lorsque leurs sentinelles aperçurent la *Veuve*, les nordistes se massèrent sur la rive pour regarder le légendaire contrebandier. Le fleuve était trop large à cet endroit pour que leur artillerie de campagne puisse l'atteindre. Les soldats yankees balancèrent leurs chapeaux dans les airs et acclamèrent le passage du majestueux navire.

Tunis jeta l'ancre un peu au-delà du fort Fisher, juste au-dessus de la barre où le fleuve se déversait dans l'océan.

La flotte nordiste pilonnait le grand fort de sable et, depuis le pont de la *Veuve*, le fort Fisher ressemblait à une immense tempête de sable : des flammèches de poussière et des nuages sales en jaillissaient au rythme des secousses de l'artillerie.

— Dix heures, Rhett ! Vous entendez ? cria Tunis à Rhett par-dessus le chahut en tapotant sa montre. Si vous n'êtes pas ici à dix heures, avec ou sans votre gamin, je démarre.

Rhett s'inclina.

— Je suis votre obligé, capitaine Bonneau.

— Et ne dites jamais à Ruthie que j'ai fait ça !

Alors qu'il ramait seul à bord du youyou de la *Veuve*, Rhett sentit crisser du sable entre ses dents.

Parce qu'il n'avait pas reçu de renforts de Braxton Bragg, le général Whiting, qui commandait le fort Fisher, avait dépouillé de leurs hommes d'autres forts le long du fleuve. Tandis que Rhett attachait son canot, une canonnière déversait des soldats sur le quai. Ces artilleurs ne ressemblaient à aucun des sudistes qu'il avait vus ces dernières années : gras, avec des uniformes complets et récemment repassés. Jusqu'à ce jour, ces hommes avaient vécu une guerre clémente. Perchés dans leurs guérites qui surplombaient le fleuve, ils avaient de temps à autre tiré un obus sur des forceurs fédéraux qui s'aventuraient trop près mais ils ne s'étaient jamais trouvés sous le feu. Des capitaines de contrebandiers reconnaissants les avaient approvisionnés en victuailles et en whiskey.

Formés en rangs irréguliers, ces soldats jusqu'alors gâtés jetaient des regards inquiets sur le chaos qui les attendait.

Rhett avisa un capitaine corpulent dont l'uniforme devait être moins juste quatre ans plus tôt et lança :

— Belle journée !

L'océan était un miroir où ne couraient que les vagues concentriques de tirs trop courts. Des arcs de fumée blanche marquaient la trajectoire des projectiles vers la forteresse assiégée. On voyait tous les vaisseaux fédéraux comme à travers une loupe. Une forte brise soufflait la fumée à la bouche de leurs canons. Les cuirassés *Pawtuxet, Brooklyn, Mahopac, Canonicus, Huron, Saugus, Kansas, Pontoosuc, Yantic, Mohican, Monadnock, New Ironsides, Pequot, Senaca, Tacony, Unadilla* et *Maumee* demeuraient à un peu moins d'une centaine de mètres de la côte, devant les navires de guerre en bois *Minnesota, Colorado, Tuscarona, Mackinaw, Powhatan, Wabash, Susquehanna, Ticonderoga, Juniata, Vanderbilt* et *Shenendoah.* Une douzaine de bâtiments plus petits attendaient plus loin derrière, ainsi que dix-huit navires de guerre et vingt-deux transporteurs de troupes.

Le fort Fisher était constitué d'une succession de dunes de sable qui formaient un L à l'envers. La hampe du L faisait face à la flotte nordiste et son flanc court traversait la péninsule, face aux détachements de débarquement nordistes. Les murs de sable du fort Fisher étaient larges de quinze mètres et hauts de dix, liés les uns aux autres par des cols garnis de canons.

Avant le bombardement fédéral, le fort Fisher avait hébergé des baraquements, des corrals et un terrain de manœuvres. Le pilonnage avait été tel qu'il n'en restait rien.

Le gros capitaine leva la main et ordonna à ses hommes de se lancer. Rhett prit une profonde inspiration, baissa la tête et courut comme un lièvre. Il fila sur la route jusqu'à ce qu'elle disparaisse dans les trous d'obus. Rhett avait mal aux jambes d'avoir couru dans le sable mou, il trébucha et tomba. Le sable jaillit autour de lui et la secousse vint lui frapper les tympans. Un déluge de sable remplit sa chemise, son pantalon et ses bottes, se colla à chaque mèche de ses cheveux moite de sueur.

Le drapeau du fort Fisher n'était plus qu'un morceau de chiffon qui pendait misérablement. Certaines contremarches de l'escalier qui menait à la réserve d'armes du quartier général avaient volé en éclats ; d'autres manquaient. On avait démonté les armes, un canon de fusil pendait à une fenêtre au-dessus de la mer. Sur le col entre les dunes, derrière des sacs de sable empilés jusqu'à hauteur d'homme, un officier pointait sa longue-vue sur la flotte fédérale. À ses pieds, son ordonnance s'était adossée aux sacs de sable.

— Général Whiting ?

Le général referma sa longue-vue d'un geste sec.

— Si vous êtes journaliste, monsieur, apprenez à vos lecteurs que nous tiendrons ce fort.

— Je viens de la part du général Bragg.

Le visage du général s'empourpra d'impatience.

— Bragg m'envoie des renforts ?

— Je ne suis pas informé des projets du général Bragg, monsieur.

Rhett essuya le sable sur l'enveloppe avant de la tendre au général.

Selon les ordres de Braxton Bragg, le soldat Tazewell Watling était transféré du 18e des Réservistes juniors de Caroline-du-Nord au département des transports du colonel Rufus Bullock. Rhett Butler, qui dépendait de ce département, escorterait le soldat Watling.

— Je demande des renforts à Bragg et il me prend les hommes que j'ai, dit le général Whiting.

— Watling n'est qu'un gamin, monsieur. Il a quinze ans.

— Les fédéraux sont quatre fois plus nombreux que nous.

La nuit d'hiver tombait vite. Lorsque la flotte fédérale cessa brusquement le feu, il se fit un silence insolite. L'ordonnance de Whiting se redressa, s'étira et sortit sa pipe.

— N'allumez pas cette pipe, sergent, lâcha Whiting. Ils n'en ont peut-être pas fini avec nous.

Un à un, les sabords des navires fédéraux s'illuminèrent. Des clairons, certains discordants, d'autres plus accordés, sonnèrent l'heure du dîner.

— J'imagine que vous ne prendriez pas la place du soldat Watling, monsieur ? Vous n'êtes pas un gamin de quinze ans.

Le général attendit, certain de la réponse de Rhett.

— C'est ce que je pensais, dit-il en paraphant les ordres de Bragg d'un trait de crayon.

— Êtes-vous sûr que Bragg n'a rien dit sur une éventuelle contre-attaque ? Rien ne vous a laissé supposer qu'il pourrait nous venir en aide ?

— Hier, général, répondit Rhett avec prudence, il y avait des voitures devant les quartiers du général Bragg. Je pense que le général Bragg était sur le point de partir.

Le général Whiting se frappa la paume du poing.

— Il ne peut pas nous abandonner. Même ce satané Bragg... Je vais lui écrire moi-même. Il faut qu'il comprenne !

Le général dévala l'escalier brisé.

Lorsque l'ordonnance craqua une allumette pour entamer sa pipe, la lueur parut éblouissante.

— Autant mourir aujourd'hui plutôt que demain ! lança-t-il.

Comme des fourmis sortant de leur monticule, les défenseurs du fort Fisher émergèrent des profonds abris creusés sous les dunes. La pleine lune éclairait le fort. Les intendants firent rouler des tonneaux et passer des boîtes de biscuits. Les soldats affamés rompirent les rangs pour manger.

Un caporal maigre et sec termina son lard et se lécha les doigts avant de saisir le document de Rhett. Il se mit à lire. Son doigt suivait les lignes. Puis il remit la lettre dans son enveloppe.

— Watling est au courant ?

— Non.

— Watling est un bon garçon. La plupart de ces gamins sont complètement pétrifiés. Certains veulent pas sortir des abris, même quand les fédéraux tirent plus.

Il manquait une dent de devant à la mâchoire du caporal. Il reprit :

— Watling a été notre préposé à la poudre tant qu'on a eu un canon. Nous autres artilleurs, on a une bonne opinion de ce garçon, monsieur.

— Ça ne vous dérange pas que je le sorte de là ?

Un sourire édenté fendit le visage du caporal.

— Et moi, vous me sortez de là aussi ?

Assis sur le socle d'un canon, Taz Watling mâchait un biscuit. Son uniforme tombait mollement sur son corps maigre.

— Que je sois pendu ! lâcha Taz. Je croyais que vous étiez dans l'armée.

— J'ai chevauché avec Forrest pendant un temps.

— Il paraît que Forrest a épuisé vingt chevaux.

— C'est ce qu'on dit.

Au large, un cuirassé tonna. L'obus traça un arc incandescent au-dessus des eaux noires, frappa le fort et explosa.

— Ils vont attaquer demain, dit Taz très calmement.

— Ils ne sont que quatre fois plus nombreux que vous.

— Ne plaisantez pas. Vous êtes toujours en train de plaisanter.

— Tu veux dire que tout ceci n'est pas drôle ? Dix-huit mille gars courageux qui attendent de mourir pendant que Braxton Bragg déguerpit ? Ce vieux Brax est vraiment impayable !

— J'ai été fier que vous vous engagiez dans l'armée, dit Taz. Que faites-vous ici ? Pourquoi êtes-vous en civil ?

— Mon uniforme était plein de poux.

Rhett se jucha sur un baril de poudre vide et alluma un cigare.

— L'armée du Tennessee n'existe plus. Je voulais passer voir comment tu te débrouillais.

L'intérieur du fort se résumait à une étendue sableuse éclairée par la lune et que parsemaient les braises de quelques cigares et pipes. Au large, la marine fédérale s'étendait comme une métropole flottante embrasée. Sur la péninsule, les feux de camp nordistes couraient d'une côte à l'autre.

— J'ai appris que tu étais un héros. J'avais espéré que ta coûteuse éducation t'éviterait ce genre de choses.

Taz haussa les épaules.

— Les créoles disent « capon vive longtemps ». Sans doute mon sang Butler. Mon arrière-grand-père n'était-il pas un pirate ?

— Le lâche vit longtemps… traduisit Rhett. Les créoles sont des salauds de bagarreurs. Je ne sais pas si Louis Valentin Butler se serait qualifié de pirate. Il aurait certainement préféré « gentleman de fortune ».

Le garçon soupira.

— Enfin, bref, je suis content de vous voir.

Rhett essuya le sable de sa flasque en argent et dévissa deux petits gobelets. Il remplit le sien avant de servir l'autre à Taz.

Un faisceau incandescent les survola et la secousse plaqua sa veste contre le dos de Rhett.

Le garçon prit une gorgée, hoqueta et toussa.

— Ne le gâche pas, fils. Ce brandy est plus vieux que toi.

Taz avala une deuxième rasade.

— Je n'ai eu aucune nouvelle de ma mère. Nous ne recevons plus de courrier.

— Belle allait bien quand je suis passé par Atlanta. Elle est en sécurité là-bas. Les fédéraux ne reviendront pas.

Taz finit courageusement son brandy à grosses gorgées et tendit son gobelet.

— Tant qu'à faire, autant que je me soûle une fois dans ma vie.

— Tant qu'à faire… répondit Rhett en remplissant son gobelet.

Ils burent ensemble pendant un moment puis Taz dit :

— Préposé à la poudre, ce n'est pas aussi facile qu'on pourrait le croire. Je cours au magasin qui lui est à l'abri des bombes, un tunnel de six cents pas de long, d'après mon décompte. Là, je prends un sac de poudre de douze kilos que je trimballe jusqu'aux canons. Les obus fédéraux volent partout comme, comme… tenta-t-il d'expliquer en faisant de grands gestes… comme de foutues chiques. Si une explosion t'enfouit dans le sable, tu as intérêt à t'extirper vite fait, ou tu étouffes. Je veux bien un autre verre, merci. J'ai plus soif que je ne pensais. Mais je préfère être préposé à la poudre que de me planquer dans les abris à respirer de l'air recraché par les autres et à pisser dans des seaux puants. Merde, si c'est ça le goût du brandy, je me demande bien pourquoi les gens en boivent !

Ce goût peu engageant ne l'empêcha pas de boire trop et trop vite. Taz radota sur le fort Fisher et expliqua combien il était fier d'avoir conquis le respect des artilleurs jusqu'à ce que son discours devienne incompréhensible. Lorsque son gobelet lui tomba des mains, le garçon, plus que soûl, murmura :

— Pourquoi ne voulez-vous pas être mon père ?

Puis il perdit connaissance et glissa sur le sable.

Le caporal maigre et Rhett attrapèrent une civière et transportèrent le garçon jusqu'au quai.

— Quel est votre nom, caporal ?
— Pourquoi voulez-vous le savoir ?
— On pourrait se recroiser après la guerre.
— Y a peu de chances, nota le caporal avant d'ajouter : Si vous gardez ce petit gars en vie, il deviendra un homme un jour.
Quinze minutes avant l'heure limite fixée par Tunis, le youyou de Rhett cogna contre la coque de *La Veuve joyeuse* et son équipage hissa le garçon inconscient à bord.

Lorsque Rhett regagna le fort, le caporal dit :
— Je ne m'attendais pas à vous revoir. Les fédéraux vont attaquer demain.
— Avez-vous jamais aimé une femme ?
Saisi, le caporal répondit :
— Ma femme, Ella, est morte il y a trois ans.
— Vous avez tout perdu.
— Je pense bien.
Après un moment, Rhett dit :
— Enfin, la lune est belle.
Le caporal hocha la tête.
— Vous avez fait partir le garçon ?
— Tazewell Watling part pour l'Angleterre.
— Ben ça ! On m'a dit que l'Angleterre était un endroit du genre très vert. Il paraît que les gens sont bien là-bas.
— En tout cas, ils ne se tirent pas les uns sur les autres.
— Eh ben ! Ce serait pas agréable, ça ?

Lorsque Taz se réveilla le lendemain matin, sa migraine en fit autant. Il était allongé sur un pont dur, entouré de balles de coton dont l'odeur boisée et huileuse lui imprégnait le nez et s'insinuait directement jusqu'à son estomac ; il rampa à reculons hors de sa caverne de coton jusqu'à un bastingage – mais où diable se trouvait-il ? – et vomit. Chaque spasme venait cogner son crâne et il ouvrait grands les yeux pour soulager la pression sur ses os. Il se releva. Il épousseta le sable de ses genoux. Il se trouvait sur un bateau au milieu d'une mer d'huile. Ils n'allaient pas vite. Les flots filaient contre la proue du bateau, le soleil n'était pas encore à son zénith. Foutu Rhett Butler ! La migraine sourde de Taz se mua en une douleur lancinante. Son estomac était vide, Dieu merci. Mais qu'est-ce que c'était que ce bateau ? Des hommes se hissèrent hors de la cale pour gréer un guindeau. Une balle de coton émergea sous le soleil. Ils la sortirent lestement et la jetèrent sur le côté.

Taz demanda à l'un des équipiers où ils étaient.

— À une journée et demie de Nassau si elle file. Donne un coup de main. Tire sur ce bout quand je te dis « tire ».

Lorsque Taz tira sur l'épais cordage de chanvre, son crâne implosa comme les grains de maïs que les enfants font cuire à Noël. Les marins portaient des vareuses et des pantalons de toile propres. Taz était sale et sentait mauvais.

Une fois la cargaison du pont inférieur larguée par-dessus bord, l'équipage de la *Veuve* se détendit et le timonier alluma sa pipe.

Tazewell Watling se sentait aussi léger qu'une plume. Alors qu'il ruminait avec amertume l'odieuse trahison de Rhett Butler, Taz finit par comprendre qu'il n'avait pas eu tant envie de mourir que cela. Cette mer verte et huileuse était si plane qu'il devinait à l'horizon la rotondité de la Terre. Ce maudit fort Fisher, bruyant, dangereux, ensablé, semblait bien loin. Son crâne cessa de le faire souffrir et il eut faim.

Il descendit à la coquerie où il trouva un rôti de bœuf à moitié découpé et du pain.

Quatre hommes travaillaient à la pompe au fond de l'énorme cale. Des flots d'eau entraient par les soudures de la cloison. Dans la salle des machines, l'un des deux moteurs était froid. Des hommes épuisés s'étaient affalés sur des paillasses quelques centimètres seulement au-dessus du pont détrempé.

Personne n'interrogea Taz ; personne ne semblait s'intéresser à lui.

Vers trois heures, l'équipage commença à larguer la cargaison du pont supérieur. Les balles de coton plongeaient par-dessus bord et dansaient sur l'eau dans le sillage de la *Veuve*.

Un capitaine noir et fatigué donnait les ordres.

Taz s'éclaircit la gorge et dit poliment :

— Je m'appelle Tazewell Watling. Je ne suis pas à bord de mon plein gré.

— Pour ça oui, je sais qui tu es !

Une autre balle de coton alla éclabousser l'étrave du bateau et s'éloigna en effleurant sa coque.

— C'était la dernière virée de la *Veuve*. Moi, Ruthie et

Nat, on devait partir pour le Canada. Mon père est à Kingston. Il dit qu'il y a pas plus heureux qu'un Nègre au Canada.

Ce n'étaient pas les canonniers fédéraux qui avaient abîmé *La Veuve joyeuse*; elle s'était abîmée toute seule. Les moteurs, poussés jusqu'à la surchauffe, avaient tordu des plaques, fait sauter des rivets et sapé les genoux du navire. M. Campbell avait calfaté et colmaté toutes les fissures qu'il avait pu, mais certaines restaient inaccessibles et l'eau ne se trouvait plus qu'à une quinzaine de centimètres des foyers lorsqu'ils commencèrent à se délester de leur marchandise.

— Sommes-nous en train de couler, monsieur?

Une nouvelle balle heurta la surface de l'eau et ballotta au gré des flots.

— Rhett a pris des dispositions pour toi, gamin. Nous allons jusqu'à Nassau, je te mets sur un bateau. T'es attendu en Angleterre.

— Monsieur, je suis un soldat confédéré !

— T'es un quoi ? s'esclaffa furieusement le capitaine. Pitié !

Il se tourna vers ses hommes.

— On en a balancé assez comme ça, monsieur Campbell ! Voyons si on peut en garder quelques-unes à vendre.

Puis, davantage pour lui-même qu'à l'intention du garçon, il ajouta :

— Un millier de dollars pour une balle de coton ! Un millier de dollars !

La journée était lumineuse. Taz, préposé aux poudres dans le plus grand des forts sudistes, avait accompli des missions dangereuses et, sans qu'il y soit pour rien, il se retrouvait vivant. Il s'était préparé à mourir et il n'était pas mort. Jamais le soleil n'avait brillé plus ardemment qu'aujourd'hui. Le jeune Tazewell Watling partait pour une nouvelle vie. Un frisson le parcourut.

L'unique moteur de *La Veuve joyeuse* sifflait poussivement sur la mer glauque. La *Veuve* avait été un navire élancé, splendide et rapide, mais ne l'était plus. Si elle réussissait à gagner Nassau, elle finirait à la casse.

Le capitaine Tunis Bonneau tourna ses yeux rougis vers son passager.

— Gamin, il n'y a plus de confédérés.

II

RECONSTRUCTION

24

Une plantation en Géorgie après la guerre

Charleston capitula, Columbia brûla, Petersburg tomba, Richmond brûla. Les armées confédérées capitulèrent. C'était terminé. Après quatre longues années, la guerre était finie. Du Potomac au rio Brazos, l'herbe couvrait les terres agricoles abandonnées, les squelettes des hommes et des chevaux avaient disparu sous la nouvelle floraison et fin juin, lorsque la végétation plia sous la chaleur, seuls les plantations incendiées, les villes dévastées et les cœurs brisés témoignaient encore de ce qui était arrivé au Sud. Ce printemps-là, les gazouillis des oiseaux tombèrent dans des oreilles encore à l'affût du fracas des armes. Les pâles survivants d'armées jadis redoutées déposèrent les armes et commencèrent un long retour vers leurs maisons.

Du bout de son doigt humide, Scarlett O'Hara Hamilton attrapa la dernière miette de pain de maïs dans son assiette.

— Mama, il faut donner des portions plus petites aux vagabonds.

La vieille servante empila rageusement les assiettes en débarrassant la table et les emporta dans la cuisine en grommelant :

— Tara n'a jamais laissé repartir qui que ce soit l'estomac vide et ces gamins sont pas des vagabonds. Ce sont des garçons soldats !

Tara se trouvait en retrait de la route principale mais d'autres garçons soldats n'en arrivaient pas moins chaque jour.

— On fait que passer, madame. Je me rentre. C'est que

j'ai des petits que j'ai pas vus depuis 1863. J'espère qu'ils se souviendront de leur vieux papa.

La nuit précédente, un jeune gars de l'Alabama avait dormi par terre dans le petit salon et avait petit-déjeuné de pain de maïs avant de reprendre sa route. La farine de maïs qui restait à Tara – sept précieuses livres – était enfermée à clé dans l'armoire à alcools du général O'Hara.

Les pillards de Sherman avaient arraché le papier peint de la salle à manger de Tara à la recherche d'argent caché. Certaines des chaises dépareillées qui entouraient désormais la table étaient attachées ensemble. « Je suis pas menuisier, miss Scarlett, avait expliqué Pork. Je suis le valet de maître Gérald. »

Mélanie se leva de sa chaise.

— Je suis un peu fatiguée. Si ça ne vous ennuie pas trop, je vais aller m'allonger jusqu'à ce que nous allions chercher les pommes de terre. Scarlett, très chère, tu me réveilleras ?

Au hochement de tête laconique de Scarlett, Mélanie produisit son plus doux sourire.

— Si je ne suis pas sûre que tu viendras me chercher, très chère, je ne parviendrai pas à dormir. Tu ne peux pas tout faire seule.

— Mais bien entendu, je te réveillerai, mentit Scarlett en embrassant la joue de sa belle-sœur.

Les Yankees ne voleraient plus rien : il ne restait rien à voler à Tara. De sa centaine de bœufs et de vaches laitières, de ses deux cents porcs, ses quarante chevaux et mules, ses cinquante moutons et ses innombrables poulets et dindes, il ne restait plus qu'un cheval, une vache, une truie grincheuse et deux vieilles poules. Ce que les Yankees n'avaient pas tué, ils l'avaient emporté.

Les employés de la plantation – même des Noirs de confiance comme Big Sam – s'étaient enfuis. Seuls les domestiques, Pork, Mama, Dilcey et Prissy, étaient restés à Tara et Scarlett souhaitait parfois qu'ils s'en aillent aussi. Elle ignorait si Ashley était mort au camp de prisonniers nordiste comme tant d'autres ou s'il rentrerait à la maison un jour. La plupart des nuits, elle parvenait à prononcer une furtive prière pour Ashley avant que son esprit épuisé ne succombe au sommeil. Certains soirs, elle oubliait.

Un an plus tôt, lorsque Rhett Butler l'avait abandonnée aux portes d'Atlanta en feu, Scarlett courait se blottir dans le Tara de son enfance, où sa Mama ferait chauffer du lait et où sa mère, Ellen, poserait des linges humides sur son front. Les horreurs de la guerre seraient effacées dès l'instant où Scarlett tomberait entre les bras aimants de sa mère.

Mais ce rêve n'avait pu se réaliser.

La veille du retour de Scarlett chez elle – un jour irrévocable –, la mère de Scarlett, Ellen, était morte de la fièvre. Elle mourut un prénom d'homme sur les lèvres : Philippe – un prénom français.

Il n'existait plus personne maintenant qui puisse apprendre à Scarlett à vivre. « Philippe ? » Elle ne connaissait aucun Philippe et avait d'autres sujets de préoccupation plus pressants.

Parfois, Scarlett songeait que Gérald O'Hara aurait dû mourir avec sa femme. Le père de Scarlett n'était plus que la carcasse de l'homme habile, impétueux et vigoureux qu'il avait été. Bien que Gérald présidât toujours aux repas et avalât sa maigre portion sans protester, son esprit était brisé.

Le voici qui se levait.

— Je pense que je vais aller me reposer, maintenant, ma chère. Cet après-midi, ta mère et moi irons jusqu'aux Douze Chênes à cheval.

— C'est une bonne idée, répondit Scarlett, alors que John Wilkes était mort depuis longtemps et que des Douze Chênes, il ne restait qu'un tas de cendres.

Scarlett entretenait l'illusion parce que l'illusion valait toujours mieux que les moments de lucidité de Gérald O'Hara – lorsqu'il se souvenait de tout ce qu'il avait perdu, il suffoquait de larmes.

Le petit Wade tapait les talons contre les barreaux de sa chaise en geignant qu'il avait encore faim.

— Wade, tu vas devoir attendre. Quand Mama fera du pain de maïs, tu pourras avoir le bol.

Scarlett attacha son bonnet avant de sortir de la maison et de rejoindre Pork qui l'attendait, revêtu du manteau du dimanche usé que Gérald lui avait donné des années auparavant. Sa détermination se lisait sur ses lèvres pincées lorsqu'il commença :

— Miss Scarlett !

Les plaintes trop connues de Pork glissaient sur elle.

— Miss Scarlett, quand mon ancien maître a essayé de me racheter à maître Gérald, il a offert huit cents dollars, ce qui représentait une somme rondelette en ce temps-là. Oui, miss, parfaitement ! Maître Gérald n'a voulu prendre aucun argent pour ma personne parce qu'elle se trouve être le valet personnel de maître Gérald. Je ne suis pas homme à me lancer des couronnes, mais certains disent que c'est moi le meilleur valet du comté de Clayton. Et je ne transporterai pas de patates !

— Pork, répondit Scarlett en maîtrisant son humeur, si un homme fort comme toi ne veut pas aider, comment nous autres femmes pourrions-nous faire le travail ?

Du coin de l'œil, Scarlett vit sa sœur se préparer à seller leur seul cheval.

— Suellen ! Suellen ! Attends !

Suellen portait sa jolie robe et une belle pivoine blanche dans ses cheveux ternes.

— Suellen, où vas-tu ?

— Mais je vais à Jonesboro, chère sœur. Nous sommes mardi.

Frank Kennedy était le promis de Suellen depuis des années. Son magasin de Jonesboro avait été détruit mais Frank rapportait tous les mardis des tissus, des articles de mercerie et des provisions d'Atlanta pour les échanger contre des œufs, du beurre, du miel et autres trésors oubliés par les fédéraux.

— Suellen, je suis navrée, mais nous avons besoin du cheval aujourd'hui. Dilcey sait où les Yankees ont jeté un tonneau de farine infestée par les charançons. Pense comme ce sera bon de pouvoir manger des biscuits !

Suellen jeta sa pivoine dans la poussière en retournant vers la maison d'un air digne.

Scarlett tint sa langue.

Les Yankees avaient brûlé pour deux cent mille dollars de coton engrangé par Gérald O'Hara. Quelques mois plus tard, ils étaient revenus pour brûler la petite récolte glanée par Scarlett, qui ne valait guère plus de deux mille dollars. Un mois avant la défaite sudiste, Scarlett en avait replanté. Si la trop maigre récolte de cette année survivait aux charançons et au liseron, elle pourrait se vendre deux cents dollars à l'automne : une fortune.

Avant la guerre, Scarlett pensait que seuls les imprudents mangeaient leur semence de blé. Elle comprenait maintenant l'amère vérité : les gens se nourrissent de semence, des pommes de terre à planter, quand la faim les y pousse. Heureusement, se dit Scarlett, les graines de coton ne se mangent pas.

Elle maugréait chaque fois qu'il fallait égorger un des porcelets de quinze kilos – un porcelet qui aurait pu devenir un jour un porc de cent cinquante kilos !

La belle Scarlett avait à présent le visage marqué par la fatigue. La joyeuse Scarlett d'autrefois se mettait sans cesse en colère. Et la fière Scarlett de jadis aurait fait aujourd'hui n'importe quoi, absolument n'importe quoi, pour Tara et pour les siens. La fille de Gérald O'Hara travaillait davantage qu'elle ne l'aurait jamais cru possible. Elle avait biné jusqu'à en avoir des ampoules, sarclé jusqu'à ce que le liseron lui déchire ses ampoules. Elle avait travaillé jusqu'à ce que son dos et ses épaules la lancent. Elle avait tant perdu de poids qu'elle entrait dans les robes de ses treize ans. La femme qui était revenue à Tara pour replonger en enfance en était devenue la maîtresse de maison. C'est elle qui distribuait la nourriture, désamorçait les chamailleries, soignait les malades, encourageait ceux qui étaient à bout de forces.

Elle attacha le cheval et se tourna vers Pork.

— Pork, si tu ne peux pas porter des patates, peut-être pourrais-tu graisser la pompe.

Comme s'il s'adressait à un enfant, Pork reprit :

— Miss Scarlett, je suis le valet de maître Gérald...

Scarlett sentit chauffer la racine de ses cheveux. Elle sourit avec douceur et dit :

— Je me demande si une autre famille du comté de Clayton pourrait avoir besoin d'un valet...

Pork secoua la tête tristement.

— Miss Scarlett, pourquoi vous êtes si dure ?

Pourquoi ? Pourquoi ? Si Scarlett vacillait, si elle perdait sa volonté, si ne serait-ce qu'une fois – comme elle l'aurait souhaité par moments –, elle s'effondrait en larmes, tout serait perdu.

Pork s'éloigna tranquillement à la recherche d'une quelconque graisse pour la pompe.

Des cinq cents hectares de plantations de Gérald O'Hara, il ne restait qu'un potager d'une trentaine de mètres carrés et une parcelle de coton de deux hectares et demi. Scarlett cligna des yeux pour ne pas voir les ronces et les mûriers sauvages qui mangeaient peu à peu la terre.

Elle travaillait comme une domestique et mangeait de la nourriture de domestique : mouron blanc, cresson de terre, pousses de pissenlit et moutarde sauvage. Scarlett se plia en deux à l'ombre d'un chêne où une plante vivace – le teinturier – n'avait pas encore brûlé sous le soleil. Ils auraient des pousses de teinturier pour le dîner.

Un étranger remontait l'allée sur un baudet si petit que ses bottes râclaient le sol de leurs pointes. Il portait un manteau vert et neuf mal coupé, une barbe courte et ses cheveux platine n'étaient qu'un duvet. Il était plus charnu que les soldats libérés qui avaient atterri à Tara. Au pied de l'ultime montée, l'âne s'arrêta, tendit le cou, pointa le museau vers le ciel et se mit à braire. Le cavalier attendit, les rênes relâchés, que l'animal se taise.

À en juger par son manteau neuf, ce devait être un *carpetbagger*[1] – bien qu'apparemment peu prospère.

Le cavalier serait sans doute allé plus vite en menant sa monture, mais il demeura sur le dos de la bête renfrognée jusqu'aux pieds de Scarlett.

— Belle matinée, observa-t-il.

— Si vous êtes un *carpetbagger*, monsieur, vous n'êtes pas le bienvenu.

Cette remarque lui tira un brusque rire de surprise.

— *Carpetbagger*, madame ? Madame, j'ai commis des péchés terribles, mais pas celui-ci. Puis-je abreuver mon âne ?

Scarlett lui désigna le puits.

La pompe, que Pork n'avait pas encore graissée, grinça lorsque l'homme tourna la manivelle.

— Alors, vous devez être un *scalawag*[2], décida Scarlett. Personne d'autre ne porte des vêtements neufs.

Il versa dans un seau de l'eau pour son âne et dit :

— Votre pompe a besoin de saindoux.

Il enleva son manteau neuf et l'accrocha à la poignée de la pompe. D'un geste sec, il en arracha une manche. Des fils déchirés pendaient à l'emmanchure vide. Il fourra la manche dans sa poche avant de remettre son manteau.

— Un *scalawag*, madame ? Un de ces sudistes secrètement

1. Les sudistes appelaient *carpetbaggers* les aventuriers blancs qui arrivèrent dans le Sud après la guerre de Sécession. Vient du mot *carpetbag* : « sac de voyage » (souvent en tapisserie).

2. Terme péjoratif (que l'on pourrait traduire par « vaurien », « coquin ») utilisé par les démocrates de l'après-guerre pour qualifier les sudistes blancs qui avaient rejoint le parti républicain pendant la reconstruction du Sud. On les appelait également des « sudistes unionistes ».

sympathisants de l'Union qui ont gardé leurs opinions pour eux jusqu'à la victoire des Yankees ? Non, madame, je suis un prisonnier libéré du pénitencier de l'Ohio, avec ce manteau et dix dollars qui m'ont servi à acheter cette noble monture, Chapultapec, expliqua-t-il en flattant la croupe de l'animal. C'est un sacré nom pour un âne.

Son visage fut transfiguré par un sourire.

— Mais je suis un incurable romantique. Vous ne me reconnaissez pas ?

Scarlett fronça les sourcils.

— Non... Je crains que non.

— Peut-être que si je portais un chapeau d'officier de cavalerie avec une plume d'aigrette ?... Si j'étais accompagné d'un joueur de banjo ?... Je ne peux croire, miss Scarlett, que beaucoup d'hommes soient venus vous faire la cour avec leur propre orchestre.

Scarlett cligna des yeux.

— Colonel Ravanel ?

Il s'inclina profondément.

— J'avais espéré que vous ne pourriez jamais m'oublier.

— En effet, répondit-elle alors qu'un souvenir lui revenait brusquement en mémoire. N'avez-vous pas perdu votre épouse ?

— Ma Charlotte est avec les anges.

L'esprit de Scarlett fonctionnait à plein régime. Lorsqu'elle avait rencontré Charlotte Ravanel chez tante Eulalie, elle avait trouvé la dame vertueuse et sans intérêt : le genre de femme à qui les autres se confient. Mais Charlotte était une Fisher : l'héritière d'une des plus grandes fortunes du Sud. Le grenier de Charlotte Fisher était sans doute encombré de coffres entiers d'argent confédéré qui ne valait plus rien, comme celui de Tara. Mais tout n'avait pas pu disparaître. Scarlett sourit tristement.

— Colonel, toutes mes condoléances.

Charlotte n'avait-elle pas un frère ?

— Et Jamie Fisher ? demanda Scarlett.

— Jamie et moi partagions la même cellule. « Mange ton porridge, Andrew ! Sors prendre l'air ! Andrew, ne sois pas amer », se souvint Andrew Ravanel. Jamie ne comprenait pas que l'amertume puisse réconforter un homme.

Pour sa part, Scarlett pensait que l'amertume était comme la nostalgie : un obstacle à l'accomplissement des choses à faire. Nourrir les affamés de Tara, restaurer la maison et les dépendances, engager des ouvriers, acheter du bétail et planter cinq cents hectares de coton, voilà qui ne laisserait pas une minute à l'amertume.

— Colonel Ravanel, vous dînerez avec nous, bien sûr ?

— Merci, mais non, je ne pourrai pas.

— Bonté divine, vous avez sûrement faim ?

— Je ne peux pas payer.

— De grâce ! dit Scarlett. S'il vous faut absolument payer quelque chose, vous en aurez pour un dollar confédéré !

Pork était en train de tailler les rosiers du jardin de devant. Chaque matin, des bouquets frais embaumaient l'entrée, le salon, la salle à manger et la chambre de Gérald.

— Pork, ne t'ai-je pas demandé de graisser la pompe ?

— Oui, miss Scarlett. Je cueille ces fleurs d'abord.

— Les fleurs sont belles mais chaque seau d'eau est plus lourd parce que la pompe a besoin de graisse. Quand tu auras fini de tailler les roses, commence à transporter les patates.

Pork fit une moue de mécontentement.

— Il paraît que les Yankees ont interdit le fouet, observa tranquillement Andrew Ravanel. Mais votre plantation est si écartée des routes de passage…

Pork se redressa de toute sa hauteur.

— Je n'ai jamais été fouetté ! Maître Gérald ne permet pas que l'on fouette à Tara.

Le colonel tira la manche froissée de sa poche et la fit claquer sur la jambe de son pantalon.

La bouche de Pork s'ouvrit et ses roses lui tombèrent des mains. D'une voix morte, il dit :

— Oui, miss Scarlett. Je vais graisser la pompe.

En entrant dans le vestibule avec le colonel, Scarlett s'excusa :

— Je crains que les soldats de Sherman ne soient passés par là.

— Mes derniers quartiers, miss Scarlett, n'avaient rien d'enviable.

Scarlett mena l'homme jusqu'à la salle à manger.

— Excusez-moi, colonel. Je vais m'occuper de votre dîner.

Elle trouva Mama à genoux sur un tabouret en train de nettoyer les vitres de la cuisine.

— Mama, il va nous falloir ce pain de maïs, et il y a des pousses de teinturier sous le chêne, derrière le puits.

— Miss Scarlett, ce pain de maïs, c'est pour le dîner.

— Mama, ce gentleman est notre invité.

— J'ai vu ce monsieur-là par la fenêtre, grogna Mama. Quel genre de gentleman n'a qu'une manche à son manteau ?

— Il a déchiré son manteau pour qu'on ne le confonde pas avec un *scalawag*.

— Il a fait quoi ?

Mama secoua la tête.

— Que Dieu nous prenne en pitié !

Elle descendit de son tabouret et partit chercher les herbes.

Scarlett monta l'escalier de service en courant jusqu'à sa chambre. Son miroir piqué révéla un visage trop brun, à peine féminin, mais ses cheveux étaient propres. Elle défit son chignon et arrangea ses mèches autour de son visage. Elle posa une précieuse goutte d'eau de Cologne derrière ses oreilles.

En chemise de nuit et bottes de cheval, Gérald sortit de sa chambre.

— As-tu vu Ellen ? s'enquit-il anxieusement. Nous devons être aux Douze Chênes pour quatre heures. John voudra que nous prenions un verre avant de dîner.

— Je le lui rappellerai, père. Je vous prie de m'excuser, je dois m'occuper d'un invité.

— Ne devrais-je pas lui souhaiter la bienvenue ?

— Je ne pense pas que ce soit nécessaire, père. Vous ne voudriez pas vous fatiguer avant de partir à cheval pour les Douze Chênes...

Gérald O'Hara agita son doigt.

— N'oublie pas ta mère, répéta-t-il en refermant la porte de sa chambre derrière lui.

Lorsque Scarlett regagna la salle à manger, Mama était en train de disposer sur la table la nourriture prévue pour le dîner de tous.

Le colonel Ravanel indiqua son assiette :

— Vous êtes généreuse.

— Bonté divine, colonel ! Ce n'est qu'un casse-croûte. Avant la guerre, l'hospitalité de Tara était légendaire.

Pour ne pas fixer des yeux son assiette remplie à ras bord, Scarlett lui demanda s'il était passé par Atlanta.

— Depuis l'angle de Whitehall et Broad, je n'ai pas vu un seul immeuble debout.

La fourchette du colonel porta une touffe d'herbes luisantes jusqu'à sa bouche et il les mâcha avec la veule satisfaction d'un ruminant.

— Le centre-ville est détruit.

— La gare ? Le hangar à voitures ?

— Les Yankees y ont traîné des ballots de foin et y ont mis le feu. Ce qui avait survécu aux flammes, ils l'ont achevé à coups d'explosifs et de bélier, répondit Ravanel avec un sourire tendu. Seul un général yankee peut se faire une réputation en incendiant une ville sans défense.

Atlanta détruite ? Scarlett ne pouvait supporter d'y penser. Atlanta regorgeait d'énergie et d'ingéniosité. Si Atlanta était détruite, quel espoir restait-il au Sud ?

Le colonel devina les pensées de Scarlett.

— Ils ne nous abandonneront pas. Les baïonnettes de l'Union soutiennent les *carpetbaggers* et les *scalawags.* Ils voudraient que ce soient les Nègres qui commandent aux Blancs.

Scarlett essayait de ne pas regarder la fourchette du colonel se remplir, monter, s'enfourner dans sa bouche ouverte. La bouche se referma.

— Si les hommes courageux comme vous se montrent si désabusés, qu'allons-nous faire, nous ?

— Des hommes comme moi ? lâcha-t-il avec un rire atroce. Des imbéciles de romantiques qui se battent contre des moulins à vent.

Il poussa son assiette vide et s'essuya la bouche avec sa manche arrachée.

— J'imagine que vous n'avez pas de brandy...

— Seulement de l'alcool blanc.

— Vraiment ?

— Pour un usage médical.

— Je ne suis plus aussi exigeant que je l'ai été.

Scarlett alla à la cuisine chercher le whiskey de blé de son père qu'elle cachait. Mama lui demanda :

— Le monsieur serait-il souffrant ?

L'héritier des Fisher sirota son whiskey avec contentement tout en souriant à Scarlett.

— Cela fait si longtemps que je n'ai pas été en compagnie d'une dame, encore moins d'une dame de votre beauté.

Scarlett baissa les yeux d'un air modeste.

— Deux longues années... J'avais presque oublié...

Scarlett, elle, avait presque oublié quand elle avait mangé à sa faim pour la dernière fois.

— Je regrette notre rencontre… ce soir-là à Atlanta. Un conseil, chère madame Hamilton : ne jouez jamais au héros. Quand les imbéciles vous honorent, vous ne pouvez leur échapper. Lorsque je suis arrivé chez vous, j'étais fatigué des imbéciles, las de moi-même et j'avais trop bu. Scarlett – je peux vous appeler Scarlett ? –, vous avez été mon moment de lumière ce jour-là et pour vous en remercier, je vous ai insultée. Je vous prie d'accepter mes excuses.

Ravanel gloussa au souvenir de cette rencontre.

— Votre « Et emportez votre orchestre avec vous ! », je m'en souviens encore !

Scarlett lui fit la proposition qu'elle avait faite à tant d'étrangers affamés et déguenillés, mais cette fois, elle rougit. Aucun de ces étrangers n'était un héritier de la fortune Fisher.

— Monsieur, vous êtes le bienvenu si vous souhaitez passer la nuit à Tara. Mélanie Wilkes sera ravie d'entendre les nouvelles que vous apportez. Nous ne savons rien du sort de son mari.

— Il doit être en vie, dit le colonel négligemment. Les hommes comme Wilkes vivent éternellement.

Scarlett dissimula une grimace.

— Si vous avez terminé, j'aimerais vous montrer Tara.

Tara avait été le rêve de Gérald O'Hara.

Les murs de brique blanchis à la chaux et le large toit de Tara accueilleraient les enfants, les parents et les invités qui profiteraient de l'hospitalité de Gérald. « Pas de cirque, avait dit Gérald à son épouse, Ellen. Juste une confortable maison de campagne. Je ne peux pas supporter les salons d'attente, les salons de réception, les salons privés, les salons familiaux : à quoi servirait ma maison si ce n'est à ma famille ? » Lorsque Ellen voulut une salle de bal, Gérald grogna : « Ne danserons-nous pas dans notre petit salon, madame O'Hara, quand bon nous semblera ? »

Tara n'avait pas de caves parce que, s'il y avait une chose dont Gérald O'Hara avait peur, c'était des serpents et il était certain que les caves abritaient des serpents.

Il voulut des galeries sur l'avant et l'arrière de la maison – « où nous pourrons nous détendre les soirs d'été ». À l'avant de la chambre principale se trouverait le balcon de Gérald. Là, le propriétaire de Tara pourrait se tenir dans la clarté du matin et admirer l'allée bordée de jeunes marronniers et les champs verdoyants de cotonniers en fleur plantés dans la glaise rouge.

Les petits carreaux et l'imposte semi-circulaire de la porte d'entrée témoignaient de la concession faite par Gérald aux idées de sa femme.

Si la guerre avait meurtri la maison, elle avait ravagé la plantation.

— Nos pacaniers portaient les plus grosses noix du comté de Clayton. La balançoire des enfants était là. Les Yankees ont brûlé les pacaniers. Ils ont aussi brûlé la balançoire, raconta Scarlett. Ici se trouvait la presse à coton. Mon père achetait toujours les machines les plus perfectionnées du moment. « Pourquoi les hommes feraient-ils le travail que des machines idiotes peuvent faire ? » – c'est ce que disait mon père. Ici, c'était notre laiterie. Vous voyez ! c'est la citerne, là-bas, près du mur effondré. Comme vous le constatez, ils n'ont pas incendié les cabanes des Nègres.

Le colonel donna un coup de pied dans une planche carbonisée.

— Vous en aurez besoin quand ces sales Nègres reprendront leurs esprits. Des milliers et des milliers d'entre eux dorment dans les rues d'Atlanta. Si les Yankees ne les nourrissaient pas, ils mourraient de faim.

Qu'est-ce que Scarlett avait à faire des réfugiés nègres ?

— Avec un millier de dollars, on pourrait remettre Tara sur pied. Juste mille dollars. La terre est bonne ; ils peuvent incendier nos bâtiments et abattre notre bétail mais, Dieu m'en soit témoin, ils ne pourront pas tuer notre terre !

— Quelle belle Amazone vous faites !

Lorsque Andrew Ravanel prit la main de Scarlett, sa main de prisonnier parut désagréablement douce.

— Je n'aime guère voyager seul, dit-il. Pourrais-je vous convaincre de m'accompagner jusqu'à Charleston ?

Bien que Scarlett eût attendu une invitation, elle ne s'attendait pas qu'elle fût si hardie.

— Un homme et une femme voyageant ensemble sans être mariés ? Monsieur, que vont penser les gens ?

Le rire dédaigneux de Ravanel la choqua.

— Ma chère Scarlett, ils sont morts. Tous ceux dont l'opinion importait sont morts. Seuls les lâches, les traîtres et les prisonniers ont survécu à la guerre. Jeb Stuart – les fleurs des champs se ployaient en signe de révérence sur le passage du général Stuart –, le vertueux général Polk – il a emporté ses sermons au ciel, où Stonewall Jackson et lui peuvent prêcher l'un pour l'autre –, Cleburne, Turner Ashby, le brave petit Pegram, mon ami Henry Kershaw – ce brave, ce salaud d'imbécile –, même Rhett Butler est mort.

Scarlett eut la sensation de recevoir une balle en plein cœur. Elle murmura :

— Qui ?

Le colonel Ravanel ramassa un tesson de faïence et le fit voler dans la serre détruite.

— Rhett était dans le fort Fisher quand les nordistes l'ont pris d'assaut. Ç'a été une boucherie.

Sa voix perdit de son aigreur.

— Rhett et moi avons été amis. Je n'ai jamais eu un si bon ami.

— Mais Rhett… Rhett n'a jamais cru à la grande cause…

— Non, mais il appréciait les actions de bravoure, dit-il en jetant un regard étonné à Scarlett. Je suis surpris que vous l'ayez connu.

Connu ? Connu ? L'avait-elle connu ? Rhett Butler mort ? Il ne pouvait pas être mort !

— Voilà que je vous ai bouleversée. Je suis désolé. Je ne savais pas que vous connaissiez Rhett Butler.

L'esprit de Scarlett tournoya. Qu'avait-elle pensé ? Certainement qu'elle le reverrait un jour, qu'elle se mettrait de nouveau en fureur devant le sourire sagace et moqueur de Rhett. Elle se mordit la lèvre pour ne pas pleurer. Parti ? Ces rares moments où Rhett et elle s'étaient compris l'un l'autre – enfuis pour toujours ?

— Où… où Rhett Butler est-il enterré ?

— Les fédéraux ont marqué les tombes de leurs soldats. Ils ont jeté les nôtres dans l'océan.

C'était comme si elle avait perdu une part d'elle-même, un bras, une main, son cœur. Rhett Butler mort ! Le désespoir s'abattit sur elle et elle se laissa tomber sur la souche de ce qui avait été le plus grand marronnier de Tara. Comment pouvait-elle continuer ? Hébétée, elle répétait :

— Rhett Butler… mort ?

Andrew Ravanel lui offrit des paroles de réconfort toutes masculines : peut-être Rhett n'était-il pas mort avec les autres. Rhett était un chat. Il avait neuf vies…

Scarlett ne pouvait supporter cet homme une minute de plus.

— Monsieur, veuillez vous souvenir que je suis Mme Charles Hamilton, une veuve respectable. Je décline votre invitation déplacée. Je ne peux imaginer à quoi vous pensiez. Maintenant, monsieur, vous devez partir. Vos intentions sont par trop claires. Vous ne pouvez rester à Tara.

Doucement, il dit :

— Il y a des années, je l'aimais aussi.

— Aimer Rhett Butler ? Ce mufle arrogant et satisfait et… Qui voudrait aimer Rhett Butler ?

— Comme vous voudrez.

L'homme de haute taille remonta sur son petit mulet et s'éloigna.

Le soleil passa derrière un nuage.

Scarlett avait envie de monter et de s'allonger. Elle se sentait faible et impuissante. Seigneur, comme elle avait envie de se coucher !

Au lieu de cela, elle se ressaisit et se dirigea vers la parcelle de pommes de terre. Elle ramasserait les patates avec Pork. Ensuite elle irait de nouveau cueillir des pousses de teinturier.

Plus tard, elle parlerait de Rhett à Mélanie. Melly l'avait toujours apprécié.

25

Une plantation des Basses Terres après la guerre

Six mois plus tard, un cavalier arriva au trot sur la route qui bordait l'Ashley. Le cheval, un étalon noir de jais d'un mètre cinquante au garrot, était de ceux qui avaient fait la célébrité des Basses Terres. Le cavalier montait avec une grâce aristocratique. La guerre avait couché d'innombrables hommes comme lui dans la tombe. Les os de leurs superbes montures blanchissaient dans les champs de maïs et les vergers à travers tout le pays réunifié.

Un an plus tôt, l'armée du général Sherman s'était déversée sur cette même route. Des cheminées calcinées émergeaient des buissons comme des doigts levés pour intimer la prudence. Ce portail renversé conduisait aux ruines de ce qui avait été la maison d'Henry Kershaw. Sur une balançoire suspendue à ce chêne aujourd'hui noirci par le feu, la petite Charlotte Fisher avait lancé ses jambes en criant : « Plus haut ! Plus haut ! Pousse-moi plus haut ! » Cette allée recouverte de végétation serpentait jusqu'à la demeure brûlée où la mère d'Edgar Puryear était morte.

Deux chiens errants maigres comme des rails de chemin de fer se faufilèrent dans les buissons à l'approche du cavalier.

Arrivé à la rivière qui le séparait de la plantation Broughton, Rhett Butler retira ses bottes cavalières, ses chaussettes et son pantalon. Il accrocha ses bottes à sa selle et entoura les yeux du cheval de son pantalon pour qu'il ne voie pas la rivière boueuse dans laquelle on l'entraînait. L'étalon traversa la rivière et monta sur le remblai du principal canal de Broughton, où Rhett se rhabilla.

Le canal d'irrigation était recouvert de mûriers. Les rizières s'étaient transformées en étangs peu profonds où des oiseaux – des foulques – s'éloignèrent de l'intrus. Au bord de la route de Broughton, daims et sangliers s'étaient frayé un chemin à travers des buis que plus personne ne taillait.

L'allée circulaire destinée aux voitures passait devant une façade de brique noircie par le feu et des fenêtres aussi vides que les orbites d'un crâne. La porte d'entrée était ouverte. Parmi les meubles traînés au-dehors et brûlés, Rhett reconnut le lutrin en noyer sur lequel on posait la bible familiale des Butler.

Des colibris voletaient autour du jasmin de Virginie, dont les lianes envahissaient la véranda brisée.

Rhett enjamba les longues tiges jusqu'au point dominant où il s'était arrêté vingt-cinq ans plus tôt. Les souvenirs des rizières productives et symétriques de Broughton se superposaient aux digues rompues, aux flaques salines scintillantes et où plus jamais on ne pourrait semer.

— Oui, c'était beau ! murmura Rhett.

— Oui, monsieur, dit une voix tremblante près de lui. C'était beau. Le maître et la maîtresse Butler ne reçoivent plus.

Le vieux Nègre s'appuyait à une canne en bois flotté tordue. Ses yeux étaient laiteux.

— Bonjour, oncle Salomon.

— Jeune maître Rhett ? C'est vous ? demanda le vieux Nègre en laissant ses doigts effleurer le visage de Rhett. On a dit que vous étiez mort. Dieu soit loué ! Comment vous allez, jeune maître ? On vous a plus vu à la maison de si longtemps !

Rhett dit qu'il aimerait voir ses parents, s'ils étaient encore en vie.

— Oh oui ! Maître et maîtresse vivent toujours. Maître Langston, dit-il en baissant la voix, il a la peste blanche. Il s'est racorni comme un épi de maïs desséché. Tous nos Nègres ils ont filé sauf moi. Hercule et Sudie, ils sont partis à la ville. Hercule dit qu'il veut plus jamais travailler pour les Butler, expliqua le vieil homme dont la lèvre inférieure tremblait d'indignation. Ce Nègre, pour qui il se prend ! Moi, je suis venu au jour à Broughton, j'ai passé tous mes jours à Broughton, et la plantation de Broughton, c'est là que je me coucherai pour toujours.

— Oui, l'oncle. Mes parents sont donc en ville ?

— La maison de la ville, elle a explosé en petits morceaux ! La plus belle maison sur Meeting Street. Y en avait pas de plus jolie ! Les Nègres du marché, ils m'appelaient « monsieur Salomon » parce que je venais de cette maison. Le maître et la maîtresse, ils sont chez le contremaître Watling, maintenant.

— Watling ?

— Vous êtes loin depuis si longtemps, maître Rhett ! Un tel temps ! Maître Langston dit qu'il veut plus quitter Broughton. Votre sœur et son mari, ils viennent de temps en temps. Miss Rosemary veut maître Langston et maîtresse Lizabeth chez elle. Mais vous connaissez comment il est, maître Langston.

— John Haynes est mort, l'oncle. John est mort à la guerre.

— Non, pas M. Haynes. Le colonel Ravanel, le second mari de votre sœur.

— Andrew Ravanel ?

— Oui, monsieur. Le gars du vieux Jack. On dit qu'il est un héros de la guerre, mais je sais rien de ça.

— Andrew Ravanel ?...

— Toutes les femmes, elles se marient. Un jour elles sont veuves, le lendemain épouses, le surlendemain grosses d'un enfant...

La maison d'Isaiah Watling se dressait à la pointe d'une péninsule entourée de hauts fonds recouverts par les marées. Des poulets picoraient dans la cour. Une vache laitière efflanquée portait un chiffon imbibé de térébenthine autour du cou pour éloigner les moustiques.

Un jeune homme sifflait en se balançant sur sa chaise, près de la porte. Quand Rhett attacha son cheval à la clôture, il laissa retomber sa chaise d'un coup. Ses cheveux blonds se faisaient rares sur son front fuyant. Il avait le nez pointu et les yeux si clairs que les pupilles étaient presque invisibles. Un revolver bien huilé sortait de sa ceinture.

— Joli cheval, fit-il en retirant une longue bande d'écorce du bout de bois qu'il taillait. C'est les Yankees qu'ont tous les bons chevaux, ces jours-ci.

Il manquait des dents du haut à son sourire et une cicatrice barrait sa joue droite.

— J'appelais Frank quand on m'a tiré dessus, dit-il pour répondre au regard de Rhett. Sûr que vous avez entendu parler de Frank ! Frank James, c'est un vrai démon ! Bill Quantrill me disait qu'un homme doit garder la bouche fermée, mais y a des jours où vaut mieux qu'elle soit ouverte, vous trouvez pas ? Je veux dire que si j'avais pas eu la bouche ouverte, la balle, elle aurait emporté aussi mes dents du bas. Sûr qu'un jour je retournerai avec Frank et Jesse...

— Je suis Rhett Butler. Les Butler sont-ils là ?

— C'est bien possible.

— Pourriez-vous leur annoncer ma présence ?

— Je suis le neveu d'Isaiah, Josie, dit le jeune homme en se levant. J'ai chevauché avec Quantrill jusqu'à ce que les fédéraux l'abattent. Ils s'imaginaient qu'ils allaient m'avoir aussi, alors, je suis venu vers l'est pour renouer avec la famille. Rhett Butler, dit-il avec un clin d'œil. L'oncle Isaiah, il vous déteste à mort. Sûr qu'un jour il se vengera de vous. Attendre sa revanche, ça vous donne de l'espoir, vous croyez pas ? dit Josie en s'approchant de lui comme un chien vient flairer sa proie. J'ai connu des hommes qui valaient mieux que vous et qu'on a tués pour un cheval moins bon que le vôtre.

— Quatre ans de guerre et vous n'êtes pas fatigué de tuer ?

— J'trucide des gens depuis que je suis môme. Faut croire que ça me plaît.

— Si vous avez l'intention d'utiliser ce revolver, allez-y. Sinon, dites aux Butler que je suis là.

— Vous êtes un enfant de salaud ! Oncle Isaiah ! cria-t-il sans quitter Rhett des yeux. Y a un type qu'est là !

Quand il ouvrit la porte, Isaiah Watling se protégea les yeux du soleil.

— Jeune Butler, vous êtes pas bienvenu ici.

Josie Watling posa une botte sur la rambarde, croisa les bras et sourit comme un homme qui ne s'ennuie pas autant qu'il l'aurait craint.

— Vous vous croyez chez vous, Watling ? Est-ce qu'on n'est pas sur la plantation Broughton ? N'est-ce pas là la maison du contremaître ? Je suis venu voir les Butler.

— Pas de parents à vous ici.

— Et si vous nous laissiez en décider ?

Les yeux brûlants d'Isaiah Watling se fixèrent sur Rhett un long moment avant qu'il pivote sur ses talons pour retourner à l'intérieur.

— Belle journée, dit Josie. Moi, j'ai toujours aimé l'automne. On voit mieux les gens qui rampent quand y a plus de feuilles. Vous êtes pas un bavard, hein ? dit-il après un court silence.

Josie Watling se gratta l'oreille du canon de son revolver.

Isaiah Watling reparut et fit un signe de tête. Rhett le suivit dans l'escalier. Un vague souvenir lui revint du temps où les Butler habitaient ici, avant de faire construire leur demeure grandiose. Il pénétra dans la modeste chambre que ses parents partageaient quand il était enfant. La pièce était bien rangée, le sol balayé. Des fioles de médicaments et un bol de crachats jaunes striés de rouge encombraient la table de nuit, près du lit où gisait le père de Rhett.

Langston Butler avait eu une stature imposante, mais il avait la peau jaune, sauf sur les pommettes – trop rouges. Sa chevelure brune bouclée ne montrait pas un cheveu blanc.

— Vous êtes tuberculeux, dit Rhett.

— Faut-il que vous veniez me dire quelque chose que je sais déjà ?

— Je suis venu vous aider. Je peux m'occuper de mère et de vous.

Langston Butler fut pris d'une toux rauque qui l'étouffa presque. Ses yeux s'arrondirent de rage devant son impuissance. Il cracha dans le bol près de son lit.

— Je vous interdis de bouleverser Élisabeth. Mon épouse a Jésus-Christ et le très dévoué Isaiah Watling pour l'aider. Pourquoi Élisabeth Butler aurait-elle besoin de vous ?

— Père, vous avez accepté de me voir. Il doit y avoir une raison.

— On disait que vous étiez mort et les résurrections m'intéressent plus aujourd'hui que jadis, dit le vieil homme en tentant un sourire. Julian héritera de tout. Vous ne viendrez pas à mes funérailles.

— Pensez-vous pouvoir demeurer le maître de Broughton par-delà la tombe ? Père…

Langston Butler se tourna vers le mur.

— M'est avis que vous devez partir ! dit Josie Watling, appuyé au chambranle de la porte. Mon oncle dit que je peux vous descendre si vous faites pas ce que dit le vieux chnoque. J'ai bien envie de vous descendre. J'admire votre cheval.

Isaiah Watling attendait dans la cour.

— Watling, votre fille, Belle, est en sécurité à Atlanta. Votre petit-fils, Tazewel Watling, étudie dans une école anglaise. Je reçois de bons rapports sur ses progrès.

— Peut-être bien que Belle se repentira, mais à cause de vous, jamais mon fils Shadrach se repentira, lui. Rhett Butler, vous avez condamné Shadrach Watling à la damnation éternelle !

Josie Watling dissimula un sourire derrière sa main.

— Il est pas formidable ? J'en ai jamais vu de pareil.

Quand Rhett s'éloigna entre les rizières inondées, il sentit un point brûlant entre ses omoplates – exactement comme lorsqu'un tireur d'élite fédéral le visait.

À Charleston, on avait dégagé un sentier sinueux dans Meeting Street où les Blancs fouillaient les décombres pour trouver quelque chose à vendre. Des Noirs détruisaient les murs en ruine sous les ordres de sous-officiers fédéraux. Au passage de Rhett, les hommes cessèrent de travailler.

— Le fond du panier est sur le dessus, monsieur ! cria un jeune Noir.

Çà et là, se dressait une maison épargnée ou tout un pâté de bâtiments indemnes. Les fenêtres du 46, Church Street étaient si neuves que le mastic n'était pas encore sec. Une porte en pin brut s'ouvrit sans bruit quand Rhett frappa. Sa sœur Rosemary passa la tête.

Son visage pâlit, elle s'accrocha à la poignée.

— Rhett… tu… tu n'es pas mort… Oh, Rhett ! Mon Dieu ! C'est toi, mon frère !

Elle souriait et pleurait à la fois. Rhett la prit dans ses bras et murmura dans ses cheveux jusqu'à ce qu'elle s'écarte et s'essuie les yeux.

— Suis-je ingrate de m'étonner que mes prières soient exaucées ?

— J'aurais préféré ne pas être si près de serrer la main de saint Pierre. N'as-tu pas reçu mon télégramme ?

Elle secoua la tête. Rhett lui adressa son plus beau sourire.

— Je dois donc être la réponse à tes prières.

— Oh, Rhett, tu n'as pas changé !

— Petite sœur, j'ai appris que les félicitations sont de rigueur.

— Les félicitations ?

Quand Rosemary mit la main devant sa bouche, elle lui rappela leur mère.

— Félicitations, madame Ravanel. Puisses-tu être aussi heureuse que... aussi heureuse qu'on peut l'être.

Rosemary fit entrer son frère. Certains meubles du salon dataient de son premier mariage, mais la causeuse et le canapé étaient neufs.

— Assieds-toi, mon cher frère ! Je vais t'apporter quelque chose. Du brandy ?

— Rien pour l'instant, merci.

— S'il te plaît, Rhett, ne sois pas en colère contre moi !

— En colère ? Et pourquoi devrais-je l'être ?

— Rhett, je t'ai cru mort... Pas un mot !

— Je suis désolé. J'ai télégraphié avant de partir pour Londres. Les fédéraux en veulent à mon argent. C'est très irritant. Jusque-là, Rob Campbell a réussi à les éconduire, mais en attendant, chère sœur, je vis d'expédients.

— John m'a laissé de quoi bien vivre. Si tu as besoin...

— J'ai assez d'argent pour un temps et mon tailleur me fait crédit, ajouta-t-il en tapotant son revers. L'argent, c'est seulement de l'argent. Je suis désolé de t'avoir inquiétée.

Elle réfléchit un instant avant de choisir la franchise.

— Quand John a été tué, j'ai cru que je n'arriverais plus à vivre. Mon enfant, mon mari et – à ce que je croyais – toi aussi, je vous avais perdus. Tu es bien réel, n'est-ce pas ? demanda-t-elle en touchant la joue de Rhett.

— Trop réel parfois.

— Puis Andrew est revenu à Charleston. Deux orphelins dans la tempête...

— Andrew a toujours produit un effet curieux sur les femmes. Ne te méprends pas sur mes propos, petite sœur, dit Rhett en levant un doigt. Andrew était mon ami et, pour toi, nous redeviendrons amis. Je vois que je vais être oncle à nouveau, ajouta-t-il en regardant le ventre rond de Rosemary. J'aime assez ce rôle. Les oncles achètent des jouets et acceptent les baisers mais quand l'enfant fait un caprice, les oncles peuvent remonter en selle et partir.

— Il nous faut notre propre enfant. Andrew... Parfois, Andrew se perd. Notre enfant le ramènera à la maison. Et toi, Rhett ? Qu'en est-il de Scarlett ?

— Qui ?

— Rhett, c'est à Rosemary que tu parles !

— C'est terminé. Ça s'est terminé un soir sur la route de Jonesboro. L'amour nous engloutit comme une vague sur l'océan et il repart aussi vite qu'il est venu.

— Hum…

— Ni remords ni confusion.

— Hum…

— Pourquoi ce sourire condescendant, petite sœur ?

— Parce que mon grand frère sait tout sur tout, dit-elle en riant, mais il ne veut pas écouter son propre cœur.

Sous son tissu noir, un daguerréotypiste yankee immortalisait les ruines spectaculaires de l'East Bay.

La flotte fédérale était à l'ancre dans le port. Les forceurs de blocus capturés avaient l'air gênés d'arborer le drapeau étoilé.

Rhett se rendait dans les bureaux de Haynes & Son quand on l'appela :

— Hé, salut, Rhett ! N'est-ce pas là le mauvais garçon ?

— Jamie Fisher ! Je n'en reviens pas ! La guerre ne t'a pas fait grandir.

— J'ai bien peur que non. Seigneur, que ça fait plaisir de te retrouver ! dit Jamie en serrant la main de Rhett. Viens voir ce qu'on a fait de la maison de grand-mère. J'ai réparé le toit moi-même. Est-ce que je ne suis pas une bonne petite abeille ouvrière ?

Le toit d'ardoises de la demeure Fisher se tachait de plaques de goudron noir. Jamie passa la tête par la porte.

— Juliette, Juliette, viens un peu voir qui est revenu de chez les morts !

Juliette Ravanel retira son foulard poussiéreux.

— Oh, c'est Rhett Butler ! Que ton cœur noir soit béni ! Dieu merci, dit-elle en évaluant le prix du costume de Rhett, tout le monde n'est pas sorti plus pauvre de la guerre.

— Ma pauvre sœur Charlotte, soupira Jamie, avait placé chaque centime de notre argent en bons de la Confédération – pour montrer sa confiance en Andrew, je suppose. Il y avait tant d'argent ! On aurait pu espérer qu'elle en aurait oublié un peu, quelque part… Rhett, annonça Jamie en écartant les bras, tu as devant toi le maître d'équitation le plus couru de Charleston. J'apprends aux enfants des officiers yankees à ne pas tomber de leur poney.

— L'éclaireur téméraire de l'armée confédérée est très demandé, fit observer Juliette avec un sourire.

— Je suis strict avec les parents parce qu'ils attendent de la sévérité de la part d'un éclaireur confédéré, mais les enfants me percent à jour. Ils reconnaissent un enfant aussi gâté qu'eux quand ils en voient un. Entre ! dit Jamie en montrant le chemin à Rhett d'un geste ample. Attention à la marche du haut.

Ils avaient repeint et retapissé le salon et ciré les courbes élégantes de l'escalier pour révéler l'éclat rouge du bois. Jamie ouvrit la porte du boudoir qui n'était qu'un tas de briques brisées, de planches et de plâtre.

— Je n'ai pas refait tout le rez-de-chaussée, mais j'ai terminé trois chambres à l'étage et on les loue à des *carpetbaggers*.

— De l'or, dit Juliette avec émotion. Ils payent en or !

— Ton nouveau beau-frère dit que seuls les traîtres louent à des *carpetbaggers*, précisa Jamie avec une grimace. Mon Dieu, quand Andrew nous trouvera des confédérés solvables pour occuper nos chambres, on mettra les Yankees à la rue ! Rhett, j'ai combattu aux côtés d'Andrew. Nous avons partagé une cellule dans ce maudit pénitencier. Rhett, c'est difficile, tellement difficile, de garder quelqu'un en vie quand il ne veut plus vivre !

— Andrew a toujours eu une nature mélancolique.

— Et maintenant, Andrew me snobe – ainsi que Juliette. Il préfère fréquenter le pire gang de « patriotes » qui aient jamais affûté un couteau Bowie.

— Ah, des patriotes ! soupira Rhett. J'espérais qu'on en avait fini avec les patriotes.

— Assez sur mon idiot de frère, interrompit Juliette. Te souviens-tu d'Hercule ? Sudie et lui vivent au dessus de notre office.

— Hercule, expliqua Jamie en retrouvant son entrain habituel, a monté de nouvelles roues sur une épave d'ambulance, il a peint la caisse en noir et jaune et Juliette a écrit « À louer » sur les côtés.

— Des lettres superbes, je dois dire, se vanta Juliette.

— Coiffé du chapeau en raton laveur de mon grand-père, Hercule est l'image même du cocher d'avant-guerre à Charleston. Un Yankee a demandé à Hercule où nous avions caché nos chevaux de course. Quand Hercule a répondu que Chapultapec avait fini ses jours en tirant un affût de canon, l'homme a fondu en larmes. Rhett, tu vas bien prendre le thé avec nous ?

— J'aimerais bien, mais je dois aller féliciter mon nouveau beau-frère.

Juliette renifla.

Rhett se remettait en selle quand une voiture s'arrêta.

— Et voici notre Hercule, déclara Jamie. Rhett, tu dois admirer son attelage.

Hercule aida une grosse femme noire à poser le pied sur le trottoir.

— Monsieur Rhett, on vous a cherché dans toute la ville. On a entendu que vous êtes de retour.

Ruthie Bonneau portait une robe boutonnée jusqu'au cou et un filet noir dans les cheveux.

— Monsieur Rhett, dit Hercule, je pense que vous connaissez Mme Bonneau.

— Nous sommes de vieux amis, dit Rhett en retirant son chapeau.

— Capitaine Butler, dit Ruthie Bonneau, j'ai besoin de votre aide. Tunis est en prison. Ils vont assassiner mon mari.

26

Le dessous du panier sur le dessus

Les sudistes qui avaient haï et méprisé Abraham Lincoln, y compris ceux qui avaient célébré sa première élection en faisant sécession, furent atterrés par son assassinat. En dépit de tout, Abraham Lincoln – les gens du Sud en avaient eu la preuve – savait pardonner. Alors qu'il visitait Richmond après la chute de la capitale confédérée, on demanda à Lincoln ce qu'on devait faire des rebelles vaincus. Il répondit : « Laissez-les se relever, les gars. Laissez-les se relever ! »

Les républicains radicaux du Congrès n'étaient pas si bien disposés. Certains avaient perdu des fils et des frères sous les balles rebelles. Le très influent sénateur Charles Sumner avait été battu presque à mort par des sécessionnistes et, lors d'un raid de confédérés, la forge de l'élu Thaddeus Stevens avait été brûlée. Dès que Lincoln fut assassiné, ces radicaux prirent le contrôle du gouvernement des États-Unis. Ils passèrent outre les veto du président Andrew Johnson et, quand Johnson s'opposa à eux, ils furent à deux doigts de parvenir à le faire destituer. Le Congrès écarta les gouverneurs élus du Sud et nomma des républicains à leur place. Nombre des nouveaux arrivants étaient des voyous ou des fanatiques, voire les deux.

Thaddeus Stevens pensait que les vainqueurs devaient « arracher une aristocratie arrogante à ses plantations surdimensionnées, réduire leurs propriétaires au rang de simples républicains, les envoyer travailler, apprendre à leurs enfants à trimer dans un atelier ou à manier la charrue. C'est ainsi que nous étoufferons l'orgueil de ces traîtres ».

Des hordes d'esclaves nouvellement libérés envahirent les villes du Sud. Les missionnaires du Nord se précipitèrent dans le Sud – on s'y considérait pourtant comme suffisamment chrétien. Le Bureau des hommes libérés nourrissait les anciens esclaves, commençait à les instruire et vérifiait leurs contrats de travail. Partout, on voyait des uniformes bleus.

Avant la guerre, beaucoup de propriétaires d'esclaves avaient sincèrement cru que leurs Nègres (peu importait qu'on pût les vendre en période de vaches maigres) faisaient partie de leur famille. Alors, quand des Nègres indiquèrent aux pillards de Sherman où les propriétaires avaient enterré les trésors de famille et qu'ils abandonnèrent leurs plantations en masse, les Blancs considérèrent que leurs enfants bien-aimés (quoique retors et faibles d'esprit) les avaient trahis.

Les *carpetbaggers* – certains venaient de villes du Nord où l'on avait pourtant lynché des centaines de Noirs pendant les émeutes – arrivèrent sur leurs grands chevaux pour enseigner à ces sudistes comment bien traiter les Nègres.

Les *scalawags* du Sud, sans position sociale ni états de service louables pendant la guerre, accueillirent bien sûr les *carpetbaggers* à bras ouverts.

C'est en tout cas ainsi que les Blancs du Sud virent les choses.

Les Noirs du Sud avaient plutôt tendance à considérer ce revirement comme un panier renversé, « le dessous sur le dessus ».

Tunis Bonneau était resté à Freeport jusqu'à la levée du blocus. Trois mois après la mort d'Abraham Lincoln, le vapeur britannique *Garrick* passa devant le fort Sumter – Tunis n'avait jamais vu un drapeau étoilé aussi grand que celui qu'arborait ce tas de ferraille.

Le *Garrick* s'amarra au quai du Gouvernement, près d'un transporteur de troupes qui ramenait des soldats de couleur démobilisés. Ces Nègres sans peur dans leurs uniformes bleus, bien décidés à chahuter, redonnèrent espoir à Tunis. Au combat, ils avaient prouvé par leur courage et leur amour du pays que chaque Nègre valait un Blanc. Si les Nègres pouvaient être soldats, pourquoi ne seraient-ils pas citoyens ?

Ruthie avait un skiff à huîtres qu'elle dirigeait elle-même, Tunis s'en étonna.

— Tunis, je pouvais pas simplement rentrer chez papa et maman, je suis Mme Bonneau !

— *La Veuve joyeuse*… commença Tunis pour se confesser.

— Ne reparle plus de ce vieux rafiot ! ordonna Ruthie en l'embrassant.

D'Ontario, Thomas Bonneau écrivit : « *La reine Victoria, elle aime ses enfants de couleur pareil qu'elle aime ses enfants blancs.* »

Tunis pensait qu'ils devraient aller au Canada et recommencer leur vie.

Ruthie affirmait, quant à elle, que le Canada, c'était trop froid et trop loin. Ses parents étaient dans les Basses Terres. Et les choses changeaient vraiment ! Dans tout le Sud, les Nègres s'alliaient à des Blancs sympathisants et militaient pour leurs droits.

— Pourquoi se battre afin d'obtenir des droits pour des hommes qui nous détestent alors qu'au Canada on aurait déjà des droits ? demanda Tunis.

— Ici, c'est chez moi, Tunis Bonneau, répliqua Ruthie. Je serais trop triste de partir.

Naturellement, ce fut le mot de la fin.

Une fois ses huîtres livrées au marché, Tunis se lavait et allait à pied jusqu'à l'église de son beau-père où, chaque soir, des Nègres modelaient un nouveau monde.

Tunis et le pasteur Prescott se rendirent à Atlanta. Des républicains blancs, comme Rufus Bullock, et des Nègres – qui pour la plupart étaient déjà libres avant la guerre – faisaient pression sur le Congrès des États-Unis. Ils voulaient tous goûter l'élixir de liberté. Les Nègres étaient aux portes de la Terre promise.

— Envoyer une pétition au Congrès des États-Unis, dit Tunis, ça alors !

Un journal d'Atlanta décrivit cette réunion comme celle des « cannibales et des *carpetbaggers* ».

Le pasteur Prescott devant prêcher en ville, Tunis rentra seul en train. Quinze kilomètres au sud d'Atlanta, un essieu céda sous le wagon qui transportait le bois : il fallait réparer. Une locomotive grinçante et fumante tira à petite allure le convoi vers Jonesboro.

Les passagers blancs descendirent et se réfugièrent dans l'hôtel de la gare. Tunis trouva un endroit à l'ombre sur le quai et s'assit près de son sac. Il ferma les yeux.

À une trentaine de kilomètres des terres humides de Charleston, Tunis rêvait des herbes que séparait la proue de sa barque tandis qu'il lançait sa perche au-dessus des hauts fonds. Le rêve était si plaisant qu'il ne remarqua pas la femme blanche avant qu'elle lui heurte le pied. Tunis ouvrit les yeux et se leva précipitamment.

— Madame ? dit-il en retirant son chapeau.

Elle était blanche et jeune. Elle avait bu quelques verres.

— Oh, dit-elle, quel joli étalon !

— Merci, mademoiselle. J'attends qu'on répare le train.

Elle protégea ses yeux du soleil pour consulter l'horloge de la gare.

— Y en a encore pour un moment.

Tunis sortit sa montre.

— Le train repartira dès qu'ils y accrocheront un nouveau wagon à bois.

— On a le temps, si tu veux t'amuser.

— Madame ?

— T'es stupide ou quoi ?

— Oui, madame, répondit Tunis en se grattant la tête. Je crois bien.

Elle tapa du pied et son lacet se défit.

— Est-ce que tu ne vas pas t'agenouiller et renouer mon lacet ?

— Madame, des Nègres comme moi, ils ont des ennuis quand ils touchent une belle dame blanche comme vous.

— Oh ! c'est qu'on fait le dé-li-cat ! Et si je te disais que tu peux toucher n'importe quelle partie de mon corps pour un dollar ?

— Madame, j'suis marié.

— Mais vous tous, les Nègres, oui, tous les Nègres veulent avoir une femme blanche pour la déshabiller et lui faire des choses. Pas toi ?

— Non, madame.

— Jésus-Christ ! s'exclama la jeune femme. Tu crois que je suis jamais allée avec un Nègre ?

— Excusez-moi, madame ! J'ai très soif. Je crois que je vais aller chercher un verre d'eau dans la rue.

— Tu vas nulle part, le Nègre, avant que je me sois occupée de toi.

Tunis remit son chapeau.

— Mademoiselle, dit-il, ma femme s'appelle Ruthie, mon fils est Nathaniel Bonneau. J'attends un train qui me ramènera chez moi. J'ai rien à faire avec vous et je veux rien avoir à faire avec vous. Si vous avez besoin d'un dollar, je vous donne un dollar, mais laissez-moi tranquille, dit Tunis en glissant sa main dans sa poche.

— Sale Nègre ! dit la fille en regardant à l'autre bout du quai vide. À l'aide ! dit-elle assez doucement. À l'aide ! reprit-elle.

Elle continua de plus en plus fort jusqu'à ce qu'un Blanc arrive.

27

Le plus rapide de tous

Les sièges du hall de l'hôtel de Jonesboro avaient beau se souvenir des fesses osseuses des vieillards et les crachoirs témoigner de leurs chiques, aucun d'entre eux ne traînait là en cet après-midi. Dans son cadre au-dessus de l'escalier, Jefferson Davis toisait son monde comme si Jonesboro, en Géorgie, était encore une ville confédérée et Davis le président d'une nation.

Faisant fi des clés suspendues derrière lui, le concierge regarda Rhett Butler droit dans les yeux.

— On est complets. Pas une chambre libre.

Les boutons frappés des lettres CSA[1] sur la chemise crème d'un ancien uniforme avaient été remplacés par des boutons en os, et, sur la manche, une trace montrait l'emplacement de galons de sergent. L'homme tira une boîte métallique de sous le comptoir et cracha.

Rhett posa son sac de voyage, retourna à la porte et alluma un cigare. Les vieux occupaient les bancs sur la place du Tribunal. Les jeunes étaient rassemblés sur la pelouse jaunie. Il y avait des chevaux attachés à toutes les rambardes, parfois par deux.

En face du tribunal, une nouvelle enseigne en bois déclarait que c'était là la première Banque nationale de Jonesboro et qu'elle possédait un capital de 75 000 dollars. On lisait encore l'identité précédente de la banque, « Banque des planteurs », gravée dans la pierre sur le linteau. Le nouveau nom, le nouvel argent, tout était yankee.

1. CSA : L'armée des États confédérés (*Confederate States Army*) s'était formée en février 1861 afin de défendre les États confédérés d'Amérique.

Rhett revint vers le concierge de l'hôtel.

— Quel régiment, sergent ?

— Ce foutu 52e de Géorgie ! répondit l'homme en se mettant au garde-à-vous.

— La brigade de Stouall ? N'étiez-vous pas à Nashville, avec vos gars ?

— Et si c'était vrai ? lança le concierge d'un air de défi.

— Eh bien, si vous aviez poussé un peu plus loin, peut-être que nous, on n'aurait pas dû prendre la poudre d'escampette.

— Diable ! Vous étiez avec Forrest ?

— Rhett Butler, CSA, pour vous servir.

— Ça alors, que je sois pendu ! Monsieur Butler, vous vous habillez pas comme nous. Vous êtes exactement comme les autres.

— Mon tailleur est un pacifiste, sourit Rhett. Je veux une belle chambre avec des draps propres.

Le concierge empila des clés sur un plateau métallique.

— Vous pouvez avoir la trois, la quatre, la cinq ou la six. Je loue pas de chambres aux *carpetbaggers*. Vous… vous êtes sûr que vous êtes pas un *carpetbagger* ?

— Sur l'honneur de mon père, dit Rhett en levant la main droite.

— Je crois que c'est bon, alors. Les chambres, elles se valent. Elles sont toutes pareilles, sauf la six qu'a un balcon.

— Hum…

— La six, elle donne sur la place, comme ça vous pourrez profiter du spectacle, ce soir. Monsieur Butler, j'ai cru que vous étiez un espion du Bureau des hommes libérés – même si les gars du bureau ne viennent guère dans le comté de Clayton sans une compagnie de « ventres bleus » pour les protéger !

Le couloir de l'étage était étroit, les lieux d'aisance se trouvaient au rez-de-chaussée à l'arrière et le vasistas refusait de s'ouvrir, mais la chambre était propre. Quand Rhett souleva le dessus-de-lit, aucune punaise ne courut se cacher.

Rhett retira ses bottes, mit sa veste sur le dossier de la chaise et s'allongea sur le lit, les mains derrière la tête. Il voulait donner au concierge le temps de faire savoir à tout le monde que l'étranger était « des nôtres ».

Rhett n'avait pas vu un seul visage noir depuis qu'il était descendu du train. Mauvais signe.

Les yeux grands ouverts, Rhett se souvint de Thomas Bonneau hurlant des psaumes dans l'ouragan, de Tunis aussi, expliquant combien il aimait Ruthie, sincèrement et pour la vie. Au bout d'une heure, il se lava et se rasa. Il vérifia son revolver calibre 32 et ses cartouches, et les glissa dans la poche de son manteau.

Les lourdes colonnes en ciment du tribunal auraient supporté une structure deux fois plus imposante. La rouille coulait des aiguilles de l'horloge arrêtées sur le deux et le quatre. Des bogues ratatinées pendaient au châtaignier. Des invalides clopinaient sur des béquilles. À certains, il manquait un bras ou une jambe. La plupart portaient des uniformes ravaudés de l'armée confédérée. Quand Rhett s'engagea sur le trottoir, un jeune unijambiste se planta devant lui.

— On dit que vous avez combattu avec le général Forrest.

— C'est vrai.

— Monsieur, dit l'infirme en mettant tout son poids sur une béquille pour lever l'autre, ce type, là, il veut vous parler.

— Putain de Dieu, capitaine Butler ! s'écria Archie Flytte depuis les marches du tribunal, on disait que vous viviez en enfer !

Rhett leva les bras pour montrer qu'il était bien en vie.

— Flytte, toujours cette bonne vieille mauvaise tête ?

Rhett Butler avait sauvé la vie d'Archie Flytte et depuis l'ancien prisonnier lui était très attaché. Il ne cessait de fanfaronner : « Le capitaine Butler, il est instruit. » « Le capitaine Butler, il a vu le monde entier. » « Le capitaine Butler, il peut parler latin. Je l'ai entendu de mes propres oreilles. »

Quand l'adulation d'Archie devint intolérable, Rhett lui dit que s'il ne se taisait pas, il finirait par lui tirer dessus. Après quoi, Flytte s'émerveilla : « Le capitaine Butler, il vous loge une balle dans la tête si vous êtes gentil avec lui ! »

— Eh bien, Archie, lui dit Rhett, qu'est-ce qui se passe, ici ?

— On a un Nègre bêcheur.

— Qu'est-ce qu'il a fait ?

— Il va vous le dire lui-même ! Ce gars adore parler. Ce qu'il a pu nous casser les oreilles !

Le bureau du shérif était quatre marches plus bas, dans le sous-sol du tribunal.

— Monsieur, dites-leur à Atlanta que j'ai rien à voir avec

ça. J'essaie juste de faire mon devoir, mais qu'est-ce que j'y peux ?

À l'évidence, le shérif prenait Rhett pour un envoyé du Bureau des hommes libérés.

— Mes adjoints, ils se font rares. Bill Riley, mon geôlier ? Il est pas revenu de sa pause déjeuner. Qu'est-ce que je peux pour vous ?

— Ça vous ennuierait que je parle au Nègre ? demanda Rhett. Restez ici, Archie ! dit-il avec un clin d'œil. Vous feriez tellement peur à ce gars qu'il en resterait muet.

— Bien sûr, monsieur, dit le shérif. Bien sûr, parlez-lui. Il s'est mis dans de sales draps.

Le couloir de la prison sentait le savon noir, les pots de chambre et les vies gâchées. Il n'y avait qu'une seule cellule d'occupée. Tunis était assis dos au mur contre des pierres chaulées. Il manquait un verre à ses lunettes et l'autre était fendu. Son costume du dimanche était en loques. Il leva les yeux mais resta assis.

— Salut, capitaine !

— Ils ne t'ont pas ménagé, dis-moi !

— Le shérif n'est pas vraiment un mauvais bougre. Il a envoyé mon télégramme à Ruthie.

— Pourquoi toi ? demanda Rhett.

Tunis bougea. Il retint son souffle jusqu'à ce que son corps douloureux se fasse à sa nouvelle position.

— Ma chance, je suppose… Votre gamin, je l'ai fait monter sur le vapeur anglais. Il avait pas l'air de vous adorer.

— Non, en effet. La *Veuve* a coulé ?

— À moins de deux milles de Freeport. Pourquoi avoir mis d'aussi gros moteurs sur ce bateau ?

— Ça m'avait semblé une bonne idée, à l'époque.

Une demi-heure plus tard, Rhett ressortit de la cellule.

— Quand l'avez-vous rencontré ? demanda le shérif.

Pendant une seconde, Rhett pensa qu'il parlait de Tunis.

— Ce type, Archie…

Par les fenêtres tout en longueur du sous-sol, Rhett voyait des bottes et des bas de pantalon d'hommes.

— Y a que trois familles à Mundy Hollow, continua le shérif. Je crois que je suis parent avec toutes. Archie a fait de la prison, vous savez.

— Il a tué sa femme.

— Hattie restait pas en place. C'était la cousine de la tante de ma mère. Jamais les Flytte ont été des modèles. Les Watling, on aurait dit que jamais ils arrivaient à rien, même s'ils essayaient de toutes leurs forces. Et les Talbot – tous ceux qui ont pu mettre les bouts se sont tirés. Je suis Oliver Talbot, dit le shérif. Je sens que vous allez me demander dans quel régiment j'ai servi. Tôt ou tard, tout le monde pose la question. Voilà ! dit-il en découvrant son bras gauche – un moignon terminé par une main racornie. Je suis né comme ça. Je suis devenu shérif quand tous les hommes valides se sont retrouvés dans l'armée. Maintenant, les fédéraux veulent me remplacer par un type qu'a jamais fait ce boulot ni combattu pour la Confédération. Y sont pas nombreux ceux qu'on pourrait dire ça d'eux, par ici.

— Shérif…

Impossible de faire dévier l'homme de son discours.

— Bien sûr, y a Bill McCracken. Quand les autorités sont venues enrôler Bill, il s'est débiné dans les bois. Bill, il sait ni lire ni écrire, mais peut-être que ça compte pas. Et il a jamais été sobre une seule journée, mais peut-être que ça compte pas non plus. Vous parlez d'un shérif ! Où vous avez connu Archie Flytte ?

— Dans la division de Forrest.

— Ah ! Archie et ses potes, ils terrorisent nos gens de couleur. Le Bureau des hommes libérés est venu deux fois à cause d'Archie Flytte. Bien sûr, aucun Blanc a voulu témoigner et aucun de couleur a osé. Le dernier gamin qu'ils ont tué, dit le shérif en se grattant la tête, ils ont commencé par lui couper les parties. Vous pouvez me dire, monsieur, pourquoi ils font des trucs pareils ? Après, ils l'ont posé sur une pile de bûches de marronnier. Il est mort sur ce bûcher. Il était déjà mort quand ils l'ont pendu. Le Nègre, là, dit le shérif en montrant la cellule du pouce retourné, il vous a sûrement dit qu'il a rien fait.

— Est-ce que ça ferait une différence ?

— Probablement pas.

— Quelles sont vos intentions ?

— J'ai télégraphié à Atlanta. Peut-être qu'ils vont m'envoyer des « ventres bleus », peut-être pas. Il fera nuit vers six heures. C'est quand je rentre dîner. Je crois que je resterai chez moi, après le dîner.

— La femme qui a porté plainte, où est-ce que je peux la trouver ?

— La petite Lisa ? Oh ! elle vaut rien. C'est une honte, une fille comme ça.

Le saloon de Bert était de l'autre côté de la voie ferrée, à Dark Town. Bert, un gros homme aux cheveux gras, eut un rire silencieux et dit à Rhett qu'il trouverait Lisa au fond.

— La deuxième porte à gauche. Chacun ses goûts !

Les putains attendaient le client dans un long bâtiment en planches. Des portes qui bouchaient un mauvais mur ne parvenaient pas à faire oublier qu'il s'agissait d'un ancien poulailler. Quand Rhett frappa, une voix étouffée lui dit d'aller voir ailleurs.

— Mademoiselle ?

— Putain de merde, fous le camp !

L'odeur était plus nauséabonde encore à l'intérieur. En haut des murs, les planches disjointes laissaient passer un peu d'air et de lumière. Un pot blanc traînait sur une table de toilette en métal tordu ; reprisés, soigneusement pliés, des bas en coton étaient empilés dans une caisse posée sur le côté ; des fleurs depuis longtemps fanées sortaient d'un flacon d'onguent et une bouteille vide gisait près du lit. Une bosse gémissait sous les couvertures. Une main de femme sortit pour faire signe à l'intrus de s'en aller.

— Fous le camp ! dit-elle sans vraiment croire qu'un homme pourrait jamais faire ce qu'elle voulait.

Rhett versa du brandy de sa flasque dans le bouchon et arrondit les doigts de la femme autour du récipient. Une tête émergea des couvertures. Lisa approcha le bouchon de sa bouche, le cogna contre ses dents et en avala le contenu. Elle attendit un instant pour être sûre que son estomac supporterait cet alcool. Puis elle tapota le bouchon. Rhett le remplit à nouveau et elle le vida à nouveau. Elle s'assit. Elle écarta ses cheveux de ses yeux. Elle était nue.

— Merci, monsieur ! Ça, c'est un ami !

Elle passa le bout de ses doigts sur ses joues et sa mâchoire pour voir si elle avait reçu des coups dont elle ne se souviendrait pas. Ses yeux avaient du mal à se fixer.

— Mon Dieu, je vous connais !

— Lisa ?

— Capitaine Butler ? J'étais persuadée de jamais plus vous revoir ! Vous avez encore du brandy ?

Quand elle sourit, elle retrouva un air de jeunesse.

Rhett vida sa flasque – elle avala l'alcool comme si c'était un médicament.

— Vous voulez bien vous tourner pendant que je m'habille ? Écoutez-moi ça un peu, glousse-t-elle, je joue la sainte-nitouche ! C'est parce que je vous connais d'avant, vous comprenez.

Rhett gagna la porte ouverte et alluma un cigare qui dégagea une odeur agréable.

— Comment il va, votre garçon ? demanda Lisa derrière lui. Comment il s'appelle, déjà ? Tuck ?

— Tazewell va bien. Il est retourné à l'école.

— C'était un bon garçon. Je l'aimais bien. Vous pouvez vous retourner. Vous avez une autre flasque ? Mon estomac me tue.

Rhett secoua la tête.

— Regardez-moi, capitaine, est-ce que je suis pas la pire des traînées ? demanda-t-elle en mettant ses mains sur ses hanches.

Elle portait une robe jaune toute simple. Elle était pieds nus.

— Viens, dit Rhett. Je t'offre à dîner.

— Vous me voyez dans la salle à manger de l'hôtel de la Gare ? Ça, ce serait un beau spectacle. Non, capitaine. Bert a passé un accord avec le shérif : les filles de Bert traversent pas les voies et le shérif vient pas ici.

— Est-ce que tu n'étais pas sur le quai de la gare ?

— J'ai le droit de ramasser des types sur le quai. C'est pour ça que vous êtes venu ? Pour le Nègre, là ?

— Il dit que tu l'accuses à tort, qu'il ne t'a pas manqué de respect.

— C'est logique, qu'il dise ça, non ? Capitaine, Bert se ferait un plaisir de vous vendre une bouteille et vous et moi, on pourrait mieux faire connaissance. Votre fils et moi, on s'était vraiment rapprochés. Ça vous tente pas d'avoir une fille que désirait votre fils ? J'ai que dix-huit ans.

Rhett ne put dissimuler une grimace.

— Un peu dur pour vous, capitaine ? Est-ce que vous ne connaissez pas le monde ? Je suis sûre que les putains ont rien à apprendre au capitaine Rhett Butler.

— Pourquoi as-tu menti ?

— Et qu'est-ce qui vous fait croire que j'ai menti ? demanda Lisa en serrant les poings.

— Je connais Tunis Bonneau depuis toujours.

— Eh ben, à mon avis, il va falloir vous trouver un autre Nègre.

Rhett ouvrit son portefeuille et en sortit des billets verts.

— Il arrive que nous, les gens du Sud, pensions que le Nord ne vaut rien. Il y a des petites villes sur la côte du Maine où une veuve de soldat confédéré disposant d'un petit pécule pourrait refaire sa vie. À moins qu'elle ne parte vers l'Ouest. Les jeunes femmes sont rares dans l'Ouest. Une jolie jeune personne comme toi n'aurait que l'embarras du choix pour se trouver un mari.

— Pourquoi vous m'achetez pas cette bouteille ?

— Est-ce que tu ne vaux pas mieux que ça ? demanda Rhett en montrant sa paillasse.

— Espèce de salaud ! Vous voulez que je dise aux gens que j'ai menti ? Que tout le monde en ville raconte que Lisa s'est retrouvée plus bas que le plus bas des Nègres crasseux ?

Rhett Butler, le teint cireux, arriva au tribunal au moment où le shérif Talbot le quittait. Les hommes évitèrent de regarder le shérif, qui ne lâcha pas un mot en passant.

— Où que vous étiez, capitaine Butler ? demanda Archie.

— Avec une putain.

— Je fréquente pas les putains ! déclara Archie dont le sourire disparut.

Au fur et à mesure que le soleil plongeait derrière le toit du tribunal, des bouteilles firent leur apparition.

— M'est avis que le shérif Talbot espérait que les « ventres bleus » arriveraient ici avant la nuit.

— Pourquoi attendre la nuit ?

— Y a des choses qui sont pas bonnes à voir pour les femmes et les enfants.

— Tu as toujours été pointilleux.

— Et vous avez toujours aimé les mots compliqués. M'est avis que vous pensiez que ça allait m'énerver. Capitaine, vous pouvez pas m'énerver. Même en enfer, vous pourriez pas m'énerver. Vous m'avez sauvé la vie, et peut-être que ma vie vaut pas grand-chose, mais vous êtes le seul à l'avoir sauvée.

— Et si je te disais que ce gars n'a rien fait ?

— Ce n'est qu'un Nègre, non ? s'étonna sincèrement Archie.

Au moment où Rhett entrait, un type lança une corde sur une branche. D'autres arrachèrent la clôture qui entourait la maison d'un Noir libre. L'homme était parti pour le Nord et les Blancs pauvres qui avaient loué sa maison n'élevèrent aucune objection.

Le shérif avait verrouillé son placard et ses tiroirs. Il avait posé sa corbeille à papier sur le bureau pour que l'homme de ménage noir puisse balayer. Rhett se dit qu'elle resterait sans doute là un moment.

Dans la cellule sombre, Tunis était à genoux. Il priait.

— Lisa refuse de revenir sur son témoignage.

— Je crois pas que ça changerait grand-chose si elle le faisait.

— Elle a refusé mon argent.

— Est-ce que vous pensez que vous pourriez en envoyer un peu à Ruthie et à mon gamin ?

— Je prendrai soin de Ruthie et de Nat.

— Vous ne me devez rien. C'est pas le capitaine Butler qui a fermé les valves d'échappement, c'est le capitaine Bonneau. Cette nuit-là, se souvint Tunis avec un petit sourire, j'ai compris que les fédéraux allaient attendre qu'on sorte. Sur la barre de Cape Fear, on filait à vingt-deux nœuds. Mon bateau était le plus rapide de tous.

— Sans moi, la *Veuve* serait encore à toi.

— Vous n'avez jamais supporté que quelqu'un fasse quelque chose à votre place, hein, Rhett ? Fallait toujours que les mains du capitaine Butler tiennent la barre. Eh bien, Rhett, mon bateau a coulé et je vais mourir. Vous ne pouvez rien changer à ça.

— Tu as toujours été plus têtu qu'une mule.

— Un Noir qu'est pas têtu, il restera un Nègre toute sa vie. J'ai pas peur de mourir. Mais j'ai peur de ce qu'ils vont me faire avant. Quand vous verrez Ruthie, dites-lui que je l'aime. Nathaniel Turner Bonneau – on peut dire qu'il a un beau nom, ce gamin !

— C'est bien vrai.

Devant la prison, les voix des hommes montaient comme les vagues avant une tempête.

— C'est pas drôle ce qui passe par la tête, dit Tunis avec un sourire. J'ai peur, j'ai une peur bleue, et je ne pense qu'aux temps heureux ! Je me souviens de la première fois que j'ai posé les yeux sur Ruthie. C'était un pique-nique baptiste et je lui ai offert un gâteau. C'était un gâteau aux pommes. Je me souviens de ce que j'ai ressenti quand le petit Nat est né et aussi de la dernière fois qu'on a brisé le blocus de Charleston. Je ne vous l'ai jamais dit, Rhett, comment vous étiez : le capitaine Rhett Butler, debout à la barre, rentrant à la maison comme si tous les canons et toutes les balles fédérales sur terre ne pouvaient l'arrêter !

— Il y a des choses qu'on n'oublie jamais, dit doucement Rhett. Est-ce que tu as connu Will, le responsable du système d'irrigation de Broughton ?

— Papa Thomas avait une haute opinion de Will.

— Will a été un meilleur père pour moi que mon propre père. Et je n'ai pas pu le sauver non plus.

Les deux hommes restèrent silencieux jusqu'à ce que Tunis avale sa salive et dise :

— Il y a une chose que vous pouvez faire pour moi, Rhett. Je veux pas qu'ils me fassent ce qu'ils vont me faire. J'ai besoin de vous… pour m'abattre.

Tunis se frotta les lèvres comme pour en effacer les mots qu'il venait de prononcer. Il eut un sourire soudain, nerveux, lumineux, et les mots se bousculèrent dans sa bouche comme s'il risquait de ne pas avoir le temps de terminer.

— Vous vous souvenez, quand on était gosses et qu'on était allés jusqu'à Beaufort dans les skiffs de mon père ? On peut dire que papa m'a tanné le cuir ! Mais ça avait valu le coup – juste nous deux, dans le vent. Jamais j'ai plus revu de ciel si bleu. Rhett, la vie vaut la peine d'être vécue si une fois, juste une fois, on a la chance de voir un ciel aussi bleu.

Les hommes qui se transformèrent en bêtes ce soir-là, au tribunal du comté de Clayton, avaient été des soldats. Ils avaient tué. Ils avaient tous eu des amis tués près d'eux. La mort ne leur était pas étrangère. Ce soir, c'était le tour du Nègre. Demain, ça pourrait être le leur. Il y avait bien dans cette foule quelques fous, des simples d'esprit ou des ivrognes, mais la plupart étaient des hommes respectables qui accomplissaient ce qu'ils considéraient comme leur devoir.

Si, avant la guerre, ces hommes respectables ne s'étaient pas « glissés dans les quartiers » pour profiter d'une jeune Négresse, ils connaissaient des hommes qui l'avaient fait. Émasculés par la défaite et craignant l'avenir, ils ne pouvaient imaginer que des Nègres ne fassent pas aux Blanches ce que les Blancs avaient fait aux Négresses.

— Toi, toi et toi, leur dit Archie Flytte, allez chercher le Nègre. Pas plus. On se marcherait sur les pieds. Que quelqu'un jette de l'huile sur le brasier.

Quand ils entendirent le coup de feu – un bruit de pistolet à bouchon plus qu'une véritable arme à feu –, Archie comprit immédiatement.

— Attendez une minute ! Putain, attendez, que je vous dis !

Il courut jusqu'à la cellule où Tunis Bonneau gisait mort sur le sol en pierre.

Rhett Butler craqua une allumette et l'approcha de son cigare. La flamme tremblait.

— Maudit Butler ! dit Archie en donnant un coup de pied dans la porte. Rhett Butler, soyez maudit ! Qu'est-ce qui vous a pris, de faire une chose pareille ?

— Ce Nègre avait manqué de respect à une Blanche.

28

Dans une prison fédérale

Dans une puissante odeur de corps sales, d'effluves de whiskey et de colère, la foule envahit le couloir jusqu'à la cellule. Un homme aux cheveux rares bourra la tête de Tunis de coups de pied.

— Maudit Nègre ! Maudit sois-tu !

Un autre, à la barbe grise, s'indigna :

— Un mort, ça fait un exemple pour personne ! Un Nègre mort, ça fait pas un exemple.

Ils regardaient Rhett Butler du coin de l'œil comme des loups tournant autour d'un feu de camp. Rhett avait la main sur son revolver dans la poche de son manteau.

On entendit soudain la voix dure d'Archie Flytte dominant les murmures :

— Le capitaine Butler, il a pas réfléchi à ça ! Le capitaine Butler, c'est un gentleman. Vous connaissez un gentleman qu'a un bout de cervelle ?

— Il devrait prendre la place du Nègre, bégaya un gamin déçu.

— Qu'est-ce que tu dis, mon gars ? Tu dis qu'on devrait pendre un des soldats du général Forrest ? Pendre un homme qui a combattu aux côtés d'Archie Flytte ? Enfant de salaud !

Archie saisit le gamin par sa chemise et le lança vers les autres.

— Faut qu'on fasse un exemple ! continuait à brailler le type à la barbe grise.

— Bah, au diable tout ça ! dit un autre vieillard d'un air dégoûté. Je suis en retard pour le dîner.

— Laissez Butler tranquille. Y a des Nègres à brûler !

En passant devant le corps de Tunis pour ressortir dans le couloir, les hommes continuaient à le frapper, à lui cracher dessus. Un homme aux yeux fous plongea un doigt dans le trou que la balle avait perforé dans le front de Tunis pour ensuite le mettre dans sa bouche.

On sortit le corps. Rhett et Archie restèrent seuls dans le bureau du shérif.

Archie prit du tabac à chiquer couvert de peluches dans sa poche, en croqua un bout et le cala contre sa gencive.

— Pendant tous ces mois qu'on chevauchait ensemble, j'ai fait comme vous disiez. J'ai ramassé du bois. J'ai donné de l'eau aux chevaux. C'était moi qui préparais votre bouffe. Quand y avait un endroit plein de cailloux et un autre de sable pour dormir, je mettais votre couverture sur le sable. J'ai fait comme si je me rendais pas compte que vous me regardiez de haut. Vous pensiez sûrement que j'étais bête comme mes pieds. Capitaine Butler, vous m'avez sauvé la vie. En souvenir de ça, je vous suis redevable. Eh bien, capitaine Butler, je vous dois plus rien. Vous et moi, on est quittes.

Quand Archie partit, Rhett s'adossa au mur de pierre brute et relâcha ses jointures douloureuses d'avoir tant serré son revolver. Il regarda sa main tremblante, ouvrit et referma les doigts. Ce n'était qu'une main, une simple main, quoi qu'elle ait fait.

Il entendit le souffle de la lampe à huile quand ils allumèrent le feu de joie. Les fenêtres du sous-sol rougirent. Elles s'assombrirent quand ils jetèrent Tunis sur le brasier.

Rhett souffla la lampe et resta assis dans le noir derrière le bureau du shérif pendant que la foule hurlait et braillait. « *Je vivrai et je mourrai en Dixie ! Je vivrai et je mourrai en Dixie !* »

Quand l'odeur de viande rôtie arriva dans le sous-sol, Rhett alluma un cigare et tira dessus jusqu'à ce que le bout rougisse. Il toussa, s'étouffa, eut un haut-le-cœur. Il ne s'arrêta que lorsque le mégot lui brûla les doigts. Plus tard, quand ils décidèrent d'extraire Tunis du feu pour le pendre, ils se mirent à tirer en l'air. Ils crièrent et tirèrent un bon moment.

Vers quatre heures du matin, la lune se coucha et les hommes rentrèrent chez eux retrouver leur lit bien chaud, leur épouse aimante et leurs enfants.

Il faisait presque jour quand Rhett sortit. Trois hommes assis près du feu se passaient une bouteille. Celui qui avait été le capitaine Tunis Bonneau – le mari de Ruthie, le père de

Nat, l'ami de Rhett – pendait à la branche d'un arbre, et ressemblait davantage à une bûche calcinée qu'à un homme.

Quelque chose brillait devant la botte de Rhett. Il se pencha et ramassa la monture en fer des lunettes de Tunis.

Un des ivrognes se leva en titubant, oscilla vers le feu, évita d'y tomber en levant les bras, se retourna et partit en zigzaguant dans la rue.

Des pigeons roucoulaient et voletaient au-dessus de la pelouse du tribunal. Deux corbeaux se perchèrent sur l'arbre. L'un ouvrit ses ailes et croassa, l'autre se laissa tomber sur le corps carbonisé et l'attaqua du bec. Le shérif Talbot arriva.

— Bonjour, Butler, dit-il sans que jamais son regard s'égare sur le corps. Vous avez tué mon prisonnier si j'ai bien compris.

— Oui.

— Ben, je vous dirais bien que si j'avais été ce Nègre, c'est ce que j'aurais voulu, mais ça change pas les faits.

— Les faits ne changent pas.

— Non, monsieur, y changent pas. Vous avez tué le Nègre qu'était sous ma garde et je dois vous arrêter et vous détenir jusqu'à ce que les « ventres bleus » arrivent. Donnez-moi votre pistolet ! J'espère que ça vous embête pas mais faut que je fasse mon boulot.

Ils s'assirent sur les marches du tribunal jusqu'à ce qu'un détachement de la cavalerie fédérale remonte la rue principale de Jonesboro. Le capitaine mit pied à terre, secoua ses jambes engourdies, frotta son pantalon et jeta un coup d'œil à ce qui avait été le corps d'un homme. Ses soldats défirent la sangle ventrale de leurs selles pour laisser leurs chevaux paitre sur la pelouse. Ignorant les ivrognes endormis, un soldat ranima le feu. Le capitaine arborait l'expression exaspérée d'un vieux soldat qu'on a appelé pour une tâche déplaisante. Il fit un signe de tête au shérif.

— Voici Rhett Butler, dit le shérif Talbot. C'est lui qu'a tué le Nègre.

— Butler ?... Butler ?... Monsieur, on était à votre recherche. Vous allez nous suivre au quartier général.

— Ce Nègre était sous ma garde et Butler l'a abattu. C'est avec ce pistolet qu'il l'a fait.

— Shérif, dit le capitaine en glissant l'arme dans sa ceinture, coupez la corde de cette chose et enterrez-la.

— Je sais pas si je peux, capitaine. Les gars l'ont pendu et ils le dépendront. Je veux pas m'en mêler.

— Sergent !

Quand le sergent approcha, les corbeaux s'envolèrent avec des croassements furieux. Le sergent trancha la corde d'un coup de sabre. Le bruit que fit Tunis Bonneau quand il heurta le sol se grava à jamais dans l'âme de Rhett Butler.

Cet après-midi-là, Rhett Butler, à cheval avec la patrouille fédérale, longea la voie ferrée de Macon et Ouest jusqu'à Atlanta. On avait écarté les wagons qui avaient explosé ou brûlé. De nouveaux rails tout neufs serpentaient le long de l'ancienne route.

Le centre d'Atlanta offrait un paysage lunaire de murs brisés, de cheminées renversées, de piles de briques, de fragments de machines fondues dont on ne pouvait deviner l'usage d'origine. La Banque des chemins de fer de Géorgie se réduisait à un mur écroulé. Le grand toit du garage à voitures était tombé comme un drap sur ses ruines. Dans la rotonde au toit effondré, on avait construit au milieu des murs circulaires un plateau pour faire tourner les locomotives. Partout, des soldats fédéraux envahissaient les places publiques avec leurs tentes. Pendant que les soldats en bleu s'activaient et que les anciens esclaves exploraient leur liberté, les habitants d'Atlanta s'attelaient à la reconstruction sans se soucier des finitions : on posait des briques de récupération sur le soubassement calciné d'un mur avec un échafaudage de fortune.

Rhett et son escorte n'avaient pas atteint le quartier général des fédéraux que tous connaissaient la nouvelle : « Le capitaine Butler a été arrêté ! » « Rhett Butler est escorté par une patrouille fédérale ! »

La patrouille traversa la gare dévastée pour gagner un quartier épargné par le feu.

Rhett avait connu la maison du juge Lyon avant la guerre. L'armée y avait installé son quartier général. Les colonnes corinthiennes auraient eu bien besoin d'un coup de peinture ; la balustrade ressemblait à une mâchoire édentée – les barreaux avaient servi à faire du feu. On escorta Rhett, dépassant des sentinelles au garde-à-vous, jusqu'à l'ancien bureau du juge. Trois officiers se réchauffaient auprès du feu et un sergent au visage lunaire écrivait sur la main courante.

— Qui avons-nous là, capitaine ? demanda-t-il en posant son stylo.

— On l'a ramassé à Jonesboro. Rhett Butler. Il a tué un Nègre.

— Rhett Butler ! dit un officier en s'approchant. Ça alors ! J'imagine que vous ne me remettez pas.

Rhett plissa les yeux et secoua la tête.

— Tom Jaffery ! Vous vous souvenez ? Au champ d'honneur ? Charleston ? Seigneur, je n'étais qu'un bleu !

— Vous êtes capitaine, maintenant, fit observer Rhett.

— Je n'ai jamais rien su faire d'autre qu'être soldat. On vous cherchait. Des ordres venus du sommet : « Amenez-nous Rhett Kershaw Butler ! »

— Je suis là.

Le sergent inscrivit le nom de Rhett sur la main courante et aboya :

— Hopkins, télégraphie au ministère de la Guerre qu'on a Butler.

Puis il prit le portefeuille et la montre de Rhett, qu'il empocha sans avoir l'air d'y toucher.

Tom Jaffery escorta Rhett plus loin dans la rue jusqu'à la caserne des pompiers qui faisait office de prison militaire.

— Butler, dans quoi vous êtes-vous fourré, cette fois ?

La caserne numéro deux donnait sur les restes d'incendies qu'elle n'avait pas su prévenir. Elle ressemblait encore à une caserne de pompiers. La présence des sentinelles ne parvenaient pas à faire oublier l'emploi d'origine des larges portes arquées par où les voitures sortaient au galop dès que tintaient les cloches dans la coupole sur le toit.

Au rez-de-chaussée, on détenait les petits malfaiteurs. Dans le couloir de l'étage, une sentinelle gardait chaque porte. Un casque de pompier en cuir pendait près de la fenêtre de la petite pièce où l'on conduisit Rhett. Un lit en fer et une table en bois blanc composaient l'ameublement. Il faisait un froid perçant.

— Je… hésita Jaffery. Je suis désolé de vous voir dans cette situation. Y a-t-il quelque chose que je puisse faire ? Voulez-vous prévenir quelqu'un ?

— J'aimerais de quoi écrire. Jaffery… ce matin brumeux près de l'Ashley – qu'avez-vous pensé de nous ?

— J'ai pensé que vous étiez fous, tous autant que vous étiez.

Quand le capitaine sortit, la sentinelle à la porte de Rhett s'installa sur sa chaise. Elle grinçait chaque fois qu'il bougeait. De temps à autre, le soldat toussait.

Rhett posa les lunettes cassées de Tunis sur la table. On aurait dit le squelette d'une pauvre créature sans défense. À cause du froid, Rhett voyait sa propre haleine, il serra les revers de sa veste autour de son cou. Il entendit le frottement puis le craquement d'une allumette quand la sentinelle alluma sa pipe et sentit l'odeur du tabac. Dans la pièce d'à côté, il entendit un homme sortir de son lit et faire les cent pas.

À travers les barreaux de sa fenêtre, il vit la lune se lever sur des kilomètres de ruines. Des pillards parcouraient la ville rasée en quête de poutres pour faire du feu, de bouts de fer ou de cuivre à revendre. Avant l'aube, Rhett distinguait chaque pillard à sa taille, sa rapidité, sa façon de passer d'une ombre à l'autre, mais il n'aurait su dire s'il s'agissait de Blancs ou de Noirs.

Un jeune soldat aux oreilles en feuilles de chou et au teint fleuri lui apporta un bol de flocons d'avoine froids et un nécessaire pour écrire mais quand Rhett demanda une seconde couverture, le gamin s'excusa :

— Je peux pas, monsieur. Ordres du ministère de la Guerre. Qu'est-ce que vous avez fait pour qu'ils soient si en colère ?

Rhett écrivit quelques mots à un sénateur du Connecticut avec qui il était en affaires pendant la guerre. Il passa le reste de la matinée à rédiger une longue lettre pour Ruthie Bonneau.

Les rouflaquettes impressionnantes de Rufus Bullock sortaient des mains d'un barbier. Quand il s'assit sur le lit de Rhett et croisa les jambes, le prisonnier vit que ses chaussures étaient si neuves que la semelle n'en était même pas éraflée. Quant à son manteau, il était plus épais qu'une couverture de cheval. Il secoua la tête.

— Rhett, qu'avez-vous fait ? Rufus Bullock est un homme important au sein du parti républicain de Géorgie, mais Rufus a dû supplier le général Thomas en personne pour obtenir cette visite. Je suis venu dès que j'ai pu.

— Tunis Bonneau… commença Rhett.

— Je me moque de ce Nègre. Ils ne vous pendront pour ça que si vous les y obligez.

— Le nom de ce Nègre était Tunis Bonneau. Il était un

homme libre. Sa maison familiale se trouvait en aval de Broughton.

— Je l'ai rencontré. Son beau-père, Fields Prescott, est connu. Rhett, cette accusation de meurtre est un prétexte, dit Rufus avant de regarder la pièce d'un air soupçonneux et de murmurer : Ils disent que vous avez en votre possession le trésor des confédérés.

— Ah ! oui, dit Rhett en fermant les yeux. Ce trésor-là !

— Rhett, ce n'est pas une plaisanterie.

— Rufus, mon ami, si, c'en est une. La Confédération n'a jamais eu de trésor. Tout ce que possédait la Confédération, c'était une presse d'imprimerie. Rufus, dit Rhett en s'efforçant de rester poli, vous avez l'air prospère.

— Les républicains veulent que Rufus Bullock se présente à l'élection du gouverneur.

— Les anciens confédérés ne peuvent pourtant être élus à ce genre de poste.

— Je n'étais pas confédéré.

— Vous étiez colonel !

— À titre purement honorifique, Rhett. Rufus Bullock n'a jamais prêté le serment des confédérés. Pendant la guerre, il représentait la Southern Express Company et supervisait les expéditions de marchandises. Si le gouvernement confédéré voulait louer le service de l'entreprise, comment Rufus pouvait-il refuser ? Les affaires sont les affaires, n'est-ce pas ?

— Rufus, vous êtes une canaille.

L'homme pouffa.

— Rufus Bullock est né au Nord ! dit-il en se frottant les mains. Il fait froid, ici.

— Très.

— Rhett, mon ami, écoutez-moi. Les républicains du Congrès, Sumner, Blaine et Thad Stevens, ne s'en laisseront pas conter. Si vous ne voulez pas être pendu pour le meurtre de Tunis Bonneau, vous feriez mieux d'être conciliant.

— Merci, Rufus. Je suis certain que vous voulez faire de votre mieux.

Rufus Bullock parla jusqu'à se lasser de ses propres arguments. Quand il se leva pour partir, Rhett lui donna ses lettres à poster. Bullock lut les adresses.

— Rhett, comment connaissez-vous le sénateur ?

— Je connais beaucoup de gens, certains moins honorables que vous, mon ami.

— J'ai un courrier qui part à Washington demain. La lettre parviendra en mains propres.

— Comme vous voudrez. Celle pour Mme Bonneau est plus importante.

Rufus Bullock partit sans son nouveau manteau en laine, mais ce soir-là, quand le soldat apporta à Rhett son dîner de betteraves et de pommes de terre froides, il l'emporta.

29

Un gibet dans le jardin

Malgré un régime de famine et des températures à peine supérieures à zéro, Rhett n'avait ni froid ni faim. Il n'était ni en colère ni effrayé.

Le prisonnier de la cellule voisine toussait et traînait des pieds sur le sol quand il ne gémissait pas dans son sommeil. Bien que Rhett ne communiquât jamais avec lui, cette présence lui apportait un vague réconfort.

Rhett pensait à Tunis Bonneau. Il se demanda ce qu'était devenue Mistletoe, l'épouse de Will l'irrigateur.

En dehors des heures les moins froides de la journée, quand il ne dormait pas, Rhett restait assis sur son lit à regarder par la fenêtre le spectacle désolant qu'offrait la ville. C'était un opéra sans musique. Du coucher au lever du soleil, les pillards envahissaient les lieux, couraient, se battaient pour les pièces de valeur. Du lever au coucher du soleil, sur ce territoire pulvérisé, se montaient de nouveaux bâtiments. L'énergie féroce des pillards ne changeait rien, mais celle des bâtisseurs modifiait l'aspect de la ville en ruine.

Rhett ne compta ni les jours ni les semaines qu'il passa en prison.

Un matin, il neigea. De gros flocons paresseux adoucirent le paysage blessé. Des soldats bottés vinrent chercher le prisonnier de la cellule d'à côté.

— Soldat Armstrong, c'est l'heure.

L'homme se débattit à faire trembler la cloison. Les coups, les essoufflements et les insultes cessèrent. L'homme était maîtrisé. Il hurla : « Non ! Non ! Non ! » Les soldats lui firent descendre l'escalier et Rhett entendit décroître ses protestations.

L'après-midi même, deux Noirs apportèrent à grand-peine une baignoire dans la cellule de Rhett et le jeune soldat au teint douteux y versa des seaux d'eau chaude.

— Tout ira bien, maintenant, monsieur, dit-il. M. Puryear est arrivé de Washington. Tout va aller, maintenant.

Une fois Rhett nu, le soldat lui donna un pain de savon français.

— Je l'ai trouvé dans votre sac, monsieur. J'espère que ça vous contrarie pas.

Rhett se glissa dans l'eau fumante.

Peanut, le barbier de l'hôtel Atlanta, vint raser Rhett qui s'était enveloppé dans une chaude couverture. Quand le soldat sortit de la pièce, Peanut murmura à toute vitesse :

— Mlle Belle dit de garder courage. M. Bullock travaille à vous faire sortir. Il y travaille !

Avant que le barbier ait pu ajouter un mot, il fut interrompu par le retour du soldat. Celui-ci apportait le sac que Rhett avait vu pour la dernière fois à l'hôtel de Jonesboro.

— Désolé, Peanut. Je n'ai pas d'argent.

— Ça fait rien, capitaine Rhett. Mlle Belle, elle a pris soin de moi.

Quand Rhett se fut vêtu des habits propres tirés de son sac, le capitaine Jaffery entra. La maigreur de Rhett le fit sursauter.

— Je suis désolé, dit-il. Je n'ai pas pu empêcher ça.

Rhett serra l'épaule du jeune homme et le suivit dans l'escalier.

Les cochers fouettaient les chevaux pour les faire avancer dans la boue à moitié gelée. La terre rouge couvrait le bas des voitures et retombait en tas à chaque tour de roue.

La neige avait saupoudré la balustrade du quartier général.

Le capitaine Jaffery escorta Rhett jusque dans la salle de garde.

— Attendez ici ! Je vais faire savoir à M. Puryear que vous êtes arrivé.

Dans la salle de garde, on avait disposé un petit arbre orné de rubans de papier rouge et vert, de pommes et de grelots. Rhett se réchauffa devant le feu. Un capitaine rougeaud et moustachu se tapa la paume du poing.

— Le Klan défait tout ce pour quoi on s'est battus !

Mais un lieutenant souriait en visant avec un fusil imaginaire. Feignant de tirer, il articula :

— Ku Klux Klan !

Jaffery entraîna Rhett vers l'escalier en noyer foncé marqué de traces d'éperons. Devant les hautes portes à doubles battants, Jaffery tendit la main.

— Quoi qu'il arrive, dit-il, bonne chance !

Haut de plus de cinq mètres, le plafond de l'ancien salon était bordé de moulures et de corniches. Les vastes portes-fenêtres sans rideaux donnaient sur ce qui avait été une roseraie.

Près d'une fenêtre, on avait dressé une table de style anglais pour deux. La nappe amidonnée arborait un L dans les coins. L'argenterie venait de Londres. Une bouteille de Sillery attendait dans un seau rempli de glace.

On avait construit un gibet dans le jardin. Des traces de pas déjà presque emplies de neige fraîche traversaient la pelouse et montaient les treize marches jusqu'à la plate-forme. La trappe était ouverte – un carré sombre dans le plancher enneigé. Deux lignes d'empreintes plus fraîches passaient sous la plate-forme. La neige délimitait l'endroit où le cercueil avait attendu son chargement. À présent il était posé debout près du portail. La dernière chaleur qu'émettait le corps à l'intérieur faisait fondre la neige qui tombait toujours.

— Au revoir, soldat Armstrong, dit doucement Rhett. Puissiez-vous trouver l'autre monde plus à votre goût.

La porte du salon s'ouvrit. Rhett ne se retourna pas.

— Salut, Edgar, dit-il. C'est donc vous qui devez être mon tentateur.

— Ah ! Rhett, je suis parti dès que j'ai appris. J'ai pensé que ce n'était guère confortable pour vous et je suis venu tout de suite.

Dans son costume en tweed sur un gilet neuf barré d'une grosse chaîne de montre en or, Edgar Puryear arborait un sourire suprêmement confiant.

— Je dois vous remercier, Edgar. Je ne crois pas avoir déjà dû un bain à quiconque.

— Asseyez-vous, Rhett, je vous en prie, dit Edgar en tirant une chaise. Nous allons manger, parler et voir si nous pouvons vous sortir de ce pétrin. Socrate !

Un majordome noir aux cheveux gris se précipita.

— Vous pouvez servir, Socrate.

Avant que le serviteur soit hors de portée, Edgar confia à Rhett :

— C'est le serviteur du juge Lyon. Je ne sais pas ce que nous ferons quand ce genre de domestique n'existera plus.

— Nous nous servirons nous-mêmes ? Bien, Edgar ! Je vois que vous êtes retombé sur vos pieds.

— Vous et moi avions tout prédit, n'est-ce pas, Rhett ? dit Puryear en posant ses coudes sur la table. Les fous se sont accrochés à leurs délires chevaleresques mais pas les hommes d'affaires comme nous, hein ?

— Le soldat Armstrong, dit Rhett en montrant le cercueil dans le jardin, était-il un homme d'affaires ?

— Armstrong ? Oh, bien sûr que non ! Un simple meurtrier. Il a abattu son sergent en pleine crise d'ébriété. Un peu moins de whiskey, songea Edgar à haute voix, et il ne l'aurait pas fait, un peu plus et il n'aurait pas pu le faire. C'est avec des mauvais calculs de ce genre qu'on perd des fortunes et qu'on se fait pendre.

Rhett s'assit et resta les mains croisées pendant qu'Edgar Puryear secouait sa serviette et la glissait dans son gilet. Socrate ouvrit le champagne, remplit leurs verres et alla se placer contre le mur, impassible.

— Vous êtes donc devenu bourreau, Edgar ?

Edgar Puryear faillit s'étouffer avec son champagne.

— Oh ! non, non. Je n'ai rien eu à voir avec ça, dit-il en faisant un geste vague vers la fenêtre. Cour martiale militaire... la routine. On a exécuté la sentence. Non, Rhett, je préférerais qu'on ne pende pas les hommes ! Un toast, Rhett, à l'avenir, à votre avenir !

— Je ne boirai pas avec vous, Edgar.

Le verre de Puryear était tendu vers son hôte. Après une seconde d'hésitation, il but et Socrate remplit son verre. Il s'essuya la bouche.

— Comme vous voudrez, dit-il.

Il claqua des doigts. Le majordome fit rouler une table près de la leur.

— Goûterez-vous une caille, monsieur ? demanda le majordome en retirant une cloche en argent.

Il s'apprêtait à servir ces mets délicats et parfumés.

— Non, rien, merci, Socrate, répondit poliment Rhett.

— Capitaine Butler, nous avons des ris de veau, des truites de montagne et le jambon de Virginie préféré du général Thomas. En accompagnement, des patates douces, des haricots verts au jus, du riz sauvage, des biscuits…

— Je t'en prie, sers M. Puryear. Il est un peu chétif.

— Ainsi, oncle Socrate, tu connais M. Butler ? demanda Edgar d'un ton sec.

— Oh ! oui, monsieur. Tous les gens de couleur connaissent le capitaine Butler. De pendant la guerre, monsieur.

— Vous savez donc qu'il a abattu un Nègre.

— Oui, monsieur, dit Socrate en secouant sa tête grise. On l'a tous entendu dire. Sûr que c'est pitié quand l'armée des États-Unis ne peut pas protéger les gens de couleur honnêtes.

Edgar fit son choix en montrant rapidement les mets du doigt. Quand son assiette arriva, il ordonna :

— Attends dehors, l'oncle. Je t'appellerai si j'ai besoin de toi.

Edgar tritura sa nourriture dans son assiette.

— Rhett, croyez-vous vraiment pouvoir défier le Congrès des États-Unis en refusant de dîner ?

— Edgar, merci de vous inquiéter pour moi mais je n'ai pas faim. J'ai festoyé dans la prison fédérale. Je n'aurais pas mieux mangé au Delmonico's.

Le champagne ne donnait pas le sens de l'humour à Edgar Puryear. Il s'essuya les mains sur sa serviette, souffla un peu, resserra sa cravate et reprit son discours :

— Rhett, le Congrès des États-Unis est plus que mécontent. Il a pendu Mme Surratt – dont le pire crime était de tenir la pension où John Wilkes Booth avait comploté. Le Dr Mudd, qui a soigné en toute innocence la jambe cassée de l'assassin, languit en prison. Les Yankees sont très portés sur la pendaison, Rhett. Par les temps qui courent, il vaut mieux ne pas se distinguer et vous, Rhett, vous vous distinguez.

Rhett ne dit rien.

— Les ris de veau sont délicieux.

Rhett sourit à pleines dents. Puryear repoussa son assiette.

— Rhett, ils se foutent de ce Nègre que vous avez tué.

— Je crois être le seul Blanc de Géorgie qui ne se foutait pas de lui.

— Cette fille, cette Lisa ? À Jonesboro, un jour, j'ai batifolé avec la petite Lisa, dit Edgar avec un sourire entendu.

— Tous les goûts sont dans la nature.

— Rhett Kershaw Butler, gronda Puryear en pointant sur

lui un doigt accusateur, avez-vous, oui ou non, conduit le forceur de blocus *La Veuve joyeuse* dans le port de Wilmington, le soir du 14 janvier 1865, afin d'emporter un chargement particulier ?

— Vous le savez bien, Edgar. Et vous savez pourquoi je l'ai fait.

— Avez-vous, oui ou non, embarqué le trésor confédéré sur ce navire ?

Rhett s'adossa à sa chaise, croisa les mains derrière sa tête et s'étira.

— Oh ! Edgar, vous êtes assommant ! Vous n'avez rien trouvé de mieux avec vos amis pour me voler mon argent ?

— Croyiez-vous que nous vous laisserions la fortune que vous avez accumulée en violant le blocus des États-Unis ?

— Edgar, je suis complètement à sec. Vous avez devant vous l'incarnation de l'imprudence. Ma mère a eu beau me seriner qu'un sou économisé était un sou gagné, je suis resté indifférent à ses conseils. Je suis fauché, à sec, aussi ratatiné qu'une vieille pomme.

— Ne me sous-estimez pas, Rhett, dit Edgar en agitant le doigt. Nos agents ont interrogé votre banquier ; quel est son nom ?... Campbell ? Nous ne voulons pas tout votre argent. Nous nous satisferions d'une portion raisonnable.

Rhett se leva.

— Merci pour le meilleur dîner que j'aie eu depuis des semaines, Edgar. Je ne prendrai pas de café ce soir. Ça m'empêche de dormir.

30

Supercherie

Après cet entretien, on donna à Rhett trois couvertures, les rations militaires ordinaires et parfois même le journal. Edgar Puryear vint le voir à deux reprises mais il n'organisa plus de dîner près du gibet. Il avait beau continuer à exiger de Rhett qu'il remette aux autorités fédérales les profits amassés en violant le blocus, son argument le plus convaincant – que Rhett serait pendu s'il ne cédait pas – s'affaiblissait de jour en jour. À la grande stupéfaction de Rufus Bullock, de puissants sénateurs intervenaient en faveur de Rhett. Au Nouvel An, personne en dehors du capitaine Butler lui-même ne se souvenait que Rhett Butler avait abattu Tunis Bonneau.

Par un frais après-midi de janvier, on frappa à la porte.

— Vous avez une visite, capitaine Butler. Votre « sœur » Scarlett est venue vous voir, dit le capitaine Jaffery avec un sourire entendu.

— Chère, chère Scarlett, comme c'est gentil de la part d'une sœur de venir voir son frère ! répondit Rhett en plein émoi.

— Une belle femme, votre sœur, commenta Jaffery en lui tendant sa veste.

— Je crois bien, en effet.

Scarlett… Elle était son nouveau monde. Le soleil et l'espoir. Tout ce qu'il avait jamais souhaité. Les tristes événements qu'il venait d'endurer s'éloignèrent d'un coup, aspirés par le passé.

Les deux hommes descendirent l'escalier de la caserne des pompiers, passèrent devant les sentinelles et sortirent dans le froid. Rhett voulait de toutes ses forces résister à

Scarlett mais la joie qu'il ressentait était telle qu'il ne pouvait réprimer un sourire.

— Bonjour, monsieur ! cria-t-il à un cocher couvert de boue, dont la voiture surchargée s'enfonçait jusqu'au moyeu. N'est-ce pas une merveilleuse matinée ?

L'homme lui adressa un regard sombre.

Rhett se décoiffa devant deux dames d'Atlanta qui n'étaient pas assez occupées à snober les soldats yankees tant haïs pour oublier de snober le célèbre capitaine Butler.

Il monta les marches familières du quartier général fédéral, tourna à droite puis entra dans une pièce, où il vit des soldats yankees anonymes et, enfin, Scarlett.

Dès qu'il posa les yeux sur elle, Rhett Kershaw Butler oublia qui il était et toutes les leçons douloureuses de la vie. Ils avaient été séparés si longtemps que ça lui semblait une existence entière.

Scarlett portait une robe en velours vert mousse et un chapeau gaiement emplumé. Elle était dans la même pièce que lui. Elle était venue le voir. Son sourire... Elle... Il refoula des larmes.

— Scarlett ! dit-il en lui donnant un baiser sur la joue. Ma chère petite sœur !

— C'est on ne peut plus irrégulier ! protesta un capitaine yankee. Il aurait dû rester dans la caserne. Vous connaissez les ordres.

— Oh ! pour l'amour de Dieu, Henry, rétorqua le capitaine Jaffery, la dame aurait gelé dans cette grange.

Pour que le frère et la sœur jouissent d'une certaine intimité, Tom Jaffery fit sortir deux employés installés dans l'ancien office du majordome. Éclairés par l'unique fenêtre, les murs en plâtre chaulé gardaient la trace des patères. Des liasses d'ordres militaires pendaient à des clous.

Quand Rhett se pencha pour embrasser Scarlett, elle se détourna.

— Est-ce que je ne peux pas vous donner un vrai baiser, maintenant ?

— Sur le front, comme un bon frère.

— Merci, non. Je préfère attendre et espérer mieux.

Rhett Butler avait l'impression d'être redevenu un jeune homme, comme si tout était possible, comme si le monde était neuf.

Scarlett lui expliqua que Tara avait réchappé sans dommages de la guerre. Elle dit que son fils Wade et le petit

Beau de Melly allaient bien, que Tara se félicitait des services d'un très bon fermier en la personne de Will Benteen.

— Et M. Ashley Wilkes ?

Aussi indifféremment que possible, Scarlett dit que Mme Wilkes était heureuse que son mari soit rentré à la maison. Will Benteen faisait la cour à sa sœur Careen, et son autre sœur, Suellen, pourchassait toujours ce vieux garçon de Frank Kennedy.

— Ce pauvre Frank est ennuyeux à mourir, pouffa Rhett, mais il a de l'argent.

Scarlett fit la grimace. Elle resta silencieuse un instant puis, si doucement que Rhett dut se pencher pour l'entendre, chuchota :

— Mère nous a quittés. La fièvre. Elle... elle était morte quand je suis arrivée à Tara, dit-elle tandis que ses yeux s'emplissaient de larmes.

— Je suis tellement désolé, ma chère. Votre père, Gérald ?

— Gérald s'occupe, dit Scarlett en détournant les yeux.

Pourquoi cette fausse note dans sa voix ? Peut-être son père n'allait-il pas aussi bien qu'elle le prétendait. Gérald n'était pas tout jeune. Peu importait. Scarlett était venue le voir. Elle qui l'avait repoussé quand il était riche et libre était venue le voir, pauvre prisonnier des Yankees qui menaçaient de le pendre.

Il lui dit qu'elle était ravissante. Il lui demanda de tourner sur elle-même. Tandis qu'elle s'exécutait, sa ravissante robe verte se souleva, laissant découvrir son pantalon bordé de dentelle. Il serra les mains dans le dos pour éviter de la dévorer sur-le-champ.

Scarlett lui dit que les Nègres fidèles de Tara avaient caché le bétail de la plantation dans les bois, où les pillards de Sherman ne pourraient le trouver, et que Tara avait produit vingt balles de coton l'an passé. Ils feraient encore mieux cette année – mais, soupira-t-elle, tout était si terriblement monotone à la campagne ! Elle s'était habituée à la vie citadine.

Rhett demanda comment Scarlett pouvait s'ennuyer, à moins d'avoir déjà évalué tous les garçons du voisinage.

— Oh ! Rhett, je ne suis pas venue jusqu'ici pour vous entendre raconter des bêtises sur moi. Je suis venue parce que je suis terriblement inquiète pour vous. Quand vous laisseront-ils sortir de cet horrible endroit ?

— Et quand cela se produira ?... demanda-t-il doucement en se penchant vers elle.

Scarlett rougit comme une jeune fille et leva tendrement la main vers la joue de Rhett. Elle était rêche. Étonné, il prit son poignet et retourna sa main. La paume était à vif, craquelée, les ongles cassés. Il regardait sans comprendre. Elle ne résista pas quand il prit son autre main et la retourna aussi. Quand il travaillait dans les rizières de Broughton, c'était exactement à cela que ressemblaient ses mains.

Rhett se lécha les lèvres. Son cœur qui s'était emballé ralentit soudain et s'étiola, dur, méchant.

— Ainsi, tout se passe bien à Tara, n'est-ce pas ? dit-il d'une voix neutre. Vous avez gagné tant d'argent avec votre coton que vous venez faire des visites en ville. Pourquoi me mentez-vous ?

Au fond des yeux fascinants de Scarlett, il vit une flamme – une renarde pourchassée par la lumière d'une lampe.

— Ils peuvent bien me pendre plus haut que Haman, pour ce que ça vous importe !

Rhett laissa ses mains retomber. Quel numéro sinistre ! Ce lieu qu'il avait trouvé généreux comme l'espoir devenait un petit réduit sale occupé par le meurtrier de Tunis Bonneau et une manipulatrice.

De l'argent. Elle voulait de l'argent. À coup sûr, c'était cela qu'elle était venue chercher. Elle se mit à parler à toute vitesse, les mots se bousculaient dans sa bouche. Tara, son Tara bien-aimé, allait être vendu parce qu'elle ne pouvait payer les impôts, elle n'avait pas un sou. Elle avait fabriqué sa robe dans des rideaux de Tara.

— Vous avez dit que jamais vous n'aviez désiré une femme plus que moi. Si vous me voulez encore, vous pouvez m'avoir. Rhett, je ferai tout ce que vous voudrez, mais pour l'amour de Dieu, signez-moi une traite !

Quelle femme stupéfiante ! Scarlett O'Hara avait mis un prix sur son amour. Trois cents dollars. Il pouvait profiter de cette chérie perfide pour le prix d'un costume à Londres ou d'un beau cheval. Quand on y réfléchissait, trois cents dollars, c'était une bonne affaire. À Paris, les courtisanes demandaient plus que cela.

— Je n'ai pas d'argent ! dit Rhett, épuisé.

Elle l'attaqua. Elle bondit sur ses pieds en poussant un cri qui fit taire le ronron des voix des soldats dans la pièce d'à côté. Rhett lui ferma la bouche d'une main et la souleva.

Elle lui donna des coups de pied, tenta de le mordre. Elle voulut crier.

Rhett eut besoin de toute sa force pour la maîtriser. Il savait qu'elle ferait n'importe quoi. « Elle est comme moi, pensa-t-il. »

Les yeux de Scarlett se révulsèrent et elle s'évanouit. Les officiers yankees se précipitèrent pour ranimer la jeune dame. Le capitaine Jaffery apporta un verre de brandy.

Quand Scarlett O'Hara quitta les lieux, elle n'était qu'une enfant vaincue, perdue dans ses faux atours et coiffée d'un bonnet dont les plumes – Rhett le comprit – avaient été arrachées à la queue d'un coq de basse-cour.

Cette nuit-là, Rhett rêva qu'il assassinait une petite fille ; il posait la bouche du pistolet sur son front et pressait la détente.

Deux semaines plus tard, quand le capitaine Jaffery annonça que Scarlett avait convolé, il était perplexe.

— Elle ne vous a pas dit qu'elle allait se marier ?

Pendant un moment, Rhett ne sut que répondre. Le capitaine lui donna une tape sur l'épaule.

— Peut-être miss Scarlett a-t-elle pensé que son grand frère désapprouverait le choix de son nouveau mari ? Il est inutile de s'inquiéter : Frank Kennedy est tout à fait respectable. Je suis un peu surpris, dit le capitaine Jaffery en se grattant l'oreille, qu'une femme comme votre sœur se soit amourachée de ce bon vieux Frank – et Frank ne devait-il pas en épouser une autre ? Le cœur d'une femme ! Qui peut le comprendre ?

— Si Kennedy a trois cents dollars, je peux, dit Rhett.

Les forsythias fleurissaient quand Rufus Bullock obtint la grâce de Rhett. Elle portait la signature d'un sénateur du Connecticut qui n'avait pas la réputation d'être conciliant.

— Rhett, que lui avez-vous donc écrit dans cette lettre ?

Rhett fit tomber la poussière du chapeau qu'il n'avait pas porté depuis des mois. Il le coiffa de côté.

— Rufus, le sénateur a fait une fortune pendant la guerre en fabriquant des doublures en coton pour les manteaux des officiers fédéraux. Vous êtes-vous jamais demandé où le sénateur avait trouvé ce coton de contrebande ? Rufus, dit Rhett Butler avec un grand sourire, quittons cet endroit. C'est le printemps.

31

Une Belle du Sud

L'été était sec. Le maïs poussait mal. Le coton était si rare qu'on ne savait plus s'il fallait prendre la peine de le cueillir. Les pasteurs blancs ne parvenaient pas à expliquer à leurs ouailles pourquoi Dieu avait abandonné la République confédérée. Certains d'entre eux envisagèrent le suicide, d'autres perdirent la foi et quittèrent leur sacerdoce. Les pasteurs noirs et leurs paroissiens rédigeaient des pétitions éloquentes au Congrès des États-Unis pour réclamer les droits qu'on leur avait promis. Quelques anciens confédérés en vue – parmi lesquels le général Wade Hampton en Caroline-du-Sud et le général William Malone en Virginie – expliquèrent que les Nègres devaient avoir le droit de vote et que Noirs et Blancs devaient reconstruire le Sud ensemble. Mais le général géorgien John B. Gordon et le général Nathan Bedford Forrest du Tennessee jouèrent de leur prestige militaire pour restaurer l'ordre d'avant-guerre.

Des idéalistes yankees arrivaient dans le Sud pour promouvoir l'éducation des Noirs et faire d'eux des citoyens à part entière. Les élus républicains au Congrès, qui avaient perdu des amis et des parents sous les balles confédérées, ne pensaient qu'à se venger. Quant aux opportunistes, ils venaient retourner le cadavre du Sud pour voir s'il n'y avait rien à voler en dessous.

L'armée des États-Unis donnait des wagons et des locomotives aux compagnies de chemins de fer qu'elle avait récemment détruites. Si ces compagnies ne pouvaient payer leurs ouvriers qu'avec du bacon et des sacs de farine, on n'en posait pas moins frénétiquement des rails, quand on ne reconstruisait pas ponts et tunnels. Et si parfois les passagers devaient parcourir certaines portions de leur trajet dans des chariots, les trains circulaient malgré tout.

Grâce aux bénéfices du magasin de Frank Kennedy, Scarlett O'Hara Kennedy acheta une scierie. Financée par des torrents d'argent yankee, la ville d'Atlanta se reconstruisait à un rythme étourdissant. Briques, ciment de Portland et chaux atteignaient des prix plus élevés que jamais et des chargements de pins arrivaient de Géorgie du Nord sur Marietta Street jusqu'à la scierie Kennedy. Les grandes familles réprouvaient que Mme Kennedy « porte le pantalon » mais Scarlett était trop occupée pour s'en soucier. Elle acheta une seconde scierie et convainquit Ashley Wilkes d'en prendre la direction.

Quand Ella Kennedy naquit, Scarlett vit bien qu'elle ressemblait clairement à son banal époux.

Quand Gérald O'Hara mourut, Scarlett, grâce à l'argent de la scierie, reconstruisait déjà Tara.

Un matin, alors que Belle Watling fouillait plus profondément que d'ordinaire dans le tiroir de sa commode, elle eut une idée qui lui coupa le souffle.

La blanchisseuse de Belle s'était enfuie avec la caravane du remède universel scientifique du Dr Jewett, ce que Belle ne découvrit que le jour où MacBeth lui rapporta le linge encore sale. Pour trouver de quoi se vêtir proprement, Belle fouilla au fond de sa commode. Elle retrouva un vêtement enveloppé de papier de soie. Elle en écarta un coin et vit le riche tissu gris de la robe que Rhett lui avait offerte, si longtemps auparavant. Belle s'assit et réfléchit à la situation : Scarlett O'Hara était devenue Scarlett Kennedy. Le couple avait une fille. Le mariage Kennedy durerait jusqu'à ce que Scarlett soit une vieille femme.

Belle passa le reste de la journée à parcourir la maison en fredonnant des chansons idiotes jusqu'à ce que Minette se plaigne – elle avait été une habituée de l'Opéra Saint-Louis à La Nouvelle-Orléans, alors les « zim boumboum » et « tralala » de Belle lui étaient intolérables.

— Oh ! Minette, répondit Belle sans se départir de son humeur joyeuse, on ne peut espérer d'un pigeon qu'il chante comme une colombe, n'est-ce pas ?

Belle cessa de recevoir des messieurs, au grand regret de plusieurs vieux clients qui aimaient le confort d'une maîtresse peu exigeante. Ne mangeant plus que des légumes verts, du pain et de l'eau, elle fit fondre ses kilos en trop. Et, un après-midi, MacBeth la conduisit chez les Wilkes.

— Prends l'allée mais va te garer à l'arrière, lui dit Belle, nerveuse.

Devant le portail du jardin qui donnait sur la cuisine, Belle hésita. Qui était-elle pour demander quoi que ce soit à qui que ce soit ? Mais enfin, je suis Ruth Belle Watling. C'est moi. Ayant repris courage, elle passa devant les légumes d'automne et les paniers de pommes de terre de Mélanie Wilkes.

Quand elle frappa à la porte de service, un rideau s'écarta et un petit garçon très sérieux la regarda. Il se mit le pouce dans la bouche. En réponse au sourire rassurant de Belle, l'enfant laissa retomber le rideau et courut vers le devant de la maison.

— Maman, maman !

— Qu'y a-t-il, Beau, mon chéri ? Un problème ? Y a-t-il quelqu'un, Beau ? Comme c'est gentil de m'avoir prévenue !

Belle entendit des pas. La jeune femme qui ouvrit la porte était mince – trop mince – et avait d'immenses yeux noirs.

— Oh !... Mademoiselle Watling, quelle agréable surprise !

— Madame Wilkes, je n'ai pas voulu vous faire honte. C'est pour ça que je suis passée par l'arrière.

— Mais pourquoi me feriez-vous honte, ma chère ? Je vous en prie, entrez !

Belle entra dans la cuisine mais quand Mélanie suggéra qu'elles aillent au salon, Belle s'arrêta.

— Merci, madame, mais la cuisine, c'est parfait.

Les yeux fixés sur l'étrangère, Beau se serra contre les jambes de sa mère.

— Voulez-vous vous asseoir ? dit Mélanie en tirant une chaise. Je vais faire du thé.

— J'aimerais un verre d'eau, dit Belle, si nerveuse qu'elle en avait la bouche sèche.

Mélanie actionna la pompe jusqu'à ce que jaillisse de l'eau fraîche. Comme toutes les eaux puisées à Atlanta, elle avait un goût métallique.

— Madame Wilkes, je vous remercie de me recevoir. Je n'ai pas l'intention de vous ennuyer longtemps. Vous n'êtes pas snob comme les autres dames et j'ai pensé que je pourrais vous demander...

Le gentil sourire de Mélanie invitait Belle à lui faire

confiance. Des marguerites dans un vase près de l'évier attiraient le regard vers les fenêtres qui donnaient sur un ravissant jardin.

— Un bien beau jardin, dit Belle. Et de beaux légumes.

— Merci. Vous pourrez en emporter.

— Oh ! non, madame Wilkes ! J'ai pas voulu dire que j'en voulais. Je disais juste, corrigea Belle, que ce jardin était joli.

— Eh bien, je prends toujours une tasse de thé à cette heure, ne voulez-vous pas vous joindre à moi ?

Elle se pencha pour retirer la plaque du poêle et ajouta du bois dans le feu. C'était un de ces nouveaux fours avec une réserve d'eau sous la hotte. Quand Belle l'admira, Mélanie dit que de l'eau bien chaude, c'était très pratique. Belle demanda si cela plaisait à M. Wilkes de diriger une scierie.

— M. Wilkes a été élevé en gentleman, répondit Mélanie après une légère hésitation.

Belle demanda si Mlle Pittypat Hamilton possédait toujours sa maison au fond du jardin, ce que Mélanie confirma. Son frère Charles et elle avaient été élevés par Mlle Pittypat. Quand les Wilkes étaient revenus à Atlanta après la guerre, ils avaient eu la chance de pouvoir louer la maison à l'arrière de celle où Mélanie avait passé son enfance. Tant de souvenirs !

— M. et Mme Kennedy, ils vivent avec Mlle Pittypat ?

— Mais oui ! C'est une double bénédiction pour nous. Mon fils et moi avons passé la dernière année de la guerre sur la plantation familiale de Mme Kennedy, à Tara. Bien sûr, elle n'était pas Mme Kennedy à l'époque. Scarlett est la veuve de mon frère Charles.

Belle mourait d'envie de demander si le mariage Kennedy était heureux mais elle ne trouvait pas comment formuler sa question. Elle posa sa tasse de thé un peu trop vite, la soucoupe tinta.

— Madame Wilkes, un homme a touché mon cœur.

— Oh ! Belle, quelle bonne nouvelle ! Mon propre mariage est si heureux. J'ai tant pitié des femmes qui ne se marient pas.

— Nous n'en sommes pas encore là. Le problème, madame Wilkes, dit Belle avec un visage très sérieux, c'est que ce monsieur est un gentleman et que je ne suis pas une dame.

Mélanie réfléchit avant de répondre :

— J'ai toujours eu du mal à comprendre l'importance de cette distinction. Dieu n'aime-t-il pas tous ses enfants ?

— Peut-être que si, mais tous ses enfants, ils ne s'aiment pas entre eux, pour sûr. En général, les gentlemen aiment les dames et l'« autre sorte » aime l'« autre sorte ».

Belle aurait bien voulu posséder la sérénité de Mme Wilkes. Elle voulait ne pas sentir qu'elle commençait à transpirer. Et si une goutte coulait le long de son bras et que Mme Wilkes la voyait ? Elle prit une gorgée de thé et continua :

— Je suis venue vous demander, madame Wilkes… comment je pourrais faire pour devenir une dame.

La petite ombre qui passa au fond des yeux de Mélanie faillit tuer tout espoir en Belle. Mais Mélanie sourit si gentiment :

— Je n'y ai jamais réfléchi, dit-elle. Pour être une dame, est-ce qu'on n'agit pas de manière à avoir l'air d'une dame ?

— Je ne sais pas, madame Wilkes. C'est pour ça que je suis ici.

— Mais votre… occupation…

— Je ne reçois plus de clients. Je suis juste la propriétaire des lieux.

— Je vois.

— Je veux dire, comment je peux passer pour une dame ? Je ne sais pas comment me comporter et je ne sais pas comment m'habiller. Madame Wilkes, je ne sais pas comment l'on pense comme une dame ! dit Belle qui, en même temps qu'elle lui adressait un signe d'impuissance, sentit une goutte de sueur couler entre ses seins. Madame Wilkes, où est-ce que je peux trouver des vêtements comme les vôtres ?

— Mon Dieu, mademoiselle Watling, être une dame, c'est plus que…

— J'ai de l'argent.

— Je crains que l'argent…

— Mais les bons vêtements et de l'argent, c'est un début, non ?

— Eh bien, je suppose que oui…

Plus tard dans la semaine, sans rien dire à personne, Mélanie Wilkes conduisit Belle Watling chez la meilleure couturière d'Atlanta. Mlle Smithers était une octavonne déjà libre avant la guerre et aucune Blanche n'était plus compétente qu'elle.

La plupart des clientes de Mlle Smithers étaient des épouses de *carpetbaggers* ou d'officiers yankees. Sa maison sur Mitchell Street s'ouvrait sur une pièce où un mannequin portait une blouse délicate à haut col tandis qu'un autre, en tissu brun tendu sur une armature, attendait qu'on y épingle un patron. Des rouleaux de tissu – piqués, batistes, worsteds, failles, velours et brocarts – s'entassaient sur le comptoir en une pile plus haute que la petite couturière près des catalogues de patrons.

— Quel style recherchez-vous, mademoiselle ? Paris, Londres, New York, Boston ?

— Vous faites les vêtements de Mme Kennedy ?

— Bien sûr !

— Je voudrais quelque chose entre elle et Mme Wilkes, ici présente.

Belle ouvrit un paquet qu'elle tenait tendrement. Il contenait la robe grise que Rhett lui avait offerte.

— Oh ! ma chère, je crains de ne pas pouvoir modifier cette robe. Le col… la taille… Je crains que non. Et on ne porte plus de crinoline, de nos jours.

— Pouvez-vous retrouver le même tissu ? Mon ami me l'a offerte.

Mlle Smithers songea à expliquer qu'aucun tissu ne ressemblait à un autre, que le tissage était français, que… La couturière céda devant les yeux pleins d'espoir de Belle.

— Je vais voir ce que je peux faire.

Quand elles furent d'accord sur des robes, des chemisiers, des jupes et des vestes, Mélanie emmena Belle chez le bottier allemand où Belle choisit trois paires de chaussures, dont une en cuir.

Avant qu'elles se quittent, Mélanie ne put éviter de prévenir Belle :

— Je crains, Belle, qu'une dame ne se définisse pas que par ses vêtements. C'est une attitude. Par votre expérience, vous en savez sûrement plus sur les affaires et la politique qu'il est de bon ton pour une dame. Les messieurs aiment croire que les dames ne sont qu'un ornement et il est déconseillé à un ornement de contredire un monsieur.

— Merci.

— Il faudrait que vous lisiez des livres – des romans, parce que les dames sont frivoles ; de la poésie, parce que les dames sont sentimentales ; des sermons, parce qu'elles sont pieuses. Si vous voulez lire des essais, ceux de M. Emerson sont les meilleurs. Il est possible que votre gentleman les connaisse. Quant à votre diction, Belle…

— Vous voulez dire, comment je parle ?

— Imitez les héroïnes des romans. Les dames parlent comme elles.

Bien que sa bijouterie ait brûlé et que son coffre se soit révélé plus inflammable que ce qu'avaient laissé entendre les promesses du fabricant, M. Belmont avait rouvert un magasin non loin de sa boutique d'avant-guerre. Belle voulait des boucles d'oreilles assorties au camée qu'elle lui montra.

— Il faut qu'elles s'assortissent à cette broche. J'y tiens beaucoup.

Les bons joailliers sont aussi discrets que les fossoyeurs et les prêtres. M. Belmont s'extasia sur le camée comme s'il n'avait jamais vu telle merveille – et vendit à Belle les camées en boucles d'oreilles les plus chers de la boutique.

Pour ses nouvelles robes, Belle avait choisi des imprimés de couleurs douces. Une dentelle soulignait le col de ses chemisiers en batiste et en soie. Quand Belle se regarda dans la psyché de Mlle Smithers, elle ne reconnut pas la dame qui s'y reflétait.

— Mon Dieu, est-ce bien moi ?

— Oui, mademoiselle Watling, dit la couturière avec un sourire satisfait. C'est bien vous !

Enhardie, Belle alla parader dans Kimball House, le tout nouvel hôtel d'Atlanta. Les lustres en cristal du foyer illuminaient le sol à carreaux noirs et blancs sur lequel on avait jeté des tapis d'Orient. Un portier très raide se tenait devant le premier ascenseur à vapeur d'Atlanta. Belle vit bien quelques messieurs qu'elle avait fréquentés autrefois ; heureusement, aucun ne la reconnut. En buvant son thé – « Si rafraîchissant, n'est-ce pas ? » dit Belle au serveur –, Belle étudia discrètement l'attitude des vraies dames – la façon dont elles tenaient leur tasse, où elles posaient leur cuiller, comment elles pliaient leur serviette.

Le mardi et le jeudi, Belle prenait le thé à Kimball House et un beau dimanche, elle se rendit à l'église. Pas l'église épiscopale Saint-Philip, celle des Wilkes, mais à la Seconde Presbytérienne, qu'elle trouvait moins prétentieuse.

Après l'office, Belle se présenta au prêtre :

— Mme Butler – les Butler de Savannah –, en visite chez des parents à Atlanta.

— J'espère que vous reviendrez prier avec nous, madame Butler, dit le pasteur.

Dans une lettre à sa mère, Tazewell Watling parla de ses amis et de son école anglaise, des sports qu'il pratiquait, de ses succès dans l'équipe de rugby. Peu après son arrivée à l'école de Shrewsbury, il avait terminé sa lettre par : « *Quand le capitaine Butler s'est rendu à Londres après la reddition des confédérés, il a télégraphié au directeur des études son intention de venir me voir. J'ai demandé au directeur de dire au capitaine Butler que je ne désirais pas le rencontrer.* »

Quand elle commença sa transformation, Belle lui écrivit :

Cher Taz,

Tu vois beaucoup de lords et de ladies en Angleterre ? Tu as déjà vu la reine Victoria ? J'adorerais voir la reine et tous ces beaux châteaux.

Minette fait rouler la maison pendant que j'essaie des belles robes et que je prends le thé à la Kimball House. Atlanta est tellement à la mode ! Il y a même un ascenseur !

*Dis-moi ce que tu penses de l'*Ivanhoé *de Sir Walter Scott ? C'est un drôle de vieux livre mais je l'aime bien.*

Cher fils, la vie de ta vieille maman connaît des changements étonnants. Je laisse plus les gens me dire qui je suis !

Qui sait, je pourrais même me marier !

Tu me manques, cher Taz !

Ta mère aimante,
Ruth Belle Watling.

Rhett était absent deux semaines sur trois et Belle lui faisait suivre son courrier au Saint-Nicholas à New York, au Spotswood à Richmond ou au Saint-Louis à La Nouvelle-Orléans.

Quand Rhett était à Atlanta, Belle traînait dans son bureau, tricotait pendant qu'il faisait les comptes, répondait à des lettres ou signait des documents qu'elle feignait de ne pas comprendre. Appliquant ce qu'elle avait appris dans le *Livre des dames* de Godey sur la manière de prendre le thé, tous les après-midi à quinze heures elle montait un plateau chargé de biscuits et de son nouveau service à thé en porcelaine.

Les filles échangeaient alors des regards complices.

Lisa, la jeune paysanne qui lui avait servi de femme de chambre pendant la guerre, revint au Chapeau Rouge en quête de travail. Elle avoua qu'elle en avait bavé, qu'elle n'était plus qu'une traînée, une ivrogne.

— Mademoiselle Watling, j'oserais même pas vous dire les bassesses où je suis descendue.

Lisa n'avait plus bu une goutte d'alcool depuis six mois et Belle l'avait toujours bien aimée.

Deux jours plus tard, Rhett descendit la voir.

— S'il vous plaît, lui lança-t-elle, désespérée, capitaine Butler, je ne suis plus la fille d'avant.

— Fiche le camp !

De peur qu'il ne la tue, Lisa s'enfuit si vite qu'elle abandonna toutes ses affaires. MacBeth les empaqueta et les porta à la maison de passe où la fille avait trouvé du travail. Belle n'osa pas demander à Rhett pourquoi il avait ainsi expulsé Lisa. Quelques mois plus tard, Belle apprit que celle-ci s'était installée avec un riche *scalawag* et se dit que tout s'arrangeait pour elle.

Trois jours après que les élus de Géorgie avaient refusé à l'unanimité de ratifier le quatorzième amendement qui interdisait la discrimination contre les minorités raciales dans les écoles publiques, Rhett reçut un télégramme : « *Père mort aujourd'hui. Funérailles vendredi. Viens, s'il te plaît. Rosemary.* »

— Oh ! Rhett, je suis désolée, dit Belle.

— C'est curieux, pas moi, répondit Rhett.

32

Mlle Élisabeth Kneels

La colère de Langston Butler avait représenté un défi pour l'embaumeur. Le pauvre homme n'était pas parvenu à donner aux traits du cadavre de Langston Butler une expression de douceur. Ni compresses ni pincements n'avaient suffi à relever la bouche en chapeau de gendarme, à regonfler les lèvres pincées, à déplisser le front sévère qui résista à tous les artifices.

Langston Butler exigeait déférence et obéissance envers le pouvoir qu'il voulait incarner. Il n'avait jamais pris de plaisir aux choses futiles – la démarche gauche d'un héron, l'écume aspirée par le sable sur la grève, la douceur stupéfiante des bras d'une femme. De toute sa vie, jamais Langston Butler n'avait essayé d'être un peu fou.

Un poème de Tennyson revint à l'esprit de Rhett : « Mieux vaut avoir aimé et perdu l'amour que de ne jamais avoir aimé. »

On avait retiré les vitraux de Saint-Michael pendant les bombardements de Charleston et on ne les avait pas encore remontés. Seule une lanterne éclairait la bière de Langston.

En cet après-midi, quand les portes de l'église s'ouvrirent pour que sorte le cercueil, un vif rayon de soleil pénétra dans le sanctuaire et auréola la tête de ceux qui le portaient. Il s'agissait d'hommes de la génération de Langston : des sécessionnistes, de ceux qui refusaient d'appliquer les lois du nouvel État réunifié, des hommes dont les doctrines politiques avaient trouvé leur réfutation dans le sang.

Une haute grille en fer forgé entourait le cimetière, celle-là même qu'avec Tecumseh Rhett s'amusait à sauter – il y avait combien d'années ?

Comme il eût été facile de s'empaler, ou de faire s'empaler le cheval sur ces lances dressées ! Comme il eût été facile d'être désarçonné, blessé ou tué ! La vie ne valait pas grand-chose – une babiole qu'on pouvait jeter sans y regarder à deux fois. Seigneur, songea Rhett, étais-je donc malheureux à ce point ?

Son regard trouva la pauvre Rosemary, bouleversée. Dieu merci, elle avait son bébé. Pour un temps, au moins, le petit Louis Valentin Ravanel pourrait combler son existence.

On avait rapporté à Rhett qu'Andrew Ravanel avait rejoint le Klan. Le mari de sa sœur devenait célèbre. Andrew était si furieux contre les « trahisons », les « sales Nègres », les « *carpetbaggers* », si accroché aux « droits du Sud » que Rhett avait du mal à lui parler. Qu'était-il arrivé au gamin qu'il avait été ? Où Andrew avait-il perdu le garçon honnête, courageux, romantique et mélancolique de son enfance ?

Après l'enterrement, les Nègres de Langston, Hercule et Salomon, se firent rares. Julian Butler resta juste le temps de raconter quelques ragots sur la législature et d'assurer Rhett que s'il avait jamais besoin d'un soutien officiel, de n'importe quoi… Julian avait perdu tous ses cheveux. Son crâne luisait comme un œuf frais pondu.

Isaiah Watling aidait Élisabeth Butler à monter en voiture quand Rosemary intervint.

— Mère, vous allez venir vivre avec nous, maintenant. Nous avons toute la place nécessaire. Et vous pourrez m'aider avec le bébé.

— Puis-je ? demanda Élisabeth dont les yeux s'agrandirent de bonheur tandis que ses lèvres esquissaient un sourire. Puis-je vraiment ? Jamais je n'avais pensé que cela serait possible, Rosemary. Si c'est possible, j'aimerais tant venir avec vous ! Sincèrement. Je pourrais aller aux vêpres à Saint-Michael. Les vêpres sont d'une telle consolation.

— Miss Lizbeth, dit Isaiah, est-ce qu'on n'a pas prié ? Est-ce qu'on n'a pas lu la Bible et prié le matin et le soir ?

— Sans doute, mais Dieu veut la perfection. Souvenez-vous de ce que Jésus a dit des lys dans la vallée ! Les prie-Dieu de Saint-Michael sont plus indulgents pour de vieux genoux que votre plancher brut.

— Je vous fabriquerai un prie-Dieu dès que nous rentrerons à Broughton, miss Lizbeth.

— Ma mère va vivre chez Rosemary, déclara Rhett.

Les yeux impitoyables d'Isaiah Watling se fixèrent sur ceux de Rhett.

— Oh, cher Rhett, puis-je rester ? continua joyeusement Élisabeth. J'ai toujours adoré Charleston. Vous souvenez-vous du jour où vous avez dit à votre père que la seule différence entre les habitants de Charleston et les alligators était que les alligators montraient leurs dents avant de mordre ? Oh ! Rhett, vous étiez un tel renégat ! dit-elle en couvrant sa bouche pour pouffer de rire.

Isaiah Watling fit une grimace.

— Je vais donc y aller. Miss Lizbeth, je prierai pour vous aussi longtemps que j'en serai capable.

— Oh ! Isaiah, dit Élisabeth Butler comme si elle s'adressait à un parent éloigné, soyez béni.

Le vieil homme posa son chapeau sur sa tête.

— Miss Rosemary, je compte sur vous pour prendre bien soin de miss Lizbeth. Je vous en serais reconnaissant, dit-il avec un sourire d'une gentillesse inattendue. Monsieur Rhett Butler, prophétisa-t-il, mon jour viendra.

33

Les démocrates du mercredi soir

Trois jours plus tard, peu avant dix heures du matin, Rhett entra dans la cuisine du Chapeau Rouge.

— Bonjour, chère Belle.

Il lui déposa un baiser sur la joue et inclina la tête, interrogatif :

— Quelle robe ravissante ! Elle met ton teint en valeur. Et ce filet à cheveux en rubans ! Même les dames de Charleston ne sont pas aussi bien mises. Belle, ne me dis pas que tu as un galant !

— Ne fais pas l'idiot, répondit Belle en rougissant. Qui voudrait d'une vieille vache comme moi ?

Il lui prit les mains et lui adressa ce sourire qu'elle aimait tant.

— Moi, par exemple. Bien, dit-il en la relâchant, raconte-moi ce que tu as appris. Que mijotent Rufus Bullock et les républicains ? Les *carpetbaggers* ont-ils pillé les chemins de fer de Géorgie ? Edgar Puryear fait-il campagne pour la Pennsylvanie ? Que feront les Yankees contre le Klan ?

Belle informa Rhett en préparant du café. À l'arrière, MacBeth sifflotait en soignant les chevaux.

— Papa, il était à l'enterrement ? demanda Belle.

— Oui. Avec ton charmant cousin Josie.

— Le fils d'oncle Abraham.

— Josie Watling est un jeune homme dangereux.

— Je n'ai pas revu oncle Abraham depuis qu'on était à Mudy Hollow, dit Belle en resservant du café à Rhett. Chez nous, c'était – je veux dire *c'est* – même pas à dix kilomètres de Jonesboro mais j'ai jamais voulu y retourner. Je crois que le cousin Josie a fait des choses horribles pendant la guerre.

— On dit que Josie fait partie du Klan.

— Archie Flytte aussi, dit Belle avec un haussement d'épaules. Et Frank Kennedy et M. Ashley Wilkes. De nos jours, la moitié des gentilshommes d'Atlanta ont une robe blanche dans leur placard. Comment va ta sœur ?

— Fatiguée. Désespérée. Qu'as-tu à m'apprendre sur le Klan ? demanda Rhett en s'étirant lascivement.

— MacBeth ne veut plus ramener les officiers yankees chez eux, même s'ils sont ivres morts. Les Nègres sont pas en sécurité dehors la nuit. L'autre soir, Rhett, après que j'avais fermé, j'ai cru entendre quelque chose. J'ai passé la tête à l'arrière : j'ai vu des cavaliers près du ruisseau. Quinze, vingt, en robe blanche et cagoule pointue. Ils n'étaient pas là pour nous, mais ils m'ont fait une peur bleue.

— Les Yankees ne peuvent pas laisser des cavaliers terroriser le pays chaque nuit !

— Eh bien, Rhett chéri, dit Belle en sortant de la glacière un bol d'œufs, en dépit des bouleversements de ce monde, le soleil brille et ce sera une belle journée. Je suis d'humeur à te préparer un petit déjeuner. Il y a du jambon et en cinq minutes je peux te préparer une belle omelette.

— Désolé, Belle, dit Rhett en repoussant sa chaise. J'ai à faire en ville. J'ai des intérêts à la Banque agricole et commerciale et je dois veiller sur mes investissements.

— Pas question ! s'écria Belle, dont la détermination les surprit tous deux. Capitaine Rhett Butler, tu vas t'asseoir à cette table de cuisine ! Tes fichus investissements ne sont pas aussi importants, et de loin, que ce que tu peux me dire sur l'enterrement de ton père, miss Rosemary et tout le reste.

À regret, Rhett se rassit.

— Eh bien, Belle, ton menu me convient.

En mangeant, ils discutaient avec la plaisante familiarité des vieux couples.

— Comment était papa ?

— Inchangé. Il s'est opposé à l'idée de ramener mère à Broughton. S'il s'agissait d'un autre, je dirais qu'il a un faible pour elle. Andrew ne veut pas de Nègres libres chez lui – si tant est qu'on puisse facilement trouver des volontaires. Les principes d'Andrew imposent à Rosemary de prendre soin d'un bébé et d'une vieille femme sénile.

— Andrew était gentil, Rhett, dit Belle en s'adoucissant à ce souvenir.

— Eh bien, maintenant, il est devenu le grand génie. Les personnalités de Charleston le flattent sans vergogne mais ne l'invitent jamais chez elles !

— Pauvre Andrew !

— Tu l'aimes encore ? demanda Rhett en déposant sa serviette froissée près de son assiette.

— J'aime la jeune fille que j'étais. J'espère que cette gamine est encore en moi, quelque part. Dis-moi, Rhett, peux-tu pardonner à ton père ce qu'il a fait ?

— Lui pardonner ? Chère Belle, je lui ai pardonné il y a des années. Seuls les fous ne pardonnent pas. Mais il faut être plus fou encore pour oublier. Bien, maintenant, dit Rhett en arborant son sourire éclatant, je vais te parler de mon neveu, maître Louis Valentin Ravanel. Ce garçon a des poumons hors du commun…

Ce soir-là, seule dans son lit, Belle Watling s'endormit en souriant, les jolis mots de Rhett en guise d'oreiller : « Moi, par exemple. »

Comme de coutume à la Saint-Sylvestre, devant une coupe de champagne, Belle versa à Rhett sa part des profits de la maison close. Chaque année, elle lui rappelait pourquoi elle lui avait donné le nom de Chapeau Rouge.

Quand elle l'incita à vérifier les chiffres, Rhett protesta :

— Belle, s'il fallait que je vérifie tes livres de comptes, je me trouverais une autre associée.

Ce soir-là, ils étaient tous deux un peu éméchés.

Quand Rhett était en ville, le Chapeau Rouge en devenait plus calme, plus convivial. Il travaillait dans son bureau jusqu'en fin d'après-midi puis sortait dîner et jouer aux cartes au Milady Saloon jusqu'à minuit.

S'il y avait des lettres de Taz, Belle les posait sur le bureau de Rhett. Il les rendait le lendemain sans commentaire, même celles où Taz se plaignait de sa bâtardise.

Dans l'intimité de son boudoir, Belle lisait des romans. Elle n'aimait guère ceux de M. Thackeray mais elle adora *Oliver Twist* de M. Dickens. Elle avait les yeux humides en refermant le livre. Elle lut des romans de M. Hawthorne et, un après-midi de février glacial, après que Mme Elsing l'avait snobée à la Banque de Géorgie, Belle dit à Rhett :

— Maintenant, je sais ce qu'a ressenti la pauvre Hester Prynne.

— Hester Prynne, Belle ? s'étonna Rhett.

Mars arriva en rugissant. Le Congrès des États-Unis décida de dissoudre la législature de Géorgie et l'État devint le « district militaire numéro trois ». Les Géorgiens blancs s'en prirent à Rufus Bullock et à ses républicains, qualifiés de traîtres.

Atlanta s'agitait en cette froide nuit de printemps. Les sentinelles nordistes entendirent des bruits de sabots dans des endroits où d'ordinaire on ne trouvait aucun cavalier ; les chiens se mirent à hurler dans toute la ville et cessèrent aussi soudainement qu'ils avaient commencé. De petits nuages filaient dans le ciel et la fumée s'échappait à l'horizontale des cheminées.

Au Chapeau Rouge, les messieurs s'agitaient autant que les branches des ormes qui griffaient la maison. Les officiers yankees habituellement trop bavards se renfermaient, des hommes d'ordinaire réservés colportaient des informations. Minette avait du mal à les fournir en brandy. Les officiers entraient, s'asseyaient un moment puis repartaient. Chaque fois qu'un nouveau arrivait, les officiers l'entouraient et lui posaient des questions à voix basse.

Cet après-midi-là, une femme blanche avait été attaquée près de Shantytown, un bidonville où vivaient beaucoup de Noirs émancipés. Quand elle apprit l'horrible nouvelle, Éloïse s'évanouit, on dut la ranimer avec des sels. Les filles exigeaient des détails : la Blanche avait-elle été violée ? Battue ? Tuée ?

Dans sa chambre, Belle lisait *La Maison d'Âpre-Vent* près de son poêle. Le vent faisait trembler le tuyau contre la collerette en zinc.

Belle était pelotonnée, heureuse, quand le chaos éclata devant sa maison. En hâte, elle enfila sa robe de chambre rose. Elle se précipita dans le couloir à l'instant où ses clients sortaient sur la véranda et envahissaient le jardinet. Une patrouille mettait pied à terre devant sa grille.

— Tu les as arrêtés, Bob ?

— Non, mais on en a tué plusieurs. Hourra !

Belle se fraya un chemin jusqu'au devant de la véranda.

— Mais qu'est-ce qui se passe, ici ? Pensez un peu aux voisins ! Rentrez tous !

— Vous en avez tué combien ? s'enquirent les officiers sans prêter attention à elle.

— J'en sais rien. Ils les ont emportés.

— Combien de tes gars ont été touchés ?

— Callahan et Schmidt. Schmidt en a pris une dans le ventre.

— Le capitaine Jaffery les a repérés et il leur tend un piège. Le capitaine Bateson a dépêché des patrouilles. Ces salauds ne s'en tireront pas, cette fois !

Belle sentit une haleine chaude dans son cou.

— Miss Belle, faut venir. Faut venir tout de suite ! souffla MacBeth dont la cicatrice était plus pâle sur sa peau noire.

Belle suivit MacBeth à l'autre bout de la maison et ressortit dans la cour des écuries. L'odeur forte de chevaux qu'on avait poussés et la puanteur cuivrée du sang frais donnaient la nausée.

— J'ai mis leurs chevaux à l'écurie, murmura MacBeth d'une voix rauque. Je vais les bouchonner tout de suite.

— Attends, MacBeth ! dit Belle.

Mais MacBeth continua de marcher.

La rampe de l'escalier qui menait au bureau de Rhett était maculée de sang et Belle dut relever ses jupes pour qu'elles ne traînent pas dans les flaques rouges. Quand elle ouvrit la porte du bureau, des yeux effrayés se tournèrent vers elle.

Le frère de Pittypat, Henry Hamilton, reposa sa tête entre ses mains. Hugh Elsing reprit son discours feutré à l'intention du vieux Merriwether.

Les lèvres blanches de douleur, Ashley Wilkes gisait sur le sofa. Le Dr Meade sondait une blessure à l'épaule du mari de Mélanie. Agenouillé près de lui, Rhett laissa tomber un linge sanglant dans un seau et épongea la blessure avec un linge propre.

— On voulait apprendre aux Nègres à ne pas toucher nos femmes, chuchota Hugh Elsing d'un ton véhément.

Le Dr Meade fouilla dans son sac pour trouver des extracteurs.

— Wilkes, dit-il, ça va vous faire un mal de chien. Voulez-vous une lanière de cuir à mordre ? Vous ne devez pas crier.

D'un hochement de tête brusque, Ashley refusa.

Les branches du grand orme frottaient le mur comme un balai. Rhett leva les yeux.

— Désolé, Belle, je ne savais pas où les conduire. Les Yankees étaient sur nos talons.

— Et toi ? demanda Belle. Tu étais avec eux, Rhett ?

— Moi, membre du Klan ? ironisa-t-il. Je jouais au *stud-poker* avec deux capitaines trop ivres pour fermer leur clapet. Je crois qu'ils gardaient ces messieurs à l'œil. Nos braves membres du Klan avaient l'intention de galoper dans Shantytown et d'abattre tout Nègre qui ne déguerpirait pas assez vite de leur champ de vision. Les Yankees leur ont tendu un piège. J'ai filé les prévenir mais ils étaient déjà tombés dedans. J'ai donc joué de la gâchette avant que les Yankees arrivent. Les revolvers de M. Colt font un beau raffut. Les Yankees ont cru que j'étais toute une brigade !

Le dos d'Ashley se cambra violemment contre les investigations du Dr Meade et Rhett mit toute sa force à le maintenir sur le sofa.

— Le quatorzième amendement donne le droit de vote aux Nègres, insista Hugh Elsing, et le retire à tout homme qui a servi dans l'armée confédérée. On est sous la botte du vainqueur…

— Si ce n'était pas pour vos femmes, répliqua Rhett, je vous laisserais tous pendre au bout d'une corde ! Mais à quoi diable pensiez-vous en vous lançant dans une pareille affaire ?

Le portail de la maison claqua et des officiers entrèrent dans le jardin sous la fenêtre en chantant « *Juste avant la bataille, mère…* ».

Le silence qui s'abattit sur le bureau fut si mortel que le bruit de la balle tombant dans le seau fit sursauter tout le monde. Rhett étouffa les gémissements d'Ashley. En bas, un Yankee pissa sur le pignon et accompagna de sa chanson le jet crépitant.

— M. Wilkes… demanda Belle en touchant le bras de Rhett, est-ce qu'il…

— Il survivra. Seigneur, quel gâchis ! Il y a deux morts dans le sous-sol du vieux Sullivan. J'ai coincé leurs robes blanches dans le conduit de la cheminée. Ils se font appeler les « démocrates du mercredi soir ». Malin, n'est-ce pas ? Sous ce déguisement, ils se sont retrouvés pour décider quel Nègre prétentieux exigeait qu'ils s'intéressent à lui, enragea

Rhett. Ces idiots pourraient se faire pendre pour leurs exploits de ce soir !

Le visage du grand-père Merriwether était si rouge que Belle craignit qu'il n'explose comme une baudruche.

— Trouve-nous des chevaux, Butler ! dit-il. On peut payer. On va s'enfuir ce soir. On ira au Texas.

Belle ne pouvait oublier combien Mme Wilkes avait été gentille.

— Est-ce qu'on ne pourrait pas dire qu'ils étaient ici ? suggéra-t-elle.

— Les gentlemen fréquentent les bordels, à Atlanta ? ironisa Rhett.

— Mes filles… mes courtisanes jureront qu'ils ne les ont pas quittées de la nuit. Ils viennent tous les mercredis soir, tu as dit ? Juste quelques filles. Les démocrates du mercredi soir sont très discrets.

Rhett réfléchit à son idée avant de décocher à Belle le plus large sourire qu'elle ait jamais vu sur son visage. Il gloussa.

— Oh, mon Dieu, miss Belle ! Qu'en dira-t-on ?

Le Dr Meade regarda dehors et tira le rideau.

Rhett se tourna vers les « démocrates du mercredi soir », effrayés, silencieux.

— Les citoyens les plus respectables d'Atlanta, oh ! là là ! Belle, tu es aussi intelligente que bonne. Jeunes gens, annonça-t-il après s'être raclé la gorge, j'espère que vous savez diablement bien mentir !

Quand le Dr Meade eut bandé l'épaule d'Ashley, Rhett confectionna une écharpe et couvrit l'homme de son manteau avant de tapoter ses joues pâles avec du whiskey.

Aussi calme que le général Lee donnant ses ordres en pleine bataille, Rhett distribua les rôles de chacun pour le spectacle à venir.

— Wilkes, si vous n'arrivez pas à les convaincre, vous serez pendu. Les Yankees doivent vous attendre chez vous. Nous devons donc être ivres, ivres au point de ne plus tenir debout. Elsing, êtes-vous capable de jouer l'ivrogne ? Je sais que vous pouvez faire semblant d'être sobre.

Quand Rhett arrosa la chemise d'Ashley de whiskey, l'odeur puissante de l'alcool couvrit celle du sang.

— Docteur Meade, monsieur Merriwether, vous serez les stars du spectacle.

— Et moi ? demanda Henry Hamilton.

Rhett réfléchit une minute avant de secouer la tête.

— Désolé, Henry, tous les rôles à texte sont distribués. Vous serez donc régisseur.

Rhett et Hugh Elsing soutinrent Ashley pour descendre l'escalier de service et le conduire aux chevaux que MacBeth avait sellés. L'air froid ranima Ashley, il monta sans aide. En selle, il oscilla dangereusement un instant avant de dire :

— Ose ou crève !

Quand ils s'éloignèrent, Belle glissa une pièce d'argent dans la main de son cerbère.

— MacBeth, tu ne sais rien.

Les yeux de MacBeth confirmèrent que dans sa grande sagesse il comprenait la situation.

— Non, madame, j'ai jamais entendu que Mme Kennedy a eu la peur de sa vie et j'ai jamais entendu que des hommes du Klan allaient tirer dans Shantytown et j'ai jamais entendu que les Yankees allaient leur tendre une embuscade. J'ai jamais entendu que le capitaine Butler a sauvé les klanistes. Non, madame. Je suis qu'un pauvre Nègre. Je sais rien de rien.

— Tu as dit... Mme Kennedy ?

— La Mme Kennedy qui possède la scierie.

— Elle a été... blessée ?

— Non, miss Belle. Deux voleurs lui ont sauté dessus, mais ce Nègre de Tara, Grand Sam, il en a tué un et il a fait fuir l'autre. Mme Kennedy, elle a eu une peur bleue.

— Elle a juste eu peur ?

— À Shantytown, une Blanche qui a peur, c'est un paquet d'ennuis.

Surveillant l'approche éventuelle de patrouilles nordistes, trois cavaliers se glissaient dans les ruelles sombres d'Atlanta. En approchant de la maison d'Ashley Wilkes, ils eurent l'impression que l'air de la nuit s'épaississait. Le vent faisait tourbillonner la poussière autour des sabots de leurs chevaux.

— Chantez, mes comédiens, chantez ! Montrez aux Yankees comme vous êtes joyeux !

Rhett se redressa et beugla la marche tant haïe de Sherman :

Comme les Noirs criaient en entendant ce bruit joyeux
Comme les dindes gloussaient aux mains de nos intendants
Comme les patates douces jaillissaient du sol
Tandis que nous entrions en Géorgie !

— Elsing ! Allez, chante !

Entre cris et pleurs, trois ivrognes braillant l'hymne de Sherman arrivèrent à la maison où le capitaine Tom Jaffery et ses hommes attendaient pour arrêter des membres du Klan ayant du sang sur les mains.

Au Chapeau Rouge, Belle mettait en scène l'acte II.

Le Dr Meade tenta de refuser le rôle qu'on voulait lui faire jouer.

— Je dois me bagarrer dans une maison de passe ? Mais je ne suis jamais venu dans une maison de passe !

— C'est bien dommage. Vous y êtes, aujourd'hui. Vous préférez peut-être qu'on vous pende ?

Quand le Dr Meade tamponna trop peu de whiskey sur sa chemise, Henry Hamilton l'arrosa si copieusement que grand-père Merriwether rangea sa pipe. Le très respectable Henry se chargea de sortir leur chemise de leur pantalon, défit un bouton du gilet de grand-père Merriwether, tordit le col du Dr Meade.

Les poings sur les hanches, Belle les toisa.

— Messieurs, vous êtes bien dans votre rôle. J'espère que vous avez des talents cachés.

Peu après, deux des citoyens les plus respectés d'Atlanta firent leur entrée, ivres morts, dans le salon de Belle, titubant et feignant de se donner des coups. Belle cria à MacBeth d'aller chercher la police. Comme certains des officiers présents étaient censés rechercher les hommes du Klan, la demande causa un exode général, tandis que le Dr Meade et M. Merriwether, bien entrés dans le jeu, se battaient comme des chiffonniers en s'invectivant avec une grossièreté rare au Chapeau Rouge.

Les policiers trouvèrent deux gentilshommes qui roulaient sur le lit fleuri de Belle. Leurs menaces et leurs jurons inarticulés se distinguaient mal au milieu de leurs rires étouffés.

Protestant que sa maison était un lieu respectable, Belle tenait ses mains serrées tandis que les policiers séparaient les combattants et les arrêtaient. En aparté, Belle rappela à MacBeth :

— Tu ne sais rien.

— Je suis un Nègre ignorant, l'assura MacBeth.

Deux heures après le départ de la police, Archie Flytte amena à l'arrière du Chapeau Rouge un buggy chargé des corps qu'il avait ramassés chez Sullivan.

— Rhett a berné les Yankees ? demanda Belle, anxieuse.

Archie cracha. Belle fut si soulagée qu'elle sentit ses genoux faiblir.

— Le mari de Mme Wilkes… il est en sécurité ?

— À ce que je crois.

— Vous n'aimez pas le capitaine Butler, hein ? demanda Belle en le regardant d'un air inquisiteur.

— J'ai été redevable à Butler. Maintenant, je travaille pour Mme Wilkes.

MacBeth et Archie déposèrent les deux morts dans le terrain vague derrière le Chapeau Rouge. Archie laissa près de la main droite de chacun d'eux un pistolet qui avait récemment servi et arrosa leur visage de whiskey.

— Le Nègre, t'as peur du Klan ? demanda-t-il à MacBeth.

— Oh ! oui, monsieur. J'ai très peur.

— T'as plus à avoir peur de ces deux messieurs-là, dit Archie en poussant un des corps du bout du pied.

Il coinça la bouteille vide sous le bras d'un des morts.

Les journaux racontèrent que deux messieurs d'Atlanta s'étaient enivrés, querellés et entre-tués. La ville fut horrifiée.

Belle et ses filles furent convoquées au quartier général des forces nordistes, où elles jurèrent sur la sainte Bible que les membres suspects du Klan – Ashley Wilkes, Hugh Elsing, Henry Hamilton, le Dr Meade et le grand-père Merriwether – étaient au Chapeau Rouge le soir en question, à faire la fête avec le célèbre capitaine Butler, comme c'était de coutume pour eux chaque mercredi soir. Le groupe s'intitulait « démocrates du mercredi soir » pour tromper leurs épouses.

— Ils mettent mon établissement sens dessus dessous, se plaignit Belle, et ils sont radins comme pas permis.

Les officiers yankees ne purent réprimer un sourire. Les habitants d'Atlanta qui les avaient snobés, leurs épouses et eux, venaient de subir une sacrée humiliation.

Par la suite, quand les épouses des officiers yankees adressaient aux épouses des « démocrates du mercredi soir » des sourires condescendants, ces fières femmes du Sud auraient bien pendu Rhett Butler haut et court.

Rhett Butler avait modifié l'histoire. Il avait transformé le klaniste Frank Kennedy, tué pendant un raid sur Shantytown, en ivrogne mort au cours d'une rixe stupide dans un terrain vague derrière un bordel. Pour les funérailles de Frank, Rhett Butler revêtit un costume trois-pièces bleu marine et prit une canne en malacca qui lui donnait un air canaille.

— Il faut vraiment que tu y ailles ? demanda Belle d'un air morose.

— Que je n'y aille pas ? Que je m'abstienne, ma chère ? Ne suis-je pas le gredin qui a déjoué le stratagème vicieux des Yankees tout en dévoilant l'hypocrisie des citoyens les plus en vue d'Atlanta ? Bien sûr que j'y vais. J'ai l'intention de me rengorger.

— Mlle Scarlett sera là ?

— Et où voudrais-tu que soit la veuve éplorée de Frank ?

Rhett portait une rose rouge au revers. Belle se demanda où il l'avait eue. Ses roses étaient encore en bouton.

— Rhett, tu ne vas pas... Pas... encore ?

Il lui baisa le front. Comme un frère.

Les funérailles se tenaient à trois heures et Rhett ne revint pas au Chapeau Rouge après la cérémonie. Ce soir-là, Belle resta assise devant sa coiffeuse, les yeux fixés sur la femme idiote et vulgaire qui la regardait. Une dame ? Mais qu'est-ce qu'elle avait cru ?

Minette passa la tête par la porte entrouverte.

— Miss Belle, chère, c'est le jour de paie...

— Ouais ! dit Belle.

Elle détacha sa robe en faille bleue et la laissa tomber par terre. Elle retira les boucles d'oreilles avec leurs camées et les jeta dans un petit sac en velours. Elle se pinça les joues pour les colorer et, de son rouge à lèvres carmin, elle se dessina une bouche de putain.

34

Une maudite erreur

Rhett était en Angleterre quand MacBeth demanda à Belle s'il pouvait entreposer quelques vieux meubles dans le bureau de M. Butler. Belle fronça les sourcils.

— Non, impossible. Le capitaine Butler voudra travailler dans son bureau quand il reviendra.

— Non, madame, le capitaine Butler, il reviendra pas ici. Il sera avec miss Kennedy quand il reviendra.

— Tu n'es qu'un idiot. Il a renoncé à elle il y a des années.

— Hum…

Belle reçut une curieuse lettre de Taz :

Chère maman,

Je suis si content pour toi – et pour moi, bien sûr. Le capitaine Butler m'a invité à une fête au Brooks Club avec ses amis anglais !

Ton fils aimant, Tazewell.

Ce message intrigant fut suivi d'un long silence. Pas d'explication. Pas d'autre lettre.

— Il doit s'agir d'une maudite erreur.

Belle sifflotait dans le noir.

Yankees, *carpetbaggers* et anciens confédérés respectaient une trêve polie au sein du Chapeau Rouge. Mais ces mêmes gentlemen, qui s'appelaient par leurs prénoms dans le salon de Belle, menaient des patrouilles yankees ou chevauchaient avec les hommes du Klan que pourchassaient ces mêmes patrouilles.

En décembre, Rufus Bullock fit le discours-programme de la Convention constituante « Black and Tan ». Cette convention, qui comptait trente-sept délégués noirs, réécrivait la Constitution de la Géorgie. Pour la première fois, les femmes allaient pouvoir posséder des biens en leur nom propre et les hommes noirs pourraient voter. Les journaux de Géorgie tournèrent en dérision les délégués, leurs capacités, leur langage et leurs manières.

Les Noirs « prétentieux » et les républicains blancs sentirent le feu du mécontentement du Klan leur chauffer le dos. Seuls les membres du Klan et les patrouilles yankees osaient encore chevaucher de nuit.

Le lendemain de Noël, Belle reçut une lettre de Rhett – la première qu'il lui ait jamais écrite. Elle l'emporta dans sa chambre, s'assit et se servit un généreux brandy avant de l'ouvrir.

Chère Belle,

Je ne peux pas dire qu'il soit facile ni agréable pour moi de t'écrire mais il vaut mieux que tu apprennes la nouvelle par moi. Taz est à La Nouvelle-Orléans. Il va bien – pour autant que je sache –, mais il ne décolère pas. Et je crois que je ne peux pas lui en vouloir.

La lettre tremblait dans les mains de Belle. Taz à La Nouvelle-Orléans ?

Rob Campbell, mon banquier écossais, était un petit cadre quand nous nous sommes rencontrés mais il dirige maintenant sa propre entreprise. Je lui fais confiance et, quand j'ai décidé de mettre fin à la carrière militaire de Taz, je lui ai demandé son aide.

Quand Taz a accosté en Angleterre, il a été conduit au bureau londonien de Rob. Taz portait encore son uniforme de confédéré. Rob lui a demandé :

« Jeune homme, qu'allons-nous faire de vous ?

— Pourquoi, monsieur, devriez-vous faire quelque chose de moi ?

— Parce que mon ami Rhett Butler m'a demandé de veiller sur vous.

— Merci de votre intérêt, monsieur, mais je ne souhaite pas augmenter davantage ma dette envers M. Butler. »

Le tailleur de Rob prit les mesures du gamin pour lui confectionner de nouveaux vêtements, mais, sans attendre qu'ils soient prêts, il envoya Taz à Shrewsbury. Rob est un ancien élève de cette école prestigieuse.

T'ai-je dit que Rob est un malin ? Taz est arrivé à l'école dans son uniforme gris en lambeaux, ce qui a plus fait pour qu'on l'accepte qu'un parrainage. Tu comprends, il y a des douzaines de fils de pairs du royaume à Shrewsbury mais aucun n'a combattu dans une vraie guerre.

À cette époque, des fonctionnaires nordistes ont débarqué à la banque de Rob et ont posé des questions indiscrètes sur mes comptes. J'avais prévenu Rob et il les attendait de pied ferme.

Je suis venu à Londres. Rob éludait de son mieux les questions des fédéraux. Même s'il y avait beaucoup de fumée, m'a-t-il assuré, aucun feu ne menaçait.

J'ai télégraphié au directeur des études de Shrewsbury. Il m'a répondu que Taz ne souhaitait pas me voir. J'aurais pu l'y contraindre mais je n'ai pas voulu le bouleverser davantage. Le maître d'études m'a assuré que Taz faisait des débuts prometteurs, surtout en mathématiques et en français. Je sais qu'il parle créole mais les mathématiques m'ont surpris.

Par chance, Rob Campbell nourrit une grande sympathie pour ton fils.

Bien sûr, murmura Belle. Qui n'aimerait pas mon Taz ?

À la fin du premier semestre, Rob a invité Tazewell à passer les vacances chez les Campbell.

Rob a une bonne grosse femme et deux filles, la timide Claire et Amanda, qui fera tourner bien des têtes quand elle sera grande. Quoi qu'il en soit, la maison des Campbell est devenue celle de Taz. Je soupçonne Rob d'avoir espéré que Claire et lui puissent un jour s'attacher l'un à l'autre. Je sais que Rob avait l'intention de proposer à ton fils un poste dans son entreprise quand il aurait terminé ses études.

J'ai reçu des rapports réguliers de Rob mais rien de Tazewell directement. Bien sûr, j'aurais préféré une relation plus amicale entre nous, mais j'ai le rôle du méchant et je m'en accommodais tant que ton fils avait besoin que je le joue.

Taz est à La Nouvelle-Orléans à cause de moi. C'est ma faute, c'est à cause d'une erreur que j'aurais préféré ne pas commettre. Mais je ne peux tenir la main de ce garçon jusqu'à ce qu'il soit grand. Un jour où Rob Campbell et moi avions terminé de parler affaires, nous sommes partis nous promener sous la Burlington Arcade pour voir les belles bijouteries londoniennes. Dans la mesure où Sutliff fabrique des diadèmes pour la reine, je me suis dit que la maison serait à la hauteur pour Scarlett. Le pauvre Rob n'en est pas revenu quand j'ai acheté la plus grosse bague de fiançailles qu'il ait jamais vue et la plus voyante. Il s'est repris et a retrouvé son sens des convenances en me félicitant. Puis il a suggéré que nous allions célébrer cela à son club trois jours plus tard.

J'ai télégraphié à Shrewsbury pour inviter Taz à Londres pour la fête. C'est là que tout a dérapé. Soit mon télégramme était ambigu, soit le directeur des études l'a mal informé. Quoi qu'il en soit, chère Belle, Taz s'était imaginé, je ne sais pourquoi, que j'allais t'épouser!

Belle posa la lettre, avala son verre et marmonna : « Rhett Butler et Belle Watling ? Mariés ? Seigneur Jésus ! »

Brooks est un club huppé de Londres et les invités de Rob étaient tous des financiers compassés mais, Belle, tu aurais été fière de ton fils. J'ai été heureux de le voir. J'ai cru qu'il m'avait pardonné. Nous avons parlé du fort Fisher, nous avons joué le rôle l'un de l'autre, comme au théâtre Mister Tambo et Mister Bones. Quand j'ai dit : « Ton caporal m'a confié que tu étais un meilleur soldat que moi », tout le monde a ri.

Nous sommes passés à table. Rob s'est levé pour proposer un toast mais Tazewell l'a interrompu. « Excusez-moi, messieurs. Monsieur Campbell, monsieur Butler, hôtes honorés... avant que les festivités commencent, j'ai une confession à faire. »

Belle, ton garçon m'a brisé le cœur. Il a prononcé un discours émouvant, rappelant tout ce que j'avais fait pour lui, m'exprimant sa gratitude éternelle. Il a parlé de ma bonté, de ma générosité et – Dieu nous aide ! – de ma sagesse.

Tous ces pères et grands-pères qui l'écoutaient ont approuvé cette gratitude filiale et ils ont applaudi sincèrement les sentiments de Taz.

Puis Rob a levé son verre. « À mon ami le capitaine Rhett Butler et à sa fiancée, Mme Scarlett Kennedy. »

Toute couleur a quitté le visage de Taz, j'ai cru qu'il allait s'évanouir. Trop tard, j'ai compris que Taz avait cru que j'allais t'épouser et je me suis senti le plus idiot des hommes sur cette terre.

Si les adultes redoutent l'humiliation, les jeunes gens préféreraient mourir plutôt que de la subir. J'ai connu de jeunes fous qui, sur un pari de deux dollars, faisaient sauter à leur cheval des grilles en fer de lance d'un mètre cinquante de haut.

Tazewell posa son verre sans y avoir trempé les lèvres et s'enfuit de Brooks.

Je l'ai suivi, mais je l'ai perdu dans ce fichu brouillard londonien.

Quand on a compris que Tazewell n'était pas revenu à Shrews-

bury, j'ai engagé un détective qui m'a appris que ton fils avait acheté un billet pour La Nouvelle-Orléans.

Taz est donc de retour à son point de départ, plus triste, j'en suis certain, mais je prie pour qu'il soit aussi plus sage.

Je suis désolé, Belle. J'aurais tant voulu éviter cela.

Bien à toi, Rhett.

Le soir de la Saint-Sylvestre, Belle Watling mit sa plus jolie robe, sortit une bouteille de champagne de sa cave et apporta le livre de comptes dans le bureau de Rhett Butler. Cette année-là, Belle but seule.

35

Le bal des Quarteronnes

Ce printemps-là, trois ans après la guerre, le républicain Rufus Bullock remporta l'élection au poste de gouverneur contre l'ancien général sudiste George Gordon. Pour la première fois dans l'histoire, il y aurait des Noirs dans l'assemblée de Géorgie.

Les grandes dames d'Atlanta considérèrent les fiançailles de la veuve Kennedy avec Rhett Butler – le Prince noir des profiteurs de guerre – comme un pas de plus vers la décadence. Elles jurèrent qu'elles ne pardonneraient jamais à Butler sa méchante supercherie. Les épouses des « démocrates du mercredi soir » avaient dû subir les sourires entendus des femmes de Yankees – les hommes seront toujours des hommes, n'est-ce pas, très chère ? –, chaque sourire les blessant plus qu'un coup de poing.

Mme Merriwether admira la bague de Scarlett avec un enthousiasme disproportionné :

— Mon Dieu ! Je ne crois pas avoir jamais vu une pierre aussi énorme !

Et Mme Meade évoqua un peu trop chaleureusement le souvenir de Frank Kennedy.

— Oh ! c'est si dur de croire que ce pauvre cher Frank nous a quittés.

Tante Eulalie rédigea « *la lettre la plus difficile de ma vie* » pour supplier Scarlett d'annuler son mariage. « *Je te conjure de ne pas imposer cette nouvelle disgrâce à la famille Robillard.* »

Scarlett voulait un grand mariage. Rhett la raisonna.

— Pourquoi donner à toutes ces vieilles pies la satisfaction de décliner notre invitation ?

Ce fut donc à l'occasion d'une petite cérémonie que

Rhett et Scarlett devinrent M. et Mme Butler. Ils prirent ensuite du sherry avec quelques invités dans le presbytère.

Mélanie Wilkes admira le bébé de Rosemary Ravanel.

— Profitez de ses premières années, conseilla Mélanie. Elles passent si vite.

La gentillesse visible sur le visage de Mélanie toucha le cœur de Rosemary.

— Ma fille Meg a été tuée pendant la guerre mais je prie pour elle chaque soir. Faut-il être bête pour prier alors que l'enfant est déjà au ciel !

— Ce n'est pas bête du tout, répondit Mélanie. Votre Meg sait que vous l'aimez. Ne sentez-vous pas qu'elle veille sur vous ? Tenez, prenez mon mouchoir. Votre Louis est un si charmant petit garçon !

C'est ainsi que Rosemary Ravanel et Mélanie Wilkes devinrent amies.

Rhett avait loué un des nouveaux wagons-lits de M. Pullman qui emmènerait les jeunes mariés à La Nouvelle-Orléans. Quand la noce arriva à la gare, la moitié d'Atlanta regardait cette merveille avec de grands yeux : un salon privé qui se transformait en chambre roulante. Où allait le monde ?

Rhett feignit de croire qu'ils étaient tous venus honorer les mariés.

— Bonjour, madame Merriwether ! Comme c'est gentil à vous d'être venue ! Je regrette sincèrement que nous n'ayons pu inviter nos amis à notre mariage mais Scarlett – vous savez comme elle est timide –, Scarlett a insisté pour que ce soit une cérémonie privée. Ah ! madame Elsing, vous êtes trop bonne de venir ainsi nous saluer avant notre départ ! Comment va mon ami Hugh ? C'est que… ajouta-t-il avec un clin d'œil, Hugh et moi avons fait les quatre cents coups ensemble !

Les dames se retirèrent, offensés, et Scarlett tâcha d'étouffer ses rires.

C'est sur cette note triomphale, par un bel après-midi de mai, que Rhett et Scarlett Butler montèrent dans leur wagon lambrissé d'acajou des Philippines et tapissé de velours vert. Les appliques en cristal scintillantes contenaient des pétales de rose. Il y avait une bouteille de champagne Sillery frappé sur la nappe damassée.

Quand Rhett leva sa coupe en l'honneur de son épouse, Scarlett annonça :

— Jamais je ne vous ai dit que je vous aimais, vous savez.

Le geste de Rhett se fit hésitant.

— Vous avez choisi ce moment pour me le rappeler, Scarlett ? Quel à-propos !

— Je suis la seule femme qui vous dise la vérité. Vous me l'avez souvent fait remarquer.

— Oui, chérie, répliqua Rhett en secouant la tête d'un air contrit, sans doute. Il arrive que je dise les pires bêtises.

Alors que le crépuscule assombrissait le piémont, leur porteur vint allumer les lanternes, tirer les rideaux et préparer le lit avant de refermer la porte derrière lui.

— Tara est juste derrière ces collines, murmura Scarlett. Quand j'étais jeune, comment aurais-je pu imaginer...

Le dos des mains de Rhett Butler était couvert de doux poils bouclés. En dehors des rides sur les jointures, où la peau était aussi blanche que celle de Scarlett, les doigts de Rhett étaient hâlés. De ses doigts forts, il pouvait dénouer un ruban ou dégrafer un corset aussi délicatement qu'un chat effleurant la peau frissonnante de Scarlett.

Au matin, alors que leur train filait à travers l'Alabama à la vitesse prodigieuse de cinquante kilomètres à l'heure, le porteur apporta de l'eau chaude pour la baignoire sabot de Scarlett.

Rhett Butler s'installa dans un fauteuil pour fumer un cigare.

— Que regardez-vous ? demanda Scarlett, qui tentait de dissimuler sa poitrine avec un linge.

Rhett rit jusqu'à ce que Scarlett se mette à rire aussi. Le linge tomba.

Ils connurent leur première querelle peu après leur arrivée à La Nouvelle-Orléans.

— Pourquoi ne pas nous installer au Saint-Charles ? Nous y serions mieux que dans cet hôtel Créole, dit Scarlett avec un geste méprisant pour leur suite de luxe.

— C'est parce que c'est l'hôtel Créole que je l'ai choisi, répondit Rhett en mettant ses boutons de manchettes. Le Saint-Charles accueille des Américains. Les Américains sont de grands ingénieurs, des hommes d'argent, des moralisateurs mais ils ne savent pas manger. Si on ne sait pas manger, on ne peut pas savoir faire l'amour.

— Rhett !

Il sourit à son épouse.

— J'ai beaucoup apprécié nos relations conjugales.

— Cela ne signifie pas que nous devons en parler.

— Quand les repas et l'amour sont des sujets interdits, la conversation en vient malheureusement à la politique, dit Rhett qui, en bon orateur, avait placé sa main gauche sur ses reins. Dites-moi, madame Butler, la Géorgie se débarrassera-t-elle jamais du joug des *carpetbaggers*? L'intérêt du gouverneur Bullock pour les Nègres est-il authentique, ou bien est-ce une ruse pour attirer leurs votes?

Comme il se penchait, la chaussure de Scarlett vint frapper les volets derrière lui.

Ce soir-là, le hall grouillait de voyageurs européens bien vêtus et de riches créoles. Quand Rhett demanda au portier d'appeler un taxi, Scarlett s'étonna :

— Rhett, je ne savais pas que vous parliez français.

— Le créole, ce n'est pas exactement du français, chérie. Les Parisiens n'y comprennent goutte.

Le portier se redressa de tout son mètre cinquante-sept.

— Monsieur, c'est parce que notre français est ancien et pur. Les Parisiens ont abâtardi une langue superbe.

— Sans doute, monsieur, dit Rhett en français.

Il inclina fort civilement la tête.

Tous les matins, dédaignant les serveurs de l'hôtel, Rhett se rendait en cuisine pour chercher le petit déjeuner de Scarlett. La journée de Scarlett commençait avec des caresses, des beignets et le café le plus amer et le plus noir qu'elle ait jamais goûté.

— Ma chérie, vous avez de la confiture au coin de la bouche.

— Léchez-la !

Jamais ils ne quittaient l'hôtel avant midi.

Rhett connaissait chaque boutique de la ville et les couturières à la mode l'accueillaient d'un baiser sur la joue avant de lui donner des nouvelles de vieilles connaissances.

— En anglais, s'il vous plaît ! Mon épouse est une dame de Géorgie.

La nouvelle coupe taille haute des robes mettait en valeur le cou et le buste de Scarlett. Elle acheta tant de tenues que Rhett les fit serrer dans une cantine et envoyer chez eux. Ils achetèrent un chiot saint-bernard pour Wade et un bracelet en corail pour la petite Ella. Scarlett eut beau lui dire qu'elle ne le porterait jamais, Rhett choisit pour Mama un superbe jupon rouge.

Langoureuse et sensuelle, chaque journée se fondait dans une autre. Plus personne n'avait flatté Scarlett avec autant d'impudence depuis sa jeunesse. Le fait qu'elle fût mariée n'empêcha pas plusieurs messieurs créoles de lui faire clairement comprendre qu'ils auraient été ravis de pousser les choses au-delà de l'admiration. Rhett ne s'offusquait pas de ces flirts mais jamais il ne la laissait seule avec un homme.

La Nouvelle-Orléans prenait avec humour des comportements qui auraient déchaîné des ragots à Atlanta. Scarlett pouvait boire un peu plus que de raison, jouer au chemin de fer, flirter si ostensiblement que les punaises d'Atlanta l'auraient crue coupable d'adultère.

Pendant la messe du dimanche dans la cathédrale Saint-Louis-roi-de-France, Rhett se pencha vers Scarlett pour lui chuchoter une plaisanterie si crue qu'elle se mit à tousser et s'étouffa. Rhett plaisantait quand il aurait dû être solennel, il était solennel quand il aurait dû rire. Il était ravi que les *carpetbaggers* gouvernent la Louisiane, louant chacune de leurs folies, se félicitant de leur corruption, comme si ces dérèglements étaient l'état naturel des affaires du monde.

Scarlett adorait la cuisine créole. Lors d'un déjeuner chez Antoine, quand il la vit lui chiper la dernière moule dans son assiette, Rhett sourit.

— Si vous devenez ronde et grasse, je prendrai une maîtresse créole.

— Si on recommandait des écrevisses ? dit Scarlett en cherchant le serveur des yeux.

Rhett prit la main gauche de Scarlett par-delà la table et de son pouce caressa sa paume si tendre.

— Je ne veux plus rien, dit Scarlett d'une voix rauque. Vite, Rhett, retournons à l'hôtel !

Un après-midi, Rhett loua un vis-à-vis pour se promener le long de la levée, là où les bateaux à aubes du Mississippi transféraient leur chargement dans les navires de haute mer. Depuis la prise de La Nouvelle-Orléans par les nordistes au début de la guerre, les bombardements avaient épargné la ville. Son port était le plus actif du Sud. Les dockers, des immigrants irlandais, étaient heureux de travailler douze heures pour cinquante *cents*. Ils vivaient dans des bidonvilles derrière la levée avec leurs épouses épuisées et trop d'enfants bruyants et sales. Bouleversée d'entendre l'accent familier de son père, Scarlett s'accrocha au bras de Rhett.

— Qu'y a-t-il, ma chère ?

— Promettez-moi, Rhett, oh ! promettez-moi que je ne serai plus jamais pauvre !

Suivant la coutume de La Nouvelle-Orléans, ils dînaient tard et allaient au bal – des bals publics ou privés, avec costumes et masques. Sinon ils jouaient au Boston Club (qui portait le nom d'un célèbre jeu de cartes et non celui de la ville yankee). Dès que Scarlett comprit les règles du bésigue, elle gagna plus qu'elle ne perdit.

Un soir, alors qu'une chance éhontée la favorisait, Rhett insista pour qu'ils partent immédiatement.

Scarlett bouda jusqu'à ce qu'ils soient dans leur voiture, puis elle explosa :

— Je m'amusais ! Je gagnais ! Vous ne voulez pas que j'aie de l'argent à moi.

— Ma chère, l'argent vous importe bien plus qu'à moi.

— Vous voulez me posséder.

— L'argent compte bien plus encore pour le gentleman dont vous vidiez les poches. Je connais ce genre de personnes. Je les connais depuis des années.

— Et qu'ai-je à faire d'eux ? demanda Scarlett en redressant la tête.

— Rien, mais il faut pourtant que vous sachiez que, ne pouvant demander réparation à une dame, ils se rabattent sur son cavalier et le provoquent en duel. Il fait toujours très humide à l'aube et je ne voudrais pas attraper froid.

Plusieurs soirs, Rhett alla régler des affaires. Il laissait Scarlett à l'hôtel essayer ses emplettes.

Un petit nuage obscurcissait le bonheur de Scarlett. Un jeune homme vêtu sobrement et qui ressemblait plus à un chef de bureau qu'à un citadin en fonds se tenait en général dans le hall quand ils passaient, adossé à une colonne, les bras croisés ou assis dans un fauteuil club à lire le journal. Il bavardait avec le portier.

Il les regardait entrer au Saint-Louis et les regardait en sortir. Il fréquentait les mêmes restaurants.

— Qui est ce garçon ? murmura Scarlett. Il était au Boston Club hier soir. En quoi l'intéressons-nous ?

— Inutile de vous inquiéter, très chère, répondit Rhett. Il croit avoir un compte à régler avec moi.

— Quel compte ? Qui est-il ?

— Comme c'est gentil de vous inquiéter pour moi ! Vraiment, vous ne devriez pas.

— M'inquiéter pour vous ? ricana Scarlett. Ne soyez pas bête. Vous vous occupez très bien de vous tout seul.

Le jeune homme n'en demeurait pas moins un nuage.

Ceux qui profitaient du « gouvernement de reconstruction » bâtissaient des maisons hors de la ville dans les jardins potagers d'antan. Le Garden District grandissait si rapidement que de magnifiques demeures bordaient des rues où les voitures attelées s'enfonçaient dans la boue jusqu'au moyeu. Scarlett regardait les maisons en construction entourées de piles de poutres et trouvait qu'elles n'étaient pas aussi belles que celles qu'elle vendait, en pin de Géorgie. Les coups de marteau des menuisiers ponctuaient les soirées. Les ouvriers, comme des pics-verts, frappaient jusqu'à ce qu'il fasse trop sombre pour distinguer la tête de leurs clous.

Le capitaine Butler et sa superbe épouse étaient invités à des fêtes où des producteurs de coton et des propriétaires de bateaux à aubes se mêlaient à des hommes au visage buriné dont les rires francs leur plissaient les yeux. Ils avaient beau porter des vêtements de prix, leurs revers étaient trop larges, leurs pantalons trop serrés et ils aimaient les couleurs vives des perroquets. Ils parlaient de Cuba et du Nicaragua comme s'ils en revenaient la veille ou y repartaient le lendemain. Leurs femmes – trop jeunes, trop jolies, trop à la mode – ne dissimulaient pas leur ennui.

Ces hommes durs étaient plus courtois avec Rhett qu'ils ne l'étaient entre eux.

— D'où vous connaissent-ils ?

— De temps à autre, je leur envoie des affaires.

Dans une demeure de Touro Street, où Scarlett reconnut l'odeur de la colle à papier peint toute fraîche, une vieille dame se présenta :

— Je suis Toinette Sevier, dit-elle avec un sourire aussi charmant que peu sincère. Sevier est mon nom de jeune fille. Je préfère oublier mes maris. Vous êtes une Robillard, je crois. Vous faites honneur à votre mère.

Scarlett crut qu'on marchait sur sa tombe.

Toinette Sevier avait la peau tachée par l'âge et son crâne rose luisait entre ses cheveux blancs claisemés. Ses bagues, ses bracelets et son collier prouvaient qu'elle avait été une femme désirable.

— Ellen et moi étions des belles de Savannah, il y a de trop nombreuses années. J'ai mieux connu le beau d'Ellen, Philippe, que votre mère.

Philippe ! Un nom que Scarlett avait rejeté dans les recoins les plus sombres de sa mémoire. Sur son lit de mort, la dernière pensée de la mère de Scarlett avait été pour ce « Philippe ».

Un serviteur remplaça le verre vide de Toinette. Elle souriait d'un air lointain.

— Philippe était comme une flamme qui s'élevait toujours plus chaude et plus brillante, jusqu'à ce qu'elle consume tout ce qu'elle touchait – ou devrais-je dire tous *ceux* qu'elle touchait.

Scarlett ne voulut pas en entendre davantage. Ellen O'Hara avait été la plus honorable des dames, la plus parfaite des mères… Scarlett se redressa :

— Ma mère n'a jamais parlé de cet homme.

— Bien sûr que non, dit la femme en posant sur elle des yeux qui avaient tout vu. Il y a catholique et catholique, ma chère. Ellen Robillard était de celles qui font pénitence.

À La Nouvelle-Orléans, Scarlett était heureuse, presque trop heureuse. Sa scierie lui manquait – acheter et vendre, la satisfaction de surpasser les hommes d'affaires les plus roués. Et Ashley lui manquait. Son visage, l'étincelle devenue trop rare dans ses chers yeux bruns fatigués. Ashley Wilkes était Tara, il était les Douze Chênes, il était tout ce que Scarlett avait jamais désiré. Quand elle se retrouvait dans ces dispositions, quand Ashley revenait s'imposer à elle, elle ne parvenait plus à se rappeler pourquoi elle avait épousé Rhett Butler.

Scarlett en voulait à Rhett de son pouvoir. Ses étreintes submergeaient sa résistance, elle abdiquait sa volonté devant ses baisers. Scarlett était convaincue que Rhett cherchait à la rabaisser, à la transformer en une épouse aussi dévouée que stupide. De cette humeur mi-lasse, mi-rancunière, Scarlett décida, un matin où il était allé chercher le petit déjeuner, de fouiller sa serviette.

Certains papiers étaient en espagnol et portaient d'élégants sceaux en cire. Elle trouva deux reçus d'expédition, l'un pour « deux caisses, par le rail, à destination de l'hôtel

National, Atlanta. Fragile ! », l'autre pour le petit saint-bernard de Wade : « Par porteur spécial ! Voiture exprès ! » Elle trouva une facture de chez Pake & Bennet, des tailleurs de Londres, une lettre de crédit de la Banque de La Nouvelle-Orléans pour une somme qui la surprit agréablement et un ticket pour un bal, dans deux jours, au Chèvrefeuille.

Un ticket. Pas deux.

Bien sûr, Rhett avait connu d'autres femmes. Il n'en faisait pas mystère. Mais Scarlett avait cru, maintenant qu'ils étaient mariés, qu'elle le satisfaisait. Ces affaires que Rhett traitait le soir – quelles sortes d'affaires pouvait-on traiter entre minuit et l'aube ? Scarlett sentit ses oreilles brûler. Quelle idiote elle avait été !

Quand Rhett revint avec le plateau, Scarlett était en jupon devant la psyché.

— Regarde comme j'ai grossi ! annonça-t-elle.

Quand il l'enlaça, elle se raidit.

— Je ne mangerai plus jamais rien, même si je meurs de faim. Oh ! Rhett. Je me souviens de l'époque où un homme pouvait faire le tour de ma taille de ses mains.

Quand Rhett essaya et que ses doigts restèrent séparés de plusieurs centimètres, Scarlett éclata en sanglots.

L'après-midi même, Rhett partit à nouveau pour ses mystérieuses affaires et Scarlett descendit dans le hall où le jeune homme attentif lui adressa un signe de tête poli. Le portier faisait monter une famille yankee dans une voiture – le petit garçon lui décocha un coup de pied dans le tibia.

— Ce jeune monsieur est un petit garçon plein de vie ! Oui, madame, il est plein de vie.

Le portier empocha ses cinq cents de pourboire, se massa la cheville et se tourna vers Scarlett.

— Oui, madame ? Artaud, à votre service.

— Je voudrais un ticket pour la salle de bal du Chèvrefeuille.

Le portier sourit comme un homme qui vient d'entendre une plaisanterie qu'il n'a pas comprise.

— Madame ?

— La salle du Chèvrefeuille, vous devez connaître !

Artaud admit à contrecœur qu'il avait vaguement entendu parler de cet établissement, sur Bourbon Street ou Beaubein ?

Scarlett lui tendit un billet de banque.

— Le ticket est à dix dollars, je crois.

Le portier mit ses mains dans son dos.

— Je suis désolé, madame, désolé ! dit-il en français. Je ne peux pas vous aider.

Le jeune homme attentif s'arrêta à la porte.

— Pardon, madame. Les dames blanches ne sont pas les bienvenues au bal des Quarteronnes, dit-il avant de s'éloigner en sifflotant.

— Mais qu'est-ce donc qu'un bal des Quarteronnes ?

— Je ne saurais vous dire, madame, s'excusa le portier avec un sourire douloureux et, si je le savais, je ne le dirais pas. Pardonnez-moi, madame.

Il se tourna vers une vieille Française qui souhaitait savoir dans quelle église on célébrait la messe à onze heures.

Au Boston Club, ce soir-là, Toinette Sevier était accompagnée d'un beau créole moitié moins vieux qu'elle.

— Excusez-moi, madame…

— Ah ! madame Butler. On m'a dit que vous aimiez jouer au bésigue ?

Scarlett n'était pas d'humeur à bavarder.

— Madame Sevier, êtes-vous une personne respectable ?

— Ma chère, glousse la vieille femme, l'âge finit par nous rendre toutes respectables. Je suis bien plus respectable que je l'ai jamais souhaité. Henri, soyez un amour et allez me chercher du champagne !

— Vous ne savez donc pas ce qu'est le bal des Quarteronnes…

Elle claqua ses mains ridées.

— Au contraire, madame Butler, se réjouit-elle. Toutes les dames connaissent le bal des Quarteronnes mais elles risqueraient leur réputation en l'admettant.

— Risqueriez-vous votre réputation ?

— Ma chère, ma réputation a été noircie plus souvent qu'une vieille botte. Que souhaitez-vous savoir ?

— Pourquoi ne puis-je acheter un billet ?

— Parce que les bals des Quarteronnes sont réservés aux messieurs blancs et aux filles quarteronnes qui souhaitent avoir des relations avec eux. Ni hommes noirs ni dames blanches n'y sont admis. Quelques femmes blanches téméraires s'y sont introduites – c'est un bal masqué – dans l'espoir de surprendre leur mari en flagrant délit. Quand on les a découvertes, la ville en a fait des gorges chaudes pendant des semaines. Délicieux scandales. Absolument délicieux.

Rhett était absent quand le portier apporta une enveloppe dans leur chambre. Elle était en papier de bonne qualité et, d'une écriture penchée, quelqu'un avait écrit : « *Compliment d'un ami* ». Dedans, Scarlett trouva un ticket pour le Chèvrefeuille.

Quand Rhett revint, il posa sur Scarlett un regard interrogateur.

— Que mijotez-vous, mon petit oiseau de proie ? Vous étiez grincheuse ce matin et vous voilà toute douce.

— Oh ! Rhett, je ne me sens pas bien. Je ne pourrai pas sortir, ce soir.

— Je ne voudrais pas que vous dépérissiez, dit Rhett en la scrutant d'un air sceptique. Je vais aller chercher quelque chose chez Antoine.

Scarlett était au lit, un linge froid sur le front, quand Rhett revint avec ses mets préférés : palourdes nageant dans le beurre, crevettes en fins beignets, langoustines ouvertes comme des fleurs roses et blanches.

— Oh ! je ne pourrai rien manger. Venez vous asseoir près de moi, dit-elle en tapotant le matelas.

Les hommes sont de tels comédiens ! Rhett avait presque l'air inquiet. Il lui toucha le front.

— Le mois de mai, c'est trop tôt pour les fièvres. Devrais-je appeler un médecin ?

— Non, mon cher mari. Vous êtes le seul médicament dont j'ai besoin.

— Je me vois donc désolé de vous décevoir. Je dois sortir quelques heures.

— Où allez-vous, très cher ? demanda-t-elle d'une voix légère que ne troublait en apparence pas la moindre inquiétude.

— Cela ne doit pas vous préoccuper, ma pauvre chérie. Une affaire que je dois traiter. Qu'avez-vous en tête, ma chère femme ? demanda Rhett en se penchant sur elle, les yeux luisants. Avez-vous recommencé à vous poser des questions ? Votre comportement angélique vous trahit.

— Est-ce que je peux vous accompagner ?

Il rit.

— Non, ma chère, certainement pas. Quoi qu'il en soit, si je me souviens bien, vous vous sentez mal.

Il enfila la queue-de-pie que le tailleur avait livrée la veille, noua autour de son cou le foulard en soie qu'il portait à leur mariage et se pencha pour lui déposer un baiser sur le front.

— Essayez de manger quelque chose ! dit-il.

Il referma doucement la porte derrière lui.

Elle fila vers sa garde-robe et fouilla en jetant par terre les robes qu'elle ne voulait pas. Oui, celle en taffetas bleu – jamais Rhett ne la lui avait vu porter. Et cette nouvelle mantille noire ! Elle s'allongea sur le lit pour serrer son corset jusqu'à se couper le souffle. Elle tressa ses cheveux et les enroula sous son chapeau en velours bleu. Son masque pailleté lui dissimulait tout le visage, ne laissant paraître que les yeux.

Des voitures déposaient des messieurs devant la salle de bal du Chèvrefeuille et allaient se garer au coin, sur Bienville Street. Le portier noir portait le pantalon ample des zouaves, un gilet bleu, une large ceinture rouge et un fez turc perché au sommet de son énorme crâne comme la tourelle d'un cuirassé.

— Bonsoir, madame, comment allez-vous ? demanda-t-il en français.

Il hésita avant d'accepter le ticket de Scarlett.

— Et la maman de vous, mamselle ? demanda-t-il en la regardant de plus près. Mamselle, vous êtes perdue ? Vous êtes peut-être arrivée à la mauvaise adresse ?

Le jeune homme attentif apparut et prit le bras de Scarlett.

— Je vois que vous avez reçu mon ticket.

Le cavalier de Scarlett fit quelques plaisanteries en créole, qu'il parlait à une vitesse folle. Le portier rit et s'inclina pour les laisser entrer.

Alors qu'ils montaient le large escalier orné d'un tapis, Scarlett lui demanda :

— Que lui avez-vous dit ?

— J'ai fait une plaisanterie obscène. À vos dépens, je le crains.

— Comment osez-vous ?

Ils s'arrêtèrent sur le palier de l'entresol devant des portes blanches.

— Madame Butler, vous souhaitez assister au bal des Quarteronnes, n'est-ce pas ?

— Oui, mais…

— Alors, madame…

Le jeune homme lui ouvrit les portes.

La salle de bal du Chèvrefeuille était haute de plafond, ornée de corniches en stuc aux dessins complexes, entourée d'un lambris à mi-hauteur blanc et or et meublée en style Empire. De hautes fenêtres s'ouvraient sur un balcon à rambarde en fer forgé où les messieurs pouvaient fumer. Des rafraîchissements attendaient sur des tables, le long du mur du fond.

À l'autre bout de la salle, Rhett était en grande conversation avec une mulâtresse entre deux âges vêtue d'une robe brune au bas des manches et au col en batiste.

Le cavalier de Scarlett avait disparu.

Scarlett s'était attendue à quelque chose de vicieux, à un french cancan, peut-être. Hélas ! ce bal n'était en rien différent des bals respectables, sauf que les maîtres de cérémonie étaient des matrones noires.

Hommes blancs et jeunes femmes dansaient en échangeant des amabilités. Des deux côtés du balcon, les chaises capitonnées étaient réservées aux chaperons des jeunes filles à la peau claire et bien élevées.

L'orchestre entonna *Le Beau Danube bleu*, la nouvelle valse de M. Strauss qui était déjà très populaire.

— *Mamselle, si vous plaît ?*

Le gentleman qui s'inclinait devant Scarlett était plus jeune qu'elle et prématurément chauve.

— En anglais, je vous prie, dit-elle.

Sur la piste de danse, Scarlett, tourbillonnant, revint au temps de sa jeunesse insouciante. Son mariage pouvait aller au diable, et Rhett Butler aussi ! Elle s'amuserait ce soir – si seulement son partenaire dansait mieux. Il se déplaçait avec raideur un demi-temps en retard et ne cessait de s'excuser !

— Pardon, mamselle. Vous avez dit anglais, n'est-ce pas ? Je suis désolé !

Le Danube bleu se jeta enfin dans la mer. Son cavalier s'inclina, s'essuya le front, se racla la gorge. Les yeux fixés quelque part au-dessus de l'épaule gauche de Scarlett, il énuméra ses richesses : sa nouvelle maison sur Canal Street, la moitié d'un entrepôt près du dépôt ferroviaire de Morgan, cinq pour cent de la Banque de La Nouvelle-Orléans et dix pour cent d'un bateau à aubes.

— Et, conclut-il en rougissant furieusement, je suis fidèle.

— Mais pourquoi, monsieur, me dites-vous tout cela ?

— Mamselle, je m'intéresse à vous. J'espère que vous

accepterez de prendre mon intérêt en considération, dit-il avant d'éponger à nouveau son visage en sueur. Pourriez-vous me faire l'honneur de me présenter à votre mère ?

— Monsieur, ma mère tient compagnie aux anges.

— Votre tante, alors, votre cousine…

— Je doute que tante Eulalie approuve votre démarche, monsieur.

Quand l'orchestre reprit, Rhett l'entraîna sur la piste. Plus trace de maladresse. On aurait dit que l'air scintillait.

— Mamselle, dit-il, que vous dansez bien !

— Comme vous, monsieur. Avez-vous pris des leçons ?

— Pardonnez-moi, dit Rhett avec un sourire lumineux, si j'ai interrompu une négociation délicate entre ce gentleman et vous…

— Monsieur ?

— Quelle que soit son offre, je vous propose mieux.

— Il possède dix pour cent d'un bateau à vapeur, monsieur.

— Je possède cinquante pour cent de six bateaux à vapeur.

— Ce monsieur a cinq pour cent d'une banque.

— Je possède deux banques en propre et je suis associé dans une troisième.

— Ah ! mais, monsieur, ce jeune homme dit qu'il est fidèle.

— Vous croyez que je ne le suis pas.

— Monsieur, vous devez lire dans mes pensées.

— Dans tout mariage, dit Rhett en la faisant tourbillonner, l'un des deux au moins doit être fidèle. Êtes-vous fidèle, madame ?

La mulâtresse en robe brune interrompit leur valse.

— Qui êtes-vous ? demanda-t-elle en français d'un ton cassant. Quel est votre nom ?

— Madame Gayarre, répondit Rhett à la place de Scarlett, puis-je vous présenter mon épouse, Mme Butler ?

— C'est un bal respectable, dit la femme furieuse, pas une farce !

— Nous allons partir discrètement, madame. Inutile de faire un scandale.

Elle soupira bruyamment mais s'éloigna.

L'autorité de Rhett était aussi délicieuse qu'elle était haïssable. À la porte, Scarlett s'arrêta.

— Laquelle de ces jeunes filles représente les affaires dont vous étiez censé vous occuper ?

Rhett montra du menton une jeune fille assise seule, aussi fière et résignée que si des Aztèques l'avaient vouée au sacrifice.

— Mme Gayarre avait besoin de mes conseils pour l'avenir de sa nièce Solange. Je connais les Gayarre depuis des années.

Du balcon, le jeune homme attentif leva son verre à l'intention de Rhett et de Scarlett.

— Ah ! dit Rhett, c'est donc Tazewell qui se cache derrière cette plaisanterie.

Le portier en zouave leur appela une voiture.

Rhett posa son chapeau sur le siège.

— Les quarteronnes viennent pour s'attacher à un Blanc, pour être placées. Leurs mères négocient la petite maison qu'il doit lui acheter, la somme à déposer sur son compte, le bonus pour un enfant. Solange a deux courtisans, un vieux gentleman qui ne sera sans doute guère exigeant et le garçon avec qui vous dansiez. Je lui ai conseillé d'accepter le vieux gentleman.

— Le prétendant éconduit s'est donc tourné vers moi.

— Ma chère, dit Rhett en riant, vous auriez pu trouver pire que dix pour cent d'un bateau à vapeur.

Dans leur suite, Rhett Butler tout habillé regarda Scarlett retirer lentement son chapeau bleu, sa robe de bal, ses bas, sa chemise. Elle détacha ses cheveux.

— Mon Dieu ! dit Rhett d'une voix rauque.

Savourant son pouvoir, parcourue de frissons des orteils à la pointe de ses cheveux, Scarlett ne retira pas son masque.

36

Une maison pour M. Watling

Trois jours après son arrivée à La Nouvelle-Orléans, un marchand de coton, J. Nicolet & Son, embaucha Tazewell Watling. Le fils de Nicolet, François, était mort à seize ans de la fièvre jaune et Nicolet avait décidé de déménager sa femme et ses filles à Baton Rouge, où régnait un climat plus sain. Quand Taz arriva en ville, l'épouse et les filles de Nicolet étaient déjà installées dans leur nouveau foyer, mais Nicolet n'avait pas quitté La Nouvelle-Orléans.

J. Nicolet avait depuis longtemps besoin d'un assistant et, puisqu'il allait dorénavant passer beaucoup de temps à Baton Rouge, ce besoin était devenu impératif. Pourtant, l'idée d'engager quelqu'un pour ce poste qui aurait naturellement dû revenir à son fils le déprimait tant qu'il en était paralysé.

La petite annonce tardive de Nicolet finit par paraître dans le *Picayune.* Quand Nicolet monta les marches menant à son bureau, au-dessus de l'entrepôt de Gravier Street, Tazewell Watling l'attendait.

Tazewell tint le journal et le beignet de Nicolet pendant que ce dernier cherchait ses clés. Dans le bureau, Nicolet montra une chaise à Taz et s'installa derrière son bureau recouvert d'une montagne de bordereaux de cargaisons, de reçus d'envois et de rapports sur le coton.

— Je viens répondre à votre annonce, monsieur, dit le jeune homme.

Nicolet avait rédigé l'annonce en hâte pour ne pas se laisser le loisir de changer d'avis.

— Je n'attendais personne si tôt.

— On peut prendre le *Picayune* à l'imprimerie dès six heures du matin, dit le jeune homme.

— Je vois.

— Y a-t-il un problème, monsieur ? demanda le jeune homme.

Nicolet cilla rapidement. Bien sûr qu'il y avait un problème ! Ce jeune homme n'était pas son bien-aimé François.

— Non, aucun. Comme j'ai l'intention de quitter régulièrement la ville, j'ai besoin d'un assistant fiable. Fiable ! grommela Nicolet. La plupart des jeunes gens ne sont pas fiables. Ils traînent et fument le cigare, ils jouent aux cartes.

— Je ne joue pas aux cartes, monsieur.

— Mon affaire n'est pas assez importante pour payer le salaire excessif qu'exigent les jeunes gens.

— Mes exigences sont modestes.

— Le traitement du coton est une affaire complexe qu'on met des années à comprendre.

— Je ne fais pas de promesses que je risque de ne pas pouvoir tenir, monsieur. Je promets que je vais essayer.

Nicolet ouvrit son journal et regarda les lignes de caractères noirs sans les lire. Il posa son beignet sur le journal. Chaque matin, il mangeait son beignet en lisant les nouvelles des navires.

— La pâtisserie Diderot fait les meilleurs beignets de la ville.

— Oui, monsieur.

Au fur et à mesure de cet entretien décousu, Nicolet fut séduit par le bon créole de Taz et son éducation chez les jésuites. Comme la plupart des catholiques, Nicolet surestimait les rigueurs et les effets de la formation jésuite.

— Ta famille, jeune Watling ? Est-ce qu'elle vit à La Nouvelle-Orléans ?

— Mes origines sont irrégulières…

— Je vois.

Nicolet retira ses lunettes, souffla dessus et les essuya avec son mouchoir. Le commerce, à La Nouvelle-Orléans, se faisait essentiellement grâce à des relations personnelles et il voulait un jeune homme possédant un réseau. Son François avait un réseau. La semaine où il était tombé malade, François avait été invité à entrer au Comus, la prestigieuse société de mardi gras. Tout le monde aimait François. Tout le monde !

— Monsieur, si je vous peine…

Nicolet le fit taire d'un geste. Ce marchand de coton était assez intelligent – et il souffrait assez – pour savoir qu'il ne supporterait pas d'interroger un deuxième jeune homme qui ne serait pas plus François que celui-ci.

— Watling, tu n'es pas le premier bâtard que je rencontre. Mais comme tu as été élevé chez ces bons pères jésuites, dit-il en s'efforçant de sourire, je vais t'embaucher. Je te propose sept dollars par semaine.

Dans les folles journées qui suivirent, J. Nicolet montra à Taz comment constituer des balles avec le coton venu des plantations créoles et les expédier aux courtiers de Liverpool. Taz apprit à faire la différence entre les fibres longues et courtes, à reconnaître les cotons moyens ou médiocres. J. Nicolet lui enseigna comment faire passer du coton inférieur, sale ou mal égrené, pour un meilleur cru.

Chaque matin, Taz arrivait au bureau avant son employeur, et il en repartait après lui. Dans les entrepôts et sur la levée, il était sur les talons de J. Nicolet pour lui poser tant de questions que son aimable employeur finit par se plaindre.

— *Ça qui prend zasocié prend maite.*

J. Nicolet se demandait si, en dépit de son éducation jésuite, Taz n'était pas trop américain.

Taz avait loué une chambre dans une pension dont les couloirs puaient la lessive et le chou.

Le jour où Taz se décida à écrire à Belle, il exagéra ses perspectives de carrière. Quant à son départ d'Angleterre, Taz n'y fit qu'une allusion : « *Maman, il était temps que je trace ma propre route en ce monde.* »

Belle lui répondit sur-le-champ.

Mon cher garçon,

Ta lettre m'a fait tellement plaisir ! J'étais inquiète à ton sujet. Je suis heureuse que tu sois à La Nouvelle-Orléans et que tu occupes un poste aussi important.

Le Chapeau Rouge est très prospère. Carpetbaggers *et officiers yankees y vident leur bourse. Minette me supplie de la rappeler à ton bon souvenir. Taz, pourrais-tu, s'il te plaît, lui envoyer trois livres de café de La Nouvelle-Orléans ?*

Mon garçon chéri, comment as-tu pu croire que Rhett Butler allait épouser une femme comme ta vieille mère ?

Rhett a toujours aimé Scarlett O'Hara. Rhett l'aimait même à l'époque où elle était mariée à Frank Kennedy. Je prie pour que leur mariage soit heureux.

Taz fit une boule de la lettre de Belle. Comment Rhett Butler osait-il ne pas aimer sa mère ? Comment osait-il !

Jules Nore, qui avait révélé la bâtardise de Taz chez les jésuites et s'était retrouvé le nez ensanglanté pour ce propos, était aujourd'hui employé par l'Olympic Steamship Company. Jules et Taz se retrouvèrent. Les deux jeunes gens étaient justement ensemble au Boston Club quand les Butler, en voyage de noces, firent leur apparition. Le silence plomba la pièce. Tous les yeux se tournèrent vers le couple.

Rien d'autre n'existait pour les amants. Une intimité complexe et des souvenirs communs se lisaient dans les regards de Rhett, dans les paupières baissées de Scarlett, le tremblement de ses lèvres. Ces deux-là étaient si beaux que les maris infidèles se remémorèrent combien leur jeune épouse avait été ravissante et que les débauchés se souvinrent de leurs premières amours innocentes.

L'épouse de son père était la femme la plus adorable qu'il ait jamais vue. Il la détesta immédiatement. Il la détesta d'être si gracieuse. Il détesta Scarlett parce qu'elle n'était pas Belle.

La jeune épousée de son père savait-elle qu'il avait un fils ? Rhett Butler avait-il pris la peine de mentionner l'existence de son bâtard ?

Taz les hanta. Il trouva des raisons pour rester des heures à l'hôtel Saint-Louis et au Boston Club. Il négligea son travail, abrégeant les échanges traditionnellement aussi longs qu'aimables avec les planteurs créoles.

Tazewell Watling ne savait pas ce qu'il faisait ni ce qu'il cherchait. Voulait-il que Rhett le reconnaisse ? Qu'il explique pourquoi il n'avait pas épousé Belle ? Le ressentiment le submergeait.

Chaque fois qu'ils se croisaient, Rhett Butler passait et lui adressait un signe de tête et un sourire, comme si Taz et lui étaient de lointaines relations.

Si J. Nicolet n'avait jamais fait affaire avec le capitaine Butler, il savait qui il était. Tout le monde connaissait le capitaine Butler.

— Butler est un homme sérieux, jeune Watling. En quoi t'intéresse-t-il ?

Pour Nicolet, la réponse vague de Taz fut l'aveu de leur filiation. J. Nicolet lui raconta donc ce qu'il savait du capitaine Butler, de ses voyages à Cuba et en Amérique centrale.

— Je ne doute pas qu'il ait souhaité voir les Cubains se libérer des tyrans espagnols mais, ricana Nicolet, Butler n'était pas indifférent à l'or espagnol. Bien sûr, il était très jeune, à l'époque, pas plus vieux que toi aujourd'hui.

— Était-il marié ?

— Butler entretenait une créole. De la famille Gayarre. Elle était splendide.

— S'appelait-elle Belle ?

— On l'appelait Didi. Alors qu'il était parti en voyage, Didi est morte en essayant de se débarrasser du bébé de Butler. Il ne savait pas qu'elle était enceinte de lui. Butler a été dévasté de tristesse. Pendant ce deuil, Butler et les Gayarre se sont beaucoup rapprochés. Aujourd'hui encore, les Gayarre consultent Butler au bal des Quarteronnes pour décider d'affaires délicates.

Le ressentiment est un plat aux saveurs mêlées. Furieux, honteux, ivre d'excitation, curieux de savoir comment Butler pourrait réagir, Tazewell Watling escorta Mme Butler au bal des Quarteronnes.

Le lendemain matin, J. Nicolet était dans le bureau quand Taz arriva.

— Bonjour, monsieur !

Nicolet ne cessa pas d'écrire dans son registre.

— Monsieur ?

J. Nicolet referma bruyamment son registre.

— Tu travailles dur et tu as appris le métier. J'ai prévu de te laisser seul en charge pendant l'été. Quand je serai à Baton Rouge, t'occuperas-tu des expéditions de coton de J. Nicolet ou bien créeras-tu des scandales ?

Tazewell Watling posa son carnet de commandes sur le bureau de son employeur.

— J'ai été idiot, monsieur. Je regrette beaucoup ce que j'ai fait hier soir. J'ai trahi votre confiance. Mes bordereaux sont complets jusqu'à hier, dit le jeune homme en remettant son chapeau. Monsieur, je vous suis très reconnaissant de toutes vos bontés.

Le doute voila le visage de J. Nicolet.

— *Merci pas coute arien.*

— Monsieur ?

— Ma famille est heureuse à Baton Rouge et elle me

manque beaucoup. Jeune Watling, dit J. Nicolet en brandissant un doigt menaçant, je reviendrai de temps en temps, sans prévenir, pour voir si tu expédies mon coton ou si tu crées des scandales. C'est pour ma famille que je te donne cette chance. Ce sera la seule !

Mais J. Nicolet quitta La Nouvelle-Orléans en juin et ne rentra pas avant octobre.

Les hommes d'affaires de La Nouvelle-Orléans redoutaient le mot « épidémie » et déploraient son apparition dans les journaux. Le 22 juin, le *Crescent* écrivit que « *La Nouvelle-Orléans s'est débarrassée de toute crainte de fièvre jaune* ». Bien qu'il y ait eu quarante morts avant le 4 juillet, le *Picayune* nia que ce fût une épidémie. Il fallut que la riche Toinette Servier vomisse du sang et s'effondre au Boston Club pour qu'on admette que l'épidémie était bien réelle. Ceux qui pouvaient fuir la ville commencèrent à partir.

Fin juillet, l'hôpital de la Charité, la maison de santé et l'infirmerie Turo débordaient de malades. On avait installé des malades dans l'orphelinat, dans l'asile d'aliénés, dans les salles de bal publiques. Les processions funèbres encombraient les rues et les cercueils s'empilaient haut dans les cimetières. On manquait de personnel pour les enterrer.

La Nouvelle-Orléans puait la mort.

Né et élevé dans la ville, Tazewell Watling était plus résistant à la maladie que les pauvres immigrants irlandais qui mouraient par centaines.

Les plus grandes entreprises de coton avaient beau être fermées et les cargos britanniques ancrés très loin dans l'estuaire de crainte qu'on ne les retienne en quarantaine dans le « verrou jaune » quand ils reviendraient chez eux, il y avait du coton à vendre. De petites embarcations l'emportaient jusqu'aux navires.

Tazewell Watling faisait des envois de l'aube au coucher du soleil sur le fleuve. Il griffonnait des réponses concises aux longs télégrammes inquiets de J. Nicolet. Neuf cent soixante personnes moururent durant la première semaine d'août. Mille deux cent quatre-vingt-huit la deuxième semaine.

Seul acheteur de coton encore actif, le jeune Watling aurait pu profiter de la situation auprès des vendeurs désespérés qui avaient besoin d'argent pour faire sortir leur famille de la ville. Mais il s'en moquait et préférait payer le prix habituel.

— On doit s'entraider en ces temps difficiles, hein, monsieur ?

La fraîcheur revint et l'épidémie céda. Ceux qui avaient survécu avaient l'impression d'avoir gagné une guerre. À la réouverture des autres maisons de coton, beaucoup des planteurs qui avaient fait affaire avec M. Watling pendant l'épidémie lui restèrent fidèles. Les profits de J. Nicolet s'accrurent de façon spectaculaire.

Tazewell Watling s'était forgé une réputation d'homme honnête dans une époque malhonnête. Il travaillait avec les démocrates comme avec les républicains et gardait ses opinions politiques pour lui. Il s'était fait un grand cercle de relations. Beaucoup d'habitants de la ville avaient compris que le capitaine Butler était le père de Tazewell mais comme le jeune homme ne parlait pas de son géniteur, on n'évoquait pas le sujet en sa présence.

Il devint la coqueluche de la ville. Il n'hésitait pas à offrir des tournées et la plaisanterie préférée de Jules Nore était de proposer un cigare et de faire passer la boîte de Taz jusqu'à ce qu'elle soit vide. Taz fréquentait les maisons de joie sans avoir de favorite. Plusieurs mamas l'avaient incité à fréquenter le bal des Quarteronnes mais il n'y était jamais retourné. Quand les compagnons de tripot de Tazewell lui demandèrent un prêt pour les sortir de leurs ennuis, Taz s'excusa en disant qu'il envoyait son argent à sa mère.

Trois ans après l'arrivée de Taz dans l'entreprise, J. Nicolet fit de lui son associé.

— Tu assumeras tout le travail et tu recevras la moitié des bénéfices, d'accord ?

Jules Nore était lieutenant dans la Mystick Krewe du Comus, la plus ancienne société de la parade du mardi gras. Jules invita Taz à les rejoindre.

— Mais, Jules, je suis un bâtard !

— Et quelle différence ça fait ?

Après quatre ans passés à La Nouvelle-Orléans, Tazewell Watling acheta une maison en pierre sur Royal Street, dans le Vieux Carré.

Après avoir signé l'acte, Tazewell Watling se rendit dans sa maison vide, s'assit sur le parquet de son salon, les portes-fenêtres ouvertes sur son jardin.

La cuisine en L était bizarre et le salon un peu petit, mais il y avait deux chambres à l'étage, dont une avec entrée séparée.

Dans le jardin, des citronniers voisinaient avec un frangipanier et un palmier. Les fleurs embaumaient.

Tazewell Watling écouta le bruit lointain des sabots des chevaux sur Royal Street. La lune s'éleva au-dessus de ses citronniers.

Le lendemain matin, Tazewell Watling écrivit : « *Chère maman, j'espère que tu consentiras à me rendre visite à La Nouvelle-Orléans. J'ai une belle surprise pour toi.* »

37

Une plaisanterie entre nous

Par une belle matinée fraîche, à Atlanta, près de la Banque agricole et commerciale, Rhett passa devant un couple âgé qui vendait des pommes dans une carriole. L'homme chantonnait : « J'ai des pommes à cuire, des pommes à cidre, des pommes à dessert qui fondent dans la bouche. J'ai des pommes à tartes et à tourtes. J'ai des pommes jaunes et des rouges et des rayées ! Des pommes ! Vos pommes sont là ! »

Il portait un manteau de soldat sudiste ravaudé. Celui de son épouse était coupé dans une couverture. Il était impossible de deviner leur âge. Elle était presque édentée et le tabac tachait les rares dents de son mari. La couleur de son chapeau, qui avait dû être celui d'un soldat, hésitait entre le brun et le vert. Agenouillée à l'arrière de la carriole, la femme triait les pommes qu'elle déposait soigneusement dans des caisses pour qu'elles ne se talent pas.

— Tenez, monsieur, cria l'homme. Vous avez bien une pièce pour une pomme ? Apportez-en à votre femme et à vos gamins.

La femme regarda Rhett de ses yeux bleu clair.

— Jimmy, dit-elle, peut-être ce gentleman il a ni épouse ni gamins. Peut-être qu'il a personne à qui apporter une pomme.

— Personne à qui apporter une pomme ! s'étonna l'homme. Pitié ! Dans quel monde on vit, Sarie June. Quel monde !

En riant, Rhett acheta un paquet d'Esopus Spitzenbergs bien rouges parce que le nom lui plaisait.

En plaçant les pommes dans sa sacoche, la femme demanda à Rhett s'il avait des enfants.

— Trois.

— Quels sont leurs noms ?

— Wade Hampton, qui aura neuf ans le mois prochain, Ella, qui a quatre ans, et ma Bonnie Blue, qui aura un an et huit mois dans quatre jours.

— C'est votre chouchoute ? Vos yeux, ils se sont éclairés quand vous avez prononcé son nom.

— Oui. Elle est ravissante.

— J'en doute pas, dit la femme en prenant dans une caisse trois grosses pommes jaunes. Ces Smokehouses sont trop sucrées pour les adultes mais les gamins les adorent. En voilà une pour Wade Hampton, dit-elle en les enveloppant chacune d'une feuille de journal, celle-ci est pour Ella, et je crois que la plus grosse plaira à votre petite miss Bonnie Blue. C'est un cadeau.

En refermant sa sacoche avec les pommes des enfants sur le dessus, Rhett demanda :

— Depuis combien de temps êtes-vous mariés ?

— Ça fait combien de temps, Sarie June ? Pour une nuit et à jamais.

Il s'écarta en dansant de la tapette à mouches qu'elle brandissait.

— À dire vrai, continua le vieil homme en souriant, je ne me souviens pas d'une époque où on n'était pas mariés. Oh ! on a eu nos tristesses. Cette femme a été une vraie plaie.

Pour le coup, la tapette atteignit son but et ils rirent joyeusement, elle de l'humour de son mari, lui de la réaction vigoureuse de son épouse.

Quand il cessa de glousser, l'homme ajouta :

— Ma Sarie aurait pu épouser qui elle voulait. Oh ! les garçons s'agglutinaient autour d'elle comme des abeilles autour d'une presse à cidre. Mais Sarie m'a pris moi, par hasard. L'amour, c'est un hasard. Il faut renforcer sa chance chaque jour.

Rhett ferma sa sacoche, se remit en selle et partit dans Mitchell Street. Scarlett et lui vivaient dans une maison spectaculaire de Peachtree Street. Ils dépensaient plus pour dîner chez Kimball que ce vieux couple ne gagnait en une semaine. Les notables d'Atlanta, jusqu'au gouverneur Bullock, leur rendaient visite.

Mais Rhett et Scarlett n'avaient jamais plaisanté ensemble, jamais.

Jamais elle n'avait dit qu'elle l'aimait. Sachant quelle serait sa réponse, jamais il ne lui avait posé la question.

Il arrivait à Rhett d'avoir l'impression de tomber dans un précipice, impuissant à contrôler la chute qui le menait droit au désastre. Bien que Scarlett et lui aient été mariés depuis moins de trois ans, comme le vendeur de pommes Rhett ne se souvenait pas d'une époque où ils n'étaient pas mariés. Leurs querelles étaient plus réelles que les étreintes des autres femmes.

Il l'aimait et ne pouvait la quitter mais Scarlett croyait aimer Ashley Wilkes. Rhett lui achetait ce qu'elle demandait. Sa voiture était plaquée en merisier. Si une robe ou un bijou lui plaisaient, elle l'avait.

Parfois, Rhett se méprisait. Pensait-il pouvoir l'acheter ? Peut-être que si Scarlett était heureuse, si elle obtenait tout ce dont elle rêvait depuis toujours, peut-être alors lui ouvrirait-elle son cœur.

Elle aimait sa scierie parce qu'elle était une femme d'affaires habile. Elle aimait sa scierie parce qu'elle pouvait y voir son manager, Ashley Wilkes. Elle était à la scierie avec Ashley, aujourd'hui. Quand elle rentrerait à la maison, elle aurait ce regard lointain.

Il arrivait à Rhett de regretter de ne pas avoir laissé les Yankees pendre cet homme.

La maison des Butler était sombre et opulente, lambrissée de bois sculpté, avec de gros meubles, des rideaux du sol au plafond. Les lampes à gaz étaient allumées.

Il remit le sac à Mama et lui expliqua qu'elle devait donner les pommes enveloppées aux enfants quand Bonnie se réveillerait de sa sieste.

— Monsieur Rhett, ces Smokehouses, les enfants, y vont les adorer, affirma Mama. Elles sont si douces qu'elles font chanter les dents.

Il monta l'escalier quatre à quatre et entra dans la nursery. Un doigt sur les lèvres pour demander aux autres enfants de ne pas réveiller Bonnie, il alla doucement remonter la couverture du bébé jusqu'à son menton. Elle avait de longs cils, les plus tendres du monde. Sans qu'il s'explique pourquoi, une larme vint humecter son œil. Wade le tirait par la manche et Ella lui fit signe de s'asseoir. Quand il s'exécuta, elle vint se lover sur ses genoux. Pourquoi les enfants n'ont-ils pas la même odeur que les adultes ?

Wade lui montrait quelque chose – une pierre gris foncé qui devenait d'un rouge superbe s'il la léchait.

Quand elle entra, Scarlett comprit la scène d'un seul coup d'œil. Elle avait son air de « Je veux vous parler ». Elle partit à grands pas dans leur chambre. Sans rien dire, Wade remit sa pierre merveilleuse dans sa poche. En reposant Ella à terre, Rhett lui caressa les cheveux.

Il ferma la porte de la chambre derrière lui.

— Rhett, j'ai décidé que je ne voulais plus d'enfants. Je trouve que trois, ça suffit.

Seigneur, qu'elle était belle ! Belle et aveugle. Si Ashley Wilkes voulait d'elle un jour, si elle réalisait son rêve, elle changerait d'avis. Seul l'inaccessible pouvait la satisfaire.

— Trois, ça me semble un nombre correct, dit-il.

— Vous savez ce que ça signifie... commença Scarlett en rougissant.

Qu'elle soit maudite ! Ils pourraient être heureux. Non, plus qu'heureux. Ils pourraient...

— Je fermerai ma porte à clé chaque soir.

— Pourquoi faire ? Si je vous voulais, aucune serrure ne me résisterait.

Il la laissa là et retourna dans la nursery, où Wade et Ella l'accueillirent avec des sourires. Des sourires...

Bientôt, sa chère Bonnie se réveillerait et ils descendraient tous à la cuisine manger des pommes et peut-être rire ensemble d'une plaisanterie.

38

Une robe blanche

Rosemary Haynes Ravanel, tremblante, tenait de ses doigts furieux le paquet enveloppé de papier de boucherie, comme si cet emballage insolite pouvait en rendre le contenu plus acceptable. À l'exception du tic qui lui faisait frémir le coin de la bouche, Rosemary avait un visage impassible. Quelqu'un pourrait la regarder. Quelqu'un avait pu la voir récupérer le paquet sous son porche. Ce gentleman la salua d'une main sur son chapeau en passant. Ce cavalier continua sa route sans un regard. Ce rideau à l'étage de la maison d'en face, avait-il bougé ? Qu'ils soient maudits ! Oh ! qu'ils aillent tous en enfer !

Le paquet qu'elle emporta chez elle – *chez elle* – contenait trois mètres de tissu blanc en coton, un ruban rouge pour la croix sur la poitrine et un mot grossièrement écrit : « Chère Mme, si vous plaît faites une robe et une cagoule pour le Ku Klux. Faite les grandes ! »

Aujourd'hui, c'était le jour de Noël. Le houx que Rosemary avait suspendu dans l'entrée était d'un vert et d'un rouge joyeux. De la couronne de genévrier sur la porte du salon émanait une merveilleuse odeur de propre.

Chez elle !

Rosemary jeta le paquet. « Comment osent-ils ! » murmura-t-elle. Son souffle s'affolait comme un moineau prisonnier. Comment osent-ils !

Quand l'honneur du Sud était-il mort ? Pendant la charge de Pickett, à Franklin. Tous les hommes honorables étaient-ils morts ?

Rosemary crut qu'elle allait être malade.

Voici à quoi se réduisait l'honneur du Sud : un ruffian

qui pensait impressionner ses camarades parce que sa robe du KKK, son vêtement de meurtrier, avait été cousue par l'épouse de son commandant.

Car c'était ainsi que les choses se passaient, ces temps-ci, pour que les citoyens honnêtes puissent nier la terreur qui chevauchait dans la nuit. « Oh ! non, monsieur, je ne sais rien du Ku Klux Klan ! Oui, j'ai cousu une robe semblable à celle que vous décrivez, mais je ne sais ni qui a fourni le tissu ni qui l'a portée. Quand j'ai terminé la robe, je l'ai laissée sur mon seuil. Au matin, elle avait disparu.

« Je ne sais rien des meurtres, des lynchages, des bastonnades de Nègres et de républicains blancs. Vous dites qu'il y a des jeunes Négresses violées ? Je n'ai jamais entendu dire que des familles de Nègres se cachent dans les bois ni que leurs cahutes ont brûlé, que des hommes et des femmes, oui, ont été traînés hors de leurs maisons et qu'on ne les a jamais revus. Mon mari ? Andrew est souvent parti. Il lui arrive de s'absenter pendant des semaines. Mais une bonne épouse n'a pas de questions à poser à son mari. Vous dites que mon mari est un membre influent du Ku Klux Klan ? Andrew ne m'a jamais parlé du Ku Klux Klan. »

Les journaux de Charleston évoquaient un prétendu Klu Klux Klan et relayaient les paroles de républicains frileux qui exagéraient son influence.

« William Champion a reçu l'autre soir la visite de certains citoyens qui n'approuvaient pas, apparemment, le fait qu'il incite les Nègres à la révolte. On ne reverra plus M. Champion en Caroline-du-Nord ou du Sud. »

« La police a identifié le corps retrouvé sur un quai de la gare : il s'agit du sénateur Arthur DeBose, un élu nègre radical. Bien que de nombreux passagers aient attendu là le train de midi, aucun n'a été en mesure d'identifier les assaillants de DeBose, qui sont tranquillement repartis à cheval. »

Quand Andrew était dans les Basses Terres, il résidait en général dans la cabane de pêche du député Haynes. Il arrivait que Rosemary n'apprenne sa présence là-bas qu'après son retour.

Parfois, très tôt le matin, les pas d'Andrew passant devant la porte de sa chambre la réveillaient en sursaut.

Andrew, si émacié qu'il semblait avoir grandi ; ses poignets tendus comme des cordes. Quand Rosemary lui parlait, il frissonnait comme surpris de sa témérité. Il répondait à ses questions angoissées sur Haynes & Son comme si l'entreprise appartenait à des étrangers.

Un matin de novembre, quand Rosemary descendit de sa chambre, elle trouva les bottes d'Andrew près du tire-bottes où il les avait laissées la veille. Les tiges étaient maculées de sang et, sur le pied, des restes humains avaient séché et formaient une croûte. Les tenant à bout de bras, Rosemary les monta à l'étage et les posa devant la porte de la chambre de son mari.

Ce qu'elle savait des activités d'Andrew, Rosemary l'apprenait surtout au marché de Charleston.

— On m'a dit que votre époux était dans le comté de York, madame Ravanel. S'il vous plaît, dites au colonel qu'une femme blanche honnête le remercie !

— Madame Ravanel, ma cousine dans les Hautes Terres meurt de peur que des Nègres viennent la tuer dans son lit. C'est Mme Joseph Randolph, à Centreville. Je vous en prie, parlez de Mme Randolph à votre mari !

— J'ai vu votre mari avec Archie Flytte et Josie Watling sur la route du fleuve, hier. Je peux vous dire qu'ils avaient l'air très déterminé.

Les marchands noirs de poissons et de légumes, que Rosemary connaissait depuis toujours, évitaient de croiser son regard.

Quand une fois de plus Andrew tenta de recruter Jamie Fisher, celui-ci répondit à son ancien colonel :

— Je vous ai suivi au-delà des portes de l'enfer mais je ne vous suivrai pas dans le Klan.

Andrew avait accusé Jamie d'être un aubergiste dévoré par la cupidité.

— Vous savez, Rosemary, lui dit plus tard Jamie, je n'ai pas su que répondre. J'ai donc tenté de plaisanter. J'ai dit à Andrew que les seuls hommes capables de porter des robes sans rougir étaient les Écossais et les prêtres. J'ai cru qu'il allait m'assommer !

Rosemary gagna la cuisine pour préparer de la bouillie d'avoine. Quand tout fut prêt, elle posa les bols sur un plateau d'argent et monta. Le lit de son fils, Louis Valentin, était dans la chambre de sa grand-mère. Parfois, Élisabeth Butler s'occupait du petit garçon, parfois c'était lui qui s'occupait de sa *mamy* : c'étaient de vrais compagnons de jeu.

Le caractère doux de l'enfant se renforçait d'une intelligence précoce. Il pouvait rester toute la journée assis près de *mamy* à écouter l'histoire de Jésus, mais quand elle en arrivait aux prophètes plus durs de l'Ancien Testament, le petit visage de Louis Valentin s'assombrissait.

— Je déteste ça, quand Dieu est méchant ! disait-il.

Dans les mois sombres qui suivirent la guerre, quand Rosemary et Andrew s'étaient mariés, Andrew Ravanel avait voulu un fils et ils faisaient l'amour avec urgence plus que par tendresse. Après la naissance de Louis Valentin, Andrew se désintéressa de lui, comme si seule la naissance du bébé l'avait intéressé.

Jamais Andrew ne demandait de nouvelles de son fils. On aurait dit qu'il avait oublié jusqu'à son existence.

Quand Rosemary posa le plateau, Élisabeth Butler était en train d'enseigner à son petit-fils le nom des Mages.

— Melchior, dit Valentin avec assurance. Bal...

Il secoua la tête, furieux de son échec.

— Balthazar ? proposa Élisabeth.

— Oui, Nana. Et Gaspard, aussi ! Bonjour, maman ! s'écria Valentin en courant embrasser sa mère. Maman ? Maman, vous êtes triste ?

— Ce n'est rien, mon chéri. Maman est triste ce matin. Pas à cause de toi. Jamais tu ne pourrais me rendre triste !

— Les Rois mages venaient de l'Orient ! dit Élisabeth. Isaiah Watling croit qu'ils étaient chinois ! confia-t-elle.

Louis Valentin considéra cette théorie avec sérieux.

— Les Chinois, ils sont en bas du monde ?

— Oui, chéri.

— Pourquoi est-ce qu'ils ne tombent pas ?

— Parce que Dieu les aime, chéri. Dieu aime tous ses enfants.

Rosemary disposa leur repas sur la table et baissa la tête pendant que Louis Valentin disait les grâces. Elle emporta le pot de chambre au rez-de-chaussée jusqu'au lieu d'aisance, le vida et le lava.

Ensuite seulement, elle apporta dans le salon son propre bol de bouillie d'avoine, déjà tiède et à demi solidifiée. C'était au salon qu'elle conservait les précieuses lettres de Mélanie Wilkes. Sans ces lettres, Rosemary se disait qu'elle deviendrait folle.

Très chère Rosemary,

Je te prie d'excuser mes indiscrétions. J'espère que tu comprendra que je te confie ce que je ne peux confier à nulle autre. Si je ne t'avais pas pour me soulager, je ne sais pas ce que je ferais. Devrais-je renoncer aux faux-semblants et hurler la vérité ?

Mon bien-aimé mari, Ashley, a toujours été attiré par ma chère amie Scarlett. J'avais espéré que ton frère guérirait Scarlett de cet engouement, mais cette amie que j'aime plus que tout sur terre se languit de mon mari si ouvertement que parfois je dois détourner les yeux. Lorsque Scarlett arbore une expression rêveuse très particulière, il arrive que je lui demande : « Scarlett chérie, à quoi pensez-vous ? » Elle répond qu'elle pense au jardin, aux enfants, à la politique ou à n'importe quoi d'autre qui ne traverse jamais son esprit si éloigné de l'horticulture, de la maternité ou des affaires publiques. Je feins de la croire parce que, chère Rosemary, je dois le faire.

Nous sommes tous prisonniers de l'amour.

Quand j'étais jeune fille, je croyais que l'amour vous environnait comme un parfum de fleur. Aujourd'hui, je crois que l'amour ressemble plutôt à un ivrogne qui ne peut se passer d'alcool. L'ivrogne sait que son désir détruit tout ce à quoi il tient. Il sait qu'il se méprisera demain. Pourtant il ne peut repousser la bouteille.

Chère Rosemary, Scarlett croit que c'est seulement par un malheureux hasard que mon mari et elle se retrouvent si rarement seuls. Je dois confesser que je ne laisserais pas plus ces deux-là ensemble qu'un ivrogne avec une caisse de brandy !

Chaque fois que Scarlett va voir Ashley à la scierie, le soir, quand mon mari rentre, c'est un homme différent. Même s'il est heureux de m'embrasser en arrivant, je lis dans les yeux troublés de ce pauvre Ashley qu'il préférerait se trouver avec une autre.

Ton frère fait de son mieux pour convaincre Scarlett de vendre ses scieries à Ashley afin qu'ils n'aient plus d'excuse pour se rencontrer.

Je n'ose plus avoir d'enfant. Le Dr Meade m'a mise en garde en me brossant le plus sombre des tableaux. En conséquence, Ashley et moi ne pouvons plus avoir ces relations intimes qui lient un mari à sa femme. Ashley me manque tant !

Dans la mesure où le bonheur de Rhett et Scarlett est si étroitement mêlé au mien, j'aimerais t'écrire que leur mariage est heureux. Rhett n'est pas infidèle, Scarlett non plus. Mais ils sont aussi mal à l'aise que s'ils vivaient chacun dans l'adultère. Quand ils ne sont pas d'accord, ils ne résolvent pas leur différend ; ils prennent leurs incompréhensions réciproques très à cœur ; ils ne font pas de place pour l'autre dans leur intimité. Le mois dernier, Mama, la chère vieille nurse de Scarlett, m'a confié – à sa manière détournée à elle – qu'ils ne partageaient plus le même lit.

Scarlett travaille tant avec les carpetbaggers *d'Atlanta que les personnes respectables la snobent dans la rue. Comme pour agacer plus encore Mmes Meade et Elsing, Scarlett reçoit couramment le gouverneur Bullock et ses partisans – Puryear, Kimball et Blodgett. Rhett évite ces réunions comme la peste.*

Oh ! Rosemary, Rhett et Scarlett sont si chers à mon cœur ! Si ton frère n'avait pas conduit la carriole cette nuit horrible où nous avons fui Atlanta… et ensuite, quand le malheur s'est abattu sur nos terres, si Scarlett n'avait pas pris Tara en main, je ne crois pas que mon fils Beau et moi aurions survécu.

Scarlett et Rhett ne sont pas comme toi et moi. Les gens se retournent sur eux quand ils entrent dans une pièce. Ils s'attendent que les gens ordinaires leur marquent une déférence.

Quand la reine de Saba est arrivée à la cour du roi Salomon, une puissante escorte de soldats et de servantes l'accompagnait. Ses chevaux étaient caparaçonnés d'or et de pierres précieuses. Aux portes de Jérusalem, les gardes de Salomon se sont écartés pour les laisser passer.

La reine était venue poser à Salomon les questions qu'elle se posait depuis toujours, questions auxquelles les plus érudits de ses conseillers ne savaient répondre.

Je ne pense pas qu'elle se soit présentée devant lui le premier jour, ni même le deuxième. Des fonctionnaires ont préparé leur rencontre. Peut-être y a-t-il eu un banquet superbe, Salomon à une extrémité d'une énorme table, la reine à l'autre extrémité.

Mais cette reine puissante ne tarda sans doute pas à obtenir une audience. Salomon était vêtu aussi richement qu'elle. Il était beau. Il avait cent concubines, dont beaucoup étaient plus jeunes et plus belles qu'elle.

Quand la reine de Saba lui posa une question, Salomon lui répondit. Quand elle en posa une autre, il y répondit aussi. Il répondit à toutes ses questions.

La Bible dit de la reine de Saba qu'alors « le cœur lui manqua ». À quoi pouvaient servir sa puissance et sa richesse face à un roi qui savait répondre à toutes les questions qu'elle lui posait ?

Comme elle dut le haïr !

Cela fait trois ans que Rhett et Scarlett sont mariés. Leur lien, la seule chose sur laquelle ils tombent d'accord, c'est leur fille Bonnie qu'ils aiment à la folie. Je crains que Rhett ne gâte un peu trop sa petite fille. Il l'emmène partout avec lui. Il faut dire qu'elle est telle-

ment adorable ! Cette enfant a exercé une très bonne influence sur son père.

La petite Bonnie a accompli un miracle : elle a rendu Rhett Butler – promets-moi que tu ne riras pas – respectable !

Quand Rhett a appris que ses enfants n'étaient pas invités à des fêtes enfantines parce que la bonne société n'approuvait pas leurs parents, il a arrangé les choses. Quand il y est décidé, ton frère pourrait convaincre un grizzly de retirer sa fourrure !

Les orphelins et les veuves de soldats confédérés ont-ils besoin d'aide ? « Cent dollars suffiront-ils ? »

Les officiers sudistes les plus en vue – le général Forrest en personne ! – ont traversé Atlanta pour rétablir la réputation de Rhett. Il s'est éloigné des carpetbaggers, *même de Rufus Bullock, son vieil ami.*

Les dames qui, il y a six mois, souhaitaient la mort de ton frère lui font maintenant des grâces, et Wade, Ella et la petite Bonnie Blue sont de tous les après-midi enfantins !

Je prie pour que Rhett et Scarlett soient heureux. Je prie qu'Un Petit Enfant les guide...

Et je prie pour toi et ton petit Louis Valentin.

Ton amie, Melly.

L'après-midi même, Rosemary emmena son fils et sa mère du 46, Church Street à l'auberge de la Baie.

Des bateaux de guerre nordistes étaient encore à l'ancre dans le port de Charleston et, sur la promenade, on rencontrait plus de marins en bleu que de civils.

De nombreux navires se croisaient le long des côtes et le quai désert de Haynes & Son faisait tristement exception au milieu de ce spectacle de prospérité.

Auberge de la Baie
JAMIE FISHER ET MLLE JULIETTE RAVANEL
PROPRIÉTAIRES

Le voyageur pressé ou ordinaire pouvait facilement rater cette modeste pancarte et son inscription en noir sur fond vert. En découvrant l'auberge, on se disait que la poussière n'y entrait qu'à ses risques et périls. Sur la porte de la vieille maison de ville des Fisher, les cuivres étaient polis comme des miroirs. Le hall d'entrée s'ornait de guirlandes et de houx pour Noël. Un bouquet de gui pendait au-dessus de la porte du salon.

— Chère Rosemary ! s'exclama Juliette en s'essuyant les mains à un torchon.

— Juliette, c'est si bon de te voir. Nous avons été séparées depuis trop longtemps.

En vieillissant, Juliette était devenue une dame sèche et droite aux cheveux gris serrés en un petit chignon. Sa robe habilement coupée était trop jeune pour elle.

— Joyeux Noël, Juliette, ajouta Rosemary en lui donnant un baiser. Je n'ai jamais souhaité cet éloignement.

Le sourire poli de Juliette se réchauffa un peu.

— Mon frère est un fou insatiable. Puis-je prendre ton manteau ? Oh ! et voilà Louis Valentin ! Louis Valentin, tu as tellement grandi !

Grand ou pas, Louis Valentin se cacha derrière les jambes de sa grand-mère.

— Madame Butler, joyeux Noël ! C'est si gentil de votre part d'être venue. Louis Valentin, il y a des enfants au salon autour du plus joli de tous les arbres de Noël ! La fille du capitaine Jackson s'appelle June. La petite fille blonde, c'est Sally.

Louis Valentin oublia toute timidité et entra dans l'autre pièce où l'accueillit un chœur de petites filles :

— On ne doit pas toucher l'arbre ! Mlle Juliette a dit qu'il ne fallait pas toucher l'arbre.

Rosemary et Juliette restèrent dans le hall pendant qu'Élisabeth Butler suivait son petit-fils.

— Rhett est à l'étage. Il ne manquait plus que sa Bonnie et ton Louis Valentin.

Les lambris de l'auberge luisaient. Le lustre du hall scintillait comme des diamants.

— Quelle pièce magnifique, Juliette ! Un miracle que ce lustre ait survécu aux bombardements.

— Ne sois pas naïve ! Quand on l'a vu passer dans la rue sur la carriole d'un pillard, on l'a racheté pour cinq dollars. Je vis dans la peur qu'un jour quelqu'un me demande : « Mais où donc avez-vous trouvé le lustre d'Untel ? » Lorsque Jamie lave les mille six cristaux qui le composent, il ne les remet jamais dans le même ordre.

— J'ai presque été élevée dans cette maison, dit Rosemary. Avec notre grand-mère Fisher, si difficile. Pauvre chère Charlotte…

— Je regrette toutes les méchancetés que j'ai pu lui dire.

— En fin de compte, Charlotte t'aimait, dit Rosemary en

regardant une gravure dans un cadre. N'est-ce pas là un forceur de blocus ? N'est-ce pas le *Bat* ? Et toi avec toute une maisonnée de Yankees ? Juliette, tu es vraiment une créature subversive !

Les cris enthousiastes de Louis Valentin attirèrent l'attention de sa mère.

La famille avait fait réparer avec soin une partie des meubles du salon, sauf la causeuse et deux fauteuils qui restaient à recouvrir. Élisabeth Butler et son petit-fils se tenaient main dans la main devant un arbre de Noël couvert de décorations.

Quand Louis Valentin tendit la main vers une bougie, une des petites filles le mit en garde :

— Tu vas te brûler, petit idiot !

Juliette présenta Rosemary aux mères yankees, Mme Jackson et Mme Caldwell.

Dans cette pièce, la petite Rosemary Butler et la petite Charlotte Fisher avaient trottiné sur la pointe des pieds entre les précieux meubles chippendale de grand-mère Fisher. Rosemary secoua une tête de loup afin d'en écarter les toiles d'araignée.

Louis Valentin quitta sa grand-mère pour aider les filles à construire une forteresse en cubes multicolores.

— C'est le fort Sumter, annonça-t-il.

— Non, protesta une petite Yankee, parce que si c'était le fort Sumter, il faudrait qu'on le détruise.

— Jésus revient, annonça Mme Butler aux jeunes mères. Je L'attends d'un jour à l'autre.

Rosemary sentit la main familière de son frère sur son épaule.

— Rosemary, mère, dites bonjour à ma ravissante Bonnie Blue !

La petite fille avait les cheveux sombres de Scarlett et le sourire captivant de son père. Sa robe en velours bleu était assortie au nœud dans ses cheveux.

— Papa dit que vous êtes des bons Butler. Qui sont les mauvais Butler ?

Rosemary éclata de rire.

— Ton père me flatte, ma chérie. Est-ce que tu veux jouer avec ton cousin Louis Valentin ?

— S'il vous plaît, dit Bonnie avec une courtoisie enfantine.

Bonnie partit s'accroupir près des autres enfants et entreprit de retirer les cubes de bois de la forteresse qu'ils construisaient.

Rhett la regardait avec amour.

— Prendrais-tu un petit remontant de Noël ? demanda-t-il à sa sœur. Ils ont transformé en bar le salon privé de grand-mère Fisher.

Deux officiers yankees occupaient les fauteuils Morris près de la fenêtre et les Butler partageaient un sofa devant un feu qui crépitait quand Jamie Fisher arriva en trombe.

— Rhett, j'étais au marché quand tu es arrivé. Joyeux Noël ! Joyeux Noël, Rosemary !

— Tu as fait des prouesses, ici, Jamie.

— Nous envisageons d'ouvrir une table d'hôte. Notre salle à manger est gigantesque, et Dieu sait que Charleston ne manque pas de cuisiniers sans emploi !

Comme c'est curieux, songea Rosemary, qu'après tout ce qu'il a enduré, Jamie Fisher ait gardé tant d'innocence ! Sa sœur, Charlotte, était une innocente, elle aussi. Qui aurait pu les croire plus mal lotis ?

— Voulez-vous goûter notre lait de poule ? demanda Jamie. Je l'ai préparé moi-même.

Dès qu'il eut rempli des coupes du mélange mousseux, Jamie s'excusa.

Une des mères yankees apparut à la porte.

— Madame, si je peux me permettre... votre compagne... la dame âgée...

— Notre mère. Oui ?...

— Il ne fait aucun doute que les *Révélations* sont une lecture édifiante, mais... soupira la femme pour exprimer une noble souffrance.

— Madame, expliqua Rhett, les *Révélations* sont un livre sacré. Il a sauvé bien des pécheurs de la perdition.

— Votre mère...

— ... peut être envahissante, je sais, dit Rosemary avec un sourire rassurant. Pourquoi ne la laissez-vous pas avec les enfants ? Les adultes trouvent mère difficile mais les enfants savent lire dans son cœur.

— Dans le Connecticut, madame, nous n'élevons pas nos enfants au biberon avec le *Livre des révélations*.

Elle sortit d'un pas martial et Rosemary entendit la fille de cette femme pleurnicher :

— Maman, je m'amusais bien !

— Pauvre mère, dit Rhett d'un air contrit.

— Elle est heureuse, Rhett. Elle dégage peut-être plus de vie que de bonheur mais à son âge on ne peut guère espérer davantage.

Une bûche bascula dans le feu, des étincelles montèrent dans la cheminée.

— Peut-être, dit Rhett. Te souviens-tu de la première fois où je suis venu ici ?

— Jamais je n'oublierai. Quel âge avais-je donc ? Six, sept ans ? Est-ce que tu m'aimes encore, mon cher frère ? demanda Rosemary en prenant la main de Rhett.

— Toute ma vie.

Les officiers yankees, leurs verres vidés, quittèrent la pièce.

— Mes amis de Washington, commença Rhett d'un ton grave, disent que le Klan fait perdre patience au président Grant. Rosemary, les activités d'Andrew sont trop bien connues.

— Andrew et moi n'en parlons pas, dit-elle en posant son lait de poule, mais pas du tout.

— Je t'en prie, mets ton mari en garde. Les Yankees brûlent d'envie d'en pendre quelques-uns.

— Andrew ne m'écoutera pas, Rhett. Je doute même qu'il m'entende, dit-elle en se frottant les mains. Je crains qu'Andrew n'entende pas grand-chose ces derniers temps.

Le bruit joyeux des enfants leur parvenait depuis l'autre pièce.

— Et ta Scarlett ? Comment va Scarlett ?

— Mon épouse est en bonne santé.

— Et...

— Je crains qu'il n'y ait pas de « et ».

Quand Rhett prit une gorgée de lait de poule, un peu de mousse se déposa comme du givre sur sa moustache. Un instant, le frère si fort de Rosemary eut l'air d'un clown aux yeux sombres et tristes.

— Elle était tout ce que j'avais jamais voulu. Elle est tout ce que je veux. Scarlett... commença-t-il avant de s'essuyer les lèvres avec son mouchoir et de reposer son verre. C'est curieux de voir comment les choses tournent, n'est-ce pas ? J'ai acheté un cheval à bascule pour Louis Valentin.

— Il sera ravi ! dit Rosemary, qui hésita avant de dire : Haynes & Son...

— ... a fait faillite, je sais, l'interrompit Rhett en lui prenant la main. Andrew a sabordé l'héritage de John Haynes en faveur du Klan. Une chance que la maison soit à ton nom. Ne t'inquiète pas, Rosemary. Je prendrai toujours soin de toi, de Louis Valentin et de mère.

Quand Rosemary recula le buste, le feu chauffa ses joues. Elle était si fatiguée ! Elle aurait pu s'endormir si elle avait osé fermer les yeux.

Son frère parlait d'argent. Rosemary ne voulait pas penser à l'argent.

— Merci pour tes attentions, cher frère, mais il y a des choses que je dois faire seule.

Il plut, cette nuit-là – une petite pluie d'hiver glaciale. Rosemary entendit Andrew à la porte. Elle posa son panier de couture et alla l'accueillir dans le hall.

— Rosemary ! s'étonna Andrew.

— Bonsoir, cher mari, dit calmement Rosemary. Où étiez-vous ?

Andrew ferma la porte et se débarrassa de sa cape imperméable. Sa chemise était trempée.

— Vous ne voulez pas le savoir.

— Si, cher mari, je veux le savoir.

Il inclina la tête comme un homme qui a repéré une étrangeté – un chat qui danse, un chien qui parle.

— Les affaires, dit Andrew.

— Quelles affaires concluez-vous, cher mari ? La banque a saisi Haynes & Son.

Il fit un signe de tête furieux et méprisant.

— Ne savez-vous pas, femme, que les autorités en Caroline-du-Sud sont un nid de serpents qui se nomment républicains, *carpetbaggers* et Nègres ?

— Êtes-vous notre gouvernement, mon mari ? Vous qui faites, sous le couvert de la nuit, ce que les honnêtes gens ne feraient pas en plein jour ?

Elle eut un sursaut quand il lui saisit brutalement le bras.

— Quels honnêtes gens ? demanda-t-il d'une voix qui lui fit peur.

Son mari avait usé de cette voix près des feux où des hommes terrifiés attendaient qu'on les assassine. Cette voix avait détruit les espoirs de bien des femmes et s'était moquée des suppliques de leurs enfants.

— Andrew, murmura Rosemary, qu'êtes-vous devenu ?

— Je n'ai pas changé, femme. D'autres ont pu changer, mais pas moi.

— Andrew, vous me faites mal.

Aussi soudainement qu'il l'avait saisie, il la lâcha. Elle se frotta le bras et alla prendre le paquet sur la console. Elle le lui lança.

— C'est arrivé ce matin, mon cher mari. Il y a un mot.

— Les femmes patriotes du Sud font nos robes, dit-il après un coup d'œil au mot. Et alors ?

— Patriotes ?

— Si nous ne protégeons pas nos femmes, qui le fera ?

— Comment nous protégez-vous, Andrew ? De quelle menace nous protégez-vous ?

— Ce type voulait se vanter d'avoir une robe « faite spécialement » pour lui, dit Andrew en émettant trois petits aboiements qui se voulaient un rire. Croyez-vous que je fais ce qui me plaît ? Me croyez-vous sans cœur ? Rosemary, je fais mon devoir.

Andrew se lança dans un discours sur les *carpetbaggers* corrompus, les droits du Sud, les Nègres insolents. Rosemary n'écoutait pas. Elle en avait assez. Quand Andrew se calma, elle lui déclara :

— Andrew, je ne veux pas que vous rentriez à la maison.

Son mari pâlit. Il se sentait mal. Rosemary ne parvint pas à ignorer l'odeur fétide du corps d'Andrew, son haleine pourrie.

— Je ne veux plus jamais que vous rentriez à la maison, répéta-t-elle.

39

Merveilles naturelles

Un matin de mars pluvieux, Scarlett O'Hara Butler s'habillait pour la fête du gouverneur Bullock.

— Mon chou, lui dit Mama, y a que les actrices qui se dépoitraillent, et vous êtes pas une actrice. Cette robe, elle cache pas la moitié de ce qu'elle doit !

— À Paris, c'est très à la mode.

— Atlanta, c'est ni Paris ni ailleurs. Vous êtes une femme mariée.

Mariée... Scarlett haïssait ce mot. Mariée, ça signifiait *non* et *interdit*. Après son mariage avec Rhett, Scarlett avait donné ses vêtements de deuil aux veuves et aux orphelins de confédérés. Elle aurait bien voulu donner aussi son mariage aux veuves et aux orphelins ! Mariée et mère, Scarlett se voyait en mule traînant des troncs d'arbres dans les sous-bois.

Rhett adorait les enfants – à condition que Prissy les change et que Scarlett les porte, les mette au monde dans la douleur, la sueur et le sang, et les nourrisse. Pourquoi Rhett ne les aimerait-il pas ?

Scarlett choisissait ses souvenirs comme les scènes du stéréographe dans le salon. Tara, c'était le rire de Gérald O'Hara et les mains tendres d'Ellen O'Hara. Les Douze Chênes, c'étaient les fêtes somptueuses, les admirateurs, les serviteurs noirs zélés et Ashley Wilkes – son Ashley.

Jamais Scarlett ne se souvenait de la vie de martyre de sa mère, des beuveries de Gérald ni de la gêne qu'éprouvait Ashley à devoir tenir le rôle qu'on lui avait attribué à la naissance.

À La Nouvelle-Orléans, Toinette Sevier avait fait allusion à l'amour perdu d'Ellen pour Philippe Robillard. Cela ressemblait tant à son amour pour Ashley ! Jamais Scarlett ne se demanda si l'amour d'Ellen pour Philippe était une plaie au cœur du mariage de ses parents.

Pour Scarlett, les quarante-deux centimètres de son tour de taille n'étaient plus qu'un regret. Ses yeux éclatants en avaient trop vu mais elle pouvait encore faire tourner des têtes.

Mama tira sur son décolleté.

— Enfant, vous êtes polissonne. Vous frotter aux *carpetbaggers* et aux *scalawags*… Pensez un peu à ce que dirait votre chère maman !

On pouvait toujours se fier à Mama pour anéantir le moindre enthousiasme.

Le jour où elle dit à Rhett qu'il n'était qu'un hypocrite, Rhett ne nia pas. Le nouveau Rhett Butler s'épanouissait dans l'hypocrisie. En public, jamais Rhett ne souriait quand il aurait dû froncer les sourcils. Il ne troublait plus les âmes simples ni ne déconcertait les plus intelligentes. Quoi que Mmes Meade ou Elsing énoncent comme absurdités, Rhett approuvait solennellement. Si l'une de ces grandes dames avait déclaré que la lune était faite de bleu d'Auvergne, Rhett Butler aurait demandé si ça n'était pas plutôt du stilton.

Le dimanche matin, on trouvait Rhett, Ella, Wade et Bonnie à leur banc de Saint-Philip. M. Rhett Butler avait même un bureau à la Banque agricole et commerciale.

Pourquoi Rhett pouvait-il faire tout ce qu'il voulait et qui restait interdit à une femme ? Diriger sa propre affaire ? Scarlett aurait tout aussi bien pu arracher ses vêtements et chevaucher nue sur Peachtree Street !

Seigneur, comme ses scieries lui manquaient ! Un jour – et par la suite, elle ne sut expliquer comment –, Rhett lui avait si bien embrouillé l'esprit et mise dans une telle colère qu'elle avait vendu ses scieries à Ashley.

Scarlett avait l'impression de s'être mutilée. Les scieries étaient des affaires saines et lucratives et, si elle avait voulu vendre, Dieu lui en était témoin, elle aurait eu de nombreuses offres. Elle les avait montées de toutes pièces ! Ces scieries représentaient la preuve tangible de ce qu'elle était et de ce qu'elle était capable de faire. Elle ne pouvait plus passer devant sans que les larmes lui montent aux yeux.

En ce samedi pluvieux, Rhett lisait le journal dans la bibliothèque pendant que Wade, Ella et Bonnie, assis sur le tapis, jouaient à un jeu qui consistait à aligner les cuillers de l'argentier aux pieds de leur père.

— Les enfants, déclara Scarlett sans préambule, allez jouer ailleurs. Votre père et moi avons à nous parler.

Wade et Ella obéirent mais Bonnie se hissa sur les genoux de son père, ficha son pouce dans sa bouche et examina sa mère de ses grands yeux bleus.

— Bonnie devrait rester, ma chère femme. Un jour, Bonnie se mariera. En observant nos échanges affectueux, Bonnie apprendrait ce qu'elle doit attendre de son propre mariage.

— Certainement, cher époux. Bonnie devrait apprendre tout ce qu'il faut savoir sur le mariage. Votre fille a-t-elle visité le Chapeau Rouge ?

— Ah ! sourit Rhett, il vous reste des munitions dans votre ceinture et vous n'hésitez pas à les tirer. Scarlett, vous ai-je dit dernièrement à quel point je vous admirais ?

— Eh bien, non… dit Scarlett avec une expression adoucie.

— Ma chère, je vous applaudis, car vous êtes la femme la plus résolument égoïste que j'aie jamais rencontrée.

— Merci, mon époux, pour votre sincérité.

— Bonnie, soupira Rhett, je crains que votre maman n'ait raison : vous êtes trop jeune pour le mariage de vos parents. Je ne sais pas quand vous serez assez âgée. Je ne suis pas certain d'être assez âgé moi-même.

Les yeux pleins d'amour, Rhett regarda l'enfant quitter la pièce en sautillant. Scarlett éprouva un instant de la jalousie. Comment pouvait-elle être jalouse de sa propre fille ?

— Vous êtes donc en route pour célébrer la prise des Chemins de fer de Géorgie par les Chemins de fer de Pennsylvanie, dit Rhett. Pourquoi ne pas fêter cela par un bal masqué ? Les masques ne sont-ils pas une tradition chez les bandits ?

— Cela vous va bien d'ironiser ! Rufus Bullock n'était-il pas votre ami ?

— Rufus et moi avons de temps à autre traité des affaires ensemble.

— Maintenant qu'il convient au capitaine Butler d'être si respectable, il laisse tomber ses vieux amis ?

— Allez-vous m'infliger un sermon sur la loyauté, miss Scarlett ? demanda Rhett en pliant son journal. Je vous en prie, continuez !

Scarlett rougit. Comment avait-elle pu épouser cet homme détestable ?

— Vous feriez mieux de vous dépêcher, très chère, dit Rhett en tapotant le journal. Si vous hésitez, Rufus risquerait de ne plus être gouverneur. Ses puissants amis désertent le navire et il a perdu le contrôle de l'assemblée. La femme de Rufus a emmené leurs enfants au Nord pour qu'ils ne risquent pas de se faire insulter dans les rues que leur père gouverne. Edgar Puryear est le seul ami qui lui reste. Pauvre Rufus !

Sa femme sortie, Rhett écarta les lourdes draperies pour regarder sa voiture s'engager sur Peachtree Street.

Quand Prissy vint dire qu'elle emmenait les enfants jouer chez les Wilkes, Rhett lui fit signe de la main que ça lui était indifférent. La maison – la maison de Scarlett – était si grande qu'il ne les entendit pas sortir. Cette abominable journée contredisait les promesses du printemps. Des forsythias jaune pâle s'inclinaient sous les gouttes de pluie et les lilas étaient bleus de froid.

Comment en était-il arrivé là ?

Aveuglé par l'amour. Toute son expérience, ses voyages, les femmes qu'il avait connues – rien n'avait entamé le désir fou qu'il ressentait pour la femme qu'il avait épousée et dont il ne pouvait conquérir le cœur.

Pour ses enfants et pour elle, il était devenu respectable – un hypocrite respectable. « Ne soyez ni le bourreau ni le pendu. » Si les dirigeants d'Atlanta décidaient d'un autre raid sur Shantytown, Rhett Butler chevaucherait à leurs côtés.

Il ferait n'importe quoi pour elle. Il lui donnerait tout…

Sa femme croyait aimer un autre homme mais il savait qu'elle se trompait. Cet amour, c'était sa façon de rêver à un mode de vie qu'elle enviait mais qu'elle n'avait jamais compris. Fille d'un immigrant irlandais qui avait fait un beau mariage, la pauvre Scarlett n'était que convoitise.

Elle consumerait Ashley Wilkes en six mois. Il était une fleur bien trop fragile pour elle.

La pluie glissait sur les vitres. La pluie s'écoulait des gouttières en plomb.

Rhett Butler, dans un grognement, rit de lui-même et alla ranimer le feu dans la cheminée.

Il entendit sa voiture arriver sur les pavés. Quand elle entra dans le salon, il baissa son livre.

— Vous rentrez tôt.

Elle fit une grimace et alla se servir un brandy qu'elle avala avec un frisson.

Rhett ferma son livre et le posa sur la table basse.

— La nouvelle utopie de Bulwer-Lytton. Il s'imagine que nous pouvons tous être bons et heureux.

— Ne le pouvons-nous pas ?

— Peut-être si, comme les créatures qu'imagine Bulwer-Lytton, nous vivions dans une grotte au centre de la terre. À la surface, la bonté et le bonheur sont rares.

— Rhett, pourquoi m'avez-vous fait vendre mes scieries ?

— Vous savez très bien pourquoi je vous ai aidée à vendre vos scieries, répondit-il en allant se servir un verre. C'est pour que vous ne vous retrouviez pas chaque jour enfermée avec le petit gentleman.

— C'est parce qu'il est si parfait que vous n'aimez pas Ashley Wilkes.

— J'ai pitié de Wilkes parce qu'il est trop parfait, dit-il en posant son verre. Scarlett, est-il indispensable que cela tourne ainsi ?

— Nous avons un grand talent pour la discorde, dit Scarlett avec un soupir après avoir scruté le visage de son mari. Vous aviez raison, Rhett, admit-elle avec un sourire presque amical. Comme toujours. Le gouverneur Bullock, c'est du passé, et son déjeuner de célébration n'était qu'une comédie fastidieuse. Les gens des Chemins de fer de Pennsylvanie ont été déçus de votre absence.

— Il y a des limites à l'hypocrisie.

— Est-ce de cela qu'il s'agit ?

Rhett eut un petit rire sec.

— Votre ami le capitaine Jaffery a été affecté au régiment de Custer, annonça Scarlett.

— Le 7e régiment recherche les hommes du Klan en Caroline.

— Jaffery espère qu'ils vont repartir vers l'Ouest. Sur… le Northern Pacific, annonça-t-elle en ménageant son effet.

— J'espère que vous n'avez pas investi de l'argent dans cette folie.

— Jay Cooke est l'homme le plus intelligent du pays et son Northern Pacific sera une aussi grande réussite que l'Union Pacific. Tout le monde le dit.

— Vraiment ?

— Je suppose que vous avez entendu parler des « merveilles naturelles » ? demanda Scarlett, les sourcils arqués.

Il s'approcha d'elle, le regard sévère.

— Quelle quantité d'alcool avez-vous bu ?

Par défi, elle se servit un autre verre et sourit.

— Près du fleuve Yellowstone, sur la route du Northern Pacific, il y a un stupéfiant territoire de sources chaudes thérapeutiques et de geysers spectaculaires.

— De geysers ? Scarlett…

— Ces geysers font jaillir de l'eau chaude à trente mètres de haut, à intervalles aussi réguliers que l'horloge sonne l'heure. Ne me regardez pas comme ça, Rhett. Jay Cooke…

— De l'eau chaude ? Qui jaillit ? Pourquoi voulez-vous être riche, chérie ? Vous m'avez déjà.

— C'est ce que je veux, oui, dit-elle avec un sourire confiant.

Quand il lui toucha le bras, la soie chaude de sa robe chatouilla le bout de ses doigts.

— Jay Cooke, ajouta très vite Scarlett, a obtenu du Congrès qu'il donne à cette région le titre de « parc national de Yellowstone ». Les trains du Northern Pacific seront remplis de touristes qui viendront le visiter. N'aimeriez-vous pas voir le parc national de Yellowstone ?

— Excusez-moi, est-ce que je n'aimerais pas quoi ?

— N'aimeriez-vous pas voir l'eau bouillante jaillir à intervalles réguliers de la terre ?

Tout près d'elle, il inhala l'odeur de ses cheveux et murmura :

— Il ne fait aucun doute que les Sioux accueilleront ces touristes à bras ouverts.

Elle recula et lissa nerveusement ses cheveux.

— Les touristes prendront ce train pour voir les piscines naturelles et les geysers ! Ils iront voir ces merveilles naturelles.

— Scarlett, c'est vous, la merveille naturelle, dit Rhett avec un sourire amusé.

Le regard de Scarlett s'adoucit. Sa lèvre inférieure trembla. Puis il vit une flamme au fond de ses yeux. De la peur ? Était-ce de la peur ? De quoi avait-elle peur ? Elle gagna la porte.

— Jamais je ne vous ai dit que je vous aimais, vous savez, annonça-t-elle comme si elle n'en était pas très sûre.

Dans le petit espace qui les séparait, l'air frissonna.

— Je ne vous aime pas, vous savez, insista Scarlett.

Rhett avait mal à force de contraindre ses muscles à ne pas bouger, de ne pas courir vers elle et la prendre.

— J'admire votre franchise, réussit-il à dire d'une voix rauque.

Comme ses mains souffraient de ne pas la toucher, de ne pas l'enlever, de ne pas se refermer autour de sa gorge pour l'étrangler… Rhett Butler s'inclina, très raide, et sortit de la maison. Il se retrouva sur Peachtree Street, tête nue, sous la pluie glacée.

40

Un fils de meurtrier

En novembre, le président Ulysses S. Grant déclara la Caroline-du-Sud rebelle, suspendit l'*habeas corpus* et envoya la 7e cavalerie écraser le Klan. Les anciens généraux sudistes Gordon et Forrest furent convoqués devant le Congrès des États-Unis, où ils admirent à contrecœur qu'il était possible, oui, qu'ils aient connu des gens qui peut-être étaient associés au prétendu Ku Klux Klan, mais que, personnellement, ils n'avaient rien à voir avec ça.

Quinze jours après l'arrestation d'Andrew Ravanel, Élisabeth Kershaw Butler s'assit brusquement dans son lit et un étrange petit cri – presque irréel – s'échappa de sa gorge. Cela réveilla sa fille qui somnolait dans un fauteuil à son chevet. Quand Rosemary approcha un miroir de la bouche de sa mère, elle n'y discerna aucune buée.

Le fils de Rosemary, Louis Valentin, avait le sommeil profond. Il murmura à peine quand elle le porta dans sa propre chambre et le déposa dans son lit. Rosemary gagna la cuisine et se fit du thé. Elle ne pleura pas celle qu'elle avait perdue. Elle pleura ce que sa mère n'avait jamais eu.

Il était tôt, l'aube n'était pas levée. Elle avait beau s'attendre à cette mort depuis un certain temps, elle n'en était pas moins surprise.

Plus tard dans la journée, Rosemary écrivit à son amie.

Très chère Mélanie,

Ma mère, Élisabeth Butler, a gagné sa récompense céleste tôt ce matin. Mère n'a pas souffert à la fin.

Tu as dû apprendre qu'Andrew Ravanel a été arrêté pour ses activités. Samedi dernier, j'ai apporté ses vêtements dans un camp tout près de Columbia. Ce camp est tenu par la cavalerie nordiste. À cause de son rang dans l'armée ou parce que ses gardes partagent ses idées en secret, je ne sais pas, Andrew dispose de sa propre tente dans cette porcherie surpeuplée. Je n'aurais jamais cru que le Klan comptait autant de membres !

Andrew dit qu'aussitôt constituée, la cour spéciale l'accusera du meurtre de plusieurs Nègres.

Voilà. Je l'ai écrit. Mes mots ne changent rien à ce qu'Andrew a fait, ni à ma confusion ni à mon cœur brisé. La violence et l'amertume souillent l'innocent avec le coupable ! Mon si gentil Louis Valentin va-t-il grandir comme le fils d'un meurtrier condamné ?

Rhett avait prévenu Andrew que cela finirait ainsi. Andrew était trop arrogant pour l'écouter.

Louis Valentin a compris qu'il est arrivé quelque chose de terrible à son père. Mais je n'ai pas trouvé les mots pour lui expliquer.

Mon père m'a dit un jour qu'il y avait du mauvais sang chez les Butler, une malédiction Butler. Je crois que cette malédiction se nomme le manque d'amour.

J'ai épousé mon mari John pour fuir la tyrannie de mon père et j'ai dévalué la simple bonté de John jusqu'à ce qu'il soit trop tard. La bonté fait son chemin lentement, chère Mélanie, et elle n'ajoute que de toutes petites pierres à notre trésor. Jeune fille, Andrew me ravissait : cavalier téméraire, excellent danseur, combattant courageux, un homme qui pouvait s'engager totalement dans tout ce qu'il faisait ! Espérais-je que son courage sans bornes déteindrait sur moi ? Sera-t-il détruit par le pénitencier ou la défaite ? Je ne saurais le dire, mais l'élégant Andrew s'est transformé en un personnage grotesque et terrifiant.

Que vais-je faire, maintenant, très chère Mélanie ?

Contrairement à Scarlett, je n'ai pas le goût des affaires ni la capacité de les mener. J'ai été élevée pour porter des enfants, pour aimer un homme et pour rester à la maison. Il semblerait que j'aie hérité de ma mère une nature casanière. Il m'arrive de ne pas sortir du 46, Church Street plusieurs jours d'affilée.

Mon frère Julian a été déchu de son mandat avec les carpetbaggers *auxquels il s'était associé. Il a trouvé du travail dans un bureau.*

Les dames avec qui je travaille au marché libre ont ouvert une école : le séminaire pour jeunes filles de Charleston. Elles m'ont invitée à y enseigner. Je sais un peu le français et je suis délicieusement sensible aux convenances (ne serait-ce que pour les transgresser). Je suppose que je pourrais faire une enseignante passable.

Je vais enterrer ma mère et, quand Rhett viendra, je ne lui demanderai pas – non, je ne le ferai pas ! – comment je dois réagir.

J'ai épousé un homme bien et un dévoyé. Je ne crois pas que je me remarierai. Si malgré tout cela m'arrive, je veux que ce soit avec quelqu'un qui a besoin de moi.

Je remercie Dieu pour ton amitié.

Toujours à toi,

Rosemary.

41

Les arbres-bouteilles

Andrew Ravanel avait déjà vu ce Nègre barbu quelque part. Il avait dû être présenté à la vente de John Huger, celle où Andrew avait tenté d'acheter Cassius. Il était... ? charron ? menuisier ?...

— Coupable, dit le Nègre barbu.

— Coupable, dit le grand Nègre.

— Coupable, dit le Nègre en veste jaune.

— Coupable, dit le Nègre chauve.

Andrew se gratta la nuque. Il faisait déjà chaud pour cette époque de l'année. Il y avait tellement de gens serrés dans la salle du tribunal de Charleston que, forcément, il faisait chaud.

— Coupable, dit le Nègre maigre.

Il n'y avait pas de viande sur ce type. Il ne ferait même pas un bon demi-tâche.

— Coupable, dit le Nègre aux lunettes.

Pourquoi un Nègre aurait-il besoin de lunettes ? Il ne savait pas lire. Quelle ironie, douze Nègres qui jugeaient un colonel des États confédérés d'Amérique !

— Coupable, dit le Nègre chenu.

Pourquoi certains d'entre eux se fripaient-ils ainsi, comme des pommes séchées ?

— Coupable !

Seigneur, que ce Nègre était gras ! Qui oserait prétendre qu'ils n'avaient pas été bien traités ? Si ce Nègre avait été un cochon, il serait prêt pour l'abattage. On en tirerait de beaux jambons de ce gars-là !

— Coupable.

— Coupable.

Andrew se tourna pour adresser un signe de tête à deux anciens compagnons qui feignirent de ne pas le connaître.

— Coupable.

Coupable de quoi ? Coupable d'avoir résisté aux lois de l'oppresseur ?

Le juge fédéral abattit son marteau.

— Monsieur Ravanel, le jury vous a déclaré coupable de quatre homicides volontaires. Avez-vous quelque chose à ajouter ?

On appelait le juge Boyd « Pitt-Bull » Boyd. Il en avait d'ailleurs le physique.

— Colonel Ravanel, Votre Honneur, le reprit Andrew.

— Colonel Ravanel. Avant de prononcer la sentence, la cour est disposée à prendre en considération les preuves de votre repentir. Reconnaissez-vous les faits terribles qui vous sont reprochés ? Comme votre avocat vous l'aura indiqué, colonel Ravanel, si vous ne vous repentez pas, je ne vous ménagerai pas. La sentence sera prononcée dans cette salle demain, à dix heures. Me donnez-vous votre parole d'honneur de gentleman que vous ne fuirez pas ?

Andrew sourit. Il réfléchit. Ma parole d'honneur, Pitt-Bull ? Mais avant qu'il parle, son avocat, William Ellsworth, se leva.

— Vous avez ma parole, juge Boyd. Mon client sera là.

— Bien. Andrew Ravanel, vous resterez en liberté sous caution pour préparer une déclaration qui devra toucher nos cœurs. Demain à dix heures.

Le marteau retomba.

Condamné ou relaxé, il ne voyait aucune différence. Ce n'était ni mieux ni pire.

Quand Ellsworth voulut le précéder, Andrew passa devant lui et traversa la foule des Noirs curieux et des Blancs qui lui faisaient des clins d'œil entendus.

Rosemary était dans le hall où les soldats de Custer gardaient la foule à distance.

— Andrew, je suis désolée.

Pourquoi Rosemary était-elle désolée ? Aucun jury de singes noirs ne l'avait jugée coupable. Un juge yankee ne l'avait pas insultée devant tout Charleston.

— Puis-je rentrer à la maison ?

— Non.

Avant la guerre, on aurait nettoyé le hall du palais de justice tous les jours. Avant la guerre, les planteurs des Basses

Terres venaient ici régler les litiges de bornage et de contrats. Andrew se voûta. Il luttait depuis si longtemps, si longtemps. Il ne restait rien.

— Salue le gamin pour moi.

— Ton fils.

— Oui, Valentin.

L'avocat d'Andrew le poussa par une porte latérale jusqu'à une voiture fermée. Ellsworth dut s'y reprendre à trois fois pour allumer sa pipe.

— Vous n'aviez pas une chance ! dit-il.

— Oh ! je ne sais pas, répondit Andrew d'un ton léger. J'espérais que certains jurés se souviendraient de moi avant la guerre.

— J'ai fait de mon mieux, protesta l'avocat en tirant furieusement sur sa pipe. J'ai ramené l'accusation d'assassinat à celle de simples meurtres. J'ai obtenu qu'on vous laisse en liberté sous caution.

Andrew ouvrit la vitre. Le soleil, en cette fin de matinée, voleta dans la voiture quand ils tournèrent dans King Street, après le bureau de poste. Ils dépassèrent un livreur de bière. Deux hommes roulaient des barils sur un plan incliné. Derrière leurs clôtures en fer forgé, s'épanouissaient les jardins de la ville.

— Vous devez préparer un plaidoyer, convaincre le juge Boyd que vous avez compris à quel point vous avez eu tort.

— Quelle importance ?

— Le juge Boyd dispose d'une grande liberté pour prononcer les condamnations, expliqua l'avocat au visage aussi aigre qu'une reinette verte. Il s'est montré clément avec les hommes du Klan repentis. Le président Grant ne veut pas de martyrs.

L'esprit d'Andrew dériva loin des « si », des « mais » et des « peut-être » de l'avocat.

— Nous ne pouvons contester les faits…

Personnage unioniste falot avant la guerre, Ellsworth avait hésité à défendre Andrew : d'un côté, il rêvait d'être admis dans la vieille aristocratie du Sud, de l'autre, il détestait le Klan. Cette même aristocratie aurait été ravie que le Klan impressionne assez les républicains pour qu'ils renoncent à leurs mandats électifs à condition que tout cela ne fasse pas trop de bruit.

— On ne peut pas faire d'omelette sans casser du Nègre, dit Andrew.

— Quoi ? Qu'avez-vous dit ?

Andrew Ravanel n'avait pas eu peur de se salir les mains. Josie Watling, Archie Flytte – peut-être ne s'essuyaient-ils pas les bottes avant d'entrer au salon, peut-être crachaient-ils n'importe où, mais ils n'avaient pas eu peur de se salir les mains. Andrew sentait ses paumes le brûler.

— Quoi ? demanda Ellsworth.

— J'ai dit qu'on était arrivés.

Le cabinet d'Ellsworth était à trois portes de celui de l'avocat unioniste Louis Petigru. Petigru n'avait pas survécu à la guerre. De son vivant, tout le monde méprisait Petigru pour ses opinions unionistes. On l'encensait maintenant qu'il était mort. Ainsi allaient les choses.

Andrew descendit de voiture.

— Venez dans mon bureau. Nous avons du travail.

— Je voulais sortir voir un spectacle de minstrels.

— Vous quoi ? suffoqua Ellsworth.

— Ces musiciens blancs déguisés en Noirs ! Les minstrels de la Patte de lapin jouent à l'Hibernina Hall en matinée.

L'avocat retira ses lunettes et se pinça le nez.

— Est-ce Rhett Butler qui vous paie pour me défendre ? demanda Andrew.

— Et pourquoi ne vous défendrais-je pas de mon propre chef ?

— Vous pourriez vous salir les mains.

— Colonel Ravanel, elles sont déjà sales. Les meilleures maisons de Charleston ne me reçoivent plus. Je ne sais pas quand nous pourrons retourner à la messe à Saint-Michael. Mon épouse et moi ne pouvons plus nous tenir tête haute en bonne compagnie.

— Maître, dit Andrew, vous auriez la tête plus haute si vous en retiriez les pierres.

— Hein ? Que dites-vous ?

— J'ai dit qu'ils jouaient en matinée.

— De quoi parlez-vous ? Il faut travailler à votre défense.

— Et qui vous dit que je veux me défendre ?

— Vous préférez écoper de dix ans de travaux forcés ?

— Maître, dit Andrew avec un rire dur, j'ai connu bien pire !

— Soyez ici, à mon cabinet, demain à huit heures. Nous préparerons votre déclaration.

Andrew avait déjà tourné le dos à son avocat et s'éloignait. Il loua un hongre bai à l'écurie de l'hôtel Mills. Il vivait au Mills depuis l'ouverture du procès. Il n'avait pas demandé qui payait sa note ni qui avait versé sa caution.

Il montait un bon cheval. Charleston, superbe, était à ses pieds et cette journée, magnifique... Que demander de plus ?

Andrew saluait Blancs et Noirs de la même façon. Les femmes noires se détournaient ; certaines allaient même se réfugier dans des embrasures de portes. Les dames faisaient semblant de ne pas l'avoir vu. Les Blanches pauvres et les prostituées le saluaient ou lui envoyaient un baiser. Cette comédie l'amusait.

Il n'y avait plus de commerce du riz à Charleston. Il ne restait que des inscriptions délavées sur les devantures des entreprises fermées : James Mulrooney, marchand de riz ; Jenkins Cooperage, caisses spéciales pour riz.

Le port grouillait de vapeurs qui filaient en tous sens. Andrew mit pied à terre, attacha son cheval et s'accouda à la rambarde. Un jeune Noir de huit ou neuf ans qui passait par là vint appuyer ses petites fesses maigres à la rambarde et toussa. Sa chemise était déchirée sous les bras, son pantalon tenait avec une ficelle, il était pieds nus.

— Plein des bateaux, osa-t-il.

Quand Andrew le regarda, le gamin recula.

— Je ne te ferai pas de mal. Il ne faut pas avoir peur de moi.

— J'ai pas peur de vous de toute façon ! dit l'enfant en restant à distance.

— Ces navires parcourent le monde.

— Non, pas ceux-là : ils sont trop petits.

— De toutes petites embarcations ont traversé l'océan, dit le colonel.

— J'm'y connais en bateaux, répondit l'enfant avec colère. Mon père, y travaille au marché aux poissons.

— Et si on vous mettait sur ces bateaux, vous les Nègres, et qu'on vous renvoyait en Afrique, ça te plairait ?

— L'Afrique m'a jamais connu, répondit l'enfant en secouant vigoureusement la tête. J'ai été à Savannah une fois, dit-il comme pour ne pas décevoir ce Blanc qui lui semblait si amical.

En remontant à cheval, Andrew lança dix cents au jeune garçon.

Il s'engagea dans Anson Street et vit l'ancienne maison close de miss Polly. Quel bon temps ils y avaient passé ! Seigneur, qu'ils s'étaient amusés ! Edgar Puryear, Rhett Butler, Henry Kershaw – quelle époque ! Et Jack Ravanel. Que lui conseillerait son père ? Andrew marmonna les anciennes paroles de Jack : « Pousse ton cheval jusqu'en enfer, mon gars ! Perds pas de temps à regarder en arrière ! »

L'établissement de miss Polly n'avait plus de toit, les murs étaient grêlés d'impacts de balles. Un rideau en mousseline jaune pendait à une fenêtre de l'étage. Comme ils avaient profité de l'existence, si impatients de vivre leur vie qu'ils avaient fait la moitié du chemin à sa rencontre !

Rhett Butler était son meilleur ami. Ensemble, ils avaient fréquenté les tripots et les bars, ils avaient galopé comme des fous vers le soleil levant. Seigneur Dieu ! songea Andrew. J'ai perdu tout le monde.

Il s'arrêta devant l'auberge de la Baie et attendit que Jamie Fisher sorte, un tablier blanc autour de la taille.

— Ah ! s'écria Andrew, l'éclaireur le plus téméraire de la Confédération.

Sur le tablier de Jamie, on aurait bien dit des taches de tomate.

— Je ne suis pas venu au procès. J'ai pensé que tu ne voudrais pas m'y voir. Le juge Boyd ?

— Il prononce la sentence demain. Mon avocat pense que je m'en sortirai bien si je m'aplatis, mais – Andrew sourit –, si Mme Pitt-Bull agace M. Pitt-Bull au petit déjeuner, il risque de me donner dix ans. Tu sais à quel point le pénitencier m'a réussi.

— Andrew !

— Jamie, ne t'en fais pas. Je n'en arriverai pas là.

— Andrew, si tu entrais ? Juliette serait ravie de te voir.

— Je n'ai aucune animosité envers ma sœur. Je pardonne à tout le monde. Je pardonne aux Yankees, aux Nègres et même à ce baiseur de Nègres qu'est notre président Grant. Mais plus tard. Jamie, j'ai envie de faire un tour avec toi.

— Andrew, je suis en train de préparer…

— Pas de mais, Jamie. Nous ne pouvons pas manquer une matinée à l'Hibernian Hall – les minstrels de la Patte de lapin, venus tout droit de Puta-delphie. Et la vedette est… – Andrew applaudit –, mais voyons, qui d'autre que mon Nègre, Cassius !

— Andrew, mes hôtes…

— En souvenir du bon vieux temps, Jamie.

— La veille de ta condamnation, dit Jamie dont les yeux se brouillaient de larmes. Andrew, tu es devenu fou ?

— Mais bien sûr, Jamie, sourit Andrew Ravanel. Tu sais bien que je suis fou.

L'ancien combattant à jambe de bois qui vendait les billets se mit au garde-à-vous.

— Colonel Ravanel, heureux de vous voir ici, monsieur. Les gars ont monté un beau spectacle. Vous serez pas déçu.

— Où avez-vous perdu votre jambe ?

L'homme abattit sa jambe de bois comme un soldat fait claquer son fusil au sol.

— Sharpsburg, colonel. Je vais aller chercher le directeur. Vous et monsieur…

— Mon éclaireur, Jamie Fisher.

Quand Andrew voulut payer, l'homme refusa. Le directeur arriva, s'excusa : Andrew devait avoir l'habitude d'un public plus raffiné que celui-là. Il escorta Andrew et Jamie jusqu'aux meilleurs sièges du théâtre. Les spectateurs déplacés voulurent protester mais se turent dès qu'on leur expliqua à qui les sièges étaient destinés. Ils retirèrent leurs chapeaux et l'un des hommes les salua.

— Dieu vous bénisse, monsieur, dit-il. Vous avez appris une ou deux petites choses à ces Yankees. Dix de plus comme vous et, bon sang ! on aurait gagné la guerre !

Sur quoi le cri de ralliement des rebelles explosa dans toute la salle.

Le directeur entoura leurs sièges d'une corde. Les hommes assis au-delà leur offrirent des flasques, des cigares, des poches de tabac. Andrew gardait les yeux fixés sur le rideau où gambadaient nymphes et chérubins.

C'était un public populaire. Les femmes étaient des catins et des prostituées. Au dernier rang avaient pris place une poignée de soldats nordistes.

Il songeait à ce bal patriotique, il y avait si longtemps, où il avait pour la première fois tenté de séduire Rosemary Butler – Seigneur, qu'elle était menue et fraîche comme une jeune pouliche ! C'était ici, dans cette même salle. Andrew se demanda si l'aigle confédéré qu'on avait alors peint sur le sol était toujours là, enseveli sous des couches de poussière, de crachats et de mégots de cigares écrasés.

La Rosemary d'aujourd'hui n'avait plus rien à voir avec cette fille tout en jambes qui l'avait enchanté.

— Ne sois pas si nerveux, Jamie, dit Andrew, tout le monde nous aime, ici.

Il y eut du mouvement derrière le rideau de scène peint juste avant qu'un banjo commence à distiller ses notes. Andrew donna un coup de coude à Jamie. C'était sûrement Cassius.

Le rideau s'ouvrit. Sur la scène, un demi-cercle de chaises. Pendant qu'en coulisse le banjo jouait *Old Dan Tucker*, des Blancs au visage noirci s'avancèrent et s'immobilisèrent devant leur chaise, face au public, raides comme des statues. Les personnages populaires Tambo et Mister Bones s'étaient vu attribuer les chaises aux extrémités tandis qu'on avait réservé au centre un fauteuil pour l'Interlocuteur.

Tambo agita son tambourin et s'assit. L'Interlocuteur entra, s'inclina et se figea au milieu de son salut. Le visage noirci comme ceux des acteurs noirs, Cassius entra sur scène, souriant, surjouant son rôle. Il avança jusqu'à la chaise de Mister Bones, où il se figea lui aussi.

L'Interlocuteur reprit vie, termina sa courbette et passa devant les autres, feignant la surprise, comme s'il n'avait jamais vu ces acteurs auparavant. Il les tâta à la manière d'un enfant qui se risquerait dans un musée de cire.

Interlocuteur : Messieurs, asseyez-vous !

(Le tambourin de Tambo et le banjo de Cassius résonnèrent ensemble.)

Bones : Je suis si heureux quand j'entends de la musique !

Tambo : Eh ben, ça ne va pas durer. Te voilà enrôlé au 7ᵉ de cavalerie et c'est moi le première classe chargé de ton entraînement. Le dresseur de lions, c'est moi.

Bones : T'es dresseur de lions ?

Tambo : C'est ce que j'ai dit. J'ai été un sacré dresseur de lions, moi-même en personne.

Bones : T'es qu'une crevure.

Tambo : Ton paternel, il était soldat ?

Bones : Ça oui ! Il a fait la bataille de Bull Run. Même que les Yankees se sont carapatés.

(Cris des rebelles.)

(Suivaient d'autres blagues avec intermèdes de duos banjo-tam-

bourin qui jouaient des ballades sentimentales. Pendant quarante-cinq minutes, le public reprit en chœur ces airs connus et hurla de rire aux bons mots.)

Bones : Y a un poème que je peux réciter de mémoire.

Interlocuteur : Eh bien, vas-y !

Bones :

Marie avait un petit agneau
Son père lui a donné du couteau
Et maintenant, il l'accompagne en chemin
Entre deux tranches de pain.

Interlocuteur : Monsieur Bones, heureusement que vous savez bien jouer du banjo, parce que en poésie, vous êtes nul.

Sur cette invitation, Cassius joua vingt minutes sans interruption. Il fit passer le public de la ferveur patriotique aux larmes sentimentales et, quand il jouait un air de danse, le public se levait dans les travées.

Après la note finale, Cassius se figea de nouveau, les chaises grattèrent le sol, des hommes toussèrent.

— Le caporal Cassius : fierté des minstrels de la Patte de lapin, le meilleur joueur de banjo du Nord et du Sud, dit l'Interlocuteur en le montrant du bras. Cassius a combattu dans les rangs des confédérés.

Lorsque les rebelles se remirent à crier, les soldats yankees sortirent discrètement de la salle.

Andrew pouffa de rire.

— Un Nègre qui joue un Blanc qui joue un Nègre ! dit-il à Jamie. Ça, c'est pas commun !

Pour leur final, les minstrels de la Patte de lapin reprirent des airs entraînants jusqu'à ce que le directeur saute sur scène.

— Mesdames et messieurs, votre attention, s'il vous plaît ! Cet après-midi, nous avons l'honneur de recevoir un héros parmi nous : le colonel Andrew Ravanel, « la volonté infaillible du Tennessee », « le couguar de Caroline », « le tonnerre des chevaliers blancs » et le... du... Je ne peux pas dire ce nom-là, s'excusa-t-il en secouant la tête. Ça me foutrait dans... !

Rires et cris de joie. En dépit des protestations de Jamie, Andrew et son ami se retrouvèrent propulsés sur scène. La troupe se remit à chanter dès que Cassius pinça les premières notes de *Dixie*. Acteurs et public chantèrent jusqu'à ce que le directeur tire le rideau.

Quand il se rouvrit pour les saluts, Andrew et Jamie étaient au garde-à-vous sur le devant de la scène. Les acteurs répondirent à quatre rappels avant que l'Interlocuteur décide que c'était terminé. Il donna à Andrew une grande tape dans le dos comme s'il faisait partie de la troupe. Quelques acteurs quittèrent la scène, d'autres partagèrent une flasque. Cassius posa son banjo sur une chaise et s'assit à côté, par terre, jambes allongées.

— Colonel, capitaine, ça fait bien longtemps.

— La dernière fois que je t'ai vu, mon gars, pouffa Andrew, tu grimpais sur la rive de l'Ohio comme si les chiens de l'enfer étaient à tes trousses.

— Oh ! que j'avais peur ! Ces Yankees, ils tuaient tout le monde à vue ! Le bon vieux temps, merci ! dit-il en secouant la tête. Je vis à Philadelphie, maintenant. J'ai une femme et deux petites filles.

— Philadelphie ! Les Basses Terres ne te manquent pas ?

— Avec les minstrels de la Patte de lapin, on a voyagé partout – Boston, Buffalo, partout dans le pays. Comment ça va, monsieur Jamie ? Vous vous êtes trouvé une épouse ?

— Je n'ai pas encore trouvé une femme qui me supporte, répondit Jamie avec une grimace.

— Tu es une vedette, maintenant ! dit à Cassius un Andrew dont l'œil brillait. Je parie que tu as plein d'argent. Tout l'argent qu'il te faut. Tu te souviens quand j'ai essayé de t'acheter et que le surveillant de Langston Butler m'a humilié ?

— Je me souviens qu'on m'a vendu, colonel Andrew. C'est pas le genre de chose qu'un homme peut oublier.

— Andrew, dit Jamie, il faut que je retourne à l'auberge. Tu veux te joindre à nous pour le dîner ?

— Et tu vas aussi inviter ce gars-là à dîner ? Il n'y a guère de différence entre lui et tes foutus Yankees. Il a de l'argent. Il peut payer.

— Je crois, dit Cassius en se levant, que je vais aller retirer ce maquillage de Nègre.

Andrew le poussa, Cassius tomba en arrière. Le banjo fit une glissade en lâchant des sons métalliques. Cassius se mit à quatre pattes.

— Je suis rien qu'un joueur de banjo ! dit-il.

Andrew leva sa botte et l'abattit sur la main droite de Cassius comme s'il écrasait une araignée. Il allait frapper à nouveau mais Jamie le saisit d'une poigne ferme dont la force le surprit et l'écarta de sa victime. Le directeur s'écria :

— Colonel Ravanel, pensez un peu à ce que vous faites !

Contenant sa douleur, Cassius serra sa main contre sa poitrine.

— Rien n'a changé, t'as compris, le Nègre ? Rien n'a changé !

Jamie l'entraîna dehors de force. Sur le trottoir devant l'Hibernian Hall, Andrew s'essuya la bouche.

Il manquait d'air. Jamie Fisher s'éloigna de quelques pas – une courte distance qui en était une grande.

— Au revoir, Andrew. J'espère que tout ira bien pour toi. Je ne t'ai jamais souhaité autre chose.

Des arbres-bouteilles bordaient la route qui menait à la vieille cabane de pêche du député Haynes. Au début, il n'y avait que quelques bouteilles, et Andrew les avait cassées. Mais chaque fois qu'il venait il y en avait davantage, jusqu'à ce que les Nègres aient attaché des bouteilles bleues, vertes, rouges et blanches à toutes les branches de tous les arbres ou buissons assez costauds pour en porter. Des taches de couleur ondulaient sur la route quand le soleil traversait le verre et que la brise agitait les bouteilles. Un soir, Archie Flytte et lui attendirent dans l'espoir d'attraper un Nègre en train d'attacher une bouteille mais Archie devint nerveux dès que la lune se coucha et que le vent se leva. Quand Andrew lui demanda s'il avait peur, Archie se mit en colère. Les bouteilles étaient censées effrayer les esprits des morts et Archie n'était pas mort, pas du tout. Mais il partit pour la Géorgie le soir même et Andrew s'enivra. Au matin, les cyprès qui flanquaient le porche à moins de trois mètres de l'endroit où il s'était effondré scintillaient de bouteilles qui n'étaient pas là la veille.

La porte d'entrée de la cabane bâillait depuis qu'un cavalier de Custer l'avait ouverte d'un coup de botte. Sauf pour les crottes de rat et les feuilles que le vent y avait soufflées, l'intérieur était resté tel qu'il l'avait laissé.

On l'avait bien traité dans ce camp de prisonniers surpeuplé. Il n'était pas facile de trouver des preuves indiscutables contre les membres du Klan – les témoins avaient trop peur pour comparaître. Les Yankees libéraient des membres du Klan faute de preuves, par manque de place, voire par lassitude. Josie Watling avait été pris et Archie Flytte n'était pas revenu après le soir des arbres-bouteilles.

Quand Andrew était au camp, Rosemary lui avait apporté des vêtements propres.

— Je compatis, lui avait-elle dit. Ça doit être dur pour toi.

— Pas du tout, avait répondu Andrew. J'ai l'habitude.

Il mentait. Le camp était comme un étau dont les mâchoires se resserraient ; il sentait la vie s'échapper.

Quand maître Ellsworth lui annonça qu'il était libéré sous caution, Andrew passa les portes comme s'il renaissait, comme un gamin qui se retrouve dans le vrai monde, sans école. Mais lorsqu'il retourna au 46, Church Street, sa femme ne le laissa pas entrer.

Au crépuscule, le vent qui venait de la rivière secoua les bouteilles dans les arbres, un joli bruit. On pouvait dire ce qu'on voulait des Nègres, ils savaient faire de la musique. Andrew se sentait bien. Tard dans l'après-midi d'une belle journée de printemps, la rivière coulait comme elle coulait avant son arrivée, comme elle coulerait après son départ, comme elle coulerait encore quand tous les avocats et tous les juges seraient partis, et Rosemary aussi, et Jamie – tous partis.

Cette pauvre chère Charlotte l'avait aimé. Elle savait qui il était et elle l'avait aimé pourtant. Il lui arrivait d'entendre la douce voix de Charlotte dans les bouteilles pendues aux arbres.

Andrew mit son uniforme de colonel sudiste et s'assit dehors au soir tombant. Il avait oublié à quel point le col militaire était raide.

De petits bateaux passaient sur la rivière. Des hirondelles piquaient sur des insectes. Un héron se posa sur un haut-fond, harponna un poisson et s'éloigna, levant haut une patte après l'autre. Cette patte immobile dans l'eau, tel un simple roseau ou un bâton, resterait comme la dernière vision du poisson.

Pour Andrew, son revolver semblait aussi familier que Charlotte l'avait été. Le long canon bruni était blanc à la bouche tant il avait tiré. L'entaille sur la poignée venait d'un coup porté au crâne d'un Nègre.

Quand la lune se leva, une renarde pleine sortit des buissons pour pêcher des écrevisses. Andrew songea à l'abattre mais y renonça.

Miséricorde aux miséricordieux.

Aux premières lueurs du jour, Andrew Ravanel, anciennement colonel CSA, entra dans la cabane écrire une lettre à son fils aîné et se tua d'une balle.

42

Legs du passé

Le Chapeau Rouge venait de fermer quand on frappa avec violence à la porte. MacBeth accourut. Il entrouvrit la porte et la referma brutalement.

— Miss Belle… il y a des hommes, miss Belle, ils veulent vous parler.

— À cette heure de la nuit ? Qui…

— Miss Belle, dit MacBeth mort de peur, ils portent pas de capuche mais c'est des Kluxers.

Belle courut dans sa chambre chercher son revolver. Quand elle revint, MacBeth avait disparu. Belle resta plantée là, indécise, l'oreille tendue vers les bruits de bottes sur sa véranda. Elle prit une profonde inspiration, arma le revolver et ouvrit la porte d'un coup.

— Seigneur Jésus ! dit-elle dans un souffle.

Isaiah Watling gifla si fort sa fille qu'elle faillit presser sur la détente.

— Tu n'invoqueras pas en vain le nom du Seigneur !

— Papa ! Au bout de vingt ans, vous me frappez…

— Pourquoi ne me l'as-tu pas dit, fille ? Pourquoi n'as-tu rien dit ?

Un homme plus jeune accompagnait Isaiah et un troisième tenait leurs chevaux. Belle tremblait si violemment qu'elle dut s'y prendre à deux mains pour désarmer son revolver.

— Je lui faisais confiance, ma fille. Je prenais l'homme qui t'a déshonorée pour un gentleman chrétien.

Le plancher de la véranda craqua quand le plus jeune s'éclaircit la gorge et posa le poids de son corps sur son autre pied.

— Salut, cousine Belle.

D'un geste impatient, le père fit reculer le jeune homme dans l'ombre.

— On était jeunes, papa, dit Belle. Avez-vous jamais été jeune ?

— Non, je n'ai pas eu le temps.

Il avait les sourcils en broussaille, des poils aux narines et dans les oreilles. Belle sentit la puanteur amère et métallique d'une âme outragée.

— Tu as les yeux de ta mère. J'avais oublié ça, dit Isaiah avant de secouer la tête pour enterrer ce souvenir. J'avais confiance dans le colonel Ravanel. Je lui faisais confiance !

— Andrew m'aimait, papa. J'ai pleuré quand j'ai appris… ce qu'il s'est fait.

Isaiah se passa la main sur le visage.

— Le colonel Ravanel a laissé des choses pour le gamin : son pistolet, sa montre, un mot…

— Mon Tazewell est un gentleman, papa, insista Belle. Il est instruit, il est dans le commerce du coton à La Nouvelle-Orléans. Il s'est même acheté une maison !

— Je n'aurais jamais dû venir dans les Basses Terres. Ta mère a détesté quitter Mundy Hollow mais j'ai dit qu'il fallait qu'on recommence tout ailleurs. On est donc venus à Broughton. J'ai été l'homme de maître Butler, corps et âme, pendant trente-deux ans. Trente-deux ans, corps et âme.

— Ce paquet… il est du père de Tazewell ?

— Les seuls qui sont venus à l'enterrement du colonel, à part nous, étaient des Yankees qui cherchaient des hommes du Klan.

— Oncle Isaiah, il a jamais aimé le Klan, dit le cousin de Belle avec un sourire. Oncle Isaiah, il est tatillon. Lui et moi, on a trouvé le colonel. On voulait le faire disparaître au Texas, mais le colonel s'est fait disparaître le premier. Je me dis qu'il s'en serait bien sorti au Texas.

— C'est Josie, le fils d'Abraham, dit Isaiah.

— Ravi de vous rencontrer, cousine, dit Josie en touchant son chapeau. Vous avez une bien belle maison. C'est Archie Flytte qui tient les chevaux.

— Père, demanda Belle dont les mains tremblaient toujours, avez-vous aimé maman ?

— Ta mère était une dévote.

— L'avez-vous aimée ?

— Ma fille, j'aime le Seigneur.

Belle avait toujours pris son père pour un homme simple. Jamais auparavant elle n'avait compris ce que lui coûtait sa simplicité.

— Le colonel Ravanel m'a menti. Et ton frère, Shadrach, il est mort à cause du mensonge du colonel Ravanel. Shadrach n'a pas eu le temps de se repentir de ses péchés.

Une pensée peu amène traversa l'esprit de Belle : Shadrach était mort parce qu'il avait défié meilleur tireur que lui.

— Quand on est mort, on est mort, dit Josie.

— Rhett Butler a menti.

— Jamais il n'a menti. Rhett n'a jamais rien dit. Il a juste laissé croire ce qu'on voulait croire.

— Butler a assassiné ton frère et déshonoré ses parents. Honore ton père et ta mère afin que tes jours se prolongent dans le pays que te donne l'Éternel, ton Dieu.

— Encore aujourd'hui, après tant de souffrances, dit Belle en ouvrant et en fermant les mains d'impuissance, tu ne peux pas pardonner ?

— Dieu sait que j'ai fait de mon mieux.

Le paquet était plus lourd qu'elle ne l'aurait cru.

— Nous faisons tous du mieux que nous pouvons. Ne voulez-vous pas entrer ? J'ai un portrait de votre petit-fils.

Pendant un instant, elle crut qu'Isaiah allait retirer son chapeau et entrer. Ils seraient allés dans la cuisine – il valait mieux valu éviter la partie professionnelle de la maison. Elle aurait fait du café pour son père. Elle se souvenait qu'il l'aimait sucré – une grosse cuillerée à dessert de sucre.

Isaiah Watling montra le paquet.

— Donne ça à ton fils.

Il se détourna.

— Mon oncle aime à dire que notre jour viendra, fit observer Josie. Mais il est pas encore venu.

43

L'anniversaire d'Ashley

Mélanie préparait une fête surprise pour l'anniversaire d'Ashley – la première depuis le barbecue aux Douze Chênes, onze ans plus tôt, quand ils avaient annoncé leurs fiançailles.

La maison des Wilkes était presque prête. On avait frotté le manteau de la cheminée au Sapolio, épousseté le cadre doré du miroir et noirci tous les âtres et les poêles, retiré les tapis d'hiver. Pork et Peter les avaient brossés et parsemés de tabac avant de les entreposer roulés au grenier.

En tant que présidente de la Société des veuves et orphelins de confédérés, Mélanie connaissait toutes les personnalités sudistes de Géorgie : le général John Gordon, blessé cinq fois à Sharpsburg ; Robert Augustus Toombs, sénateur sudiste et secrétaire d'État ; jusqu'à Alexander Stephens, qui avait accepté l'invitation de Mélanie. Les deux volumes d'apologie de la sécession qu'avait publiés le vice-président Stephens, *Point de vue constitutionnel sur la dernière guerre entre les États*, figuraient en bonne place dans nombre de foyers du Sud, où on les honorait davantage qu'on ne les lisait. La sœur célibataire d'Ashley, India, voulait placer l'ouvrage près de la Bible familiale dans le salon mais Mélanie refusa.

— Et si quelqu'un décidait de contester les dires de M. Stephens sur le plan constitutionnel ? Que se passerait-il alors pendant la fête d'Ashley ? Les volumes de M. Stephens resteront dans la bibliothèque.

India était dure à l'ouvrage mais elle dérangeait les serviteurs noirs. Quant à tante Pittypat, si on lui assignait une tâche – elle avait fait briller tous les verres, y compris ceux empruntés pour l'occasion –, elle l'accomplissait, mais laissée à sa propre initiative, elle passait d'un travail inachevé à un autre. Seule Scarlett était efficace sans avoir besoin d'instructions. Et il n'y avait pas plus compétente qu'elle pour commander les Nègres.

Comme les préparatifs étaient en bonne voie, Mélanie se servit une tasse de thé et l'emporta à l'étage pour s'asseoir à son bureau et terminer sa lettre à Rosemary.

Mélanie approuvait pleinement la décision de Rosemary d'aller enseigner au séminaire pour jeunes filles. *« Tu as souffert d'une peine terrible, chère amie. Les enfants la guériront tandis que tu les instruiras. »*

Elle se tapota les dents avec son porte-plume le temps de réfléchir. *« Pour ma part… quand j'ai appris que je ne pourrais plus avoir d'enfant, je me suis dit que la chaleur qui accompagne l'acte d'amour me satisferait autant que l'acte lui-même. Ashley est un mari très affectueux, mais avec l'absence de – si tu me permets – la « tendre violence » de l'acte – je rougis, chère amie –, notre passion de cœur s'étiole au fil des années, d'une saison monotone à une autre. Oh ! je sais qu'une femme honnête ne devrait pas désirer les étreintes ardentes de son mari, mais… »*

— Miss Melly ! Miss Melly !

Pork, le serviteur de Scarlett, monta l'escalier à pas lourds et se pencha sur elle comme un arbre prêt à tomber. Bien que Pork ne sût pas lire, Mélanie glissa sa lettre sous son buvard.

— Miss Melly ! Cet Archie, il me laisse plus suspendre des lanternes dans le jardin. Il me parle mal. J'ai la frousse de ce vieil homme.

— Demande à Scarlett ce que tu peux faire, Pork, répondit Mélanie. Je suis sûre qu'il reste des tâches pour toi.

Quand il redescendit en grommelant, Mélanie trempa sa plume dans l'encrier.

Il m'arrive de rencontrer la fille de notre ancien contremaître, Belle Watling. Chère amie, je n'ai connu que mon Ashley, dont les caresses étaient si généreuses, le plaisir qu'il donnait étant tellement plus intense que le plaisir qu'il prenait ! J'ai songé à demander à Belle (mais, bien sûr, je ne le ferai pas) : « Qu'est-ce que cela fait d'avoir eu tant d'hommes ? Tous les hommes sont-ils pareils ? »

Oh ! Rosemary, cela fait huit ans – huit longues années – que le Dr Meade a dit à Ashley qu'il ne fallait pas que je porte d'autre enfant. Je sais que j'aurais dû renoncer à mes désirs mais je ne le peux pas. Il arrive qu'Ashley fasse ou dise quelque chose, que la lumière l'auréole d'une certaine façon, et je brûle littéralement de désir pour lui !

Chère amie, il est si beau ! Nous pourrions conserver notre intimité sans les conséquences que nous redoutons mais Ashley, mon cher Ashley, est trop correct. La seule fois où j'ai osé les mentionner, Ashley a rougi comme une azalée de Pitty et il a bégayé (Ashley ne bégaie jamais) : « Les gentlemen n'emploient pas ce genre d'artifices ! » Je suis certaine que Belle les connaît et qu'elle m'instruirait, si j'osais l'interroger.

À travers les barreaux de la rampe, Scarlett aperçut les chevilles de Mélanie.

— Melly, Pork est tout à fait capable d'accrocher les lanternes japonaises. Maintenant qu'Archie a jeté sur Pork ce regard bien à lui, Pork va trembler tout l'après-midi. Pourquoi laisses-tu ce vieux péquenot puant entrer chez toi ?

— Archie est très gentil avec les petits.

Dans le passé, Archie avait souvent disparu mystérieusement et tout le monde savait qu'il était membre du Klan. Mais il s'occupait merveilleusement bien des enfants.

Après la fuite du gouverneur Bullock, Scarlett avait cessé de recevoir et sa demeure de Peachtree Street était devenue une sorte de mausolée. Les enfants Butler passaient plus de temps chez les Wilkes que chez eux. Le vieil Archie Flytte, aigri et unijambiste, les distrayait pendant des heures.

— Si Peter a fini de cirer par terre, Pork et lui peuvent disposer les couvre-sols d'été, dit Mélanie.

Scarlett disparut.

Mélanie Wilkes trempa sa plume dans l'encrier.

Chère Rosemary, je m'en veux d'ajouter à ton fardeau, mais je dois te dire que samedi dernier, lors d'un déjeuner chez les Kimball, Scarlett et Rhett se sont affrontés comme chien et chat. J'ai appris leur querelle de trois sources différentes ! Le seul lien qui leur reste, c'est leur amour partagé pour la petite Bonnie – « Bonnie Blue ». Ta nièce est un rayon de soleil qui illumine son entourage. Mme Meade prépare pour Bonnie sa célèbre crème aux noix de pécan et Mme Elsing prend la chère petite sur ses genoux pour lui raconter comment c'était, quand elle était elle-même une petite fille. Ceux qui jadis critiquaient ton frère le chérissent maintenant et l'amour qu'il porte à sa fille n'est pas la moindre raison de ce revirement.

Il suffit qu'elle demande : « Papa, prends-moi dans tes bras ! » et Rhett la serre contre lui. Si elle lui tire la moustache ou les cheveux, si elle se dissipe, comme tous les enfants le font, jamais Rhett ne perd patience avec sa Bonnie Blue.

Les yeux de Scarlett parurent à nouveau entre les barreaux.

— Mélanie, à qui écris-tu ?

— À Rosemary. Deux maîtresses de maison qui se plaignent de leurs enfants. Parfois, chère Scarlett, ajouta Mélanie en glissant la lettre dans un tiroir dont elle tourna la clé, j'aimerais savoir me comporter dans le monde avec autant de naturel que toi. J'aimerais avoir ta volonté.

— Si la volonté avait le pouvoir qu'on lui prête, Melly, nous serions actuellement citoyens de la Confédération. Je vais à la scierie d'Ashley pour voir Hugh Elsing.

— Parfait, absolument parfait. Pourrais-tu retenir Ashley jusqu'à cinq heures ? S'il rentre plus tôt, il nous surprendra en train de terminer le gâteau, ou je ne sais quoi, et la surprise sera gâchée.

En hâte, Mélanie termina sa lettre.

Chère Rosemary, la jalousie est si corrosive que je préférerais presque la trahison à la crainte que cela n'arrive ! Si je n'avais pas toute confiance dans Ashley, si je ne croyais pas qu'il m'aime, je deviendrais folle.

J'ai su dès l'enfance qu'Ashley et moi étions destinés l'un à l'autre. Nous sommes cousins, et « les Wilkes se marient toujours entre cousins ». Cela nous a épargné les tribulations de la séduction – m'aime-t-il ou ne m'aime-t-il pas ? Est-ce que je l'aime vraiment ou non ? Je savais que j'allais épouser Ashley et je l'aimais. Ne pas aimer Ashley ? Je ne peux l'imaginer !

Pourtant, parfois, je me demande comment les choses auraient tourné… Les passions de Scarlett sont-elles plus riches et plus profondes que les miennes, ou bien ai-je lu trop de romans ?

L'amour doit-il être toujours aussi compliqué ?

Mélanie signa et scella sa lettre. Au rez-de-chaussée, Pork et l'oncle Peter se disputaient sur la manière de disposer les tapis d'été. Mélanie huma l'odeur de la cire et des tartes en train de cuire au four.

Elle avait tant de raisons de se réjouir ! Pendant toute la guerre, elle avait craint pour Ashley. Une balle trop précise, une des maladies qui frappaient les hommes affaiblis par la faim et les privations – elle avait risqué à tout instant de perdre son précieux époux ! Mélanie Hamilton Wilkes inclina la tête pour une action de grâces.

44

Désir

Le désir trop longtemps nié rend le cœur malade.

Le soleil qui se déversait par les fenêtres illuminait le registre des commandes et un calendrier dont les jours étaient quotidiennement barrés d'un X. De la sciure recouvrait comme une fourrure les rebords des fenêtres, les étagères, le bureau à cylindre d'Ashley Wilkes et jusqu'à son chapeau.

Ce chapeau était leur chaperon tacite.

Un homme et une femme seuls ensemble, après tant d'années.

Scarlett remarqua des cheveux gris aux tempes d'Ashley et pensa qu'il ne serait plus jamais jeune. Cette pensée lui donna envie de pleurer sur lui et sur elle.

Scarlett n'avait pas connu d'homme depuis la conception de Bonnie Blue. Ashley n'avait plus connu de femme depuis huit ans.

C'était samedi après-midi. Les scies ne gémissaient pas, huilées et au repos pour le jour du Seigneur ; aucun tronc ne s'abattait à grand bruit sur les plates-formes, aucun contremaître ne criait des ordres. Après la paie, les ouvriers de la scierie étaient rentrés chez eux. Une poussière de sciure dansait au soleil.

— Les jours rallongent, dit Ashley.

— Oui, oui, en effet.

Une mouche de printemps, grosse, paresseuse, de celles qui apparaissent au changement de saison, se heurta à la vitre en voulant ressortir. Elle allait mourir, comme tant d'autres créatures de Dieu, sans avoir assouvi son désir.

Scarlett O'Hara pensa combien la vie était triste, indiciblement triste, tandis qu'elle se glissait entre ces bras qu'elle désirait depuis si longtemps.

Les corps d'Ashley et de Scarlett s'accordaient parfaitement.

La porte du bureau s'ouvrit soudain. India Wilkes, Archie Flytte et Mme Elsing se tenaient là, bouche bée.

Scarlett était perdue.

45

Elle

Rhett Butler, cocu, chevauchait dans les rues sombres. Il fit galoper son cheval jusqu'à Decatur – où la route devenait un chemin de campagne avant de retourner à Atlanta. Si son grand cheval noir ralentissait, Rhett l'éperonnait sauvagement.

— Maudit sois-tu ! Va comme il faut ! Avance !

Il ne pouvait se faire confiance. C'était le pire dans cette révélation – savoir qu'il ne pouvait se fier à lui-même. Quatre ans. Quatre ans qu'il dormait seul pendant qu'elle rêvait à Ashley Wilkes.

Plus tôt dans la soirée, il l'avait forcée à participer à la fête de Mélanie. Qu'avait-il cru ? Que Melly allait dénoncer le couple adultère ? Quelle comédie ! Ashley et Mélanie avaient joué le couple le plus heureux du monde en ménage. Mélanie avait accueilli Scarlett comme une sœur pendant que des murmures cruels passaient de bouche à oreille derrière les éventails des dames.

Rhett Butler cocu. Oh ! non, elle n'avait pas donné son corps à Ashley. Juste son âme damnée, avide, pleine d'espoir, intrigante.

Il vida sa flasque. Il en vida une seconde. Il galopa par-delà le Chapeau Rouge sans même le voir. MacBeth leva la main pour le saluer, puis la laissa retomber.

Il ne pouvait approcher sa femme avant d'être sûr de se contrôler. Sa femme ! Il ne pouvait rentrer avant que Scarlett soit bien en sécurité derrière la porte verrouillée de sa chambre. « À la maison. » Rhett cracha ces mots sur l'encolure de son cheval.

Quand il entra au salon, elle était là. Elle savourait un verre de brandy. Elle pâlit en le voyant.

Toutes ses résolutions s'évaporèrent. Il sentit ses mains le démanger tant elles voulaient lui faire mal. Il aurait pu la tuer. La mort la guérirait de son désir pour Ashley.

— Crétin d'ivrogne, retirez vos mains !

— J'ai toujours admiré votre esprit, ma chère. Jamais autant qu'en cet instant, quand vous n'avez plus d'échappatoire.

— Vous ne pouvez pas nous comprendre, Ashley et moi ! Vous êtes jaloux de quelque chose que vous ne comprenez pas.

Avec la superbe d'une reine, elle redressa la tête et se leva pour partir. Il l'attrapa et lui plaqua les épaules contre le mur.

— Jaloux ? Et pourquoi pas ? Oh ! oui, je suis jaloux d'Ashley Wilkes. Je connais Ashley Wilkes et les siens. Je sais que c'est un vrai gentleman. Et ça, c'est beaucoup plus que ce que je peux dire à votre propos, ma chère – ou au mien, d'ailleurs. Nous ne sommes pas des gentlemen, nous n'avons pas d'honneur, et vous le savez. C'est pour cela que nous nous épanouissons comme de mauvaises herbes.

Quand il s'approcha de la carafe, Scarlett en profita pour filer. Il la rattrapa au pied de l'escalier. Ses mains glissèrent sous sa robe, jusqu'à sa peau lisse.

— Tu m'as repoussé alors que tu le pourchassais, dit-il dans un souffle. Dieu m'en soit témoin, ce soir, nous ne serons que deux dans mon lit !

Rhett la souleva et l'emporta dans le large escalier de la maison qu'il avait construite pour sa jeune épouse. Elle tremblait dans ses bras, hypnotisée par sa rage. Sur le palier, quand elle prit son inspiration pour crier, il ferma sa bouche de la sienne. Elle était sa créature. Il l'avait nourrie et instruite, il lui était tout dévoué. Elle était sienne et il allait profiter d'elle selon sa volonté.

Il l'emporta dans l'ombre, sa bouche toujours pressée contre la sienne, leurs haleines entremêlées.

Dans son lit, dans la chambre sombre, elle s'ouvrit à lui comme une fleur et il écrasa cette fleur trop belle. Même quand elle laissa son amour l'envahir, cela n'assouvit pas la faim de Rhett.

Des heures plus tard, Rhett se leva du lit où dormait Scarlett, épuisée. Il ne savait pas qui avait vaincu, qui était la victime. Il prit sa tête douloureuse entre ses mains. Il avait les yeux brûlants, les lèvres tuméfiées, la langue gonflée, son corps était poisseux de leurs deux sueurs. Il avait pris l'odeur de la femme qu'il avait violée.

— Mon Dieu, murmura Rhett Butler, je suis exactement comme mon père.

46

Eugénie Victoria Butler

Quand les parents de Bonnie Blue se disputaient – ce qui leur arrivait souvent –, la maison vibrait de colère au point que Bonnie mettait les mains sur ses oreilles pour ne pas entendre. Hier, les choses s'étaient particulièrement mal passées. Les grands allaient à une fête chez tante Melly. Bonnie avait donc cru que tout le monde serait content mais dans l'après-midi, Grand Sam était arrivé par la porte de service. Quand Mama avait entendu ce que Grand Sam avait à lui dire, elle avait pris son visage des mauvais jours et, très vite, tous les serviteurs avaient eu l'air tristes aussi. Ils s'étaient tus mais Bonnie savait qu'il s'était passé quelque chose de grave.

Sa mère était rentrée à la maison et s'était cachée dans sa chambre, mais quand papa Rhett était rentré, il l'avait forcée à aller à la fête de tante Melly. Bonnie savait que sa mère ne voulait pas aller à la fête, mais papa Rhett l'y avait contrainte.

Le soir, Bonnie n'arrivait pas à dormir. Quand elle avait entendu des gens parler fort en bas, elle avait ouvert sa porte juste assez pour voir papa Rhett porter mère à l'étage comme un bébé. Ils s'embrassaient. Ils s'étaient donc peut-être réconciliés et ils ne se disputeraient plus.

Le lendemain, mère n'était pas descendue avant qu'il soit presque l'heure du dîner. Elle était heureuse comme un chat devant une jatte de crème mais papa Rhett était parti. Quand Bonnie avait demandé quand il reviendrait, mère avait eu un sourire mystérieux et elle avait répondu : « Quand il ne se sentira plus coupable, chérie. » Ce soir-là, mère n'avait pas cessé de fredonner et, après le dîner, elle avait sorti le stéréoscope. Wade, Ella et Bonnie Blue s'étaient assis près d'elle sur le canapé pour regarder à tour de rôle les images d'un grand fleuve en Chine et des Chinois portant des chapeaux qui ressemblaient à des bols à l'envers.

Mère s'attendait que papa Rhett rentre à la maison, mais il n'est pas rentré. Ni ce jour-là, ni le lendemain, ni le jour d'après. Mère a cessé de fredonner, elle s'est montrée cassante avec tout le monde. Quand Wade a suggéré qu'ils sortent le stéréoscope pour regarder des images, elle l'a envoyé paître.

Papa Rhett est enfin rentré à la maison. Ils se sont de nouveau disputés – ce fut pire que jamais ! Papa s'est mis si en colère contre mère qu'il a jeté son cigare sur le tapis du salon. Après, toute la maison sentait mauvais !

Plus tard, Mama a fait semblant d'être toute joyeuse en empaquetant les vêtements de Bonnie. Elle a dit que Bonnie allait partir avec papa Rhett pendant quelque temps. Mais les vieux yeux tristes de Mama disaient le contraire.

— Mama, a demandé Bonnie, qu'est-ce que c'est qu'un divorce ?

— Pas de ça ! Ça, on n'en aura pas. Ils en parlent comme ça, c'est tout.

Quand Mama soupirait, tout en elle soupirait, pas seulement sa bouche.

Belle Watling attendait à la gare.

Quand papa a présenté Bonnie à Belle – dont Bonnie avait beaucoup entendu parler quand mère était en colère –, Bonnie s'est dressée de toute sa hauteur et a demandé :

— Êtes-vous vraiment une femme perdue ?

— Eh bien, ma chérie, a répondu Belle dont le sourire s'est éteint avant de s'illuminer de nouveau, je crois bien que oui.

— Où est-ce que vous vous êtes perdue ?

— Pas très loin, chérie. Je ne crois pas que c'était très loin.

Belle a pris la main de Bonnie pour l'aider à monter dans la voiture Pullman.

Bonnie était enchantée par le wagon. Elle ne se lassait pas de ces banquettes qui devenaient des lits. Il avait fallu que l'employé les transforme trois fois pour lui faire plaisir.

Bonnie savait que sa mère était la plus belle femme du monde. Si elle voyait des images de reines dans ses livres d'histoire, elle savait qu'elles étaient exactement comme mère. Papa Rhett était l'homme le plus gentil, le plus intelligent et le plus drôle, il était aussi le meilleur cavalier. Son étalon noir allait presque aussi vite que son poney à elle ! Bonnie savait qu'ils l'aimaient. Elle savait qu'ils s'aimaient aussi, tous les deux. Pourquoi ne pouvaient-ils le dire et arrêter de se disputer ?

Mais c'était avant, et maintenant, c'était autre chose. Bonnie courait d'un bout à l'autre de la voiture Pullman, Prissy à ses trousses.

— Attention à la table ! Ne traverse pas cette porte ! On entre dans un tunnel ! Cache-toi les yeux !

Le monde passait à toute vitesse devant les fenêtres. Des laboureurs retournaient la terre et formaient des sillons rouges et luisants d'humidité. En ville, les gens montaient dans le train ou en descendaient. Ils s'arrêtaient sur le quai, saluaient, bavardaient. Les porteurs mettaient les bagages sur des chariots. Puis la cloche sonnait et le mécanicien criait « En voiture ! » avant de sauter dans le train. Bonnie se demandait si, une fois, on l'avait laissé sur le quai.

Assise sur les genoux de Belle Watling, Bonnie a admiré les nymphéas dans les marais qu'ils traversaient puis, sur une colline, elle a vu une maison de planteur noircie par le feu.

— Est-ce qu'il y a des fantômes ? a demandé Bonnie.

— Oui, chérie, il y en a. Mais ils ne te feront pas de mal.

Quand ils ont pris place à table pour le dîner, papa Rhett a complimenté Belle sur sa robe et elle a rougi.

— Mlle Smithers m'aide à jouer à la dame.

— Belle, chère Belle, a souri le père de Bonnie d'un air très triste. Tu sais qu'on ne peut pas toujours obtenir ce que son cœur désire.

— Tu crois que je ne le sais pas, capitaine Malin ? a répliqué Belle. Tu crois que je ne sais rien du désir ?

Il a éclaté de rire, de son ancien rire, Bonnie a ri à l'unisson pour faire comme lui, et l'expression faussement sérieuse de Belle a fini dans un fou rire.

Le lendemain matin, Bonnie était debout sur le siège quand leur train est entré dans Charleston. Son père lui a tendu la main pour la guider à travers le grand dépôt de briques mais Bonnie a préféré marcher seule. Elle l'a pourtant laissé la hisser dans la voiture.

Bonnie a été heureuse de revoir son cousin Louis Valentin. Pendant que son père et sa tante Rosemary parlaient de choses dont parlent les adultes, Belle et Prissy ont emmené Bonnie et Louis Valentin sur la promenade pour voir les bateaux. Prissy a bavardé avec Belle comme si Belle n'était pas une femme perdue.

Bonnie aurait voulu rester plus longtemps à Charleston, mais son père a dit qu'ils ne pouvaient pas. Elle a boudé jusqu'à ce qu'ils soient de retour dans leur chère voiture Pullman, maintenant si familière. Elle a dîné et est montée dans son petit lit. Comme Bonnie avait peur du noir, son père a laissé brûler une lumière à un endroit où elle pouvait la voir à travers les rideaux du lit.

Bonnie s'est réveillée au milieu des cyprès des marais qui ont bientôt laissé place à des cahutes et à des cabanes puis à des bâtiments plus solides. Leur voie a fini par en rejoindre une autre alors qu'ils passaient près de vieilles maisons en pierre.

— C'est le Vieux Carré, a dit papa Rhett, le vieux quartier français, Bonnie.

Leur train a roulé sur la levée le long du grand fleuve, au-dessus des appontements des navires. Bonnie a été fascinée par les vapeurs et elle a supplié son père jusqu'à ce que Rhett lui promette en riant que, oui, ils iraient faire un tour en bateau à vapeur. Parce que, comme Bonnie Blue l'avait fait remarquer :

— J'ai dû laisser mon poney et il me manque beaucoup, mais je le regretterai moins quand on fera une promenade sur le bateau.

47

Une ville catholique

C'était une merveilleuse matinée de printemps dans le Vieux Carré. Le tintement des cloches, repris en écho dans les ruelles, se faufilait entre les hibiscus et les portails en fer forgé, les citrons trop mûrs et les oranges qui tombaient des arbres.

En attendant qu'on attelle leur voiture, près de Rhett Belle Watling se souvenait de la jeune fille enceinte qui s'était retrouvée dans cette ville tant d'années auparavant.

— Qu'as-tu dit, Belle ?

— Je parlais toute seule. Au début, La Nouvelle-Orléans m'apparaissait comme la plus grande ville du monde. Mon Dieu, que j'avais peur !

Rhett l'aida à monter dans un landau.

— Tu te souviens du jour où nous nous sommes rencontrés devant l'hôtel Saint-Louis ? demanda-t-elle. Tu étais avec cette Didi. Quelle beauté ! Elle portait un chapeau du rouge le plus flamboyant que j'aie jamais vu. Il m'arrive encore de rêver de ce chapeau… Si tu ne m'avais pas trouvée, ce jour-là, Rhett, dit-elle en posant la main sur son bras, je…

— Mais je t'ai trouvée, Belle, sourit-il. En de rares occasions, les choses tournent mieux qu'on ne l'aurait cru.

Belle savait que le mariage de Rhett ne faisait pas partie de ces occasions. Ce fol engouement entre M. Wilkes et miss Scarlett avait entraîné quelque chose de terrible. Jamais Belle n'avait vu Rhett aussi tendu ni aussi triste.

— Je crois qu'il vaut mieux que tu retrouves Taz seule, dit-il quand ils s'arrêtèrent au 12, Royal Street. Je ne veux pas que sa rancœur gâche ce moment. Je reviens dans une heure.

— Mais Rhett !

Il l'aida à descendre et lui tendit le paquet d'Andrew.

— Allez, Belle, sois courageuse !

Belle avait retiré le vilain papier dont Isaiah s'était servi et transféré tout ce qu'il contenait dans une belle boîte en peuplier, ce qui lui semblait plus respectueux. La boîte à la main, elle se demandait si elle n'aurait pu en trouver une plus élégante – en noyer, peut-être. Ruth Belle Watling, ne sois pas idiote ! s'ordonna-t-elle. Elle tira la corde de la sonnette plus vigoureusement qu'elle ne l'aurait voulu.

C'est avec angoisse qu'elle entendit des pas et le claquement de la serrure. La porte grinça, s'ouvrit.

— Maman !

— Tu t'es laissé pousser la barbe ! s'exclama Belle en fondant en larmes.

— J'allais sortir... Je suis surpris. Si heureux que tu sois là ! Je t'en prie, entre !

Le petit jardin de Taz était le plus joli que Belle ait jamais vu. Ses citronniers embaumaient. Quel adorable petit banc ! Et cet astucieux bassin à poissons ! La maison n'était-elle pas ravissante ? Une petite maison parfaite. Belle tenait son mouchoir contre son nez.

Taz écarta les bras.

— Maman, tout est à toi !

— Mais, Taz, chez moi, c'est à Atlanta, dit Belle en se figeant comme un animal qui flaire un piège.

— Entre, maman, je t'en prie. Je vais faire du thé. Du thé anglais. À moins que tu ne préfères un verre d'eau ou de vin ?

— Taz, qui aurait pu rêver... dit Belle avec un geste exprimant tout l'enchantement d'une mère. Mon chéri, tu as vraiment bien réussi !

— Maman, j'ai fait tout ça pour toi, dit Taz avec son bon sourire. Je ne suis pas toujours aussi guindé. Je te le promets. Pourquoi ne m'as-tu pas dit que tu arrivais ? Bon Dieu, je suis tellement content ! S'il te plaît, permets-moi de te montrer la maison.

Taz posa la boîte que tenait Belle sur un rebord de fenêtre et l'entraîna dans la cuisine, juste assez grande pour eux deux.

— Oh ! dit Belle, c'est charmant et si agréable !

Le balcon de la plus belle chambre donnait sur le jardin.

— Ce sera ta chambre, annonça Taz.

Belle feignit de ne pas avoir entendu. On accédait à la

chambre sur l'arrière par un escalier privé, ce qui serait idéal – Belle le comprit – pour que le jeune homme puisse sortir et rentrer tard.

De retour dans le salon, Taz insista pour que Belle prenne le nouveau fauteuil Suffolk qui, lui dit-il, avait été « fabriqué à New York ».

— Je ne me suis jamais assise dans un fauteuil aussi confortable !

Quand Belle n'eut plus rien à admirer, il y eut un silence que soulignait le gazouillis des oiseaux dans le jardin.

— Tu m'as manqué, Taz.

— Toi aussi, tu m'as manqué, dit Taz en s'agenouillant soudain pour prendre les mains de sa mère. Je suis associé à J. Nicolet, maintenant. Nous avons une très bonne affaire avec quatre employés.

Belle sourit à son fils.

Taz se passa la main sur le front. Ce geste familier rappela à Belle le petit garçon qu'il avait été et les larmes lui montèrent aux yeux.

— Tu sais ce que je veux, dit-il. Jamais je n'ai pu te tromper.

Belle gagna la fenêtre et ouvrit les volets.

— J'avais oublié comme tout pousse bien à La Nouvelle-Orléans.

— Viendras-tu vivre ici avec moi ?

— Taz, répondit-elle avec un sourire tremblant, j'ai une affaire sur laquelle je dois veiller.

— Vends-la ! Tu n'auras besoin de rien. Je pourrai…

— Taz, mon fils chéri, je te remercie du fond du cœur, mais je ne peux pas.

— Maman, enfin, dit Taz comme s'il s'adressait à un enfant, ici, à La Nouvelle-Orléans, tu pourrais être une dame.

Belle retint un éclat de rire. Belle Watling, une dame !

— Non, mon chéri. Je gâcherais tout. Imagine un peu ce que penserait J. Nicolet s'il apprenait que ta mère n'est rien d'autre qu'une vulgaire…

La cloche qui sonna sauva Belle.

— Va ouvrir, Taz. Rhett et moi allons te dire tout ce que tu veux savoir.

Devant le portail, la petite main de Bonnie Blue dans la sienne, Rhett Butler s'enfonçait dans cet état où la plus profonde affection est colorée de peines et où l'amour qui s'en va pèse davantage que les moments d'amour.

Comment ce gamin qu'il avait sorti de l'asile des orphelins avait-il pu devenir ce jeune homme qui se tenait devant lui ? Il avait un regard honnête et calme.

— Bienvenue chez moi, monsieur. Je vous dois des excuses.

— Voici ma Bonnie Blue.

— Bonjour, dit Bonnie de sa petite voix. J'ai quatre ans. J'ai eu mon anniversaire.

— C'est une belle chose d'avoir un anniversaire, sourit Taz. Mais es-tu sûre d'avoir quatre ans ? Tu es si grande !

— Je suis très grande, confirma Bonnie. J'ai un poney.

— Un poney ! Ça alors !

Taz les fit entrer dans le jardin. La boîte en peuplier sur les genoux, Belle attendait sur le banc en pierre près d'un citronnier. Bonnie courut vers le bassin, où des poissons rouges passaient sous un tapis de nymphéas.

— J'ai pensé que nous serions mieux dehors, pour parler, dit doucement Belle. N'est-ce pas un endroit charmant, Rhett ?

— Monsieur, intervint Taz, je dois m'excuser. J'ai été idiot et ingrat. J'ai...

— Chut ! fit Rhett, un doigt barrant ses lèvres.

— Monsieur, je...

— Ce n'était rien, Taz, dit Rhett en souriant. À y repenser, je me dis que c'est une bonne chose. Ta mère et moi, dit-il en prenant la main de Belle, pendant de nombreuses années, avons été les dépositaires de la réputation d'un homme. Cet homme avait plus à perdre que nous. Andrew Ravanel était un des soldats les plus courageux de la Confédération. À ses derniers instants, il a pensé à toi.

— Mais...

Taz ouvrit la boîte et regarda fixement, sans les voir, un revolver, des épaulettes de colonel, une montre en argent et un papier plié.

Comme les poissons rouges refusaient de sortir de sous les nymphéas, Bonnie courut vers les adultes et se mit sur la pointe des pieds pour voir ce qu'il y avait dans la boîte du jeune homme. Peut-être était-ce son anniversaire ?

— Les citoyens reconnaissants d'Ellsworth, dans le Tennessee, ont offert cette montre à ton père, Taz, dit Rhett. Il y a une inscription.

Tazewell retourna le lourd objet dans sa main.

— Mince ! Vous voulez dire qu'Andrew Ravanel était mon père ? Le colonel Andrew Ravanel ? Pourquoi m'avez-vous laissé croire que j'étais votre bâtard ? Pourquoi ne pas m'avoir dit la vérité ?

— Lis le mot, mon chéri, dit doucement Belle.

À qui de droit

Je reconnais Tazewell Watling comme mon fils premier-né et je lui lègue ces objets, mes seuls biens en ce monde. Je prie pour qu'il se construise une vie meilleure que la mienne.

Andrew Ravanel, colonel, CSA.

Taz plia le billet, l'ouvrit une seconde fois, les yeux fixes.

— Taz, dit doucement Rhett, tu devrais t'asseoir.

Quand il le fit, sa mère l'enlaça.

Rhett prit une profonde inspiration.

— Tu as raison, Belle, c'est un bien joli jardin. J'ai toujours adoré La Nouvelle-Orléans. C'est une ville catholique, tolérante, sensuelle et sage. Les Basses Terres, où ta mère et moi avons grandi, Taz...

Il s'interrompit et recommença sa phrase.

— Des planteurs comme mon père, Langston Butler, avaient le pouvoir de vie et de mort sur tout et tous, chez eux. La plantation Broughton appartenait au maître : il y avait les esclaves de Langston, le contremaître de Langston, les chevaux de Langston, la fille du contremaître de Langston, l'épouse de Langston, la fille de Langston, même... – Rhett toussa –, même le fils aîné renégat de Langston. Se jouer de la moindre des possessions de Langston, c'était se jouer du maître en personne.

— Ça semble si loin ! soupira Belle.

— Taz, c'est une longue histoire que ta mère et moi devons te raconter. Crois-tu que tu pourrais nous trouver un verre de vin ?

Pendant que Taz et Bonnie étaient dans la maison, Rhett se promena dans le jardin, les mains dans les poches. Il sifflotait.

Taz revint avec un plateau qu'il posa soigneusement sur le banc.

— Moi, je veux pas de vin, je suis trop petite.

Bonnie retourna vers le bassin et s'allongea sur le rebord, où les poissons rouges ne pouvaient pas la voir.

— Maman et moi, commença Belle, nous nous occupions du dispensaire de Broughton. J'allais parfois à Charleston chez l'apothicaire pour de l'écorce de quinquina. Un jour, j'y ai rencontré Andrew. Dès l'instant où nous nous sommes regardés, nous sommes tombés amoureux. Ne vous moquez pas de moi, Rhett Butler. Vous savez que ça arrive. Oh ! oui, vous le savez très bien ! Quoi qu'il en soit, un après-midi, Andrew et moi, on se promenait dans le parc de la pointe Blanche et on bavardait, on se regardait. Je me souviens que j'avais envie de le dévorer. Enfin, bon, il ne s'est rien passé ce jour-là et j'ai repris le ferry pour Broughton. Mais je n'ai pas vraiment été surprise quand une Négresse m'a apporté un mot disant que je trouverais Andrew au relais routier de Wilson. Andrew était très discret à notre propos. J'ai toujours su que nous ne pourrions pas nous marier.

— Le père d'Andrew, Jack, vendait des terres quand il le fallait, dit Rhett, et rédigeait autant de reconnaissances de dettes qu'il y avait d'idiots pour les accepter. Il adorait les chevaux rapides.

— Sortez, petits poissons, chantonna Bonnie. Je vous ferai pas mal.

— De fil en aiguille, reprit Rhett, mon père et Jack Ravanel se sont engagés ensemble dans une coopérative de producteurs de riz. Quand la coopérative a fait faillite, mon père s'est retrouvé avec la reconnaissance de dettes de Jack – ce qui n'a plu ni à l'un ni à l'autre. À mon père parce que Jack détestait payer et à Jack parce que, si un homme en Caroline était capable de lui faire cracher un dollar, c'était Langston Butler. Langston a fait savoir à Jack qu'il perdait patience. Langston pouvait ruiner Jack et Jack le savait. Quand Jack a su, pour ta mère et Andrew, il s'est beaucoup inquiété. Si Langston découvrait que le fils de son débiteur s'amusait avec la fille de son contremaître, ce serait l'explosion. Jack a ordonné à Andrew de cesser de voir Belle mais Andrew a refusé. Jack avait toujours un atout et quand il n'en avait pas, il sortait un joker. Je ne l'ai compris que plus tard, mais le joker de Jack, c'était Rhett Butler, le fils rageur et perturbé. Et ça a marché : mon père était tellement occupé à me renier que jamais il n'a découvert la vérité sur Andrew et Belle.

Rhett Butler se hissa sur un rebord de fenêtre pour s'asseoir. Ses longues jambes touchaient à peine le sol. Il offrit un cigare à Taz. Taz refusa et Rhett prit son temps pour allumer le sien.

— Andrew était susceptible, fier et mélancolique mais c'était mon ami. Quand je suis revenu déshonoré de West Point, je me suis installé chez les Ravanel.

— Le colonel Jack t'a enivré, affirma Belle.

— Belle, dit Rhett en éclatant de rire, personne ne m'enivre. J'étais désespérément malheureux et Jack m'a seulement fourni du whisky et l'ombre d'une véranda pour le boire. Quand il a considéré que j'avais assez craché ma morosité, il m'a raconté que son fils fricotait avec une souillon – désolé, Belle – et que, si j'étais l'ami d'Andrew, je le sortirais de là. J'ai oublié bien des choses sur cette époque, mais je me souviens d'un matin…

— Et je devrais empêcher Andrew de s'amuser ? Mais enfin, Jack !

La langue du colonel Jack fouetta comme celle d'un serpent surpris sur la route. Jack avait dix mille raisons plus que valables. Rhett était fatigué, un peu ivre et, de toute façon, il se fichait de tout. Il aurait fait n'importe quoi pour que Jack la ferme.

— Dis, tu vas lui parler ? insista Jack. Au relais routier de Wilson ? T'es un bon gars ! Ne laisse personne te dire le contraire. Si le père de cette pute découvre tout, on ne sait pas…

Rhett en avait plus qu'assez de Jack, il en avait plus qu'assez de lui-même et il y avait pire que partir à cheval à l'aube. Le trot de Tecumseh était souple.

Le fleuve, de noir qu'il était, devenait argenté et les lanternes des équipes d'esclaves scintillaient déjà dans les champs avant que Rhett atteigne le croisement de Summerville. Quand il arriva aux écuries de Wilson, Andrew était devant, la cigarette au bec.

— Dieu merci ! Dieu merci, Rhett, c'est toi !

Une lampe luisait à l'étage, là où Belle avait reçu son amant. La veille au soir, elle avait annoncé à Andrew qu'elle attendait un bébé de lui.

— Rhett, s'affola Andrew en serrant le bras de son ami, elle veut que je l'épouse. Rhett, je ne peux pas. Tu sais que je ne peux pas – je suis le dernier bien négociable de mon père ! dit-il avec un sourire sinistre.

Quand Belle descendit, elle était amoureuse et magnifique.

— Andrew, qui est-ce ? Oh ! c'est le jeune maître Butler…

La jeune femme croyait que son amour lui permettrait de surmonter tous les obstacles.

— Andrew et moi nous… nous tenions compagnie. Je dois rentrer chez moi. Vous voulez bien me raccompagner, jeune maître ?

Rhett accepta. Elle monta en croupe sur le cheval.

Le soleil se levait tandis qu'ils chevauchaient tous deux sur la route principale. Dans les rizières, les esclaves les regardèrent passer en abritant leurs yeux des premiers rayons.

Rhett n'avait jamais eu l'esprit aussi clair depuis qu'il avait quitté West Point. Cela faisait des mois qu'il ne s'était pas senti aussi bien. Rhett Butler n'avait plus rien à perdre.

La joue de Belle était chaude contre son dos.

— Aimez-vous quelqu'un, jeune maître ?

— Ma sœur, Rosemary.

— On en a de la chance ! C'est mieux d'aimer que d'être aimé, non ?

Vingt-quatre heures après ce récit matinal, Rhett Butler posa les mains sur les épaules de Tazewell Watling.

— Dites-moi qui vous aimez, lui déclara-t-il en français, et je vous dirai qui vous êtes.

Taz suggéra qu'ils aillent tous dîner chez Antoine. Les serveurs se mirent en quatre pour la mère de M. Watling et la petite fille du capitaine Butler. Belle dit que c'était le plus beau jour de sa vie.

Le lendemain, ils prirent le train pour Baton Rouge afin de rencontrer l'associé de Tazewell Watling. Pendant que Rhett, Taz et J. Nicolet discutaient de leurs relations communes, Belle, Prissy et Bonnie se promenaient dans le bayou. Prissy crut mourir de peur quand un tronc inoffensif se transforma soudain en alligator.

À Baton Rouge, ils déjeunèrent dans un café de pêcheurs. Bonnie adora le boudin mais frissonna à la vue des langoustines.

— Si, c'est une grosse araignée ! insista l'enfant.

De retour à La Nouvelle-Orléans, ils allèrent aux courses et assistèrent à une représentation des *Noces de Figaro* à l'Opéra français. Rhett et Bonnie passèrent toute une matinée à parcourir la ville en tramway pour faire plaisir à la fillette. Bonnie leva son petit visage vers son père.

— J'aimerais que mère soit là.

— Oui, mon cœur, répondit Rhett avec des yeux d'une infinie tristesse. Moi aussi.

Pendant cette semaine heureuse, il tomba des pluies tropicales. La terre surchauffée buvait l'eau puis refroidissait avant de laisser monter la brume.

Rhett oublia sa promesse d'emmener sa fille faire un tour en vapeur. Il regretterait toute sa vie de n'avoir pas tenu cette promesse.

48

Miss Melly demande de l'aide

Un an et un mois après la visite de Rhett et Bonnie à La Nouvelle-Orléans, Mélanie Wilkes écrivit à son amie :

Très chère Rosemary,

J'espère que cette lettre te trouvera en bonne santé et de belle humeur. Aimes-tu l'enseignement au séminaire pour jeunes filles ?

Rosemary, comment deux femmes encroûtées comme nous ont-elles pu devenir des amies si chères ?

Le Dr Meade est devant ma porte et donne ses instructions à Pittypat. Le bon docteur m'accable d'ordres et de tout un arc-en-ciel de potions et de pilules ! Quand les hommes savent réparer quelque chose, tout va bien. Quand la réparation dépasse leurs compétences, ils grognent et tergiversent !

Si le Dr Meade m'en veut de l'état où je me trouve – et je lis les reproches dans ses yeux –, il a bien tort. Dire à une épouse de refuser les étreintes de son époux, quelle présomption !

Il est moins indulgent avec Ashley et mon mari se sent si coupable qu'il l'évite. Quand le Dr Meade réussit à coincer Ashley, mon mari vient dans ma chambre, si contrit que je dois lui remonter le moral. Épouse faussement joyeuse et époux contrit – quels idiots nous sommes !

Le Dr Meade rend Ashley responsable de ma grossesse. Ashley est un gentleman et aucun gentleman ne peut admettre que sa petite femme si discrète et si fragile se soit transformée en Salomé séduisant le pauvre mâle au point qu'il ne puisse résister.

Pourtant, chère amie, j'avoue que cette version improbable est la vérité, que cette fille toute simple peut, quand il le faut, être une Salomé de premier ordre !

Il y a un an, en avril, Scarlett et Ashley ont laissé libre cours – pour un instant seulement – à l'attirance qui couvait en eux depuis tant d'années. India, la sœur d'Ashley, Archie Flytte et la vieille Mme Elsing – la langue la plus rapide d'Atlanta – les ont surpris dans les bras l'un de l'autre. Naturellement, India a couru chez moi me porter la nouvelle. C'était l'anniversaire d'Ashley et notre maison s'apprêtait à recevoir des invités – les lanternes vénitiennes brillaient déjà gaiement dans le jardin.

Chère Rosemary, quand on touche à ma famille, je deviens une tigresse et j'ai parfaitement compris, alors qu'India m'annonçait cela avec joie, que je risquais de détruire deux mariages, le mien et celui de ton frère Rhett. Le visage d'India rayonnait littéralement de satisfaction maligne. Elle a toujours détesté Scarlett.

Je songeais : India, tu es la sœur d'Ashley ! Comment ne vois-tu pas que cela peut détruire le frère que tu aimes si profondément autant que la femme que tu méprises ?

J'ai donc déclaré à India qu'elle mentait. J'ai dit que jamais mon mari ni ma très chère amie Scarlett ne me trahiraient. J'ai chassé India de chez moi. Quand Archie Flytte a corroboré l'histoire d'India, je l'ai mis dehors, lui aussi. Par la suite, Archie a proféré les pires menaces – pas contre moi : contre Scarlett et Rhett ! Je crains qu'ils n'aient en lui un ennemi implacable.

Quand mon Ashley, tout penaud, est rentré à la maison, je ne lui ai pas laissé une chance de me présenter des excuses. Je l'ai accueilli avec des effusions sûrement plus ardentes et plus familières que celles de Scarlett !

Ashley voulait désespérément se confesser. Ses lèvres tremblaient du désir de parler. J'ai arrêté ses aveux d'un baiser.

L'honnêteté est un outil fruste – des cisailles quand il faudrait des ciseaux à broder. Je ne pouvais laisser mon mari se confesser parce que je ne pouvais lui donner l'absolution !

Scarlett et Rhett sont arrivés alors que la fête était déjà très avancée. Je ne doute pas que ton frère ait contraint Scarlett à faire bonne figure en public. À la porte, j'ai pris le bras de mon amie déloyale et je lui ai souri au vu et au su de tous.

Nos invités ce soir-là comptaient des hommes très en vue, quelques-uns si en vue (et distraits) que personne ne leur a parlé de la disgrâce d'Ashley. Les esprits généreux ont accepté la confiance que j'accorde à mon mari et à mon amie. Les cyniques m'ont prise pour une nigaude et ont ri dans mon dos.

Mais le scandale s'est arrêté à ma réputation.

Ce soir-là, quand nos invités sont rentrés chez eux, Ashley a prouvé de la manière la plus primitive et la plus convaincante qu'il était mien et seulement mien.

Ashley et Melly Wilkes se sont comportés durant des jours comme de jeunes mariés. Nous parlions de livres, de peinture et de musique – pas un mot sur la politique ou le commerce –, mais nos nuits étaient si voluptueuses que je rougis à leur souvenir ! Jamais nous n'avons évoqué ce que pouvait provoquer notre concupiscence. Peut-être pensions-nous qu'après l'accouchement difficile de Beau, je ne pourrais plus concevoir.

Comme je ne peux croire que Dieu soit sans cœur, je dois croire qu'Il sait ce qu'Il fait et je vais donc donner le jour.

Si je survis, ce sera la volonté de Dieu. Sinon, je prie pour que mon bébé vive. Elle est si intelligente, si vigoureuse et elle désire tant vivre ! Je dis « elle », parce que je me sens déjà si proche de ce bébé, si proche que ça ne peut pas être un garçon. Je me confie à elle. Je lui ai dit que son père était fait pour un monde plus doux que le monde chaotique dans lequel nous vivons. Je supplie ma fille de faire de son monde un lieu où des âmes bonnes comme celle d'Ashley pourront vivre dans l'honneur et la paix.

Rosemary, c'est sûrement possible ! Nous qui sommes nés en plein XIXe *siècle, nous nous tenons aux portes du paradis, où il n'y aura plus de guerre, où tout le monde sera heureux et bon.*

Que saura ma fille de notre monde ? La vie avant la guerre me semble déjà bien loin, à moi qui l'ai connue. Alors pour elle…

Allons-nous devenir, nous, les confédérés, des fantômes sentimentaux ? Nos passions, nos troubles et nos désirs seront-ils réduits à un paradis lointain d'êtres fidèles à la peau sombre, de demeures aux colonnes blanches sur nos plantations, de beaux maîtres et maîtresses aux manières aussi élégantes que leurs atours ?

Oh ! Rosemary, nos vies sont coupées entre un passé qui s'éloigne un peu plus chaque jour et un aujourd'hui si moderne que la peinture n'en est pas encore sèche.

Que je suis ingrate ! Le soleil brille devant ma fenêtre et j'entends les cris des enfants qui jouent tandis que je m'abandonne à ces rêves nostalgiques.

Très chère Rosemary, je me suis laissé détourner du but véritable de ma lettre. Tu dois venir à Atlanta.

Je comprends quelles sont tes responsabilités vis-à-vis de ton école mais je te supplie de penser à ton frère. Quand Bonnie Blue est morte, j'ai craint pour la santé mentale de Rhett. Il souffre tant de ce deuil !

Il eût été si simple que tout se déroule autrement. La petite Bonnie aurait pu ne pas pousser son poney réticent à sauter cette haie. Le poney aurait pu ne pas trébucher. Des enfants tombent de che-

val chaque jour. Certaines chutes de mon frère Charles ont coupé le souffle de tante Pittypat. La plupart des enfants ne meurent pas quand ils tombent de leur poney.

La mort de Bonnie a déchiré le cœur de ses parents – comme tu l'imagines sûrement.

Pendant quatre jours, Rhett est resté avec sa pauvre petite fille morte dans une chambre où brûlaient des dizaines de cierges. Rhett ne supportait pas l'idée que Bonnie soit enterrée – qu'elle repose à jamais dans le noir qui lui faisait si peur !

Nous avons encore du mal à croire qu'elle ne soit plus parmi nous. Parfois, quand j'entends le bruit de sabots, je regarde dans la rue, où je m'attends à voir Bonnie sur son gros poney près de son papa si fier, freinant son cheval noir pour se mettre au rythme de sa fille…

Ceux qui disent qu'Atlanta est sans cœur auraient dû voir combien la ville a pleuré cette enfant. Il y eut tant de gens aux funérailles qu'une centaine d'entre eux n'ont pu entrer dans l'église.

Si, en se désintégrant, le mariage a défait ton frère, la mort de Bonnie lui a porté un coup terrible.

Rosemary, au fond de son cœur, ton frère est un amoureux. L'homme d'affaires rusé, l'aventurier, le dandy ne sont que des rôles qu'assume l'homme de cœur.

Bonnie Blue était le dernier ancrage du mariage de Rhett et de Scarlett. Pour Rhett, Bonnie était une Scarlett intacte, une Scarlett qui l'aimait sans réserve. Et Scarlett aimait Bonnie comme sa renaissance, comme l'image de ce qu'elle serait devenue si seulement, si… Bonnie savait ce qu'il lui fallait, ce qu'ignore Scarlett. Nous admirons Scarlett parce qu'elle sait nous séduire, Bonnie obtenait notre admiration par sa nature même.

Rhett et Scarlett ont toujours été belliqueux, mais ils étaient des combattants grandioses, triomphants – on assistait à l'affrontement de deux âmes impétueuses. Maintenant, leur compagnie est devenue pénible. Leur langage est si amer, si las ; tant d'anciennes blessures ressortent, des maux rappelés encore et toujours, la plaie encore ouverte, les chairs à vif.

Rosemary, ton frère a besoin de toi.

Je ne suis pas une grande voyageuse. Une fois, quand j'étais très jeune, Pittypat, Charles et moi nous sommes rendus à Charleston. J'ai trouvé la ville bien plus élégante qu'Atlanta ! Nous sommes descendus à l'hôtel de M. Mills (existe-t-il toujours ?). Dans sa salle à manger, on m'a servi des escargots accompagnés d'une pince afin de les tenir pour extraire la chair de la coquille. J'ai pris cet engin pour un casse-noix et, avec la détermination d'une fille d'Atlanta, j'ai tenté de briser la coquille, quand notre gentil serveur est venu à mon secours.

— Oh ! non, miss, non ! Nous ne faisons pas comme ça à Charleston !

J'ai soupçonné alors, et je le crois toujours aujourd'hui, qu'il y a bien des choses qu'on fait différemment à Charleston – des choses qu'Atlanta, dans son fourmillement précipité, néglige ou ignore.

Je ne me souviens pas de mon père et ma mère n'est plus qu'une vague silhouette, une chaleur, un peu comme la chaleur du pain sorti du four. Je me souviens de la main de ma mère, si douce qu'on aurait dit les ailes d'un papillon. Quand nos parents sont morts, Charles et moi sommes allés vivre chez tante Pittypat : deux enfants dont la tutrice n'était guère plus qu'une enfant elle aussi. L'oncle Peter était l'adulte de la maisonnée ! Comme nous avons été heureux ! Le côté bêta de Pittypat (qui irrite les adultes) nous charmait et, parmi les enfants, le grand cœur de Pittypat et sa puérilité s'épanouissaient en une sorte de sagesse. Un jour, elle a parié que nous ne pourrions dépasser le sulky de M. Bowen (M. Bowen, notre voisin, avait de très célèbres trotteurs). Charles et moi nous sommes cachés dans les buissons jusqu'à ce que M. Bowen s'engage dans notre rue et nous avons jailli devant lui. Nous nous sommes mis à courir aussi vite que nos petites jambes nous le permettaient tandis que M. Bowen (que tante Pittypat avait prévenu) retenait son cheval pour que nous puissions gagner la course. Si je me souviens bien, nous avons reçu des biscuits d'avoine comme récompense, deux chacun, et ce furent les meilleurs biscuits que j'eusse jamais mangés. J'étais déjà adulte quand j'ai compris qu'ils nous avaient trompés – que deux petits enfants ne pouvaient courir plus vite qu'un trotteur. Oh, mon Dieu !

Maintenant, quand je sors le dimanche après-midi, je suis transportée dans ma voiture comme un bagage et bercée comme un bébé dans le « terrible froid d'août » !

À la campagne, Ashley soupire en voyant les ruines des plantations qui nous étaient familières, leurs jardins retournés à la nature sauvage comme si la terre appartenait toujours aux Cherokees. Il faut que je le tire par la manche pour qu'il accepte de revenir au présent.

À Atlanta aussi, nous faisons les choses de manière différente, ces derniers temps. Chère Rosemary, nous nous sommes presque relevés de la guerre et nous prospérons de manière stupéfiante. Les jours de marché, les chariots des fermiers s'installent dans Peachtree Street et Whitehall Street, d'un trottoir à l'autre. On a posé des réverbères à gaz presque jusque chez Pittypat et toutes les rues du centre sont recouvertes de macadam. On construit même un tramway ! Nous avons été de nouveau admis dans l'Union et les troupes nordistes sont parties plus à l'ouest avec le général Custer. Atlanta se porte très bien.

Quand Louis Valentin aura grandi, il aura un bel avenir, ici. Atlanta s'est tournée de toutes ses forces vers l'ère moderne, et un jeune homme jouissant des relations de son oncle Rhett aura toutes les chances de son côté.

Je suis devenue tellement terre à terre que je me souviens avec tendresse de l'époque où nous n'avions pas ce genre de soucis quand, chez Pittypat, Charles et Mélanie menaient une vie si insouciante !

Charles me manque chaque jour que Dieu fait. Dans mon cœur, il est resté un jeune homme de vingt et un ans qui venait d'épouser Scarlett O'Hara de la plantation de Tara. Ce devait être la fièvre de la guerre, car jamais deux êtres n'ont été moins faits l'un pour l'autre que mon tendre Charles Hamilton et Scarlett O'Hara.

Je me console en pensant que Charles est mort heureux de son mariage. S'il avait vécu, ils se seraient rendus très malheureux l'un l'autre.

Je suppose que j'irai bientôt retrouver Charles. Ce serait bien de pouvoir lui demander ce qu'il pense de tout ce que nous avons fait ici-bas.

Je t'envoie tout mon amour.

Ton amie dévouée,

Mélanie Hamilton Wilkes.

49

Veillée mortuaire

Pendant que Mélanie Wilkes se mourait, Rhett Butler attendait dans le salon de sa demeure de Peachtree Street. Il écoutait le tic-tac de l'horloge.

On était en octobre. L'après-midi était sombre. Il tombait une petite pluie froide.

Les raisins distillés pour produire le cognac qu'il buvait avaient sans doute connu les armées de Napoléon. Il leur trouvait un goût de cendre.

Cette pièce avait connu des réceptions avec le gouverneur de Géorgie, des sénateurs et des élus au Congrès des États-Unis. L'artisan qui avait fabriqué l'ensemble des sièges avait tiré plus de plaisir de ce salon que Rhett n'en avait jamais éprouvé.

La grande maison était silencieuse comme un tombeau. Depuis la mort de Bonnie, il évitait Wade et Ella. Il avait peur de regarder ces enfants bien vivants et de penser que ça aurait dû arriver à l'un ou à l'autre plutôt qu'à Bonnie.

Mama et Prissy emmenaient les enfants jouer dehors. Quand il pleuvait, Ella et Wade s'amusaient dans le garage à voitures attelées.

Rhett n'allait plus gérer ses affaires à son bureau de la Banque agricole et commerciale. La veille – ou était-ce le jour précédent ? –, le président de la banque était venu chez lui, profondément inquiet. Sa banque n'avait pas investi dans le Northern Pacific, mais, quand Jay Cooke avait fait faillite, la Bourse de New York s'était effondrée. Partout dans le pays, les clients se précipitaient dans leur banque pour en retirer leurs économies. À New York, Philadelphie, Savannah, Charleston et Nashville, des banques n'avaient pu faire face à la demande. La Banque agricole et commerciale ne savait pas si elle aurait suffisamment de liquidités pour y répondre.

— Rhett, avait supplié le président, pouvez-vous nous aider ?

Rhett Butler avait engagé sa fortune pour que les clients de sa banque puissent récupérer leurs économies en liquide, jusqu'au dernier centime. Comme ils le pouvaient, ils ne le firent pas.

Rhett s'en moquait.

L'horloge sonna l'heure. Six coups funèbres.

Un courant d'air dans la pièce immobile caressa les cheveux sur sa nuque, et Rhett sut que miss Melly était morte.

Mélanie Wilkes était une des rares créatures dont Rhett savait qu'on ne pouvait la tromper. La lumière brune de l'automne s'enfuit de la pièce. Rhett alluma les lampes à gaz.

Il avait aimé Scarlett. À moins qu'il ait seulement aimé ce qu'elle aurait pu devenir… S'était-il laissé flouer en aimant une image de femme plutôt que la femme de chair et de sang ?

Rhett s'en moquait.

L'avait-elle trahi à maintes et maintes reprises avec Ashley Wilkes ? Rhett s'en moquait. Ashley était libre, dorénavant. Si elle voulait encore de cet homme, elle pouvait l'avoir.

Ce soir-là, quand l'épouse de Rhett rentra de chez Mélanie Wilkes, elle dit à son mari qu'elle l'aimait. Scarlett ne l'avait jamais dit auparavant et Rhett la crut peut-être. Mais il s'en moquait.

Rhett Butler regarda dans les yeux vert pâle qui le fascinaient depuis tant d'années : il n'éprouva plus rien.

50

La colline derrière les Douze Chênes

Quand elle reçut le télégramme concis de Rhett, Rosemary donna sa démission du séminaire pour jeunes filles, fit ses bagages et confia les clés de sa maison du 46, Church Street à son frère Julian.

Louis Valentin fut ravi de son premier voyage en train. Ils passèrent la nuit à l'hôtel de la gare d'Augusta. Grand Sam les retrouva à Jonesboro l'après-midi suivant.

De riches Yankees avaient loué ce qui restait des Douze Chênes pour la chasse à la caille. Hormis quelques parcelles d'avoine qui nourrissaient le gibier, la plantation était envahie de broussailles.

— Gardez vos mains à l'intérieur, jeune maître, conseilla Grand Sam à Louis Valentin, si vous voulez pas qu'elles soient déchirées.

Des ronces encadraient la route. Les mûriers griffaient les flancs de leur voiture. Des cheminées en brique jaillissaient des ruines du splendide manoir qu'avaient été les Douze Chênes. Ses colonnes renversées étaient à demi enfouies sous le tapis formé par la vigne vierge. L'accès circulaire avait été rouvert peu auparavant. Les fétus de paille qui crissaient sous leurs roues n'avaient plus vu le soleil depuis la guerre. Des phaétons vernis venus d'Atlanta s'étaient garés près des chariots branlants de la ferme. Des chevaux, dont plusieurs encore harnachés, clopinaient de-ci, de-là. Des Noirs s'étaient rassemblés sous un vieux noisetier qui avait échappé aux incendies de Sherman.

— On peut pas s'approcher plus, dit Grand Sam. On doit aller à pied au cimetière.

— Où puis-je trouver mon frère, le capitaine Butler ?

— Il est avec M. Will, que je crois. Ils ont taillé cette route hier.

Ils passaient à côté des voitures quand un visage aimable sortit d'une fenêtre.

— Seigneur tout-puissant, est-ce vous, miss Rosemary ? Et voilà Louis Valentin ! Ne sois pas intimidé, mon chéri !

— Mais c'est Belle ! Bonjour. Je ne savais pas que vous connaissiez Mélanie.

— J'avais une haute opinion de Mme Wilkes. Je ne prétendrai pas avoir été son amie mais elle a été incroyablement bonne avec moi. Je n'ai pas pu m'imposer à Saint-Philip pour la cérémonie mais j'ai pensé que je pourrais venir ici puisque nous sommes dehors…

— Cela n'aurait pas gêné Mélanie.

— Mme Wilkes, elle se moquait de ce que les autres pensaient. Mme Wilkes, elle était une bonne chrétienne !

— Oui, en effet. Comme j'aurais souhaité… Melly était très inquiète au sujet de mon frère.

Rosemary tenta de lire les pensées de Belle sur son visage. Le sourire de Belle disparut.

— Et pas pour rien. Jamais j'ai vu Rhett souffrir comme ça. D'abord, il perd cette chère enfant, et maintenant miss !… Qu'est-ce qu'il va faire ? Miss Scarlett et lui… Il est parti de chez elle. Il est parti comme ça. Il n'habite pas chez moi non plus. Je ne sais pas où il vit ! dit Belle en s'essuyant les yeux de son mouchoir. Je ne veux pas gâcher mon maquillage. Il faut que j'aie l'air décent pour l'enterrement

Louis Valentin s'accrochait à la main de Grand Sam.

— Je déteste voir tout abandonné comme ça, dit Sam à Rosemary. Je me rappelle quand les Douze Chênes étaient une vraie plantation. Du bon coton poussait en bas, là, du coton qui valait des bons dollars.

— Où puis-je trouver le capitaine Butler ?

— Au cimetière. Avant-hier, il est venu. Il travaille depuis. Le capitaine Butler travaille comme un Nègre, dit Grand Sam en secouant la tête. Vous voulez que je vous porte, jeune maître ?

— Je peux marcher tout seul, affirma Louis Valentin. J'ai sept ans !

Les goûts esthétiques des Wilkes avaient marqué tous les aspects de la vie sur la plantation. Leurs fêtes étaient célèbres pour leur gaieté et les beautés qui y participaient. C'est dans les salons des Wilkes que se disaient les bons mots les plus fins alors que les préoccupations habituelles du comté de Clayton, telles que la boisson, la chasse et les chevaux, ne faisaient pas l'objet de longues conversations. De la véranda, au-delà des jardins luxuriants des Douze Chênes, on distinguait les hauts-fonds scintillants de la Flint.

Derrière la maison principale, un sentier ombragé pavé de larges pierres montait jusqu'au sommet de la colline où, au-dessus des hautes cheminées des Douze Chênes, un élégant portail en fer forgé accueillait les processions en deuil au cimetière familial. À l'intérieur, d'immenses chênes ombrageaient des pierres tombales couvertes de lichen. Disposés sous ce sombre périmètre, il y avait les champs, le manoir, les jardins et les dépendances. Par temps clair, le paysage qu'on pouvait embrasser de là-haut appartenait aux Wilkes ; pourtant, entre ces murs, les désirs, la fierté, la richesse et le pouvoir des hommes menaient à une humble conclusion. Pour les Wilkes, même la mort avait une dimension esthétique.

Plus Rosemary avançait, plus ses pieds hésitaient sur les pierres déplacées, plus ses manches s'accrochaient aux rameaux. Des chênes, il ne restait plus que des souches, les arbres ayant nourri les feux de camp de Sherman. Cervidés et sangliers avaient fouillé entre les pierres tombales ; de jeunes arbres, des mûriers et des lianes avaient envahi les tombes.

Les deux plus anciennes (Robert Wilkes, 1725-1809, Sarah Wilkes, 1735-1829) étaient flanquées de celles de leurs descendants. Il y avait là les parents de Mélanie, le colonel Stuart Hamilton (1798-1844) – « Il nous manque douloureusement » – et son épouse, Amy – « Mère aimante ».

John A. Wilkes, le père d'Ashley, reposait près de son épouse. Charles Hamilton, CSA (1840-1861), était contre le mur, avec les cousins.

De petites pierres marquaient l'emplacement des tombes des bébés.

Rhett Butler s'appuyait sur une pierre renversée. Quand il leva les yeux, Rosemary souffrit de la douleur qu'elle y vit.

— Oh ! Rhett, pauvre chère Melly !

Le col de Rhett Butler était détaché et sa chemise sale. Quand il écarta ses cheveux de ses yeux, il souilla son front d'un trait d'argile rouge de Géorgie.

— Toutes les âmes douces et bonnes sont parties, dit-il d'une voix terne comme une pierre sale. Bonnie, Meg, John et maintenant Melly.

Des hommes fauchaient des buissons et criaient des instructions tandis que le corbillard montait péniblement la côte.

— Ma sœur, dit Rhett, non, je t'en prie, ne me touche pas ! Je ne crois pas pouvoir supporter qu'on me touche. Je l'ai quittée, dit-il comme s'il venait d'y penser. J'avais cru... J'avais espéré... dit-il en redressant ses épaules voûtées. J'avais cru que nous étions faits l'un pour l'autre. Toutes ces fichues années...

— Que vas-tu faire, Rhett ? Où vas-tu aller ?

— Qui s'en soucie ? Il y a toujours quelque part...

D'un mouchoir moite, Rosemary retira la terre du front de son frère.

Louis Valentin étudiait les pierres tombales.

— Regardez, mère, cria-t-il, c'était un bébé !

Ne pouvant supporter la douleur de son frère, Rosemary rejoignit son fils.

— Turner Wilkes, 14 août-10 septembre 1828. « Le désir de nos cœurs », lut-elle.

— Turner était le frère aîné d'Ashley, intervint la voix dure de Rhett. Si Turner Wilkes avait eu la décence de survivre, Mélanie aurait épousé Turner, Ashley aurait pu épouser Scarlett et je n'aurais pas gâché ma vie.

— Rhett, ne peux-tu lui pardonner ?

— Bien sûr que je lui pardonne ! répondit son frère en secouant la tête, l'air épuisé. Elle est qui elle est. C'est à moi que je ne peux pardonner.

Des sabots qui glissent, des chaînes d'attelage qui s'entrechoquent et des voix nerveuses annoncèrent le corbillard. Le véhicule aux parois de verre avait transporté avec dignité la morte depuis Saint-Philip, mais il était en grand péril sur cette pente abrupte à peine dégagée. Les ronces glissaient sur le verre et les jeunes assistants du fossoyeur retenaient les plus grosses branches qui risquaient de le briser. Derrière le corbillard, Will Benteen conduisait les chevaux de l'attelage familial.

Au cimetière, les plus forts aidaient les enfants et les

infirmes. Le petit Beau Wilkes, blanc comme un linge, s'accrochait à la main de son père. Wade Hamilton fit le tour de la tombe de son père Charles. La petite Ella tenait un bouquet de chrysanthèmes un peu fanés, serré entre ses mains.

Les yeux de Scarlett se gonflaient de larmes qui ne voulaient pas couler.

La moitié du comté de Clayton attendait là. Les Wilkes appartenaient aux grandes familles et les gens du comté en étaient fiers.

Les visages que Scarlett avait connus, elle les retrouvait usés par l'âge et les privations. Il y avait Tony Fontaine, revenu du Texas. Alex Fontaine, qui avait épousé Sally Munroe, la veuve de son frère Joe. Béatrice Tarleton discutait à voix basse avec Will Benteen – de chevaux, probablement. Béatrice Tarleton aimait plus ses chevaux que ses filles. Randa et Camilla Tarleton avaient de l'argile rouge sur leurs chaussures du dimanche. Il faudrait qu'elles les nettoient avant d'aller enseigner à l'école, demain. Betsy Tarleton restait derrière sa mère pour éviter son mari, aussi gros que grossier. Béatrice ne lui prêtait pas la moindre attention.

Suellen O'Hara Benteen regardait fixement Scarlett. Will avait informé son épouse que Scarlett viendrait à Tara après les funérailles.

Tandis que son mariage se désintégrait d'un mois sur l'autre, d'une semaine sur l'autre – d'une heure sur l'autre, se disait parfois Scarlett –, la jeune femme s'était réfugiée dans les investissements. Elle avait toujours été une bonne femme d'affaires. N'avait-elle pas monté les deux scieries les plus rentables d'Atlanta ? Rhett n'avait cessé de lui répéter que les voies ferrées s'étendaient trop loin, qu'on avait posé plus de rails qu'il n'y avait de passagers ou de marchandises, elle allait lui montrer ! Elle avait acheté des bons du Northern Pacific.

Après la mort de Bonnie, Rhett avait disparu dans un autre monde – un monde qui lui était totalement fermé. Rien de ce qu'elle disait ne semblait l'atteindre. Ses promesses les plus sincères restaient aussi inefficaces que ses colères. Rhett regardait son épouse de ses yeux tristes et fatigués et l'abandonnait pour aller s'asseoir près du lit mortuaire de Mélanie.

Quand Scarlett ne parvenait plus à supporter ses regrets et les reproches qu'elle se faisait, elle allait voir son courtier en Bourse. La voie ferrée du Northern Pacific de Jay Cooke était devenue le seul bonheur de sa vie. Sans effort et sans souffrance, les rails du Northern Pacific s'enfonçaient inexorablement vers l'Ouest et la valeur de ses bons montait jusqu'aux cieux. Merveilles naturelles !

Scarlett investit jusqu'au dernier cent l'argent qu'elle avait tiré de la vente de ses scieries. Quand l'action dégringola, elle prit une hypothèque sur la maison de Peachtree Street. Pendant les derniers jours de Mélanie Wilkes, Scarlett avait même emprunté sur sa part de Tara.

Et voilà que Mélanie était partie et que les bons du Northern Pacific ne valaient pas plus que les caisses de billets confédérés dans le grenier de Tara !

Scarlett allait rentrer chez elle à Tara. Tara veillerait sur elle.

— Chère Rosemary, dit-elle mécaniquement, c'est si gentil de ta part d'être venue.

— Mélanie Wilkes était... Elle me manquera beaucoup.

— J'avais besoin d'elle, dit Scarlett en ignorant le parfait étranger qui se tenait près de sa sœur.

L'étranger s'humecta les lèvres comme s'il avait quelque chose à dire, mais bien sûr, il ne dit rien. Ni l'un ni l'autre n'avaient plus rien à dire.

Les employés des pompes funèbres firent glisser hors du corbillard fragile, que Mélanie aurait trouvé prétentieux, le cercueil précieux, que jamais Mélanie n'aurait choisi.

Tandis qu'ils se dirigeaient vers la tombe, Will Benteen alla saisir les poignées du lourd cercueil dont Ashley ne pouvait soutenir le poids.

Le prêtre mit son pluvial autour de son cou. Il commença la cérémonie. Un vol d'oies sauvages passa à grand bruit. Un corbeau croassa dans les branches. Béatrice Tarleton toussa.

Scarlett ferma ses oreilles et fixa ses yeux dans le vide.

Les Nègres de Will se saisirent des cordes et, quand Will ordonna : « Ensemble, les gars », ils placèrent le cercueil au-dessus de la tombe et le firent descendre.

Ashley serra son fils contre lui et se mit à pleurer. Beau regardait fixement ses chaussures.

Une boule de tristesse monta dans la gorge de Scarlett. Elle avait du mal à avaler sa salive.

Elle lança sa poignée d'argile rouge sur le couvercle du cercueil de Mélanie Hamilton Wilkes et s'essuya la main sur sa jupe.

Elle entendit un cheval qui descendait la pente en fracassant les branches. Quand elle se retourna, Rhett Butler avait quitté sa vie.

La tombe à ses pieds aurait tout aussi bien pu se refermer sur le cœur de Scarlett.

III

TARA

51

Will Benteen

En apprenant que miss Scarlett revenait s'installer à Tara et que l'oncle Henry Hamilton avait mis sa superbe maison d'Atlanta en vente, Will Benteen comprit que miss Scarlett avait des ennuis.

Miss Scarlett et le capitaine Butler s'étaient séparés. Tout le monde le savait.

Quand le capitaine Butler avait quitté l'enterrement au grand galop, Will avait été heureux de le voir partir.

— Parfois, une bête doit lécher ses plaies – comme il le dit à Boo, son chien de ferme.

Miss Scarlett faisait pitié, elle aussi. Jamais Will ne l'avait vue si triste.

Le contremaître de Tara était un petit Blanc de Géorgie aux cheveux raréfiés et décolorés par le soleil, aux poignets et au cou rouges comme une tranche de betterave. Il était tout en tête et en torse, sa bonne jambe était presque aussi maigre que celle en bois que lui avait value la bataille de Gettysburg. Quant à ses doigts, ils étaient aussi gros que les poignets de sa fille Susie.

Pendant les années terribles qui avaient suivi la guerre, quand Scarlett envoyait à Tara tout ce que lui rapportaient ses scieries d'Atlanta, elle se plaignit une fois :

— Will, avant la guerre, Tara faisait vivre les O'Hara, pas l'inverse.

— Eh bien, miss Scarlett, avait répondu Will en retirant son chapeau informe pour se gratter le front, vous pourriez louer Tara à un Yankee.

Ce fut la dernière fois qu'elle se plaignit.

L'heure était venue pour Tara de faire à nouveau vivre

tout le monde. Il y avait les Noirs – Dilcey, Prissy, Pork, Grand Sam et Mama –, ainsi que Scarlett, ses enfants et les Benteen.

Peu après son arrivée, la petite Ella, âgée de sept ans, eut une crise. Au dîner, elle émit un cri terrible et tomba de sa chaise. Bien qu'elle fût inconsciente, ses yeux roulaient, ses jambes s'agitaient violemment et Will Benteen n'arrivait pas à l'immobiliser. Elle sortit de la crise aussi vite qu'elle en avait été saisie, le visage livide, un peu tremblante. Elle avait fait une peur bleue à Will.

Beau Wilkes était lui aussi à Tara. M. Wilkes n'était pas en mesure de s'occuper de son fils. Après les funérailles, Scarlett avait demandé à Rosemary et à son fils de rester aussi.

Will ne comprenait pas pourquoi miss Scarlett avait invité la sœur et le fils du capitaine Butler. C'était le genre de choses que miss Scarlett faisait sans réfléchir. Miss Scarlett tirait avantage d'une situation avant que quiconque soupçonne qu'il pût y avoir un avantage. C'était dans sa nature.

Quand Suellen comprit la manœuvre, elle dit à son mari :

— C'est un truc plutôt moche, Will Benteen, d'utiliser la sœur de Rhett comme appât.

Will l'avait fait taire d'un baiser. Seul Will savait faire taire Suellen. Suellen O'Hara n'avait pas été le premier choix de Will Benteen. Il avait fait la cour à Careen, la plus jeune des filles O'Hara, mais Careen avait décidé d'entrer au couvent, à Charleston.

À l'époque, Tara était devenu le foyer de Will, mais, en dépit de ses idées larges, après la guerre, il ne pouvait partager une maison avec Suellen alors qu'ils étaient tous deux célibataires. La fière Suellen n'avait pas de prétendant et nulle part où aller.

Malgré ce début bien peu sentimental, Suellen et Will étaient heureux en ménage. Leur petite Susie de six ans était têtue et ses parents ne l'en aimaient que davantage. Comme Suellen s'en félicitait souvent – au souvenir de Scarlett lui volant son beau Frank Kennedy : « Susie, personne ne lui fera prendre des vessies pour des lanternes ! »

Robert Lee, le petit garçon des Benteen, était si timide et doux que parfois son père ne supportait pas sa présence.

Will était arrivé à Tara quand il s'était retrouvé dans la position d'un ancien combattant blessé. Comme Tara l'avait soigné, Will avait soigné Tara. Avec l'argent de miss Scarlett, il avait reconstruit la presse à coton, acheté la nouvelle faucheuse mécanique inventée par Cyrus McCormick et remplacé des dizaines de petits outils : les scies à tronçonner et à refendre, les boucles de sangle des selles, les vrilles et les alênes que les soldats de Sherman avaient volées ou abîmées. Les équipes de Will avaient déraciné des cèdres et des buissons de mûriers, remplacé les clôtures en bois, refait le toit de la chambre froide et de la réserve à viande, nettoyé le verger et taillé les arbres fruitiers, doublé la surface du potager, construit une écurie pour douze chevaux, clôturé un enclos à cochons et monté pour le coton un appentis en planches chaulées sur les fondations de l'ancien.

Afin que Scarlett puisse s'installer, les Benteen évacuèrent la chambre de Gérald et Ellen.

— Il ne peut y avoir qu'une maîtresse, à Tara, avait dit Will à son épouse furieuse, et ce sera miss Scarlett.

Mais Scarlett n'avait pas voulu de la chambre de ses parents, avec le balcon de Gérald et le lit à baldaquin où les O'Hara avaient été conçus, où ils étaient nés, où ils étaient morts. Scarlett reprit son ancienne chambre, en haut de l'escalier, près de la nursery.

Après la guerre, les travailleurs des champs avaient quitté Tara pour la ville dont ils avaient tant entendu parler. Au bout de plusieurs années, après avoir trop souvent souffert de la faim, la plupart étaient revenus dans le comté de Clayton, dans le quartier délabré de Jonesboro que tout le monde appelait Dark Town, tant cette ville de Noirs était sombre.

— Pourquoi est-ce qu'ils ne viennent pas à Tara comme Grand Sam et les Nègres de la maison ? demanda Scarlett à Will Benteen.

— Miss Scarlett, ils préfèrent vivre dans les cahutes minables que de revenir dans le quartier des esclaves de Tara. Et puis, qu'est-ce qu'on en ferait pendant l'hiver ?

— Tara a toujours trouvé du travail pour ses gens.

— Miss Scarlett, ce ne sont plus les gens de Tara. J'ai besoin de travailleurs dans les champs de mars à septembre et je leur verse un salaire honnête. Les plein-tâches gagnent cinquante *cents* par jour.

— Le reste de l'année, de quoi vivent-ils ?

— Ils sont libres de trouver du travail, miss Scarlett, soupira Will. C'est pas nous qu'on les a libérés.

Scarlett était allée précipitamment, et en personne,

mettre toute la recette de coton de l'année à la banque, à Atlanta. Quand Will lui avait dit qu'ils auraient besoin de nouveaux harnais pour les plantations du printemps, elle avait répondu :

— Will, il faudra qu'on se contente des vieux.

Chagrins d'amour et ennuis d'argent – Will ne savait pas quel était le pire des deux.

Le capitaine Butler était en Europe avec M. Watling.

Le soir, au salon, Rosemary lisait à haute voix les lettres de son frère. Rhett décrivait les champs de courses parisiens, les cathédrales, les artistes. Une fois, il plaisanta à propos des chapeaux de cardinaux suspendus très haut dans Notre-Dame de Paris. Les Français croient que lorsque le chapeau tombe, le cardinal entre au paradis. Certains de ces chapeaux sont accrochés là depuis des siècles !

Will s'émerveillait avec les enfants. Il était désolé pour miss Scarlett. Elle avait l'air si négligée !

Miss Rosemary était modeste et très serviable. Tara l'avait acceptée sans hésiter avec son fils Louis Valentin. Elle devint l'enseignante des enfants et elle fit de la nursery sa salle de classe.

Suellen dirigeait les Nègres de la maison, sauf Mama qui se débrouillait toute seule.

Le dimanche, Grand Sam les conduisait en buggy à Jonesboro, où Rosemary et les enfants allaient au temple méthodiste. Les Nègres traversaient la voie ferrée pour assister à l'office du révérend Maxwell à la Première Église baptiste africaine.

Argent ou pas, ils n'avaient pas faim. On conservait les produits de l'été dans le cellier de Tara, où des rangées de bocaux inventés par M. Mason permettaient de garder les pêches, les baies, les tomates et les haricots.

On avait tué et conservé dans la saumure un bœuf de trois ans. Quinze cochons avaient eux aussi connu le couteau du boucher, une partie de la viande allant au saloir, l'autre étant suspendue dans le séchoir. Les jambons de Will Benteen étaient célèbres dans la région et, chaque Noël, il en apportait un à ses voisins préférés – « un petit quelque chose de Tara ».

Will avait beau être un agriculteur, il aimait surtout les animaux. Comme Mme Tarleton, Will Benteen était fou de chevaux. Il aimait les bovins et les mules de Tara et s'était lié d'amitié avec des cochons : Beau Dur, Avorton, Grande Fille. Il admirait leur cochonéité pure. Quand Grande Fille tomba malade, Will resta la moitié de la nuit près d'elle pour lui administrer de la térébenthine.

L'abattage du cochon le premier jour frais de novembre mêla amertume et satisfaction. Oui, Will allait remplir le garde-manger de Tara, mais demain matin il n'irait pas à la porcherie. Grande Fille ne serait pas là pour l'accueillir de ses grognements et pour renifler son pantalon.

Le samedi matin, Ashley arrivait d'Atlanta. Il remerciait Scarlett de s'occuper de Beau et lui apportait souvent un petit cadeau : un mouchoir brodé ou une boîte de toffees anglais.

Ashley disait que plus personne ne construisait rien. Ses scies étaient à l'arrêt et son bois empilé virait au bleu. La maison Kimball avait fermé ses portes.

— C'est à cause de la dépression, dit Ashley, comme si cela ne le concernait pas vraiment.

— Mais enfin, Ashley, gronda Scarlett, cela ne vous inquiète donc pas?

— Ce qui m'inquiète, c'est de devoir, lundi matin, décider quel ouvrier je vais renvoyer chez lui sans qu'il puisse nourrir sa famille.

Ashley prenait le café avec Scarlett, Beau et Rosemary, puis il interrogeait son fils sur ses progrès en lecture grâce aux manuels de McGuffey. Mais jamais Ashley ne prenait une seconde tasse avant de partir pour les Douze Chênes, où il montait la colline jusqu'au cimetière et parlait à Mélanie.

La douce Mélanie ne partageait pas les regrets d'Ashley. Elle assurait son mari en deuil qu'ils seraient réunis un jour. Tandis qu'ils conversaient, Ashley nettoyait le cimetière, jetant des branches mortes et des broussailles pardessus le muret. Lors de sa troisième visite, il apporta une hache pour ouvrir la vue. Mélanie avait toujours aimé la vue depuis la colline.

Il passait la nuit dans la maison du cocher noir des Douze Chênes. Comme à Tara, les hommes de Sherman avaient épargné les maisons des esclaves. C'était la seule nuit de la semaine où Ashley Wilkes dormait d'un sommeil sans rêves et sans interruptions.

Avant qu'Ashley reparte pour Atlanta, il traînait à Tara et se souvenait du temps passé. Scarlett s'étonnait parfois de la voix sonore et gentille d'Ashley. Quand elle était irritable, elle lui rappelait qu'il avait un train à prendre.

Un dimanche matin, Ashley arriva, avec les joues rouges et les yeux brillants. Scarlett travaillait à ses comptes sur la table. Rosemary posa son ouvrage.

— J'ai vendu les scieries, annonça Ashley. À un Yankee de Rhode Island. Mon Dieu ! Ce type a tant d'argent qu'il ne sait pas précisément combien.

— Les scieries les plus modernes d'Atlanta ! dit Scarlett d'un ton pincé. Combien vous en a-t-il donné ?

— Je n'ai pas besoin de grand-chose. Je reviens aux Douze Chênes. Je m'installe dans la maison du cocher.

— Je suis ravie que vous soyez notre voisin ! dit Rosemary en lui prenant la main. Mais qu'y ferez-vous ?

— Je n'y serai pas seul, dit Ashley comme s'il ne pouvait s'arrêter de parler. J'engage Vieux Moïse – vous vous souvenez de Moïse ? – et tante Betsy pour m'aider. Ça me fera du bien de les avoir de retour chez nous. Les jardins à la française… Scarlett s'en souvient, n'est-ce pas, Scarlett ? Wilson, notre serviteur de Jonesboro – chaque été, des touristes yankees l'engagent pour qu'il les fasse passer en voiture attelée devant nos « ruines pittoresques ». Je vais restaurer les jardins. Nous allons arracher les mauvaises herbes et remettre la vieille fontaine en eau. Vous vous souvenez de la fontaine, Scarlett ? Comme elle était belle ? Les jardins seront le mémorial de Mélanie. Les Douze Chênes tels qu'ils étaient, tels qu'ils sont censés être. Mélanie les aimait tant !

— Monsieur Wilkes, sourit Rosemary, vous avez le cœur tendre.

— Vous ferez payer les touristes yankees pour visiter votre jardin ? demanda Scarlett en fronçant les sourcils.

— Eh bien, je n'avais pas songé à les faire payer. Je suppose… Je suppose que ce serait possible.

Le froid s'abattit brusquement. La Flint gela et les poêles de Tara virèrent au rouge. Rosemary déménagea la salle de classe au rez-de-chaussée, dans le salon. La brume restait suspendue au-dessus des abreuvoirs à chevaux où coulait une eau de source plus chaude.

Quatre jours avant Noël, les habitants de Tara prenaient leur petit déjeuner quand Mama arriva si furieuse qu'elle avait du mal à parler.

— Ils sont gâchés ! Ils sont perdus ! Il y a un sort qui est tombé dessus !

Mama appuya la masse de son corps à l'évier et reprit son souffle.

— Et ça peut pas être des gens de couleur qu'ont fait ça. Ça peut pas.

— Qu'est-ce qu'il y a, Mama ? demanda Scarlett en se levant.

Mama tendit un bras tremblant et ressortit.

Quand les enfants voulurent suivre, Scarlett les arrêta.

— Ella, Wade, Beau, vous tous, vous restez dans la maison. Rosemary, Suellen, occupez-vous d'eux, s'il vous plaît !

La porte de la réserve à viande avait été forcée et ses charnières du haut arrachées. Elle pendait de travers contre l'ouverture. Will Benteen la poussa de côté et entra avec prudence dans le bâtiment.

— Seigneur, aie pitié de nous ! gémit-il.

— Oh, Will ! s'écria Scarlett.

Tous les jambons séchés qu'ils avaient enveloppés et suspendus gisaient sur le sol de terre battue comme autant de bébés assassinés. Les caisses de bœuf salé étaient retournées. On avait arrosé le tout de purin.

— C'étaient pas des gens de couleur ! répéta Mama, restée à la porte derrière eux.

— Mama, rétorqua Scarlett, je le vois bien !

La queue entre les pattes, Boo passa la tête dans le sanctuaire interdit et huma l'air.

La viande et le purin formaient de la boue sous leurs pieds. La puanteur était insoutenable.

— Est-ce qu'on ne peut pas les laver ?

Will ramassa un jambon et le laissa retomber. Il s'essuya les mains sur son pantalon.

— Non, miss Scarlett. Vous voyez comme on les a tranchés jusqu'à l'os ? La viande est touchée. C'est du poison.

Très digne, Will sortit du bâtiment, en contourna le coin et vomit.

Les yeux écarquillés, Mama tremblait.

— Ces vauriens, ils sont revenus, murmura-t-elle. Je savais qu'ils reviendraient.

— La guerre est terminée, Mama, dit Scarlett. Les vauriens de Sherman ne peuvent plus nous faire du mal !

Boo avait bien aboyé dans la nuit mais Will n'avait pas quitté son lit pour voir ce qui inquiétait le chien. Il se mit à grogner et entraîna Will et Scarlett jusqu'à la clôture du jardin où l'on avait manisfestement attaché des chevaux. Will s'accroupit pour inspecter les traces.

— Ils étaient trois, dit Will en secouant la tête. Quel genre de salaud est assez fou… Excusez mon langage, miss Scarlett.

— Que Dieu maudisse ces salauds ! dit-elle.

Will suivit les traces jusqu'à la route de Jonesboro, où elles disparaissaient.

Aucun Nègre n'osa mettre un pied dans la réserve à viande violée, pas même Grand Sam, qui était le cocher de Tara à l'époque où Will Benteen et Gérald O'Hara géraient la plantation.

— Je n'aurais jamais cru que tu deviendrais lâche, Sam, dit Scarlett entre ses dents. Pas Grand Sam.

Ses mots durs passèrent sur la tête fléchie de Sam.

— Y a des choses que les gens de couleur peuvent pas jouer avec, dit-il.

Will, Scarlett et Rosemary chargèrent donc la viande souillée dans un chariot et l'emmenèrent à la décharge – un fossé loin des habitations où on laissait pourrir les animaux morts de Tara.

— Au revoir, Grande Fille, murmura Will tandis que les jambons roulaient et rebondissaient sur la pente. Je suis sincèrement désolé de ce qu'ils t'ont fait.

52

La terre se réchauffe

Leur argent pouvait perdre toute valeur du jour au lendemain et leur gouvernement se faire renverser, les bâtiments frais, sombres et solides, où l'on entreposait la viande rappelaient aux gens de la campagne que la vraie prospérité se gagne à la sueur de son front, en travaillant de ses mains et grâce à la miséricorde divine.

Les voisins vinrent constater le sacrilège.

— Quel genre d'esprit tordu peut donc faire une chose pareille ?

Les hommes marmonnaient des menaces et erraient dans la ferme comme si les vandales pouvaient encore traîner dans les parages. Will guidait les groupes à l'endroit où ces types avaient attaché leurs chevaux. Les hommes s'agenouillaient pour voir les traces de plus près – Tony Fontaine et son frère Alex se disputèrent à propos de la taille des fers des chevaux.

Mme Tarleton se faufila jusqu'au paddock où Will avait enfermé deux nouveaux poulains. En temps normal, elle aurait demandé à Will de se joindre à elle, et lui aurait fait remarquer pour la millième fois combien les qualités des poulains démontrait celles de son étalon. Mais pas aujourd'hui.

Comme à des funérailles, les femmes apportèrent du pain et du ragoût. Mme Tarleton donna deux jambons à Suellen.

— Pour que vous ayez quelque chose à Noël.

Suellen les garderait dans l'office de la maison où ils seraient en sécurité.

En sécurité, comment pouvaient-ils être en sécurité ?

Les voisins finirent par rentrer chez eux. Les serviteurs noirs étaient effrayés, et, à cinq heures et demie, quand la nuit tomba, tous, sauf Mama qui dormait près de la cuisine, s'enfermèrent à clé dans leurs cabanes.

Boo, excité par l'agitation, semblait conscient de ses responsabilités. Cette nuit-là, il aboya chaque fois qu'un renard ou un putois passaient sous la barrière. Will Benteen se réveillait, enfilait sa salopette sur sa chemise de nuit, glissait ses pieds nus dans le cuir froid de ses chaussures, descendait l'escalier de service et sortait, fusil à la main.

Quand il revenait dans son lit, Suellen pestait et s'éloignait de son corps froid.

En fin d'après-midi, la veille de Noël, un wagon du Railway Express apporta une grande caisse ornée des sceaux de toutes les douanes. Will et Grand Sam aidèrent le cocher à décharger le lourd cadre de bois et lui donnèrent une tasse de lait de poule, qu'il but en regardant le ciel chargé de nuages menaçants.

Will en fut d'accord, ça sentait bien la neige.

— Personne n'osera passer sur les routes, cette nuit, dit Grand Sam.

— Pour sûr ! confirma le cocher en repartant pour Jonesboro aussi vite qu'il le pouvait.

Après le dîner, tout le monde se rassembla dans le salon pour décorer l'arbre de Noël que Grand Sam avait apporté dans l'après-midi. En jetant des coups d'œil à la caisse mystérieuse, les enfants murmuraient ce qu'ils imaginaient y trouver. Ils décorèrent l'arbre de pommes, de noix et de bouts de papier. Will, debout sur une chaise de cuisine, accrocha au sommet l'ange en soie rose et blanche que Rosemary venait de confectionner. Les adultes disposèrent des bougies assez haut pour que les petites mains ne puissent les atteindre.

Le bruit de bottes qu'on essuyait sous le porche signala l'arrivée d'Ashley Wilkes. Son chapeau et son manteau étaient saupoudrés de flocons.

— Désolé d'être en retard. Je taillais les pommiers et j'ai perdu toute notion du temps. Joyeux Noël, Beau ! dit-il en serrant son fils dans ses bras. Joyeux Noël à vous tous !

Pendant que Rosemary servait du punch de Noël à Ashley, Will arrachait les clous qui retenaient le couvercle de la caisse. Chaque fois qu'un clou sortait en grinçant, les enfants se couvraient les oreilles de leurs mains.

Rhett avait envoyé à Ella et à Susie une ravissante poupée en porcelaine française, à Beau et à Louis Valentin des patins à glace, et Wade, rendant jaloux les plus jeunes, trouva pour lui une carabine à un coup calibre 22 accompagnée d'un mot accroché au pontet : « Wade, je fais confiance à Will pour te montrer comment tirer avec cette arme. Si tu es raisonnable et que tu deviens un bon tireur, nous irons ensemble à la chasse quand je rentrerai à la maison. »

Il y avait un médaillon en or pour Rosemary et pour Scarlett un chapeau en velours vert assorti à ses yeux. Bien qu'aucun mot ne l'ait accompagné, Scarlett sentit son cœur bondir de joie. Elle garda son sourire même quand sa fille renversa son verre de punch.

La neige continuait de tomber. Louis Valentin et Beau sortirent sur la véranda pour glisser à grand bruit d'un bout à l'autre sur leurs patins. Ashley avait apporté des petits cadeaux pour les enfants et Will offrit à Suellen un bonnet de nuit en laine rouge. Il était presque minuit quand Rosemary fit monter les petits dans leur lit, à l'étage, en dépit de leurs protestations. Will bâilla et se retira en compagnie de sa femme coiffée de rouge.

Ashley s'était assis près du feu.

— Quelle merveilleuse soirée, Scarlett, dit-il après un long silence. Est-ce que l'ancien temps vous manque, parfois ? La chaleur, la gaieté ?

— Comme le jour du barbecue aux Douze Chênes, quand je vous ai avoué mon amour et que vous m'avez repoussée sans ménagement ? plaisanta Scarlett.

Ashley prit un tisonnier, s'agenouilla et attisa le feu.

— J'étais promis à Mélanie…

— Oh ! Ashley, taratata ! dit Scarlett presque gentiment.

Ashley leva vers elle des yeux dont émanait une toute nouvelle lumière, une lumière que Scarlett ne comprit que trop bien. Elle se redressa brusquement.

— Mon Dieu ! Avez-vous vu l'heure ? dit-elle.

Mon Dieu, qu'est-ce qu'Ashley sortait là de sa poche ? Était-ce une bague dans un écrin ? Scarlett se leva d'un bond.

— Oh ! Ashley, je suis totalement épuisée. Toute cette excitation ! Vous pourrez retrouver votre chemin ?

— Mais Scarlett !

Scarlett monta l'escalier en courant et s'enferma à clé dans sa chambre.

Seigneur ! Si Rhett apprenait ça, s'il pensait qu'Ashley et elle... Jamais il ne rentrerait à la maison !

Wade garda son nouveau fusil. Sa mère subtilisa le mot qui l'accompagnait et, en se déshabillant, Mme Rhett Butler le relut. Son mari avait écrit « *quand je rentrerai à la maison* ». C'étaient les mots exacts de Rhett. En détachant ses cheveux, Scarlett était une femme heureuse.

Les étoiles illuminaient la neige. Le cheval d'Ashley avançait péniblement. Au fond des bois, un arbre gelé craqua comme un coup de fusil. Ashley s'enfonça dans son manteau en peau de bison et murmura à l'intention de sa Mélanie :

— Mon cher cœur, je vous avais bien dit que ça ne marcherait pas. Vous croyez que j'ai besoin de quelqu'un pour veiller sur moi mais Scarlett n'est pas le genre de femme à veiller sur un homme adulte. L'expression sur son visage quand elle a compris que j'allais la demander en mariage... Oh ! Melly.

Son rire sonna clair. Les pas de son cheval faisaient crisser la neige gelée.

— C'était notre premier Noël l'un sans l'autre, Melly. Ashley et Mélanie Wilkes. Est-ce que nous n'étions pas les plus heureux du monde ?

La cabane de rondins du cocher se trouvait en bordure du jardin négligé. Ashley avait frotté le parquet brut au sable, blanchi les murs à la chaux et accroché au-dessus de la cheminée l'épée que son oncle Hamilton avait portée pendant la guerre contre le Mexique.

Il s'agenouilla pour allumer un feu. Il resterait assis jusqu'à ce que le feu prenne. Il avait tant de choses à dire à Mélanie !

Boo n'aboya pas cette nuit-là et Will Benteen dormit tout contre sa femme – le pompon du nouveau bonnet de nuit de Suellen lui chatouillait le nez.

Le temps se réchauffa en janvier, la neige se réfugia dans les zones d'ombre. La Flint coulait, brune et si sonore qu'on l'entendait de la maison. Quand il gela de nouveau, la neige fondue se transforma en un verglas éclatant et dangereux. On consigna autour du feu ceux qui n'avaient rien à faire à l'extérieur. Chaque matin, Grand Sam fendait des bûches que Wade rapportait à la maison.

Will Benteen se rendit dans chaque ferme, dans chaque cabane où habitaient des Blancs à trente kilomètres à la ronde. Qui avait des griefs contre Tara ? Quelqu'un s'était-il vanté d'avoir vandalisé une réserve à viande ? Au marché de Jonesboro, quelqu'un avait dit à Tony Fontaine que le Klan était dans le coup mais Will ne le crut pas.

— Le Klan est fini, Tony. De toute façon, le KKK n'a jamais ennuyé les démocrates.

La grange près de l'écurie figurait le point le plus haut de la propriété. Lorsque la glace fondit et que des cavaliers reprirent la route de Jonesboro, Will monta en haut des couvertures en patchwork et une paillasse.

Suellen dit à Will qu'il perdait son temps : pour lui, les hommes qui avaient souillé la viande avaient eu « ce qu'ils voulaient ».

— Mon petit rayon de miel, dit Will, quand Boo aboie la nuit, je déteste te réveiller.

Suellen affirma que s'il arrivait quelque chose à Will, elle ne le lui pardonnerait jamais.

Ce soir-là, Grand Sam leva les yeux vers la lucarne tout en haut de la grange.

— Désolé de vous laisser, monsieur Will, mais c'est pas du travail pour des gens de couleur.

— À demain matin, Sam !

Intrigué par ce changement dans les habitudes, Boo se coucha pendant une heure devant l'écurie, puis il se leva, s'étira et reprit ses patrouilles nocturnes.

La lune illuminait la terre gelée dans une nuit sans vent. Enroulé dans des courtepointes bien molletonnées, Will dormit profondément toute la nuit.

La nuit suivante non plus, il n'arriva rien.

Will passait sa troisième nuit dans la grange quand des frottements le réveillèrent. Quelqu'un montait à l'échelle. Will sortit la main de la chaleur du patchwork et la referma sur la poignée glacée de son fusil. Ses doigts trouvèrent la détente.

Dès qu'il sentit le plancher trembler, il arma le fusil – clac, clac.

— C'est moi, Will, chuchota Wade Hamilton.

Will désarma le fusil en voyant apparaître la tête du jeune garçon.

— Tu m'as fait une peur bleue, mon garçon !

— Je suis venu vous aider, dit Wade en hissant son nouveau fusil sur la plate-forme. C'est pas juste que vous soyez là tout seul !

— Ce fusil est-il chargé ? demanda Will avec un large sourire.

— Non, mon oncle. J'ai pensé que peut-être vous pourriez me montrer.

— Demain matin, Wade. Merci d'être venu, mais je crois que je m'en sortirai seul.

Will souriait encore quand il se rendormit.

Au matin, quand Will entra dans la maison pour le petit déjeuner, Suellen boudait.

— Oh ! et voici mon époux ! Je me demandais si j'en avais encore un.

Elle eut beau tenter de lui échapper, Will l'embrassa.

— Bonjour, ma douce. Je dois vous dire qu'il fait bien plus froid à dormir avec un fusil qu'avec vous, murmura-t-il en lui donnant une claque sur les fesses.

— Will, s'il vous plaît, les enfants...

— Oui, madame !

Will et Grand Sam se préparèrent à planter. Ils vérifièrent et réparèrent les fers des chevaux de trait, polirent et huilèrent les socs de charrue et inventorièrent les harnais.

— Monsieur Will, se plaignit Grand Sam, il faut acheter de nouveaux harnais. Ces lanières ont séché et elles sont toutes craquelées.

— Fabrique un harnais complet avec ce qui va encore.

— Monsieur Will, demanda Grand Sam en inclinant la tête, est-ce que Tara est fauché ?

Will ne répondit pas.

Le 2 février, la pleine lune traversait un ciel sans nuages, et cette lumière agita Will toute la nuit à cause du trop-plein de lumière. Les aboiements furieux de Boo le réveillèrent, puis il y eut des coups de fusil si groupés que Will ne parvint pas à les compter. Il se précipita trop vite sur l'échelle, rata un barreau et faillit tomber. En chaussettes, il courut vers les aboiements.

Cette forme sombre qui fonçait vers lui, c'était Boo. Le chien avait les oreilles aplaties.

— C'est bon, Boo, dit Will d'une voix épaissie par le sommeil.

À la porte du paddock, grâce à la lumière violente de la pleine lune, Will comprit instantanément ce qui s'était produit.

— Seigneur Jésus ! Seigneur Jésus !

Le poulain courait comme un fou contre la clôture. La petite pouliche était figée, tremblante, près de sa mère. Les deux juments avaient l'air plus petites que lorsqu'elles étaient en vie. La pouliche baissa son long col pour donner un coup de tête dans les flancs de sa mère : comme tous les bébés effrayés, elle voulait téter.

Les voisins de Tara arrivèrent. Les hommes se regroupèrent dans le paddock, parlant à voix basse. Les femmes se retrouvèrent dans la cuisine – elles étaient effrayées. Elles se demandaient qui pouvait se livrer à des actes aussi abjects. Mama insistait :

— Ça peut pas être un travail de gens de couleur.

Tony Fontaine partit à la recherche de traces mais le sol était trop dur.

Mme Tarleton emmena les poulains pour les nourrir au lait de chèvre. Elle dit qu'il y avait un endroit spécialement réservé en enfer à tous ceux qui avaient abattu un cheval.

Quand ils ne purent en supporter davantage, Sam et Will fixèrent des chaînes autour des jambes arrière des juments et les traînèrent jusqu'au charnier.

Le temps se réchauffa, le sol s'amollit. Bien qu'il dormît chaque nuit dans la grange, Will, comme tous les planteurs du comté de Clayton, passait ses journées à labourer et à billonner les champs de coton.

Avant l'aube, Grand Sam équipait les grands chevaux de trait puissants de licous et de harnais.

— Une bien belle matinée ! déclara-t-il un jour.

— Regardez, Dolly a une écorchure ! fit-il remarquer un autre jour.

— On dirait que le temps se met au beau, dit Will.

Les deux hommes ne se disaient pas grand-chose d'autre. Grand Sam s'occupait toujours du harnachement et Will allumait la lanterne dans la sellerie et l'éteignait avant qu'ils sortent.

Dès qu'il faisait assez jour pour labourer, ils abaissaient le soc de charrue et traçaient leurs sillons jusqu'à midi, puis ils laissaient les chevaux se reposer et mangeaient le repas que leur apportait Suellen. Jamais Will ne se lassait d'entendre parler de Tara avant la guerre, et Sam se faisait un plaisir de lui décrire les barbecues ou l'époque où Gérald O'Hara organisait des courses de chevaux sur la route de Jonesboro.

— Tous les jeunes gens pariaient et buvaient et c'est miracle si aucun n'est tombé vers sa mort. Miss Ellen, c'était une bonne chrétienne. Oh ! oui, c'est vrai. Mais parfois, elle était si bonne que les autres étaient mal. Maître Gérald, il avait son caractère, ça oui ! Maître Gérald, dit Sam en secouant la tête, il était comme une pluie d'été – ça vous trempe et ça s'en va. Il était comme ça.

Pendant que Will fumait sa pipe, Sam racontait de ce qui se passait à Dark Town. Sam n'approuvait pas la venue du nouveau prédicateur, le révérend Maxwell, à la Première Église baptiste africaine.

— Ce garçon, il sait pas où est sa place. Il est né là-haut, dans le Nord. Jamais on l'a acheté ni vendu.

Après le repas, ils repartaient labourer jusqu'au crépuscule puis ils rentraient à la grange pour bouchonner et nourrir les chevaux. Jamais Will n'entrait dans le paddock où l'on avait tué ses juments.

Un dimanche, après l'église, Rosemary et Beau Wilkes partirent à cheval pour les Douze Chênes. C'était une fraîche journée de février. Les branches se paraient du rose d'une nouvelle vie.

Le grand-père d'Ashley, le Virginien Robert Wilkes, avait construit cette plantation en pleine nature vierge. Ses Nègres avaient coupé les arbres et brûlé ou déraciné les souches les plus têtues pour laisser place aux champs de coton. Sa plantation prospérant, Robert Wilkes ajouta des dépendances, le quartier des serviteurs et, finalement, construisit son manoir géorgien. Les jardins vinrent en dernier, comme le dernier épisode d'une vie passée à civiliser la nature.

D'immenses magnolias marquaient les coins du jardin. Cornouillers, arbres de Judée et pommiers sauvages apportaient leurs couleurs et leurs fleurs. Des buissons de spirées ombrageaient les allées et des buis encadraient la roseraie qui embaumait de roses Bourbon. Un pont chinois arqué enjambait un ruisseau bordé de camélias et un treillis métallique couvert d'abélies donnait accès à un petit parc orné d'une fontaine.

C'était avant la venue de Sherman.

Les broussailles brûlées par Ashley avaient noirci l'allée circulaire qui permettait aux voitures de faire demi-tour. D'autres mauvaises herbes, empilées aussi haut que le cheval de Rosemary, attendaient le même sort. Ainsi que Beau, elle descendit de sa monture. Une voix chantait. Intrigué, Beau partit en courant sur le sentier qu'envahissait la végétation.

Ils se retrouvèrent dans une clairière où le bronze d'un cheval cabré gardait une fontaine à sec. Ashley attaquait la terre à coups d'épée près de la fontaine. Ignorant qu'il avait un public, il chantait en martelant ses mots de coups d'épée :

— *Le maître commande, ha, ha, et les Nègres obéissent, ho, ho, le Royaume des Cieux viendra et le jour du Jubilé !*

— Papa, s'écria Beau, c'est l'épée de grand-père !

— Bonjour, Beau, dit Ashley en levant les yeux avec un large sourire. Je ne t'ai pas entendu arriver. Madame Ravanel, bienvenue aux Douze Chênes ! dit-il en essuyant l'argile rouge de ses mains sur son pantalon. Je fais des sondages pour trouver la valve. Jamais je n'aurais cru devenir plombier !

Il se leva. Quand Rosemary regarda la statue grandeur nature du cheval, il expliqua :

— Je l'ai acheté il y a des années en Italie. On m'a dit qu'il était d'origine étrusque, expliqua-t-il en levant un sourcil dubitatif.

Beau libéra l'épée du sol et l'essuya avec de l'herbe sèche.

— Beau, ce sabre est un excellent outil pour couper les rameaux ou trouver une valve enterrée.

— « Nous ferons de nos épées des socs de charrue ? » suggéra Rosemary.

— Quelque chose comme ça. Tiens, Beau, essaie sur ces mûriers. Que la poignée reste libre à la base de ta paume. Bien, dit le père en ajustant la posture de son fils.

Beau fendit un mûrier à hauteur du cœur d'un homme.

— Excellent, Beau. Mon maître d'escrime aurait approuvé. Madame Ravanel, c'est vraiment gentil de m'avoir amené mon fils. Pourquoi n'entrez-vous pas chez moi ? Beau, redonne-moi cette épée.

De la fumée s'échappait d'une autre cabane.

— Moïse est meilleur chrétien que moi. On ne trouvera jamais Moïse en train de travailler le jour du Seigneur.

Agile comme un gamin, Ashley bondit sur sa petite véranda.

— Entrez, madame Ravanel, je vous en prie ! Puis-je vous proposer du thé ?

— Si vous m'appelez Rosemary.

— Ce sera donc un thé pour Rosemary !

La maison d'Ashley n'était qu'une cabane de rondins d'une pièce avec un âtre en pierre. Les fenêtres étincelaient de propreté et le lit était fait. Des livres d'horticulture encombraient la table. Des massettes se dressaient dans une jarre posée dans l'évier.

— *Typha domingensis.* Elles attirent les oiseaux : nos carouges à épaulettes nichent dans les massettes.

Beau attisa le feu, prit le panier à bois et sortit chercher des bûches fendues.

— C'est un bon garçon, dit Rosemary.

— Heureusement, Beau ressemble à sa mère, dit Ashley en accrochant une bouilloire au-dessus du feu. Il n'y en a que pour une minute. J'ai trouvé des lettres dans le bureau de Mélanie, dit-il sans inflexion particulière. Je ne savais pas que ma femme entretenait une correspondante aussi fidèle. Je vous les rendrai, si vous le souhaitez.

— Je crois... à l'époque... que les lettres de Mélanie m'ont évité de devenir folle. Mon mari, Andrew... c'était... Tout était si sordide, dit Rosemary en serrant ses bras contre son corps. Quels horribles souvenirs ! Non, je ne veux pas de mes lettres. Brûlez-les, s'il vous plaît !

— Je l'aimais tant ! dit Ashley, le regard perdu dans les flammes. Melly est toujours avec moi. Elle approuve tout cela, vous savez, dit-il avec un sourire soudain – la vente des scieries, que je devienne jardinier.

— Mais bien sûr qu'elle approuve !

Beau déposa le panier de bois près du foyer.

— Père, est-ce que je peux aller voir oncle Moïse et tante Betsy ?

— Je suis sûr qu'ils seront ravis de ta visite.

Quand Beau fut parti, Ashley expliqua :

— Tante Betsy est une prodigieuse pâtissière dès qu'il s'agit de faire des biscuits d'avoine.

Quand la bouilloire se mit à siffler, Ashley remplit une vieille théière à motifs chinois bleus.

— Je l'ai trouvée à moitié enterrée sous un banc du jardin. Je suppose qu'un Yankee a volé les tasses et l'a oubliée là. C'était la préférée de ma mère. Scarlett vous a-t-elle dit que j'ai tenté de la demander en mariage ? annonça-t-il sans préambule.

— Mais non, Ashley, elle n'a rien dit !

Ashley rit de lui-même, soulagé, joyeux.

— J'avais presque réussi à me convaincre que Mélanie

aurait voulu que je l'épouse. Grâce à l'attention de la providence et à son vif bon sens, Scarlett a évité ma demande.

— Ashley, dit doucement Rosemary tandis qu'il allait chercher deux tasses dépareillées, pourquoi me dites-vous cela ?

— Parce que je ne veux plus de mensonges. Je ne veux plus jamais dissimuler mes véritables sentiments.

À la fin de la première semaine de mars, Will Benteen et Grand Sam avaient fini de labourer les champs près de la rivière et, plus haut, s'attaquaient aux suivants. Comme la plupart des paysans, ils remarquaient rarement la beauté qui les entourait. Mais une fois arrivés en haut, ils furent saisis par le paysage magnifique qu'offrait Tara étendu à leurs pieds.

À midi, chaque jour, Will descendait vers les champs de la rivière prendre de la terre entre ses mains et en évaluer la température.

Quand vint la pluie, ils abandonnèrent et mirent les chevaux au repos. L'argile mouillée était trop lourde pour la charrue.

— On va réparer les harnais jusqu'au retour du beau temps, dit Will. On a pris de l'avance, de toute façon.

La pluie transforma la route de Jonesboro en lit de gadoue et, comme ils ne pouvaient plus aller à l'église le dimanche, Rosemary lisait les psaumes dans le salon, Grand Sam et Dilcey les ponctuaient d'amen baptistes vigoureux. Les enfants récitaient les prières qu'ils avaient apprises le soir avant de s'endormir. Scarlett fermait les yeux quand Ella suppliait Dieu de ramener papa Rhett à la maison.

Seigneur, comme il lui manquait ! Pas son humour, ni son pouvoir, ni physiquement – *lui* !

Parfois, seule dans son lit, Scarlett se réveillait en sursaut, l'oreille attentive à la respiration de son époux. Elle tâtait du bras le patchwork qui occupait la place de Rhett.

Sa peau était si sensible, son ouïe toujours en éveil ! Elle sursautait aux bruits soudains et entendait les visiteurs approcher dans l'allée bien avant les autres. Elle restait de longues minutes sans rien faire debout à la fenêtre.

— Seigneur, pria-t-elle, je Vous supplie de me donner une autre chance...

La vaisselle du déjeuner à peine terminée, l'oncle Henry Hamilton arriva. La route était si mauvaise que son cheval avait mis quatre longues heures depuis Jonesboro au lieu d'une seule à l'ordinaire. Oncle Henry était trempé, transi de froid, son cheval de louage épuisé. Il était exclu qu'il retournât au dépôt avant le dernier train.

— Asseyez-vous près du feu, oncle Henry, nous allons vous trouver quelque chose à manger, dit Scarlett. Prissy, s'il te plaît, fais le lit dans la chambre du devant !

Mama avait enfermé une tarte aux pommes dans le garde-manger, il y avait du pain et des haricots dans le four. Pork monta les sacoches d'oncle Henry à l'étage. Heureux de faire un travail pour lequel on l'avait formé, Pork disposa les ustensiles de toilette et de rasage d'oncle Henry sur la table et alla chercher un pichet d'eau.

Will entra en soufflant dans ses mains. Il faisait assez froid pour durcir la route et, si oncle Henry partait tôt au matin, il pourrait rentrer assez vite.

Oncle Henry, le ventre plein et profitant d'un bon feu, semblait apaisé. Il plia soigneusement sa serviette.

— Scarlett, pourrions-nous parler un moment en privé ?

Suellen, qui espérait des nouvelles d'Atlanta, se retira de mauvaise grâce.

Le cœur de Scarlett se serra. Oh ! mon Dieu, il était arrivé quelque chose à Rhett ! Henry avait d'horribles nouvelles à propos de son mari ! Mais il parlait d'un incendie...

— Un quoi ? demanda-t-elle. Quel incendie ?

— Votre maison d'Atlanta, chère Scarlett, répéta Henry en la regardant d'un air étrange, avant de tout lui expliquer une seconde fois. Je suis sincèrement navré pour vous, mais ils n'ont pu la sauver. Le capitaine Mulvaney est arrivé dix minutes après l'alarme mais ses hommes n'ont même pas pu sortir les meubles.

— Ma maison... brûlée ? répéta Scarlett dont l'esprit galopait.

— Je suis désolé d'apporter d'aussi mauvaises nouvelles. Je crains, je crains beaucoup qu'il ne se passe des années avant qu'on ne revoie à Atlanta une aussi somptueuse demeure.

— Il n'y a plus rien ?

— Mulvaney et ses hommes ont sauvé le garage. Chère Scarlett... dit oncle Henry sur un ton plus confidentiel encore. Il se pensa en avant :

— Je ne veux pas vous inquiéter, mais le capitaine Mulvaney croit...

— Il croit quoi ? demanda Scarlett pendant qu'Henry se raclait la gorge.

— Il n'y a rien dans les journaux, ma chère. J'y ai veillé !

— Oncle Henry ! Qu'essayez-vous de me dire ?

— Scarlett, c'est un incendie volontaire.

Les enfants, cantonnés à la maison, jouaient bruyamment sur la véranda pour tromper leur ennui.

Scarlett se dit qu'un enfant allait tomber, qu'il y aurait des pleurs. Elle laissa ce souci étouffer la joie qu'elle éprouvait.

— L'escalier sculpté, les tapis d'Orient, les commodes, les livres de Rhett – tout a brûlé ?

En dépit de ses bonnes intentions, les coins de la bouche de Scarlett se relevèrent en un sourire.

— Je suis désolé, Scarlett, gronda oncle Henry, je ne peux partager votre amusement.

— Pardonnez-moi, oncle Henry. Mais je dois tant d'argent et Tara engloutit chaque centime que je gagne. En plus, cette maison était entièrement assurée.

Oncle Henry posa ses lunettes, tira des papiers de la poche de sa veste et les déplia comme quelqu'un qui sait parfaitement ce qu'ils contiennent.

— Vous étiez assurée à la Southern Benefit Insurance Company, celle d'Edgar Puryear, n'est-ce pas ? Étiez-vous assurée ailleurs ?

— Non. La Southern Benefit couvrait tout.

L'oncle Henry soupira, replia la police d'assurance et la remit dans sa poche.

— Dans ce cas, très chère, je crains qu'il n'y ait pas d'assurance. Edgar et la Southern Benefit Insurance Company ont fait faillite. Avec la dépression que nous connaissons, votre maison n'est pas la première à laquelle on a mis le feu à Atlanta.

Scarlett fronça les sourcils.

— Quelqu'un essaie de me détruire, dit-elle.

— Pardon ? Qui…

— Je ne sais pas qui. Peu importe, affirma Scarlett en secouant la tête comme pour en chasser les incertitudes. Henry, vous n'y pouvez rien. Vendez le terrain. Un double lot sur Peachtree Street doit bien valoir quelque chose !

— Je ferai ce que je peux, promit l'oncle Henry.

Il ne pleuvait pas le matin où l'oncle Henry partit pour Atlanta, et on ne revit plus la pluie de longtemps. Will fut bientôt satisfait de la chaleur du sol. Les chevaux de Tara s'étaient reposés de leurs efforts passés et étaient impatients de se remettre au travail.

Le troisième samedi de mars, Will Benteen se rendit à Dark Town pour prévenir les ouvriers agricoles de Tara qu'il y aurait du travail pour eux dès le lundi suivant.

— Salaire habituel pour les plein-tâches. Il me faut vingt laboureurs, vingt semeurs. On commence à l'aube dans les champs près de la rivière.

Avant l'aube, le lundi, Will et Sam chargèrent des semences, des socs de charrue et des harnais de rechange dans le grand chariot. Il faisait encore nuit quand ils engagèrent les chevaux de trait sur le sentier tortueux que leurs sabots connaissaient par cœur. Ils décidèrent d'attendre dans les champs du bas, où il faisait plus frais. Sam somnolait pendant que Will fumait sa pipe.

Le ciel s'éclaircissait mais le brouillard restait accroché à la terre le long de la rivière. Les oiseaux s'éveillèrent et se mirent à chanter. Will cogna doucement sa pipe pour en vider le fourneau, descendit du chariot, s'étira et bâilla. Il avait pris un gros petit déjeuner pour faire face à sa journée de travail.

À dix heures, quand Will Benteen entra au galop dans Dark Town, il ne trouva que des femmes et des enfants. Les épouses lui dirent que ses ouvriers étaient au lit, malades, ou qu'ils travaillaient à Atlanta, quand ils n'étaient pas partis rendre visite à un parent. Une des femmes le regarda droit dans les yeux.

— Vous savez ce que c'est, monsieur Will, dit-elle.

— Non, Sadie, je ne sais pas. Je suis prêt à planter mon coton et je n'ai pas d'ouvriers. Je sais que je paye un bon salaire et je crois que je vous ai toujours bien traités. Alors non, je ne sais pas ce que c'est !

Doucement mais fermement, Sadie lui ferma la porte au nez.

Les Noirs ne voulaient pas venir à Tara et les voisins de Tara avaient leur propre coton à planter. Ashley vint, bien sûr, mais Moïse refusa fermement.

— Je suis un Nègre des Douze Chênes. Je donne mon travail qu'aux Douze Chênes.

Ashley Wilkes n'avait jamais conduit une charrue. Will marcha donc à côté de lui jusqu'à ce qu'il prenne le coup.

Dilcey avait semé du coton, et Prissy aussi, bien qu'elle prétendît n'avoir « jamais fait une chose pareille ». Pork ronchonna mais il prit le sac de semences en bandoulière et marcha derrière une charrue pour semer dans les sillons peu profonds que les laboureurs traçaient dans les champs. Scarlett, Rosemary et Suellen chevauchaient derrière les semeurs pour que des planches tirées par les chevaux recouvrent les graines de terre.

Il ne plut pas.

Will cessa de dormir dans la grange. À la fin du jour, il était tellement épuisé qu'il n'entendait même pas Boo aboyer.

Mama se levait à quatre heures pour allumer le poêle et préparer le petit déjeuner. Quand ils avaient tous mangé, ils se retrouvaient à l'écurie.

— Dieu soit loué, marmonnait Pork, le vieux maître Gérald n'est plus en vie pour voir jusqu'où on est descendus.

Suellen rappelait à Will que jamais ils n'avaient eu de problème pour trouver de la main-d'œuvre jusqu'à ce qu'une « certaine personne » revienne à Tara. Tandis que le chariot roulait vers les champs, Rosemary restait assise, bien droite, les yeux clos, pour voler quelques minutes de sommeil en plus.

À midi, le jeune Wade leur apportait le déjeuner et restait pour puiser de l'eau pour les hommes et les chevaux. Mama trayait les vaches, ramassait les œufs, nourrissait les cochons et veillait sur les enfants. Au crépuscule, quand les ouvriers épuisés revenaient à la maison, Mama leur avait préparé à dîner.

Rosemary continuait à leur lire les lettres de son frère mais les enfants avaient du mal à garder les yeux ouverts, même la fois où Rhett raconta qu'il avait failli étouffer dans la cale d'un schooner écossais sous une tonne de harengs tout juste sortis du filet et bien vivants !

Louis Valentin fit la grimace.

— Maman, quand est-ce que papa rentre à la maison ? demanda Ella.

Le dernier dimanche d'avril, la matinée s'annonça chaude et douce. Le chèvrefeuille et le laurier embaumaient l'air. La petite Ella accompagna Mama dans l'étable pour la traite – l'enfant aimait regarder Mama envoyer du lait directement du pis dans la bouche des chats qui attendaient en rang près du tabouret de traite.

— Mama, qu'est-ce que c'est que ça, près du portail ?

Mama saisit la main d'Ella.

— Chérie, on s'en va ! C'est une chose qu'on n'approche pas.

Ella tomba à terre et fut prise de convulsions.

La tête ensanglantée de Boo était fichée sur un pieu ; des mouches volaient autour de sa langue pendante et de ses crocs blancs découverts.

Au crépuscule, Will trouva Sam près de la rivière où les poissons-chats frayaient. Bien qu'une flottille de ces grandes créatures aux arêtes apparentes assombrît l'onde, la canne à pêche de Sam restait allongée près de lui sur la rive. Les genoux de Will craquèrent quand il s'assit.

— Je me fais vieux ! dit-il.

Un aigle pêcheur fendit la surface et repartit vers le ciel, un poisson entre ses serres.

— Désolé pour Boo, dit Sam. J'avais une haute opinion de ce chien.

— Ouais, murmura Will en allumant sa pipe.

— Je suis diacre là-bas, à la Première Église africaine, dit Sam après un long silence.

— Un gros travail.

— Vous croyez que mentir, c'est pas dire ce que vous savez, ou juste dire un vrai mensonge ?

Will évita de répondre parce que sa pipe s'éteignit.

Au bout d'un moment, Grand Sam ajouta :

— Les Nègres ont la frousse. C'est pour ça qu'ils viennent pas.

Will ralluma sa pipe, fit la grimace et tapota le culot humide sur une pierre.

— J'ai bien compris que c'était quelque chose comme ça. Qui leur fait peur ?

— Regardez ce poisson-là !

— Il est vraiment gros.

Les deux hommes se racontèrent l'histoire des plus gros poissons-chats qu'ils avaient pêchés dans la Flint. Ils durent admettre que celui du Jim des Tarleton, qui avait pesé quarante livres sur la balance à cochon de Béatrice Tarleton, était « le plus gros qu'on avait jamais vu ».

— Je le sais depuis le début, monsieur Will. Vous pensez que c'est un péché que je l'ai pas dit ?

Will fit passer une brindille dans le tuyau de sa pipe.

— Sans doute, puisque tu es diacre…

— Je le savais, dit tristement Sam. Je le savais bien.

— Ce sont les mêmes types qui ont souillé notre viande, demanda Will avec calme, tué nos juments et Boo ?

— Je crois, soupira Sam. Le petit Willy qui travaille au marché de Jonesboro les a entendus blaguer.

— Qui blaguait ?

— Ce dresseur de chevaux. Willy l'a entendu dire : « J'aime ma viande sans purin dessus. » L'oncle du dresseur de chevaux – il s'appelle Isaiah, comme le prophète –, il n'a pas aimé qu'il dise des choses comme ça. Bien sûr, le petit Willy a fait comme s'il avait rien entendu. Ils sont trois : le dresseur, Isaiah et cet Archie Flytte de Mundy Hollow.

Will Benteen demanda à Sam quel était le meilleur appât pour ces poissons. On prétendait qu'ils mordaient à n'importe quoi ? Puis Will rappela combien Mme Tarleton avait admiré le cheval de trait préféré de Sam, Dolly, quand celle-ci n'était encore qu'une pouliche.

En prenant son temps, Sam répondit :

— Le dresseur de chevaux et Archie Flytte étaient des Kluxers. Ils ont écumé tout le comté de Clayton après la guerre. Je sais qu'Archie tuait un homme de couleur simplement parce que le type l'avait regardé. C'est Archie qui a tué ce sénateur noir à Macon. Il l'a pendu comme si cet homme ne représentait rien.

Will partit à cheval chez les Tarleton.

— Un dresseur de chevaux ! dit Mme Tarleton dans un éclat de rire. Josie Watling prétend être dresseur ! Il dit qu'il est allé dans l'Ouest, le pays des chevaux sauvages. Un petit coq arrogant. Vous connaissez Jim Boatwright, celui qui possède les entrepôts de coton ? Jim a autant de cervelle que Dieu en a donné aux oies. Jim avait une jeune pouliche pur-sang pas vraiment dressée, une pouliche énergique, comme tout le monde rêve d'en avoir une. Quand elle a désarçonné Josie Watling, ce crétin a pris un seau pour parer les coups de sabot et lui a crevé un œil. Maudit soit-il !

Il était à peine plus de dix heures le matin suivant quand Grand Sam attacha le buggy de Scarlett à un poteau devant le tribunal. Scarlett portait une robe à haut col sévère et le chapeau que Rhett lui avait envoyé pour Noël. Grand Sam se précipita pour l'aider à descendre.

— Sam, attends-moi là.

— Je serai au magasin, miss Scarlett, M. Will a besoin de socs neufs.

Le bureau du shérif se trouvait au sous-sol du palais de justice. Scarlett sentait l'air se rafraîchir au fur et à mesure qu'elle descendait l'escalier. Derrière son bureau, le shérif avait affiché une carte du comté de Clayton, des avis de recherche jaunis et la lithographie quasi obligée de Robert E. Lee sur son cheval Traveller. Le shérif Oliver Talbot se leva pour l'accueillir. Quand Scarlett se présenta, Talbot dit qu'il était enchanté, tellement ravi ! Il connaissait le mari de Mme Butler.

— Vous avez servi avec Rhett ?

— Non, madame, dit-il en se tournant pour montrer un bras racorni. Je suis né comme ça, madame. Vilain, n'est-ce pas ? Comme dit mon épouse : « Rends grâce à Dieu, Olly. Ton pauvre bras t'a évité de te faire tuer pendant la guerre. »

— Des individus ont vandalisé ma plantation et les Nègres ont peur de travailler pour moi.

— J'ai connu votre père aussi. Gérald O'Hara était un grand monsieur, Mme Butler. Qui soupçonnez-vous ?

Scarlett décrivit les jambons souillés qu'on avait dû jeter au charnier, la pouliche qui cherchait à téter sa mère morte.

— Vingt-huit jambons, vous avez dit. Deux juments. Un chien ? s'insurgea Talbot. Dites-moi qui sont les sales Nègres qui ont fait ça et je vais leur montrer de quel bois j'me chauffe !

— Ce ne sont pas des Nègres, shérif. Seuls des Blancs pouvaient se montrer aussi pervers – les mêmes Blancs qui ont mis le feu à ma maison d'Atlanta, la plus belle demeure d'Atlanta dont il ne reste plus rien.

— Madame Butler, je peux rien pour Atlanta ! dit le shérif Talbot dont le sourire disparut. Le shérif d'Atlanta, c'est J. P. Robertson. Les Blancs sont pas des vandales.

Scarlett donna les noms d'Isaiah, de Josie Watling et d'Archie Flytte.

— Flytte me hait. Il a déjà été condamné, vous savez. Archie a assassiné son épouse.

— La pauvre Hattie Flytte était de ma famille, madame Butler. Je connaissais Archie avant qu'on ne l'arrête et je le connais toujours aujourd'hui. Le vieil Archie est un client pas commode mais de là à saloper votre réserve à viande ! Ça lui ressemble pas. Les autres ? Isaiah Watling est un homme pieux et dur au travail. Quand il avait encore sa ferme, à Mundy Hollow – oh ! ça devait être en 1840 ou 1841…

— Shérif, je vous demanderai de garder vos souvenirs

sentimentaux pour ceux que ça intéresse. Ma famille a un certain poids dans ce comté.

Le sourire du shérif Talbot disparut comme s'il n'avait jamais existé.

— Madame Butler, tous les citoyens blancs sont importants dans le comté de Clayton. Je connais les hommes que vous accusez. Ils ne sont pas des anges. Mais ils sont incapables de faire ce dont vous les accusez. Vous devez avoir contre vous des Nègres impudents. Je vais enquêter, vous pouvez me croire.

Quand Scarlett ressortit sous le soleil lumineux, un vieil homme buriné s'adossait à son buggy. Il toucha le bord de son chapeau.

— Bonjour, Madame Butler. Je suis Isaiah Watling. J'ai connu votre mari quand il était jeune maître sur la plantation Broughton. J'ai entendu dire que Butler est en Europe. C'est drôle comme les gens voyagent ! Quand vous écrirez à votre mari, dites-lui qu'Isaiah Watling le demande.

— Monsieur Watling, pourquoi faites-vous ça ? Pourquoi nous tourmentez-vous ?

— Il y a tourments et tourments, madame Butler, mais les pires sont les tourments de l'enfer. Archie dit que vous êtes une Jézabel, accusa-t-il en pointant sur elle un doigt osseux. Mais vous ne ressemblez pas à une Jézabel comme je l'imagine.

— Si je vous surprends à nouveau près de ma propriété, je vous ferai fouetter.

— Fouetter, madame Butler ? Madame Butler, de tous les coups de fouet que j'ai vu donner et que j'ai donnés au cours de ma longue vie, je dirais que pas un n'a servi à grand-chose, vous savez.

Il se redressa, lui tourna le dos et s'éloigna.

Scarlett regarda la place vide et eut un frisson.

— Où est Sam ? Il devait m'attendre.

— Ce grand Nègre était à vous, madame Butler ? Je crois qu'il a fichu le camp.

— Sam est un bon Nègre. Il ne me quitterait pas.

— Eh bien, je suis désolé qu'il se soit enfui, madame. Mais il est probable que ce gars arrêtera pas de courir avant d'être très loin d'ici.

53

Un télégramme

Le télégraphiste des Chemins de fer de Géorgie confirma qu'il pouvait envoyer un télégramme aux bons soins de Rob Campbell, à Londres, en Angleterre – ils avaient un câble transatlantique. Mais ça risquait de prendre du temps : il n'avait encore jamais envoyé de télégramme à Londres, en Angleterre.

Il consulta son manuel et siffla.

— Madame, ça coûte un dollar le mot.

D'un crayon ferme, Scarlett écrivit son message sur le carnet : « *Rosemary besoin de vous.* » Elle tendit le carnet à l'employé mais le reprit pour ajouter : « *Ai besoin de vous chéri revenez.* »

54

Glasgow

Tazewell Watling eut envie de déchirer ce fichu papier, mais il le remit dans son enveloppe et donna une pièce au petit télégraphiste. Le gamin le salua, un peu anxieux.

— Monsieur, vous allez le remettre à M. Butler ?

— Si je le trouve.

Six mois plus tôt, quand Rhett Butler était entré dans le bureau de Nicolet & Watling, Tazewell avait eu du mal à le reconnaître. Ses vêtements usés n'avaient plus la moindre élégance sur sa carcasse décharnée. Son visage était celui d'un vieil homme.

— Monsieur ?

— Je pars en Europe, Taz ! dit Rhett en triturant son chapeau avec un sourire las qui lui donnait l'air plus triste encore. Le grand tour. Musées. Sites historiques. Beaux-arts. Je… je me demandais si tu aimerais te joindre à moi.

Taz faillit répondre qu'octobre était le mois le plus chargé pour les affaires, avec les bateaux coque contre coque au quai de Nicolet et tant de coton qu'ils avaient dû louer un second entrepôt. Taz regarda dans les yeux usés de son tuteur.

— Bien sûr que je viens !

Ils prirent le vapeur de la poste le jour même.

Belle avait écrit à Taz pour l'informer de l'état de Rhett. *« Mon chéri, jamais je l'ai vu aussi mal. D'abord Bonnie Blue et puis miss Melly. Ce serait déjà dur si Rhett et miss Scarlett pouvaient se consoler mais ils ne savent même pas. J'ai bien peur que Rhett n'ait plus beaucoup de raisons de vivre. »*

Rhett ne dit rien. Ce ne fut qu'en arrivant en Angleterre,

dans le canal de Bristol, qu'il mentionna Mélanie Wilkes. Les mouettes tourbillonnaient dans les airs avant de plonger du haut des falaises de craie blanche.

— On ne pouvait tromper miss Melly, dit Rhett. Jamais Mélanie Wilkes n'a douté des intuitions de son cœur.

Tazewell Watling détourna les yeux pour ne pas voir les larmes qui coulaient sur le visage de son tuteur. Il ne posa pas de questions sur Scarlett. Le fait que son nom ne passât jamais les lèvres de Rhett suffisait pour que Taz comprît.

À Londres, le majordome de l'hôtel défit leurs bagages pendant que Rhett restait assis les mains entre les genoux. Taz voulait rendre visite aux Campbell mais Rhett était trop fatigué.

Taz passa un après-midi agréable à renouer connaissance avec la famille Campbell. Quand il rentra à l'hôtel, Rhett était sorti. Le portier lui dit qu'il n'avait pas pris de voiture et qu'il était parti à pied dans Mayfair.

— Le gentleman semblait distrait, précisa le portier. Comme si le gentleman avait un souci.

Son tailleur ne l'avait pas vu. Il ne s'était pas non plus rendu dans un club de jeu. Bien sûr qu'on connaissait M. Butler ! M. Butler était-il de retour à Londres ?

Trois jours plus tard, toujours habillé comme au moment de sa disparition, Rhett revint à l'hôtel, sale, pas rasé. Il avait visiblement dormi dans ses vêtements.

— C'est inutile, Taz. Je n'arrive pas à oublier. L'alcool, le laudanum, les femmes – jamais je n'aurais cru en arriver à maudire ma mémoire, dit-il en regardant ses mains. Tu peux retourner à La Nouvelle-Orléans. Je te suis reconnaissant d'avoir interrompu ton travail pour venir, mais…

— Je vais vous faire couler un bain.

Rob Campbell fournit les lettres de crédit nécessaires et dit qu'il ferait suivre leur courrier. Taz acheta des billets sur le vapeur pour Dieppe. Il s'assura que Rhett avait toujours des chemises propres et le força à manger.

En décembre, il faisait un froid perçant à Paris, sa célèbre lumière était impitoyable. Rhett n'arrivait pas à se réchauffer. Pour sortir, il portait parfois deux manteaux.

Comme un fils dévoué auprès d'un père fragile, Taz escorta Rhett au Louvre, à Notre-Dame et à l'Opéra Garnier. Taz bavardait pour meubler les longs silences. À ses questions directes, son ancien tuteur répondait avec courtoisie mais par quelques phrases décousues. Jamais une envie, un projet, une initiative.

Un après-midi, rue de la Paix, ils croisèrent de jeunes danseuses très excitées à l'idée d'aller chez une couturière. Taz les salua.

— Il y a d'autres femmes, vous savez, fit-il remarquer à Rhett.

— Comment oses-tu me dire ça !

Les yeux de Rhett lancèrent de telles flammes que Taz recula d'un pas.

Il arrivait à Taz de se réveiller au milieu de la nuit et de trouver Rhett assis à la fenêtre ; la lune d'hiver blanchissait son visage.

Chaque semaine, consciencieusement, il écrivait aux enfants. Il demandait à Taz de lire ses lettres avant de les envoyer.

— Ce ne sont que les remarques très ordinaires d'un touriste oisif, dit Rhett. Je ne dois pas les inquiéter.

Dans ses lettres, Rhett décrivait avec force détails des aspects de Paris, alors qu'il n'avait pas donné l'impression d'y prêter attention. Il faisait toujours beau. Rhett s'amusait des cochers de fiacre et de la célèbre truculence des serveurs parisiens, qui prétendaient ne pas comprendre le créole.

Les lettres de Taz à Belle étaient joyeuses, elles aussi.

Rosemary écrivait, aux bons soins de Rob Campbell, qu'elle restait à Tara jusqu'à ce qu'elle sache quoi faire de sa vie.

Belle écrivait à Taz : « *Ton grand-père Watling est passé deux fois. Peut-être qu'un jour il acceptera une tasse de café.* »

Noël approchant, les cadeaux furent une torture. Il gelait dehors mais Rhett transpirait dans son manteau en tweed. Un fois achetés les cadeaux pour les enfants, il sauta du fiacre pour entrer chez une modiste, place de la Concorde où il ne passa pas plus de cinq minutes. Avec un long soupir, il s'effondra sur le siège.

— Voilà, c'est terminé ! Taz, je ne crois pas pouvoir en faire davantage. Pourrais-tu veiller à expédier tout ça ?

Ce soir-là, Rhett disparut de l'hôtel une semaine entière. C'est un commissaire et un agent de police qui le ramenèrent.

— Non, monsieur, dit le commissaire à Taz, M. Butler n'a

commis aucune infraction. Mais ce gentleman risquait sa vie… Dans le quartier où nous avons trouvé votre ami, la police ne se déplace qu'en patrouille de quatre.

— Rhett ?

Il toussait. Il ne cessait de tousser mais, d'un geste, il refusa l'aide de Taz.

— Monsieur est peut-être malade ? suggéra le commissaire.

— En effet, dit Taz avant de remercier chaleureusement les policiers.

S'il faisait froid à Paris, à Glasgow ce fut pire. Taz et Rhett passèrent leur première nuit à l'hôtel Great Western, face à la gare de Gallowgate. L'immense salle à manger semblait presque vide. Une poignée de représentants de commerce lisaient en mangeant seuls, un vieux couple célébraient un événement avec leur petit-fils et consultaient soigneusement la carte avant de commander le champagne le moins cher.

Rhett ne mangea presque rien et ne but pas. Le lendemain matin, il avait disparu.

Taz se rendit dans les hôpitaux de la ville, à la prison, on l'envoya aussi à l'asile d'aliénés Gartnavel.

Quand arriva le télégramme de Scarlett, Taz passa une annonce dans le *Glasgow Herald* :

Toute personne sachant où se trouve M. Rhett Butler – un gentleman américain d'âge mûr, grand, bien vêtu, à l'esprit apparemment troublé – recevra une forte récompense de la part de M. Tazewell Watling, à l'hôtel Great Western.

Quatre jours plus tard, un cocher très inquiet conduisit Taz dans le bar à bière d'un taudis des quartiers est de Glasgow.

— Ici, vous courez des risques, monsieur, fit-il remarquer à Taz. Un homme raisonnable prendrait des précautions.

La fumée des poêles à charbon était si épaisse qu'il faisait presque nuit à seize heures trente. Des immeubles délabrés bordaient une ruelle qu'éclairait un unique réverbère à gaz sale.

— Je paierai après avoir vu M. Butler.

— Je veux mon fric tout de suite ! Pas question que je mette un pied dans cet endroit.

— Si vous voulez votre argent, vous attendrez.

Le cocher se redressa pour regarder toute la longueur de la rue. Un chat fila entre deux immeubles.

— Je double le prix si vous attendez.

— Je peux pas dire si je vous attends ou pas, ronchonna le cocher. Mais pour l'amour de Dieu, faites vite !

Dès que Taz eut passé la porte, les yeux lui piquèrent. La pièce au plafond bas était bleue de fumée et puait les corps sales. Les miasmes avaient déposé au fil des ans un vernis brun au plafond. Des tabourets massifs longeaient le bar, des bancs encadraient les tables – des meubles trop lourds pour servir d'armes.

Au fond dans la pénombre, Rhett s'affichait en cape doublée de vison, boutons de manchettes et grosse chaîne de montre en or. À sa table, les cinq pires ruffians que Taz eût jamais vus. Le crime luisait dans leurs yeux.

— Salut, Taz ! Viens donc ici que je te présente. Tu ne m'as pas interrogé sur mon grand-père, Louis Valentin ? Ce sont de braves gens comme ceux-là qui ont acheté la plantation de Broughton.

— Putain, il va continuer ? ricana l'un des braves gens.

Rhett portaient des vêtements froissés et il n'était pas rasé mais devant son verre plein, il paraissait encore sobre.

— Une voiture nous attend, Rhett.

— La soirée ne fait que commencer, Tazewell Watling. Je parle d'amour avec ces philosophes écossais. M. Smith, à ma gauche, prétend que des rossées régulières réchauffent le lit conjugal. M. Jones – ce costaud aux cheveux couleur sable – défend la même opinion.

— On peut pas les laisser prendre des grands airs, affirma Jones.

— Sûrement pas, approuva Rhett.

— Rhett, je vous ai cherché partout, dit Taz en lui tendant le télégramme.

Si ça ne le tue pas, ça le soignera, se dit Tazewell Watling pendant que son ami lisait le court message de Scarlett.

Des gouttes de sueur perlèrent sur le front de Rhett. Puis, avec sa légèreté d'antan, il se leva.

— Eh bien, messieurs, j'ai le regret de vous annoncer que toutes les bonnes choses ont une fin.

— Hé, mais où est-ce que tu vas ? protesta Smith.

Jones se leva et tira sa casquette sur ses yeux.

— On allait se marrer comme jamais !

— Justement, dit Rhett en riant, je soupçonnais que c'était bien votre intention.

Jones baissa une main et la releva, une épaisse matraque entre les doigts. Quelque chose de pointu luit soudain dans la main de Smith. Le barman laissa tomber son chiffon et fila à l'office en refermant la porte derrière lui.

— Tu vas rester avec nous juste un petit moment de plus !

Tazewell sortit son revolver de sa veste et le pointa négligemment au plafond.

— Désolé de vous décevoir, messieurs, mais notre cocher n'attend pas.

— Seigneur tout-puissant ! ironisa Rhett. Et il faudrait qu'on rentre à pied à l'hôtel ? Bonne nuit, les amis. Peut-être nous reverrons-nous un jour.

La matraque de Jones pendait contre sa jambe. Il sourit.

— C'est ça. Revenez quand vous voulez. On sera là pour vous, monsieur !

Dehors, le cocher faisait des signes d'impatience. Rhett tâta ses poches et se renfrogna.

— J'ai oublié mes gants.

— Pour l'amour de Dieu, Rhett, vous êtes devenu fou ?

Rhett hésita un moment avant d'adresser à Taz son sourire d'antan.

— Aimer, c'est risqué, Taz. Tu mets en danger l'immortalité de ton âme.

55

Sécheresse

Le comté de Clayton était sec. Le chiendent étouffait les tendres pousses de coton. Grand Sam étant absent et Ashley reparti aux Douze Chênes, Will Benteen commençait le travail avant l'aube, se fiant à son cheval pour rester dans les sillons. Au lieu de se reposer à midi, Will allait chercher un cheval frais et continuait à marcher derrière la charrue en mangeant du pain et du fromage.

Mais la charrue ne pouvait désherber les crêtes ni éclaircir les plants de coton. Cela ne pouvait se faire qu'à la main. Mama, trop âgée, et Robert Benteen, qui n'avait que trois ans, échappaient à la corvée.

Pour la centième fois ce matin-là, Scarlett lança sa houe.

— Wade Hampton Hamilton, arrache les mauvaises herbes, pas le coton !

— Oui, mère.

Wade, qui venait de trancher un plant au ras de la racine, remit avec soin la tige en terre.

Scarlett ferma les yeux pour faire appel à toute la patience dont elle était capable. Dilcey s'inquiéta :

— Vous allez bien, miss Scarlett ?

— Si tu passais moins de temps à papoter et plus à faucher, on pourrait terminer ce champ !

— Et comment on pourrait y arriver ? marmonna Wade.

Scarlett admit que c'était une bonne question mais ne le dit pas. Malgré de trop rares cultivateurs, de maigres plants de coton survivaient. Devant eux, il y avait tant de mauvaises herbes qu'on avait du mal à distinguer le coton.

La veille, Will avait dit à Scarlett qu'il fallait abandonner les champs du haut.

— On n'y arrivera pas avant que le coton soit étouffé, miss Scarlett. Pas la peine que j'y aille labourer. Il vaut mieux que je fauche avec vous.

Louis Valentin Ravanel et Beau Wilkes se partageaient un sillon. Comme un grand, Wade avait son propre sillon. Will Benteen s'en était attribué deux.

Les nuages naviguaient paresseusement dans le ciel, chassant les ombres sur leur petite parcelle du monde.

Ils avaient beau ne plus aller à l'église de Jonesboro, le dimanche le travail cessait à midi. Épuisés et silencieux, les enfants grimpaient dans le chariot. Dans la brume de chaleur, les sillons paraissaient onduler.

— On y va, Molly ! murmurait Will.

Et la puissante jument abattait avec régularité ses gros sabots sur le sol sec.

Les enfants descendaient devant l'écurie. Pork, Dilcey et Prissy regagnaient leurs quartiers.

— Suellen, s'il te plaît, emmène les enfants se laver. Je vais aider Will pour les chevaux.

— Je n'ai pas besoin d'aide, miss Scarlett.

— Moi, je crois que si.

Rosemary fut surprise de voir une voiture noire s'arrêter devant Tara. Il lui sembla la reconnaître...

— Oh ! Belle Watling, quelle surprise !

Dans sa pudique robe à carreaux bruns, on aurait pris Belle pour n'importe quelle femme de la campagne en visite.

— Je suis désolée de vous ennuyer, miss Rosemary, mais il fallait que je vienne.

— Je suis toujours heureuse de voir une amie de Rhett, Belle. Le temps est-il aussi sec, à Atlanta ? Nous brûlons littéralement. Voulez-vous entrer ?

— Miss Scarlett a une vraie maison ! dit Belle en hésitant sur le seuil.

— Oui. Je vous en prie, entrez !

Elle entraîna Belle dans le salon plus frais. Rosemary avait la peau poisseuse de sueur séchée.

— Asseyez-vous donc ! Je vais aller vous chercher un rafraîchissement. Nous avons du babeurre frais...

— Non, non, je n'ai besoin de rien. Je suis juste venue vous dire, à vous et à miss Scarlett... commença Belle.

Elle posa ses gants sur le bras d'une causeuse puis les reprit pour les tripoter nerveusement. Après une profonde inspiration, elle se lança :

— Miss Rosemary, vous et moi nous nous parlons, mais je crois que miss Scarlett me déteste. J'ai quelque chose d'important à dire. Pourriez-vous aller la chercher, s'il vous plaît ?

Rosemary passa dans le hall pour se poster au pied du perron.

— Wade, s'il te plaît, appelle ta maman ! Dis-lui que c'est important !

— Dis-lui que c'est une question de vie ou de mort ! corrigea Belle.

L'enfant partit en courant. Rosemary demanda à Mama d'apporter de l'eau fraîche dans le salon.

Quand Rosemary revint dans la pièce, Belle, qui regardait le portrait surplombant la cheminée, interrompit sa rêverie.

— Ce devait être une vraie dame, dit-elle.

— Je crois que la grand-mère de Mme Butler s'est mariée trois fois.

— Je suis désolée d'arriver comme ça sans y être invitée, dit Belle en se penchant sur les roses que Pork cueillait chaque jour. J'arrose mes fleurs avec de l'eau du puits, mais les roses n'aiment pas l'eau du puits.

Quand Mama apporta un pichet et des verres, elle avait les lèvres serrées. Rosemary l'empêcha de marquer sa réprobation.

— Merci, Mama. Les enfants pourront déjeuner dans la cuisine.

— Pauvre miss Ellen, ronchonna Mama, elle doit se retourner dans sa tombe.

Une Scarlett sale et suante détacha son chapeau de paille en entrant au salon.

— De vie ou de mort, Rosemary ? Ah ! mademoiselle Watling...

— Madame Butler, je n'aurais pas osé vous déranger, mais...

— En effet, inutile de nous déranger plus longtemps, dit Scarlett en montrant la porte.

— Scarlett ! protesta Rosemary.

— Chère Rosemary, dit Scarlett avec un sourire d'acier, Louis Valentin est aussi sale qu'un ramoneur. Peux-tu lui faire prendre un bain ?

— Scarlett, je ne peux pas croire que Belle soit venue d'Atlanta sans raison importante.

Scarlett écarta une mèche sale de son front, ouvrit le placard aux liqueurs, déboucha une carafe et se versa un brandy. Elle l'avala d'un coup et fit une grimace.

— Mademoiselle Watling, excusez cet accueil. Vous n'étiez pas... attendue.

— Ce n'est pas facile pour moi... commença Belle, qui dut prendre une gorgée d'eau avant de continuer. L'eau est meilleure ici qu'en ville.

— Belle, demanda Rosemary, qu'est-ce...

Belle fit rouler le verre frais sur son front.

— Miss Rosemary, je ne serais pas en vie aujourd'hui sans Rhett Butler. Mon fils Tazewell, lui aussi, serait mort.

— Mademoiselle Watling, l'interrompit Scarlett, je travaille dans les champs depuis l'aube, je suis sale et irritable.

Belle Watling posa la tête sur le dossier de son siège et ferma les yeux.

— Papa accuse Rhett de tous les maux, commença-t-elle d'une voix sans timbre. Papa dit que Rhett a entraîné, sous un faux prétexte, mon frère Shadrach Watling dans un duel et l'a tué, parce que Shad avait tué le Nègre Will.

— Mais que racontez-vous ?

— Papa vient me voir, continua Belle sans ouvrir les yeux. Chaque dimanche, à dix heures précises, papa arrive.

Isaiah Watling remontait l'allée de Belle sans remarquer comme la pelouse était bien entretenue, les roses épanouies, les pétunias joliment disposés aux fenêtres. Belle préparait toujours du café et des petits pains sur la véranda, au cas où il accepterait quelque chose. Mais il refusait toujours.

— Bonjour, papa.

Il venait toujours seul. Il laissait Archie et Josie à Mundy Hollow.

Il s'asseyait sur la balancelle, les pieds bien à plat, sans enlever son chapeau.

— Ma fille, disait-il comme s'il n'était pas sûr de sa paternité.

Isaiah ne demandait jamais de nouvelles de son petit-fils mais il acceptait que Belle lui lise les lettres de Tazewell, une description des marées dans l'estuaire de la Severn, de Notre-Dame et des courses à Longchamp, où Taz et Rhett avaient rencontré M. Degas, un peintre. « Je trouve qu'un tableau doit ressembler à son sujet, pas vous ? » (Belle était d'accord avec cette opinion pleine de bon sens.)

— Imaginez un peu, papa, ils ont, en France, des champs de courses comme les nôtres !

Pendant que Belle pliait la précieuse lettre, son père demandait toujours :

— Est-ce que le gamin dit quand il va rentrer à la maison ?

— Non, papa.

— Butler ne peut plus se cacher derrière miss Élisabeth.

Ils restaient assis sur cette véranda comme un père ordinaire et sa fille par un dimanche matin sur n'importe quelle véranda. Belle grignotait un petit pain.

Parfois, Isaiah ne disait pas un mot. D'autres fois, il rappelait les souvenirs de la ferme Watling à Mundy Hollow, citait le nom de chaque cheval, et même du vieux chien que son fils Shad aimait tant.

— Tout le monde certifiait que la confiture de sureau de ta mère était la meilleure qu'ils aient jamais mangée, disait Isaiah. Moi, j'ai jamais été fou de sureau.

Josie, Archie et lui vivaient juste un peu plus loin.

— Chez nous, c'est plus là. La maison et la grange se sont effondrées comme si on n'y avait jamais habité.

Isaiah avait tenté d'éloigner son fils du vice à coups de trique.

— Shad avait le cœur dur, dit Belle.

— Ça ne donnait pas à Rhett Butler le droit de le tuer.

— Je suis votre fille, papa.

— J'y ai beaucoup réfléchi. As-tu jamais envisagé de te repentir ?

La balancelle grinça.

— Mademoiselle Watling, l'interrompit Scarlett, votre père et son gang nous ont terrorisés, ils ont intimidé ceux qui devaient nous aider dans les champs. J'ignore ce qu'il a contre moi.

— Oh ! il n'a rien contre vous ! Archie Flytte vous déteste mais papa n'a pas d'opinion sur vous.

— Mademoiselle Watling, vous avez prétendu qu'il s'agissait d'une question de vie ou de mort…

Belle posa son verre d'eau, prit ses gants et les plia.

— Je n'aurais jamais cru que ce serait aussi diablement difficile, soupira-t-elle.

— Belle… insista doucement Rosemary.

— Miss Rosemary, vous savez à quel point papa aimait votre mère. Il la considérait comme une sainte sur terre. Vous connaissez papa – quand il a une idée en tête, y a pas moyen de l'en faire sortir. Miss Scarlett, papa ne s'intéresse pas à vous mais il veut tuer Rhett depuis très longtemps. Maintenant que miss Élisabeth n'est plus parmi nous et que papa s'est acoquiné avec ce Flytte et le cousin Josie... c'est mauvais...

— Et... l'encouragea Scarlett.

— Tant que Rhett est par-delà l'Océan, papa ne peut rien faire. C'est pour ça qu'il s'en est pris à vous, pour que vous lui demandiez de revenir. Faites tout ce que vous voulez, miss Scarlett, insista Belle avec angoisse, mais je vous en prie, ne demandez pas à Rhett de rentrer !

56

Trois veuves

Le bureau du télégraphe de Jonesboro était fermé le dimanche. Scarlett interrompit le repas du télégraphiste et lui fit du charme jusqu'à ce qu'il accepte de l'accompagner à la gare où il mit son appareil en marche, remonta ses manches et testa la puissance du signal. Enfin, il envoya le message de Scarlett – une mise en garde affolée.

Scarlett fit les cent pas jusqu'à ce que le téléscripteur cliquette la réponse de Rob Campbell : « *Rhett et Tazewell ont fait voile jeudi pour New York.* »

— Est-ce que ça va, madame ? demanda le télégraphiste. Est-ce que vous voulez vous asseoir ?

— Envoyez mon message au Saint-Nicholas, à l'Astor House, au Metropolitan, sur la Cinquième Avenue… pour l'amour de Dieu, envoyez-le à tous les hôtels de New York !

— Madame, je ne connais pas les hôtels de New York. Je ne suis jamais allé à New York.

Scarlett aurait bien giflé ce demeuré. Elle aurait voulu pleurer de frustration.

— Envoyez-le aux hôtels que je viens de vous citer ! ordonna-t-elle entre ses dents serrées.

Scarlett réfléchit en rentrant à Tara. Que faire ? Que pouvait faire une femme ?

Elle s'arrêta en route. Le ciel était bleu. Elle entendit une fauvette dans un buisson. Soudain, la certitude la plus claire et la plus froide s'imposa : que Rhett Butler soit assassiné, elle mourrait aussi.

Curieusement, la dureté même de cette sentence la soulagea. Elle cessa de tourner ces idées dans sa tête et comprit ce qui lui restait à faire.

Dès qu'elle mit pied à terre, Rosemary courut vers elle.

— As-tu prévenu Rhett ?

Scarlett retira son chapeau et secoua la tête pour aérer ses cheveux.

— Ils ont déjà pris le bateau. Quand Rhett viendra à Tara, les Watling lui tendront une embuscade.

Rosemary ferma les yeux et serra fort ses paupières.

— Qu'ils soient maudits !

— Oui, qu'ils soient tous maudits ! Où sont nos fringants champions quand on a vraiment besoin d'eux ?

Au salon, une Mama discrète apporta du thé aux deux femmes. La maison était silencieuse. Les enfants jouaient dehors dans un crépuscule qui n'en finissait pas.

— Rosemary, nous sommes très différentes en bien des points, mais nous aimons ton frère.

Rosemary opina du chef.

— Et nous ferions tout – tout ce qu'il faut – pour qu'on ne puisse lui faire du mal.

— Scarlett, qu'as-tu en tête ?

— Par deux fois j'ai porté le deuil de maris morts pour protéger les femmes du Sud. Je hais le noir du deuil. Je ne porterai pas le deuil une troisième fois pour Rhett Butler !

Scarlett servit le thé et ajouta de la crème et du sucre dans celui de Rosemary. Quand elle lui tendit sa tasse, elle fit un bruit de crécelle sur la soucoupe.

— Rosemary Butler Haynes Ravanel, comme moi, tu es deux fois veuve. Quand tes époux sont allés se battre, ça t'a plu de les voir partir ?

— Quoi ? Tu es folle !

— Cela se pourrait, après tant d'années à éloigner de moi la folie des hommes.

Scarlett gagna le bar et versa une bonne rasade de brandy dans son thé.

— Oh ! je sais, je sais. Les dames ne mettent pas de brandy dans leur thé. Franchement, Rosemary, je ne me soucie plus du tout de ce que les dames font ou ne font pas.

— Scarlett, j'ai l'impression de foncer au galop sans savoir vers où. Dis-moi ce que tu mijotes. Je t'en prie, je t'en supplie !

Scarlett le lui dit.

Le lundi matin à l'aube, Dilcey fit chauffer de l'eau et elles prirent un bain dans la cuisine – Scarlett d'abord, puis Rosemary ensuite pendant que Scarlett se séchait et se peignait. La poussière des champs teinta l'eau en gris. Elles restèrent assises côte à côte, enveloppées dans leurs serviettes, pendant que Dilcey leur frisait les cheveux. Mama repassait les jupons. Elle balançait entre la crainte que lui inspiraient les projets de Scarlett et sa joie devant la transformation des deux femmes.

Les hommes avaient été bannis de la maison. Dès qu'elles furent coiffées, les dames allèrent en sous-vêtements fouiller les malles pour se trouver de quoi s'habiller. Scarlett déplia une robe en soie rose ; un reçu en tomba : « *Mme Frère, Bourbon Street.* »

— Mon Dieu ! dit Scarlett. Rhett m'a acheté ça à La Nouvelle-Orléans ! Elle te va au teint, dit-elle en la plaçant devant Rosemary.

— Le corset, Scarlett ! Je ne suis pas dotée de si généreux arguments…

— Dilcey le rembourrera, pouffa Scarlett. Rhett t'a-t-il jamais raconté comment nous avons assisté au célèbre bal des Quarteronnes ?

Pendant que les dames se préparaient, Pork toilettait les plus beaux chevaux de selle de Tara. Il les brossa, coupa les poils disgracieux, leur tailla la crinière et la queue avant de les attacher pour passer la main à Prissy. Dans la sellerie, il trouva deux selles pour monter en amazone, bien poussiéreuses.

— Miss Ellen, dit Pork. Tout a changé à Tara. Et pas pour le mieux !

En tressant les crinières et les queues, Prissy bavardait.

— Elles vont être belles, hein ? Miss Scarlett et miss Rosemary, elles vont à un barbecue ? À voir comme elles s'apprêtent, je parie que c'est là qu'elles vont. On y va aussi, nous ? demanda-t-elle avant de reculer d'un pas pour admirer son œuvre. Je vais mettre des rubans aux crinières et aux queues. Pork, quelle couleur ferait joli ?

— Pour miss Scarlett, il faut du vert, affirma Pork avec autorité.

Le marché de Jonesboro jouxtait les abattoirs et l'entrepôt de coton de MacIver. Pendant la moisson, c'était là qu'on vendait le coton à la criée, et toute l'année, les fermiers du comté de Clayton y venaient acheter et vendre leurs bêtes. Les enclos et les appentis du marché longeaient le mur de la voie ferrée. À l'extrémité sud du marché, on amenait les animaux à vendre. On les pesait, on leur donnait un numéro et on les mettait à l'enclos. Puis les barrières claquaient, on les poussait vers une arène de trente mètres de diamètre entourée d'une solide clôture haute comme un cheval. Les jours de marché, les Noirs se perchaient dessus tandis que les Blancs profitaient du confort rudimentaire des gradins en bois. Sous la tribune, deux femmes austères enregistraient les paiements, déduisaient la commission du marché et donnaient le ticket qui permettait à l'enchérisseur d'aller réclamer sa bête. Près du bureau des ventes, dans un kiosque une femme de couleur vendait des tranches de jambon et du pain de maïs. Par respect pour les baptistes, elle cachait sa bouteille d'alcool sous le comptoir.

Le marché résonnait des cris des hommes et des bêtes. Braiments, hennissements, meuglements, grognements, cancans, pépiements se mêlaient en un brouhaha confus tant il y avait de monde, de mules, de chevaux, de vaches, de cochons, d'oies, de canards et de poulets.

Ce lundi matin-là, une herbe rare crissait sous les pieds et une poussière rouge recouvrait les bêtes, les enclos et les tribunes comme les larges bords des chapeaux des hommes. Il flottait une odeur de bouses et de crottin séchés.

Les acheteurs représentant les bouchers d'Atlanta portaient des costumes en lin et fixaient leur cravate avec une pince en or. Mais la plupart des clients étaient des pauvres venus acheter un cochon ou une vieille vache laitière. Certains marchaient même pieds nus.

À treize heures, le marché battait son plein. Les bêtes entraient en piste et le commissaire-priseur commençait la psalmodie des annonces. La poussière flottait comme un brouillard rouge.

Quand deux dames firent leur apparition, les fermiers stupéfaits se poussèrent du coude. Un simplet se frotta les yeux.

— Youhou ! s'écria-t-il.

Elles protégeaient leur teint délicat sous des ombrelles en soie à franges et leurs mains fines par des gants qui montaient jusqu'au coude. Rosemary sourit gracieusement.

— Merci, monsieur ! dit-elle au jeune fermier qui leur ouvrit la porte.

Jamais il n'avait entendu de voix aussi douce.

Elles étaient la femme du Sud portée à sa perfection. Leurs épouses épuisées au travail et vieillies par de trop nombreuses grossesses ne ressembleraient jamais à ces dames-là. Bien sûr, la poussière les avait épargnées comme si elle n'osait pas se poser sur elles. Elles détournèrent les yeux d'un homme qui frappait une vache malade à la faire tomber, des veaux de trois jours qui appelaient leur mère, d'un employé qui faisait entrer à coups de fouet un taureau rétif dans un enclos. Les dames ne devaient pas remarquer ce genre de choses. Elles étaient trop raffinées pour cela. Les hommes retiraient leur chapeau et souriaient à leur passage.

Un ancien contremaître des Tarleton (en des temps meilleurs) claironna :

— Bonjour, miss Scarlett !

Elle le gratifia d'un hochement de tête princier.

La nouvelle de l'arrivée des dames se répandit dans le vaste marché. Les hommes convergèrent sur les enchères comme si on y vendait un cheval ou un taureau exceptionnel. Des maquignons qui inspectaient les sabots d'une jument en oublièrent leur tâche, les Nègres qui nourrissaient les cochons posèrent leurs seaux.

À la tribune, les acheteurs venus d'Atlanta avaient pris place sur des coussins en face du commissaire-priseur, de l'autre côté de l'arène.

Très haut, au dernier rang, Isaiah Watling somnolait au soleil pendant que son neveu Josie lisait *Les Éclaireurs des Plaines* de Ned Buntline dans une édition bon marché. C'est dans les Plaines qu'aurait dû vivre Josie Watling, pensait le jeune coq. Dans le livre de Buntline, Buffalo Bill abattait un Peau-Rouge rebelle d'une seule balle à plus d'un kilomètre. Josie Watling se gratta la tête. Il n'aurait jamais pu atteindre une cible à cette distance.

Les célèbres frères James, Jesse et Frank, cambriolaient des trains. Jamais Josie n'avait cambriolé un train. Josie Watling s'inquiéta d'être resté trop longtemps dans l'Est. Il se dit que peut-être, quand il retournerait dans l'Ouest, il parviendrait à tuer un homme à plus d'un kilomètre. Il pourrait aussi s'essayer à l'attaque de trains. Mais comment faisait-on pour cambrioler un train ? Comment arrêter la locomotive ?

En ronflant, son oncle Isaiah formait une bulle de salive

au coin de la bouche. La plupart du temps, Josie ne considérait Isaiah que comme un vieil emmerdeur parmi d'autres. La seule chose qui gardait Isaiah en vie, c'était Rhett Butler. Josie se disait qu'après avoir éliminé Butler, Isaiah Watling pourrait mourir en paix.

C'est Archie Flytte qui avait eu l'idée de harceler Mme Butler jusqu'à ce qu'elle rappelle son mari à la maison. Archie détestait les Butler comme la peste. L'oncle Isaiah était trop pieux pour souiller une réserve à viande, trop pieux pour effrayer les Nègres et décapiter un chien. Mais quand ils avaient mis le feu à la grande maison d'Atlanta, Josie avait dû forcer ce vieux fou à partir. Il regardait les flammes comme s'il voulait s'y jeter.

Josie retourna à sa lecture. Buffalo Bill entrait dans le Comanche Saloon où de sales types se partageaient le butin d'un hold-up. « *Il y avait des armes à feu impatientes de tirer* », écrivait Ned Buntline.

Dans l'arène poussiéreuse, Archie Flytte aiguillonnait des bêtes pendant que le commissaire-priseur criait :

— Cent ! cent ! Pour cent, les bœufs de M. Benson ! On les engraisse un peu et ils vous rendent riche. Est-ce que j'entends cent ?

Archie continuait d'inciter les animaux nerveux à tourbillonner dans la poussière pour que les acheteurs les voient sous toutes les coutures.

La poussière ne retombait pas. Les bœufs meuglaient. Leurs sabots frappaient le sol.

— Allez, les vaches, allez, ouh, ouh ! criait Archie.

Le commissaire-priseur continuait sa psalmodie.

C'est alors que deux dames entrèrent au petit trot sur leurs chevaux parés et s'arrêtèrent au milieu de l'arène.

— Archie Flytte, dit Scarlett d'une voix forte, nous voudrions vous parler, à vous et à vos complices.

Archie fronça les sourcils, en déséquilibre sur sa jambe de bois. Il se remit d'aplomb. Libéré des attentions d'Archie, les bœufs se replièrent à l'autre bout de l'arène.

— Mesdames ! cria le commissaire-priseur. Je vous en prie, mesdames, vous interrompez la vente !

— Ne vous inquiétez pas, monsieur ! lui répondit Scarlett, amusée par l'effronterie de l'homme. Nous n'allons pas vous retenir longtemps. On nous a fait des torts terribles et je suis certaine que vous, qui êtes un bon chrétien, vous voudrez qu'il nous soit rendu justice.

Elle fouilla les gradins du regard et esquissa un geste à l'intention de ceux qu'elle identifiait.

— Nombre d'entre vous me connaissent sous mon nom de jeune fille, Scarlett O'Hara, d'autres comme Mme Rhett Butler. Ma belle-sœur, dit-elle en montrant Rosemary de sa main gantée de blanc, Mme Ravanel, est la veuve du colonel Andrew Ravanel dont le nom est connu de tous les patriotes du Sud. Isaiah Watling, est-ce vous qui vous cachez là-haut ? Et vous, monsieur, vous devez être Josie Watling. J'ai beaucoup trop entendu parler de vous.

Passant de gradin en gradin, les Watling descendirent et enjambèrent la barrière pour arriver dans l'arène. Le commissaire-priseur voulut protester mais il se retint quand un acheteur d'Atlanta lui fit un signe de tête.

— Archie Flytte, je suis heureuse que vous ayez enfin trouvé un emploi à votre mesure. Vous n'étiez pas à votre place comme baby-sitter de Mélanie Wilkes. Je frémis à la pensée qu'on ait pu laisser une personne comme vous seule avec des enfants innocents. Isaiah Watling, comment avez-vous pu faire fuir Grand Sam ? De quoi l'avez-vous menacé ?

— Isaiah ! dit Rosemary en faisant avancer son cheval. Vous abattez des chevaux ? Vous effrayez des Nègres ? Vous assassinez un pauvre chien ? Vous ? Que penserait… que penserait ma mère, Élisabeth, de votre pitoyable mesquinerie ?

Le vieil homme se redressa – on aurait dit qu'il avait rajeuni et ses yeux ressemblaient à ceux d'un vautour.

— Votre frère a assassiné mon seul fils. Rhett Butler a condamné Shadrach Watling au feu éternel.

— Vous êtes un menteur, Isaiah Watling, affirma Rosemary. Votre fils a affronté Rhett Butler dans une affaire d'honneur. Est-ce une raison pour tourmenter des veuves et des enfants innocents ?

— Messieurs, lança Scarlett à la cantonade, ces tristes individus ont abattu deux juments qui allaitaient, ils ont fait fuir nos ouvriers, ils ont saccagé nos biens et, dernière plaisanterie en date, ils ont tué notre fidèle chien de garde. Allez, mentez, Watling, devant ces hommes et devant Dieu. Affirmez que vous êtes innocent !

— Envoyez-les en enfer, miss Scarlett ! s'écria un homme sur les gradins.

Quand Josie se tourna pour voir qui avait parlé, nombreux furent ceux qui soutinrent son regard. Certains se levèrent. Leurs murmures bruissaient comme un orage qui approche.

Rosemary fit passer sa monture devant la tribune.

— Messieurs, depuis que je vis chez Mme Butler, nous avons été assiégés et terrifiés par des cavaliers de l'ombre. Faut-il être lâche pour terroriser des femmes, des enfants et des Nègres ? Que feront-ils ensuite ? Vont-ils assassiner mon enfant, le fils du colonel Andrew Ravanel ?

Deux jeunes fermiers descendirent des gradins pour rejoindre les autres dans l'arène.

— Mon fils, Shadrach, il...

— Contremaître Watling, l'interrompit Rosemary, vous avez perdu la mémoire ! Shadrach Watling était tyrannique, c'était une vraie brute.

— Allez-y, madame Ravanel. Les laissez pas s'en tirer comme ça ! dit un fermier à la forte carrure en descendant à son tour dans l'arène.

Des hommes s'emparèrent de fouets et de bâtons. Josie Watling posa la main sur l'étui de son pistolet.

— Oh ! s'écria Isaiah. Oh ! oui, vous êtes si prétentieux, vous, les Butler ! Vous vous croyez supérieurs à tout le monde ! Vous ruinez qui vous voulez, vous tuez qui vous voulez, vous insultez ceux que vous avez envie d'insulter et vous repartez au trot sans vous retourner. Vous possédez tout. Œil pour œil, proclama-t-il en pointant un doigt accusateur, dent pour dent !

À cet instant, tout se figea – la bave luisant sur les lèvres d'Isaiah Watling, ses yeux fous lançant des flammes : Ashley Wilkes et Will Benteen entraient à cheval dans l'arène.

Rosemary cessa de respirer.

— Allez-vous-en ! leur cria Scarlett. S'il vous plaît ! Nous allons régler cela toutes seules.

Ashley Wilkes traversa l'espace de terre rouge avec l'allure du commandant sudiste qu'il avait été, sa cravache dans la main droite. Il descendit de cheval.

— Tout va bien, maintenant, Scarlett, dit-il. Nous allons en finir !

— Oh ! non, Ashley, nous...

Ashley cingla le visage de Flytte.

— Gredin, partez loin de Tara, je vous le dis ! Sinon, Dieu m'est témoin, je...

Archie eut à peine le temps de lever un bras que la cravache d'Ashley s'abattit à nouveau.

— Sale brute ! Gardez vos distances !

La cravache atteignit le bras levé d'Archie mais celui-ci l'attrapa, la serra contre sa poitrine. Ashley tenta de la libérer. Archie suivit le mouvement et fonça sur son assaillant.

— Vous ne causerez plus jamais d'ennuis à d'honnêtes gens ! dit Ashley dans un souffle.

— Oh ! je vous ai causé des ennuis !

Archie abattit sa jambe de bois sur le pied d'Ashley qui trébucha. Le vieux roublard le jeta à terre.

Les chevaux des dames firent de leur mieux pour ne pas piétiner les hommes qui roulaient sous leurs sabots mais celui de Rosemary posa un fer sur la cheville d'Ashley. Les bœufs affolés s'agitèrent au point que les fermiers s'enfuirent.

Archie enserrait la gorge d'Ashley de ses doigts.

Ashley avait beau taper de toutes ses forces sur le dos de Flytte, les mains puissantes du vieil homme serraient de plus en plus fort. Quand Ashley tentait de reculer ou de rouler à genoux, l'autre le suivait. Ashley s'attaquait aux doigts d'Archie quand Will Benteen arriva.

— Je vais t'envoyer une balle dans la tête, Flytte, cria-t-il. Lâche-le, par Dieu, ou je tire !

Will tira. Le cheval de Scarlett se cabra, son chapeau s'envola. Elle s'agrippa des deux mains aux rênes. Son cheval, affolé, recula jusqu'à heurter la clôture. Les hommes criaient, les bêtes meuglaient.

— Ah ! ça, que je sois pendu si vous avez pas tué Archie Flytte, s'exclama Josie. Je le jure devant Dieu, jamais j'aurais cru qu'on pouvait tuer Archie !

Scarlett baissa les yeux vers Will, vers son chapeau taché de sueur. Par-dessus les meuglements, elle entendit la voix de Will, très claire :

— Pour l'amour de Dieu, non ! J'ai deux enfants.

— Et vous avez pas pensé que le vieil Archie pouvait avoir des enfants ? Vous avez pensé à lui demander ?

Le second coup de feu tonna plus fort, les oreilles de Scarlett sifflèrent. Will gémit, mais c'était déjà le râle d'un mourant.

Rosemary maîtrisa le cheval de Scarlett. Elle entendit Josie :

— Oncle Isaiah, je m'en vais. Je veux rien avoir à faire avec ce genre de boulot. Au moins, avec Jesse et Frank, quand on tue quelqu'un, on est payé !

57

Pluie

Des mains calleuses allongèrent tendrement Will et Ashley sur des sacs de grains au fond du chariot. Elles recouvrirent le corps immobile de Will. Rosemary s'agenouilla près d'eux pour baigner d'eau le visage d'Ashley, inconscient.

Dans le groupe qui escorta Scarlett et Rosemary chez elles se trouvaient des fermiers qui connaissaient Will Benteen ou les O'Hara depuis des années. Mais la plupart des hommes étaient des désœuvrés qui n'avaient rien de mieux à faire.

— Après qu'il a tué Will, ce type, Josie, il est venu vers moi, le pistolet encore fumant. J'ai dégagé vite fait, tu peux me croire ! Je lui aurais donné mon cheval, s'il avait demandé.

— Ils avaient des chevaux, Charlie. Un hongre rouan et une jument baie.

— Hank, je sais qu'ils avaient des chevaux ! Est-ce que j'étais pas là, quand Josie Watling a acheté cette jument à M. Petersen ? J'y étais pas, hein ?

— De toute façon, ils auraient pas voulu de ton canasson !

Ce genre de dialogue imbécile tombait sur l'esprit fébrile de Scarlett comme des coups monotones. Pourquoi Will et Ashley étaient-ils venus ? Scarlett ne leur avait rien dit de ses projets. Elle avait prétendu qu'elle se rendait avec Rosemary chez des banquiers d'Atlanta. Dieu seul sait comment les hommes avaient découvert leurs véritables intentions et étaient accourus à leur secours.

Quand le groupe tourna dans l'allée de Tara, Suellen et Dilcey arrivèrent en courant. Suellen poussa un cri quand elle vit le cheval de Will sans cavalier.

— Will ! Oh ! non. Pas mon Will chéri !

Elle se précipita sur le chariot, leva la couverture du visage de son mari et s'évanouit. Si Dilcey ne l'avait pas retenue, Mme Benteen serait tombée à terre.

Les hommes cessèrent de bavarder pour aider la nouvelle veuve à rentrer dans la maison. Enfants et serviteurs se rassemblèrent, impuissants, sur la véranda. Prissy pleurait.

Un maréchal-ferrant – il ferrait les chevaux de Gérald, jadis – s'adressa à Scarlett :

— Ils doivent payer pour ça, miss Scarlett. Suffit que vous le demandiez.

Une flamme de rage contre l'idiotie des hommes aveugla Scarlett un instant. Elle serra les lèvres.

— Merci, réussit-elle à dire. Merci de votre gentillesse. Mama, fais entrer les enfants. Prissy, arrête tes bêtises ! Prissy !

Mama rassembla les enfants comme une mère poule ses poussins.

— Messieurs, si vous pouviez conduire nos chevaux à l'écurie. Et vous quatre, s'il vous plaît, emportez M. Wilkes dans le salon.

— Il a la cheville démolie, miss Scarlett, fit observer le maréchal-ferrant. Ça doit lui faire un mal de chien.

— Sûrement, dit Scarlett d'un ton sec.

Ils emportèrent Will au lavoir, où ils le déposèrent sur les pierres fraîches près des bidons de lait.

— Non, messieurs, non. Nous n'aurons plus besoin de votre aide. Merci. Vous en avez déjà trop fait.

Déçus de voir leur aventure se terminer là, ils traînèrent encore vingt minutes dans la cour avant de partir.

Scarlett et Rosemary firent un lit pour Ashley dans le salon.

— Prissy ! Trouve un vieux drap à déchirer en bandes, larges... comme cela, demanda Rosemary en écartant ses mains d'environ dix centimètres. Dilcey, va chercher de l'eau chaude et du savon.

— Mais qu'est-ce qui a bien pu leur passer par la tête ? demanda Scarlett quand elle se retrouva seule avec Rosemary.

— Ashley a des côtes brisées et sa gorge est si gonflée qu'elle est presque fermée. Je crois bien qu'il a la cheville cassée.

Quand Mama réussit à faire prendre une dose de laudanum à Suellen et à mettre la veuve au lit, Prissy et elle lavèrent le corps de Will et le revêtirent de son costume du dimanche.

Le jeune Dr Bryan, qui venait d'ouvrir son cabinet, voulut qu'on sache que, bien que natif de Géorgie, il avait fait ses études de médecine à Philadelphie. Il réduisit la fracture d'Ashley et lui appliqua un cataplasme de gaulthérie sur la gorge. Lui qui manquait d'assurance quand il prodiguait ses soins n'eut aucun mal à présenter la note.

— Dix dollars ? Mon Dieu, docteur ! Où étiez-vous pendant la guerre ?

— Madame Butler, répondit le médecin, j'avais treize ans quand la guerre s'est terminée.

Au crépuscule, dans le petit cimetière de Tara, Pork creusa la tombe de Will Benteen.

— Ce n'est pas assez profond, déclara Scarlett. Pork, tu es le seul homme qu'il nous reste. Creuse encore !

Quand Scarlett retourna dans la maison, Suellen Benteen l'attendait. Le visage de la sœur de Scarlett était à vif d'avoir tant pleuré.

— Quand Will m'a annoncé que tu venais habiter à Tara, j'ai insisté pour que nous partions. « Scarlett sera la maîtresse de Tara, on ne sera plus chez nous ! » Voilà ce que je lui ai dit. Je l'ai supplié de partir. Je lui ai dit : « Ma sœur Scarlett ne m'a jamais causé que des ennuis. » Tu m'as volé Frank Kennedy et tu l'as fait tuer. Maintenant, tu as fait tuer mon Will, dit-elle en éclatant en sanglots. Qu'est-ce que je vais faire sans Will ? Mon Dieu, qu'est-ce que je vais faire ?

Scarlett monta à l'étage où, encore vêtue de sa robe de luxe froissée, elle tomba sur son lit et sombra dans un sommeil sans rêves jusqu'à ce que la vive lumière du matin lui fasse ouvrir les yeux et que tout lui revienne en mémoire.

Des années plus tard, Scarlett n'arrivait à se souvenir que de quelques scènes parmi les jours qui suivirent – le fabricant de cercueils arrivant sur l'allée, son pince-orteil rebondissant à grand bruit dans le chariot ; les enfants qui murmuraient en passant devant la porte fermée de la chambre de Suellen ; les femmes du voisinage qui apportaient des plats que personne ne pouvait manger et les hommes du voisinage qui venaient faire les travaux qui incombaient à Will.

Rosemary s'occupait d'Ashley derrière la porte fermée du salon pendant que, dans la salle à manger où on avait installé Will Benteen, les gens défilaient pour s'incliner devant sa dépouille. Suellen O'Hara Benteen, le visage inexpressif, recevait leurs condoléances. Près d'elle, Scarlett comprit que les liens qui les unissaient étaient coupés à jamais. Suellen et elle ne seraient dorénavant plus sœurs que pour l'état civil.

Il faisait chaud. Les roses accumulées à profusion sur le cercueil de Will ne couvraient pas complètement l'odeur.

Will Benteen avait été un baptiste peu assidu mais, à Jonesboro, la seule église baptiste étant celle des Africains, ce fut un prêtre méthodiste qui l'enterra. Il invita ensuite Scarlett à la messe pour le dimanche suivant.

— Je suis catholique, répondit Scarlett.

— C'est sans importance, dit le prêtre d'un ton jovial. Nous accueillons tous les pécheurs !

Après les funérailles, Suellen Benteen et ses enfants partirent pour Charleston vivre chez la tante Eulalie. Leur chariot s'engageait à peine sur l'allée que Scarlett partait dans l'écurie nourrir les chevaux. Elle souleva le sac en cuir que Will et Sam utilisaient depuis tant d'années et déversa les céréales dans la longue mangeoire.

Des têtes fines et sombres se penchèrent et se mirent à mâcher comme si rien ne s'était passé.

— Comment Tara peut-il vivre sans Will ? murmura Scarlett.

Un des chevaux leva la tête comme s'il tentait de comprendre. Il fouetta l'air de sa queue et retourna à son repas. Des larmes brûlantes et silencieuses coulèrent alors sur les joues de Scarlett jusqu'à ce qu'elle ne puisse plus rien voir – rien du tout.

Quand la fièvre d'Ashley tomba, il était encore trop faible pour rentrer chez lui. Si on lui parlait, il répondait d'une voix douce mais semblait incapable de toute initiative. Il ne posa aucune question à propos de Will. Rosemary s'asseyait près de lui dans le salon plongé dans la pénombre et le nourrissait de bouillon et de thé. Sans savoir pourquoi, elle se mit à parler à Ashley. De sa voix douce et calme, retrouvant avec précision l'année, le mois et les circonstances, Rosemary Butler Haynes Ravanel raconta à Ashley le jour où elle était sortie par la porte de service de sa petite maison de Franklin, dans le Tennessee, sachant très bien que le corps qui gisait dans son jardin gelé était celui de son mari, John. « Je ne l'ai aimé que lorsqu'il fut trop tard », dit Rosemary. Elle lui parla de sa chère petite Meg, qui aimait tant les chevaux et qu'un cheval avait trahie. « Tecumseh a prit peur. Comment peut-on en vouloir à un cheval d'avoir peur ? » Rosemary raconta à Ashley le jour où elle avait trouvé les bottes ensanglantées d'Andrew. C'étaient des bottes à l'anglaise, Andrew en avait été très fier. Elle dit à Ashley, silencieux, des choses qu'elle n'avait jamais dites à personne – pas même à Mélanie ni à son frère Rhett. Elle lui raconta combien elle s'était sentie seule pendant son enfance à Broughton. Elle lui dit combien son frère Rhett lui manquait. Elle parla de son poney, Jack.

Le bureau du shérif Talbot était une sorte de terrier frais.

— Pourquoi ne les avez-vous pas arrêtés ? demanda Scarlett avec autorité.

— Qui aurais-je dû arrêter, madame Butler ?

Scarlett eut envie de secouer cet idiot inexpressif. Elle projeta ses mots :

— Les Watling ! Isaiah et Josie Watling ont assassiné Will Benteen !

Le shérif fit rouler son fauteuil contre le mur et s'appuya au dossier pour examiner le plafond couvert de chiures de mouches. Il grogna, se pencha et envoya un mollard dans le crachoir.

— Eh bien ? demanda Scarlett. Quand allez-vous les arrêter ?

— M'est avis, madame Butler, m'est avis qu'il y a deux manières de voir les choses. Vous avez votre opinion et d'autres gens ont une autre opinion.

— Mais qu'est-ce que vous racontez là ?

— Certains disent que c'est M. Wilkes qui a commencé.

— Ils avaient abattu mes chevaux, brûlé ma maison d'Atlanta et terrorisé mes ouvriers. Shérif, ils avaient l'intention d'assassiner mon mari !

— Vraiment ? Je croyais que M. Butler était capable de se débrouiller tout seul. Est-ce que je n'ai pas entendu dire que votre mari était quelque part en Europe ? Je ne crois pas que les Watling soient allés en Europe – en tout cas, jamais ils s'en sont vantés.

Le shérif Talbot prit un étui en cuir dans son tiroir. Il se leva, décrocha son chapeau du portemanteau et en roula les bords entre ses mains.

— Madame Butler, des gens croient – et je dis pas que je suis pas d'accord – qu'Ashley Wilkes a commencé cette bagarre et que Will Benteen a assassiné Archie Flytte quand Flytte a pris le dessus sur Wilkes.

— Ashley défendait Tara. Ces Watling…

— Je crois que vous m'avez déjà dit ça, madame Butler. Vous m'avez déjà tout raconté plusieurs fois. Mais vous m'avez jamais montré de preuve ! dit-il en posant son chapeau en arrière sur sa tête, si bien que son visage semblait encadré comme un tableau. Madame Butler, je voudrais pas vous blesser mais j'ai plutôt tendance à croire que M. Wilkes a attaqué Archie Flytte sans provocation et que, quand Archie a résisté, Will Benteen a tué Archie. Josie Watling a tué Benteen pour tenter de sauver la vie d'Archie. C'est comme ça que je vois les choses. Vous pouvez les voir autrement, dit-il en glissant sa flasque dans la poche de son pantalon. Pour l'heure, madame, je dois aller à Dark Town. Encore une bagarre au couteau. C'est pas drôle, ça ? Les Nègres s'égorgent les uns les autres ! Nous, les Blancs, on utilise une arme à feu. Est-ce que vous croyez que c'est parce qu'ils sont plus primitifs ?

— Les Watling…

— … ne vous ennuieront plus, madame Butler. Les Watling, ils ont quitté le comté de Clayton. Josie et le vieil Isaiah ont pris la poudre d'escampette après la bagarre et personne les a revus depuis. Comme aucun Flytte a voulu enterrer Archie, le comté s'en est chargé. En ce qui concerne le bureau du shérif, dit-il avec un haussement d'épaules, tout est réglé. Archie est mort, Will Benteen est mort et les Watling sont partis. Josie Watling parlait tout le temps de Jesse James. Il disait qu'il avait fait la route avec les frères James pendant la guerre. À mon avis, dit le shérif Talbot en ouvrant la porte pour entraîner Scarlett vers l'extérieur, la prochaine fois qu'on entendra parler des Watling, ce sera pour l'attaque d'un train ! Il fait drôlement sec, non ? dit-il en verrouillant la porte derrière eux et en levant les yeux vers un ciel sans nuages. Les Watling étaient une bonne famille, ajouta-t-il. Ils travaillaient dur. Je vous jure qu'Isaiah Watling s'est tué à la tâche pour faire marcher cette fichue ferme. C'est triste, vous trouvez pas, que les choses tournent comme ça ?

Revenue à Tara, Scarlett partit à cheval jusqu'aux champs proches de la rivière. Les sillons, quand Will les avait creusés entre les plants de coton, étaient lisses et rouges. Ils s'étaient depuis couverts de mauvaises herbes et les plants de coton se tournaient, pleins d'espoir, vers le soleil.

Avant l'aube, le lendemain matin, Scarlett était à l'écurie. Les harnais des chevaux de trait étaient si lourds qu'elle les traîna par terre et dut se battre avec les sangles. Ce fut un cauchemar pour savoir quelle lanière attacher à telle boucle, lesquelles resserrer, lesquelles relâcher.

Quand elle revint à la maison, les gens de Tara étaient dans la cuisine, les enfants encore trop ensommeillés pour manger de bon cœur. Scarlett prit des bouts de lard grillé sur la cuisinière et les avala sans s'asseoir.

— Maintenant que Will n'est plus là, il va falloir se débrouiller sans lui, dit-elle. Dieu sait qu'il y a assez de travail ! Mama, tu t'occuperas d'Ashley. Ella, ma chérie, tu resteras ici aider Mama. Je ne veux pas que tu aies une autre crise. Tous les autres : dans les champs. Oui, Pork, je sais ce que tu vas dire : « Mais, miss Scarlett, j'ai été valet de chambre toute ma vie ! »

La mimique de Scarlett était si ressemblante que même Pork sourit.

Au début, il faisait frais. Rosemary et les plus jeunes enfants travaillaient la même rangée, Dilcey, Wade, Pork et Prissy avaient chacun la leur, Scarlett reprit le poste de Will, labourant un long sillon dans un sens, puis un autre au retour, maniant la charrue aux poignées en bois blanchies par la sueur d'hommes forts. Le cheval connaissait son travail et avançait avec flegme, mais les poignées de la charrue faisaient des bonds et des à-coups et, chaque fois que le soc rencontrait une pierre, les petites mains de Scarlett sautaient à la brutalité du choc.

Le soleil était l'ennemi.

Des traces brunes barraient les épaules de Scarlett comme si elle s'était harnachée avec le cheval. Elle titubait, ses chevilles se tordaient sur le sol inégal, la sueur lui piquait les yeux, l'aveuglait à moitié. La poussière que soulevaient les sabots du cheval se mêlait à la sueur sur son visage.

À midi, ils s'arrêtèrent à l'ombre des arbres près de la rivière. Scarlett s'agenouilla et s'arrosa les joues et le cou d'eau fraîche.

Rosemary vint la rejoindre.

— Vous, les planteurs de Géorgie, vous avez vraiment la belle vie !

Au milieu du long après-midi, Dilcey entonna un chant que Scarlett avait entendu toute sa vie.

— *It's a long John.*

— *It's a long John,* reprit Prissy.

— *He's long gone.*

— *He's long gone.*
— *Mister John John.*
— *Mister John John.*
— *Oh ! John John...*

Trébuchant derrière son cheval, luttant contre les mouvements de sa charrue, Scarlett se mit à respirer au rythme de l'ancien chant venu d'Afrique.

On plaça Ashley sur des couvertures pliées, sa cheville plâtrée relevée sur le flanc du chariot des Douze Chênes. De ses beaux yeux gris, il regarda Rosemary.

— Merci de... m'avoir parlé.

— Ce jour-là, au marché, vous avez fait de votre mieux.

— J'ai fait tuer Will.

Des nuages lourds de pluie roulèrent sur l'horizon l'après-midi même où ils finissaient de faucher.

Les travailleurs couverts de poussière et de sueur, regroupés sur la véranda pour boire de l'eau fraîche, virent apparaître deux cavaliers au bout de l'allée.

Scarlett bondit comme si on l'avait piquée et courut dans l'escalier comme une écolière. Dans sa chambre, elle retira ses galoches d'un coup de pied, laissa tomber en tas sa robe tachée de sueur, plongea un linge dans la cuvette d'eau et frotta son visage, ses bras, son torse. Elle sortit une belle robe en soie verte de l'armoire et l'enfila. Elle n'avait le temps ni pour un corset ni pour des chaussures.

Scarlett apparut sous le porche pieds nus au moment où Pork, tout sourires, prenait les rênes du cheval de son époux.

De nouvelles rides profondes marquaient les coins de sa bouche et soulignaient ses yeux. Scarlett n'avait qu'une envie : se jeter dans ses bras. Mais ce n'était pas si facile !

— Pork, ce n'est pas le second avènement. C'est juste M. Butler qui rentre chez lui.

Rhett la dévorait des yeux.

— J'ai pensé que vous auriez besoin d'un sauveur.

— On dirait que vous revenez de l'enfer.

— J'ai connu un ou deux mauvais jours.

Il avait un sourire si chaleureux, si entendu !

Il se pencha, prit Ella dans ses bras et l'installa sur sa hanche. Scarlett fit un pas involontaire vers lui mais s'arrêta. Comment osait-il être si confiant, si sûr d'elle ? Scarlett leva le menton.

— Et comment était-ce, Paris ?

L'expression chaleureuse de Rhett se transforma en ce sourire irritant qu'elle connaissait trop bien. Il rit. Les enfants – cela faisait si longtemps qu'il n'avait pas entendu rire des enfants –, les enfants rirent avec lui.

Une goutte de pluie. Une autre. L'allée sèche se tacheta.

— Ce gentleman est Tazewell Watling. Peut-être vous souvenez-vous de lui.

— Mon cavalier au bal des Quarteronnes.

Le cœur de Scarlett se révoltait : « Non, non ! Mais qu'est-ce qui ne va pas chez moi ? Je devrais être dans les bras de Rhett ! » La pluie lui mouillait les joues.

Tazewell rougit furieusement.

— Je me suis conduit comme un idiot, madame Butler. J'espère que vous pourrez me pardonner.

Idiot ou pas, qu'est-ce que ça pouvait lui faire ?

— Vous avez pris le soleil, fit remarquer Rhett.

— Mon teint… dit Scarlett, anxieuse, en touchant ses joues bronzées.

— Mon cher frère !… s'exclama Rosemary en embrassant Rhett sur les deux joues. Tu es là. À partir de maintenant, tout ira bien, je le sais. Monsieur Watling, dit-elle en se tournant vers le compagnon de Rhett, je suis Rosemary, la sœur de Rhett. Je suis heureuse, très heureuse de vous connaître. Venez, je vais vous montrer où desseller vos chevaux.

— Dilcey, demanda Scarlett, dis à Mama que le fils prodigue est revenu. Emmène les enfants pour leur faire prendre un bain. Ils sont crasseux.

Louis Valentin attrapait des gouttes de pluie sur sa langue tendue. Wade avait un sourire idiot. Quand Rhett reposa Ella, elle s'accrocha à ses jambes.

— Va te laver, ma chérie. Ta mère et moi avons à parler.

La pluie trempait les cheveux et le front de Scarlett.

— Scarlett chérie, demanda Rhett, montrez-moi vos mains !

Scarlett les glissa sous ses aisselles.

— Mon Dieu, madame Butler, comme c'est bon de vous retrouver !

La terre était chaude et humide sous les pieds nus de Scarlett. Trempée, sa robe pendait sur son corps comme une chemise de nuit. Scarlett était si heureuse qu'elle crut s'évanouir. Elle leva donc le menton d'un air de défi.

— Vraiment, monsieur Butler ? Vous m'avez pourtant quittée en toute hâte !

58

Les quatre glorieuses

Le lendemain matin, Scarlett sortit sur la véranda de Tara et se protégea les yeux du soleil levant. Était-ce un cheval dans un des champs près de la rivière ? Rhett enjambait une rangée de coton pour examiner les plants. Au bout d'un moment, il remonta à cheval et gravit la pente jusqu'au plateau. Il toucha le bord de son chapeau de planteur en passant.

— Bonjour, madame Butler, dit-il. Je crois qu'on peut espérer une belle journée.

— J'espère, monsieur Butler ! répondit Scarlett avec un sourire paresseux et narquois.

Plus tard, grâce à l'aide enthousiaste de Wade Hampton, Rhett alla voir la porcherie, la réserve à viande, la presse à coton et les champs du haut envahis de mauvaises herbes. Il vérifia chaque harnais dans la sellerie. Wade lui montra le poteau près de l'étable où Ella avait trouvé la tête de Boo et ils se rendirent sur la tombe de Will Benteen.

Après le repas, Rhett se percha sur la barrière du corral tandis que Rosemary et Taz sortaient un à un de l'écurie les chevaux de Tara.

Le soir, Rhett invita Wade Hamilton à rejoindre les adultes au dîner que Pork, rayonnant, servit dans la salle à manger. Wade, bien élevé, resta muet. On découvrit un Tazewell Watling drôle et bon conteur, qui savait rester modeste. Quand il décrivit les réactions des Parisiens lorsqu'ils entendaient un Américain parler créole, tout le monde éclata de rire.

Au café, Mama apporta une tarte aux noix de pécan. Scarlett demanda à Taz s'il avait une idée sur le prix du coton à l'automne.

— L'assez bon de Sea Island : trente *cents*. Le Piedmont : treize à dix-huit.

— Si peu que ça ? Scarlett chérie, demanda Rhett en se levant, et si vous me montriez les livres de comptes de Tara ?

La lumière resta allumée tard dans le bureau de Scarlett.

Scarlett s'éveilla d'un profond sommeil quand les pas de Rhett hésitèrent à la porte de sa chambre. Son nom remonta à la surface de son cerveau comateux tel qu'elle aurait dû le prononcer, mais Rhett continua sa route.

Le lendemain matin au petit déjeuner, Rhett demanda si quelqu'un voulait qu'il rapporte quelque chose d'Atlanta.

— Je vous accompagne, dit Tazewell. J'ai des cadeaux pour ma mère.

— Monsieur Watling, dit Scarlett après avoir pris son souffle, je vous prie de transmettre mes meilleures pensées à votre mère. Sans la mise en garde de Belle, mon mari aurait pu tomber dans une embuscade fatale.

— Oh ! madame Butler, dit Rhett en éclatant de rire, combien ma vie eût été prévisible sans vous !

Wade demanda s'il pouvait venir aussi.

— Sois prêt devant l'écurie dans dix minutes, lui répondit Rhett. On n'attendra pas.

Wade monta à toute vitesse dans sa chambre.

Rhett se tourna vers Scarlett.

— Rosemary me dit que les Watling ont fui la région.

— C'est ce que prétend le shérif Talbot. Rhett, il dit qu'il vous connaît ?

Après les morts de Bonnie Blue et de Mélanie, Rhett avait gardé sa tristesse pour lui, comme si cette tristesse était tout ce qui lui restait. Mais aujourd'hui, il lâcha prise.

— Un jour, je vous parlerai de Tunis Bonneau.

Scarlett et Rosemary les regardèrent partir. Scarlett se tourna vers son amie.

— Mon Dieu, est-il possible que Rhett ne soit là que depuis deux jours ?

— Mon frère peut être plutôt intimidant.

— Il a changé, Rosemary. Il est le même Rhett qu'il a toujours été, mais il est différent aussi. J'ai… j'ai l'impression d'être redevenue une jeune fille devant lui. J'espère, ajouta-t-elle d'une voix presque inaudible, que la vie me sera douce !

— Mais bien sûr, ma chère !

— Tu le crois vraiment ? Oh ! je t'en supplie, dis-moi que tu le crois !

Seul Louis Valentin, qui avait déjà assimilé six des sept livres de lecture de McGuffey, fut déçu quand Rosemary annula la journée d'école. Beau demanda s'il pouvait accompagner Rosemary aux Douze Chênes, mais elle dit que non, qu'il viendrait quand son père se sentirait mieux.

Rosemary garnit un panier de pain de maïs, de légumes et de viande préparés par Mama ainsi que du reste de la tarte aux noix de pécan de la veille. La pluie avait rafraîchi la terre rouge et les oiseaux chantaient. Rosemary sourit en pensant à son frère et à Scarlett. Comme si, par consentement mutuel, ils jouaient au mari et à la femme, unis depuis longtemps pour leur plus grand bonheur, s'agaçant l'un l'autre jusqu'à ce que la tension entre eux fasse crépiter l'air. La veille, quand Rhett avait escorté Scarlett dans la salle à manger, le froufrou de ses jupons amidonnés était électrique.

La modeste demeure d'Ashley était désagréable. Des vêtements sales s'accumulaient dans un coin et une vaisselle sale attendait dans l'évier. Les livres si précieux gisaient çà et là et les draps n'étaient plus que des cordes rageuses.

Rosemary ouvrit porte et fenêtres et se mit à nettoyer en chantonnant. Quand la pièce lui donna satisfaction, elle alla couper des roses mauves qu'elle disposa dans un pot près de son panier de pique-nique.

Elle sortit sous le porche avec *Les Jardins d'Angleterre* en main et s'assit pour écouter le bourdonnement des abeilles, le cri d'une hirondelle, les coups lointains d'un pic-vert.

Le soleil réchauffait son visage. Rosemary tournait les pages lentement, s'arrêtant sur chaque photographie colorée à la main. Les jardiniers imposent des valeurs humaines à la nature désordonnée alors qu'ils savent pourtant fort bien que la nature gagnera toujours. Le jardinage est une occupation pour gentlemen.

Quand Ashley arriva, il fit passer ses rênes sur la tête de son cheval, libéra la béquille attachée à sa selle, retira son pied valide de l'étrier et enjamba le cou du cheval avant de glisser le long du flanc de la bête et de retomber sur sa béquille et son pied blessé.

— Comme vous pouvez le voir, dit-il, je ne suis pas tout à fait impotent.

Sur un pied et une béquille, comme un crabe, il monta les marches du porche jusqu'à la cabane. Il ne s'était pas rasé. Son pantalon était souillé de terre rouge. Il regarda les roses.

— La vieille Pink Daily est une piètre fleur coupée. Les pétales tombent.

— Dois-je regretter de les avoir cueillies ?

Ashley s'effondra dans un fauteuil et posa sa béquille contre l'évier.

— Désolé, Rosemary, vous ne me voyez pas au mieux de ma forme. Moïse dit que Rhett est de retour. Cela doit vous soulager.

— Vous trouverez une tarte aux noix de pécan dans le garde-manger, dit Rosemary en remettant son bonnet. Peut-être parviendra-t-elle à adoucir votre humeur.

— Oh ! Rosemary, je vous en prie, ne partez pas. Je suis désolé. Je ne voulais pas vous faire fuir.

— Il y a aussi des légumes et de la viande, dit-elle après une hésitation. Et du pain de maïs fait par Mama.

— J'ai un faible pour les légumes et le pain de maïs. Merci, Rosemary. Ne resterez-vous pas un moment ? demanda-t-il en se massant le bras que la béquille avait meurtri. Je n'aurais jamais cru que deux jambes étaient si pratiques!

— Ashley, vous avez voulu nous aider et je vous en suis reconnaissante. Vous avez risqué votre vie...

— Et j'ai fait tuer Will Benteen.

— Oh ! taisez-vous, commandant Wilkes ! Vous n'avez rien à vous reprocher.

— Rosemary, dit Ashley avec une grimace, chère, tendre Rosemary, jamais vous n'avez été lasse de vous-même. Jamais vous n'avez prié pour avoir le courage de mettre fin...

— Ashley Wilkes ! Dois-je vous rappeler que mon mari s'est suicidé ?

Il laissa tomber sa tête dans ses mains et gémit.

Rosemary fit sonner une cuiller contre un bol.

— Mangez, Ashley ! dit-elle plus tendrement. Ça vous mettra du fer dans le sang.

Il s'exécuta.

— Ça a un goût de cerclage de tonneau rouillé, marmonna-t-il.

Rosemary sourit de cette petite plaisanterie et se dit que c'était un début. Merci, mon Dieu ! Ashley n'allait pas se tuer. Ashley Wilkes n'avait aucun secret terrible capable d'enfler et de l'engloutir.

Quand Rhett et Wade revinrent d'Atlanta, Wade portait son nouveau chapeau de côté, ce qui lui donnait l'air crâne de Rhett.

Taz était resté en ville.

— Belle et Taz ont beaucoup de choses à se raconter, expliqua Rhett à Scarlett. Belle n'a pas vu l'ombre d'un Watling. Elle pense qu'ils sont partis vers l'Ouest. « Pauvre papa, il n'a pas de maison à lui ! » m'a-t-elle dit.

— Je hais ce vieux fou ! déclara Scarlett.

— Une vie entière de déceptions, cela peut rendre un homme dangereux.

L'après-midi, quand les enfants eurent terminé leurs leçons, Rhett demanda :

— Qui veut apprendre à monter à cheval ?

Ce fut à qui, parmi les plus jeunes, crierait le plus fort. Rhett leva la main.

— Nous allons tous nous rendre à l'écurie et je vais vous montrer, à condition que vous fassiez exactement ce que je dis.

Scarlett pâlit. Rhett lui toucha la joue.

— Chérie, souviens-toi combien Bonnie Blue adorait son poney. Bonnie aurait voulu qu'on s'en souvienne.

Rhett déposa chaque enfant sur un cheval de trait bien calme et les entraîna en file indienne dans le corral.

— Ella, tiens-toi bien à la crinière ! Beau, tu dois regarder dans la direction que tu veux faire prendre à ton cheval.

Scarlett retourna dans son bureau. Sur le plateau, un ruban de soie noire noué autour de documents signalait leur importance. C'étaient les hypothèques sur Tara et la propriété d'Atlanta mais avec le tampon « dettes apurées ».

Scarlett se prit la tête dans les mains et fondit en larmes.

Au matin, Rhett se rendit à Jonesboro et prit la route de Dark Town. Il s'arrêta devant le modeste presbytère du révérend J. Robert Maxwell, près de la Première Église baptiste africaine, attacha son cheval à la clôture et attendit qu'un jeune homme grassouillet sorte sur la véranda.

— Bonjour, révérend Maxwell ! dit Rhett. Croyez-vous qu'il pleuve, aujourd'hui ?

Le jeune homme regarda le ciel.

— Je ne crois pas. Je pense qu'il fera très chaud.

— C'est bien possible. Je suis Rhett Butler.

— Oui, monsieur. J'ai entendu dire que vous étiez à Tara. Voulez-vous entrer ? Mon épouse est justement en train de faire du café.

Dans le salon du pasteur, il n'y avait qu'un fauteuil, trois chaises droites et une pendule New Haven sur le manteau de la cheminée. Le sol en chêne et la fenêtre brillaient. Les hommes s'installèrent face à face sur deux chaises et parlèrent du temps et des moissons jusqu'à ce que Mme Maxwell (qui paraissait bien jeune pour être mariée) pose un plateau entre eux sur une troisième chaise.

Quand Rhett la remercia, elle rougit et se retira.

Les hommes se servirent eux-mêmes le café, la crème et le sucre.

— M. Benteen était un bon employeur, dit le pasteur. J'aimerais qu'il y en ait davantage comme lui.

— La plupart des planteurs ne comprennent pas plus ce qu'est un salaire que les travailleurs libres, dit Rhett.

— C'est vrai, monsieur, c'est vrai. C'est un monde nouveau pour nous tous.

— Un monde meilleur, je l'espère.

Le jeune homme inclina la tête comme pour appuyer ses sous-entendus.

— Beaucoup de Blancs ne l'espèrent pas, dit-il en regardant Rhett par-dessus sa tasse de café. J'ai entendu parler de vous, monsieur Butler. Le révérend Fields Prescott prêchait dans mon église.

— Le révérend Prescott est un puissant prédicateur.

— Dieu soit loué. Fields m'a dit que vous avez abattu son gendre.

— Tunis Bonneau était mon ami.

— C'est ce que dit Fields, admit le jeune pasteur en posant sa tasse pour passer ses mains sur son visage comme pour en retirer des saletés. Je prie pour que ces jours terribles ne reviennent pas.

L'horloge sonna.

— Le révérend Prescott m'a raconté une histoire curieuse, continua Maxwell. Il m'a dit que vous avez acheté un navire à sa fille – un navire qui a coulé.

— *La Veuve joyeuse* a coulé à mon service. Est-ce que Fields

Prescott vous a donné des nouvelles de sa fille ? demanda Rhett en se penchant en avant.

— Mme Bonneau s'est installée à Philadelphie. Elle doit penser à son fils, Nat.

Maxwell gagna la fenêtre. Quand il se retourna, le soleil auréolait sa tête et Rhett dut plisser les yeux pour déchiffrer son expression.

— Monsieur Butler, vous savez peut-être que nous demandons à nos élus des écoles normales pour Nègres, afin que nos enfants puissent être instruits par des enseignants nègres.

Rhett posa sa tasse sur le plateau.

— Vous avez de nombreux amis puissants, continua Maxwell. Je vous serais très reconnaissant si vous pouviez leur en glisser un mot.

— Je le ferai, répondit Rhett après réflexion.

Le jeune pasteur joignit les doigts devant ses lèvres.

— En quoi puis-je vous aider, monsieur Butler ?

À l'aube, Scarlett fut réveillée par *Long John, Long John.* Les ouvriers agricoles de Tara arrivaient en longues files devant le soleil qui se levait. Comme tant de fois auparavant, pendant les bonnes années comme les mauvaises, ils gagnèrent les champs, se dispersèrent et se mirent au travail.

Scarlett se précipita dans la cuisine. Rhett et Rosemary étaient attablés devant un énorme petit déjeuner servi par une Mama radieuse.

— Rhett, s'écria Scarlett, ils sont de retour ! Les gens de Tara sont de retour !

— Mais oui, ma chère, ils sont là.

— Comment ?

— On a du travail à faire, dit son mari en haussant les épaules, et ils ont des familles à nourrir. Ils n'ont plus aucune raison d'avoir peur et je leur ai dit qu'on les paierait un peu plus.

Scarlett se releva.

— Plus ! Plus ! Pourquoi gagneraient-ils plus ?

Mais alors même qu'elle parlait, son dos douloureux lui rappela le fauchage et le labourage. Elle éclata de rire.

— Je suppose que Tara peut se permettre de payer un peu plus.

Quand Taz revint d'Atlanta, Rhett et lui convoquèrent une réunion de planteurs de coton. Vinrent Tony Fontaine et son frère Alex. Béatrice Tarleton arriva sur l'étalon qui avait engendré les poulains orphelins de Will. M. MacKenzie – un austère Yankee qui avait acheté des plantations ruinées pour quelques sous et soupçonnait qu'on l'avait arnaqué – était accompagné du timide M. Schmidt, qui demanda à Mme Tarleton si elle savait qui avait perdu un hongre rouan qu'il avait vu déambuler seul.

Scarlett et Rhett les accueillirent à la porte. Quand tout le monde fut installé au salon, Rhett présenta Taz.

— M. Watling est associé dans une entreprise de commerce du coton à La Nouvelle-Orléans.

— Grands dieux ! s'exclama Béatrice Tarleton. Après tout ce temps, voilà enfin que je rencontre le bâtard de Rhett. Je dois dire, jeune homme, que vous ne ressemblez guère à votre père !

Habitués à la brusquerie de Béatrice, ses voisins rirent. Les planteurs yankees restèrent impassibles.

— Je suis désolé de vous décevoir, madame, dit Taz d'un ton plaisant. En fait, mon père était le colonel Andrew Ravanel. Peut-être l'avez-vous connu ?

— Que je sois… que je sois damnée ! dit Béatrice en se radossant à son siège.

— Seulement si le Seigneur n'aime pas les vieilles dames impolies, chantonna Rhett depuis le fond de la pièce.

Taz expliqua pourquoi leur récolte se vendait si mal : à cause du marché anglais en pleine dépression, les usines de Nouvelle-Angleterre ne voulaient que du coton bien dense, régulier, soigneusement égrené.

On forma sur-le-champ une association de planteurs, avec Rhett pour président et Tony Fontaine pour vice-président. On demanda à Tazewell Watling de passer au nom de l'association les contrats pour l'égrenage et des entrepôts.

Les ouvriers agricoles fauchèrent les champs de coton du bas et semèrent de l'avoine plus haut. Tara recommençait enfin à ressembler au vrai Tara.

Rosemary passait presque tous ses après-midi aux Douze Chênes.

Le dimanche, Belle Watling vint rendre visite à son fils. Après le repas, Taz la reconduisit à la gare, laissant Rosemary et son frère sous le porche. Les enfants jouaient aux

Indiens sur la pelouse où les lucioles envoyaient des messages lumineux secrets.

— C'est si paisible, ici, dit Rosemary.

— Les soirs d'été, la campagne a un air d'éternité.

Les jeux des enfants se transformèrent en rires.

— Tu penses à Bonnie Blue ?

— Je... J'aurais seulement voulu savoir qui Bonnie serait devenue.

— Oui. Ma Meg serait une jeune femme, aujourd'hui. Elle s'inquiéterait de savoir si elle serait assez jolie pour attirer un galant. Oh ! cher frère, la vie est trop cruelle !

Rhett sortit un cigare de sa boîte.

— Il m'arrive de penser que notre venue sur terre pourrait n'avoir qu'un sens : témoigner de la présence de ceux que nous avons perdus, dit-il en coupant le bout de son cigare. Vois-tu souvent Ashley ?

— Ashley est un homme bon et gentil.

Quand Rhett craqua son allumette, ses pommettes ressortirent de manière spectaculaire.

— Je suppose, en effet. Mais le monde est-il assez bon pour Ashley Wilkes ?

Rosemary posa son menton sur sa main.

— Ashley est tel qu'il est – comme toi, Rhett.

— Probablement, dit Rhett avant de se pencher sur la rambarde. Les enfants ! Il est temps de rentrer. Vous allez dire vos prières et aller au lit.

Quand elle se réveilla le lendemain matin, Scarlett s'étira voluptueusement. Les draps de lin la caressèrent comme un amant. Attendre que Rhett vienne la rejoindre, c'était une torture – mais tellement délicieuse. Un jour, bientôt...

Après le petit déjeuner, Scarlett emporta son café sur la véranda. Rhett oscillait sur la balancelle.

— Vos dahlias sont superbes.

— Ma mère ne les aimait pas. Ellen disait que les dahlias étaient seulement là pour le spectacle.

— Est-ce que le spectacle n'est pas le premier devoir de toute fleur ? demanda Rhett en riant.

— Peut-être. Rhett... Je...

Quand il posa un doigt sur les lèvres de Scarlett, elle eut un frisson.

— Chut ! Ne gâchez rien.

Dans les champs près de la rivière, les fleurs de coton s'ouvraient comme des flocons de neige dans tout ce vert.

— J'aimerais organiser un barbecue, dit Rhett, comme dans le temps. Nous inviterions tout le monde. Vous souvenez-vous du barbecue où nous nous sommes rencontrés ?

— J'aurais du mal à l'oublier.

— J'étais là, m'autorisant une petite sieste innocente, et quand je me suis assis, mes yeux se sont posés sur la plus adorable jeune fille que j'avais jamais vue... Et elle m'a jeté de la vaisselle à la figure !

Scarlett glissa sa main dans celle de Rhett.

— J'ai toujours regretté de vous avoir raté, murmura-t-elle.

Ils rirent de pouvoir plaisanter de ce souvenir commun.

Les préparatifs commencèrent.

— Mais le 4 juillet, c'est une fête de l'Union ! protesta Scarlett.

— Ma chère, lui répondit Rhett, nous sommes dans l'Union, dorénavant.

Il organisa tout comme si aucun sudiste ne pouvait avoir d'objection à célébrer l'anniversaire de la chute de Vicksburg et de la perte de Gettysburg.

Apparemment, Rhett avait correctement évalué les sentiments des autres, car personne ne refusa l'invitation à Tara. Béatrice Tarleton demanda même si elle pouvait venir avec sa petite-nièce, en visite chez elle.

Mama et Dilcey se jetèrent dans le poulailler comme des renards. Rhett acheta des jambons. On alla chercher les premières tomates dans tous les potagers, on ramassa des laitues, on cueillit des haricots verts, on déterra des pommes de terre nouvelles.

Ashley demanda au violoniste qui avait tenu la vedette dans les fêtes aux Douze Chênes de diriger l'orchestre.

— Oui, maître... monsieur Wilkes. Ce sera comme dans le temps.

Les fours de Tara ronflèrent jusqu'à ce que Mama se plaigne qu'il fasse plus chaud dans sa cuisine qu'en enfer. Dilcey et elle préparèrent des tartes aux pommes, aux noix de pécan, à la rhubarbe et au flan. Rhett demanda aux enfants de tourner la crème glacée, qu'ils mirent ensuite dans des boîtes en métal et entreposèrent dans la glacière.

Comme ils n'avaient plus joué ensemble depuis des

années, les musiciens d'Ashley répétèrent à Tara. Ce furent un violon, deux banjos et une mandoline qui accompagnèrent les préparatifs.

L'aube du 4 juillet arriva, fraîche, sans nuages de pluie à l'horizon.

Pork partit en buggy attendre le train de midi à la gare de Jonesboro. En écoutant Pork et Peter se disputer pour savoir qui la conduirait, Mlle Pittypat s'émerveilla :

— Oh ! comme au bon vieux temps !

Si les invitations précisaient quatorze heures, certains invités étaient déjà là avant midi. Bien sûr, ils proposèrent leur aide. Bien sûr, ils gênèrent tous ceux qui connaissaient leur travail.

Les voisins arrivèrent dans de vieux chariots de ferme. Les bourgeois d'Atlanta louèrent tous les véhicules de Jonesboro.

— Cher Rhett, s'inquiéta tante Pittypat, croyez-vous… Eh bien, trouvez-vous cela convenable ? On est le 4 juillet, et tant d'entre nous ont un triste souvenir…

Quand Rhett lui déposa un baiser sur la joue, tante Pittypat oublia ce qu'elle voulait dire d'autre.

Si un des sudistes avait une objection, il ne la formula pas, et les planteurs yankees invités par Rhett étaient trop courtois pour rappeler le passé. À l'occasion d'un barbecue dans la campagne de Géorgie, par un après-midi chaud, la Guerre se termina enfin.

À quatorze heures pile, le révérend Maxwell et son épouse arrivèrent dans leur buggy baptiste tout simple. Rhett les accueillit dans l'allée et retira son chapeau devant Mme Maxwell.

— Je suis très heureux que vous ayez pu vous joindre à nous aujourd'hui, révérend. Votre présence nous honore.

— Merci. J'ai beaucoup entendu parler de votre magnifique plantation.

— Vous connaissez Dilcey, bien sûr. Elle va vous faire visiter.

Le 4 juillet et un excès de brandy perturbèrent Tony Fontaine : les yeux en feu, il fonça sur Rhett :

— Bon sang, Rhett !

— Tony, dit Rhett en le prenant par les épaules, tout le monde est ici pour s'amuser. Je serais très mécontent si tu gâchais la fête.

Tony passa du sourire de Rhett à ses yeux froids et intelligents.

— Rhett ! Je peux pas…

— Alors, il te reste à nous quitter. Désolé. C'est gentil d'être venu.

— Mais enfin, Rhett !

— Merci d'être venu.

Tony Fontaine entraîna donc son épouse hors de la plantation, malgré ses protestations. Tout le monde comprit mais personne ne fit la moindre remarque. Les gens du Sud, quand ils sont polis, ne voient pas ce qu'ils ne doivent pas voir.

MacBeth avait été très déçu de devoir revêtir une livrée, et, quand Pork lui dit qu'il serait temps que les Nègres s'habillent comme il faut, MacBeth l'insulta grossièrement.

Belle Watling dissimulait son physique avantageux sous une robe vague.

Ashley Wilkes et Rosemary donnèrent tant de détails sur les jardins des Douze Chênes que les oreilles de l'oncle Henry chauffèrent.

La fumée de pacanier sortant des barbecues s'envolait par-dessus les buis et une petite brise venue de la rivière éloignait les moustiques. Les invités s'alignaient devant le buffet.

— Prendrez-vous un peu de jambon, révérend ? Avec de la couenne ?

— Merci, Dilcey.

Les souvenirs des fêtes passées redoublaient les plaisirs du jour. Il y avait si longtemps !

Le soir tombant, les hommes burent davantage et Rhett fit approcher le buggy du révérend Maxwell.

— Monsieur Butler, dit le révérend, je vous remercie de cet après-midi mémorable.

Quand le soleil plongea derrière les collines, les femmes mirent des châles et l'orchestre s'accorda. Rhett et Taz apportèrent des caisses aux marques exotiques sur la pelouse latérale.

— Les enfants, ordonna Rhett, vous restez sur la véranda. Ella, Beau, Louis Valentin, si vous mettez un pied sur la pelouse, je vous fais rentrer !

— Est-ce que je peux vous aider ? demanda Wade.

— Si tu fais exactement ce que Taz et moi te disons.

Les feux d'artifice fusèrent dans le ciel nocturne au-dessus de Tara. D'abord un trait lumineux, puis une explosion faisait pleuvoir des lumières sur les spectateurs. À chaque fusée, les enfants criaient « Ooooohhhh ». Ella se bouchait les oreilles et les adultes applaudissaient.

Après la dernière fusée, les enfants se précipitèrent sur la pelouse pour examiner les restes calcinés et s'émerveiller que des objets si ordinaires puissent produire de si superbes étoiles.

Le salon, le hall et la salle à manger se transformèrent en cette salle de bal qu'Ellen O'Hara avait réclamée à Gérald. L'orchestre s'installa sur l'escalier. Bien que Rosemary ait couché les enfants, ils se relevèrent et on vit apparaître leurs petits visages entre les barreaux de la rampe.

Dans son costume du dimanche au col de Celluloïd bien raide, Wade ne lâchait pas Tazewell Watling et priait qu'aucun adulte ne lui ébouriffe les cheveux.

— Wade, tu es l'image même de ce cher Charles ! lui dit sa grand-tante Pittypat en laissant couler une larme sur sa joue ridée.

Sous le portrait de la grand-mère de Scarlett, Béatrice Tarleton et Alex Fontaine discutaient d'un cheval que beaucoup avaient vu errer dans les parages. Mme Tarleton n'y croyait pas.

— Je connais tous les rouans d'ici à Jonesboro.

Les filles de Béatrice étaient là, elles aussi. Ses fils, Brent, Stuart et Tom – qui avaient fait une cour ardente à Scarlett, avant la guerre –, n'étaient plus que de tristes souvenirs.

Scarlett soupira. Comme s'il avait lu dans ses pensées, Rhett lui prit la main.

— Chérie, s'il y a des fantômes ici, ce soir, c'est qu'ils veulent que nous soyons heureux. M'accordez-vous cette valse ?

Le petit orchestre alternait valses et airs écossais. Au grand désespoir des invités les plus âgés, l'orchestre refusait de jouer les bons vieux quadrilles.

Taz dansa avec sa mère puis alla inviter la petite-nièce de Béatrice, Polly, une petite brune timide.

Belle Watling rayonnait de plaisir.

— Regardez mon fils, murmura-t-elle à personne en particulier. Seigneur, regardez-le !

Béatrice Tarleton inclina la tête vers elle.

— Mademoiselle Watling, les choses ne sont plus ce qu'elles étaient.

— Je...

— Je pense que c'est pour le mieux. Je ne sais pas ce qui avait pris à ces gens. Tant de respectabilité inutile ! Est-ce que nous pensions vraiment que Dieu se préoccupait qu'un homme jette un coup d'œil à nos jambes ? Dites-moi, mademoiselle Watling, demanda Béatrice en regardant Belle droit dans les yeux, est-ce que tous les hommes sont les mêmes ?

Belle toussa et se tapota la gorge.

— Juste ciel ! dit-elle avant de se pencher pour une confidence. Il y a homme et homme, vous le savez bien.

Ashley et Rosemary s'étaient installés sur la balancelle située sous le porche. Sans discuter de rien en particulier, ils étaient immensément heureux de leur conversation.

On servit les desserts sur des tables dehors, mais, quand la brise retomba, des hordes de moustiques s'abattirent et tout le monde dut emporter les assiettes à l'intérieur.

Dans son fauteuil à haut dossier, la tante Pittypat songeait avec un mélange de bonheur et de tristesse combien Mélanie aurait aimé cette soirée.

Quand le violoniste entonna *La Joie du soldat*, Rhett tendit la main à Scarlett.

— Rhett, j'ai été tellement idiote !

— Nous l'avons été tous les deux.

M. Butler entraîna Mme Butler sur la piste de danse.

Lorsque nous nous sommes rencontrés, pensait Scarlett, j'étais une enfant. Rhett m'a aidée à devenir qui je suis.

— Ma chère, murmura poliment Rhett, un quadrille n'est pas un pas de deux !

Scarlett O'Hara Butler tourbillonnait, elle tourbillonnait comme la jeune fille qu'elle avait été, comme celle qui vivait encore dans les profondeurs de son cœur. Elle tourbillonnait comme une enfant, comme une jeune fille, comme une femme qui a son homme près d'elle, la main prête à la retenir. Tant d'amour brillait dans les yeux de son mari que, pour la première fois de sa vie, Scarlett Butler ne craignit pas de vieillir.

À minuit, en dépit de bien des protestations, l'orchestre rangea ses instruments.

Rhett avait loué un train spécial qui attendait à Jonesboro pour ramener chez eux les invités d'Atlanta. Les voisins les plus proches s'attardèrent dans l'allée.

— Merci beaucoup d'être venu, répétait Scarlett à chacun. Nous recommencerons, à coup sûr !

Quand la lampe du dernier buggy disparut dans l'allée, Rhett ferma la maison.

Scarlett trouva Belle sur le palier du premier. Elle portait une stupéfiante robe d'intérieur rose.

— Je ne crois pas avoir jamais passé de journée plus merveilleuse. Merci, miss Scarlett, de m'avoir proposé de rester cette nuit.

Scarlett embrassa la créature rose sur la joue.

— Bonne nuit, Belle.

Dans sa chambre, Scarlett se déshabilla langoureusement. Rhett viendrait la rejoindre ce soir – sa peau frémissante le lui promettait. En fredonnant, elle déposa une goutte d'eau de Cologne derrière chaque oreille et entre les douces courbes de ses seins.

Jamais Rhett n'avait vu la fine chemise de nuit qu'elle enfilait. Scarlett eut l'impression d'être un cadeau précieux.

Quand elle ouvrit les rideaux, un rayon bleu de lune inonda la pièce. Scarlett s'agenouilla contre son lit et se signa. Elle remercia Dieu pour Tara, Ella, Wade et tous ceux qui l'aimaient. Elle remercia Dieu d'avoir ramené Rhett à la maison.

C'est alors qu'elle sentit de la fumée.

59

Mon jour, il est arrivé

Scarlett se mit à tousser sans pouvoir s'arrêter. Des ombres se rassemblaient à la base de la porte et une fumée noire et grasse glissa, puis jaillit à l'intérieur pour remonter le long des lambris.

Dans la nursery, Rosemary s'écria :

— Au feu ! Mon Dieu ! Au feu !

Quand Scarlett saisit la poignée de sa porte, elle recula d'un bond : elle brûlait comme une plaque de cuisinière.

Torse nu, sans chaussures, Rhett entra en trombe.

— L'escalier est en feu, dit-il d'un ton raisonnable. Aidez-moi à faire sortir les enfants !

Tout arrivait trop vite ! Quand Rhett lui prit la main, Scarlett protesta.

— Mais je ne suis pas habillée !

Dans la nursery, la fumée ondulait paresseusement à la lueur de la lune. Parmi les jouets et les livres dispersés, les enfants étaient assis autour de Rosemary qui tenait Louis Valentin sur ses genoux. D'un calme aussi glacial que son frère, Rosemary annonça :

— Tazewell est allé chercher sa mère.

— Bien, dit Rhett en s'agenouillant pour regarder les enfants dans les yeux. Ella, tu devrais dormir depuis longtemps ! Que fais-tu debout si tard ?

Ella cacha sa bouche derrière sa main, sa peur muée en rire.

— Beau, tu es un brave garçon. J'ai besoin que tu sois courageux, ce soir.

Beau se moucha à grand bruit.

— Nous comptons sur toi, Wade Hampton Hamilton, continua Rhett.

Devant la porte de la nursery, le feu grondait comme une bête sortant de terre. Il faut se dépêcher, pensait Scarlett. Il faut faire vite !

Rhett se tourna vers Louis Valentin qui tremblait.

— Quel âge as-tu, Louis ?

— J'ai sept ans, oncle Rhett.

— Tu portes le nom d'un pirate, tu sais ?

— Oui.

— Rhett ! protesta Scarlett.

Rhett serra sa main mais garda les yeux fixés sur l'enfant.

— Tu vas donc montrer que tu es un brave pirate, d'accord, Louis Valentin ?

— Oui, oncle Rhett.

— Bien. Parce que lorsque nous passerons cette porte, il va faire chaud et noir, ce sera très effrayant. Nous allons nous tenir par la main pour que personne ne se perde ou ne reste en arrière. Scarlett va nous conduire. Wade passera derrière elle, puis Louis Valentin, puis Rosemary, puis Ella. Beau, tu tiendras l'autre main d'Ella – tu ne devras pas la lâcher – et je tiendrai ta main en passant en dernier. Allez, on se tient les mains ! Bien. Serrez fort, vous ne devez pas lâcher la main de l'autre !

Pendant que Rhett parlait, la pièce s'emplissait de fumée et Ella se mit à tousser. Scarlett pria pour qu'Ella n'ait pas une de ses crises.

— Nous allons ramper dans le couloir sous la fumée jusqu'à l'escalier de service, nous descendrons dans la cuisine et nous sortirons, continua Rhett. Vous ne devez pas traîner et, même si vous avez peur, vous devez faire semblant d'être courageux. Vous ne devez pas lâcher les mains que vous tenez. Vous avez compris ?

— Ouiiii, répondirent-ils en chœur.

Ella étouffa un sanglot.

— Scarlett, chérie, continua-t-il sur le même ton, prenez la main de Wade. On y va !

Scarlett claquait des dents mais elle réussit à demander :

— Monsieur Butler, êtes-vous certain que c'est la bonne route pour gagner la salle de bal du Chèvrefeuille ?

Rhett pouffa. Scarlett releva sa chemise de nuit au-dessus des genoux et s'accroupit.

Rhett ouvrit la porte. Une fumée noire et suffocante mêlée

de langues de feu jaunes entra dans la nursery. Scarlett se glissa dessous. La lumière des flammes, au rez-de-chaussée, ourlait les lames du parquet. Le plafond disparut dans la noirceur mouvante. Scarlett sentit sa nuque la brûler. Et si ses cheveux s'enflammaient? L'escalier de service était plus loin que dans son souvenir. Elle progressait, la main de Wade serrée dans la sienne. Quand sa jolie chemise de nuit glissa sous ses genoux et gêna sa progression, elle la déchira.

Le feu grondait comme un ours en colère. Le sol égratignait les mains, les genoux de Scarlett, elle manquait d'air. Dans sa main, celle de Wade devenait glissante de sueur. La voix de Rhett surmonta soudain le grondement :

— Les enfants, vous ne devez pas lâcher les autres. Tenez les mains aussi fort que vous pouvez.

— Je veux maman ! s'écria Ella.

— Je suis là, chérie, continue d'avancer ! dit Scarlett en réprimant une toux douloureuse.

Devant eux, dans la fumée, un rectangle plus noir : l'escalier. De sa main libre, Scarlett tâta la première marche.

— Je suis à l'escalier, cria-t-elle. Je commence à descendre.

Elle toussa tant qu'elle eut l'impression qu'elle allait cracher ses poumons. Accrochée à la main glissante de Wade, Scarlett partit à reculons – deux, trois marches. L'air frais montait, repoussant la fumée au-dessus d'elle. Tâtant chaque marche invisible de ses orteils, Scarlett descendit tout l'escalier dans une obscurité totale.

— On serre les mains ! On tient fort ! criait Rhett, loin derrière.

Quand Wade rata une marche, il arracha sa main à celle de sa mère. Elle bloqua sa chute.

— Désolé, mère, dit-il avec la voix de Charles Hamilton.

Dans le petit vestibule menant à la cuisine, Scarlett tenta de se souvenir si la poignée était à gauche ou à droite.

— On y est presque, Louis Valentin ! Les pirates ne pleurnichent jamais ! cria Rhett, quelque part au-dessus.

La petite porte s'ouvrit sur Mama, en chemise et bonnet de nuit en calicot.

— Scarlett chérie, c'est le feu ! dit la vieille Négresse sous le choc.

Scarlett attira Wade dans la cuisine fraîche.

— Oui, Mama, on brûle. Sonne la cloche et réveille tout le monde.

Scarlett fit passer Louis Valentin dans la cuisine, puis Rosemary et Ella, puis Beau et enfin Rhett. Il glissa ses mains blessées sous ses bras.

— Mais c'était pour sûr un bien beau barbecue, dit Mama complètement hébétée. On s'était pas tant réjouis depuis des années !

— Oh ! Rhett, s'écria Scarlett. Vos mains !

— J'ai oublié mes gants à Paris, répondit-il d'un ton léger.

Rosemary entraîna les enfants dans la cour pendant que Mama sonnait l'alarme. Les alentours étaient sombres et silencieux. Ella s'effondra, Rhett la retint et la porta. Les petits pieds nus pendaient sous son bras. Rhett allongea la petite fille sur l'herbe près du lavoir.

— Pauvre enfant, dit-il. Elle a été aussi courageuse qu'il l'a fallu.

— Je reste avec Ella, dit Rosemary. Wade Hamilton, s'il te plaît, veille sur les garçons.

Taz posait une échelle contre le balcon de Gérald O'Hara, où attendait Belle, très calme. Les flammes éclairaient les fenêtres de l'étage. Le dessus de la porte et les vitres latérales posées par Ellen O'Hara rayonnaient d'une lumière blanche. Un bidon gisait près de la porte d'entrée. Scarlett sentit l'odeur du pétrole sous celle du bois qui brûlait.

Le grand escalier de Tara était en feu, là même où l'orchestre jouait des valses de Strauss quelques heures plus tôt. Rhett tint l'échelle à Taz.

Près de la maison, encadrant l'herbe roussie, les buis n'étaient plus que des tiges noircies. Comme si des fantômes s'y étaient installés, la balancelle sur le porche oscillait en grinçant.

Sa robe de chambre rose aussi intacte que sa dignité, Belle Watling descendit l'échelle à reculons, échelon par échelon.

Les Noirs se précipitèrent vers la maison.

— Tara ! criait Dilcey. Il faut sauver Tara !

Scarlett sortit de sa stupeur.

— Rhett, mon Dieu ! C'est Tara !

Elle atteignait la porte quand la partie vitrée éclata. Les flammes sortirent sous le toit de la véranda.

Rhett la retint par la taille et la souleva.

— Non ! C'est trop tard.

— Pas Tara, dit-elle en lui donnant des coups de pied. Je ne veux pas perdre Tara.

— Bon sang, je ne veux pas vous perdre, vous ! Plus jamais !

Rhett entraîna Scarlett plus loin. Les flammes passèrent sous les soffites et au-delà du faîte du toit.

La chaleur était si intense que Rhett, Scarlett, Tazewell et Belle reculèrent jusqu'à l'allée. Scarlett pleurait, furieuse.

— On aurait dû essayer ! disait-elle en criblant la poitrine de Rhett de coups de poing. On aurait dû faire quelque chose !

Le feu grondait derrière les fenêtres de Tara qui luisaient comme les yeux de Satan. Des bruits de sabots sur l'allée annoncèrent les voisins – trop tard, beaucoup trop tard.

— Oh ! Rhett, gémissait Scarlett, c'est Tara ! C'est Tara !

Elle enfouit son visage dans son cou.

— Oui, chérie, c'était Tara.

La voix n'était pas aussi puissante que le bruit du feu.

— Mon jour, il est arrivé !

Le vieil homme en haillons avait la barbe mêlée de brindilles, les cheveux gras hirsutes. Il s'était approché trop près du feu et le devant de sa chemise et ses manches étaient brûlés. Il tenait un pistolet de duel rouillé à un coup.

— Rhett Butler, dit Isaiah Watling d'une voix sourde, mon jour, il est arrivé.

Rhett écarta Scarlett.

— Bonsoir, Watling. Il n'était pas utile de brûler la maison de mon épouse. Je serais venu si vous me l'aviez demandé.

— Feu purificateur… marmonna Isaiah.

— Je ne me souviens pas d'avoir eu besoin d'un feu purificateur, mais je ne suis pas particulièrement religieux. À l'évidence, vous êtes beaucoup mieux informé que moi sur les feux purificateurs.

Le vieil homme trouva en lui un dernier reste d'énergie et se redressa.

— Vous avez assassiné mon fils, Shadrach. À cause de Rhett Butler, le jeune maître de la plantation Broughton, à ce jour, mon gars brûle en enfer.

— Vous ! Quittez Tara ! Partez immédiatement loin de nous, misérable créature ! cria Scarlett, maîtrisant un instant ses dents qui claquaient.

— Isaiah, dit Rhett, si je n'avais pas tué votre fils, quelqu'un d'autre l'aurait fait. Vous le savez. Shad Watling n'avait aucune chance de mourir dans son lit.

— Et vous non plus, pécheur !

De ses mains tremblantes, le vieil Isaiah leva son pistolet. Rhett fit un pas vers lui.

— Donnez-moi ce pistolet, Isaiah !

— Papa ! s'écria Belle en courant vers son père. Papa ! Je t'en supplie ! Non !

La réponse ne fit guère de bruit : un claquement à peine plus sonore qu'une tige qu'on brise. Belle Watling frissonna. Serrant son déshabillé rose pour qu'on ne voie pas ses jambes nues, Belle s'assit sur la pierre qui servait à se mettre en selle.

— Pauvre, pauvre papa ! dit-elle.

Et elle mourut.

60

Demain est un autre jour

Après toutes ces années où elles s'étaient interrogées sur les lieux, Mme Meade et Mme Elsing pénétrèrent enfin au Chapeau Rouge. C'était leur devoir patriotique.

Neuf ans après la guerre, l'histoire de la Confédération s'était épanouie pour devenir un mythe flamboyant et romantique. Certains événements atroces qui avaient embarrassé ces dames avaient pris une place de choix dans les légendes familiales. Comme Mme Elsing le dit à ses petits-enfants :

— Quand les occupants yankees de la Géorgie pendaient de braves gens à tour de bras, la ruse de Belle Watling a sauvé votre père de l'échafaud. C'est inimaginable !

Chaque fois qu'elle racontait son histoire, Mme Elsing s'étonnait un peu plus de la crédulité des Yankees.

— Les Yankees ont vraiment cru que Hugh Elsing était le genre d'homme à aller se distraire dans une maison close ! Vous rendez-vous compte ?

Mais une légende est une chose, une maison close en est une autre et, quand la voiture des dames s'arrêta devant le célèbre lieu de plaisir, elles pensèrent demander au cocher de continuer sa route. Elles furent soulagées de voir des personnes de connaissance, des citoyens honorables venus présenter leurs respects à la femme perdue la plus célèbre d'Atlanta.

À dire vrai, elles furent déçues.

— Vous savez, dit par la suite Mme Meade à ses amies, le salon de Mlle Watling avait presque l'air respectable !

Mme Elsing, qui détestait les décors à la française, n'était pas d'accord.

— Trop ar-tis-tique, ma chère. Bien trop ar-tis-tique !

Le Chapeau Rouge n'avait pas changé depuis l'époque où les officiers confédérés s'y distrayaient, où les anciens combattants y revenaient se souvenir de leur jeunesse. Un peu mal à l'aise d'être rassemblés ainsi, les habitants d'Atlanta les plus respectables comme ceux qui l'étaient moins attendaient sur le trottoir bordé par les roses parfumées de Belle.

MacBeth accueillait ceux qu'il connaissait et ceux qu'il ne connaissait pas avec la même phrase impersonnelle :

— Bonjour, monsieur, bonjour, madame, heureux que vous ayez pu venir en ce jour de deuil.

À l'intérieur, les curieux, qui s'attendaient à des perroquets joyeux ou à des flamants roses exotiques, trouvèrent des roitelets : les filles de Belle vêtues de noir.

Nombre de matrones devenues respectables avaient travaillé là pendant la guerre. Mme Gérald D. avait été la pétulante « miss Susanna » et « L'il Flirt » avait épousé William P. Les nouvelles filles ne montrèrent ni de la parole ni du geste qu'elles reconnaissaient leurs anciennes camarades.

Les croque-morts avaient livré cinquante chaises et monté les meubles du salon de Belle à l'étage. Ils posèrent le cercueil sur des tréteaux et drapèrent la bière de crêpe noir avant de disposer les couronnes et les ornements floraux de circonstance.

Belle reposait dans une robe en soie grise de coupe manifestement surannée. Avec ses cheveux détachés sur le coussin en satin blanc et ses mains pieusement croisées, on aurait dit une enfant vêtue de la robe de bal de sa mère. Un large ruban rouge frappé en noir des lettres « Aimée » ceignait le cercueil.

Rhett Butler, le visage terreux, recevait les condoléances.

— Oui, c'était une femme bien. On pouvait se fier au cœur de Belle. Oui, Belle était très importante pour moi. Merci d'être venu, Henry !

Mme Butler se tenait près de son mari.

— Je suis heureuse que vous soyez venu, grand-père Merriwether. J'espère que vous irez prendre un rafraîchissement. La cuisine est derrière cette porte.

Scarlett présentait le jeune homme :

— Le fils de Belle, Tazewell Watling. M. Watling est dans

le commerce du coton à La Nouvelle-Orléans. Un vétéran de la Confédération, oui.

Accablé de tristesse, Tazewell Watling acceptait les condoléances d'étrangers bien intentionnés. S'il les remerciait poliment, leurs mots de réconfort ne signifiaient rien pour lui. L'esprit de Tazewell regrettait ce qui aurait si facilement pu être : sa mère dans son petit jardin du Vieux Carré, heureuse, enfin. Il aurait tellement voulu avoir conservé une des lettres de sa mère, juste une, une de ses lettres légères et devenues si précieuses !

Si les plus respectables s'abstinrent de faire honneur au buffet somptueux des funérailles de Belle, les citoyens ordinaires et leurs épouses se retrouvèrent à la cuisine pour des tranches de bœuf et de jambon et du whiskey. Ils se plaignirent de la dépression nationale et se demandèrent quand Atlanta se relèverait et reprendrait sa croissance. Ils portèrent des toasts à la mémoire de Belle. Ils rappelèrent sa gentillesse quand ils étaient déprimés par leurs revers de fortune.

Dans l'*Atlanta Journal*, le journaliste écrivit :

Les fers à ses chevilles tintant à chaque pas, les poignets menottés, le père de la femme assassinée fut escorté jusqu'à la veillée mortuaire par le shérif du comté de Clayton, Oliver Talbot. Tandis que les personnes endeuillées présentes reculaient d'horreur, le patriarche barbu qui avait pris la vie de sa fille s'approcha de la bière. Aucune tendresse paternelle sur ce visage de pierre. L'homme ne poussa aucun cri de douleur. C'est son doigt qui a pressé la détente fatale. Sa fille est tombée à ses pieds, implorant sa pitié. Mais si Isaiah Watling a éprouvé des remords, il n'en a rien montré.

Quelles pensées torturaient donc cet esprit obstiné ? Quelles émotions enfiévrées prirent le dessus sur sa fière volonté ? Il se pencha un instant sur le cercueil de sa fille et on le vit déposer quelque chose à l'intérieur.

Mais son petit-fils, M. T. Watling, de La Nouvelle-Orléans, vit son geste, vint récupérer l'offrande du vieil homme et, alors qu'on entraînait Isaiah Watling hors de la pièce, le jeune homme la lui rendit...

— Je crois, monsieur, que vous avez oublié cela ! dit Taz en replaçant le Nouveau Testament entre les mains enchaînées de son grand-père.

— J'ai jamais…

De ses vieux yeux brouillés, Isaiah scruta le visage de son petit-fils.

— J'ai jamais été mon propre maître…

Il laissa retomber ses paupières et, quand le shérif Talbot tira sur sa chaîne, le vieil homme le suivit, aussi obéissant qu'un chien.

Rhett avait convaincu le pasteur réticent de Saint-Andrew que Belle Watling devait reposer dans le plus ancien cimetière de la ville. Le pasteur choisit une place contre le mur du fond, où la présence de Belle n'offusquerait personne. Rhett montra la pierre plus en vue d'un évêque anglican.

— Belle n'a jamais beaucoup aimé ce vieux Charley, de toute façon.

Et c'est ainsi qu'en un beau matin, Ruth Belle Watling rejoignit sa dernière demeure. La rosée scintillait sur l'herbe. Les églises appelaient les chrétiens à la messe. Faisant tinter sa clochette, un des nouveaux tramways d'Atlanta passa.

Wade Hamilton et Ella Kennedy entouraient Scarlett. Beau Wilkes et Louis Valentin Ravanel accompagnaient Ashley et Rosemary. Le pasteur lut des prières. Les enfants étaient impressionnés. Louis Valentin était mal à l'aise. Tazewell Watling pleurait.

Le pasteur s'éclipsa dès que les convenances le lui permirent. Des Noirs munis de pelles attendaient à distance respectueuse.

— Je suis désolé, dit Ashley Wilkes en tendant la main à Rhett. Belle était une femme bien. Elle m'a sauvé la vie.

— Depuis combien d'années nous connaissons-nous ? demanda Rhett en serrant la main fine qu'on lui tendait.

— Nous nous sommes rencontrés en 1861, je crois.

— Il y a treize ans. C'est étrange. J'aurais cru que cela faisait bien plus longtemps. Comment se présente le jardin des Douze Chênes ?

— Merveilleusement bien, répondit Ashley en s'illuminant. On a remis la fontaine en eau. Vous devriez venir voir, un jour. Votre sœur, dit-il en prenant Rosemary par le bras, devient une véritable horticultrice.

— T'es-tu jamais demandé, mon cher frère, pourquoi les hommes prétendent prendre soin des femmes alors que c'est en général le contraire ?

Rhett embrassa Rosemary sur le front.

Tazewell s'était éloigné trop longtemps de son entreprise, et il ne tarda pas à partir pour la gare.

Quand les Butler arrivèrent chez la tante Pittypat, toute force abandonna Rhett, qui trébucha sur les marches. Dans ce qui avait été la chambre de Mélanie Wilkes, Scarlett aida son époux à se dévêtir puis à se coucher. Il claquait des dents et tremblait violemment. Scarlett se déshabilla, se glissa sous les couvertures et le tint dans ses bras jusqu'à ce qu'il s'endorme.

Les ombres de la fin d'après-midi passaient dans la chambre et le vent agitait l'orme devant la fenêtre quand Scarlett se réveilla entre les bras de Rhett.

« Tara », se dit Scarlett. Elle aurait pleuré si son corps n'était pas déjà asséché de toute larme.

Elle s'assit et se frotta les yeux si fort qu'elle vit des étoiles. Puis Scarlett O'Hara Butler informa le monde :

— Taratata !

Rhett marmonna dans son sommeil. Elle lui caressa le front, en écarta quelques mèches et lui baisa les lèvres.

— Je ferais mieux d'aller voir les enfants, dit Scarlett. Il y aura du café quand vous descendrez.

Mama et Ella épluchaient des haricots verts à l'arrière de la maison. Pitty, Wade et l'oncle Peter étaient dans le jardin.

— On les prépare avant qu'ils sèchent sur pied ! expliqua Mama dont les vieux doigts bougeaient à toute vitesse. M. Rhett, il va bien ?

— Je crois. J'essayais de me souvenir, Mama : quand es-tu arrivée à Tara ?

— Mon Dieu, mon enfant. Mon arrivée, c'était avec votre maman, quand elle s'est mariée.

— As-tu connu Philippe Robillard ?

Les lèvres de Mama formèrent la ligne butée habituelle.

— Mama, ils sont tous morts. La vérité ne peut plus nuire à personne.

— Chérie, vous êtes pas vivante depuis aussi longtemps que je vois le jour. La vérité peut toujours faire mal, quand on la dit. Moi, admit Mama à contrecœur, j'ai jamais aimé maître Philippe. C'était un homme insouciant.

— Comme Rhett ?

— M. Rhett ? Insouciant ? demanda Mama alors que ses

amples chairs se secouaient de rire. Jamais M. Rhett a été insouciant avec ceux qu'il aime.

Tout avait changé. Tout ce que Scarlett avait voulu, tout ce qu'elle avait attendu de la vie – tout avait changé, profondément.

Pourrait-elle, comme Ashley, recréer une version de ce que la vie était avant la guerre ? Une profusion d'azalées, des glycines drapées finement sur les ruines ? Scarlett pouffa de rire.

Rhett et elle reconstruiraient peut-être Tara. À moins qu'ils ne se contentent de voyager pendant un temps. Il y avait tant de lieux que Scarlett n'avait jamais vus. Peut-être Rhett et elle pourraient-ils aller à Yellowstone voir ces merveilles naturelles – l'eau chaude jaillissant du sol, à horaires réguliers, comme le tic-tac d'une montre. Mon Dieu !

C'est de cette humeur qu'elle accueillit Rhett quand il descendit.

— Bonsoir, chéri ! lui dit-elle.

— Suis-je donc votre chéri ? demanda-t-il en levant un sourcil.

— Vous savez que vous l'êtes. Rhett, s'il vous plaît, ne soyez plus ironique avec moi.

— Chérie, répondit-il en faisant disparaître ce sourire qui horripilait Scarlett, plus jamais, je le promets.

Chacun plongea son regard dans l'âme de l'autre. Les yeux de Scarlett étaient verts, ceux de Rhett sombres.

— La vie nous a de nouveau blessés, dit-il.

— Plus gravement que lors des autres blessures dont nous avons souffert ?

— Non. Je ne crois pas.

Puis Rhett Butler éclata de rire, un rire sonore. Il souleva Scarlett du sol et la fit tourbillonner autour de la cuisine, l'étouffant de baisers au grand délice d'Ella et à la consternation de Mama.

— Monsieur Rhett ! Monsieur Rhett, vous mettez le désordre !

Rhett Butler sourit de son sourire à lui.

— Mon épouse, vous êtes la femme la plus captivante du monde.

— Merci, monsieur Butler ! dit Scarlett. La vie n'est-elle pas surprenante ?

Remerciements

Cette collaboration inhabituelle est due à l'imagination de deux conteurs très différents, et à l'histoire de cette période excitante et terrible qui a forgé les États-Unis tels qu'ils sont aujourd'hui. Comme Margaret Mitchell, j'ai pris quelques libertés avec l'Histoire. Les spécialistes de la guerre de Sécession remarqueront que j'ai attribué certains des exploits du franc-tireur sudiste John Hunt Morgan au colonel Andrew Ravanel. Le général Morgan n'était pas Andrew Ravanel et il ne survécut pas à la guerre. De même, les historiens cubains situeront la date de l'assaut du général Narciso López plusieurs années avant celle que j'ai choisie ici. Comme la baie des Cochons et l'invasion de l'Irak, l'invasion de López utilisa des mobiles vertueux pour dissimuler des mobiles vénaux, et comme elles, elle échoua. López fut garrotté à La Havane et ses pirates abattus, à l'exception d'un seul. L'homme avait demandé au commandant espagnol d'envoyer une lettre à Daniel Webster, un sénateur encore puissant, lettre qu'il avait signée « Votre neveu affectueux ». Cette ruse, qui réussit, m'a semblé digne de Rhett Butler.

Je suis reconnaissant à ceux qui m'ont aidé pour la rédaction de ce livre.

En Géorgie :

M. Paul Anderson
M. Hal Clarke
Les Collections spéciales de l'Emory and Henry University
Le Centre historique d'Atlanta
Le site historique officiel de la plantation Hofwyl-Broadfield

À La Nouvelle-Orléans :

Mlle Penny Tose
M. Henri Schindler
M. Arthur Carpenter, des Collections spéciales et Archives de Loyla University
Le musée d'État et Centre historique de Louisiane

La bibliothèque en mémoire de Howard Tilton à Tulane University
La Collection historique de La Nouvelle-Orléans, centre de recherche Williams

À Charleston :

M. Nick Butler
Dana et Peggy McBean
Le Dr J. Tracy Power
Le capitaine Randy Smith
M. Peter Wilkerson
Le Dr Stephen Wise
La Société des bibliothèques de Charleston
La Société historique de Caroline-du-Sud
La Fondation pour la préservation de Charleston
Le personnel des maisons Nathaniel Russell, Aiken-Rhett et Edmondston-Alson

Ailleurs :

M. Thomas Cartwright et
Le musée de la Maison Carter, Franklin, Tennessee
Le musée international du Cheval au parc du cheval du Kentucky
La bibliothèque Alderman à la University of Virginia
La bibliothèque Leybum à la Washington & Lee University
Mlle Jennifer Enderlin chez St. Martin's Press

Et surtout ma bien-aimée Anne, dont le courage ne flancha jamais.

Achevé d'imprimer
à Noyelles sous Lens
pour le compte de France Loisirs,
123, bd de Grenelle
75015 PARIS

Imprimé en France
Dépôt légal : novembre 2007
N° d'édition : 50631